# COLIN T. BLACKSTONE

# Golkonda

## DENTS ERSTER FALL

KRIMINALROMAN

digital
coffee

Umschlag © Jörn Daub

Bei dem abgebildeten Stein handelt es sich um einen 0.75 Karat schweren Diamanten im Smaragdschliff in der außergewöhnlichen Farbe "Fancy Intense Pink" (VVS1), mit freundlicher Genehmigung durch Leibish & Co. LTD.
Leibish & Co gehört zu den größten internationalen Diamantenhändlern und ist spezialisiert auf seltene farbige Steine. Weitere spektakuläre Preziosen finden Sie auf www.leibish.com

Weiteres Bildmaterial:
Daniel Rodriguez Garriga / Shutterstock.com 1823881307
SPF / Shutterstock.com 569326933

COLIN T. BLACKSTONE

# GOLKONDA
## DENTS ERSTER FALL

© 2022 Digital Coffee Alle Rechte vorbehalten

© Digital Coffee

Jörn Daub e.K.
Glashütter Weg 105
22889 Tangstedt

www.digital-coffee.com

ISBN 978-3-95417-052-4

andere Editionen:

ISBN 978-3-95417-051-7 (EPUB eBook)
ISBN 978-3-95417-050-0 (Kindle eBook)

# Kapitel 1

Es war nur ein leises Sirren. Es durchschnitt die kühle Luft, die an einem sonnigen Oktobermorgen über dem Hamburger Jungfernstieg lag, mit einer fast lautlosen Schärfe. Vorbei an den Ohren von Passanten, die das Geräusch kaum wahrnahmen, weil sie ganz damit beschäftigt waren, in Büros oder Läden zu eilen oder weil es im Verkehrslärm unterging. Nur ein Mann in einer roten Jacke stockte irritiert, aber es war so schnell an ihm vorbei, dass er kopfschüttelnd weiter lief. Auch der dumpfe Laut, mit dem der Pfeil sein Ziel fand, verursachte keine besonderen Reaktionen. Peter Nielsens Körper schlug schwer auf das Pflaster. Blut quoll aus seiner Brust, durchtränkte das weiße Hemd und floss als zähes Rinnsal weiter. Erst jetzt war der erste Schrei zu hören.

Schnell sammelte sich eine Menschentraube um den röchelnden Mann am Boden. Manche schrien, andere schlugen nur entsetzt die Hand vor den Mund. Einer ging neben dem Getroffenen auf die Knie, berührte den Schaft, zunächst zögernd, dann energischer. Aber die Pfeilspitze war zu tief eingedrungen, hatte ihren Weg zwischen den Rippen hindurch gefunden. Mitten in Peter Nielsens Herz. Schon erlahmten die zuckenden Bewegungen seiner Beine, flackerten die Lider über seinen weit aufgerissenen Augen.

Der Schütze ließ den Bogen sinken. Ein wahrhaft meisterlicher Schuss war ihm gelungen. Vom Dach des Hauses, auf dem er stand, über eine Distanz von mehr als 200 Metern. Seine Geduld war mit einem fast windstillen Morgen und gutem Licht belohnt worden. Niemand bemerkte ihn oder sah zu ihm hinauf. Es war also keine

Eile geboten. Aus seiner Kehle drang ein leises Lachen, während er zusah, wie Peter Nielsen vor dem Eingang eines noblen Juweliergeschäfts verendete.

☙❧

„Der Tote war Ihr Klient?"

In der Kanzlei Bach, Kröger & Co. herrschte stummes Entsetzen. Hauptkommissar Lindemann warf einen kurzen Blick aus dem Fenster, hinter dem das glitzernde Wasser der Binnenalster zu sehen war und nahm dann unaufgefordert Platz.

Dr. Cornelius Bach blieb hinter seinem Schreibtisch sitzen und starrte reglos auf Lindemann. Sophie Kröger, die Lindemann eben als Nichte und Partnerin Bachs vorgestellt worden war, wirkte, als müsse sie sich im nächsten Moment übergeben.

„Ich ... ich wusste gar nicht, dass Peter Nielsen in Hamburg war", brachte Cornelius Bach endlich heraus. Es klang so überrascht wie enttäuscht. „Er wurde erschossen? Mit einem Pfeil? Mitten in der Hamburger Innenstadt? Am helllichten Tag?"

„Ganz recht. Vorgestern, am 22. Oktober", bestätigte Lindemann nickend. „Vor dem Eingang des Juweliers Wempe."

Sophie Kröger schluckte. Juwelier Wempe lag direkt gegenüber, an der Ecke Neuer Wall/Jungfernstieg. Jeden Morgen lief sie an den prächtigen Schaufenstern vorbei und bewunderte die erlesenen Schmuckstücke darin. Die Absperrung vor dem Geschäft hatte sie gesehen, sich noch über Polizisten und Schaulustige gewundert, aber sie hatte keine Ahnung gehabt, dass an diesem Tag ein Mord geschehen war.

„Wir fanden Ihre Visitenkarte bei dem Toten", erklärte Lindemann weiter. „Deshalb nehmen wir an, dass er in einen Rechtsstreit verwickelt war. War er Ihr Mandant? Oder vertreten Sie die Gegenpartei? Wir müssen hier auf Auskunft bestehen, Dr. Bach. Kann es sein, dass der Täter unter Ihrer Mandantschaft zu suchen ist?"

„Das ist unwahrscheinlich, Herr Kommissar. Unsere Mandanten sind alle tot."

„Wie bitte?"

„Nun, wir sind kein herkömmliches Anwaltsbüro, sondern Nachlassverwalter und Erbenermittler. Wir beginnen mit der Arbeit, nachdem eine natürliche oder juristische Person verblichen ist."

„Aha", machte Lindemann und sah Cornelius Bach an, als müsste er weitere Erklärungen liefern.

„Ich war Peter Nielsens Eltern freundschaftlich verbunden und beriet sie in Vermögensfragen. Nach ihrem Tod vor ungefähr 15 Jahren wurden wir mit ihrem Nachlass betraut. Peter lebte nicht in Deutschland, er war im Ausland unterwegs. Der Kontakt zu seinen Eltern war recht dürftig und er kehrte auch nicht zurück, nachdem sie verstorben waren."

„War es ein umfangreiches Erbe?"

„Ja, durchaus. Wertanlagen in beträchtlicher Höhe. Die Ausschüttung war größtenteils termingebunden, weshalb das Erbe nicht sofort und in vollem Umfang ausgezahlt werden konnte und eine Verwaltung notwendig war."

„Hm", ließ Kommissar Lindemann hören. „Peter Nielsen machte Geschäfte im Ausland?"

„Geschäfte? Davon ist mir nichts bekannt. Ich würde ihn eher als ‚Privatier' bezeichnen, wenigstens seit wir regelmäßig Erträge aus den Anlagen an ihn überwiesen. Allerdings hatte er keine glückliche Hand. Er hat sein Erbe verlebt, bis auf den letzten Cent. Deshalb versuchten wir seit Monaten, ihn zu einem Gespräch zu laden."

„Können Sie mir sagen, wo er unterwegs war und was er dort trieb?"

„Nein, nicht direkt. Wir wissen, dass er in Asien unterwegs war, wohl häufig in Indien. Dorthin haben wir Geld geschickt. Aber was er dort trieb? Keine Ahnung. Wie gesagt, es war recht mühsam, ihn zu erreichen. Ich habe ihn viele Jahre nicht zu Gesicht bekommen."

Der Kommissar nickte und kritzelte etwas in ein dünnes Heft. „Sagt Ihnen der Name Donovan Riley etwas?"

„Allerdings. Donovan Riley ist einer der beiden leiblichen Söhne Peter Nielsens. Jeweils aus unehelichen Verbindungen. Soweit ich weiß, hat er keines seiner Kinder jemals zu Gesicht bekommen."

„Das deckt sich mit unseren Informationen", nickte Lindemann. „Es muss aber einen Kontakt gegeben haben. An seinem Todestag gab Peter Nielsen eine UPS-Sendung an Donovan Riley auf. Die Quittung war noch in seiner Brieftasche. Das Paket wurde aus Hamburg nach Varanasi im indischen Bundesstaat Uttar Pradesh verschickt. Fällt Ihnen dazu etwas ein?"

Cornelius Bach schüttelte den Kopf. „Nein, absolut nichts. Ich wusste nicht einmal, dass sich auch Donovan Riley in Indien aufhält."

„Aber Sie kennen Brenda Riley? Donovan Rileys Mutter?"

„Ja, oder nein, nur brieflich. Ich schrieb sie an, nachdem Peter in den Genuss seines Erbes kam und mir beichtete, zwei uneheliche Söhne in die Welt gesetzt zu haben. Ich drängte ihn, seiner Unterhaltspflicht nachzukommen, worauf er sich auch widerwillig einließ. Mein Schreiben an Ms. Riley war ein Versuch, eine gütliche Regelung zu erwirken. Ihr Sohn war damals bereits 16 Jahre alt. Ms. Riley ließ uns die erforderliche Geburtsurkunde zukommen und wir zahlten die einmalige Summe von 10.000 Mark an ihre Londoner Bank. Sie ist Engländerin."

„Richtig, richtig. Wir kontaktierten Ms. Riley über Scotland Yard im Zuge unserer Ermittlungen. Ihre Telefonnummer war im Handy des Opfers gespeichert", berichtete Lindemann. „Laut Auskunft der englischen Kollegen reagierte sie hysterisch, als sie von Peter Nielsens Tod erfuhr. Sie sagte aus, Nielsen habe sich aus Indien bei ihr gemeldet, um sich nach seinem Sohn Donovan zu erkundigen. Ms. Riley gab ihm eine Adresse in Varanasi. Nielsen sagte, dass er seinen Sohn treffen wolle und versprach, Ms. Riley danach in London zu besuchen."

„Hm. Erstaunlich, dass Peter Nielsen sich überhaupt nach seinem Sohn erkundigt hat. Nach so langer Zeit. Ich hatte immer den Eindruck, dass er hocherfreut war, sämtliche Verantwortung für seine Söhne so billig losgeworden zu sein."

„Sehen Sie, Herr Dr. Bach, genau das macht uns stutzig. Warum wollte Peter Nielsen seinen Sohn Donovan plötzlich treffen? Ob dieses Treffen stattfand, welchen Grund es hatte und ob sich irgendein Zusammenhang zum Fall herstellen lässt, bleibt ein Rätsel. Bisher wissen wir, dass Nielsen aus Indien nach Hamburg reiste und ein Paket an Donovan Riley schickte. Einen Tag später war er tot. Wir müssten Donovan Riley dringend befragen, aber wir konnten keine Telefonnummer herausfinden. Ich hoffte, dass Mr. Riley vielleicht von Ihrer Kanzlei wusste und sich bei Ihnen gemeldet hat."

„Nein, leider nicht, Herr Kommissar. Selbstverständlich unterrichten wir Sie sofort, falls das passiert."

„Ich bitte darum. Nun zu dem zweiten Sohn des Verstorbenen. Laut Melderegister handelt es sich um Alexander Riese, geboren am 23.10.1983 in Hamburg. Seine Mutter ist eine gewisse Frauke Riese, beide wohnhaft Talstraße 22. Wir haben Mutter und Sohn befragt. Offenbar gab es keinerlei Kontakt zu Peter Nielsen. Können Sie das bestätigen?"

„Nur grob. Alexander war ebenfalls 16 Jahre alt, als sein Vater zu Geld kam. Ich erinnere mich an ein unangenehmes Gespräch mit Frauke Riese. Sie reagierte geradezu explosiv, als ich den Namen Peter Nielsen erwähnte. Ich kann mir gut vorstellen, dass sie jeden Kontakt zum Kindesvater ablehnte. Es gelang mir, die gleiche Regelung zu erzielen wie mit Brenda Riley. Seit der Auszahlung habe ich nichts mehr von Frauke oder Alexander Riese gehört. Ob es zwischenzeitlich einen Kontakt gab, kann ich Ihnen leider nicht sagen."

„Na gut." Kommissar Lindemann war anzusehen, dass er mit den Ergebnissen seiner Befragung nicht zufrieden war. „Gehe ich richtig in der Annahme, dass diese beiden Söhne Peter Nielsens Erben sind?"

„Ja, ganz recht, Herr Kommissar. Wir müssen natürlich zunächst recherchieren, ob es noch weitere Erbansprüche gibt. Nach derzeitigem Kenntnisstand wären nur diese beiden Herren Nutznießer. Da es nach Abzug unserer Kostennote für die Vermögensverwaltung jedoch nichts zu erben gibt, wird sich die Freude in Grenzen halten."

Lindemann klappte sein Büchlein zu und erhob sich. „Ach, noch etwas. Ich entnehme Ihren Aussagen, dass Sie nicht wissen, was Herr Nielsen bei dem Juwelier Wempe wollte?"

„Bei Wempe? Nein. Umso enttäuschender, dass er es nicht für nötig hielt, sich zu melden, wenn er schon das Juweliergeschäft gegenüber aufsucht."

Lindemann sandte einen forschenden Blick durch den Raum. Sophie wünschte sich, dass dieser mittelmäßig aussehende Mann mit dem schlechten Aftershave aufhören würde, sie anzusehen, als müsste sie seine vielen Fragen beantworten können. Aber er blieb stehen, ließ seine Hand in die Hosentasche gleiten und zog einen dunkelblauen Samtbeutel hervor. Der Stein, den er vor Cornelius Bach auf den Schreibtisch kullern ließ, verursachte ein so lautes Geräusch, dass sie zusammenfuhr.

„Und das hier haben Sie noch nie gesehen?", hörte sie Lindemanns lang gezogene Stimme.

Sophie und Cornelius schüttelten synchron den Kopf. Sophie nahm den Stein zwischen Daumen und Zeigefinger und drehte ihn im Licht. „Damit war Peter Nielsen bei Wempe? Ein ziemlich kitschiger Klunker, mit Verlaub gesagt", spottete sie dann und ließ den Stein zurück auf die Tischplatte fallen.

„Peter Nielsen war anderer Ansicht. Er ließ den Stein schätzen, bei eben diesem Juwelier Wempe. Das gemmologische Gutachten weist den ‚kitschigen Klunker' als echten Diamanten im Smaragdschliff aus. Mit dem beachtlichen Gewicht von 42 Karat, der seltenen Farbe ‚Fancy vivid pink' und einem Schätzwert von 13,5 Millionen Euro."

„Oh!"

„Der Stein kann nicht aus dem Nachlass der Nielsens stammen?"

„Nein, ganz sicher nicht. Es wurden keine ungefassten Edelsteine vererbt."

„Nun gut", knurrte Lindemann. „Wir müssen in Erwägung ziehen, dass der Mord an Peter Nielsen und dieser Diamant in engem Zusammenhang stehen. Seltsam ist nur, dass er ihn noch bei sich trug. Ebenso wie seine Brieftasche und zwei wertvolle Halsketten."

Sophie starrte noch immer auf den spektakulären Diamanten. „Völlig unverständlich."

„Unbegreiflich", murmelte auch Cornelius Bach.

„Wir werden Sie unterrichten, sobald über den Nachlass des Ermordeten verfügt werden kann", schloss Lindemann und ließ den Stein wieder in den Samtbeutel zurückgleiten. „Bitte rufen Sie mich sofort an, wenn sie etwas hören, was unsere Ermittlungen voran bringen kann."

„Selbstverständlich, Herr Kommissar."

# Kapitel 2

„Dein Vater ist tot, Don." Betroffen ließ Nelly Kumar den Brief sinken, den sie auf dem Rücksitz des Geländewagens gefunden hatte.

„Weiß ich." Donovan Riley sah sie nicht an. Er war damit beschäftigt, dem Menschenstrom auszuweichen, der die Golgadda Road verstopfte. Es waren Hunderte, alle auf der Jagd nach Öllampen und Lichterketten, um den Beginn des Diwali Festes zu feiern. Fußgänger im Pulk, Fahrräder, Rikschas und knatternde Mopeds umschwirrten das Fahrzeug wie ein Wespenschwarm und zwangen Don anzuhalten.

Der altersschwache Toyota besaß keine Klimaanlage und die Lüftung transportierte den Geruch der Stadt wie einen Faustschlag in Dons Gesicht. Gequält rümpfte er die Nase, während sein Hirn die verschiedenen Duftnoten fein säuberlich unterschied. Menschliche und tierische Ausscheidungen aller Art, fauliges Gemüse, rottende Körper mit und ohne Fell, blähende Rinder, räudige Hunde, ranziges Fett, Brandgeruch und ungefilterte Autoabgase, unzureichend gemildert von Sandelholz, gerösteten Nüssen und Nellys blumigem Parfüm.

Verärgert starrte er geradeaus, auf Saris in leuchtenden Farben, bunt glitzernde Armreifen, Turbane in Grellorange, Grün oder Blau und die unzähligen Lichter, die der einsetzenden Dämmerung trotzten. Die Häuser, die links und rechts diese Straße säumten, waren in ebenso grellen Farben getüncht. Farben, die genauso aufdringlich das Auge reizten, wie die der Gottheiten aus Pappmaché, denen in

Nischen und auf hell angestrahlten Podesten am Straßenrand gehuldigt wurde. Das bunte Volk umtanzte sie kreischend, mit wilden, wahnhaften Bewegungen, die das Farbenmeer vor Dons Augen so schwindelerregend verzerrten wie eine Fahrt im Karussell.

Bunt, alles grell und bunt. Aber vielleicht brauchte Indien diese Farben, diese Lichter und diese hysterische Anbetung zahlloser Gottheiten, um von dem penetranten Gestank abzulenken, der sich von der feuchten, schwülen Luft tragen ließ. Nur schade, dass diese Ablenkung auf die aufgeregten Gestalten auf der Straße so viel besser zu wirken schien.

In all diese Reize mischte sich nun noch Nellys Stimme.

„Geht dir das gar nicht nahe? Ich meine, er war dein Vater." Sie beugte sich vor, versuchte, in Dons Gesicht zu lesen, aber er zeigte keine Regung.

„Warum soll's mir nahegehen? Ich kannte den Typen nicht."

„Du hättest ihn kennenlernen können. Er hat alles versucht, um dich zu treffen", bemerkte Nelly vorwurfsvoll.

„Alles versucht! Du bist lustig, Nelly. Ihm ist vor ein paar Wochen eingefallen, dass er mich sehen will. Davor hat er sich 30 Jahre dünngemacht."

„Es war ihm wichtig, sonst hätte er nicht nach dir gesucht. Er hat eine Nachricht an deiner Haustür hinterlassen, aber du hast nicht darauf reagiert. Er hat in Papas Hotel auf dich gewartet, aber du hast ihn in 5 Minuten abserviert."

„Nelly, er wollte mich anpumpen, sonst nichts. Natürlich hab ich ihn abserviert."

„Na und? Familienmitglieder helfen sich eben untereinander. Das gehört sich so. Du hast deinen Vater abgewiesen, als er in Not war. Schäm dich, Don!"

„Er hat Glück gehabt, dass ich ihm nicht die Visage neu arrangiert hab."

„Wie gemein du sein kannst! Er hat so traurig dagesessen, sogar geweint hat er. Dann war er plötzlich weg. Und jetzt ist es zu spät. Er ist tot."

„Gut so", knurrte Don. „Genügt vollkommen, dass er meine Mum jahrelang mit seinen Lügen verarscht hat."

„Deine Mutter ist sehr traurig, schreibt sie. Sie hat ihm verziehen, dass er euch allein ließ. Sie wollte, dass du ihn triffst. Deshalb hat sie ihm deine Adresse gegeben. Sie hat sich gewünscht, dass du deinen Vater kennenlernst."

„Meine Mutter hat ein weiches Herz. Ich nicht."

Er drückte auf die Hupe, aber die Menge vor seiner Motorhaube lachte nur, begann, um das Fahrzeug herumzutanzen, begleitet von lauten „Happy Diwali!"-Rufen und den knatternden Geräuschen der Knallfrösche, die sie in die Luft warfen.

Nelly ließ das Seitenfenster herunter, schrie ebenfalls „Happy Diwali", winkte, schüttelte Hände und schickte Kusshände.

Don stöhnte und rang sich ein gequältes Lächeln ab. Er hasste Knallfrösche. Das Knattern, das wie Salven aus Maschinengewehren klang, und den schwefeligen Geruch, der jetzt zwischen all den anderen Duftnoten hervorstach. Die verdammten Knallkörper brachten den Nebel zurück, der sich vor seine Augen legte, wenn die Erinnerungen mit aller Macht in sein Bewusstsein drängten, Bilder vorgaukelten, die er nicht sehen wollte, Schweiß auf seine Stirn trieben und seinen Herzschlag beschleunigten. Er blinzelte, rieb mit den Fingern über seine Lider und versuchte, in einzelne fröhliche Gesichter zu sehen, das Lachen zu hören und gleichmäßig zu atmen. Knallfrösche, Don, es sind nur Knallfrösche, harmloses Feuerwerk, so harmlos wie diese Menschen hier auf der Straße, mahnte er sich.

Er konnte nichts tun, außer diesen Moment zu ertragen. Diwali war ein wichtiges Fest für alle Hindus und die heilige Stadt Varanasi, dieses stinkende, überfüllte Dreckloch am Ganges, musste die lärmende Schar der Feiernden ebenso über sich ergehen lassen, wie er.

Endlich zog die tanzende Menge weiter und sie kamen voran. Er hörte, wie Nelly das Seitenfenster hochfahren ließ und spürte wieder ihre vorwurfsvollen Blicke auf sich.

„Du musst deinem Vater verzeihen, Don. Für ihn beten. Halt an, wir müssen eine Lampe kaufen. Das Licht wird dem Geist deines armen Vaters den Weg in das Land der Seligkeit zeigen. Wenigstens das solltest du für ihn tun."

„Hör auf zu nörgeln, Nelly", bat er, obgleich er wusste, dass es sinnlos war. Penetrante Nörgelei war die beliebteste Waffe indischer Frauen und Nelly beherrschte diese Kunst hervorragend.

„Väter sind wichtig, Don. Sie …"

„Stimmt, Väter sind wichtig. Vor allem deiner, der mich lynchen wird, wenn seine Lieferung nicht in 30 Minuten eintrifft und der mich vierteilen lässt, wenn er mitkriegt, dass du bei mir bist."

„Ich steige am Nadesar Park aus. Meine Schwester Salinda wartet da auf mich. Wir nehmen eine Rikscha bis nach Hause und Baba wird denken, dass wir Kleider und Süßigkeiten für Diwali eingekauft haben. Salinda hat schon alles besorgt."

Dons Kopf drehte sich ganz langsam zu Nelly. „Deine Schwester weiß Bescheid? Über uns?"

„Ja, ich habe es ihr gesagt", lächelte Nelly. „Sie ist meine große Schwester, meine Vertraute."

„Das geht schief", wollte er sagen, aber er trat nur das Gaspedal herunter. Das Dämmerlicht hatte sich inzwischen in Dunkelheit verwandelt und das Licht der Scheinwerfer bannte Staub, Dreck und die Fetzen der Knallkörper, die in der drückenden Luft herumwirbelten. Nelly auf dem Beifahrersitz plapperte weiter, aber er hörte nicht hin.

Nelly war ein Fehler. Wie hatte er so blöd sein können? Vielleicht weil sie es ihm so leicht gemacht hatte. Neugierig war sie, auf das Leben, auf die Abenteuer, das es für eine schöne, junge Frau aus reichem Haus bereithielt. Neugierig auf den fremden Mann aus einer fremden Welt, der nach Varanasi gekommen war, um ganz neu anzufangen. Wieder einmal. Schnell war es ihm gelungen, Geschäfte zu machen. Zunächst hatte er an einen einmaligen Deal mit Nellys Vater geglaubt und an eine einmalige Nacht mit seiner neugierigen Tochter. Aber dann hatte ihr Vater mehr gewollt, genau wie Nelly, und Don war geblieben. Nellys zartgliedriger, weicher Körper, den sie ihm im Bett mit aller Hingabe schenkte, ihr helles, sorgloses Lachen und die kindliche Naivität, mit der sie sich bemühte, den Göttern und allen Menschen zu gefallen, hatten ihm gutgetan. Ebenso wie die stattlichen Sümmchen, die er mit den Lieferungen an das Hotel ihres Vaters verdiente.

„Du bist gierig geworden, Don", klagte er sich selbst an. Nelly mochte von sich behaupten, eine Vertreterin des modernen Indiens zu sein. Eine, die enge Jeans und Turnschuhe trug, obwohl ihre Mutter behauptete, diese Schuhe ließen sie watscheln wie eine Ente. Eine, die fleißig Wirtschaftswissenschaften studierte, Wohlstand und Freiheiten genoss, die anderen Mädchen versagt waren. Aber sie blieb ein indisches Mädchen und ihr Vater ein indischer Vater. Einer der einflussreichsten Männer in dieser Stadt, einer, der nichts mehr fürchtete, als dass jemand seine Tochter eine „Randi", eine Schlampe nennen könnte und einer, dem ganz sicher nicht gefiel, sie an der Seite des Ausländers zu sehen, der sein Hotel mit Schmuggelware belieferte. Und garantiert nicht in seinem Bett.

Schon kam der Nadesar Park in Sicht, ein blinkendes Meer aus Lichterketten, die von Baumkronen herunterbaumelten, und die Gesichter der vielen Straßenhändler und Bettler grün, rot oder gelb beleuchteten. Vor dem Eingang zum Park hielt eine Reihe Fahrrad-Rikschas.

Don konnte Nellys Schwester Salinda erkennen, die neben einem Dutzend Plastiktüten am Straßenrand wartete. Sie trug einen pinkfarbenen Sari und zerquetschte ihre zierlichen Glitzersandalen zwischen ihren fetten Füßen und dem Pflaster. Ein Zwei-Zentner-Bonbon mit einem Pfannkuchengesicht, in dem Don zu lesen glaubte, dass Salinda an dem Neid auf ihre hübsche Schwester fast erstickte. Außerdem gefiel ihm nicht, wie eilig sie ihr Handy in einer der Plastiktüten versenkte.

Salindas Pfannkuchengesicht blieb ausdruckslos, als Don den Wagen anhielt, damit Nelly aussteigen konnte. Er konnte nur hoffen, dass sie noch nicht dazu gekommen war, ihrem Vater zu petzen.

„Miss Kumar, guten Abend", grüßte er so höflich wie möglich.

„Mr. Riley." Ein kaum merkliches Nicken begleitete Salindas Gruß. Mit wedelnden Handbewegungen trieb sie Nelly an, in eine der Rikschas zu klettern. „Schnell Nelly, Baba wartet schon."

„Bis später, Don", rief Nelly unbekümmert und winkte. Don hatte noch einen mitleidigen Blick für den ausgemergelten Alten, dessen Gefährt unter Salindas Gewicht hörbar ächzte. Seufzend ließ er einen 100-Rupien-Schein in die Hand des Alten wandern, bevor er davon fuhr.

ೞೞ

Nellys Vater Mahendra erwartete ihn auf der Zufahrt zum Lieferanteneingang seines Hotels, das malerisch beleuchtet zwischen Palmgärten im grünen Stadtteil Cantt lag. Das war ungewöhnlich. Mahendra Kumar hielt sich normalerweise in seinem klimatisierten Büro auf, wo er in seinem dunklen Anzug, Krawatte und dem blauen Turban nicht schwitzen musste. Hier, auf der Zufahrt aus brüchigem Beton, zwischen überquellenden Mülltonnen, krabbelnden und schwirrenden Insektenschwärmen und umweht von den aufdringlichen Dämpfen, die aus der Belüftungsanlage über seinen Kopf geblasen wurden, wirkte er fremd. Seine Hand mit dem schweren Goldring am kleinen Finger klappte gerade sein Handy zu, aber er lächelte, als Don ausstieg.

„Namaste, Mr. Riley. Gerade noch rechtzeitig", lobte er mit einer leichten Verbeugung. „Sie wissen, wir haben heute Abend neben unseren Hotelgästen noch 150 Diwali Touristen im Haus und natürlich die Honoratioren der Stadt. Haben Sie die Bestellung besorgen können?"

„Sicher, Mr. Kumar", nickte Don und war schon dabei, die Lieferung abzuladen.

„250 Flakons französisches Parfüm, 10 Nebukadnezar-Flaschen Champagner, 10 Kisten kubanische Zigarren, 50 Stangen Zigaretten und, auf besonderen Wunsch, eine Flasche Nun's Island Whiskey, feinster Galway, destilliert 1880."

„Wunderbar, ganz wunderbar! Eine absolute Rarität. Wie Sie wissen, liebe ich das Besondere", ließ Kumar hören, wartete, bis

Don nickte und sah ihn direkt an. „Da wir gerade von besonderen Preziosen sprechen, Mr. Riley ... wie mir zu Ohren kam, teilte Ihr Herr Vater diese Leidenschaft."

„Mein Vater?"

„Ja, Peter Nielsen, Ihr Vater, wie ich von meiner Tochter erfuhr. Er besuchte das Restaurant unseres Hotels, um Sie dort zu treffen. Eine recht kurze Zusammenkunft, wie mir schien, jedoch lang genug, um etwas ganz Besonderes in Augenschein zu nehmen."

Don runzelte die Stirn. „Ich habe keine Ahnung, wovon Sie reden, Mr. Kumar."

Nellys Vater musterte ihn mit wachem Blick. „Dann muss ich deutlicher werden", beschloss er mit gedämpfter Stimme. „Sehen Sie, nachdem Sie Ihren Vater hier zurückließen, kümmerte ich mich ein wenig um den Gast. Peter Nielsen hatte etwas mitgebracht. Aus Golkonda, wo er sich längere Zeit aufgehalten hat. Beflügelt dieser Name Ihr Gedächtnis?"

„Nein."

„Nun gut, Mr. Riley. Selbst wenn Sie es leugnen wollen: Ihr Interesse an hochklassiger Ware ist bekannt und verbindet uns ein wenig. Ihr Herr Vater war im Besitz eines Diamanten. Auffällig groß, auffällig pink, ein spektakulärer Stein. Er war auf der Suche nach Partnern, um Schürflizenzen für die Minen zu erwerben, in denen Steine solcher Qualität in Massen herumliegen."

Don musste lachen. „Alte Geschichten, Mr. Kumar. Märchen, die Peter Nielsen seit 30 Jahren erzählte. Er war ein Spinner."

„Ach wirklich?" Kumars Augenbrauen rutschten unter den Rand seines Turbans. „Wollen Sie behaupten, den Diamanten nicht gesehen zu haben, als Sie mit ihm sprachen?"

„Richtig. Ich habe keinen Diamanten gesehen. Nur einen alten Mann, der Geld brauchte."

„Soso", murmelte Kumar und rieb mit den Fingern über seinen Schnurrbart. „Nun, ich habe den Stein gesehen. Herrn Nielsen sah ich jedoch nie wieder. Und gerade eben hörte ich, dass er verstorben ist."

„Kein Verlust", brummte Don und verfluchte zum x-ten Mal Nellys fleißiges Plappermaul.

„Sie verstecken Ihre Trauer sehr gut, Mr. Riley. Überwiegt etwa die Freude, ein funkelndes Erbe antreten zu dürfen?"

„Es ist mehr die Freude über ein Arschloch weniger auf dieser Welt", ließ Don hören. „Kommen wir auf das Geschäftliche zurück. Eine Wagenladung ausgesuchter Luxusgüter, zollfrei, steuerfrei und zusammen für 250.000 Dollar, wie abgemacht."

„Ah ja. Viel Geld, Mr. Riley, viel Geld."

„Der Nun's Island, Mr. Kumar. Ein besonderer Tropfen hat einen besonderen Preis."

„Ich habe nachgedacht, Mr. Riley." Mahendra Kumars Tonfall ließ sämtliche Alarmglocken in Dons Hirn läuten. „Sehen Sie, ich bemerkte, wie fließend Sie unsere Sprache sprechen. Sie mögen sich zwar erst seit Kurzem in Varanasi aufhalten, aber sicher sind Sie mit unseren Gepflogenheiten vertraut."

Don spannte sich. Dieses Gespräch begann, eine bedenkliche Wendung zu nehmen. Vorsichtshalber stützte er sich auf die Kartons und ließ seine Hand in Richtung des Nun's Island wandern, während Kumars Lächeln einem düsteren Blick wich.

„Sie wissen, dass ein indisches Mädchen aus gutem Haus nicht für Ihr kurzweiliges Vergnügen zur Verfügung steht. Ich bin daher zu dem Schluss gekommen, dass die Gesellschaft meiner Tochter Nelly Sie bereits ausgesprochen großzügig entschädigt hat."

„Sie ziehen die falschen Schlüsse", gab Don schnell zurück. „250.000 Dollar, oder ich nehme das Zeug wieder mit."

„Oh nein, Mr. Riley, das werden Sie nicht wagen." Kumar musste zu ihm aufsehen, aber das schien ihn nicht zu beeindrucken. Im Gegenteil, er war die Überlegenheit in Person. „Ich vermute nämlich, dass Sie auch bestens über die Zustände in indischen Gefängnissen informiert sind, ebenso wie über die ... nennen wir es "Flexibilität" der Gerichtsbarkeit in unserem Land."

Don schluckte, ohne das zu wollen und löste damit ein neues, befriedigtes Lächeln aus.

„Nun dürfen Sie raten, wie schnell man in einem solchen Gefängnis die Wahrheit über einen pinkfarbenen Diamanten aus Ihnen herauspresst. Oder wie lange Sie in einem solchen Gefängnis überleben werden, sollte ich, Mahendra Kumar, einen Ausländer anklagen, der mir eine ganze Wagenladung Schmuggelware anbietet und ihn zudem der brutalen Vergewaltigung meiner Tochter bezichtigen. Zumal der Polizeidirektor dieses Bezirks mein Bruder ist."

„Ihr Bruder", brummte Don resigniert. „Der bereits hierher unterwegs ist, um im Kreise der werten Familie Diwali Feierlichkeiten zu begehen?"

„Meine Hochachtung für Ihre Kombinationsgabe, Mr. Riley. Vergessen Sie also die 250.000 Dollar und fangen Sie an zu beten."

„Vergessen geht klar, aber die Gebete werde ich mir aus Zeitgründen klemmen", brachte Don mit einem schiefen Grinsen heraus und sah Kumar zufrieden nicken. „Die Höflichkeit übrigens auch."

Damit verpasste er dem Hotelier einen Tritt, der ihn zwischen die Mülltonnen beförderte, packte die Whiskyflasche und warf sich hinter das Steuer. Im Rückwärtsgang jagte er die Zufahrt hinunter, wendete mit quietschenden Reifen und raste an der Riksha vorbei, die Nelly und Salinda vor dem Hoteleingang entlud.

※

„Ich hab was für dich angenommen." Der Bettler mit den milchig verfärbten Augen wedelte mit einem Paket, eingehüllt in Packpapier und mit einer Kordel verschnürt. „Kam mit UPS. Es muss ein sehr, sehr wichtiges Paket sein, wenn es mit UPS kommt."

Er musste in Dons Ohr schreien, damit seine Information nicht im Lärm am Dashashvamedh Ghat unterging. Die Steintreppen, die zum Ganges hinunterführten, waren nicht mehr zu erkennen. Davor schwammen Dutzende flacher Holzboote, wie die Treppen voller drängelnder Menschen. In ihren Händen leuchteten Kerzen, die sie in kleinen Blütenschalen dem dunklen Wasser des heiligen Flusses anvertrauten, zusammen mit ihren Gebeten und Wünschen. Auf der Empore hoch über dem Ghat veranstalteten Brahmanen-Priester ihre allabendliche, scheppernde Zeremonie, dramatisch beleuchtet von Scheinwerfern und lodernden Feuersäulen.

Don hatte keinen Blick dafür. „Ein Paket? Mit UPS? Ich hab nichts bestellt."

„Es ist aber an dich adressiert. Kam aus Hamburg. Das liegt in Deutschland", sagte Prakash stolz und wiegte seinen Kopf hin und her.

„Ich kenn' keine Sau in Hamburg", murmelte Don und drehte das Päckchen in seiner Hand. „Egal. Ich muss in meine Wohnung. Komm mit, du musst mir helfen."

„In deine Wohnung? Jetzt? Don, du bist mein Freund, das ist schön, aber du bist nicht ganz dicht", lachte der Bettler. „Es ist Diwali! Happy Diwali! Das Lichterfest erwärmt die Herzen der Menschen. Ich hab den besten Platz am Ghat, gleich ist 'Agni Pooja' vorbei. Und wenn unsere Priester Gott Shiva, den Vater aller Flüsse, das Feuer, die Sonne und das Universum genug geheiligt haben, werden all die vielen Menschen viele Rupien für den armen, blinden Bettler übrig haben."

„Lass den Scheiß, Prakash, ich brauch dich wirklich."

„Aha. Wie sehr?"

„100 Dollar."

„Willst du mich beleidigen? Für mich läuft's nicht halb so gut wie für dich, seit wir in Varanasi sind. Sei nicht so herzlos."

Don verdrehte die Augen. „500 Dollar."

„Überredet."

Prakash gab den besten Platz auf den Treppen des Ghats auf und folgte Don in die enge Gasse, die wenige Meter von den Stufen entfernt in ein steinernes Labyrinth aus bunt getünchten Behausungen führte. Im Schutz der Mauern entfernte er die Kontaktlinsen mit dem milchigen Belag aus seinen Augen, kniff ein paar Mal die Lider zusammen und zog ein frisch gebügeltes Hemd aus dem schmierigen Beutel, der an seinem Handgelenk baumelte. Während er Don hinterherhastete, schloss er die Knöpfe über dem zerrissenen Baumwollfetzen, der bis eben seinen Oberkörper bedeckt hatte.

„Musst du verschwinden?", riet Prakash.

„Ja, und zwar schnell", gab Don zu und blieb stehen.

In der Gasse war es beinahe unheimlich still. Alle Bewohner feierten unten am Fluss. Don konnte die grüne Holztür mit den eisernen Beschlägen sehen, die den Eingang zu seiner Wohnung verschloss. Die einzige Tür, über der keine bunt blinkenden Lichterketten baumelten. Das Fenster daneben war nur als dunkles Loch in der Wand zu erkennen. Er gab Prakash ein Zeichen, sich ebenso an eine Hauswand zu drücken, wie er und wartete auf ein Geräusch, eine Bewegung oder einen Schatten, der verraten konnte, ob ihn bereits jemand erwartete.

„Du bist sehr, sehr nervös, Don", stellte Prakash leise fest. „Mit wem hast du dich angelegt?"

„Mahendra Kumar."

„Ach du Scheiße. Er hat's rausgekriegt? Das mit dir und Nelly?"

„Exakt. Und er hat die heutige Lieferung nicht bezahlt."

„Gaandu! (Arschloch)" Prakash sog Luft ein. „Das war der größte Deal! Er hat das ganze Zeug und du hast nicht einen Cent bekommen? Nicht mal Rupien? Wie konntest du das mit dir machen lassen!"

„Kumar hat mir offen gedroht. Er hat seinen Bruder auf mich angesetzt."

„Den Polizeipräsidenten?"

„Genau den. Ich geh nicht nochmal in den Knast, Prakash. Abhauen war die einzige Möglichkeit."

„Knast", wiederholte Prakash, schluckte schwer und tauschte einen unsicheren Blick mit Don. „Schwarzer Tag, Don. Ganz schwarzer Tag", flüsterte er dann. „Aber du hast den Nun's Island retten können, wie ich sehe."

„Mühevoll. War teuer, die Flasche zu beschaffen. 100.000 hab ich dafür hingelegt. Mein Arbeitskapital steckt in einer Flasche Alkohol und trotzdem bin ich nicht flüssig."

„Oh. Und meine 500 Dollar …"

„Wirst du jetzt aus meiner Wohnung holen", ergänzte Don und gab Prakash seinen Wohnungsschlüssel.

„Ah gut. Du bist also nicht ganz pleite. Und wenn … wenn jemand da ist? Oder ankommt, wenn ich da drin bin?"

„Dann wolltest du mich eben besuchen und musstest feststellen, dass ich nicht da bin. Sag', dass du was bei mir vergessen hast, sag' irgendwas. Teufel, du bist der Meister aller Lügner, Prakash. Dir wird doch was einfallen. Du musst nur zwei Dinge mitnehmen. Eine Jacke aus braunem Wildleder und den Teddybären auf meinem Bett."

„Teddybär", wiederholte Prakash. „Wie albern ist das denn? Ein erwachsener Mann, der einen Teddybären auf dem Bett seines Kumpels vergisst."

„So albern wie ein erwachsener Mann, der ein rosa Hemd mit gelben Blumen trägt", grinste Don und zupfte an Prakashs Hemd. Dann warf er einen letzten Blick auf den Hauseingang. „Jetzt mach schon, sieht nicht so aus, als wäre jemand da."

Prakash war schnell zurück. „Alles ruhig, da war niemand", versicherte er, beeilte sich, den Teddybären zu übergeben und warf Don die Jacke über die Schultern. „Vielleicht ist gar nichts los, Don. Kumar hat, was er will. Einen Haufen Luxusartikel für lau und das Ende der Affäre seiner hübschen Tochter. Die Kumars sind eine moderne Familie. Er wird sie nur ein bisschen verprügeln, sie zu einem Arzt schicken, der wieder eine Jungfrau aus ihr macht und sie schnellstens mit einem verklemmten Jungen verheiraten, dessen Vater für seine Geschäfte nützlich ist."

Don vergewisserte sich, dass sein Pass wie gewohnt in der Innentasche steckte und kratzte die 500 Dollar aus den Taschen seiner Wildlederjacke zusammen. Prakash griff schnell zu und wiegte seinen Kopf hin und her.

„Wohin gehst du, Freund Don?"

„Keine Ahnung, erst mal nur weg."

„Der englische Captain sucht wieder erfahrene Leute. Gopal macht die Registrierung. Er hat schon nach dir gefragt. Da oben in den Bergen findet dich keiner. Ich dachte, wir könnten vielleicht zusammen …"

Don hob abwehrend die Hände. „Kommt nicht in Frage. Nie wieder, kapiert?"

„Ist ja gut. Ich erinnere mich auch nicht gern an Chitral", murmelte Prakash. „Aber ... Denkst du nicht auch manchmal an ihn? Den sehr, sehr großen rosa Diamanten?"

„Was ist heute? Weltdiamantentag?", schnaubte Don ungehalten. „Fang nicht wieder damit an! Da war kein Diamant! Nur ein Haufen Geröll. Der Klunker ist ein Gerücht!"

„Oh nein, Freund Don, kein Gerücht! Inzwischen redet ganz Indien von dem Stein. Vielleicht ist der Diamant wirklich nie in Chitral angekommen, aber vor kurzem wurde er gesehen, hier in Varanasi! Kumar ist ein arrogantes Ekel, aber nicht blind. Er ist richtig scharf auf den Stein, hat Gopal gebeten, sich umzuhören, weil der Besitzer nicht wieder aufgetaucht ist. Der Fremde, der an deiner Tür war, der nach dir suchte. Er war dein Vater, so hört man."

„Ja, verdammt! Er war mein Vater. Ein Mann, der seit 30 Jahren von Diamanten faselte. Ein Grund mehr, nicht an den Stein zu glauben."

„Aber er wollte etwas von dir."

„Ja, mich anpumpen! Er hatte keine Kohle, Prakash. Soviel zu pinkfarbenen Reichtümern. Mein Vater war ein Spinner."

„Bedauerlicherweise ging sein irdisches Leben zu Ende. Und da du heute bei Kumar warst, da dachte ich ... ich meine, es könnte sein, dass ..."

„Was, zum Teufel?"

„Der Diamant macht alle verrückt, vielleicht auch dich, Freund Don. Ich hoffe, du haust nicht so eilig ab, weil du den Stein an dich gebracht hast und Kumar dir ein Vermögen bezahlt hat. Das wäre unfair, sehr, sehr unfair, nicht wahr? Ich meine ... ich hoffe, du betrügst deine alten Kameraden nicht."

Ehrlich verletzt starrte Don in Prakashs Gesicht. „Ich hab den Klunker nie gesehen, Prakash. In Chitral nicht und auch nicht in Varanasi. Ich hab auch kein Geld. Nur ein Riesenproblem mit

Kumar und wahrscheinlich auch gleich mit seinem Bruder. Ich muss abhauen."

„Na schön", kam es gedehnt von Prakash. Bewegungslos starrte er in Dons Augen, aber es war nicht zu erkennen, ob er ihm glaubte. Dann kniff er die Lippen zusammen und nickte.

„Happy Diwali, Don. Lass dich blicken, wenn Gras über die Sache gewachsen ist."

Don blieb in der Stille der Gasse zurück. Kurz spielte er mit dem Gedanken, den Rest seiner Habseligkeiten aus seiner Wohnung zu holen, aber als er vor der grünen Holztür stand, verwarf er den Plan. Es war nichts von Bedeutung dabei. Nelly kannte seine Wohnung und es würde leicht sein, ihr diese Information zu entlocken. Es war besser, so schnell wie möglich aus dieser Stadt zu verschwinden. Irgendwohin, wo es genug Spinner mit unverschämt viel Kohle gab, denen es gefiel, mit einer seltenen Flasche Whiskey zu protzen.

Er schlüpfte in seine Jacke, stopfte den Teddybären in eine Tasche und das Paket aus Hamburg in eine andere. Was es damit auf sich hatte, konnte er später herausfinden. Der Nun's Island ließ sich nicht in den Taschen unterbringen.

„Du bist ein einziges Problem", klagte er das fleckige Etikett an, während er die Flasche in der Hand drehte. Er sah auf, als er ein Geräusch hörte. Eine Art Sirren, kaum wahrzunehmen und doch alarmierte es jeden Instinkt in ihm. Bevor er zu irgendeiner Reaktion fähig war, sah er die Flasche in seiner Hand zerbersten, wie 100.000 Dollar braune Flüssigkeit an ihm herunter rann, hörte das Klirren der Scherben auf dem Pflaster und gleichzeitig den dumpfen Laut, mit dem der Pfeil in seiner Brust stecken blieb. Der Schmerz nahm ihm den Atem, erlaubte ihm keinen Schrei. Taumelnd suchte er an der Hauswand Halt und starrte voller Entsetzen auf den langen Schaft, der aus seinem Körper ragte. „Fuck!" Sein Fluch war kaum mehr als ein Gurgeln. Er spürte seine Knie weich werden, schrammte an der Wand entlang und warf sich in den schmalen, stockdunklen Gang, der das Haus mit der grünen Holztür vom Nachbargrundstück trennte.

Panisch kroch er durch die Dunkelheit voran, durch Müll, huschende Ratten und die Überreste eines verwesten Tieres. Er durfte nicht das Bewusstsein verlieren, nicht hier und nicht jetzt, aber er schaffte es nicht, sich wieder aufzurichten. Aus seiner Kehle drang ein scharfes Keuchen, sein Körper wurde schwer wie Blei und schleppte sich nur noch mit lähmender Langsamkeit voran. „Das war's, Don", meldete sein Hirn, mehr und mehr von einem starken Schwindelgefühl umnebelt. „Du wirst in diesem Drecklich verrecken, wie das Viech, dessen vergammeltes Fleisch an deinen Fingern klebt."

Mit zitternden Händen ertastete er die steilen Stufen einer Treppe. Don hörte noch das Krachen, mit dem der Schaft zerbrach, als sein Körper die Stufen hinunter stürzte und mit einem lauten Klatschen im heiligen Wasser des Ganges landete.

Der Schütze ließ den Bogen sinken. Diesmal lachte er nicht, sondern verfluchte die Nacht, die diesen Schuss so schwierig gemacht hatte. Die Flasche, er hatte die Flasche nicht gesehen. Sie hatte den Pfeil abgelenkt, nicht viel, aber genug, um das Herz seines Opfers zu verfehlen. Es war sinnlos, seine Position auf dem Dach zu verlassen, um die Verfolgung aufzunehmen. Schon drängten die Feiernden vom Fluss zurück in ihre Häuser. Tanzend und lärmend verstopften sie die enge Gasse, sprangen um die Knallfrösche herum, schrien „Happy Diwali" und hielten auch die Polizisten in ihren sandfarbenen Uniformen auf, die vergeblich versuchten, sich mit ihren dicken Lathi-Knüppeln einen Weg durch die Gasse zu bahnen.

Zitternd vor Wut duckte sich der Schütze und ballte die Fäuste. Auch das noch. Jetzt musste er ausharren, bis die Polizisten wieder weg waren und die feiernde Menge endlich zur Ruhe kam. Seine feinen Lederschuhe versanken bereits im Taubendreck, dessen dicke Schicht das ganze Dach bedeckte. Ein elendes Dach, umgeben von einer Mauerbrüstung, die ihn versteckte. Keinesfalls wollte er den bröckelnden Putz berühren, der von Schimmel und Flechten überzogen war. Feucht wie nasse Pappe, vollgesogen mit allem, was diese Stadt absonderte. Er hasste diese geduckte Haltung, er hasste

Dreck, aber er musste noch eine Weile aushalten. Die Aufgabe, die er zu erfüllen hatte, war zu wichtig.

☙❧

Nebel lag über dem Ganges. Hauchfeine Schwaden, rosa verfärbt von der aufgehenden Sonne. Sie hüllten die flachen Boote ein, schwer mit dunklen Stämmen beladen. Nur verschwommen waren die hageren Gestalten zu erkennen, die mit langen Stangen ihre Boote durch das Wasser lenkten. Zarte Blütenblätter schwammen auf der spiegelglatten Oberfläche. Zwischen diesen Blüten tauchte eine samtäugige Schönheit aus den Fluten auf. Sie bog die Arme dem Himmel entgegen, streckte ihren geschmeidigen Körper und zeigte volle, runde Brüste an denen der nasse Stoff ihres Saris klebte, ebenso hauchfein und rosa wie das Licht des frühen Morgens.

„Himmel, das muss der Himmel sein", staunte Donovan Riley, als er diese friedvolle Szenerie erblickte. Er lag im feuchten Ufersand, bis zu den Schultern umspült von seichten Wellen. Seinen Körper spürte er nicht mehr, nur den Wind, der den Duft der Blüten herantrug und seine Vorstellung vom Paradies vervollständigte. Dabei war er sicher gewesen, am Ende seines Lebens direkt zur Hölle zu fahren.

Erst als dieser Duft dem beißenden Geruch von verbranntem Fleisch wich, als schwarzer, klebriger Ruß den Nebel durchdrang und das platschende Geräusch, mit dem eine Leiche schwungvoll den Fluten anvertraut wurde, die Stille zerriss, wurde ihm klar, wo er sich befand.

Dies war nicht der Himmel und auch nicht das Paradies. Dies war Manikanika Ghat, das Reich der Dom Kaste, der Männer, die Leichen auf Scheiterhaufen verbrannten. Die Feuer verlöschten nie, weil so viele Inder sich wünschten, in der heiligen Stadt Varanasi zu sterben und auf den Scheiterhaufen am Ufer des Ganges zu Asche zu zerfallen.

Die Leiche trieb in seine Richtung. Eine Frau, noch jung, mit gewölbtem Leib. Schwangere brauchten das Feuer nicht, ihre Seelen waren rein. Ihnen gebührte das Recht, unversehrt im heiligen Fluss die letzte Reise anzutreten, ebenso wie Babys und Sadhus, den heiligen Männern.

Ein Ende als Aschehäufchen war bei Weitem nicht jedem vergönnt, der hier ins Gras biss. Don hatte genug stinkende Bündel im Fluss treiben sehen. Tote Körper, nachlässig in ein dünnes Tuch gewickelt, von Fliegen bedeckt, von Aasgeiern zerhackt. Oft aufgedunsen, mit beinahe obszön gespreizten Beinen, leeren Augenhöhlen und wie im Schrei geöffneten Kiefern.

Futter für die Schildkröten mit dem kräftigen Gebiss, die im Ganges lebten, und sich sofort über jede neue Mahlzeit hermachten. Für die Rudel streunender Hunde blieb dann noch ein zerfledderter Arm oder ein halb abgenagter Fuß, den die Wellen gnädig ans Ufer spülten.

Der Körper der Schwangeren trieb jetzt nicht mehr ruhig dahin. Die Biester waren schon bei der Arbeit, zerrten links und rechts, zogen die Tote halb unter Wasser, um sie nach jedem Biss mit einem Blubbern wieder auftauchen zu lassen.

Unfähig, sich zu rühren, ließ er sich von seinem Ekel überwältigen. Er hatte ihn immer verabscheut, den trägen Fluss mit seinem undurchsichtigen, gelblichen Wasser. Prakash badete jeden Morgen darin, wie Tausende anderer Hindus und Jains, die diese Kloake „heilig" nannten. Erstaunlich, dass sie ihr morgendliches Bad überlebten und nicht röchelnd, mit eitrigen Beulen bedeckt, ihr Leben aushauchten. Für Don war der Ganges nur Sammelstelle für den unvorstellbaren Dreck, den die Bewohner dieser Stadt produzierten, für Krankheit und Tod. Freiwillig hätte er nicht einmal den kleinen Finger in diese Brühe gehalten. Schon aus lauter Angst, bald darauf mit den zombieähnlichen Leprakranken, die an den Ghats um Almosen bettelten, um die besten Plätze zu streiten. Welche perfide Ironie, ausgerechnet hier abzukratzen.

Er wandte den Blick ab, sah, wie die Boote anlegten zwischen Müll und einem Dutzend Bündeln. Kleine Bündel, große Bündel, die ein bisschen wie Mumien aussahen, umhüllt von orangefarbenem Stoff oder glänzender Folie. Die Arbeit des heutigen Tages, bereits verschmutzt vom Uferschlamm. Die Bootsleute brachten neues Holz für die Scheiterhaufen, feilschten mit den Dom-Männern um den Preis. Ein neues Platschen drang an Dons Ohr, weniger laut. Ein halb verbrannter Körper, ein Gewirr aus Knochen, Hautfetzen und Haar. Diesem Toten hatte alles Feilschen nichts genützt. Das Geld seiner Angehörigen hatte nicht gereicht, um einen Scheiterhaufen zu bezahlen, der seine Leiche zu Asche zerfallen ließ. Vater Ganges würde sich seiner Überreste annehmen, zusammen mit den Schildkröten.

Das alles kam der Hölle ziemlich nahe, zumal sich auch die samtäugige Badende in ein schrill kreischendes Wesen verwandelte. Nicht etwa wegen der toten Schwangeren, die immer näher auf sie zutrieb, sondern weil sie etwas am Ufer entdeckt hatte.

Don begriff nur langsam, dass sie seinetwegen schrie, aufgeregt mit den Armen wedelte und die Aufmerksamkeit der Dom-Männer auf ihn lenkte. Jetzt hatten ihn alle gesehen, auch die Bootsleute. Die Dom-Männer schrien ebenfalls, sprangen auf eines der Boote. Schon glitt es auf ihn zu. Sie wollten ihn holen, mit ihren rußgeschwärzten Händen.

Don schloss die Augen. Er wollte nichts mehr sehen. Gut, dass er seinen Körper nicht spürte. Es würde nicht wehtun, wenn sie ihn ins Feuer warfen. Die paar Rupien in seiner Tasche reichten niemals für einen ordentlichen Scheiterhaufen. Es würde nicht lange brennen und dann würden sie seine elenden Reste in den Fluss werfen. Ob es knackte, wenn die Kiefer der Schildkröten danach schnappten? Egal. Alles war gekommen, wie es kommen musste. Falls dieser Zustand, in dem er sich befand, noch Leben genannt wurde, war es zu Ende. Und Donovan Riley fuhr direkt zur Hölle.

# Kapitel 3

„Welche Ironie", hörte Sophie ihren Onkel Cornelius murmeln. „Der ewig klamme Peter Nielsen hinterlässt ein Millionenvermögen."

Kopfschüttelnd sichtete er die Habseligkeiten, die ihm von der Polizei übergeben worden waren, darunter auch der wertvolle Diamant. Fast sechs Wochen waren seit dem Mord vergangen.

Sophie stand am Fenster und sah durch den Regen auf die Binnenalster hinaus, die grau und unruhig aussah. Ein heftiger Herbstwind pfiff um die prächtigen Gebäude, die das Wasser umgaben, und ließ die Alsterschiffe am Anleger auf und ab schaukeln. Fleißige Arbeiter schmückten den Jungfernstieg mit Lichterketten für das erste Adventswochenende.

„Wir sind mit Peters Nachlass betraut worden, Sophie. Ich möchte, dass du diesen Fall federführend übernimmst. Peters Lebenswandel hat mich viele Jahre lang geärgert. Ich habe keine Lust mehr, mich mit ihm zu befassen."

Sophie nickte und wandte sich ihm zu. „Hat dieser Kommissar Lindemann den Fall klären können?"

„Nein, leider nicht. Die Ermittlungen sind vollkommen ergebnislos geblieben. Peter Nielsen hielt sich zuletzt in Indien auf. Am 15. Oktober traf er per Flugzeug in Hamburg ein, suchte sofort den Juwelier Wempe auf und ließ den Stein schätzen. Danach, typisch Peter, nahm er sich eine Suite im Hotel Atlantik, ließ sich tagelang ausgiebig verköstigen und suchte Wempe erneut auf. Kaum aus der Tür, wurde er mit einem antiken Pfeil quasi erlegt. Die Tatwaffe soll aus dem 17. Jahrhundert stammen. Ein Geschoss mit Schilfrohrschaft, Entenfedern und einer Spitze aus Eisen, wie sie bei den Kriegern der Mogulherrscher Indiens üblich waren."

„Wie unheimlich", schauderte Sophie. „Soll das bedeuten, dass der Täter noch immer in Hamburg herumlaufen könnte? Ein Geistesgestörter, der mit asiatischen Museumswaffen Passanten durchbohrt?"

„Der Täter hatte es wohl gezielt auf Peter abgesehen. Der Mord liegt wochenlang zurück und es ist nichts weiter vorgefallen."

„Vielleicht hatte Peter Nielsen den Stein gestohlen?"

„Kommissar Lindemann hat sich mit den Behörden in Indien ausgetauscht. Der Raub eines so spektakulären Diamanten wäre sicher irgendwie bekannt geworden. Darüber ist aber nichts berichtet oder angezeigt worden. Niemand erhebt Anspruch darauf, weshalb wir den Diamanten zum Nachlass zählen dürfen. Unter Vorbehalt natürlich, bis alle Fristen abgelaufen sind."

„Hm, seltsam", überlegte Sophie. „Außerdem ging es dem Täter wohl nicht um den Diamanten. Sonst hätte er ihn doch an sich genommen."

„Tja, glücklicherweise ist es nicht unsere Aufgabe, Licht in diese Angelegenheit zu bringen", lächelte Onkel Cornelius. „Du darfst dich nun mit Peter Nielsens Hinterlassenschaft befassen, meine liebe Sophie. Ein rosa Diamant, den wohl nur ein Milliardär erwerben kann, der zufällig Edelsteine sammelt, ein paar persönliche Dinge und eine astronomische Rechnung des Atlantik-Hotels, die Peters Kreditkarte natürlich nicht abdeckte."

„Meine Güte."

„Darüber hinaus wirst du dich mit den Erben in Verbindung setzen müssen. Man sollte ihnen die Gelegenheit geben, zu entscheiden, wie der alte Taugenichts unter die Erde gebracht werden soll."

„Hat dieser Donovan Riley sich nun gemeldet?"

„Bedauerlicherweise nicht. Seine Mutter informierte ihn brieflich über den Tod seines Vaters. Nachweislich hat er diesen Brief am 2. November unter seiner Adresse in Varanasi angenommen. Gemeldet hat er sich aber nirgends, auch nicht bei seiner Mutter in London. Das UPS-Paket, das sein Vater ihm schickte, kam am 3. November an. Unterzeichnet hat ein gewisser Prakash. Kommissar Lindemann hat die indische Polizei um Mithilfe gebeten, aber Donovan Riley ist nicht auffindbar."

„Nicht auffindbar? Und ich soll Mr. Riley nun aufspüren?"

„Ganz recht. Ich finde, der Fall Peter Nielsen ist ein hervorragendes Lehrstück für die frisch gebackene Partnerin einer Erbenermittlung. Du etwa nicht?"

„Danke, Onkel Cornelius", stöhnte Sophie lächelnd. „Du bist so gut zu mir."

Sie sammelte die Habseligkeiten des Ermordeten und die Aktenordner mit der Aufschrift „Nielsen" ein und verzog sich an ihren Schreibtisch. Im Gegensatz zu dem altmodischen Möbel aus dunklem Holz, hinter dem Onkel Cornelius waltete, bestand ihrer aus einer getönten Glasplatte auf einem Gestell aus Edelstahl. Die breiten Türflügel, die ihre Arbeitsplätze voneinander trennten, schlossen sie nur, wenn sowohl Sophie als auch Cornelius Besuch hatten und die Diskretion dies erforderte.

Es erschreckte sie nicht, dass ein Erbe gesucht werden musste. Erbschaftsangelegenheiten waren häufig kompliziert und Verbindungen ins Ausland keine Seltenheit. Aber noch nie hatte sie es mit einem Fall zu tun gehabt, bei dem der Erblasser ermordet worden war. Noch dazu mit einem Pfeil, nur einen Steinwurf von ihrem Arbeitsplatz entfernt und mit einem 42-Karäter in der Tasche.

Tröstlich, dass sie ihren Onkel sehen konnte, während sie Nielsens Hinterlassenschaft auf dem Boden ausbreitete. Der gute Onkel Cornelius, der ihr gleich nach dem Staatsexamen die Partnerschaft in seiner Kanzlei angeboten hatte, obwohl sie noch so unerfahren war. Sophie war mehr als glücklich darüber. Sie liebte die ruhige, gediegene Atmosphäre zwischen den holzgetäfelten Wänden und den hohen Regalen mit den ledernen Buchrücken und verlor sich gern in der Akribie, mit der die Fälle bearbeitet werden mussten.

Die Vorstellung, in einer Kanzlei zu landen, wo Verbrechen und Verbrecher zum Tagesgeschäft gehörten, hatte sie schon als Studentin gequält. Bei Onkel Cornelius hatte sie sich nur um den Nachlass eines Verstorbenen zu kümmern. Es war nicht von Bedeutung, wie dieser ums Leben gekommen war. Trotzdem fand sie, dass ihr Verbrechen und Verbrecher mit der Akte Nielsen zu nahe kamen.

Seufzend ließ sie ihren Laptop hochfahren und machte sich daran, eine Liste der verschiedenen Gegenstände zu erstellen.

1 Reisepass, Nummer F15388635, ausgestellt von der Deutschen Botschaft in Neu-Delhi, im September 2013. Brandneu. Offenbar war Nielsen tatsächlich jahrelang nicht in Deutschland gewesen, wenn er die deutsche Botschaft bemühte, um seinen Pass zu erneuern.

„Er sah gar nicht schlecht aus, der Taugenichts", hörte Sophie sich laut sagen, während sie in dem Dokument blätterte. Peter Roland Nielsen, geboren am 15.12.1953 in Hamburg. „Richtig jugendlich, obwohl er ein "Oldie" von 60 Jahren war."

„Wie charmant du sein kannst. Vor allem, wenn du mich als Vertreter des gleichen Jahrgangs so subtil in die Kategorie „Oldie" schubst."

„Oops", machte Sophie kichernd und sah ihren Onkel zwinkern.

„Ich muss allerdings auch zugeben, dass Peter gut aussah, immer schon. Für ihn war es wohl Fluch und Segen zugleich. Die Frauen liefen ihm nach, bereits als Teenager konnte er eine stattliche Anzahl von gebrochenen Herzen vorweisen. So berichteten jedenfalls seine geplagten Eltern, die bedauerten, dass ihr einziger Sohn nie geheiratet hat. Von seinen unehelichen Kindern haben sie übrigens nichts erfahren. Das hat er mir erst nach ihrem Tod gebeichtet."

„Ein richtiger Hallodri, der schöne Peter. Zwei Frauen geschwängert und sitzen gelassen. Und dann nachträglich mit 10.000 Mark abgespeist. Wie konnten sie so dumm sein, und sich darauf einlassen?"

„Wahrscheinlich haben sie nicht damit gerechnet, nur einen Pfennig von Peter zu sehen und haben deshalb einfach genommen, was sich bot."

„Unmöglich", murmelte Sophie. „Wer weiß, wieviele noch auf ihn hereingefallen sind. Vielleicht war er auch mal mit einer Weltmeisterin im Bogenschießen im Bett."

„Sophiechen, mache dir keine Gedanken um Peters Bettgeschichten, schreib die Nachlassaufstellung."

Gehorsam begann sie, die Excel-Tabelle zu füttern.

Ein Koffer, Marke Rimova, starke Gebrauchsspuren. Wert: 0

Inhalt: 2 Hosen, 2 Hemden, 1 Mikrofaserjacke, getragen. Wert: 0

Mit gerümpfter Nase sichtete sie die Kleidungsstücke, größtenteils ungewaschen und ebenso mit getrocknetem Schlamm besprizt wie das Paar grober Schnürstiefel in einer Plastiktüte. Igitt.

Eine Kulturtasche mit Toilettenartikeln. Bis auf einen altersschwachen Rasierapparat trug alles die Aufschrift „Hotel Atlantik". Wert: 0

Eine Uhr, schlechte Rolex-Kopie. Die Goldfarbe an der Innenseite war schon ganz abgewetzt. Wert: 0

Ein Handy, älteres Modell, mit Karte einer indischen Telefongesellschaft. Wert: 25 Euro

Eine Kreditkarte, American Express, laut beiliegender Abrechnung mit umgerechnet 8732,67 Euro belastet. Deckung auf dem Konto einer indischen Bank: 0

Eine zerknüllte Bordkarte der Air India und 15 Kugelschreiber mit „Air India" Werbeaufdruck. Hatte er die alle beim Einchecken abgegriffen? Wert: 0

Ein Gemälde, zusammengerollte Leinwand, rahmenlos. Ach Gott, naive Malerei. Indische Landschaft mit Elefant am Fluss, ganz bunt. Wie scheußlich. Wert: Durch Gutachten zu erfassen.

Eine Brieftasche, starke Gebrauchsspuren, Inhalt: zwei Visitenkarten. Die des Juweliers Wempe und die der Kanzlei. Ein Einlieferungsbeleg aus einem UPS-Depot am Ballindamm mit Rileys Adresse in Varanasi und Rechnung über 74,67 Euro, bar bezahlt.

Bargeld: 500 Rupien, 75 US Dollar, 22 Euro.

Ein Führerschein, grauer Lappen, ausgestellt in Hamburg, am 15.12.1971. Den hatte er wohl zum 18. Geburtstag von seinen Eltern geschenkt bekommen. Das Foto war uralt, zeigte einen jungen Peter Nielsen mit langer Lockenmähne und abenteuerlustig funkelndem Blick.

Zwei Damenhalsketten aus Weißgold, jeweils mit einem Einkaräter, zusammen mit Zertifikat und Quittung des Juweliers Wempe. Wert: 36.500 Euro, bar bezahlt.

Sophie stutzte. „Dieser Peter Nielsen war ausgesprochen seltsam. Er hatte billiges Gepäck, trug eine gefakte Uhr, griff Werbekugelschreiber ab und hatte keinen Cent auf der Bank, kaufte aber zwei teure Halsketten bei Wempe. 36.500 Euro, in bar. Für wen?"

„Wahrscheinlich für seine nächsten Bettgeschichten, über die du dir keine Gedanken machen sollst", stöhnte Onkel Cornelius. „Peter protzte gern. Wie wir nun wissen, muss er kürzlich Reichtum erlangt haben. Typisch, dass er sofort begann, damit herumzuprassen."

Sophie nickte und beendete die Aufstellung.

Ein Diamant, gemäß beiliegendem Gutachten mit Ablichtung. Wert: 13,5 Millionen Euro.

Fertig. Mehr war nicht da. Nur noch die Aufstellung der Polizei, die darüber Auskunft gab, dass sich die Kleidung, die das Opfer an seinem Todestag getragen hatte, als Beweisstück in der Asservatenkammer befand. Den Totenschein des Amtsarztes schob sie in eine Plastikhülle und heftete ihn ab. Gewissenhaft lichtete sie alle Gegenstände mit der Digitalkamera ab, spielte die Bilder auf ihr Laptop und ordnete sie den Positionen in der Liste zu. Den Diamanten und die Halsketten verschloss sie mitsamt Gutachten und Zertifikaten im Safe. Danach nahm sie sich den Aktenordner vor und arbeitete sich durch die Unterlagen.

„Brenda Riley ist Tänzerin?", las sie und sah ihren Onkel schmunzeln.

„Nun, es handelt sich nicht um klassisches Ballett. Eher … exotischer Tanz."

„Exotisch? Was soll das sein? Sie interpretiert afrikanische Stammesrhythmen?"

Jetzt lachte er laut. „Nein, Sophiechen, Brenda Riley ist Striptease-Tänzerin."

„Oh! So eine …"

„Jedenfalls war sie das, als ich damals mit ihr korrespondierte. Ihre Adresse ist die eines Nachtclubs im Londoner Vergnügungsviertel Soho. Nicht verwunderlich. Peter Nielsen hatte eine Vorliebe für das Rotlichtmilieu."

„Offensichtlich. Rieses wohnen in der Talstraße, das ist mitten auf dem Kiez!" Sophie schüttelte den Kopf und blätterte sich weiter durch die Unterlagen. „Nielsens Sohn Donovan kam am 8. August 1983 in London zur Welt und Alexander im Oktober desselben Jahres in Hamburg. Erst ließ er Brenda Riley schwanger in Soho zurück und trieb sich dann mit Frauke Riese auf St. Pauli herum? Unfassbar!"

„Du bist schon wieder mit Peters Bettgeschichten beschäftigt."

„Sagtest du nicht, diese Frauke Riese wäre unangenehm? Ist sie etwa auch sowas wie … eine Prostituierte?"

Onkel Cornelius lachte. „Nein, das glaube ich nicht. Als ich sie traf, hatte sie eine kleine Wäscherei, direkt unter ihrer Wohnung."

„Eine Wäscherin, ach je. Ihr Sohn Alexander muss ein spannender Typ sein. Wohnt mit 30 Jahren noch im Hotel Mama."

„Du musst ihn nicht heiraten, Sophiechen. Nur von der Erbschaftsangelegenheit unterrichten."

„Wie beruhigend!" Sophie verdrehte die Augen. „Ich werde ihn anschreiben. Aber was machen wir mit Donovan Riley?"

„Wenn ich du wäre, würde ich eine Nachricht an die Londoner Adresse seiner Mutter schicken und ebenso an die Adresse in Varanasi. Gleichzeitig kannst du dich an die Botschaften wenden. Riley ist Brite, er muss irgendwann eingereist sein, irgendwo in Indien gemeldet. Wenn das alles nichts bringt, sehen wir weiter."

☙❧

„Dent, wach endlich auf. Du hast Besuch!"

Alexander Riese ließ ein gepeinigtes Grunzen hören, drehte sich auf den Bauch und benutzte seine Rechte, um sich unter seiner

Daunendecke unsichtbar zu machen. Seine Linke tastete nach den Kopfhörern, die in seinem Tablet-PC klemmten. Blind fand er den Einschaltknopf des Geräts, tippte sein Passwort über die Tastatur auf dem Touchscreen und lächelte glücklich, als Anjas Stimme in dem Getöse unterging, das die Heavy-Metal-Band Iron Maiden weltberühmt gemacht hatte.

Die spürbare Erschütterung verriet ihm, dass Anja die Tür zu seinem Schlafzimmer zuknallte und ihre Weckversuche aufgab. Trotzdem öffnete er ein Auge, hob die Bettdecke ein wenig an und blinzelte durch den Spalt, um sicher zu sein, dass sie wirklich weg war. Bevor er das Auge wieder schloss, prüfte er noch, ob die Thermoskanne mit frischem Kaffee ordnungsgemäß neben dem Aschenbecher und seinen Zigaretten auf den Beginn seiner Wachphase wartete. Dafür war es jedoch noch viel zu früh, egal wie spät es war.

„Ich hab's Ihnen ja gleich gesagt, die Chancen stehen schlecht." Anja Burmeister breitete entschuldigend die Arme aus und quittierte Sophies verärgerten Gesichtsausdruck mit einem Lächeln, das die Piercings in ihrem runden Gesicht aufblitzen ließ. „Eine oder zwei Stunden kann es noch dauern."

Sophie Kröger sah entnervt auf ihre Armbanduhr. „Es ist 13 Uhr! Ich warte schon über eine Stunde", beklagte sie sich. „Unhöflich genug, dass Herr Riese weder auf mein Anschreiben noch auf meine Anrufe geantwortet hat. Wenn ich mir schon die Mühe mache, ihn aufzusuchen, könnte er mich wenigstens zeitnah empfangen."

„Er meint es nicht böse", versicherte Anja, während sie die schlanke Blondine ungeniert musterte. Typische Hamburgerin, aus den besseren Kreisen. So eine, die schon von Geburt an die Nase ganz weit oben trug und mit einem kühlen Blick aus blauen Augen ihr Gegenüber einfrieren konnte wie Kohlrouladen in der Tiefkühltruhe. Schickes Kostüm, Pumps und Handtasche, alles in hanseatisch blau, alles teuer. Kein Spritzer bedeckte ihre Schuhe oder die feine Strumpfhose, obwohl es draußen in Strömen regnete und die Pfützen in der Talstraße einer Seenplatte glichen. Die steife Brise hatte es nicht geschafft, ein vorwitziges Härchen aus der Haarspange zu zupfen, die das goldene Haupthaar zusammenhielt. Miss Makellos, in vollem Lack, genau wie ihr dunkelblauer Mercedes vor der Tür, an dem der Regen abperlte, ohne Spuren zu hinterlassen.

„Versuchen Sie es noch einmal", sagte sie jetzt, mehr wie ein Befehl, und zeigte offene Entrüstung, als Anja den Kopf schüttelte.

„Sie kennen sich nicht aus mit Nerds, oder?"

„Wie bitte?"

„Nerds", wiederholte Anja geduldig. „Geeks, Vertreter der Gattung "Homo Digitalis", der nächsten Evolutionsstufe. Der Chef ist so einer. "Homo digitalis" ist nachtaktiv, atmet vorzugsweise Elektrosmog und benötigt große Mengen Coffein und Nikotin zur Grundversorgung des Organismus. Platzsparend unterzubringen auf ca. 2 qm Fläche, auf der diese Spezies fast bewegungslos verharrt, solange dort eine fette Kiste mit gigantischer Rechenleistung, exquisiter Grafikkarte und überdimensionalem Bildschirm steht. Das Einzige, was sich jemals schnell bewegt, sind seine Finger auf der Tastatur. Die natürliche Umgebung ist das World Wide Web, dessen unendliche Weiten es anzureichern und zu erforschen gilt. Die Gattung kommuniziert in verschiedenen Sprachen, die Delphi, Haskell, PHP, SQL, PERL oder JavaScript heißen und zeigt sich friedlich, solange genügend Pixel herumzuschubsen sind. Untereinander benutzen sie Leetspeak, rotten sich online zusammen, um auf kleine, bunte Aliens zu ballern und meiden jede Aktivität, die sie vor die Tür in sauerstoffhaltige Zonen zwingt."

Anja holte Luft und blinzelte Sophie freundlich an. „Wird Ihnen allmählich klar, womit Sie es zu tun haben?"

„Ja", schluckte Sophie. „Ich gewinne eine ungefähre Vorstellung."

„Gut. Ich koche Ihnen jetzt einen Kaffee. Wenn Sie Glück haben, ist er ansprechbar, bevor es dunkel wird. Sonst kommen Sie eben ein andermal wieder."

Sophies Blick folgte der rundlichen Person in schwarzer Jeans, schwarzem T-Shirt und schwarzen Stiefeln, die bei jedem Schritt laut knirschten. Anjas langes Haar, schwarz gefärbt, bildete einen brutalen Kontrast zu ihrer weißen Haut und den hellblauen Augen über denen strichförmige, tiefschwarze Augenbrauen thronten. Um ihre Handgelenke trug sie breite Lederarmbänder mit Ketten darum, die geeignet waren, einen Fischkutter im Hafen zu verankern. Entsprechend laut waren die rasselnden Geräusche, mit denen sie jetzt Sophie den Kaffeebecher reichte. Sophie wunderte sich nicht mehr, dass Anja sie nicht gefragt hatte, ob sie Milch oder Zucker nahm und nippte an der schwarzen Brühe. Sie schaffte es, Anjas Lächeln zu erwidern, obwohl die Piercings in Lippen, Nase und Augenbrauen sie irritierten. In der Zunge hatte sie auch eins. Es war zu sehen, wenn sie sprach. Ohne diese Perforationen hätte Sophie Anjas Gesicht hübsch gefunden und sie vielleicht ein wenig um die vollen, roten Lippen beneidet.

„Und welche Position bekleiden Sie hier?"

„Ich? Ich bin die Pufferzone. Die zwischen Dent und dem Rest der Welt. Solange die Gattung "Homo digitalis" noch so häufig mit "Homo sapiens" konfrontiert wird, ist eine Pufferzone dringend notwendig", lachte Anja. „Dieser Job ist ein Segen für mich, wissen Sie. Irgendwie passe ich nirgendwo hin. Die ewige Außenseiterin, so wie Dent der ewige Außenseiter ist. Wir hängen seit der Schulzeit miteinander ab."

„Dent? Ich dachte, Herr Riese heißt mit Vornamen Alexander."

„Ja", kicherte Anja. „Aber niemand nennt ihn so, nicht mal seine Mutter."Dent" wird er schon ewig genannt. Nach Arthur Dent - aus "Per Anhalter durch die Galaxis" von Douglas Adams. Das ist sein Lieblingsschriftsteller. "Dent" heißt auch Beule oder Delle. Wenn Sie ihn sehen, verstehen Sie das."

„Aha. Und der Geschäftsinhalt dieses Unternehmens besteht worin?"

„Dent ist Programmierer. Er produziert Bleiwüste und ich halte ihm vom Hals, was nervt. Webseiten für den Puff um die Ecke oder irgendeine Kneipe basteln, kaputte Rechner reparieren, grenzdebile Straßennutten mit ihrem neuen Smartphone vertraut machen, Anrufe, Pizza bestellen, Geldverkehr, das Finanzamt …"

„Und mich", ergänzte Sophie leicht säuerlich.

„Ja nun, das ist der Job", gab Anja achselzuckend zu. „Ich halte Sie hier in der Küche fest, bis das Superhirn da im Schlafzimmer den Rest seines Körpers steuern kann."

Sophie sah sich in der Küche um. Sie bildete den zentralen Raum einer geräumigen Altbauwohnung, die über der Wäscherei Riese lag. Ein Schild mit der Aufschrift „geschlossen", hatte sie gezwungen, einen schmutzigen Klingelknopf zu drücken, bis Anja sie eingelassen und in dieser Küche geparkt hatte. Alles darin sah alt und abgenutzt aus. Es gab eine curryfarbene Küchenzeile, wohl in den 70ern angeschafft, einen Herd mit weißen Drehknöpfen, auf denen die Zahlen längst abgerieben waren und ein Regal mit Kochtöpfen aus Emaille mit Blumenmuster. Auf dem Boden klebte PVC, so grau, wie das Wetter draußen, an den Wänden eine Streifentapete, die viel Dampf, Fett und Nikotin ausgehalten hatte. Den Mittelpunkt bildete der Holztisch, an dem sie mit Anja saß, bedeckt mit einer Wachstuchdecke, deren Muster ausgeblichen war. Darüber baumelte eine Blechlampe mit verbeultem Schirm. Das Superhirn, wie seine Assistentin ihn hochtrabend nannte, schien keine nennenswerten Umsätze zu erwirtschaften.

„Ich hatte erwartet, Frauke Riese ebenfalls anzutreffen."

„Frauke? Nee, die verbringt ein paar Wochen auf Mallorca. Hatte mal Urlaub nötig. Wird ihr guttun, mit ihrem Rheuma", gluckste Anja zwischen zwei tiefen Schlucken aus ihrem Kaffeebecher. „Kommen Sie wegen der gleichen Sache, wegen der dieser Kommissar neulich hier rumfragte? Wegen Dents Vater?"

Sophie nickte. „Über die Einzelheiten kann ich nur mit Herrn Riese selbst sprechen."

„Schon klar", grinste Anja. „Das wird ein kurzes Gespräch. Dent ist nicht gut auf den Macker zu sprechen, der seine Mutter sitzen gelassen hat. Sage ich Ihnen lieber gleich."

„Ich bin froh, wenn er vor Mitternacht überhaupt in die Lage kommt, artikulierte Laute von sich zu geben", knirschte Sophie mit einem Augenrollen.

Anja kicherte und ließ die Besucherin in der muffigen Küche zurück, um in einem dunklen Raum zu verschwinden, in dem Sophie mehrere Bildschirme, Reihen blauer LED Lämpchen und dicke Stränge verworrener Kabel erkennen konnte, bevor sich die Tür wieder schloss. Kopfschüttelnd blieb sie auf ihrem Stuhl sitzen und sah durch eine schmutzige Fensterscheibe auf den Regen hinaus. Eine Hauswand, die einen Anstrich nötig hatte, war zu erkennen und „SEX LIVE SHOW" in riesigen Buchstaben. Ohne die grellen Lichter, die St. Pauli bei Nacht beleuchteten, wirkte es trist und schäbig. Sie seufzte und sah noch einmal auf ihre Uhr. Sie wollte hier weg sein, bevor diese Lichter angingen und womöglich eine „grenzdebile Straßennutte" Anjas Dienstleistung in Anspruch nehmen wollte.

Sophie war kurz davor, einzunicken und zuckte zusammen, als ein Schatten den Lichtkegel der Blechlampe verdunkelte.

„Herr Riese?" Sie sprang auf und stellte erstaunt fest, wie gut der Name zu dem langen Menschen passte, dessen Grunzlaut wohl als Bestätigung zu verstehen war. Sie hatte einen kurzbeinigen, dicklichen Mann mit Brille erwartet. Aufgedunsen von zu viel Fast Food und zu wenig Bewegung, mit krummem Rücken und schlechten Augen, ermüdet von fortwährendem Starren auf einen Bildschirm.

Alexander Riese musste fast zwei Meter messen, war eher von dürrer Statur und seine dunkelgrünen Augen durchbohrten sie mit einer Schärfe, die sie gern von Brillengläsern gemildert gesehen hätte.

Er schien nicht vorzuhaben, sich zu ihr an den Tisch zu setzen, nahm ihre Visitenkarte mit einem weiteren Grunzen entgegen und hörte regungslos zu, wie sie ihren Namen und den der Kanzlei nannte.

„Ich komme in der Erbschaftsangelegenheit Peter Roland Nielsen", setzte sie betont sachlich hinzu und registrierte das zerknitterte T-Shirt mit der Aufschrift „WTF", dessen Saum knapp bis zum Bund der ausgeblichenen Jeans reichte und einen Streifen weißer Haut frei ließ, die sich über vorstehende Hüftknochen spannte. Im Bund steckte ein verschrammtes Smartphone, dessen Display in regelmäßigen Abständen aufleuchtete und Reihen kryptischer Symbole zeigte. Sein Gesicht, schmal, unrasiert und gekrönt von wirrem, dunkelbraunem Haar, zeigte noch immer deutliche Spuren von Übermüdung.

Nun setzte er sich doch, schlug dabei mit dem Kopf gegen die Lampe, was ein schepperndes Geräusch verursachte, und das hässliche Ding hin- und herschwingen ließ. Er nahm keine Notiz davon, woraus Sophie schloss, dass dieser Vorgang ein tägliches Ritual war und sowohl die Dellen in dem blechernen Lampenschirm, als auch die dünne Narbe auf seiner Stirn verursacht hatte. Eine weitere zog sich an seinem Unterkiefer entlang.

Sophie musste lächeln. „Dent" glich tatsächlich einem UFO, das nach einer kollisionsreichen Reise durch mehrere Galaxien auf dem Planeten Erde aufgeschlagen war und nur noch schwache Signale funkte.

Alles an ihm verriet deutlich, dass er sie schnell wieder loswerden wollte. Trotzdem löste seine vernachlässigte Erscheinung eine unerwartete Welle der Rührung in Sophie aus. Mit einem Räuspern unterdrückte sie das befremdliche Bedürfnis, ihm eine kräftige Suppe in einem dieser Emailletöpfe zuzubereiten, was schon deshalb albern war, weil sie gar nicht kochen konnte.

„Der Form halber muss ich um ein Dokument bitten, mit dem Sie sich ausweisen können, Herr Riese", erklärte sie und nahm wieder Platz. Die Lampe über dem Tisch kam endlich zur Ruhe. Er zog einen Personalausweis aus der hinteren Tasche der Jeans. Das verformte Plastik ließ erkennen, dass dieser Ausweis sein Dasein eingeklemmt zwischen Rieses Hintern und der Sitzfläche eines Bürostuhls fristete.

Sophie musste Tabakkrümel entfernen, bevor sie etwas entziffern konnte, während Riese mit langsamen Bewegungen begann, sich eine Zigarette zu drehen. Die Aussicht, von Zigarettenqualm umnebelt zu werden, ließ sie gewöhnlich automatisch die Nase rümpfen. Jetzt wünschte sie sich, er würde nie aufhören, in diesem Tabakbeutel zu graben und die braunen Krümel in das dünne Papier einzurollen. Alexander Riese hatte die schönsten Hände, die sie je an einem Mann gesehen hatte. Schlank und wohlgeformt, mit glatter Haut und sauberen, ovalen Nägeln. Wie ein Pianist.

„Danke", rang sie sich ab, gab den Ausweis zurück und hoffte, er würde endlich etwas sagen oder wenigstens aufhören, sie mit diesem grünen Blick zu fixieren. Schnell senkte sie den Kopf, schlug ihre Dokumentenmappe auf, zückte einen Kugelschreiber und holte tief Luft.

„Wie Sie bereits von den Behörden unterrichtet wurden, ist Ihr Vater am 22. Oktober 2013 verstorben."

„Hmh", kam es gepresst von Riese, mehr damit beschäftigt, die Zigarette anzuzünden.

„Die sterblichen Überreste sind nun zur Bestattung freigegeben worden, Herr Riese. Als Hinterbliebener obliegt es Ihnen, das Arrangement der Beerdigung zu veranlassen."

„Darf ich ihn im Elbsand verbuddeln?"

„Nein, das dürfen Sie nicht", gab Sophie streng zurück. „Sie dürfen einen Bestatter ihrer Wahl beauftragen, der den Verstorbenen vorschriftsgemäß auf einem Friedhof zur Ruhe bettet. Der Bestatter wird alles Notwendige für Sie regeln, kann in Ihrem Auftrag Todesanzeigen schalten, einen Grabstein bestellen und Ihnen bei der Ausrichtung der Trauerfeier behilflich sein."

„Wieviel kostet so was?", knurrte er unter zusammengezogenen Brauen.

„Das wird Ihnen der Bestatter sagen können. Bevor Sie sich aufregen, möchte ich Ihnen mitteilen, dass die Hinterlassenschaft Ihres Vater jeglichen Aufwand weit übersteigt."

„Wenn das so ist, lassen Sie ihn doch unter die Erde bringen. Zahlen die Rechnung des Bestatters, eine Aufwandsentschädigung an ihre Kanzlei und lassen mich in Frieden damit."

„Selbstverständlich dürfen Sie uns den Auftrag dazu erteilen. Nach Unterzeichnung der entsprechenden Autorisationen natürlich. Zunächst sollten Sie jedoch die Auflistung der Hinterlassenschaft studieren und die Summe verinnerlichen, die Ihnen als Erbe zusteht. Eventuell können Sie sich dann doch überwinden, Ihrem Vater ein Begräbnis auszurichten."

„Nein, kann ich nicht", überraschte er Sophie mit einem unerschütterlichen Blick aus seinen dunkelgrünen Augen.

„Herr Riese, wir sprechen von Wertgegenständen in Millionenhöhe. Millionen, verstehen Sie? Eine Zahl mit sechs Nullen."

„Ich spreche nur von einer Null. Selbige beziffert mein Interesse an meinem Erzeuger und dessen Erbe."

Seine Antwort kam schnell, ohne die leiseste Unsicherheit in seiner Stimme, ohne ein Flackern seiner Augenlider und ohne jede weitere Regung.

„Ahem", krächzte sie und wischte mit den Händen über die Papiere. „Ich notiere also, dass Sie das Erbe ausschlagen möchten? Sind Sie ganz sicher?"

„Ja."

„Nun gut." Sophie ließ die Mappe geräuschvoll zuklappen. „Wir werden Ihnen die nötigen Schriftstücke zukommen lassen und Sie zu einem Termin beim Notar laden. Natürlich bekommen Sie die Gelegenheit, Ihre Entscheidung zu überdenken und die Aufstellung noch einmal in Ruhe zu studieren."

„Gut. War's das?" Riese stopfte den Zigarettenstummel in einen Aschenbecher, der bereits überquoll.

„Bis auf Weiteres war es das", nickte sie. „In diesem Fall fällt das gesamte Erbe an Ihren Bruder."

„Bruder?" Riese glotzte sie mit offenem Mund an.

„Ja, Ihr Bruder, besser gesagt, Halbbruder. Donovan Riley, aus der ebenfalls unehelichen Verbindung Ihres Vaters mit einer Dame aus London."

„Ich habe einen Bruder?", wiederholte Riese ungläubig.

„Haben Sie. Knapp 3 Monate älter als sie." Sophie schlug die Mappe wieder auf und legte die Kopie von Rileys Geburtsurkunde vor. „Er wurde in London geboren, hielt sich aber in Indien auf, genauer gesagt, in Varanasi. Wir haben versucht, ihn dort zu erreichen, ohne Erfolg. Die Wohnung, in der er zuletzt lebte, ist neu vermietet. Natürlich haben wir auch im Internet gesucht und über Behörden, aber bisher ist es uns leider unmöglich, seinen Aufenthaltsort herauszufinden."

„Und ... wenn Sie ihn nicht finden?"

„Nun, da Ihr Vater kein Testament hinterlassen hat und Sie das Erbe ausschlagen wollen, fällt das Vermögen in diesem Falle nach Fristablauf an den Staat."

„An den Staat", grunzte Riese düster. „Und Sie haben nichts von meinem Bruder? Keinerlei Anhaltspunkte? Fotos? Irgendwas?"

„Bedaure. Wir waren mit seiner Mutter in Kontakt. Sie wollte sich bei uns melden, sobald sie etwas von ihrem Sohn hört. Das wird aber nicht passieren, da Brenda Riley nicht mehr unter den Lebenden weilt. Sie starb gestern an einer Lungenentzündung im St. Mary's Hospital."

Riese nickte nur stumm und starrte auf die verblichene Wachstuchdecke. Sophie nahm ihre Handtasche und die Dokumentenmappe auf. „Auf Wiedersehen, Herr Riese", verabschiedete sie sich. „Falls Sie noch Fragen haben, erreichen Sie mich in der Kanzlei."

ദ₰ೞ

Anja Burmeister stöhnte laut. „Nachtschicht? Mann, ich hab Feierabend."

„Du hast sowieso nichts vor", gab Dent zurück und drückte sie auf den Bürostuhl zurück, von dem sie sich gerade erheben wollte. „Also los, du fütterst Merkur, Venus, Erde und Mars, ich Jupiter, Saturn, Neptun und Uranus."

„War klar, dass du wieder die fetten Rechner nimmst", schmollte Anja. „Muss ja mächtig wichtig sein."

Ihre Stimme mischte sich mit den Geräuschen, mit denen die Lüfter des Computeruniversums aufheulten. Ihr blasses Gesicht schimmerte bläulich im Licht der Bildschirme. Der Rest des Raums lag völlig im Dunkeln, was Anja als wohltuend empfand, denn das Chaos aus Kabeln, ausgebauten Computerteilen, ungewaschenen Kaffeebechern, Pizzakartons und leeren Kekspackungen störte sie. Nicht so ihren Chef, der ihr jetzt einen flehenden Blick sandte, den sie so noch nie an ihm bemerkt hatte.

„Hilf mir einfach. Zu zweit sind wir schneller."

„Dent, du bist komisch heute. Schneller womit?"

„Donovan Riley finden."

„Dafür brauchst du mich nicht. Hau den Namen in die Google Suche oder klappere soziale Netzwerke ab. Donovan Riley ist zwar ein total gewöhnlicher Name, der im englischsprachigen Raum ein paar Tausend Mal vorkommen dürfte, aber das Internet hat über jeden was."

„Wenn das so einfach wäre, hätte die Kanzlei ihn längst gefunden."

„Dann sollen die sich eben anstrengen", fand Anja. „Du willst ja nicht mal die viele Kohle nehmen. Miss Makellos wird deinen Bruder schon finden. Warum sollen wir ihren Job machen?"

„Weil sie's nicht kann", knurrte Dent, ließ sich in seinen Bürosessel fallen und reichte Anja eine Liste der Systeme, in die sie sich einhacken sollte. Ziemlich wild zusammengestellt, aber bisher war ihm nichts anderes eingefallen.

„Boah, hast du'n Knall?" quiekte Anja, während sie die Liste überflog. „Internationale Telefongesellschaften? Banken? Verkehrsbetriebe? Seit wann sind wir kriminelle Hacker?"

„Seit ich weiß, dass ich einen Bruder habe. Nun übertreib mal nicht. Wir wollen niemanden schädigen, nur ein bisschen stöbern.

„Das kann Tage dauern! Wochen! Diese Systeme zu knacken, ist echter Aufwand. Wir müssen Sicherheitslücken finden, Bots, Watchdogs, Trojaner einschleusen, Himmel! Du hast nicht mal einen Anhaltspunkt und willst dich durch solche Datenmengen pflügen? Um einen Halbbruder zu finden, von dem du nichts weißt? Warum willst du das überhaupt? Du kennst den Typen nicht mal und bist 30 Jahre ohne ihn klargekommen."

Dent blieb stumm. Er wusste selbst nicht genau, warum ihn die Nachricht so getroffen hatte. Vielleicht, weil er sich immer einen Bruder gewünscht hatte. Oder wenigstens einen Freund.

„Ich …ich will ihn einfach kennenlernen", stammelte er dann unsicher. „Immerhin haben wir zu 50% die gleichen Gene. Ich will wissen, ob es da draußen jemanden gibt, der so ist, wie ich."

„Vergiss es!", prustete Anja und schüttelte den Kopf. Dent ging nicht darauf ein, sondern begann, seine Tastatur zu bearbeiten.

„Na gut", seufzte Anja schließlich. „Ich mach's. Aber vorher rufe ich den Pizzadienst an. Ich nehme eine große Mozzarella. Und du?"

„Nummer 42", grunzte er, ohne den Blick vom Bildschirm zu nehmen.

„Was ist Nummer 42? Thunfisch?"

„Keine Ahnung. Ich weiß nur, dass Nummer 42 schmeckt."

„Du bist unmöglich, Dent. Wenn dieser Riley tatsächlich so ist wie du, wär's mir lieber, er bleibt verschollen."

ଔଊ

„Das gibt's doch nicht", motzte Dent. Er tastete nach seinem Kaffeebecher, stellte fest, dass er leer war und griff nach dem Tabakbeutel.

„Ich wusste, dass du das sagen würdest", stöhnte Anja Burmeister und dehnte ihre müden Glieder. „Finde dich damit ab. Donovan Riley ist digital unsichtbar. Er hat kein Telefon, kein Bankkonto, keine Kreditkarte oder Ähnliches, ist nicht bei Facebook, Twitter oder in einem anderen sozialen Netzwerk angemeldet. Nicht mal eine E-Mail-Adresse hat er. Und bevor du fragst: Ja, ich bin in diverse Melderegister und Datenbanken reingekommen, in Indien und in England. Er hat kein Auto zugelassen, wohnt nirgends, jedenfalls nicht da, wo er Strom bezahlen müsste, hat keine Firma eingetragen, ist oder war nirgendwo als Arbeitnehmer, Student oder Sozialfall gelistet. Steuern zahlt er nicht, Krankenkasse, irgendwelche anderen Versicherungen: Fehlanzeige. Absolut nix."

„Wir müssen was übersehen haben."

„Ey, Dent, wir machen den Scheiß seit 10 Tagen! Tag und Nacht! Hast du eine Ahnung, welche Datenmengen wir inzwischen durchgeackert haben?"

„Nicht genug, wie es scheint. Wir haben nichts."

„Dent, es hat keinen Zweck!" Anja verdrehte die Augen. „Kümmere dich lieber um deine Kunden. Serdar Özcal hat schon dreimal angerufen. Weder er noch sein Bruder kommen noch ins

Internet, alle Kassensysteme stehen. Kaputter Router wahrscheinlich. Jedenfalls geht bei denen gar nichts mehr, und …"

Dent hörte nicht weiter zu, sondern bewegte seinen Unterkiefer ungefähr so, wie eine Ziege ein Salatblatt zermalmt. Serdar Özcals Faust hatte ihm diesen Kiefer gebrochen und die Narbe darauf hinterlassen. Sein Bruder Murat hatte ihn mit seinem Schlagring an der Stirn erwischt.

Diese Auseinandersetzung war der Höhepunkt jahrelanger Schikane gewesen, die an Dents erstem Schultag begonnen hatte. Die Özcal Zwillinge, Sprösslinge des Gemüsehändlers in der Talstraße und seine frisch gebackenen Klassenkameraden, hatten den mageren Sohn der Wäscherin Frauke Riese als willkommenes Opfer ausgeguckt, noch bevor die Lehrerin ihnen die Plätze zugewiesen hatte. Dent erinnerte sich noch genau, wie sie ihn herumgeschubst hatten, bis er ihnen den Inhalt seiner Schultüte überließ. Bis heute trauerte er um das Holzlineal. Anja hatte ihn damals getröstet und den Özcal Brüdern Verwünschungen entgegen geschrien, die man nur auf dem Kiez lernt.

Vier Jahre hatte er sich an jedem Schultag vor den Özcal Brüdern fürchten müssen, aber dann hatte das deutsche Verbildungssystem sie getrennt. Auf dem Gymnasium hatte er die Brüder vergessen dürfen, ein paar stressfreie Jahre verlebt, zusammen mit Anja, die immer neben ihm gesessen hatte.

Er hatte übersehen oder verdrängt, dass die freundliche Funda mit dem respektablen Vorbau aus dem Jahrgang unter seinem ebenfalls Özcal hieß. Ein paar Wochen lang hatte er diesen Fakt auch übersehen dürfen, Funda zum Eis eingeladen, ins Kino, zu einem Konzert in der großen Freiheit und schließlich in sein Bett. Eine zarte, vorsichtige Teenagerromanze, die Funda geheimhalten wollte. Obwohl er das nicht verstand, hatte er ihr den Gefallen getan, sich in der Schule auf ein Lächeln und verstohlene Blicke beschränkt und auf der Straße keine vertrauten Berührungen ausgetauscht. Trotzdem hatte es mit der Geheimhaltung wohl nicht geklappt.

Vor der Boxschule, in der sie trainierten, hatten Serdar und Murat ihn dann abgefangen. Der Geruch verschwitzter Umkleidekabinen hatte an ihnen gehaftet, als sie ihn zusammengeschlagen hatten. Kurz darauf war Funda nicht mehr zur Schule gekommen. Anja hatte gewusst, dass sie in die Türkei geschickt worden war. Dent hatte nie wieder etwas von ihr gehört.

Serdar und Murat dagegen waren ihm erhalten geblieben. Sie hatten den Gemüseladen ihres Vaters übernommen, dann eine Tankstelle, die Boxschule und schließlich einen Kiosk mit Supermarkt für türkische Spezialitäten. Familie Özcal war auf dem Kiez sehr präsent.

Dent hatte geschockt Luft eingesogen, als Fundas Brüder ihn zum ersten Mal angerufen hatten. Als wäre nichts gewesen. Nur an seinen Spitznamen aus der Schulzeit schienen sie sich gut zu erinnern.

„Ey, Waschbrett, machst du nicht was mit Computer?"

„Sei froh, dass die Özcal-Brüder noch denken, Windows sei eine Akademie für Fensterputzer", bemerkte Anja jetzt. „Solange sie dich brauchen, lassen sie dich in Ruhe. Sie zahlen sogar ihre Rechnungen, wenn auch spät. Was sage ich Serdar, wenn er wieder anruft?"

„Sag ihm, ich arbeite am Geschäftsmodell ohne Kunden und darf nicht gestört werden", knurrte Dent und beendete seinen Ausflug in die Vergangenheit.

„Dent!"

„Donovan Riley, geboren am 8.8.1983 in London", murmelte er gebetsmühlenartig. „Zuletzt wohnhaft in Varanasi, Uttar Pradesh, Indien."

„Ich hab die Adresse x-mal durch. Er mag ja da gewohnt haben, gemeldet oder irgendwie registriert war er nicht. Ich kann nicht mal feststellen, wann er in Indien eingereist ist, oder wie!", schnappte Anja. „Und jetzt geh ich nach Hause."

„Koch mal Kaffee", überhörte Dent ihre Worte. „Konzentrieren wir uns auf dieses Varanasi. Er muss sich doch irgendwie darin bewegt haben, jedenfalls, bis er seine Wohnung aufgegeben hat. Fräulein Kröger hat gesagt, die Wohnung sei neu vermietet. Warum hat er das getan? Jemand, der eine Wohnung aufgibt, will einen Ort verlassen."

Anja seufzte, ließ ihn vor sich hin brabbeln und machte sich auf in die Küche, um einen Kaffee zu kochen.

☙❧

# Kapitel 4

Sophie Kröger war gerade im veganen Supermarkt eingetroffen, als ihr Handy klingelte. Es klingelte nicht oft und wenn, dann meistens geschäftlich. Das konnte sie jetzt gar nicht gebrauchen. Neben dem Regal mit den Sojaprodukten konnte sie Lorenz sehen. Lorenz, der extra gekommen war, um sie in die vegane Kochkunst einzuweisen. Sophie hatte sich erst kürzlich entschlossen, in Zukunft auf tierische Produkte zu verzichten. Nachdem Lorenz sie zu einem Vortrag über Massentierhaltung, Schlachthäuser und belastete Lebensmittel mitgenommen hatte.

Unschlüssig, ob sie das Telefon einfach klingeln lassen sollte blieb sie stehen. Sie war nicht sicher, welche Art von Interesse Lorenz an ihr hatte. Allerdings war er der einzige Mann, der im Moment überhaupt Interesse an ihr zeigte. Wenn man sich das Kinnbärtchen und die unförmigen Gummischuhe weg dachte, sah Lorenz ganz gut aus. Lieb, auf jeden Fall. Ein bisschen wie Jesus, mit seinen weichen Locken und dem sanften Lächeln.

Dummerweise schenkte er dieses Lächeln jetzt Anna und Lisa, den blässlichen Mitbewohnerinnen seiner WG. Typisch, dass Anna sich sofort bei ihm einhakte und Lisa sich vor ihn schob, als belagerte sie eine Trutzburg. Sophie zeigte ein triumphierendes Lächeln, als Lorenz' sanfter Blick sie entdeckte und er ein lautes „Sophie, hallo!" über die Schulter der aufdringlichen Lisa schrie.

Sie winkte, hoffte, dass es nicht zu erregt aussah und blieb stehen, wo sie war. Sollte er sich doch aus den Fängen seiner Bewunderinnen lösen und endlich das tun, worauf Sophie seit Wochen wartete. Sie küssen. Wenigstens auf die Wange.

Lorenz bewegte sich keinen Meter und das verflixte Handy hörte nicht auf zu klingeln. Endlich zog sie es aus der Handtasche, klappte die Schutzhülle auf und nahm ab, obwohl ihr „unbekannter Anrufer" entgegenblinkte.

„Wo sind Sie?", hörte sie eine männliche Stimme.

„Wer sind Sie?", gab sie zurück.

„Dent", hörte sie und nach einer kurzen Pause: „Riese."

„Ach, hallo, Herr Riese. Was kann ich für Sie tun?"

„Ich hab ihn gefunden."

„Wie bitte?"

„Donovan Riley, meinen Bruder. Setzen Sie sich in Bewegung. Wir treffen uns in zwei Stunden am Flughafen in Hamburg. Terminal 1."

„Das ist ja schön, Herr Riese, aber ich kann mich jetzt unmöglich freimachen. Sprechen Sie doch mit Ihrem Bruder einen Termin ab, und ..."

„Ich kann nicht mit ihm sprechen." Riese klang ungehalten. „Ich weiß nur, dass ein Donovan Riley, der am 8.8.1983 geboren wurde, heute mit der 16-Uhr-Maschine in Heathrow landen wird."

Sophie blieb stumm und versuchte die Informationen zu verarbeiten. „Ah ja. Und woher wissen Sie das, wenn Sie nicht mit ihm sprechen können?"

„Von British Airways."

„Oh, natürlich, Herr Riese, Fluglinien geben ja auch bereitwillig Auskünfte über ihre Passagierlisten", spottete sie.

„Freuen Sie sich einfach, dass ich Ihre Arbeit gemacht habe. Sie konnten ihn schließlich nicht aufspüren."

Sophie blieb stumm vor Empörung. Unterstellte er ihr etwa Inkompetenz? Sie war noch dabei, ihre Entrüstung zu formulieren, als sie ein dunkler Verdacht beschlich.

„Herr Riese! Sie haben doch nicht etwa, ich meine ... Sie haben diese Daten ... gehackt? Von British Airways?"

„Sie müssen deshalb nicht in Ohnmacht fallen. Ich habe uns ein Ticket mit Flug BA347 reserviert. Unsere Maschine wird 10 Minuten vor Rileys eintreffen."

„Reserviert? Was bedeutet das bei Ihnen? Haben sie die Flüge ordnungsgemäß bezahlt?"

„Das System der British Airways ist jedenfalls dieser Meinung. Fragen Sie nicht so viel, beeilen Sie sich lieber."

Sophie ließ das Telefon sinken und warf einen Blick zu Lorenz hinüber. Der hatte jetzt den Arm um Anna gelegt und hielt Lisa ein quadratisches Päckchen unter die Nase, über dessen Inhalt er offenbar viel zu sagen hatte. Obwohl sein Blick zu ihr hinüberhuschte und sein Lächeln Sophie einlud, konnte sie Lorenz den Rücken zuwenden. Noch während sie den Supermarkt verließ, fragte sie sich, warum sie das tat. Vielleicht, weil es zu wehtat, die blasse Anna in Lorenz' Arm zu sehen. Oder weil Alexander Riese sie provozierte? „Freuen Sie sich, dass ich Ihren Job gemacht habe." Pah!

„Das wollen wir doch erst mal sehen, Herr Riese."

ଔଷ୍ୠ

„Wenn Sie sich schon kriminell betätigen, hätten Sie auch gleich ein 1st Class Ticket ergaunern können", raunte Sophie Alexander Riese zu, als sie sich in die engen Sitzreihen der Maschine zwängten.

„Ja, das war ein Fehler", gab er zu, während sein Kopf errechnete, in welchem Winkel 1,95 Meter Körperlänge in Sitzen von 44 cm Breite in Sitzreihen von 78,5 cm Abstand optimal unterzubringen waren.

Er verzichtete darauf zu erwähnen, wie müde er gewesen war, als er die Plätze reserviert hatte. Nach schlaflosen Tagen und Nächten, in denen er Datenmengen in Terabyte-Größenordnungen durchforstet hatte, bis Jupiters Bildschirm ihm endlich die ersehnte Meldung mit Donovan Rileys Namen entgegengeblinkt hatte. Auslöser war die Datenbank einer indischen Fluglinie gewesen, die seinen Bruder von Varanasi nach Delhi transportiert hatte und den Anschlussflug mit British Airways gespeichert hatte. Der Zugriff war durch eine fette Sicherheitslücke auf der Webseite der Airline gelungen. Das System der BA zu hacken, war dagegen ziemlich aufwendig gewesen, aber er hatte es gerade noch rechtzeitig bewältigt, angetrieben von literweise Kaffee, unzähligen Zigaretten und dem nie gekannten Wunsch, einem Menschen zu begegnen. Menschen waren nervig. Wie die meckernde Miss Makellos, die aus irgendeinem Grund furchtbar nervös war.

Sein größter Fehler bestand darin, sie überhaupt informiert zu haben. Völlig unüberlegt hatte er seinen Triumph durch die Telefonleitung geblökt und jetzt würde sie dabei sein, wenn er seinen Bruder zum ersten Mal sah. Miss Makellos verfügte durchaus über weibliche Reize. Am Ende waren eine Blondine und das Millionenerbe, von dem sie reden würde, für Donovan Riley interessanter.

Unwillig grunzend, tippte Dent eine SMS an Anja in sein Handy. Wahrscheinlich lag ihr Gesicht noch auf der Tastatur, über der sie eingeschlafen war. Deshalb hatte er heute Morgen auch keinen Kaffee bekommen. Miss Makellos neben ihm verkündete noch vor der Crew, dass mobile Geräte während eines Fluges auszuschalten seien, aber Dent ließ sie reden und griff dankbar nach den Kopfhörern, die ihm jetzt überreicht wurden. Scheinbar völlig fasziniert von dem Filmangebot auf dem kleinen Bildschirm vor ihm, starrte er geradeaus.

Das Flugzeug hob ab. Dent ließ gerade seine müden Augenlider zufallen, als er spürte, wie sich eine Hand in seinen Arm krallte. Er glotzte in Sophies unnatürlich geweitete Augen und spürte, wie der Schmerz, den ihre bohrenden Nägel verursachten, seinen Körper zusammenzucken ließ.

„Ich habe Flugangst!", quiekte sie so laut, dass er es durch die Kopfhörer verstand. Es sah nicht so aus, als würde verkrampftes Einbohren von Fingernägeln in fremde Unterarme diese Angst in irgendeiner Form mildern, also versuchte er, ihre Hand zu lösen, bevor sie ihn das Gefühl in den Fingern kostete. Ohne Erfolg. Miss Makellos klammerte sich an ihm fest, als wäre er ein lebensrettendes Stück Treibholz in einem sturmgepeitschten Ozean.

„Gibt's keine Pillen für so was?", motzte er und ließ die Kopfhörer von den Ohren rutschen. Das Flugzeug hatte die Reiseflughöhe erreicht, es gab keine Turbulenzen, nicht das leiseste Wackeln. Hilflos musste er zusehen, wie Sophies Panik wuchs und mit ihr der Druck auf seinen Arm. Er drückte den Knopf über seinem Sitz, der eine Flugbegleiterin herbeirief, winkte zusätzlich mit der freien Hand, aber er bekam nur ein Lächeln, das ihn bat, sich zu gedulden. Servierwagen blockierten die Gänge und die Damen waren damit beschäftigt, während der kurzen Flugzeit Getränke zu verteilen.

„Es wird abstürzen", hörte er Sophie flüstern. „Ein tonnenschweres Metallobjekt KANN nicht fliegen."

„Irrtum", belehrte er und begann eine ausführliche Erklärung über Newton, Phänomene der Gravitation und Antriebstechniken, die notwendig waren, um selbige zu überwinden.

„Nur wenn die Triebwerke versagen, stürzt die Masse des Objekts, in dem wir uns befinden, im freien Fall mit einer Geschwindigkeit von 9,8062 Meter pro Sekunde gen Erde. An den Polen wären es sogar 9,83219 Meter pro Sekunde. Befänden wir uns genau über dem Äquator, erfolgte der Aufprall geringfügig langsamer, nämlich mit 9,78033 Meter pro Sekunde. Bei einer Flughöhe von …"

Für einen kurzen Moment glaubte er, dass seine wissenschaftliche Herangehensweise Sophie Krögers Flugangst verschwinden ließ, denn sie ließ endlich seinen Arm los. Allerdings nur, um die Spucktüte aus dem Netz am Vordersitz zu reißen und ihren Mageninhalt hineinzuwürgen.

Die Ratlosigkeit, die Dent überfiel, mischte sich mit der Durchsage, dass der dichte Flugverkehr am Heathrow Airport eine pünktliche Landung unmöglich mache und deshalb mit einer 30minütigen Verspätung zu rechnen sei.

Sie stöhnten gleichzeitig auf. Sophie, rot angelaufen, ließ sich die Spucktüte von einer Stewardess abnehmen, während Dent einen Kaffee bestellte.

Unzureichend versorgt von einer lächerlich kleinen Plastiktasse mit durchsichtiger Brühe, merkte er, wie das Flugzeug eine Schleife flog und endlich zur Landung ansetzte, kontrolliert und ganz ohne freien Fall.

„Verdammt, wir haben ihn verpasst", ärgerte sich Dent, als sie endlich auf dem schwarzen Noppenboden der Ankunftshalle standen. „Sein Flug ist vor unserem gelandet."

„Die ganze Hektik umsonst", knirschte Sophie, während die Masse der eintreffenden Fluggäste um sie herumströmte. Beinahe war sie erleichtert, sich nicht mit einem Pappschild mit dem Namen „Donovan Riley" darauf an eins der Tore stellen zu müssen, die unaufhörlich bepackte Reisende ausspuckten.

Dent ließ den Daumen über das Display seines Handys huschen. „Er hat keinen Rückflug gebucht. Sonst hätten wir ihn beim Einchecken abfangen können."

„Falls dieser Datensatz, den Sie gehackt haben, überhaupt zu dem Donovan Riley gehört, den wir suchen. Ich hätte mich nie überreden lassen sollen, in dieses Flugzeug zu springen! Meine Güte, ich bin Anwältin und habe mich wissentlich an einer Straftat beteiligt", stöhnte sie. „Ich werde mir jetzt eine Zahnbürste kaufen, ein Hotel suchen und mich erholen. Von diesem schrecklichen Flug und von einem unsensiblen Klotz, der über Newton und Fallgeschwindigkeit referiert, während ich vor Angst beinahe sterbe! Und ich fliege ganz sicher nicht zurück, sondern nehme einen Zug oder miete ein Auto."

„Die Wahrscheinlichkeit, in einem Auto ums Leben zu kommen, ist statistisch 25.000 Mal höher, als den Tod bei einem Flugzeugabsturz zu finden", informierte Dent. „Sie haben festen Boden unter den Füßen, was wollen Sie eigentlich? Wir sind hier, um meinen Bruder zu finden."

„Ja, ganz wunderbar, tun Sie das. Sicher ein Kinderspiel in einer Stadt mit über acht Millionen Einwohnern, nein, über 14 Millionen im Großraum London."

„Ich habe ihn auf einem Planeten mit über sieben Milliarden Bewohnern gefunden", grinste Dent und ärgerte sie damit.

„Daten haben Sie gefunden, Herr Riese. Daten. Donovan Riley in Fleisch und Blut läuft da draußen irgendwo herum. Sie wissen nichts über ihn, weder wie er aussieht, noch was er in London will. Also bitte, bleiben Sie realistisch."

„Sagten Sie nicht, dass seine Mutter gestorben ist?"

„Ja, am 7. Dezember."

„Dann sollten wir herausfinden, wann Brenda Riley beerdigt wird. Vielleicht ist er deshalb hier."

Sophie verdrehte die Augen. „Das ist wilde Spekulation, Herr Riese. Ich werde im Wellness Bereich eines gepflegten Hotels darüber nachdenken, wie ich Kommissar Lindemann informiere, ohne uns zu belasten. Soll er doch nach Riley suchen. Die Polizei hat ganz andere Möglichkeiten."

„Wie Sie wollen. Geben sie mir Brenda Rileys Adresse. Dann mache ich mich eben allein auf die Suche und nebenbei Ihren Job."

Sophie runzelte die Stirn. „Ich ... ich müsste erst Onkel Cornelius anrufen, damit er die genaue Adresse aus den Akten sucht."

„Dann mal los, Fräulein Sophie", ermunterte Riese. „Ich treibe derweil einen anständigen Kaffee auf."

Es war schon dunkel, als das Taxi im strömenden Regen im Stadtteil Soho hielt. Sophie saß mit verkniffenen Lippen im Fond und glotzte auf die blinkenden Lichter. Jedes Haus in dieser Straße schien einen Nachtclub zu beherbergen. Um sie herum blinkte es grün, blau, rosa und knallrot und trotz des schlechten Wetters waren eine Menge Leute unterwegs. Sie kniff die Augen zusammen, um den Straßennamen auf einem Metallschild zu entziffern. Wardour Street.

„Wir möchten in die Glasshouse Street 14", erklärte sie, aber das Taxi fuhr nicht wieder an.

„Da runter, zweite Straße rechts."

„Fein, dann fahren Sie doch!", zischte sie. „Es regnet in Strömen."

„Da kann ich nicht wenden."

Dent blieb ebenfalls sitzen, bis der Fahrer etwas von „20 Pfund" durch die Scheibe blaffte, die ihn vom Fond trennte. Er zahlte, griff Sophies Arm und zog sie aus dem Taxi auf den Gehweg. Das eisige

Wasser einer tiefen Pfütze lief in ihre Pumps und ein schneidender Wind peitsche den Regen in ihr Gesicht.

Die Glasshouse Street präsentierte sich als zugige, enge Gasse mit Kopfsteinpflaster, abseits von den vielen Clubs und Theatern. Eine einsame Straßenlaterne war die einzige Lichtquelle neben einer Leuchtreklame aus roten Neonröhren, die den Eingang zu ‚Pinchy's Angels Club' und die Hausnummer 14 beleuchtete.

„Hier?", krächzte Sophie und schluckte.

In einiger Entfernung konnte sie einen Minirock aus rotem Lack erkennen, bizarre, schenkelhohe Stiefel und daneben zwei Männer, die kleine Päckchen tauschten. Bullige Typen in Lederjacken, die sie und Dent mit misstrauischen Blicken ins Visier nahmen.

Vor dem Club zögerte sie und starrte auf die Bilder in den Schaukästen, die links und rechts neben dem Eingang des Clubs angebracht waren. Stripperinnen, barbusige Animierdamen, Travestie.

„Da gehe ich nicht rein! Das ist ein … zweifelhaftes Etablissement!"

„Stellen Sie sich nicht so an, Fräulein Kröger."

„Ihnen mag eine derartige Umgebung vertraut sein, Herr Riese. Ich bevorzuge ein gepflegteres Umfeld!"

„Dann lassen Sie sich eben durchregnen", musste Sophie sich anhören. „Ich gehe da jetzt rein und suche jemanden, der etwas über Brenda Riley weiß."

Sophie blieb mit verschränkten Armen im Regen stehen, bis die bulligen Typen in den Lederjacken auf sie zusteuerten.

„Herr Riese, warten Sie auf mich!", hörte sie sich rufen und stürzte in den Club. Drinnen roch es nach Schweiß, billigem Parfüm und abgestandenem Bier. Trotzdem war „Pinchy's Angels Club" bis auf den letzten Platz gefüllt. Angewidert ließ Sophie ihren Blick über das Publikum schweifen. Hauptsächlich Männer, schlecht gekleidet, mit groben Händen, die Bierflaschen ansetzten und mit rauen, lauten Stimmen, die grölend die Bühnenshow begleiteten.

Die tanzenden „Angels", mit nichts außer Tangas und Heiligenschein aus Glitzerdraht bekleidet, erschienen ihr trotz Schminke und rötlichem Bühnenlicht nicht mehr tageslichttauglich zu sein. Rouge zerrann im Schweiß zwischen deutlichen Falten, die Tangas kniffen Gesäßteile im Abwärtstrend und erschlaffende Brüste wippten zu wenig himmlischen Rhythmen.

Sophie war froh, dass niemand Notiz von ihr nahm, entdeckte Dent, der einer Servierin im Zofen-Dress etwas ins Ohr schrie, und steuerte auf ihn zu.

„Patty wird das wissen, Patricia Baker. Ja logisch ist die hier! In der Garderobe, da rechts lang, klopfen vorher und nicht zu lange machen, klar? In 30 Minuten hat die auf der Bühne zu stehen, sonst wird der Boss grell, verstanden?"

Nichts in ihren Englischkursen hatte Sophie auf den breiten Cockney-Akzent dieser „Zofe" vorbereitet. Auch Riese schien einen Moment zu brauchen, um die Information zu verarbeiten, nickte dann verlegen und folgte dem Fingerzeig, der „da rechts lang" wies.

Patricia Baker, eine ausgezehrte Gestalt undefinierbaren Alters, hatte augenscheinlich zum Star des „Pinchy's" avanciert, denn sie residierte in einer Einzelgarderobe von der Größe einer Besenkammer, in der sie zwischen Requisiten und Kostümen ihr Gesicht bemalte. Als Sophie und Dent eintraten, saß sie auf einem Hocker vor einem grell beleuchteten Spiegel.

Sophie war unfähig, etwas anderes zu tun, als „Patty", wie sie genannt werden wollte, anzustarren. Ihre Erscheinung wurde von riesigen Augen unter künstlichen Wimpern dominiert, die in ihrem eingefallenen Gesicht gespenstisch wirkten. Vielleicht lag der unheimliche Eindruck auch an ihrer erschreckenden Blässe oder an dem kurzen Schopf aus dünnem Haar, durch das ihre Kopfhaut zu sehen war. Sie trug eine Art Bikini aus bunten Pailletten und Stilettos, die ihre Füße in eine schmerzhaft aussehende Form pressten, und schaffte es, gleichzeitig mit Lipgloss, Glitzerpuder, einem buschigen Pinsel und einer Zigarette zu hantieren.

Während sie sich mit dem Puder bestäubte, hörte sie Dent zu, der etwas umständlich den Grund ihres Besuchs formulierte und sich dabei an den Türrahmen pressen musste, weil die Garderobe zu klein war. Sophie war ganz froh, dass er das Reden übernahm. Seine

Aussprache klang mehr wie die eines Amerikaners, aber er schien besser mit dem fürchterlichen Slang in dieser Gegend zurechtzukommen.

„Jaja, die gute Brenda Riley. Gott sei ihrer Seele gnädig." Patty seufzte und bekreuzigte sich dabei. „Brenda und ich haben alles zusammen gemacht, schon als blutjunge Mädels. Genau wie ich stand Brenda jeden Abend auf der Bühne, wackelte mit Arsch und Titten und strahlte über die sabbernden Freier hinweg. Aber sie ist immer das kleine Mädchen geblieben, das vom Märchenprinzen träumt. Hat gedacht, sie wäre was Besonderes, auf naive Art, verstehen Sie? Überzeugt, dass mal einer dabei ist, der sie auf Händen in sein Schloss trägt!"

Patty schüttelte den Kopf und wedelte Puder aus ihrem Schminkpinsel in die Luft. Sie redete schnell und schien das Bedürfnis zu haben, von Brenda zu erzählen.

„Na, und dann kam dieser Peter. Attraktiver Mann, konnte gut lügen. Also, wenn man so blöd war, wie Brenda. ‚Entdecker' sei er, Expeditionsleiter, in Indien. Da hätte er eine Diamantenmine gefunden. Nicht bloß einen Klunker, nee, gleich die ganze Mine, ist klar, oder?" prustete Patty und tippte sich an die Stirn.

„Kam dann, wie's kommen musste. Peter luchste Brenda ihre gebunkerten Ersparnisse ab, vögelte nochmal mit ihr und schwuppdiwupp, weg war er. Und was sagte Brenda? Er brauche das Geld, um weiterzuschürfen. Dass er wiederkommen würde, schon bald, mit einem Sack voll Diamanten, und dann würde er eine Insel in der Karibik kaufen, nur für sie und ihn! Eine Insel in der Karibik!"

Patty verschluckte sich vor Lachen, gurgelte und prustete, während ihre falschen Wimpern verrutschten.

„Brenda hockte dann da mit ihrem dicken Bauch. Dabei hatte sie gerade eine Solonummer bekommen. Nicht in einem miesen Club wie diesem, nein, im ‚Stringfellow's', wo die gut betuchten Freier hinkamen. ‚Baby Take Off Your Coat' von Joe Cocker, das war Brendas Lied. Die Nummer war echt scharf, und sie hätte Kohle scheffeln können ohne Ende. Das Kind hat sie nur nach hinten geworfen. Statt den Jungen adoptieren zu lassen oder ins Heim zu geben. Doof, oder? Na, jedenfalls ging's nur noch bergab. Unser Soho war nicht mehr das, was es mal war und wir auch nicht. Viele Clubs machten dicht und es gab viel Konkurrenz, halb so alt wie wir. Wir konnten von Glück sagen, dass wir hier im ‚Pinchy's' unterkamen und der Boss uns die billige Bude unter dem Dach vermietete. Für mich reichten die paar Kröten, die der Job abwarf, aber Brenda hatte ja ihr Gör zu versorgen. Die stand nach der Arbeit noch an der Straße, unten bei den Docks, wo die schnelle Nummer für'n Fünfer geht. Pünktlich um sieben Uhr morgens war Feierabend. Da zog sie die Lackstiefel aus, schmiss sich in Spießerklamotten und brachte ihr Gör zur Schule. Und zum Deutschunterricht. Deutschunterricht! Weil ja sein Vater wiederkäme und er sich mit dem unterhalten müsste! Dabei hat Klein-Donovan wahrscheinlich schon im Vorschulalter kapiert, dass sein Alter auf Nimmerwiedersehen verschwunden war. Jedenfalls hab ich ihn öfter beim Klauen gesehen als beim Deutsch Pauken. War wirklich dumm von Brenda, ein Kind zur Welt zu bringen. Ich hab's immer gleich wegmachen lassen, wenn's mal danebenging."

Patty warf einen Blick in den Spiegel, schob die verrutschten Wimpern zurecht und sortierte ihren Busen in dem Pailletten-BH, bevor sie ihren mageren Körper dehnte und nach einer Perücke griff.

„Irgendwann, da war der Bengel aus dem Gröbsten raus, kam der Brief vom Anwalt. Brenda ist fast ausgeflippt vor Glück. Nachrichten von ihrem Peter! Nicht, dass der sich mal blicken ließ, nein! Lumpige 10.000 Mark sollte sie kriegen. Ich hab ihr'n Vogel gezeigt und gesagt, sie solle mal richtig die Hand aufhalten, dafür, dass sie sein Balg 16 Jahre lang durchgefüttert hatte. Und was sagte Brenda? Er brauche doch das Geld, um weiter in der Mine zu schürfen! Krass, oder? Die 10 Riesen waren schnell alle und Brenda kränkelte. Don trieb sich viel auf der Straße rum, pennte oft woanders. Mir war's ganz recht, gab mehr Platz in unserer Bude."

„Gab es sonst keine Verwandten, die sich des Jungen hätten annehmen können? Großeltern vielleicht, oder Onkel und Tanten?"

„Nee. Brenda war aus dem Heim, die hatte so was nicht", erklärte Patty und zog das Kunsthaar über ihren Schopf. Sorgfältig befestigte sie ein glitzerndes Diadem darin und wandte sich Sophie zu.

„Eine wie Sie kann sich das wohl nicht vorstellen, eh?", vermutete sie. „Gucken Sie mal nicht so betroffen. Die Hälfte der Mädels hier hat keine Sau, die sich um sie kümmert. Ist nicht jeder so behütet aufgewachsen wie Sie."

„Meine Eltern kamen ums Leben, als ich 14 Jahre alt war", entfuhr es Sophie, ohne das zu wollen. Sie spürte Rieses Blick auf sich, mochte ihn aber nicht ansehen.

Patty winkte ungerührt ab. „Verhungert sind Sie seitdem wohl nicht."

„Nein, ich habe einen Onkel, der sich um mich gekümmert hat", erklärte sie beherrscht. „Donovan Riley hatte also keine weiteren Angehörigen. Was wurde aus ihm?"

„Na was wohl? Ein Kleinkrimineller, ein Dieb, ein Schmuggler. War ein ganz pfiffiges Kerlchen. Brenda hat nie hören wollen, was ihr Sohn anstellte. Behauptete, Don hätte Arbeit im Hafen gefunden. Wenn sie das sagte, klang es so, als wäre ihr Sohn Kapitän oder so was. Tatsächlich verzockte der ganze Container mit Lebensmitteln, dealte mit geschmuggelten Zigaretten, Schnaps und was sonst noch so abfiel. Zusammen mit Malcolm. Die beiden waren ganz dicke Kumpel. Halb Soho haben die damit versorgt. Diesen Laden auch. Einmal schwatzten sie dem Boss 26 Kartons Kondome auf, davon sind immer noch welche da."

Sie gackerte wieder und zuckte dann mit den Schultern.

„Tja, und dann, er muss ungefähr 18 gewesen sein, da war Don plötzlich weg. Im Knast war der nicht, da hab ich genug Kontakte, die mir das erzählt hätten. Musste wahrscheinlich abhauen, vielleicht hat ihn jemand bei den Bullen verpfiffen, keine Ahnung. Seinen Kumpel Malcolm hat auch keiner mehr gesehen. Brenda hat nie erzählt, was war. Ich hab's auch gar nicht wissen wollen. Da war sie schon richtig krank, irgendwas mit der Lunge. Jahre später machte sie plötzlich eine Kreuzfahrt, Seeluft soll da gut sein, und stand auch nicht mehr an der Straße. Sie sagte, Don würde ihr Geld schicken.

Aber ich denke, sie hatte einen festen Freier aufgetan, der mehr springen ließ als die Penner da vorn im Club."

Patty lachte kurz auf und schüttelte den Kopf.

„Ja, so war sie, unsere Brenda, glaubte immer an das Gute im Menschen. Vor'n paar Wochen, im Oktober war's, glaub ich, da erzählte sie, ihr Peter hätte sich gemeldet. Per Telefon aus Indien. Nahm keiner mehr ernst, diese Sprüche. Und dann kam Scotland Yard hier rein, fehlte uns gerade noch. Gestorben sei er, der Peter. Ermordet, in Hamburg. Da ist sie komplett ausgerastet, und dann bekam sie einen üblen Husten und Fieber. Ich sollte einen Brief an ihren Sohn schicken, der sei in Indien. So'n teuren Brief, den man mit einem Kurierdienst schickt, damit der da auch ankommt. Dachte, sie phantasiert, aber den Brief hab ich trotzdem aufgegeben. Brenda hat sich nicht wieder erholt, heulte viel, weil sie nix von Don hörte. Tja, und dann kam sie ins St. Mary's und ist da gestorben."

Sie musste den Pinsel weglegen, tastete zwischen den Utensilien auf ihrem Schminktisch nach einem Taschentuch und versuchte, Wimpern und Make-up zu retten.

„Morgen wird sie beerdigt", schniefte sie. „Piekfein kommt sie unter die Erde, auf dem Highgate Friedhof. Wenigstens dafür hat ihr Sohn gesorgt. Isser ihr auch schuldig."

Dent horchte auf. „Donovan Riley hat für die Beerdigung gesorgt? Haben Sie mit ihm gesprochen?"

„Gesprochen? Nee. Aber ein Inder rief hier an und fragte nach Brenda. Vor zwei Wochen ungefähr, da war sie gerade gestorben. War kaum zu verstehen, der Typ. Der Boss hat dem gesagt, dass Brenda tot ist."

„Ein Inder", wiederholte Dent. „Kam der Anruf aus Varanasi? Oder aus einer anderen indischen Stadt?"

„Keine Ahnung, kann genauso gut aus London gekommen sein. Sehen Sie sich doch mal um auf der Straße. Sind doch mehr Curryfresser unterwegs als Engländer. Na, jedenfalls denke ich, dass Don dann tätig geworden ist. Kurz drauf kam die Karte mit schwarzem Rand, wo drauf steht, wo die Beisetzung stattfindet. Hier ist das Ding."

„Highgate Friedhof, West, 21. Dezember, 14 Uhr", speicherte Dent, nachdem er die Karte gelesen hatte.

„Danke Patty, vielen Dank. Wissen Sie, wo Donovan jetzt ist?"

„Keine Ahnung, bei dem isses besser, wenn man das nicht weiß. Denke mal, er wird morgen am Grab stehen, wie's sich gehört."

Sophie überreichte Patty eine ihrer Visitenkarten. „Bitte geben Sie Mr. Riley meine Karte, wenn Sie ihn sehen. Er möchte sich bitte dringend bei uns melden."

„OK."

Patty warf einen letzten, prüfenden Blick auf ihre Erscheinung im Spiegel, gerade in dem Moment, als eine kratzige Stimme „Patty! Bring deinen Arsch auf die Bühne!" in die Garderobe bellte. Darüber vergaß sie, sich zu verabschieden, zwängte sich eilig an Dent vorbei und trippelte den Gang hinunter, aus dem die Stimme gekommen war.

## ⚜

Es regnete noch immer, als sie „Pinchy's Angels Club" verließen. Die bulligen Typen in den Lederjacken drückten sich jetzt nur wenige Meter neben den Schaukästen am Eingang herum. Dent hatte sie auch gesehen, musste an die Özcal Brüder denken und beeilte sich, aus der Glasshouse Street heraus zu kommen.

„Ein feines Früchtchen, dieser Donovan Riley", teile Sophie Kröger mit, während sie neben ihm her lief. „Ein Paradebeispiel, was aus Kindern wird, die in solchen Verhältnissen aufwachsen. Wie die finsteren Typen da drüben."

Sie schauderte, war froh, die grell beleuchtete Wardour Street zu erreichen und wedelte mit beiden Händen, um ein Taxi anzuhalten. „Mission erfüllt, Herr Riese. Ich will jetzt ein Hotel. Wir nehmen ein Taxi, der Fahrer wird sich auskennen."

„Das ‚Highgate Guest House' liegt direkt gegenüber des Friedhofs", las Dent vom Display seines Handys ab.

„Guest House? Das hört sich furchtbar nach muffiger Pension an. Wir brauchen auch kein Hotel am Highgate Friedhof. Patricia Baker wird Riley meine Karte geben und er wird sich in der Kanzlei melden. Sie sehen, es ist völlig unnötig, dass wir uns morgen auf einen Friedhof schleichen, um einen Haufen leichter Mädchen und schwerer Jungs an Brenda Rileys Grab zu beobachten."

ଓ୫୬୦

„Fear of the Dark" dröhnte durch Dents Kopfhörer, als er die SMS las, die Anja auf sein Handy geschickt hatte. Im Hotel hatte er sich gleich auf das Bett geworfen und einen Kaffee bestellt. Auf ein heißes Bad verzichtete er, ebenso wie auf die vielfältigen Angebote des Wellnessbereichs, in dem Sophie Kröger verschwunden war.

Es war ein teures Hotel mit veganer Küche, auf die Miss Makellos so viel Wert legte und befand sich meilenweit vom Highgate Friedhof entfernt. Obwohl es ein 5-Gänge Menü gegeben hatte, knurrte sein Magen. Das Körnerfutter schien vollständig zwischen seinen Zähnen steckengeblieben zu sein und veranlasste ihn, es mit Zungenakrobatik endlich in seinen Magen zu befördern.

Die Informationen auf seinem Display ließen ihn die Stirn runzeln. Unwillig riss er die Ohrstöpsel herunter und rief Anja an.

„Nichts? Du hast nichts weiter finden können?", knurrte er grußlos in das Telefon.

„Ich hab dich auch lieb, Chef", stöhnte sie. „Außer diesem Flug mit British Airways gab's nur noch die Meldung der Zollbehörden am Flugplatz. Demnach hat Donovan Riley heute nach 12 Jahren Abwesenheit zum ersten Mal wieder britischen Boden betreten. Das sagt uns zwar, dass er tatsächlich in London gelandet ist, aber eben nicht, wo er jetzt steckt. Er hat immer noch kein Handy, mit dem man ihn lokalisieren könnte, keine Kreditkarte, mit der er irgendwas kauft. Er war 12 Jahre woanders, hat keinen Wohnsitz in England, und du hast ihn unter der Adresse seiner Mutter nicht angetroffen. Deshalb hab ich alle möglichen Hotels gecheckt. Nix, niente, nada."

„Mist. Und der Anruf in ‚Pinchy's Nachtclub'? Patricia Baker sagte, ihr Boss habe mit einem Inder gesprochen."

„Die einzige Verbindung, die da passen könnte, kam am 7. Dezember aus Varanasi. Das Handy, das ihn tätigte, gehört irgendeinem Inder. Den Namen kann ich nicht aussprechen. Hilft uns sowieso nicht weiter, weil Donovan Riley eben nicht mehr in Indien ist."

„Hm."

„Dent, nach dem, was du mir vorhin geschrieben hast, dürfte dein Brüderlein ein ziemlich schräger Typ sein."

„Deshalb will ich mehr über ihn wissen", grunzte Dent. „Polizei, Gerichte, Verurteilungen, Knast?"

„Ey, Dent, was erwartest du von mir? Polizeicomputer hacken? Kann ich nicht und will ich auch nicht. Du kannst es dir also sparen, mir Anweisungen zu geben, wie so was geht. Mir reicht vollkommen, was wir bisher angestellt haben. Das kannst du schön allein machen. Am besten ziehst du dir die Daten gleich von der NSA. Wenn die nix haben, ist Donovan Riley ein Geist."

Sie kicherte, aber Dent blieb still.

„Dent? Ich hab ein ungutes Gefühl. Sei vorsichtig."

☙❧

Schnee fiel, als Brenda Rileys Sarg der kalten Erde anvertraut wurde. Dent hielt sich in einiger Entfernung unter einem Baum auf und konnte nur ein Stück helles Holz und Blumenschmuck erkennen. Ein Pastor sprach, aber was er sagte, war nicht zu verstehen. Das Loch in der Erde war von den Trauergästen verdeckt, die zahlreich erschienen waren. Patty Baker schlotterte in einem karierten Kunstpelz und heulte sich die Augen aus dem Kopf. Viele weinten, auch die Männer. Brenda Riley musste sehr beliebt gewesen sein.

Dent war aufgeregt. Ein Zustand, der ihn nur sehr selten befiel, und fast noch mehr irritierte als Sophie Krögers Anwesenheit. Sie stand mit hochgezogenen Schultern neben ihm, das Gesicht fast völlig vom Kragen ihres Mantels verdeckt, und kritisierte die Aufmachung der Trauergemeinde. Wasserstoffblonde Perücken, Brusthaar, das durch halboffene, neonfarbene Hemden blitzte, Männerbeine im Minirock und breite Rücken mit dem Emblem einer Motorradgang zogen nacheinander am offenen Grab vorbei und nahmen Abschied.

„Achten Sie nicht auf die Klamotten, verflixt nochmal", zischte Dent. „Überlegen Sie lieber, welcher von denen mein Bruder sein könnte."

„Das wird sich gleich zeigen", zischte sie zurück. „Donovan Riley wird derjenige sein, dem alle die Hand schütteln, wenn es vorbei ist. Oder meinen Sie, ich werde ausgerechnet diese Typen nach ihren Ausweisen fragen?"

Dent hatte keine Ahnung, warum Sophie Kröger ihn überhaupt begleitet hatte, aber im Grunde interessierte es ihn auch nicht.

Die Zeremonie neigte sich dem Ende zu. Aus billigen Lautsprechern schepperte Brendas Lied: "Baby take off your coat ... rreaalll slow". Dent musste grinsen, Sophie rümpfte die Nase. „Ich hoffe, dass die Temperaturen einen Massenstriptease verhindern."

Dann war es vorbei. Die Gesellschaft löste sich schnell auf, ohne Händeschütteln und Beileidsbekundungen an einen Hinterbliebenen. Auch der Pastor beeilte sich, der Kälte zu entkommen. Schon begannen die Totengräber mit ihrer Arbeit. Dent konnte hören, wie Schaufelladungen gefrorener Erde dumpf auf dem Sarg aufschlugen.

Sophie Kröger schien sich ebenso zu wundern wie er, denn sie gab ihre Deckung unter dem Baum auf und fing Patty auf dem geharkten Weg ab, der zum Ausgang führte. Dent stapfte einfach hinterher.

„Wie sollte ich Ihre Karte übergeben? Er war nicht da", entschuldigte sich Patty und wischte über ihr verweintes Gesicht. „Eine Sauerei ist das, nicht zur Beerdigung der eigenen Mutter zu kommen, Sauerei!"

„Sind Sie sicher? Sie haben Donovan Riley jahrelang nicht gesehen, er wird sich verändert haben."

„Halten Sie mich für blöd? Das weiß ich doch alles. Er war nicht da, kapiert? Nur die Hackfressen, die ich jeden Tag sehe, klar?"

„Schon gut, schon gut", beschwichtigte Sophie und Dent sah, wie sich Pattys karierter Kunstpelz entfernte.

„Er wird kommen, ganz bestimmt", versuchte er sich selbst zu überzeugen. Sophie schüttelte den Kopf. An ihren blauen Lippen konnte er sehen, dass sie fror, wohl zu sehr, um wortreich zu protestieren. Ebenso ratlos wie er spähte sie über das Gelände. Highgate war ein alter Friedhof aus viktorianischer Zeit. Mannshohe Steinkreuze, mahnende Engel mit ausgebreiteten Schwingen und imposante Gedenktafeln, Stelen und Säulen ragten zwischen niedrigen Grabsteinen und unförmigen Findlingen auf. Flechten, Moos und Efeu breiteten sich ungestört aus. Es gab kaum Wege, nur unebene Pfade, die sich ebenso unsortiert wie die steinernen Monumente über das Areal verteilten. Dent fand, jemand hätte wenigstens die tonnenschweren Exemplare aus ihrer bedrohlichen Schieflage erretten sollen, aber den Engländern schienen ihre unordentlichen Friedhöfe zu gefallen.

Nachdem die Totengräber mit ihrer Arbeit fertig waren, blieb Dent mit Sophie allein zurück. Brenda Rileys Grab lag nun still da. Kleine Schneeflocken fielen auf die Grabplatte aus blauem Granit und deckten ihren Namen und den frischen Blumenschmuck zu. Kein Windhauch bewegte das wuchernde Buschwerk oder blies durch die Äste der alten Bäume, die nackt in den düsteren Himmel ragten.

„Ich möchte gehen", flüsterte Sophie. „Es ist ... irgendwie unheimlich hier."

„Ja", musste auch Dent zugeben. Trotzdem blieb er stehen, wo er war, zog seinen Tabakbeutel aus der Tasche und drehte sich eine Zigarette. „Wollen Sie auch eine?", fragte er, als er merkte, dass Sophie auf seine Hände starrte.

„Ich rauche nicht", schnappte sie und versenkte ihr Gesicht wieder im Mantelkragen. „Außerdem ist mir kalt."

„Gehen wir ein paar Schritte."

„Gern, und zwar weg von hier. Herr Riese, es ist zwecklos. Ich werde Kommissar Lindemann über Brenda Rileys Beisetzung informieren und beiläufig die Vermutung äußern, dass ihr Sohn Donovan sich deshalb in London aufhalten könnte. Mehr können wir nicht tun."

„Sie müssen nicht mit mir hier rumstehen. Es ist nicht Ihr Bruder. Ich bleibe."

„Ihre Sturheit wird Ihnen gar nichts nützen", stöhnte Sophie und verdrehte die Augen. „Wollen Sie hier einschneien und erfrieren? Sie haben nicht mal einen Mantel dabei. Sollte Donovan Riley wider Erwarten doch noch auftauchen, wird er nur einen Eisklotz vorfinden. Den kann er dann gleich neben seiner Mutter beerdigen."

Dent klemmte die Zigarette in seinen Mundwinkel und zog die Jeansjacke enger um seinen mageren Körper. Er trug, was er immer trug, hatte nichts weniger im Sinn gehabt, als Wetter und Kleidung, als er den Flieger nach London bestiegen hatte. Außerdem besaß er gar keinen Mantel, schlicht, weil er sich viel zu selten im Freien aufhielt. Ihm war tatsächlich lausig kalt, aber er weigerte sich, Sophie Recht zu geben und den Friedhof zu verlassen. Stumm setzte er sich in Bewegung und hoffte, nicht von Steinmetzkunst mit bedenklichem Neigungswinkel erschlagen zu werden.

„Außerdem wird es bald dunkel", motzte Sophie Kröger, schien sich aber nicht entschließen zu können, ihn hier allein zu lassen und trippelte neben ihm her.

Eine Weile wanderten sie ziellos herum. Dent achtete nur darauf, das frische Grab im Blick zu behalten, und atmete kleine Wolken in die kalte Luft. Mit jedem Schritt wuchs seine Enttäuschung und das Gefühl, in der eisigen Stille um ihn herum zu erstarren.

„Hey, hallo, Herrschaften!" Dent und Sophie schraken gleichzeitig zusammen. Im schwindenden Tageslicht erkannte Dent einen Regenschirm und darunter einen alten Mann, der in seiner Daunenjacke wie ein fetter Vogel auf dürren Beinen wirkte und sich schnell auf sie zu bewegte.

„Wir schließen gleich!", knarrte er. „Letzte Führung für heute, Herrschaften, 15 Pfund pro Nase. Was wollen Sie sehen? Das Grab von Karl Marx? Oder lieber Malcolm McLaren? Oder das von Douglas Adams?"

„Douglas Adams!", wiederholte Dent ergriffen und löste damit ein Nicken des Alten und seine ausgestreckte Hand aus. „Das können Sie für den halben Preis haben, Douglas liegt gleich da drüben."

Sophie drängelte, schnell zum Ausgang zu gelangen, redete von der einsetzenden Dunkelheit, aber Dent gab dem Alten die 15

Pfund und ließ sich den kurzen Weg bis zum Grab des verehrten Schriftstellers leiten. Es war ein schlichtes Grab, unter Ahornbäumen gelegen. Nur ein schmuckloser grauer Stein. Wie zufällig zwischen andere Gräber gestreut, ragte er aus dem schneebedeckten Boden. Die Fläche davor war mit bunten Kugelschreibern übersät, kreuz und quer in Erde gebohrt. Letzte Grüße von Fans aus aller Welt.

Der Alte nestelte an seiner Jacke herum und knipste eine Taschenlampe an. „Wird früh dunkel um diese Jahreszeit", ließ er hören, gerade als ein Knacken im Geäst Sophie herumfahren ließ.

„Was war das?"

Dent hörte nicht hin. Er hörte auch das Sirren nicht, dass Sophie und auch den Alten die Köpfe drehen ließen. Andächtig fiel er auf die Knie, um im Lichtkegel der Taschenlampe die eingemeißelten Buchstaben auf dem schlichten Stein mit den Fingern nachzuzeichnen. Seine Hand war kaum beim „D" angelangt, als der Pfeil an Douglas Adams' Grabmal zersplitterte.

Sophie schrie, der Alte schrie, der Lichtkegel der Taschenlampe zuckte über Ahorn, Stifte und Schnee, dann zurück zu Dent und blendete sein schockiertes Gesicht.

„Weg da, beweg dich, du Vollpfosten!", hörte er jemanden brüllen, verharrte jedoch verwirrt auf Knien und hob nur den Arm, um das blendende Licht abzuhalten. Er hörte Schritte, schnelle Schritte und wurde im nächsten Moment von einer schwarzen Gestalt umgerissen, die sich auf ihn stürzte, wie ein wildes Tier. Nur eine Sekunde, bevor der nächste Pfeil durch die bunten Kugelschreiber stob und mit vibrierendem Schaft im Boden stecken blieb.

„Lampe aus, mach die verdammte Lampe aus!"

Der Alte hielt sich verwirrt an der Taschenlampe fest, schickte eine zitternden Lichtstrahl über die schwarze Gestalt, bevor sie ihm mit schnellem Griff entrissen wurde und ins Gebüsch flog.

„Bewegt euch, los! Deckung!"

Dent lag im Schnee, konnte nur huschende Schatten erkennen und hatte völlig die Orientierung verloren. Bevor er sich aufrappeln konnte, packte eine Hand seinen Kragen und schleifte ihn wie ein Stück erlegtes Wild durch trockenes Laub und Geäst.

☙❦

„Douglas Adams hat mich gerettet", murmelte Dent benommen. Langsam begriff er, dass die Gefahr vorüber war und dass er immer noch regungslos im schneenassen Unterholz lag. Er konnte den Alten hören, der offenbar seine Taschenlampe suchte und Sophies aufgeregte Stimme.

Dent richtete sich auf und tastete nach seinem Tabakbeutel. Mit der glimmenden Zigarette zwischen den Lippen kroch er aus dem Gehölz. Seine Augen hatten sich an die Dunkelheit gewöhnt. Er konnte den Grabstein erkennen, vor dem er beinahe durchbohrt worden war. Ein Pfeil steckte noch zwischen den bunten Stiften, der andere lag zerbrochen daneben.

Er schluckte schwer und ließ seine Hand über den schlichten Stein streichen. „Danke Douglas, ich weiß das zu schätzen."

„Bedank dich lieber bei mir", knurrte eine raue Stimme. Sie gehörte zu dem Schatten, der neben Sophie auftragte. „Wer bist du überhaupt?"

„Dent, ich bin Dent", antwortete er und versuchte, den nassen Jeansstoff von seinem eisgekühlten Hintern zu lösen.

„Klar, Arthur Dent, und du reist per Anhalter durch die Galaxis und speist im Restaurant am Ende des Universums", spottete der Schatten und nahm ihm frech die Zigarette ab. „Mann, gib mir, was du rauchst, es ist zu stark für dich."

Spontan empfundene Sympathie ließ Dent den Verlust seiner Kippe vergessen. „Du kennst die Bücher?"

„Wer kennt die nicht? Ich will aber nicht über Literatur quatschen", hörte er. „Wir sollten von hier verschwinden. Möglichst schnell."

„Sie könnten sich erst einmal vorstellen", meldete sich Sophie mit strengem Ton. Der Alte hatte inzwischen die Taschenlampe wiedergefunden. Sie brannte noch und ließ Dent einen Mann seiner Länge erkennen. Er trug einen eleganten, dunklen Mantel und blank polierte Schuhe. Sein Gesicht, von einem gepflegten Vollbart bedeckt, kam Dent irgendwie bekannt vor.

„Ich kann kaum fassen, was eben passiert ist. Woher sind Sie so schnell gekommen, wie sind Sie überhaupt dazu gekommen einzugreifen?", wollte Sophie wissen, beeilte sich aber, dem Alten mit der Taschenlampe zu folgen, der sich brabbelnd und kopfschüttelnd in Richtung Ausgang bewegte.

„Ich war hier, um von jemandem Abschied zu nehmen", brummte der Mann im Mantel, ohne seinen Namen zu nennen. „Da hab ich den Bogen gesehen. Ragte hinter einem dieser scheußlichen Engel hervor, mitsamt einer Hand, die ihn spannte und auf einen komischen Vogel zielte, der einen Grabstein betatscht."

Sophie blieb stehen und öffnete den Mund. „Sie sind Donovan Riley!"

Es war leicht zu erkennen, dass sie ins Schwarze getroffen hatte. Rileys Überraschung hielt nicht lange an. „Richtig, kleines Fräulein mit dem germanischen Akzent. Woher Sie das wissen, klären wir gleich."

Dent stockte der Atem. Er hatte lange überlegt, was er sagen würde, wenn er seinem Bruder begegnete. Aber jetzt konnte er nichts tun, außer stumm in Rileys Augen zu starren.

„Du hast einen ziemlich wirren Blick, Dent", grinste Riley. „Komm schon, beweg dich. Wie's scheint, haben wir einen gemeinsamen Feind. Deshalb interessierst du mich."

☙❧

Der Schütze ließ den Bogen sinken. Beinahe hätte er vergessen, sich noch tiefer hinter das geflügelte Wesen aus Stein zu ducken, das ihn verbarg. Bis eben hatte er geglaubt, kurz vor der Erfüllung seiner Aufgabe zu stehen. Dass die mühsame Verfolgungsjagd, die er auf sich genommen hatte, ein Ende hatte. Aber er hatte versagt, gründlich versagt.

An der Dunkelheit, die unerwartet früh hereingebrochen war, hatte es nicht gelegen, auch nicht an der Kälte in diesem fremden Land, die seine Finger steif und gefühllos gemacht hatte.

Der Pfeil hätte Rieses Herz getroffen, wenn er nicht plötzlich in die Knie gegangen wäre. Der zweite Schuss wäre erfolgreich gewesen, wenn dieser schwarze Schatten nicht plötzlich aus dem Nichts aufgetaucht wäre.

Starr vor Entsetzen begriff er, dass dieser schwarze Schatten Donovan Riley war. Er hatte den Anschlag überlebt!

Trotz der eisigen Kälte brach dem Schützen der Schweiß aus. Er war so sicher gewesen, dass Peters Sohn in Varanasi gestorben war, obwohl die Flasche den Pfeil abgelenkt hatte. Geradezu beflügelt war er gewesen, hatte keine Zeit verloren, Vorkehrungen getroffen, teure Vorkehrungen, aber notwendig, um Alexander Riese ebenfalls zu erwischen.

Die Informationen über Riese kamen pünktlich und zuverlässig. Zwar hatte er sich beeilen müssen, um noch einen Flug nach London zu erwischen, aber dann hatte er sich im Taxi herumfahren lassen, bis die Worte „Highgate Friedhof" ihn erreichten. Er hatte sein Opfer gleich entdeckt. Baumlang hatte Riese dagestanden, bedächtig seine Schritte getan, zusammen mit der blonden Frau. Bessere Bedingungen als auf diesem Friedhof gab es kaum. Ein stiller Ort, umgeben von hohen Mauern, die den Wind bändigten. Er hatte genug Deckung gefunden, um unbemerkt den Bogen zu spannen, Rieses langen Körper ins Visier zu nehmen. Ein leichtes Ziel, so hatte der Schütze geglaubt.

Bis Rileys schwarzer Schatten das süße Gefühl des Triumphs in ihm vernichtet hatte.

Mühsam kontrollierte der Schütze seinen Atem, der ihm beinahe keuchend aus der Brust gedrungen wäre. Er musste aufhören, sich zu quälen. Inzwischen war es stockdunkel, völlig ungeeignet für einen weiteren Schuss. Er konnte nur noch Stimmen hören, vor allem die aufgeregten Laute der blonden Frau. Sie würden die Polizei rufen. Er musste verschwinden, durfte nichts riskieren. Es stand zu viel auf dem Spiel.

☙❧

# KAPITEL 5

Sophie Kröger fühlte sich unwohl. Sie saß auf einem unbequemen Hocker am Tresen eines Pubs. Bier tropfte auf ihr Knie. Dent hatte seine Sprache wiedergefunden und schien sie völlig vergessen zu haben, ebenso wie Riley, der zum wiederholten Mal mit seinem Bruder anstieß. Beide schienen daran gewöhnt zu sein, ein Bierglas nach dem anderen zu leeren, wirkten so, als würden sie sich ewig kennen und lachten häufig auf. Männer hatten eine seltsame Art, verwirrende Ereignisse zu verarbeiten.

Sie nippte an ihrem Mineralwasser und versuchte, die Geschehnisse zu sortieren. Der greise Friedhofswärter hatte die Polizei gerufen und war mit ihnen vor die grauen Mauern geflüchtet, die das Friedhofsgelände umgaben. Donovan Riley hatte gelassen seine Personalien aufnehmen lassen und seine Aussage gemacht. Ein Constable hatte gewissenhaft alles notiert. Morgen, wenn es hell war, wollte die Spurensicherung sich der Sache annehmen. Der junge Beamte hatte nicht so ausgesehen, als würde er sich viel davon versprechen. In einer Riesenstadt wie London passierte so viel und schließlich war niemand zu Schaden gekommen.

Erst in diesem Pub, nach dem sechsten oder siebten Bier, hatte Riley zugegeben, dass ein ganz ähnlicher Anschlag auf ihn in Varanasi verübt worden war. Warum hatte er dem Constable nichts davon gesagt?

Sophie wusste nicht, was sie von Riley halten sollte. Sie verdrängte, dass er ihr gefiel, wenigstens äußerlich. Jetzt, wo Peter Nielsens Söhne nebeneinander saßen, fiel ihr auf, dass Riley eine gepflegte Ausgabe von Dent war. Er hatte die gleichen dunkelgrünen Augen, das gleiche braune Haar, nur hatte Rileys einen akkuraten Schnitt genossen und wurde gekämmt. Sein Gesicht war genauso schmal wie Dents, wirkte nur voller durch den dichten Bart und war weniger blass. Bärte mochte sie eigentlich nicht, aber Riley sah gut damit aus. Ein bisschen verwegen, erwachsen und sehr männlich. Dents Stoppeln waren wohl eher seiner Faulheit zuzuschreiben, mit der er sich nur alle paar Tage rasierte und die ihn jungenhafter wirken ließen. Außerdem fehlten Dent die Muskeln, die sich unter Rileys Hemd spannten, aber vor allem fehlte ihm der gute Geschmack. Sophie hatte nicht angenommen, dass Brenda Rileys Sohn sündhaft teure Oberhemden trug und in einem dunkelgrauen Valentino herumlief. Das Etikett konnte sie an der Brusttasche seines Sakkos erkennen, das über dem Barhocker hing. Sein Mantel, der an einem Garderobenständer am Eingang des Pubs geblieben war, hatte ein ähnlich exklusives Label, ebenso wie seine Schuhe. Rahmengenäht, feinste Qualität.

Trotzdem war die Ähnlichkeit frappierend. Sogar die Hände, die jetzt schon wieder nach dem Bierglas griffen, glichen sich, nur kamen Rileys nicht an die sensible Geschicklichkeit heran, mit der Dent seine Finger bewegte. Es gab noch einen Unterschied, unsichtbar, aber er verstärkte das Unwohlsein in ihr. Dents Nähe löste in ihr das Gefühl aus, ihn vor irgendetwas beschützen zu müssen. Ein seltsames, unbekanntes Gefühl, aber nicht unangenehm. Sie hatte es einfach nicht über sich gebracht, ihn auf dem Friedhof allein zu lassen, sich plötzlich gewünscht, er würde sie mit seinen schönen Händen berühren und sich dafür geschämt. Donovan Riley dagegen löste nichts dergleichen in ihr aus. Im Gegenteil, seine Bewegungen mahnten sie zur Wachsamkeit und die Vorstellung, er könnte Hand an sie legen, weckte nichts als Angst.

Vielleicht war es das, was sie davon abhielt, ihm endlich ihre Karte zukommen zu lassen und von Peter Nielsens Hinterlassenschaft zu berichten. Bis jetzt hatte er keinen Schimmer, welche Funktion sie zu erfüllen hatte und fragte auch nicht danach. Sie beschloss, es vorerst dabei zu belassen, obwohl das völlig unprofessionell war. Außerdem waren beide Männer in Biergläser und ihr Gespräch vertieft.

„Also nochmal von vorn, Don", lallte Dent jetzt. „Ich habe keine Ahnung, warum jemand mit Pfeilen auf mich schießt und du hast keine Ahnung, warum jemand mit Pfeilen auf dich schießt. Aber es gab einen Mord mit einem Pfeil in Hamburg. Pfeile sind heutzutage ziemlich ungewöhnliche Mordwaffen, also muss es irgendeinen Zusammenhang geben. Logisch, oder?"

„Logisch", nickte Riley.

„Die einzige Verbindung ist das Arschloch, das unser Vater war", fuhr Dent fort.

„Genau. Das Arschloch, das unser Vater war."

„Hab den Mann nie gesehen", grunzte Dent und sah so aus, als müsste er einen Anflug von Traurigkeit überspielen. „Und du?"

Donovan Riley ließ einen Grunzlaut hören. „Nur einmal. Kurz."

„Und? Wie war er so?"

„Von allem zu viel. Der Typ, der dir jovial auf die Schulter klopft, nach fünf Minuten so tut, als wäre er dein bester Freund. Der dir jede Frau aufzählt, mit der er mal was hatte und rumtönt, wie heiß die war. Einer, der zu laut lacht, nach Drinks schreit, den großen Macker raushängen lässt, von den ganz großen Deals labert. Und dich dann mit der Rechnung hängen lässt. Du hast nichts verpasst, Dent. Der Mann war Zeitverschwendung."

„Aber er hat Ihnen etwas geschickt", warf Sophie ein. „Nach Varanasi, mit UPS."

„Stimmt." Riley sah sie aus glasigen Augen an, aber Sophie hatte den Eindruck, dass er nicht so betrunken war, wie es den Anschein hatte.

„Und? Was war es?", fragte sie neugierig und sah Riley lächeln.

„Erst seid ihr dran. Was hat euch beide nach Highgate gebracht und woher wusstet ihr, wer ich bin?"

Es gelang Sophie nicht, Dent davon abzuhalten, alle Informationen bedenkenlos auszuplaudern. Dent konnte, was Sophie nicht konnte. Er vertraute einem Mann, den er erst vor knapp zwei Stunden unter höchst seltsamen Umständen zum ersten Mal gesehen hatte und lieferte ihm einen vollständigen Bericht.

„Alles klar", grinste Riley, nachdem Dent geendet hatte. „Du hast British Airways gehackt? Ich fass es nicht. Du bist ein Tastenficker? Mein Bruder ist ein Nerd?"

„Ist nichts Ansteckendes", grinste Dent. „Einfach das, was ich am besten kann."

Er bestellte noch zwei Bier und sah dann wieder Riley an.

„Du ... du machst immer noch das, was Patty beschrieb?"

„Meistens", gab Riley zu Sophies Überraschung offen zu. „Ist das, was ich am besten kann."

Jetzt lachten sie beide und ließen die Gläser mit der schaumlosen Brühe aneinander klirren.

„Na, jedenfalls müssen wir das Arschloch, das unser Vater war, jetzt unter die Erde bringen", redete Dent weiter. „Hast du'n besonderen Wunsch?"

„Schildkröten", brummte Riley kaum hörbar und sprach erst weiter, als Dent ihn verständnislos ansah. „Wir legen zusammen und lassen ihn so billig wie möglich verscharren. Einverstanden?"

„Einverstanden. Willst du dabei sein?"

„Nein."

„Gut, ich auch nicht. Ich will auch nichts von ihm erben."

„Ich auch nicht", grunzte Riley und überraschte Sophie schon wieder. „Wird eh nichts Gutes sein."

„Fräulein Kröger sagt, er hinterlässt Millionen. Sie ist die Nachlassverwalterin."

„Millionen, eh?" Riley konnte sich vor Lachen kaum halten. „So'n Bullshit. Weißt du, warum er mich treffen wollte? Anpumpen wollte er mich. So viel zu den Millionen."

„Ähm", machte Sophie und hob den Finger, als müsste sie sich im Unterricht melden. „Sie sagten, Sie haben ihn getroffen. Kurz. Wo war das? Und wann?"

„Anfang Oktober. Da klemmte plötzlich seine Nachricht an meiner Wohnungstür in Varanasi. Ich hab nicht darauf reagiert, aber ein paar Tage später fing er mich in einem Hotel ab. Viel Gesülze, er habe was gutzumachen und das könnte er nun endlich, nach 30 Jahren. Er hätte eine ganz große Sache laufen, Diamanten! Ganz heiße Nummer, weshalb er verfolgt würde und Indien verlassen müsse. Deshalb müsste ich ihm kurzfristig 5000 Dollar leihen. Ich hab ihn ausgelacht und bin gegangen. Im Gegensatz zu meiner Mum wusste ich lange, dass er ein Spinner war. Ich war sauer auf sie, weil sie ihm meine Adresse gegeben hat und froh, dass er mir nicht wieder über den Weg lief. Dann hat er mir ein Päckchen geschickt, aus Hamburg."

„Und? Was war drin?"

„Ein dreckiges Notizbuch mit Kritzeleien. Hatte mächtig gelitten, nachdem es mit mir im Ganges schwamm. Und ein Brief, der auch völlig aufgeweicht war. Der Inhalt war kaum noch zu lesen. Nur das Wort „Golkonda" kam ziemlich häufig darin vor."

„Golkonda? Was soll das sein?"

„Hauptsächlich seine fixe Idee, mit der er meine Mum belabert hat", schnaubte Riley. „Golkonda ist in England ein Begriff, der für unermesslichen Reichtum steht. Die Kolonialzeit in Indien hat diesen Begriff geprägt, Erzählungen von Palästen und Maharadschas, die in Juwelen baden. Eigentlich ist Golkonda eine uralte Ruinenstadt auf einem Hügel, paar Kilometer westlich von Hyderabad. War mal eine Festung, Hauptstadt mittelalterlicher Sultanate und ein Handelsplatz für Diamanten. Um Golkonda soll es diverse Minen gegeben haben, in denen ein fetter Klunker nach dem anderen ausgegraben wurde. Der Koh-i-Noor zum Beispiel, ein paar andere berühmte Steine, um die sich alle möglichen Legenden ranken. Wo diese Minen liegen, weiß niemand mehr. Die sind schon ewig verschollen. Es wird behauptet, dass 60.000 Mann in Golkondas Minen geschuftet haben. Andere sagen, Golkonda war als Fundort eher unbedeutend und nur als Handelsplatz interessant, weil die Festungsanlage als riesiger Tresor fungierte. Über die Jahrhunderte war der Ort ziemlich heiß umkämpft. Die Festung ist irgendwann gefallen, im 17. Jahrhundert, glaub ich. Danach hat der Ort seine Bedeutung verloren."

Sophie hörte mit offenem Mund zu, Dent dagegen wirkte unbeeindruckt.

„Heute ist Golkonda ein gigantischer Haufen Steine, durch die der Wind pfeift. Interessant für Touristen, die alte Steine mögen und gern viel klettern", erklärte Riley weiter. „Die Leute in den Dörfern darum herum tun das, was dem Namen entspricht: Golkonda bedeutet „Schäferhügel". Geblieben sind unzählige Geschichten um Diamanten und Dynastien, die Golkonda ihren Reichtum verdanken."

„Und ... wenn er diese Minen wiederentdeckt hat?"

Riley lachte auf. „Es gab schon viele Glücksritter, die nach den verschollenen Minen gesucht haben, ganze Expeditionen mit Geologen und großem Geld. Keiner hatte Erfolg. Und ausgerechnet das Arschloch, das unser Vater war, will die gefunden haben?"

„Irgendwas hat er gefunden", sagte Sophie und ließ ihren Blick unsicher zwischen Dent und Riley pendeln. „Laut Gutachten des Hamburger Juweliers Wempe hinterlässt Peter Nielsen einen Diamanten mit einem Gewicht von 42 Karat, der seltenen Farbe ‚Fancy vivid pink' und einem Schätzwert von 13,5 Millionen Euro."

ଓଌ

Die Geschäfte hatten schon geöffnet, als Donovan Riley sein Bed & Breakfast in der Nähe des Highgate Friedhofs verließ. Zum Bedauern seiner Zimmerwirtin hatte er auf das gute, englische Frühstück verzichtet und nur um ein Aspirin gegen seinen Kater gebeten. „Du wirst alt, Don", sagte er sich, als die frische Morgenluft ihn trotzdem fast umwarf. Wenigstens schneite es nicht mehr, aber die Kälte kroch in alle Glieder. Er war nicht mehr daran gewöhnt, ebenso wenig wie an die Unmengen Bier, die er mit Dent vernichtet hatte. Der Schmerz, der in seiner Brust pochte, verstärkte sein Schwächegefühl. Die tiefe Wunde war noch nicht ganz verheilt und der wilde Sprung, mit dem er Dent vor dem Grabstein umgerissen hatte, war dafür nicht förderlich gewesen.

„Reiß dich zusammen, Donovan Riley", murmelte er halblaut und blinzelte in die Sonnenstrahlen, die sich zwischen den Wolken zeigten. „Sei froh, dass du überhaupt noch lebst."

Tatsächlich empfand er eine tiefe Freude darüber. Die Dom-Männer vom Manikanika Ghat hatten ihn nicht ins Feuer geworfen. Er war im Marwari Hospital zu sich gekommen, ordentlich geflickt, nachdem die Ärzte dort tagelang um sein Leben gekämpft hatten. Es hatte eine Weile gedauert, bis er das begriffen hatte, komplett high von den Schmerzmitteln. Eine Schwester mit betörenden Mandelaugen hatte etwas von „Wunder" gesagt. Das eigentliche Wunder aber war, dass er sich bei seinem unfreiwilligen Bad im Ganges nicht mit irgendeiner widerlichen Krankheit infiziert hatte. Schwein gehabt.

Wochen waren vergangen, bis die Ärzte ihn wieder in das stinkende Dreckloch entlassen konnten. Nur teuer war's gewesen. Er hatte seinen allerletzten Notgroschen angreifen müssen, um die Behandlung zu bezahlen. Anstandslos hatte er die Scheine hingeblättert, sich gefreut, dass niemand auf die Idee gekommen war, die Behörden über den perforierten Engländer zu informieren. Trotzdem hatte er sich schnellstens absetzen wollen, falls Kumar und sein Bruder, der Polizeipräsident, doch noch nach ihm suchten.

500 Rupien hatte er dem Teeverkäufer am Nadesar Park für den Anruf im „Pinchy's" gegeben. Nur ein kurzes Lebenszeichen. „Frag' nach Brenda Riley und sag ihr, Don geht's gut. Meldet sich", hatte er dem Mann befohlen, schon auf dem Sprung in ein Taxi. Aber dann hatte er das Taxi fahren lassen, den ganzen Tag stumm dagesessen und versucht, zu begreifen, dass seine Mutter tot war. Wie bedeutungslos es jetzt war, dass der Deal mit Mahendra Kumar schiefgegangen war und dass es ihm wieder nicht gelungen war, seiner Mum ein besseres Leben zu kaufen. Der Notgroschen hatte gerade noch für ihre Beerdigung und den Flug hierher gereicht.

Mit einem tiefen Seufzer sog er Luft ein und setzte sich endlich in Bewegung. London duftete nicht unbedingt nach Rosen, aber es roch vertraut. Ein Nobelkaufhaus voller Menschen auf der Jagd nach Weihnachtsgeschenken und überlastetem Personal hatte es ihm leicht gemacht, sich neu einzukleiden. Thank you, Harrods. Nur dumm, dass er völlig vergessen hatte, wie kalt ein Dezember in diesen Breiten ausfiel. Erst als er das Kaufhaus wieder verlassen hatte, war ihm das aufgefallen. Die Kälte hatte ihn in ein kleines Restaurant in der Bond Street gezwungen. Eines, in dem die Gäste ihre Garderobe an einem Ständer gleich neben der Tür aufhängten. Netterweise hatte der Vorbesitzer des Mantels, den er jetzt trug, seine Brieftasche darin gelassen. Es war genug Geld gewesen, um einen Strauß gelber Rosen auf das Grab legen zu können, 12 Pints und ein Mineralwasser im Pub und eine Nacht in diesem Bed & Breakfast zu bezahlen. Thank you, Sir. Eine 50-Pfund-Note war noch da, aber Don hatte die Vermutung, dass sich dies gleich ändern würde.

Dann besaß er nichts mehr, nur das lächerliche Notizbuch und die Sachen, die er am Leib trug.

Er hörte sich leise stöhnen. Immerhin war der pochende Schmerz verschwunden. Nur der Kater war noch da. Ob Dent genauso einen Schädel hatte? Dent, sein Bruder. Was für eine seltsame Begegnung. Eine, die nur stattgefunden hatte, weil er absichtlich erst im Dämmerlicht zum Friedhof gefahren war. Er hatte still Abschied nehmen wollen, ohne Patty und all die anderen Gestalten. Sie hätten zu viele Fragen gestellt. Fragen, die er nicht beantworten wollte.

Aber jetzt wurde es Zeit, Patty zu besuchen. Don straffte die Schultern und machte sich auf den Weg in die Glasshouse Street.

Im Sonnenlicht, das durch ein schräges Fenster fiel, sah Patty Baker ziemlich alt aus. Sie hatte sich eilig eine Perücke über den Kopf gestülpt, nachdem Don sie in ihrer Wohnung unter dem Dach des „Pinchy's" überrascht hatte, aber das konnte ihre jämmerliche Erscheinung nicht retten.

Die blasse, welke Haut über ihrem knochigen Körper war nur unzureichend von einem ärmellosen Spitzenhemdchen aus billigem Polyester bedeckt, das die gleiche dunkelrote Farbe hatte, wie der abgeblätterte Nagellack auf ihren Fußnägeln. Sie bemerkte, wie Don an ihr heruntersah und schlüpfte schnell in den dünnen Morgenmantel, den sie schon besessen hatte, als er noch hier gewohnt hatte.

„Wo warst du gestern, als wir deine Mutter beerdigt haben?", schnarrte sie anklagend.

„Hatte keine Lust auf blödes Gequatsche. War später da."

Er hielt ihr die Zigarettenschachtel hin, die ihm in einem Kiosk auf dem Weg hierher in die Tasche gefallen war, bediente das Feuerzeug, das unbedingt mit gewollt hatte und überzeugte sich, dass es in der Wohnung bereits nichts mehr gab, was an seine Mutter erinnerte.

„Ich hab Brendas Sachen in Kartons gepackt", schien Patty seine Gedanken zu erraten und wies auf einen kleinen Stapel. „Konnt's nicht sehen, ohne zu heulen. Ist nicht viel übrig geblieben von ihr. Dachte, ich geb's an die Heilsarmee. Oder willst du die Klamotten mitnehmen?"

„Nein, nur ihren Teddybären, falls sie den noch hatte."

„Der dicke Teddy mit dem Kugelbauch? Klar hatte sie den noch, warte." Patty kramte in einem Karton, fand das Stofftier und drückte es Don in die Hand. „Bisschen abgenutzt, das gute Stück, hat ein Auge verloren, aber sie hing irgendwie dran."

„Ich weiß."

„Du siehst gut aus, Don. Mächtig feiner Zwirn", fand sie dann und befreite einen Stuhl von diversen Kleidungsstücken. „Setz dich, ich mach uns einen Kaffee."

„Lass mal, Patty", hielt er sie ab. „Ich will bloß wissen, ob Mum noch Rechnungen zu bezahlen hatte oder ob's noch irgendwas zu regeln gibt."

Patty legte den Kopf schief und saugte an ihrer Zigarette. „Du bist zu Geld gekommen, was?"

„Geld kommt und geht, Patty. Also? Gibt's da noch was?"

„Nichts von Bedeutung. Aber … sie hat sich 50 Pfund von mir geliehen und …"

Don konnte Patty ansehen, dass sie log, aber er hatte zu viel Mitleid mit ihr, um es ihr zu verübeln. Patty rollte den Schein ein und ließ ihn in der Tasche ihres Morgenmantels verschwinden. „Erzähl von dir, Don, was machst du so? Bleibst du in London?"

„Nein", sagte er und hatte schon die Klinke in der Hand. „Ich hau heute noch ab. Cheerio, Patty."

☙❧

Don zwinkerte dem einäugigen Teddy zu, bevor er die Naht über dem prallen Bauch aufriss. Wie erwartet quollen ihm zerknüllte Geldscheine entgegen. Er musste nicht zählen, um sicher zu sein, dass es für den Flug nach Hamburg reichen würde und noch ein bisschen mehr. „Puh!", stöhnte er erleichtert, drehte die Augen gen Himmel und flüsterte: „Danke, Mum."

Dent zu bitten, ihn kostenfrei im Buchungssystem der British Airways unterzubringen, kam einfach nicht in Frage. Das wirkte zu armselig, geradezu bedürftig und diese Blöße wollte er sich nicht geben. Außerdem konnte er seinen Bruder nicht mit den Kosten für die Beerdigung des Arschlochs hängenlassen. Das musste erst mal erledigt werden, bevor sie sich mit dem ominösen Diamanten befassten.

Er hatte nie glauben wollen, dass es diesen Stein wirklich gab. Aber Sophie Kröger hatte gestern bestätigt, dass der Diamant zu Peter Nielsens Nachlass gehörte. Don hatte nichts dagegen, die Hälfte von 13,5 Millionen zu erben, aber er bezweifelte, dass es dazu kommen würde. Garantiert war irgendwas faul an der Sache. Trotzdem wollte er nach Hamburg, um mehr darüber zu erfahren.

Das gurgelnde Geräusch einer Klospülung erinnerte ihn daran, dass er sich in der Kabine einer Flughafentoilette befand und nur noch wenig Zeit bis zum Abflug blieb. „In Hamburg kriegst du ein neues Auge", versprach er dem Einäugigen, bevor er den schlaff gewordenen Stoff in der Tasche des eleganten Mantels verschwinden ließ.

Dent erwartete ihn in der Abfertigungshalle. Don musste lächeln, als er ihn sah. Wie er da stand, dünn wie ein Brett, in der typischen Haltung zu lang geratener Menschen. Krummer Rücken, hängende Schultern, daran gewöhnt, ständig den Kopf einzuziehen, um mit den Kurzen zu kommunizieren.

Im Moment kommunizierte Dent nur mit seinem Handy, diesem verschrammten Ding, das er dauernd in den Fingern hatte. Er war ziemlich stoffelig, sein Bruder, kriegte gar nicht mit, wie Sophie Kröger ihn ansah und dass sie mit ihm redete. Ganz niedlich, diese Blondine, bloß unerfahren, mit Männern und allem anderen. Sehr bemüht, diese Unerfahrenheit hinter geschäftsmäßiger Kleidung und Attitüde zu verstecken. Dent merkte gar nicht, dass sie auf ihn stand. Überhaupt schien er ziemlich merkbefreit zu sein. Er würde auch nicht merken, wenn der Bogenschütze in der Nähe war. Kaum zu fassen, wie bewegungslos er gestern geblieben war, nachdem der erste Pfeil ihn knapp verfehlt hatte. Allgemein war Bewegung nicht sein Ding, das sah man ihm an.

Dons Gedanken drehten sich noch um den Vorfall auf dem Highgate Friedhof, als er begriff, dass er ihn gern hatte, seinen stoffeligen Bruder. Nach kurzer Zeit und ein paar Bier. Beunruhigend. Bisher war es nie gut ausgegangen, wenn er jemanden gern gehabt hatte.

„Der Flieger ist nicht voll, es müsste noch ein Ticket zu haben sein", informierte Dent nach einer kurzen Begrüßung.

„Ich sagte bereits, dass ich ein Auto mieten werde, Herr Riese", kam es von Sophie. „Keinesfalls steige ich noch einmal mit Ihnen in ein Flugzeug."

„Sie hat Flugangst", erklärte Dent achselzuckend, als er Dons hochgezogene Augenbrauen sah.

„Ach du Scheiße. Na schön, mietet sie eben ein Auto. Ich kauf eben ein Ticket. Check-in-Schalter müssten bald öffnen."

„Sie wollen mich allein fahren lassen? Den ganzen Weg bis nach Hamburg?"

„Ihre Entscheidung, Lady. Eine Stunde fliegen in Begleitung zweier charmanter Gentlemen oder einen ganzen Tag fahren. Mutterseelenallein."

Don überließ es Dent, mit Sophie zu diskutieren, bekam ein Ticket am British Airways Schalter und hatte noch Zeit, die Flughafenapotheke aufzusuchen und ein Mineralwasser zu kaufen, bevor er sich zum Check-in einfand. Dent und Sophie standen schon vor dem Schalter.

Don grinste. Er hatte damit gerechnet, dass sie mit ihnen fliegen würde. Höflich lächelnd, aber entschlossen, drängelte er sich an der Schlange der Wartenden vorbei und drückte ihr das Mineralwasser in die Hand.

„Hier, Fräulein Kröger, ein Wässerchen wirkt Wunder gegen Flugangst. Trinken Sie's aus, bevor wir durch die Sicherheitskontrollen müssen. Da sind keine Flüssigkeiten mehr erlaubt."

In der Maschine überredete er einen gestressten Typen mit Laptop, die Plätze mit ihm zu tauschen, damit er mit Dent und Sophie in der gleichen Reihe sitzen konnte. Sophie Kröger hatte das Mineralwasser gehorsam getrunken. Sie plumpste schwer in den Sitz zwischen ihm und Dent und schaffte es bereits nur mit Mühe, den Sicherheitsgurt anzulegen.

Als der Flieger abhob, knallte ihr Kopf ungebremst auf Dents Schulter und sie schnarchte mit offenem Mund. Dent zuckte zusammen und drehte den Kopf, um seinen Bruder anzusehen.

„Sie schläft", stellte er verwundert fest.

„Und wie sie schläft. Hoffe, ich hab richtig dosiert."

„Du ... du hast ... in dem Mineralwasser?"

Don grinste und zuckte mit den Achseln. „Du sagtest, sie hat Flugangst. Und ich fand, wir hatten genug Stress."

൫൞

# KAPITEL 6

„Meinst du, sie wird uns verzeihen?"

Dent drehte zwei Zigaretten und gab eine an seinen Bruder weiter. Sie saßen in der Küche über der Wäscherei in der Talstraße. Dent hatte gerade in der Kanzlei Bach, Kröger und Co. angerufen und erfahren, dass Fräulein Kröger nicht zu sprechen war.

„Sie soll sich nicht so anstellen", knurrte Don. „Es war nur ein bisschen Schlafmittel."

„Alle dachten, sie wäre besoffen. Ich glaub, es war ihr peinlich, dass wir sie tragen mussten."

„Eine Frau, die sich beschwert, auf Händen getragen zu werden, kann nicht ganz dicht sein", grinste Don.

„Ihr Onkel klang ganz schön sauer. Hat kurz mitgeteilt, dass Sophie nicht zu sprechen ist. Wir dürfen im neuen Jahr wieder vorsprechen."

„Shit. Wenden wir uns dem nächsten Problem zu. Entsorgung unseres alten Herrn."

„Wird auch nichts mehr vor Weihnachten. Nur Abholung von Notfällen. Bestattung auf dem Friedhof erst wieder im Januar."

Don grunzte unwillig. Er hasste Weihnachten. Seine Erinnerungen bestanden aus kitschig geschmückten Bars, in denen einsame Freier hockten, die irgendwann genauso sentimental heulten wie sämtliche Nutten. Und an seine Mutter, die jedes Jahr völlig ausgelaugt gewesen war und den Weihnachtstag verschlafen hatte. Sobald die Geschäfte wieder öffneten, hatte sie hektisch Geschenke besorgt, Socken gefüllt und diese an einer Holzleiste aufgehängt, die den nicht vorhandenen Kamin ersetzen sollte. Jedes Jahr hatte sie sich furchtbar dafür geschämt. Irgendwie hatte sie nie kapiert, dass ihr Sohn diese Scham weit schlimmer gefunden hatte als ein verpenntes Fest.

Angenehm war, dass die Germanen den Brauch mit den Socken gar nicht kannten. Sie nannten den Tag vor Weihnachten „Heiligabend", stellten einen Tannenbaum auf, legten Geschenke darunter, verspeisten Würstchen mit Kartoffelsalat und hielten danach etwas ab, das „Bescherung" hieß. Dent hatte ihm das erklärt und einen Moment lang wie ein kleiner Junge ausgesehen.

„Du kannst solange bei mir wohnen", hörte er Dent jetzt vorschlagen und sah auf den Wohnungsschlüssel, den er über den Tisch schob. Mit so viel Vertrauen hatte Don nicht gerechnet. Sein Blick heftete sich noch überrascht auf das Gesicht seines Bruders, als Anja mit der leeren Kaffeekanne die Küche betrat.

„Das gibt nur Ärger", knurrte sie und ließ das Piercing in ihrer Zunge gegen die Zähne klacken. Die Art, wie sie ihr schwarzes Haar schüttelte und ihr blasses Gesicht lieber den Küchenschränken zuwandte, zeigte ihre ganze Ablehnung. „Und ich find's blöd, dass ihr dauernd Englisch redet."

„Seit wann hast du ein Problem mit Englisch?", wunderte sich Dent. „Fast alles, was wir bearbeiten ist Englisch, wir waren beide Austauschschüler in den USA. Und Don ..."

„Don spricht Deutsch, viel besser als er zugibt. Er versteht jedes Wort, merke ich doch", unterbrach sie. „Er ist nur zu bequem. Kein Grund, sich nach ihm zu richten. Wir sind hier in Deutschland."

Don sah ihren breiten Hintern in den schwarzen Jeans in die Höhe wippen, als sie sich auf die Zehenspitzen stellen musste, um in den Schrank zu spähen. Anjas vielfältige Funktionen hatte er nach zwei Tagen in Dents Wohnung noch nicht durchschaut. Sie arbeitete mit Dent in diesem dunklen Raum, hatte offenbar gleichzeitig eine Art Hausfrauenrolle und war ständig anwesend, auch nachts, obwohl sie eine eigene Bude erwähnt hatte. Dent schlief nicht mit ihr, so viel war klar. Er schien nicht zu bemerken, dass Anja diesen Umstand bedauerte und bekam ebenso wenig von den feindlichen

Blicken mit, die sie für seinen Bruder übrighatte. Don störte sich nicht daran, aber er wusste, dass Anja ihn als bedrohlichen Eindringling empfand.

„Kaffee ist alle!", bellte sie in den offenen Schrank.

Dent stöhnte. „Der schlimmste aller anzunehmenden Zustände ist eingetreten."

Anja drehte sich langsam zu ihm um und stemmte die Fäuste in die Hüften. Das Rasseln der Ketten an ihren Armbändern unterstrich ihre drohende Haltung. Kein Zweifel, die Wuchtbrumme mit dem Altmetall im Gesicht war entschlossen, miese Stimmung zu verbreiten.

„Ich könnte welchen kaufen, wenn du nicht die ganze Kohle in einem Londoner Nobelschuppen mit Miss Makellos verbraten hättest."

Aha. Sie zickte aus lauter Eifersucht. Don konnte sehen, wie unangenehm seinem Bruder dieser Vorwurf in seinem Beisein war. Unangenehm war auch, dass Dent offenbar genauso pleite war wie er selbst.

„Ich erledige das", sagte er schnell und durchforstete sein Hirn nach weiteren deutschen Vokabeln. „Hat die Dame sonst noch einen Wunsch?"

„Du kannst den Müll runterbringen", fiel Anja ein. „Mülltüten sind auch alle."

„O.K. Mulltuten und Mull runter. Wo ist die Mulltonne?"

„Tüten, es heißt Mülltüten. Mit Üüüüü! Ein Ü ist ein U mit Tüddelchen, zwei kleinen Pünktchen darüber. Nicht Tuddelchen, nicht Punktchen und auch nicht daruber", flötete Anja spöttisch. „Und es handelt sich um eine Mülltonne, nicht Mulltonne. Selbige befindet sich im Hinterhof, direkt neben der Hintertür. Tür, verstanden? Auch mit Ü. Und auf dem Rückweg öffnest du die Tür mit dem Schlüssel, stürmst in die Küche, stülpst die Tüte in den Mülleimer und übst fleißig das Ü."

„Scheißumlauts", brummte Don und verzichtete darauf, die Lippen zu spitzen, um den albernen Ü-Laut zu produzieren.

Er nahm seinen Mantel, griff sich die vollen Plastiktüten und verließ die Wohnung, bevor Anja zur Höchstform auflaufen konnte. Mit einem knurrenden Laut pfefferte er den Müll die Tonne.

Draußen war es kalt, aber trocken. Er bestieg den erstbesten Bus, ohne zu wissen, wohin dieser ihn bringen würde und stieg in einem Viertel aus, das weit genug von Dents Wohnung entfernt war und ziemlich nobel aussah. Die Bushaltestelle lag direkt vor einem kleinen Supermarkt. Sehr gut. Vom Fahrplan las er ab, dass es alle 10 Minuten eine Abfahrt gab, spähte durch die Fensterscheibe in den Laden und stellte fest, dass es an der Kasse ziemlich voll war. Nicht so gut. Die Tatsache, dass er gerade keine Uhr besaß, war auch nicht so gut, hielt ihn aber nicht davon ab, den Supermarkt zu betreten und einen Tragekorb zu nehmen.

Eine unbekannte Umgebung und unbekannte Produkte waren für sein Vorhaben ungeeignet, aber die Situation ließ gerade keine Erkundung zu. Er setzte ein freundliches Gesicht auf, legte zwei Pakete Kaffee in den Korb und überlegte, ob er sich mit Milch und Zucker belasten musste. Nein. Dent trank schwarze Brühe, ebenso wie Anja. Aber sie aßen gern Kekse. Das hatten ihm die leeren Kekspackungen in der Mülltüte verraten. Mülltüte mit zweimal Ü. Er schüttelte den Kopf, entschied sich für zwei längliche Packungen, fand Kartoffelsalat und eine verwirrende Auswahl an Würstchen. Schon wieder was mit Ü. Offenbar benannten die Deutschen Würstchen gern nach Städten. Frankfurter, Krakauer, Wiener, Nürnberger. Aber es gab auch Kohlwurst, Mettenden und Sorten, die Knacker oder Kracher hießen. Mit den Bezeichnungen konnte er nichts anfangen, also griff er nach denen, die besonders appetitlich aussahen. Dazu kamen ein Beutel Tabak und Zigarettenpapier für Dent, zwei Schachteln Zigaretten, zwei Feuerzeuge und zuletzt die verflixten Mülltüten.

Dann stellte er sich immer noch freundlich lächelnd in die Schlange vor der Kasse. Vier Kunden, eine Frau mit Unmengen Futter im Korb direkt vor ihm. Die blondierte Schnecke mit den künstlichen Fingernägeln an der Kasse war ziemlich langsam. Etwas mühsam erinnerte er sich an deutsche Grammatikregeln und fragte die Frau mit dem Großeinkauf höflich nach der Zeit. 11:49. Das wurde eng. Um 11:55 ging der nächste Bus. Er nickte dankend und schob eine charmante Bemerkung nach.

Sie lächelte geschmeichelt „Wenn Sie es eilig haben, dürfen Sie gern vorgehen", bot sie an. Darauf hatte er gehofft. Die nette Frau mit der Uhr trug ihre Börse nur achtlos in der Manteltasche, aber er verzichtete darauf, sie zu mopsen, als er sich an ihr vorbeischob und schickte einen unauffälligen Blick zum Himmel. „Danke, Mum, Ü hin oder her, jede Sprache ist für irgendwas gut."

Seine Frage nach der Uhrzeit schien auch die blondierte Schnecke zu beflügeln. Könnte gerade so passen. Er legte seine Einkäufe auf das Band, hörte, dass Plastiktüten 10 Cent kosten, ließ sich eine geben und beeilte sich, alles in die Tüte zu packen. Aus dem Augenwinkel sah er den Bus in die Haltestelle einfahren, gerade, als die Blondierte „macht 46,50" sagte. Don nahm sich noch die Zeit, ihr ein fröhliches Weihnachtsfest zu wünschen, bevor er mit der Tüte in der Hand durch den Ausgang schoss und in den Bus sprang.

Es dauerte eine Weile, bis er in die Talstraße zurückfand, aber es war eine gute Möglichkeit, sich mit dieser Stadt und den öffentlichen Verkehrsmitteln vertraut zu machen. Unterwegs waren ihm noch ein neues Auge für den Teddybären, eine warme Jacke, die Dent passen könnte, und ein mit Nieten besetztes Armband für Anja in die Hände gefallen. Wenn er Glück hatte, gefiel's ihr und dieses Kettengerassel, das sie ständig begleitete, würde aufhören.

„Musstest du ihn unbedingt hierher bringen? Noch dazu, wenn Weihnachten ist?", konnte er Anjas Stimme durch die halb geöffnete Küchentür hören, als er Dents Wohnung wieder betrat.

„Anja, er ist mein Bruder und ..."

„Halbbruder. Du bist doch sonst so gern wissenschaftlich penibel. Halbbruder."

„Schön, Halbbruder. Er hat mir das Leben gerettet."

„Trotzdem ist er ein Gauner. So einer macht nur Stress. Und du musst diesen Lindemann anrufen und ihm sagen, was passiert ist."

„Kann ich nach Weihnachten machen."

„Tolles Weihnachten. Hoffentlich zickt der neue Router nicht, den ich bei den Özcal Zwillingen eingebaut habe. Ich musste den ganzen Server neu aufsetzen. Du warst ja nicht da. Und was war nun mit Miss Makellos in diesem teuren Körnerfresser-Hotel?"

Don blieb im Flur stehen. Wie es schien, konnte diese Anja ebenso ausdauernd nörgeln wie indische Frauen und hatte vor, über die Weihnachtstage ebenso präsent zu sein wie sonst. Durch den Türspalt konnte Don die Zweige einer Tanne sehen, an denen Anjas Hände rote Kugeln befestigten, während ihre rasselnden Armbänder ihre Stimme begleiteten.

„Könntest du vielleicht mal helfen, Dent? Ich komm da oben nicht an. Und Kerzen brauchen wir noch."

Don hörte seinen Bruder stöhnen, aber er erhob sich, was dem scheppernden Laut zu entnehmen war, mit dem er an die Lampe über dem Küchentisch stieß. Dauernd kollidierte er mit diesem Ding. Jetzt ließ er sich von Anja in der Küche herumscheuchen.

Wahrscheinlich war es schlauer, diesem Anfall trauter Häuslichkeit nicht beizuwohnen. Don griff sich eine Rolle Weihnachtspapier, die auf einer Kommode im Flur herumlag, wickelte die Jacke und das Armband so gut es ging darin ein und steckte das Glasauge zu dem schlaffen Teddy in der Manteltasche.

Dann fischte er eine Schachtel Zigaretten und ein Feuerzeug aus der Einkaufstüte, platzte in die Küche und legte die Einkaufstüte und die Geschenke auf den Tisch.

„Ich hab noch was zu erledigen", murmelte er. „Wird ein oder zwei Tage dauern. Merry Christmas."

ॐ

Dent war peinlich berührt. Die Jacke passte wie angegossen. Er verstand nichts von Mode und Labels, aber er konnte sehen, dass es ein teures Modell war. Anja schien es ähnlich zu gehen, denn sie hatte das Armband angelegt und betrachtete es immer wieder im Glanz des Weihnachtsbaums.

„Er wird das alles zusammengeklaut haben", bemerkte sie leise, aber es klang nicht so, als ob sie das wirklich störte. Jedenfalls nicht so sehr, wie von jemandem beschenkt zu werden, dem sie feindlich begegnete.

Dent hatte kein Geschenk für Anja. Sie beschenkten sich nie gegenseitig zu Weihnachten. Trotzdem hatte er plötzlich das Gefühl, sich dafür entschuldigen zu müssen, hielt dann aber doch die Klappe.

„Der Kartoffelsalat war O.K., aber von Würstchen hat er keine Ahnung. Bratwurst geht gar nicht." bemängelte Anja, bemüht, keine Sympathie für Don zuzulassen.

Dent griff sich eine der Kekspackungen. „Komm, spielen wir eine Runde ‚Eve'. Die anderen sind sicher schon eingeloggt und warten auf uns."

Anja schien keine rechte Lust auf das Online-Spiel im virtuellen All zu haben, in dem Dent als „DeepThought" und Anja als „Trillian" zusammen mit anderen Spielern der Gallente-Fraktion Jagd auf die Raumschiffe der Amarr machten.

Sie spielten das Spiel schon einige Jahre, unterhielten sich über den Voice-Chat mit den anderen Spielern, die überall auf der Welt verstreut an ihren Computern saßen. Obwohl Dent keinen der anderen Spieler je gesehen hatte, waren sie ihm vertrauter als die Menschen, die er auf dem Kiez traf. Vielleicht, weil sie alle Nerds waren. Das Online-Treffen zu Weihnachten war Tradition. Dent war so begeistert von dem Spiel, dass er täglich an einem Blog darüber arbeitete und Videos mit Strategien und Spielzügen auf diversen Kanälen verbreitete. Er genoss seinen Expertenstatus in Spieleforen. Sogar die Fachpresse hatte mehrfach von ihm Notiz genommen, wünschte sich Artikel oder Testberichte von ihm.

„Lass dir huldigen, großer Held des virtuellen Weltraumkriegs", hörte er Anja spotten. „Deine ‚Lady Savage' wartet sicher schon sehnsüchtig auf dich. Die hat's ja kaum ertragen, dass du zwei Tage in London warst. Und in der letzten Spiel-Session hat sie zwei Versorgungsschiffe verloren, weil sie so heftig mit dir geflirtet hat."

„Hat sie das? Hab ich nicht bemerkt."

Anja verdrehte die Augen und murmelte etwas, das wie „du merkst ja nicht mal, wenn ich mit dir flirte", klang.

Dent entschloss sich, nicht nachzufragen. Erst jetzt fiel ihm auf, dass Anja sich umgezogen hatte und ein feuerrotes T-Shirt mit tiefem Ausschnitt trug. Dann riss er die Kekspackung auf, verzog sich vor seinen Bildschirm und loggte sich als „DeepThought" ein.

☙❧

Der Morgen des zweiten Weihnachtstages präsentierte sich mit strahlendem Sonnenschein. Donovan Riley sah auf das glitzernde Wasser der Außenalster hinaus und blies den Rauch seiner Zigarette zusammen mit seinem Atem in die Winterluft. Hamburg gefiel ihm, vor allem die Teile der Stadt, die sich an den Ufern dieses Binnensees entlangzogen. Ein schimmerndes Juwel in einer attraktiven Großstadt. Die ersten Spaziergänger waren unterwegs. Dick vermummt, mit Hunden an der Leine und ein paar Sportliche, die am Alsterufer entlangjoggten. Nur wenige Autos fuhren auf der breiten Straße, die vor dem Hotel entlanglief. Pazifik? Atlantik? Irgendwas mit Ozean.

Er drehte den Kopf und warf einen kurzen Blick vom Balkon in die Suite. Sanna schlief noch. Sie lag auf dem Bauch, und ihr dichtes dunkles Haar bedeckte das weiße Kopfkissen wie ein glänzender Fächer. Sanna hatte tolles Haar, eine tolle Figur und vor allem eine tolle Einstellung zu Männern.

Don hatte die erfolgreiche Geschäftsfrau in der Hotelbar kennengelernt. Gleich nachdem er einen angetrunkenen Gast um ein paar Scheine erleichtert hatte, die vorwitzig aus dem Portemonnaie in seiner Gesäßtasche geblitzt hatten. Gesäßtaschen waren eine enorm praktische Erfindung, vor allem solche, die lange Finger geradezu ansprangen, wenn sie von dicken Büroärschen auf Barhockern in die Höhe gedrückt wurden. Der Büroarsch konnte sich nicht beklagen. Don hatte ihm genug Geld gelassen, um die paar Bier zu bezahlen, die ihn so redselig und müde gemacht hatten.

Sanna dagegen war energiegeladen in der gepflegten Hotelbar aufgetaucht. In einem knappen Kostüm auf Stöckeln, bewaffnet mit Smartphone, Laptop und diesem Blick, den Frauen haben, die sich und der Welt den Untergang des Patriarchats beweisen müssen.

Don kannte diesen Blick. Er hatte gewusst, dass sie den Barhocker neben seinem ansteuern würde und sie einfach reden lassen. Frauen wie Sanna erzählten immer das gleiche Zeug. Von wichtigen Positionen, die sie bekleideten und später, nach ein paar Drinks, von Naturgesetzen, die Männer zu hilflosen Opfern weiblicher Reize machten. Wie Insekten im Netz einer Spinne quasi. Selbstbewusst hatte sie ihre Kreditkarte auf den Tresen geknallt, bevor er überhaupt eine Chance bekam, sie mit den frisch gezockten Scheinen einzuladen. Das mochte er eigentlich nicht, aber er hatte trotzdem gelächelt, als sie ihn mit einem kurzen Kopfrucken aufgefordert hatte, sie zum Fahrstuhl zu begleiten. Auch dieses Kopfrucken war typisch für Frauen wie Sanna. Eigentlich wenig aufreizend und unromantisch, aber es ersparte die Mühen klassischer Eroberungsrituale. Es war so einfach, im Bett einer Frau zu landen, die sich und der Welt etwas zu beweisen hat.

Zwei Nächte hatte er in Sannas Suite verbracht. Seine Aufgaben hatten sich darauf beschränkt, Champagner zu entkorken und Sannas Körper mit der Härte zu nehmen, die sie selbst so gern zur Schau stellte. Im Bett, an der Tür zum Bad, auf dem Teppich und nachts in der eisigen Kälte des Balkons, mit den Lichtern der Stadt im Rücken.

Genau das hatte er gebraucht. Eine Gelegenheit, der miesen Stimmung in Dents Bude zu entgehen, ein Bett und Sex ohne Komplikationen. Nichts verdrängte die hässlichen Bilder erfolgreicher aus seinem Kopf als der aufregende, warme Körper einer schönen Frau.

Sanna hatte Ausdauer bewiesen, bis sie weich und schnurrend wie ein Kätzchen auf dieses Kissen gesunken war. Es war Zeit zu gehen. Er wusste, dass er den schalen Geschmack der Enttäuschung in ihr hinterlassen würde, aber das war ihr Problem, nichts seins.

Er warf die Zigarette über die Balkonbrüstung, stieg in seine Kleidung, frisch gewaschen und aufgebügelt von der hervorragenden Hotelwäscherei, und nahm seinen Mantel. Sannas schwerer Goldschmuck lag auf dem Tisch neben dem Fernseher. Ihre offene Handtasche stand daneben. Dons Finger regten sich nicht. Er schaffte es einfach nicht, Frauen zu bestehlen, mit denen er schlief. Vielleicht war es zu einfach, vielleicht ein Anflug von Sentimentalität oder irgendetwas anderes in den Tiefen seiner Psyche, das er nie ergründet hatte.

Auf dem Flur begegnete er dem Zimmermädchen, dem er den schlaffen Teddy und das Glasauge in die Hand gedrückt hatte. Zwei braune Knopfaugen blickten ihn vertrauensvoll aus dem Gesicht des Bären an. Der Körper war noch leer.

„Das wird sich ändern, mein Lieber."

Das Zimmermädchen knickste, als er sich mit einem 50 Euro Schein für ihre Dienste bedankte und schien traurig zu sein, dass er mit langen Schritten das Hotel verließ.

Auf dem Weg in die Talstraße hoffte er, dass sich die Stimmung in Dents Bude gebessert hatte. Falls nicht, musste er einen Plan machen, wie die Tage zu überbrücken waren, bis das Arschloch endlich unter die Erde gebracht werden konnte.

Und dann? Er musste sich irgendwie über Wasser halten, bis klar war, was es mit diesem Diamanten auf sich hatte. Das konnte dauern. Wenn er in Hamburg bleiben wollte, musste er sich nach einem lukrativen Betätigungsfeld umsehen, nach einer Wohnung, nach einem neuen Leben.

Er blieb stehen und suchte nach seinen Zigaretten. Vor ihm lag die Binnenalster, umgeben von weihnachtlich geschmückten Geschäften und prächtigen Gebäuden. Kleine Eiskristalle bildeten sich auf der Wasseroberfläche. Saukalt, aber schön. War dies der Ort, an dem sein neues Leben beginnen sollte? Er hatte keine Ahnung, wie dieses Leben aussehen sollte, aber irgendetwas an dieser Stadt fühlte sich richtig an. Vielleicht lag es an Dent, dem Gefühl, nicht ganz allein hier zu sein. Oder Hamburg lag nur weit genug entfernt von allem, was die quälenden Erinnerungen in seinem Kopf weckte.

Gedankenversunken lief er weiter, bis er die Talstraße erreichte. Augenblicklich hatte er das Gefühl, dass jemand auf ihn lauerte. Er wechselte die Straßenseite, drückte sich in einen Hauseingang und ließ seinen Blick über Straße, Häuserfronten und Autos huschen, aber er konnte nichts feststellen. Trotzdem war er sicher, eine Bewegung wahrgenommen zu haben, kaum mehr als einen Schatten, der nicht in diese Szenerie gehörte.

Er suchte nach dem Wohnungsschlüssel, bewegte sich schnell an den Häusern entlang bis zur Wäscherei und schob sich durch die Tür ins Haus. Auf der kurzen Treppe blieb er wachsam und spürte Erleichterung, als er Dents Stimme hörte. Er war O.K.. Vielleicht war es gut, dass sein Bruder kaum vor die Tür ging.

„Da! Da ist er!", hörte Don Anja schreien, kaum dass er die Wohnung betreten hatte. Die Hände, die seine Arme packten und ihn in die Küche stießen, gehörten zwei Polizisten. Am Tisch saß Dent, zusammen mit einem kleinen Mann um die 50 der sich jetzt mit triumphierendem Lächeln erhob und Don einen Zettel unter die Nase hielt.

„Donovan Riley? Sie sind vorläufig festgenommen. Ich muss Sie bitten mitzukommen."

Don begriff, bevor sein Hirn die deutschen Vokabeln korrekt sortiert hatte. Er schüttelte den Griff der Beamten ab, hob beschwichtigend die Hände und signalisierte, dass er keinen Widerstand leisten würde. Falls nötig, ergab sich vielleicht später eine Gelegenheit dazu.

„O.K., O.K., ich hab Sie verstanden", formulierte er langsam. „Darf ich fragen, warum?"

„Das ist Kommissar Lindemann", sagte Dent leise und wies auf den kleinen Mann. „Der ermittelnde Beamte im Mordfall an unserem Vater."

Das Wort „Mordfall" und die Art, wie er soeben empfangen worden war, verursachten ein beklemmendes Gefühl in Don. Bis eben hatte er überlegt, welche Überwachungskamera einen seiner kleinen Diebstähle aufgezeichnet haben mochte, aber darum ging es hier wohl nicht.

„Sophie hat ihn angerufen und ihm gesagt, dass du bei mir bist", erklärte Dent weiter, so als müsste er klarstellen, dass weder er noch Anja für den Polizeibesuch verantwortlich waren.

„Herr Riese, wenn Sie bitte derlei Erklärungen unterlassen würden", zischte Lindemann dazwischen, aber Dent ließ sich nicht beirren und suchte Dons Blick.

„Sie glaubt, dass du es warst. Dass du unseren Vater aus dem Weg geräumt hast und mich beinahe auch. Weil du den Diamanten für dich allein willst."

„Was soll das sein? Weibliche Logik?", schnaubte Don spöttisch und ignorierte den Kommissar ebenso wie Dent es tat. „Und ganz nebenbei schieße ich auch noch auf mich selbst?"

„Das glaubt sie dir nicht. Sophie sagt, dass du viel behaupten kannst. Schließlich hat niemand die Wunde gesehen."

„Das lässt sich ändern!"

Mit einem wütenden Ruck riss Don sein Hemd auf. Knöpfe kullerten über den Küchenboden. Dent musste schlucken. Er hatte keine Ahnung, wie die Brust eines Menschen auszusehen hatte, aus der Ärzte eine Pfeilspitze herausgeschnitten hatten. Nach einem tiefen, blutigen Loch sah es aus, nach höllischen Schmerzen und grobem Flickwerk. Schnell wandte er den Blick ab.

„Sieh mich an, Dent", forderte Don. „Glaubst du mir jetzt?"

„Ich ... ich weiß noch nicht, was ich glaube", zögerte Dent. „Ob das da von einem Pfeil stammt, kann nur eine forensische Untersuchung klären."

Don starrte ihn fassungslos an.

„O.K., ich gestehe", knurrte er dann und hob feierlich die rechte Hand. „Ich hab das Arschloch, das unser Vater war, mit Pfeil und Bogen in Hamburg erschossen, bin nach Varanasi gejettet, jagte mir kunstfertig einen Pfeil in die eigene Brust und flog nach London, um einen Bruder zu erlegen, den ich gar nicht kenne. Den ersten Pfeil schoss ich aus nördlicher Richtung ab, damit ich besagten Bruder aus westlicher Richtung anspringen kann, schieße noch mal, überhole meinen eigenen Pfeil und rette den Typen, den ich eigentlich umbringen will. Danach saufe ich ein paar Bier in einem Pub, höre von einem fetten Diamanten und denke: Wie geil, jetzt hast du endlich ein Mordmotiv."

Dent musste lachen, aber der schmerzvolle Ausdruck in seinem Gesicht wollte nicht verschwinden.

Don lehnte sich über den Tisch und zwang seinen Bruder, ihn anzusehen. „Kapierst du, wie absurd das alles ist? Mir ist scheißegal, was Fräulein Sophie glaubt, Dent. Aber ich will, dass du mir glaubst."

„Das würde ich gern, Don. Aber die Polizei hat deinen Komplizen festgenommen. Damit sieht alles anders aus."

„Komplizen? Welchen Komplizen, zum Teufel!"

„Herrn Prakash Sindh", meldete sich Lindemann. „Die indischen Kollegen haben ihn festgenommen und verhört. Leugnen ist zwecklos, Mr. Riley. Prakash Sindh hat gestanden."

„Ja, sicher hat er das!", schnaubte Don. „In einem indischen Knast gestehen Sie auch alles, egal, was man von Ihnen hören will!"

„Sie meinen sicherlich jenes indische Gefängnis, in dem Sie gemeinsam mit Prakash Sindh eingesessen haben, Mr. Riley. Wegen einer Vielzahl unterschiedlicher Verbrechen sind Sie am 28. Juli dieses Jahres eingefahren. Sie und Prakash Sindh waren jahrelang Komplizen. Warum sollte sich diese innige Freundschaft aufgelöst haben? Zumal es Ihnen gemeinsam gelang, aus jenem indischen Gefängnis zu fliehen. Nach sechs Wochen, am 14. September."

Don senkte den Kopf. Er spürte, wie seine Stirn feucht wurde.

„Stimmt das, Don?", hörte er seinen Bruder fragen.

„Ja, das stimmt", rang er sich ab. „Prakash und ich sind Freunde. Wir haben zusammen einen Haufen Scheiße gebaut. Aber ich hab das Arschloch nicht umgebracht."

„Setzen Sie sich, Mr. Riley", forderte Kommissar Lindemann und wartete, bis Don Platz genommen hatte. Dem Beamten war anzusehen, dass er müde war. Seine Hand fuhr über sein schmerzendes Kreuz, sein Blick streifte Dent und Anja, bevor er nickte und sich räusperte.

„Einen Haufen Scheiße, sagten Sie, Mr. Riley", begann er, während er den Stuhl umkreiste, auf dem Don saß. „Ich nehme an, diese Aussage bezeichnet unter anderem Ihre Tätigkeit für einen englischen Sicherheitsdienst, besser gesagt, einer international operierenden Söldnertruppe, die vorwiegend in Indien rekrutiert. Sie und Prakash Sindh waren langjährige Mitarbeiter dieser Firma. Eingesetzt wurden Sie hauptsächlich in Afghanistan und Pakistan. Bei diesem Arbeitgeber wurden Sie an unterschiedlichen Waffen ausgebildet."

„Nicht an Pfeil und Bogen. Sicherheitsdienste sind im 21. Jahrhundert angekommen."

„Aber Sie können mit Waffen umgehen. Es erforderte zwar Mühe, Akteneinsicht bei Ihrem ehemaligen Arbeitgeber zu nehmen, dafür war es aufschlussreich. Ihre Akte dort weist Sie als hervorragenden Schützen aus."

„Mag sein."

„Boah!", machte Anja. „Ich wusste, dass der Typ gefährlich ist!"
Dent senkte enttäuscht die Lider.

„Ausgelastet waren Sie scheinbar nicht. Ihre Nebenbeschäftigungen, Mr. Riley, waren Schmuggel und Hehlerei, wie Prakash Sindh zugab. In Afghanistan, in Pakistan, in Indien. Waren es Waffen? Naheliegend für einen Söldner, oder nicht? Auch antike Waffen aus der Zeit, als Mogulkaiser über die Region herrschten, die Ihren Aktionsradius darstellte. Geplündert aus verwüsteten Museen, wie sie in Afghanistan durchaus vorkommen?"

„Keine Waffen, keine Drogen, keine Weiber."

„Versuchen Sie nicht, sich als anständiger Ganove darzustellen", knirschte Lindemann. „Sie hatten jede Gelegenheit, der Tatwaffe habhaft zu werden."

„Ich wäre nicht so blöd, mich mit einer so auffälligen und umständlichen Waffe zu belasten, Herr Kommissar. Es gibt effektivere Waffen."

„Zweifellos. Aber zurück zu Ihnen. Sie verloren Ihre Stellung bei der englischen Firma im Juli dieses Jahres, kurz bevor Sie im Gefängnis landeten. Wurden Sie wegen ihrer Nebengeschäfte gefeuert?"

„Nein, hatte andere Gründe."

„Welche?"

Don konnte nicht antworten. Er spürte Übelkeit aufsteigen, schloss die Augen und kämpfte gegen die Bilder in seinem Kopf. Nur ganz langsam gelang es ihm, sein rasendes Herz zu beruhigen.

„Na schön. Fassen wir kurz zusammen: Im Juli wurden Sie gefeuert, noch im selben Monat in Kaschmir von der indischen Polizei erwischt und in Ladakh inhaftiert", las Lindemann von einem Notizblock ab. „Kurz nach Ihrer Flucht am 14. September tauchten Sie in Varanasi auf. Die Haftzeit hat Sie offenbar völlig unbeeindruckt gelassen, Mr. Riley, denn Sie nahmen sofort wieder Ihre gewohnte Tätigkeit auf. Uns liegt die Aussage des Herrn Mahendra Kumar vor. Danach haben Sie ihm bereits im Oktober Schmuggelware angeboten, eine ganze Wagenladung voll. Dumm, Mr. Riley. Wussten Sie nicht, dass der Bruder des Herrn Kumar der Polizeidirektor des Distrikts Varanasi ist?"

Es schien Lindemann zu gefallen, dass Don still blieb.

„Wie wir wissen, hat Prakash Sindh ein Paket für Sie angenommen. Inzwischen wissen wir auch, dass es sich um ein Notizbuch handelte, das Ihr Vater Ihnen schickte. Das allein bestätigt die Fortdauer der Komplizenschaft. Der Herr Polizeipräsident hat sich dann persönlich des Herrn Prakash angenommen."

Lindemann blieb stehen und beugte sich nah zu Don hinunter.

„Er hat gesungen wie ein Vögelchen, Mr. Riley."

Die Mischung aus billigem Aftershave, Schweiß und einer streng nach Kampfer riechenden Salbe quälte Dons Nase. Aber der Geruch, den Lindemann verbreitete, war ein Witz gegen den infernalischen Gestank in einer indischen Gefängniszelle. Dabei war das noch das geringste Übel dort. Hunger, Schläge, die Enge der Zellen mit schmierigen, von Exkrementen bedeckten Böden und blutsaugende Insektenschwärme wurden nur allzu präsent in seiner Erinnerung. Aber nichts davon war mit der Bedrohung durch die zahlreichen anderen Insassen zu vergleichen. Zwanzig, fünfzig oder auch hundert in einer Zelle, die ein einfacher Käfig oder ein finsteres Gewölbe sein konnte. Nur Gewalt half, einen Flecken Boden zu verteidigen, auf dem sitzen oder wenigstens pissen möglich war. Umgeben von Männern, denen keine menschliche Perversion fremd war, und denen weder das eigene noch das Leben eines anderen etwas bedeutete. Männer ohne Zukunft, die für ein Stück schimmeliges Brot oder aus purer Lust mordeten, unbeachtet von den Wärtern mit ihren Lathi-Knüppeln und den vielfältigen Methoden, die sie anwandten, um „Geständnisse" zu erzwingen. Don und Prakash hatten nur überlebt, weil sie zusammengehalten hatten und ihnen der Austausch von Gewalttätigkeiten nicht fremd war. Schnell hatten die anderen Häftlinge sie als gefährlich eingestuft, Typen, mit denen man sich besser nicht anlegte. Den Wärtern gegenüber hatten sie sich still und fügsam verhalten, sie studiert, auf Schwächen und Unachtsamkeit geachtet, bis ihnen endlich die Flucht gelungen war.

Jetzt war Prakash allein in dieser Hölle. Als besonderem Gast des Polizeipräsidenten wurde ihm eine Behandlung zuteil, die nur wenige überlebten. Natürlich hatte er gesungen, jedes Lied, in mindestens drei Oktaven.

Don musste sich zwingen, tief und gleichmäßig zu atmen. Erst dann konnte er den Kopf heben und Lindemann ansehen.

„Sie haben mir nicht verraten, welches Lied Prakash angeblich gesungen hat, Herr Lindemann. Dass ich ein Schmuggler bin, weiß ich selbst. Wo genau ist der Beweis, der mich zum Mörder macht?"

„Die junge Dame heißt Nelly Kumar", ließ Lindemann hören und nahm seine Stuhlumkreisung wieder auf. „Prakash Sindh besang die romantische Episode zwischen Miss Kumar und Ihnen und so ließen die indischen Kollegen diese Dame vorsprechen. Sie bestätigte, dass Peter Nielsen Kontakt zu Ihnen aufgenommen hatte, mehrmals. Ein Vater mit vielen Fehlern, der etwas gutzumachen hatte, der um Versöhnung rang. Schließlich gelang es ihm, Sie zu treffen. In Mahendra Kumars Hotel. Kumar selbst und seine Tochter Nelly sind Zeugen."

„Na und?", fuhr Don auf. „Was beweist das schon? Ja, ich hab ihn getroffen. War ein kurzes Gespräch. Er wollte nur Geld leihen und seine alten Geschichten abspulen. Ich hab ihn in fünf Minuten abgefertigt und bin gegangen. Weder hatte ich das Verlangen, ihn kennenzulernen noch, ihn zu töten."

„Das soll ich Ihnen glauben? Nelly Kumar war entsetzt über Ihre Haltung Ihrem Vater gegenüber. Sie hassten ihn."

„Er war mir egal", korrigierte Don.

Lindemann blieb wieder stehen und bohrte seinen Blick in Dons Gesicht.

„Ich sage Ihnen, wie es war, Mr. Riley. Sie wussten lange von dem Diamanten. Prakash Sindh gab zu, bereits im Frühjahr mit Ihnen über einen 42-Karäter gesprochen zu haben, als Sie noch Söldner waren. Angeblich hielten Sie den Stein für ein Gerücht. Viel wahrscheinlicher ist aber, dass er der Grund war, nach Varanasi zu gehen. Sie haben den Stein gejagt, der dann auch prompt in dieser Stadt auftauchte. Ihr Interesse an hochklassiger Ware ist bekannt. Sie machten sich an Nelly Kumar heran, in der Hoffnung, mit ihrem vermögenden Vater Geschäfte machen zu können, vermutlich mit der Absicht, ihm auch den Stein zu verkaufen, sobald Sie diesen an sich gebracht hatten. Sie trafen Peter Nielsen, nutzten seine Schuldgefühle aus und ließen ihn reden. Vielleicht hat er Ihnen den Stein gezeigt oder Sie erfuhren auf andere Weise, dass er ihn besitzt. Da alternde Männer oft sentimental werden, ist zu vermuten, dass Ihr Vater Ihnen von Ihrem Bruder, Alexander Riese, erzählte. Ihn wollte Peter Nielsen ebenfalls treffen, um etwas gutzumachen. Deshalb reiste er am 15. Oktober nach Hamburg. Jetzt mussten Sie handeln, wenn Sie die Beute nicht teilen wollten. Sie berieten sich mit Ihrem alten Komplizen Prakash, besorgten die Tatwaffe, reisten ebenfalls nach Hamburg und töteten Peter Nielsen am 22. Oktober."

„Bullshit", unterbrach Don. „Sie bluffen, Herr Kommissar. Sonst könnten Sie mir ein Flugticket zeigen oder wenigstens eine Registrierung der deutschen Einreisebehörden."

„Jemand, der problemlos mit Schmuggelware zwischen Afghanistan, Pakistan und Indien pendelt, wird deutsche Grenzen ebenso problemlos passieren. Vergessen Sie dieses Argument."

„Fine, O.K., vergessen wir das. Mein Interesse an hochklassiger Ware ist korrekt. Ich bin ein Schmuggler und ich bin auch ein Dieb. Warum sollte einer wie ich einen Mann mit einem dicken Klunker in der Tasche abschießen, ohne den Klunker zu klauen?"

„Ihr Leben ist eine einzige Komplikation, Mr. Riley. Es ist nur wahrscheinlich, dass auch Ihr Vorhaben, Peter Nielsen zu töten, nicht reibungslos ablief. Vielleicht wollten Sie den Diamanten stehlen, kamen aber nicht dazu und nahmen sich vor, ihn später an sich zu bringen. Zunächst war es Ihnen nur wichtig, Ihren Vater zu töten. Weil Sie ihn hassten und weil sich damit der Antritt Ihres Erbes erheblich beschleunigte."

„Quatsch!"

„Außerdem mussten Sie sich nicht weiter um den Diamanten kümmern, denn mit Alexander Rieses Tod blieben Sie als einziger Erbe übrig, ganz offiziell. Deshalb hetzten Sie zurück nach Varanasi, um den Mord an Ihrem Bruder mit Ihrem Komplizen Prakash zu planen. Am 2. November erreichte Sie der Brief ihrer Mutter, an dem Tag waren Sie nachweislich dort. Aber wieder kam es zu Komplikationen. Sie mussten verschwinden, weil Ihre Schmuggelgeschäfte dank Herrn Mahendra Kumar aufgeflogen waren. Deshalb war es auch Ihr Komplize, der das Paket ihres Vaters am 3. November angenommen hat. Da waren Sie bereits untergetaucht. Prakash Sindh hat gestanden, Ihnen dabei geholfen zu haben."

„Untergetaucht trifft's", murmelte Don und musste an sein Bad im Ganges denken. „Ja, ich wollte verschwinden, an Diwali, das war am 3. November. Aber ich bin gar nicht dazu gekommen! Kurz nachdem Prakash mir geholfen hat, jagte mir jemand einen Pfeil in die Brust! Ist deutlich zu sehen, oder?"

„Wie Herr Riese bereits korrekt anmerkte, lässt sich ohne eine genaue Untersuchung gar nichts dazu sagen."

„Fragen Sie im Marwari Hospital nach. An einen ausgebluteten Typen mit einer Pfeilspitze im Leib wird man sich erinnern."

Lindemann schien unsicher zu werden. Einen Moment lang blieb er stumm, ließ seinen Blick über Dons Brust huschen und hielt sich dann wieder das Kreuz.

„Das werden wir zweifellos tun", erklärte er dann. „Fakt ist jedoch, dass es nichts gibt, was Ihnen ein Alibi für den Todestag ihres Vaters verschafft und dass Sie sich auf dem Highgate Friedhof in London aufhielten, als auf Herrn Riese geschossen wurde."

„Sie basteln an einem wirren Konstrukt um den falschen Mann herum, Lindemann", gab Don zurück. „Glauben Sie wirklich, ich hätte Prakash nach London beordert und ihn dort mit Pfeil und Bogen herumfuchteln lassen? Ich war da, um meine Mutter zu beerdigen, hatte nicht die blasseste Ahnung, dass ich einen Bruder habe und dass der in London ist. Und warum sollte ich ihn retten, wenn ich ihn eigentlich loswerden will?"

„Das stimmt, Herr Kommissar", sagte Dent leise. „Ohne Don wäre ich nicht mehr am Leben."

„Herr Riese", kam es grollend von Lindemann. „Ich habe mich entschieden, dieses Verhör in Ihrem Beisein zu führen, um Ihnen die Sachlage zu verdeutlichen. Fräulein Kröger war glücklicherweise vernünftig genug, uns mitzuteilen, wo Ihr Bruder sich aufhält, wenn auch verzögert. Sie dagegen hielten es nicht einmal für nötig, uns von einem Anschlag auf Sie in Kenntnis zu setzen, der dem Mord an Ihrem Vater im Detail gleicht. Kapieren Sie nicht, in welcher Gefahr Sie schweben? Können oder wollen Sie nicht glauben, dass Mr. Riley mit seiner Vorgeschichte der Hauptverdächtige sein muss? Ihr Bruder hat für beide Taten die Fähigkeiten sie auszuführen, einen Komplizen und - was Sie überzeugen sollte – ein starkes Motiv!"

Dents Blick heftete sich auf Don, versuchte, in seiner dunkelgrünen Iris die Wahrheit zu finden.

„Ich war's nicht, Dent", hörte er ihn sagen, aber sein Blick forschte weiter, bis seine Augen brannten.

„Unlogisch", entfuhr es ihm dann. „Es ist wirklich unlogisch. Warum sollte mein Bruder mich retten, wenn er mich aus dem Weg räumen will?"

„Genau. Die Frage ist berechtigt, Herr Kommissar. Und Sie können sie nicht beantworten."

Lindemann grunzte empört und reckte seinen Kopf angriffslustig vor.

„Es könnte etwas schiefgegangen sein, Mr. Riley. Wie so oft in Ihrem Leben. Oder Sie wollten mit Ihrer ‚Rettung' nur das Vertrauen Ihres Bruders erschleichen, um zu erfahren, ob außer dem Diamanten noch mehr zu holen ist. Deshalb haben Sie auch Fräulein Sophie Kröger betäubt."

„Betäubt!"

„Jawohl, betäubt. Sie erfuhren, dass sie die Nachlassverwalterin ist, und haben sie unter Drogen gesetzt, um Informationen aus ihr herauszupressen. So war es doch, Mr. Riley, nicht wahr? Geben Sie es endlich zu!"

„Gar nichts gebe ich zu", schnaubte Don. „Sie krallen sich an mir fest und vernachlässigen den wahren Täter. Ich weiß nicht, wer es ist oder warum er tötet, aber er wird es wieder tun. Er ist hier, Herr Kommissar, in Hamburg, in dieser Straße, ich hab einen Schatten bemerkt, er ..."

„Einen Schatten!", unterbrach Lindemann belustigt. „Sie wollen nur von sich ablenken, Mr. Riley. Ein Schatten ist mir aber zu wenig!"

Zackig gab der den beiden Polizisten einen Wink. „Abführen!"

☙❧

# Kapitel 7

„Du musst endlich was essen, Dent", befahl Anja Burmeister. Sie hielt ihm den Karton mit der frischen Pizza unter die Nase, aber ihr Chef regte sich nicht. „Es ist Nummer 42", lockte sie. „Salami und Käse."

Nach einigen erfolglosen Versuchen ließ sie sich auf einen Stuhl sinken und sandte einen mitfühlenden Blick über den Küchentisch in Dents schmales Gesicht.

„Hör mal, Dent, das geht so nicht weiter. Du musst dich damit abfinden, dass dein Bruder ein Verbrecher ist. Das ist eine Enttäuschung, sicherlich, aber kein wirklicher Verlust. Er spukte ein paar Tage durch dein Leben und nun haben die Bullen ihn einkassiert. Es ist nur alles wie vorher."

„Nein", murmelte Dent. „Nichts ist wie vorher. Er war's nicht Anja. Er sitzt unschuldig im Gefängnis."

„Unschuldig ist nichts an dem. Außerdem ... woher willst du das wissen? Nach allem, was wir scheibchenweise über ihn erfahren haben, traue ich ihm alles zu. Diese Firma, für die er gearbeitet hat, operiert verdeckt. Wie militärische Sonderkommandos. Kein Wunder, dass wir absolut nichts über ihn gefunden haben. Hast du eine Ahnung, wie verroht diese Söldner sind, die sich in Afghanistan rumtreiben? Die sind zu allem fähig. Dein Bruder war nebenbei noch Schmuggler, Hehler und Dieb."

„Schmuggler, Hehler und Dieb mag stimmen. Er hat das nie geleugnet. Don ist kein Lügner. Ich glaube ihm."

„Du willst ihm glauben, Dent. Das ist etwas anderes. Mich hat Lindemann überzeugt. Donovan Riley hat ein starkes Motiv. Warum sollte er nicht auch ein Lügner sein?"

„Weil unser Vater ein Lügner war. Weder Don noch ich wollen ansatzweise so sein wie er."

„Deine psychologische Expertise in allen Ehren, Dent, aber die Polizei hat Profis, die das besser können, als du. Lass die ihre Arbeit tun und iss endlich Nummer 42. Heute ist Silvester und netterweise haben die Özcals ihre Rechnung bezahlt. Wir könnten ausgehen, runter zum Hafen, das Feuerwerk ansehen, was trinken. Du musst auf andere Gedanken kommen."

„Du hast was vergessen. Da draußen ist jemand, der es auf mich abgesehen hat. Schon deshalb ist nichts wie vorher."

„Dieser Jemand sitzt in Untersuchungshaft", stöhnte Anja.

Dent schickte ihr einen unsicheren Blick. „Und was machen wir, wenn du dich irrst?"

Der Schütze sah aus dem Fenster seines Zimmers auf die Talstraße hinaus. Kein schönes Zimmer, trotzdem war er froh, es gefunden zu haben. Es hatte eine Heizung, ein Waschbecken, einen Wasserkocher, um Tee aufzubrühen und ein weiches Bett. Die Tasche mit dem Bogen hatte einen Platz auf der Fensterbank gefunden. Hier konnte er seine Übungen ausführen, seine Muskeln stark und elastisch halten. Der schwache Schütze verfehlt sein Ziel.

Widrigkeiten hatten ihn hierher gezwungen. Donovan Riley war noch gefährlicher als bisher angenommen. Wie ein Raubtier, schnell, stark und robust, mit guten Instinkten. Riley hatte ihn bemerkt, als er versucht hatte, sich auf einem Dach einzurichten, um Windverhältnisse und Schusswinkel zu prüfen.

Wenige Augenblicke später hatte er sich zwingen müssen, den Pfeil nicht von der Sehne schnellen zu lassen. Rileys Brust hatte sich ihm als perfekte Zielscheibe dargeboten. Hell und breit, nur bedeckt von einem aufgerissenen Hemd. Aber die Gelegenheit war denkbar schlecht gewesen. Zwei Polizisten in Uniform hatten Riley an den Armen gehalten, gefolgt von einem kleinen Mann mit grauen Haaren. Sie hatten Riley in ein Polizeiauto gedrängt und waren mit ihm davongefahren.

Das Dach, von dem er die Szenerie verfolgt hatte, bot zudem einen schwierigen Winkel und ungünstige Fluchtmöglichkeiten. Ein überraschend sauberes Dach, kaum Taubendreck. Dafür kalt, entsetzlich kalt.

Der Schütze hatte sich einen dicken Mantel, eine Mütze und einen Schal aus Wolle gekauft, dazu noch Handschuhe. Das alles nützte nichts gegen die Kälte, die unerbittlich in seine Glieder kroch und machte ihn zudem fast unbeweglich.

Er hatte sich einen besseren Ort suchen müssen, um seine Aufgabe voranzubringen. Aber wie sollte er das bewerkstelligen, wenn Donovan Riley in einer Zelle hockte und Alexander Riese in seiner Wohnung? Seit sein Bruder verhaftet worden war, hatte Riese sich nicht auf der Straße blicken lassen. Wieder eine Verzögerung, eine höchst unwillkommene Verzögerung. Man erwartete Erfolgsmeldungen von ihm. Die Zeit wurde knapp.

Obwohl er sich am liebsten in das weiche Bett gelegt hätte, zwang sich der Schütze, wachsam zu bleiben. Er hatte versäumt, sich einen Adapter zu besorgen, der auf deutsche Steckdosen passte. Jetzt hatten die Geschäfte geschlossen und er konnte sein Handy nicht aufladen. Bis sein Informant ihn wieder erreichen konnte, musste er sich auf seine Augen verlassen.

Die Wäscherei Riese lag schräg gegenüber. Der Eingang war gut zu sehen. In der Wohnung darüber brannte Licht, aber sonst regte sich nichts. Eben hatte wieder der Pizzaservice geklingelt, also ging Riese wohl auch heute nicht aus.

Ein seltsamer Mann. Jeder in dieser Stadt schien heute auszugehen. Auf der Straße herrschte Gedränge, alle Lokale hatten geöffnet, laute Musik drang an sein Ohr. Sie feierten eine Art Diwali, den Beginn eines neuen Jahres.

Doch halt! Was war das? Das Licht in Rieses Wohnung verlöschte, dafür ging das im Treppenhaus an. Der Schütze spannte sich, riss den Reißverschluss seiner Tasche auf und griff nach seinem Bogen. Schon traten zwei Gestalten durch die Tür ins Freie.

Enttäuscht ließ der Schütze seine Hand sinken. Das war nicht Riese. Nur zwei Frauen, auffällig herausgeputzt. Eine Bohnenstange mit langen roten Haaren und eine kleine Dicke. Die Dicke hatte er schon öfter gesehen. Randis, Schlampen, von denen es in dieser Gegend so viele gab.

Mit einem leisen Fluch wandte der Schütze sich ab. Hatte er übersehen, dass Riese sich sein Unterhaltungsprogramm ins Haus bestellt hatte? Wahrscheinlich. Zuerst zwei Randis und danach eine Pizza. Jetzt lag Riese befriedigt und gesättigt in seinem Bett.

Diesen Luxus konnte sich der Schütze nicht erlauben. Es gab noch so vieles, worum er sich kümmern musste.

ஐ

Dent war volltrunken, als die letzten Minuten des Jahres anbrachen. Dieser Zustand half ihm über die kratzende Perücke hinweg, die auf seinem Kopf thronte und erlaubte es ihm, den eindeutigzweideutigen Angeboten von Vertretern unterschiedlicher sexueller Ausrichtung lächelnd zu begegnen. Der klebrige Lippenstift, den Anja ihm kichernd aufgemalt hatte, zierte die Hälse der Bierflaschen, die er geleert hatte, bevor er auf Tequila und Wodka umgestiegen war. Laute Partymusik, die Dent gewöhnlich keine fünf Minuten aushielt, animierte ihn zu rhythmischen Zuckungen. Inzwischen war ihm auch die weite lila Bluse egal, die Anja ihm über den Kopf gezogen hatte. Die Leggings dazu reichten nur bis knapp unter seine Knie und kniffen seine Waden. Anja hatte das mit grünen Stulpen aus grobem Strick kaschiert. Die Dinger kratzten wie die Perücke und bedeckten den Rand seiner Desert Boots. Er musste aussehen wie ein Storch im Salat. Zum Glück war er ohnehin frei von jeglicher Eitelkeit und konnte grinsend mit dem Glitzertäschchen wedeln, das sie ihm zur Krönung des Outfits umgehangen hatte.

Bis zum Hafen hatten sie es nicht geschafft, sondern waren im „Wonderland" hängengeblieben, einer schlauchförmigen, überfüllten Bar am unteren Ende der Talstraße, in der sich hauptsächlich Kiezbewohner trafen. Dent und Anja kannten hier fast jeden.

„Abgefahrenes Dach, Dent. Stylisch!", röhrte Antonia, die eigentlich Anton hieß, in sein Ohr und zupfte dabei an den tizianroten Locken. „Geil, dass du dich endlich outest, mein Lieber. Ich wusste immer, dass du anders bist. Aber dass du auch Transe bist, hätte ich nicht gedacht."

Dent konnte nicht feststellen, ob es Antonias fester Griff um seine Eier oder Anjas anhaltender Lachkrampf war, der einen Anflug von Nüchternheit auslöste. Er schaffte es, sich zu lösen und torkelte ins Freie.

„Baaah!", rülpste er und blieb schwankend auf dem Pflaster stehen, bis Böller und Raketen das neue Jahr begrüßten. Gestalten, die er nicht näher identifizierte, fielen um seinen Hals, küssten und herzten ihn. Es tat gut, umarmt zu werden.

Er musste an seine Mutter denken. Mallorca schien ihr ausgesprochen gut zu gefallen. Nach langen Jahren ohne einen Tag Urlaub hatte sie diese Auszeit verdient. In dem ohrenbetäubenden Lärm um ihn herum war es sinnlos, sie anzurufen. Also schickte er ihr eine SMS. Kurz darauf vibrierte sein Handy.

„Mama? Frohes Neues Jahr!", lallte er.

„Das wünsche ich Ihnen auch, Herr Riese. Aber warum nennen Sie mich Mama?"

Dent musste die Nummer auf seinem Display entziffern, um festzustellen, dass die Stimme zu Sophie Kröger gehörte. Verwundert legte er das Handy wieder an sein Ohr.

„Ich … ich wollte Ihnen nur ein Frohes Neues Jahr wünschen. Oder nein, ich …", stotterte sie. „Ich musste einfach mit jemandem sprechen. Ich … es ist etwas passiert und ich … ich bin ganz allein hier und es ist so dunkel."

Dent kratzte an der Perücke und bemühte sich, den Inhalt dieser Mitteilung zu deuten. Erschwerend kam hinzu, dass Sophie Kröger jetzt weinte und anscheinend nicht in der Lage war, Erklärungen abzugeben.

„Was iss'n los?", fragte er hilflos und bewegte sich mit langsamen Schritten durch die Fetzen der unzähligen Böller, die das Pflaster bedeckten.

„Hier wurde eingebrochen", schniefte sie. „Es ist so dunkel und ich ... ich habe Angst im Dunkeln."

„Wo befindet sich ein Ort namens hier?", wollte er wissen, während er Sophies Angst vor Dunkelheit zu Flugangst addierte.

„Neuer Wall 32. In der Kanzlei."

ত্ত৪০

„Herr Riese!" Sophies Stimme überschlug sich. Ihre weit aufgerissenen Augen scannten die tizianrote Perücke, die lila Bluse und blieben an dem Glitzertäschchen hängen. „Ich ... Entschuldigung, ich hatte keine Ahnung, dass Sie ... so einer sind."

„Ähm", machte Dent, der seine Aufmachung völlig vergessen hatte und riss sich schnell das „abgefahrene Dach" vom Kopf. Dies war eine der Situationen, für die es keine Erklärung gab und so verzichtete er darauf.

Sophie Kröger stand in der breiten Eingangstür der Kanzlei und machte keine Anstalten, ihn einzulassen.

„Ihr Lippenstift ist verschmiert", bemerkte sie verlegen, schaffte dann ein Lächeln. „Danke, ich bin froh, dass Sie gekommen sind."

Endlich ließ sie ihn eintreten. Die Räume lagen im Dunkeln, trotzdem waren Schemen verstreuter Papierstapel und Aktenordner auf dem Boden zu erkennen.

Dent fühlte sich besser, nachdem er Perücke und Glitzertäschchen abgelegt hatte. Er zog Anjas weite Bluse über den Kopf und wischte sich mit dem Saum seines T-Shirts die Lippenstiftreste aus dem Gesicht.

„Der Einbrecher hat den Strom lahmgelegt. Wohl, um die Alarmanlage auszuschalten, die losgegangen war", berichtete Sophie, die ihn jetzt weniger verlegen ansehen konnte. „Onkel Cornelius ist im Skiurlaub. Ich wollte gerade zu einer Party gehen, als die Polizei mich anrief. Der Täter war schon über alle Berge. Ich bin gleich hierher geeilt, zwei Beamte vom Einbruchdezernat waren da. Sie hatten Taschenlampen dabei, haben alles abgesucht, ein paar Notizen gemacht und dann ... waren sie wieder weg und ich saß hier, allein, im Dunkeln. Bitte entschuldigen Sie, ich bin wohl etwas panisch geworden."

„Hm."

Dent ließ sein Feuerzeug aufleuchten und suchte den Stromkasten. Allmählich verflog der Alkoholnebel in seinem Kopf und seine Bewegungen wurden sicherer. Wenig später brannte das Licht in den Kanzleiräumen wieder und Sophie entspannte sich zusehends.

„Danke", hauchte sie.

„Er versteht nichts von Elektrik. Es sieht so aus, als hätte ihn der Alarm überrascht. Er ist zum Stromkasten, hat wahllos Sicherungen ausgeknipst und als es nicht aufhörte zu bimmeln, hat er schnell ein paar Kabel durchschnitten. Das Licht in diesem Raum geht wieder, alles andere nicht und die Alarmanlage ist tot. Konnten Sie schon feststellen, was fehlt?"

„Nichts, auf den ersten Blick. Der Einbrecher hat sich für die Akte Nielsen interessiert. Alle anderen Ordner sind nur achtlos auf den Boden geschleudert worden. Die Ordner mit den Unterlagen Ihres Vaters hat er durchwühlt, aber ich glaube, er hat keine Papiere mitgenommen."

„Und der Diamant? Ist der hier?"

„Ja, im Safe. Aber an dem hat er sich nicht zu schaffen gemacht. Sehen Sie? Da hinten an der Wand ist der Safe. Davor ist alles ordentlich. Die Polizei sagte, er war nicht einmal in der Nähe des Safes. Nur an den Aktenregalen und an den Schreibtischen, meinem und dem von Onkel Cornelius. Und in der Küche. Er hat zwei Packungen Tee mitgenommen."

„Tee?"

Sophie nickte und begann, Aktenordner aufzuheben. „Die Beamten sagten, wenn mir beim Aufräumen noch etwas auffällt, solle ich mich melden", erklärte sie. „Und ich muss noch auf den Schlüsselnotdienst warten. Die Tür lässt sich nicht mehr abschließen. Und … vielleicht sollte ich den Diamanten mitnehmen. In einem Bankschließfach ist er besser aufgehoben, bis die Alarmanlage repariert ist. Sonst ist er nicht versichert."

„Die Banken öffnen erst am 2. Januar wieder", bemerkte Dent.

„Das weiß ich", schnappte sie. „Fällt Ihnen was Besseres ein?"
„Nein."
Stumm half er, wieder Ordnung zu schaffen und sortierte Ordner in die Regale zurück. Sophie räumte ihren verwüsteten Schreibtisch auf.
„Das Bild!", rief sie plötzlich. „Er hat das Bild mitgenommen!"
„Bild?"
„Ja, es gehört zur Hinterlassenschaft Ihres Vaters. Nichts Wertvolles, nur eine naive Malerei auf Leinwand, sehr bunt. Ein Elefant am Fluss, es sah indisch aus. Und scheußlich, wie ich fand."
„Elefant am Fluss", murmelte Dent und merkte, wie häufig er ihre Worte wiederholte, einfach weil ihm das Verhalten dieses Einbrechers rätselhaft erschien. Selbst wenn er als Safeknacker nichts taugte und sich deshalb gar nicht erst an dem Tresor versucht hatte, gab es in dieser Kanzlei eine Menge zu holen.
Sophies Laptop war brandneu und ihr Onkel besaß eine teure Stereoanlage. Leuchter und Schalen aus massivem Silber standen in Regalen oder auf der Fensterbank. Der Täter war hier eingebrochen, um die Akte Nielsen zu lesen? Und als die Polizei anrückte, war ihm nichts Besseres eingefallen, als mit einem hässlichen Bild und Tee zu verschwinden?
Ein mürrischer Mann vom Schlüsselnotdienst unterbrach Dents Überlegungen. Es dauerte nicht lange, bis das Schloss gewechselt war. Sophie bezahlte die Rechnung und nahm die neuen Schlüssel in Empfang. „Frohes Neues", grunzte der Mann und trollte sich wieder.
„Erledigt. Wir können jetzt gehen", murmelte Sophie. „Ich hole nur noch schnell den Diamanten aus dem Safe. Wollen Sie ihn einmal sehen? Ich meine, Ihnen gehört die Hälfte des Steins."
Dent zögerte, aber dann nickte er.
„Sieht irgendwie unecht aus", fand er, als der rosa Klunker auf Sophies Handfläche lag.
„Ja, das dachte ich auch, aber das Gutachten belehrte mich eines Besseren. Kaum zu glauben, dass 13,5 Millionen auf meine Hand passen."

„Kaum zu glauben, dass sich weder der Mörder meines Vaters noch der Einbrecher dafür interessieren."

„Nun, der Einbrecher konnte nicht wissen, dass dieser Stein in unserem Safe liegt."

„Der Mann bricht in die Kanzlei eines Nachlassverwalters ein, sucht gezielt die Akte Nielsen, in der ein Gutachten für einen Diamanten prangt, mit 13,5 Millionen beziffert. Mit Foto. Im selben Raum steht ein mannshoher Safe. Er konnte davon ausgehen, dass sich der Stein hier befindet. Warum machte er keine Anstalten, ihn an sich zu bringen? Wie der Mörder, der es auch nicht auf den Stein abgesehen hatte. Es ging ihm um etwas anderes und ich befürchte, es handelt sich um denselben Mann."

Sophie riss Mund und Augen auf. „Sie meinen, in unserer Kanzlei war ein Mörder? Der Mörder?"

Dent nickte. „Ich weiß, Sie haben meinen Bruder im Verdacht, wie der Kommissar, aber Sie sind auf dem Holzweg. Der Mörder ist ein talentierter Bogenschütze, dafür technisch unbegabt, jedenfalls, was Elektrik betrifft, Teetrinker und so angetan von naiver Malerei, dass er dafür einen Einbruch begeht. Für Diamanten hat er nichts übrig. Entweder ist er steinreich, oder Reichtum interessiert ihn nicht. Und vor allem ist er frei."

Sophie fuhr sich mit der Hand über die Stirn.

„Ich weiß nicht, das alles ist so verwirrend." Sie drehte sich im Raum und ließ den Blick schweifen. „Hier habe ich mich immer wohlgefühlt. Sicher und geborgen. Und jetzt sind diese Räume irgendwie ... entzaubert. Verstehen Sie das? In meiner Wohnung werde ich mich genauso fürchten, wenn ich allein dasitze und 13,5 Millionen bewache, bis die Banken öffnen. Egal ob dieser Täter den Stein will oder nicht, ich trage die Verantwortung dafür."

„Wir fahren zu mir", schlug Dent spontan vor. „Anja ist auch da. Bewachen wir den Klunker zu dritt."

In Sophies blauem Mercedes redeten sie nicht, bis sie den Wagen über die Reeperbahn lenkte.

„Ich bin mir selbst peinlich, Herr Riese", murmelte sie, ohne ihn anzusehen. „Sie müssen mich für eine verschreckte Gans halten. Aber ich habe wirklich Angst."

Dent sagte nichts. Er war damit beschäftigt, in die Bluse zu schlüpfen und die Perücke über seinen Kopf zu ziehen. Das Glitzertäschchen lag in seinem Schoß.

„Muss das sein?" Sophie rümpfte die Nase. „Ihre Neigungen in allen Ehren, Herr Riese, aber ... Sie wirken überaus befremdlich so."

„Die Klamotten sind nicht meine Neigung, sondern meine Tarnung. Gleich werden wir parken und aussteigen. Falls jemand vorhat, auf mich zu schießen, ist das ein ungünstiger Moment. Sie werden sich mit meinem befremdlichen Anblick abfinden müssen. Ich habe nämlich auch Angst."

෬෯෩

Der Schütze war außer Atem. Mit einem Handtuch wischte er sich den Schweiß von der Stirn. Wie dumm von ihm, nicht mit der Alarmanlage zu rechnen. Natürlich hatte so eine Kanzlei ein Alarmsystem. Aber es war ihm gelungen, unbehelligt in sein Zimmer in der Talstraße zurückzukehren.

Nachdenklich brühte er sich einen Tee. Das Bild war nun in seinem Besitz. Aber Peters altes Notizbuch hatte er nicht gefunden. Die blonde Frau war sehr ordentlich, listete sogar lächerliche Kugelschreiber in ihren Papieren auf. Sicher hätte sie das Notizbuch auch eingetragen.

Wenigstens wusste er jetzt, wer sie war. Sophie Kröger, eine Rechtsanwältin. Peter hatte sie nie erwähnt. Er hatte nur von einem Cornelius gesprochen. Sophie Kröger arbeitete mit ihm zusammen. Eine UPS-Quittung hatte sie auch in den Ordner geheftet. War das Notizbuch in dem Paket gewesen, das Peter so eilig aufgegeben hatte?

Der Schütze erinnerte sich genau an diesen Tag. Das Wetter war schlecht gewesen, windig und regnerisch. Erste Erschöpfungserscheinungen hatten ihn gequält, aber die Angst, Peter aus den Augen zu verlieren, hatte ihn wach gehalten. Angespannt hatte er die Schritte seines Opfers verfolgt, ohne dass sich eine Gelegenheit geboten hätte, den Bogen anzulegen. An diesem regnerischen Tag hatte Peter ungewöhnlich gehetzt gewirkt, fast so, als ahnte er inzwischen, dass auch seine Heimatstadt keine Sicherheit vor Verfolgern bot. Der Schütze hatte nur beobachten können, wie er mit dem braunen Päckchen das UPS-Büro betrat und ohne das Päckchen wieder heraus kam. Er hatte es an Donovan Riley geschickt.

Ungünstig, sehr ungünstig. War Peter, der schwatzhafte Tölpel, noch dazu gekommen, sein unheilvolles Wissen an seine Söhne weiterzugeben? Oder wenigstens an einen von ihnen? Diese Frage quälte den Schützen noch im Schlaf.

Er stellte sich ans Fenster und schlürfte seinen Tee. Rieses Wohnung war noch immer dunkel. Es war spät in der Nacht, die Lokale leerten sich langsam. Auf der Straße und den Gehwegen blieb ein Meer aus versengten Fetzen zurück. Reste des großen Feuerwerks. Es hatte den ganzen Himmel erleuchtet, gleich nachdem er aus der Kanzlei gerannt war.

Ein Wagen bog in die Straße ein. Die Scheinwerfer blendeten den Schützen. Nur kurz. Dann hielt das Auto vor der Wäscherei und die Scheinwerfer gingen aus. Es war ein Mercedes, ein schönes Auto. Bald, sehr bald, würde er auch so einen kaufen.

Moment, was war das? Die blonde Frau! Sophie Kröger, sie stand neben der Fahrertür, blickte um sich. Die kleine Dicke und noch ein paar andere Randis liefen auf sie zu. Jetzt konnte er auch die rothaarige Bohnenstange sehen, sie stieg aus dem Mercedes. Was hatte die mit Sophie Kröger zu tun?

Der Schütze verengte seine Augen. Wie ungelenk diese Bohnenstange ausstieg und wie grob sie die Wagentür zuschlug. Wie ein Mann. Er riss die Gardinen beiseite, öffnete das Fenster, um besser sehen zu können. Die Bohnenstange sah in seine Richtung, der laue Westwind blies ihr das Haar aus dem Gesicht.

Siedende Wut befiel den Schützen. Riese! Das war Alexander Riese. Peters Sohn hatte ihn getäuscht. Er wusste, dass er beobachtet wurde, dass ein Pfeil auf ihn wartete.

„Wie recht du hast, Alexander!"

Ab jetzt war jede Bewegung Routine. Das Öffnen der Tasche, der Griff nach dem Bogen, das Gleiten seiner Finger über den Schaft des Pfeils, die Leichtigkeit, mit der die Nocke sich um die Sehne schmiegte, das Spannen und der tiefe Atemzug, bevor er die Luft anhielt, um konzentriert zu zielen.

෴

Dent patschte mit den Händen auf seinen Lenden herum, bis ihm einfiel, dass diese dämlichen Leggings keine Taschen hatten und sein Haustürschlüssel in dem albernen Glitzertäschchen war. Er zerrte am Reißverschluss und drehte den Kopf, als jemand seinen Namen grölte.

Ein paar echte und falsche Mädels aus dem Wonderland torkelten in seine Richtung. Alle wedelten mit Sektflaschen, auch Anja, ziemlich unsicher auf den Beinen und noch immer in einem Lachkrampf gefangen.

Das Sirren konnte er nicht hören. Es wurde von Antonias Bariton übertönt, der „Dentilein!" röhrte und gleich darauf: „Da bist du ja endlich wieder! Los, komm, wir feiern bei dir weiter!"

„Oh nein", stöhnte Sophie und verdrehte die Augen.

„Ich hab dir noch gar kein Frohes Neues gewünscht", bedauerte Antonia, schlang die Arme um Dent und drückte ihn fest.

Dent spürte das krampfartige Zucken, das im selben Moment durch Antonias Körper lief, aber er konnte es nicht deuten. Erst, als Sophie so gellend schrie, wie Anja, schlich sich die düstere Ahnung in sein Hirn. Antonia röchelte, krallte die Finger in seine Rippen und wurde schwer, so schwer, dass Dent das Gleichgewicht verlor und rücklings auf das Pflaster schlug. Der massige Körper mit dem Pfeil im Rücken begrub ihn unter sich.

෴

Dent wälzte sich in seinem Bett. Schon wieder war er aus einem unruhigen Schlaf aufgeschreckt, schweißnass und mit pochendem Herzschlag. Er tastete nach seinem Handy, glotzte auf das Display und las Datum und Uhrzeit ab. 2. Januar 2014, 3:14 Uhr. Er musste die Information laut wiederholen, um sich zu überzeugen, dass der neue Anschlag auf sein Leben 24 Stunden zurücklag. Es war vorbei und trotzdem schien es ihm, als würde Antonias Körper noch immer auf ihm lasten, schwer und zuckend, und er glaubte noch zu riechen, wie sich der Geruch nach Puder und Parfüm mit dem von Blut vermischte. Viel Blut, das aus Antonias entsetzt geöffnetem Mund schwallartig über Dents Gesicht und Hals gelaufen war.

Benommen schwang er sich aus dem Bett, stieg in seine Jeans und suchte ein T-Shirt aus dem Kleiderhaufen am Boden. In der Küche fand er Sophie Kröger und Anja vor, beide genauso blass und übernächtigt wie er selbst.

„Wir konnten nicht schlafen", sagte Anja, stellte einen Becher Kaffee vor ihm ab und studierte sein Gesicht. „Wie...wie geht's dir?"

„Frag' nicht", grunzte Dent und ließ sich auf einen der Stühle sinken. Das vertraute „Gong" der Blechlampe und der darauf folgende pendelnde Lichtkegel über der Wachstuchdecke beruhigten ihn ein wenig.

Er war froh, dass die Polizeibeamten nicht mehr da waren, ebenso wie der Psychologe, der sich angestrengt um alle gekümmert hatte, die Antonias Tod mit angesehen hatten. Sophie war einer Ohnmacht nahe gewesen, Anja hatte geredet und geredet.

Dent hatte nicht reden können und ihm war auch jetzt nicht danach zumute. Angst und Ekel ließen ihn nur langsam los. Sein Körper ächzte von dem harten Sturz auf das Pflaster und von seinen verzweifelten Versuchen, sich unter dem Sterbenden hervorzuwinden, dem klebrigen Blutschwall und den Augen zu entkommen, die nur wenige Zentimeter vor seinen starr geworden waren. Er hatte Erleichterung gespürt, als man ihn endlich von dem Toten befreit hatte und gleichzeitig wie beraubt. Beraubt um sein menschliches Schutzschild, dem nächsten Pfeil ausgeliefert. Aber es hatte keinen nächsten Pfeil gegeben.

Seine Haut brannte von den Versuchen, das klebrige Blut unter der Dusche loszuwerden. Eine ganze Flasche Shampoo hatte er ausgepresst, mit Seife an sich herumgeschrubbt, bis das Wasser, das an ihm herunterlief, endlich die rote Färbung verloren hatte, klar, rein und gurgelnd durch den Abfluss gelaufen war.

Er hatte das Wasser laufen lassen, fast eine Stunde lang dem Rauschen und Plätschern zugehört, seine Tränen darin versteckt und das irre Lachen, das kurz aus ihm herausgebrochen war. Ihm war nichts passiert, nur ein paar Schrammen, ein paar blaue Flecken. Eine wilde Freude hatte ihn erfasst, gleich wieder erstickt von Schuld und Trauer. Der Pfeil hatte ihm gegolten, aber er hatte Antonias Lunge zerfetzt, einen unschuldigen Menschen getötet. Wofür?

Mechanisch schlürfte er den Kaffee und schaffte es dann, eine Kippe zu drehen, obwohl seine Hände zitterten. Zwei- oder dreimal musste er das Rädchen an seinem Plastikfeuerzeug betätigen, bis endlich eine Flamme vor seinen Augen tanzte und er die Zigarette anzünden konnte.

„Es ... es tut mir leid, Dent", hörte er Anja murmeln. „Es war meine Idee, dich in diese Verkleidung zu packen. Ich wollte unbedingt ausgehen, feiern. Ich hab mich halb tot gelacht, weil Antonia dich die ganze Zeit für eine frisch geoutete Transe hielt und dann ... dann war sie tot und ... verdammt, Dent, ich war so sicher, dass dein Bruder und sein Komplize dahinterstecken, ich ..."

„Das dachte ich auch", flüsterte Sophie. „Ich fühlte mich wie eine Heldin, als ich Kommissar Lindemann anrief und dachte, mit Donovan Rileys Verhaftung sei der Fall erledigt. Zweifel bekam ich erst, als Sie den Verdacht äußerten, dass es sich bei dem Einbrecher und dem Bogenschützen um denselben Mann handelt. Und jetzt ... weiß ich, dass ich die Polizei auf eine falsche Fährte gelenkt habe."

Dent ging nicht darauf ein. Er wusste, dass er ein miserabler Tröster war und hatte nicht die Kraft, es überhaupt zu versuchen. Seine schockierte Ratlosigkeit mischte sich mit dem Gedanken an Don, tiefem Vertrauen zu ihm und der Genugtuung, sich nicht in ihm geirrt zu haben.

Mit dem Kaffeebecher in der Hand erhob er sich und sah durch das Küchenfenster auf die Talstraße hinunter. Alles sah aus, als wäre nichts geschehen. Die Streifenwagen waren fort, die vielen Uniformierten und die Spurensicherung, der Polizeifotograf, der Leichenwagen und die Männer von der Tatortreinigung in ihren weißen Overalls. Auffällig war nur das peinlich saubere Areal auf dem Gehsteig direkt vor der Wäscherei, während der Rest der Talstraße noch mit Überresten des Silvesterfeuerwerks übersät war.

„Er muss aus nordöstlicher Richtung geschossen haben", überlegte Dent laut. „Er weiß, wer ich bin. Er weiß, wann ich nach London fliege und auf einem Friedhof herumlaufe und er weiß, wo ich wohne und wann ich feiern gehe. Er hat sich nicht durch die Verkleidung täuschen lassen. Er muss in meinem näheren Umfeld sein, mich permanent beobachten."

„Vielleicht hat er eine Kamera installiert", warf Sophie ein.

„Ja, vielleicht, aber er muss in der Nähe sein, wenigstens in Reichweite eines Bogens. Ich war kaum aus Ihrem Wagen ausgestiegen, da war er bereit zum Schuss. Er ist hier, in dieser Straße. Vielleicht kann er mich sehen, legt gerade auf mich an ... können Pfeile Fensterscheiben durchschlagen?"

„Himmel, Dent! Komm vom Fenster weg!", zischte Anja und riss ihn grob an den Küchentisch zurück. „Trink deinen Kaffee und mach einfach, was du immer machst. Ganz ruhig sitzen bleiben. Okay? Wir sollen uns nicht vom Fleck rühren, bis Kommissar Lindemann sich meldet."

Dent nickte und verzog sich mit dem Kaffee in sein Büro. Es tat gut, mit virtuellen Raumschiffen in einem virtuellen All auf virtuelle Feinde zu ballern. Ein ganzes Universum, das mit einem Mausklick beseitigt werden konnte, inklusive der Feinde. Einerseits so herrlich bedeutungslos, andererseits war es spürbar tröstlich, von den vertrauten Screens freudig begrüßt zu werden, Teil eines starken Teams zu sein, das gemeinsam Feinde besiegte. Auch wenn es nur die Gallente Fraktion war, die den Amarr in einem Online-Spiel den Garaus machte. In den Feuerpausen las er sich durch ein paar Webseiten, bis sein Kaffee alle war.

Anja und Sophie waren immer noch in der Küche. Beide sagten etwas, aber er hörte nicht zu, sondern ließ seinen Blick durch die Küche schweifen.

„Dent? Suchst du was?"

„Haben wir irgendwo ein Lineal?"

„Ein Lineal? Klar haben wir ein Lineal. Was willst du damit?"

„Messen. Dafür brauche ich ein Lineal. Und eine Wasserwaage. Und irgendwo muss noch ein Winkelmesser rumliegen."

Anja sah ihn so verständnislos an wie Sophie, aber sie machte sich auf die Suche nach den Gegenständen. Dent nahm Lineal und Winkelmesser an sich und überließ Anja die Wasserwaage.

„Wir müssen auf die Straße. Nur ganz kurz. Nimm das Bügelbrett mit."

„Auf die Straße", wiederholte Anja. „mit dem Bügelbrett."

„Sie haben ein Posttraumatisches Belastungssyndrom", diagnostizierte Sophie mit einem besorgten Blick in sein Gesicht.

„Sie müssen auch mitkommen, Fräulein Sophie."

Er ließ ihnen keine Chance für weitere Proteste und war schon an der Tür. Anja rollte mit den Augen aber dann folgte sie ihm. Sophie ließ sich noch von Angst und Verwirrung lähmen, aber dann lief sie mit dem Bügelbrett hinterher. Vor dem Haus blieben sie kurz im kalten Wind stehen und tauschten Blicke.

„Was immer du vorhast, Dent, mach es schnell. Ich hasse es, Zielscheibe zu sein."

„Genau darum geht's", erklärte Dent und manövrierte Sophie auf die Stelle, auf der Antonia ihm um den Hals gefallen war. „Halten Sie das Bügelbrett hoch. Ja, so entspricht die Höhe ungefähr Antonias Größe. Der Pfeil kam aus nordöstlicher Richtung, fuhr knapp unter dem linken Schulterblatt in den Rücken, also in ca. 1,55 Höhe."

Er drehte Sophie, bis das Bügelbrett gen Nordosten zeigte, hielt das Lineal in Schulterblatthöhe an und zwang sich, möglichst genau die Position des Pfeils aus seiner Erinnerung abzurufen.

„Der Pfeil ist schräg von oben eingedrungen, die Federn zeigten in den Himmel. Wenn es so ein Pfeil war, wie der auf dem Highgate

Friedhof, benutzt er Bodkin-Pfeilspitzen. Panzerbrecher, gemacht, um Rüstungen zu durchdringen. So ein Ding durchschlägt noch mühelos Knochen und dringt tief ein, selbst wenn es davor einen Brustpanzer sprengen musste."

„Danke für die detaillierte Erklärung", bibberte Sophie, die sich bis eben wie hinter einem Schutzschild gefühlt hatte.

Dent richtete das Lineal aus und wies Anja an, die Wasserwaage ebenfalls an das Bügelbrett zu halten. „Ganz gerade!", mahnte er und versuchte, geduldig zu bleiben, bis Anjas Hände nicht mehr zitterten und die kleine Luftblase zwischen der Markierung zur Ruhe kam. Dann hielt er den Winkelmesser zwischen Wasserwaage und Lineal.

„Irgendwo zwischen 57 und 53 Grad." las er ab. „Ich gehe mal von einem Mittelwert von 55 Grad aus."

„Mach hinne, Dent", bibberte Anja. „Die Gradzahl, die mich beschäftigt, liegt unter Null."

„Schon fertig", verkündete er und warf einen kurzen Blick auf die Häuser in der Talstraße. „Er muss von der gegenüberliegenden Straßenseite geschossen haben, vom Dach oder aus einem höheren Stockwerk, um einen Eintrittswinkel von ca. 55 Grad an dieser Stelle zu erreichen."

„Dent, du kannst gern weiter sinnieren, aber bitte nicht hier", fand Anja und drängte ihn und Sophie zurück in den Hausflur.

„Puh!"

Dent blieb im Treppenhaus stehen und hob den Zeigefinger. „Die Art Pfeil, die er benutzt, wurde in Asien über mehrere Hundert Jahre verwendet, hauptsächlich im Mittelalter, bis die Erfindung der Feuerwaffen Pfeil und Bogen verdrängten. Schon wegen der ausgeprägten Eisenspitze relativ schwer, mit einem Schaft aus Schilfrohr, stabil, aber Naturmaterial ist nie völlig gleich in der Beschaffenheit. Ein solcher Pfeil hat eine hohe Trägheit der Masse zu überwinden, fliegt langsamer, als ein leichteres Geschoss und braucht einen geübten Schützen, um über größere Distanzen noch präzise das Ziel zu treffen. Gewöhnlich schoss man solche Pfeile mit Langbögen aus Holz ab, angeblich flogen sie 600 bis 1000 Meter weit. Allerdings nur, um möglichst viele Gegner in einem Pfeilhagel zu erlegen. Für einen präzisen Schuss sind 200 Meter das Maximum, je nach Wind eher weniger."

„Hast du dir das alles angelesen?", wunderte sich Anja.

Dent zuckte mit den Schultern. „Du hast gesagt, ich soll ganz ruhig sitzen bleiben."

„Wenn's stimmt, was du da sagst, hockt der Schütze maximal 200 Meter von deiner Haustür entfernt auf der anderen Straßenseite."

„Er muss ein verdammt guter Schütze sein, denn er hätte mein Herz getroffen, wenn Antonia nicht buchstäblich dazwischengekommen wäre. Mir fehlt das Zuggewicht des Bogens, mit dem ich die Geschwindigkeit eines solchen Pfeils besser berechnen könnte. Und die Distanz vom Abschussort bis zum Ziel kann ich nur annehmen. Ich versuche es mit der Berechnung einer Flugparabel."

„Flugparabel?", wiederholte Anja. „Ich hab wohl in Mathe nicht so gut aufgepasst."

„Eine Kurve, eigentlich ist es eine umgekehrte Parabel, also mit ansteigender Kurve, wie beim Parabelflug zum Erreichen der Schwerelosigkeit, also a mal $x^2$ plus c, und dann …"

„Du wirst das schon machen", ermunterte Anja.

„Flugballistik", murmelte Sophie. „Sie haben mich mit einem Bügelbrett auf die Straße gestellt, um die Flugbahn auszurechnen?"

„Genau. Ein Pfeil fliegt nicht geradeaus, sondern beschreibt einen Bogen bis zum Ziel. Durch die Gravitation wird er während des Fluges absinken, je länger er fliegen muss, umso mehr. Den Zielort kennen wir. Wenn ich die Parabel, also diesen Bogen, berechne, müsste der Abschussort halbwegs präzise zu orten sein."

ෆ්‍රෝ

Kommissar Lindemann presste die Akte unter seinen Händen mit solcher Kraft zusammen, als könnte er damit doch noch einen Beweis aus dem Papier quetschen, der es ihm erlaubte, Donovan Riley festzuhalten. Neben der Akte lag das beschmutzte Notizbuch, von dem er sich aufschlussreiche Informationen erhofft hatte, aber die Sachverständigen hatten darin nichts gefunden, was den Ermittlungen half.

Wieder und wieder hatte er Riley verhört, sich weder Feiertage noch Pausen gegönnt und gehofft, mit einem Geständnis die Lücken in seinen Ermittlungen schließen zu können. Aber Riley war ein erfahrener Krimineller. Frech und abgebrüht, von deutschen Verhörmethoden nicht zu beeindrucken. Es ärgerte Lindemann, wie lässig der Mann ihm jetzt gegenüber saß. Er wusste, dass er gehen konnte, noch bevor er ein Wort gehört hatte.

Die ärztliche Untersuchung hatte tatsächlich ergeben, dass die Wunde in Rileys Brust von einem Pfeil stammte. Das Marwari Hospital in Varanasi bestätigte das. Der Mord an dem Transvestiten Anton/Antonia Schmitz in der Silvesternacht entlastete Riley nun ganz. Er konnte es nicht gewesen sein.

Lindemann unterdrückte ein aufkeimendes Schuldgefühl. Schmitz war ein Zufallsopfer. Der Pfeil hatte Alexander Riese gegolten. Wie Riley vorher gesagt hatte, war der Bogenschütze hier in seinem Revier und hatte wieder zugeschlagen. Der Mord hatte der ganzen Abteilung schlaflose Nächte beschert.

„Sie können gehen, Mr. Riley", rang er sich ab und schob das Notizbuch über den Tisch. „Ich hoffe allerdings, dass Sie nicht vorhaben, sich in Hamburg niederzulassen."

Riley erhob sich und grinste. „So eine schöne und aufregende Stadt. Es fällt mir zu schwer, ihr den Rücken zu kehren."

„Ich warne Sie. Wir werden Sie im Auge behalten."

„Wenn das hilft, mich und meinen Bruder vor pfeilförmigen Lochmustern zu schützen, bitte ich sogar darum. Sieht aber nicht so aus, als ob Sie dabei eine große Hilfe wären."

Lindemann war zu erschöpft, um darauf zu antworten. Es gab auch nichts, was er hätte sagen können. Alle Ermittlungen liefen ins Leere, seine Abteilung tappte nach wie vor im Dunkeln und nun hatte sich sein Hauptverdächtiger als Irrtum entpuppt.

Er bekam kaum noch mit, dass Riley sich verabschiedete und schreckte zusammen, als die Tür hinter ihm ins Schloss fiel. Gleichzeitig klingelte sein Telefon.

☙❧

Ein Blick auf die kleine Uhr unten rechts am Bildschirm erinnerte Dent daran, dass er seit Stunden hungrig war. 10:00 Uhr. Sein Körper fühlte sich schwer und träge an, aber er konnte sich einfach nicht entschließen, ins Bett zu gehen. Außerdem war er nach dem Telefonat mit Kommissar Lindemann zu gespannt.

Steif schraubte er sich aus seinem Bürosessel, griff nach seinem leeren Kaffeebecher und hoffte, dass sein Kühlschrank irgendetwas Essbares zu bieten hatte. Im Flur stieß er auf Don, der gerade durch die Tür kam und die kalte Winterluft mitbrachte.

Einen kurzen Moment lang sahen sie sich stumm in die Augen. Dent konnte nicht sagen, ob Don ihn zuerst umarmte oder er ihn, aber dann hielten sie sich aneinander fest.

„Ich hab gehört, was passiert ist, Bruderherz", hörte er Don flüstern. „Muss hässlich gewesen sein, aber ich bin froh, dass es dich nicht erwischt hat."

„Ich … ich hab dich nicht wirklich verdächtigt, Don. Aber als Lindemann sagte, du hättest einen Komplizen, da …"

„Schon O.K.. Gibt's hier Kaffee? Ich hab Frühstück mitgebracht."

Anja füllte gerade die Kaffeemaschine, als sie die Küche betraten.

„Von mir aus hätten die Bullen dich behalten können, auch wenn du nicht der Bogenschütze bist", knurrte sie Don feindselig an. „Lebenslänglich."

„Liebreizend wie immer, unser Dickerchen", grinste Don „Jetzt sei nicht sauer, Anja. In der Zelle hab ich sogar das Ü geübt, nur für dich. Üüüh!"

„Ist klar! Sicher nur, damit du ‚übergewichtig' sagen kannst!"

„Ich hatte mehr an ‚übellaunig' gedacht."

„Hört doch auf", bat Dent und nahm seinem Bruder die Frühstückstüten ab. Don zog die Blechlampe beiseite, damit sein Bruder unfallfrei Platz nehmen konnte.

„Hast du eine Bäckerei überfallen?" stichelte Anja weiter. „Das reicht ja für eine ganze Kompanie."

„Nein, brav eingekauft, in dem türkischen Supermarkt am Ende der Straße", gab Don zurück und zog noch eine Stange Zigaretten und ein Päckchen Tabak aus seinen Manteltaschen. „Netter Laden, die haben alles frisch zubereitet. Türken verstehen was von Salat und Gemüse. Aber auf das Zigarettenregal haben sie nicht geachtet."

„Bravo!", stieß Anja aus. „Du hast die Özcal Zwillinge beklaut! Üble Schläger mit eigener Boxschule und nebenbei Kunden von Dent. Herzlichen Glückwunsch!"

„Greif zu, Anja. Mit einem Brötchen zwischen den Zähnen bist du wenigstens still."

„Ich habe mit Lindemann telefoniert", verkündete Dent, um dieses Wortgefecht zu beenden. „Hör zu, Don, ich habe flugballistische Berechnungen angestellt, unter Berücksichtigung der Flugrichtung, der Pfeilbeschaffenheit und des Eintrittswinkels. Die Parabel …"

„Nicht beim Urknall anfangen, Dent", stöhnte Anja. „Sag' doch einfach, was du ausgerechnet hast."

„Also, meine Berechnungen ergaben, dass der Schütze aus einer erhöhten Position von Hausnummer 25 oder 27 geschossen haben muss. Der Pfeil könnte aus dem 2. Stock oder vom Dach gekommen sein. Kommissar Lindemann hat sich bedankt und eine sofortige Durchsuchung der beiden Häuser angeordnet. Es ist nicht wahrscheinlich, dass der Bogenschütze noch da drüben hockt, aber er muss irgendwelche Spuren hinterlassen haben, mit den heutigen Technologien lässt sich …"

„Hm." Don stand auf und spähte aus dem Küchenfenster auf die beiden Häuser. „Nummer 25 und 27? Sehen beide ziemlich heruntergekommen aus."

„Ich vermute nämlich, dass der Täter aus Indien stammt", redete Dent weiter. „Unser Vater lief in Indien herum, jahrelang, er könnte sich ein ganzes Dutzend Feinde gemacht haben. Der Schütze benutzt antike indische Pfeile und einen Langbogen. So viele Inder gibt's hier nicht und ein Typ, der einen Langbogen und Pfeile mit sich rumschleppt, muss auffallen. Irgendjemand wird ihn gesehen haben."

„Sicher. Nur müssen derlei Auffälligkeiten der Polizei mitgeteilt werden", sagte Don leise. „Dies hier ist ein Kiez, allgemein voller Ausländer. Seit ich hier bin, hab ich schon ein Dutzend Inder gesehen. Eine Straße weiter ist ein indisches Restaurant und in diversen anderen Küchen arbeiten auch Inder. So ein Gesicht fällt hier nicht mehr auf. Und in Nummer 25 und 27 werden eine Menge Leute hausen, die was zu verbergen haben, und Polizisten ungern behilflich sind."

„Stimmt", warf Anja ein. „Die Spielhalle in Nummer 25 zum Beispiel. Da gehen lauter komische Typen ein und aus."

„Weder der Betreiber noch seine Gäste werden gern mit der Polizei reden. Was ist in dem Stockwerk darüber?"

„Ein Puff", informierte Anja und sah wie Don aus dem Fenster. „Nicht besonders nobel, eher was für die schnelle, billige Nummer. Stundenhotel für notgeile Arme. Viele Arbeitslose und Asylanten gehen da hin."

„Damit wird Lindemann es schwer haben. Stündlich wechselnde Gäste, von denen in den seltensten Fällen Namen bekannt sind. Europäer, Afrikaner, Araber, Asiaten, alles bunt. Die Mädels werden den einen oder anderen Freier an Puffmutter oder Zuhälter vorbeimogeln, die Kohle einstecken und das sicher auch keinem Kommissar erzählen. Und falls einer mit Pfeil und Bogen rumfuchtelt, denken sie höchstens, dass der das braucht, um in Stimmung zu kommen. Wie andere Strapse brauchen, Marschmusik oder Tiernamen."

„Damit kennst du dich ja aus", sagte Anja schnippisch. Don ging nicht darauf ein.

„Und im zweiten Stock? Was ist da?"

„Eine Wohnung, die von Frau Rosinski. Hier geboren und wird hier sterben", klärte Anja auf. „Ist eine Kundin von Dents Mutter. Sie ist über 70 und schafft ihre Wäsche nicht mehr. Bisschen seltsam aber harmlos, die Gute. Außerdem hat sie einen gewaltigen Tatter."

„Im Haus daneben ist ein Nachtclub?"

„Ja, das ‚Paradise'. Erstreckt sich vom Erdgeschoss bis in den zweiten Stock. Die machen ganz gut Kasse, da ist immer was los."

Don stöhnte. „Silvester müssen einige Hundert Leute da rein- und rausgegangen sein, größtenteils abgefüllt bis zum Rand. Anzahl und Namen zu ermitteln, wird so unmöglich sein wie festzustellen, ob sich einer davon auf das Dach bewegt hat. Die Hälfte des Personals wird da schwarz arbeiten und gar nicht namentlich angegeben. Bei einer Befragung fallen die schlicht durch's Raster. Lindemann hat keine Chance."

„Vielleicht findet die Spurensicherung doch etwas."

Don schüttelte den Kopf. „Bei der Fluktuation in diesen beiden Häusern sind Spuren schnell verwischt, und eine Spur macht noch keine Festnahme. Selbst wenn Lindemanns Leute besonderen Fokus auf Inder legen und jeden durchchecken, der hier rumläuft, muss man ihn schon mit der Waffe erwischen, um ihm was nachzuweisen. Bis das passiert, kann er jederzeit als Spielhallenbesucher, Clubbesucher oder Freier auftauchen, abwarten, bis sich das Polizeiaufgebot verflüchtigt hat und es nochmal versuchen."

„Du hast recht", begrub Dent seine Hoffnungen. „Die Chancen stehen schlecht. Ich hatte mir nur gewünscht, dass Lindemann den Schützen schnell schnappt, dass es vorbei ist."

„Ich auch", murmelte Anja. „Und jetzt?"

„Abwarten. Vielleicht hat Lindemann Glück. Wenn nicht, gehen wir nicht mal mehr stressfrei Kippen kaufen."

„Seit wann kaufst du deine Kippen, Donovan Riley", motzte Anja und verschränkte die Arme vor ihrer Brust. „Und hör' auf, mir noch mehr Angst zu machen."

ᴄ₃৪০

Den ganzen Tag hatte Dent vor seinem Rechner verbracht und auf Nachrichten von Kommissar Lindemann gewartet, aber es war nichts passiert. Er fühlte sich schlapp und ausgelaugt, aber sein angeschlagenes Nervenkostüm hatte sich beruhigt. Ein bisschen lag das auch an „Lady Savage". Anja behauptete wohl zu Recht, dass sie mit ihm flirtete. Aber was bedeutete das schon, in einem Online-Spielchat. „Lady Savage" hatte ihm ihr Bild geschickt. Danach hatte er sich schnell ausgeloggt. Sie sah toll aus, richtig toll. Eine Inderin. Sie betrieb eine kleine Softwarefirma. Schon wieder Indien. „Lady Savage" war der einzig angenehme Anteil an seinen Berührungen mit diesem Land.

Draußen dämmerte es bereits wieder und sein Magen meldete knurrend eine unangenehme Leere.

Er konnte Anja und Don in der Küche streiten hören und seufzte. So viel Energieverschwendung ärgerte ihn. Er stieß die Küchentür mit einem Tritt auf, wies Anja unwirsch an, für Essen zu sorgen und knalle seinen leeren Kaffeebecher auf den Küchentisch.

„Bin ich hier der Futterautomat, oder was?" motzte Anja.

„In Ermangelung von Futter beschränkt sich die Funktion auf Automat. Einer, der wenigstens Kaffee ausspuckt, wäre gut", grunzte Don und knalle seinen Becher neben Dents.

„Wo ist eigentlich Sophie?", fragte Dent, bevor Anja etwas erwidern konnte. „Sie wird auch hungrig sein."

„Sophie hat sich schlafen gelegt. Gleich nachdem du sie mit dem Bügelbrett auf der Straße herumgeschoben hast. Sie war total fertig. Lass sie schlafen."

„Sophie Kröger?", fragte Don überrascht. „Die ist hier? Dachte, die ist sauer auf uns und kommuniziert nur noch mit Kommissar Lindemann."

Dent schüttelte den Kopf. „Sie hatte Schiss wegen des Einbruchs."

„Was für'n Einbruch?"

„Ach ja, das weißt du noch gar nicht. War an Silvester. In der Kanzlei, Sophies Arbeitsplatz. Sie rief mich an, kurz nach Mitternacht, als das Feuerwerk losging. Der Täter löste die Alarmanlage aus, muss sich erschrocken haben und durchschnitt diverse Stromkabel, bis das Klingeln aufhörte. Er hat die Akte unseres Vaters gesucht, viel durchwühlt. Geklaut wurde aber nichts, obwohl genug zu holen war. Elektronik und Silbersachen. Nur ein billiges Ölbild, das unserem Vater gehörte, und zwei Packungen Tee. Den Safe mit dem Diamanten darin hat er gar nicht beachtet."

Don musste lachen. „Vollidiot!"

„Ich glaube, es war derselbe Mann. Der Schütze, der unseren Vater ermordete. Der Diamant scheint ihn gar nicht zu interessieren. Aber was will er dann?"

„Tee und ein Ölbild, eh?" Don schüttelte den Kopf. „Und er ist nicht drauf gekommen, dass so eine Kanzlei eine Alarmanlage haben muss?"

„Nein, wohl nicht. Das Ding ist zerstört, und ohne Alarmanlage entfällt der Versicherungsschutz. Deshalb musste Sophie den Stein mitnehmen. Die Banken öffnen erst heute wieder, und …"

„Der Stein ist hier? Der ominöse Riesenklunker?"

„Tolle Idee, das ausgerechnet Donovan Riley zu verraten, Dent", ließ Anja kopfschüttelnd hören.

„Hey, mir gehören 50 Prozent davon!"

„Und dein Hirn rattert bereits, wie daraus 100 Prozent werden?"

ೞ෫ೕ

Sophie Kröger erwachte aus einem erschöpften Schlaf. Ihr Rücken schmerzte. Sie lag auf einem Sofa in der guten Stube, dominiert von Eiche rustikal und Farben, die vor 30 Jahren Deutschlands Wohnzimmer geziert hatten. Der Raum, offenbar nach Frauke Rieses Geschmack eingerichtet, lag am Ende des Flurs, von dem Dents Schlafzimmer abging, ein weiteres, in dem Anja nächtigte, das Bad und noch eine Kammer. In der Stube hatte Sophie zwar ihre Ruhe, aber sie vermisste den Komfort in ihrer Wohnung, störte sich an dem Geruch von Zigarettenqualm und Kaffee, der in allen Räumen hing und an der grellen Lichtreklame an den gegenüberliegenden Häusern, die nachts durch die Vorhänge blinkte. Sie hasste es, sich in dieser Gegend aufhalten zu müssen, ebenso wie die Umstände, die sie in diese unfreiwillige Wohngemeinschaft zwangen.

Lorenz' veganes Silvesterdinner hatte sie nun leider verpasst. Sie hatte sich so über seine Einladung gefreut, obwohl seine lästigen Mitbewohnerinnen ebenfalls da gewesen wären. Stattdessen hatte sie sich mit einem Einbruch herumschlagen müssen, einen blutigen Mord mit angesehen, sich mit einem Bügelbrett auf der Straße als Berechnungsgrundlage verwenden lassen und durfte sich nun noch darum sorgen, wie sie einen wertvollen Diamanten ohne Zwischenfälle in ein Bankschließfach überführte.

Hätte sie nur nicht solche Angst gehabt, dann wäre ihr vielleicht etwas Besseres eingefallen. Aber sie war so froh gewesen, als Alexander Riese in der Kanzlei erschienen war, wenn auch in dieser seltsamen Aufmachung. Besonders nachdem Lorenz die Zubereitung seines Silvestermenüs als viel dringlicher angesehen hatte als ihr beizustehen. Am Telefon hatte er von gratinierten Tomaten im Ofen geredet, während sie schluchzend vor Angst in der dunklen Kanzlei gesessen hatte. Da hatte sie enttäuscht aufgelegt und sich schrecklich alleingelassen gefühlt. Bis sie sich getraut hatte, Alexander Riese anzurufen.

Mit einer müden Bewegung tastete sie nach ihrem Handy. Beleuchtete Ziffern zeigten 18:30 Uhr. Das erklärte auch, warum die grellen Lichter schon wieder durch die Vorhänge blinkten. Mist! Sie hatte den ganzen Tag verschlafen? Jetzt waren die Banken schon wieder geschlossen.

Seufzend quälte sie sich von ihrem Lager und suchte ihre Kleider zusammen. Sie rümpfte die Nase, weil ihre Bluse nach kaltem Rauch und ein bisschen nach Schweiß roch. Viel schlimmer waren jedoch Antonias Blutspritzer, die sie auf ihrer Strumpfhose erkennen konnte. Unmöglich konnte sie die wieder anziehen.

Nur mit Slip und BH bekleidet stand sie noch da, als sie Donovan Rileys raues Lachen hörte. Auch das noch. Er war wieder frei, hockte in der Küche und durfte sich freuen. Ob sie sich bei ihm entschuldigen musste? Schließlich war sie es gewesen, die Kommissar Lindemann angerufen hatte. „Verpfiffen", nannte man das wohl. Nein, eine Entschuldigung kam nicht in Frage. Der Kommissar hatte ihn ebenso als Hauptverdächtigen gesehen, absolut nicht grundlos. Außerdem hatte er die paar Tage in der Zelle verdient, schon weil er ihr ein Betäubungsmittel ins Wasser gemixt hatte. Unmöglich. Sie mochte gar nicht daran denken, wie es ausgesehen haben mochte, als die Brüder ihren schlaffen Körper aus dem Flughafengebäude getragen hatten. Wie eine Schnapsleiche. Schauderhaft.

Ordentlich bekleidet, allerdings ohne Strumpfhose, nahm sie ihre Handtasche und verließ die Stube. Zum Glück war das Bad frei. Kamm, Haarspange und Lippenstift steckten in einem Seitenfach ihrer Tasche, aber zum Zähneputzen hatte sie nichts dabei. Die beiden Zahnbürsten, die Anja und Dent gehören mussten, mochte sie nicht benutzen. Waren die beiden nun eigentlich ein Paar oder nicht? Sie vermied es, weiter darüber nachdenken, fand ein Deo, knöpfte ihre Bluse auf und besprühte ihre Achselhöhlen. Dann wandte sie sich der Reparatur ihres Make-ups zu.

Halbwegs befriedigend zurechtgemacht, betrat sie wenig später die Küche. Bemüht um einen neutralen Gesichtsausdruck, sah sie Dent und seinen Bruder am Küchentisch sitzen, beide mit Kaffeebechern, umnebelt von Zigarettenqualm. Anja zerschnitt gerade eine frisch gelieferte Pizza. Mit Salami und einer dicken Schicht Käse. Meine Güte, schon wieder dieses fette, ungesunde Essen.

„Na, ausgeschlafen?"

Sophie nickte betreten und murmelte einen Gruß in die Runde. Ihr war ganz flau vor Hunger. Um den zerlaufenden Käse nicht ansehen zu müssen, starrte sie lieber aus dem Fenster und versuchte, Pizzaduft und Zigarettenqualm mit wedelnden Händen von ihrer Nase fernzuhalten.

„Haben Ihre Berechnungen etwas genützt, Herr Riese?", wollte sie dann wissen.

„Ich habe Kommissar Lindemann informiert, dass der Schuss von Hausnummer 25 oder 27 gekommen sein muss. Er hat die Häuser durchsuchen lassen."

„Und? Gibt es Erkenntnisse? Hat er den Täter geschnappt?"

„Bisher nicht. Bis er sich meldet, sollen wir uns nicht vom Fleck rühren."

„So ein Mist!", entfuhr es Sophie. „Wir können doch nicht ewig hier hocken, weil auf der Straße der Bogenschütze lauert! Kommissar Lindemann muss doch wenigstens mitgeteilt haben, wie wir uns jetzt verhalten können! Hat sich denn niemand von der Polizei dazu geäußert?"

Als alle nichts darauf sagten und sich stattdessen über die Pizza hermachten, runzelte sie die Stirn. „Hallo, meine Dame, meine Herren! Ich brauche Antworten!"

„42!", nuschelte Dent mit vollem Mund und wies auf die Pizza.

„Genau. 42." Riley griff ebenfalls zu.

„42. Die Antwort auf die Frage nach dem Leben, dem Universum und dem ganzen Rest", bemühte sich Anja, nachdem sie Sophies verständnislosen Blick aufgefangen hatte.

„Fräulein Kröger hat Douglas Adams nicht gelesen. Bildungslücke", hörte sie Riley spotten und hätte ihn am liebsten geschlagen.

„Unverzeihlich", fand Dent kopfschüttelnd und schob sich das nächste Stück in den Mund.

„Schön, dass Sie alle so viel Spaß haben, wirklich", schnappte Sophie. „Wenn Sie Ihre Körper ausreichend mit tierischen Fetten belastet haben, extrahiert aus Dutzenden leidender Kreaturen, schaffen wir vielleicht eine Problemlösung für Ihr Erbe oder haben Sie vergessen, dass ich den Diamanten schnellstmöglich in Sicherheit bringen muss?"

„Schön, dass Sie darauf zu sprechen kommen, Fräulein Kröger." Donovan Riley vergaß die Pizza und erhob sich. Sophie biss sich auf die Zunge.

„Oh-Oh!", machte Anja und alarmierte Sophie noch mehr damit.

„Lassen Sie mich den Stein mal sehen."

„Lieber nicht", stammelte sie und wich vor ihm zurück.

„Nun machen Sie schon, ich werde Ihnen den Klunker nicht unter dem Näschen wegklauen."

Ihre Finger glitten in ihre Handtasche, schlossen sich um den Samtbeutel, aber es widerstrebte ihr, den Stein herauszugeben. Sie sah Riley ungeduldig die Augen verdrehen. Er merkte, dass sie sich vor ihm fürchtete, wie sie sich bemühte, nicht in die Reichweite seiner langen Arme zu geraten.

„Sie erwähnten 42 Karat. Geschliffen oder roh?", wollte er jetzt wissen.

„Geschliffen", presste sie hervor.

Riley pfiff anerkennend durch die Zähne. „Nun machen Sie schon. Oder muss ich behilflich sein?"

Unsicher suchte Sophie Dents Blick. Als er nickte, zog sie endlich den Samtbeutel hervor und ließ den Diamanten auf den Küchentisch kullern. „13,5 Millionen auf einer verblichenen Wachstuchdecke." schoss es ihr durch den Kopf und sie lachte kurz und unpassend auf.

„Boah, was für'n Klotz!", staunte Anja.

Riley nahm den Diamanten zwischen zwei Finger und ließ ihn im Schein der Blechlampe aufblitzen.

„Smaragdschliff."

„Dachte, das ist ein Diamant", wunderte sich Anja. „Warum Smaragdschliff?"

„Achteckiger Treppenschliff, eigens für Smaragde entworfen, die in der Konsistenz eher spröde sind und deshalb für Brillantschliff ungeeignet. Wurde wahrscheinlich für diesen Stein gewählt, weil er pinkfarben ist. Eine große Tafel bringt mehr die Farbe zur Geltung als die Brillanz. Ein Experte könnte erkennen, ob es ein ‚excellent cut' ist, ein perfekter Schliff. Manchmal kann sogar abgeleitet werden, welche Schleiferei den Stein bearbeitet hat."

„Sie verstehen etwas von Edelsteinen", stellte Sophie fest.

„Das liegt an meinem bekannten Interesse an hochklassiger Ware."

„Hab ich's gesagt?", tönte Anja. „Passt auf, gleich ist das Ding weg!"

„Unterstehen Sie sich, Mr. Riley!", stieß Sophie aus und bemerkte, dass auch Dent die Kaubewegungen eingestellt hatte und seinem Bruder auf die Finger sah.

„Bleibt locker. Ich will nur herausfinden, warum jemand, der Mord und einen Einbruch begeht, an 13,5 Millionen kein Interesse hat."

Sophie sah, wie Riley die Lider verengte, den Diamanten erneut im Licht drehte und ihn dann auf dem Tisch ablegte. Wortlos griff er nach seinem leeren Kaffeebecher und ließ ihn wuchtig auf den Stein niedersausen.

„Oh!", quiekte Sophie entsetzt los.

„Was zum Teufel machst du da?", schrie Anja auf. „Bist du … huh!" Sie beendete ihren Satz nicht, sondern starrte mit offenem Mund auf die 1000 pinkfarbenen Splitter, in die der Stein zerfallen war.

„Dachte ich's mir doch", brummte Riley. „Kristallglas."

„Donnerwetter", murmelte Dent. „Das Ding … war gar nicht echt?"

„Hätte mich auch gewundert. Das Arschloch, das unser Vater war, war auch nie echt."

„Du hast gerade meinen Traum von einem gepflegten Büro auf einer Südseeinsel zerschlagen", flüsterte Anja und ließ ihre Schultern nach vorn sacken.

„Das … ich kann das nicht glauben", krächzte Sophie und fasste sich an die Stirn. „Was ist mit dem Gutachten? Ein renommierter Juwelier wie Wempe wird doch einen Diamanten von Kristallglas unterscheiden können!"

Dent zog grimmig die Brauen zusammen. „Er wusste es. Der Bogenschütze wusste, dass der Stein ein Fake ist", knurrte er. „Deshalb hat er ihn nicht an sich genommen und deshalb hat er sich nicht an dem Safe in der Kanzlei zu schaffen gemacht, obwohl ihm ein Gutachten mit Bild aus einer Akte entgegenschrie. Wahrscheinlich hat er darüber gelacht. Und dann wollte er mich erschießen. Warum, verdammt noch mal! Warum?"

⊂≀⊃

„Mach schon, Dent, wir müssen los."

Dent hatte noch lange nicht ausgeschlafen, aber nachdem sein Bruder ihm erst die Bettdecke, dann sein Tablet, die Kopfhörer und schließlich noch die Kaffeekanne weggenommen hatte, gab es keinen Grund mehr, im Bett zu bleiben.

„Los? Wohin?"

„Nach draußen. Draußen ist da, wo man Sauerstoff atmet, Bruderherz. Wir haben einem Juwelier ein paar Fragen zu stellen."

„Hm, ja. Was ist mit dem Bogenschützen? Hat Lindemann sich endlich gemeldet?"

„Nein. Sophie hat im Präsidium angerufen. Lindemann ruft zurück. Mir dauert das alles zulange."

„Und wenn der Schütze da draußen lauert?"

Don zuckte nur mit den Achseln. „Du wirst dich artfremd verhalten müssen und dich bewegen. Schnell bewegen."

○✿○

„Selbstverständlich handelte es sich um einen echten Diamanten", Mark Rotermund verzog seine Mundwinkel in einem Anflug von Empörung. Er hatte Dent und Don in ein Besprechungszimmer an einen Tisch aus poliertem Holz gebeten. Die kläglichen Splitter ruhten auf einem samtbezogenen Tablett in der Mitte.

„Ich habe das Gutachten persönlich erstellt", setzte er hinzu. „Dazu darf ich bemerken, dass ich seit 30 Jahren als zertifizierter Gutachter im Hause Wempe beschäftigt bin. Auf meine Expertisen verlassen sich namhafte Juweliere, Auktionshäuser, Versicherungen und Zollbehörden. Ein Irrtum ist ausgeschlossen."

„Kann der Stein für die Erstellung dieses Gutachtens Ihr Haus verlassen haben?"

„Ebenfalls ausgeschlossen."

„Und wie erklären Sie sich dann diesen Scherbenhaufen?", wollte Don wissen und schob die Splitter mit dem Finger herum.

„Mit einer Erklärung kann ich nicht dienen", presste Rotermund hervor und schlug eine dünne Mappe auf. „Sehen Sie, das hier sind die Unterlagen, die das Gutachten unterstützten. Der Stein wurde gewogen, vermessen, von allen Seiten mit einer Spezialkamera fotografiert und gemmologisch bis ins kleinste Detail untersucht. Zweifelsfrei ein Diamant von spektakulärer Größe, 42,08 Karat schwer, eine Rarität in der Farbe ‚Fancy Vivid Pink'. Unsere Schätzung war mit 13,5 Millionen Euro eher bescheiden bemessen, da es sich um einen Golkonda-Diamanten handelte."

„Golkonda?" Dent horchte auf.

„Ein Stein mit Seltenheitswert. Von den Millionen Diamanten, die jedes Jahr geschürft werden, machen pinkfarbene Steine nur 0,001 Prozent aus. Solche Steine sind von besonderer Härte, waren also noch höherem Druck ausgesetzt als andere Diamanten. Die meisten pinkfarbenen Diamanten haben natürliche Einschlüsse, was ihren Wert aber nicht mindert, da die seltene Farbe diese Raritäten ausmacht. Der Stein, den Ihr Vater schätzen ließ, hatte allerdings besondere Merkmale, wie sie nur in der Region Golkonda in Indien vorkommen. Chemisch besonders rein, ohne Stickstoffanteil, vom Typ 2a. Weiße Steine solchen Ursprungs sind besonders weiß und funkelnd. Aber auch bei rosafarbenen wie diesem sind Transparenz und Leuchtkraft unvergleichlich", bemühte sich Rotermund zu erklären. „Solche Exemplare erzielen Rekordsummen auf Auktionen, weil in Golkonda schon lange nicht mehr geschürft wird."

„Die Minen sind verschollen", nickte Don. „Soll das heißen, es handelte sich um einen Stein, der vor langer Zeit gefunden wurde?"

„Wer könnte das schon genau sagen? Vereinzelt tauchen noch Golkonda-Diamanten auf. Zufallsfunde, alle paar Jahre mal einer. Wesentlich kleinere Steine, keine 42-Karäter. Geschliffen wurde der Stein auf jeden Fall in jüngerer Zeit. Die Präzision, die an sämtlichen Kanten zu erkennen war, ist nur mit modernen Schleifmaschinen möglich."

„Ich kapier's nicht", brummte Don. „Es gab also einen echten Diamanten. Aber das Ding in seiner Tasche war eine Kopie aus Kristallglas."

„Bevor Sie fragen: Unser Haus fertigt keine Kopien."

„Warum sollte jemand überhaupt eine Kopie anfertigen lassen?"

„Das kommt häufiger vor", informierte Rotermund. „Repliken werden zum Beispiel auf Auktionen oder Ausstellungen gezeigt, während der echte Stein in einem Banksafe ruht. Sammler verfahren ähnlich. Sie möchten ihre Preziosen in Vitrinen zeigen und bewundern können, aber die Auflagen der Versicherungen fordern eine sichere Verwahrung. Deshalb liegen die echten Steine in dunklen Schließfächern und in den Vitrinen blitzen die Kopien. Kristallglas ist dafür allerdings nicht der Favorit, sondern eher Zirkonium-Oxid. Einkristalle, die in der kubischen Hochtemperaturphase stabilisiert werden. Das Ergebnis ist dem echten Diamanten auf den ersten Blick sehr ähnlich. Glas ist die schnelle, preiswerte Variante."

„Na fein. Wo zur Hölle ist der echte Stein geblieben?"

„Das kann ich Ihnen leider nicht beantworten. In unseren Unterlagen ist alles korrekt dokumentiert. Ihr Herr Vater suchte uns am 15.Oktober mit dem Stein auf und holte ihn am 20.Oktober mitsamt dem Gutachten wieder ab. Er hat den Erhalt ordnungsgemäß quittiert, eine Passkopie liegt bei."

„Moment." Dent stutzte. „Am 20. Oktober? Ich dachte, unser Vater holte den Stein am 22. Oktober wieder ab, dem Tag, an dem er erschossen wurde."

„Ein sehr bedauerlicher Vorfall", knirschte Rotermund. „Ihr Herr Vater suchte uns mehrfach auf. Zunächst am 15. Oktober, um den Stein schätzen zu lassen, fünf Tage später, um ihn mit dem Gutachten wieder abzuholen und ein drittes Mal am 22.Oktober. Er erstand zwei Halsketten mit jeweils einem Einkaräter, lupenrein, gefasst in Iridium Weißgold im Werte von 36.500 Euro."

„Halsketten? Was wollte er damit?"

„Er erwähnte zwei Damen, die er zu beschenken gedachte. Näheres ist mir unbekannt. Er zahlte bar und wurde beim Verlassen unseres Hauses noch auf der Türschwelle ... getötet."

„Er zahlte bar? 36.500 Euro?" Don musste lachen. „Kurz vorher wollte er mich noch anpumpen."

„Er muss zwischen dem 20. und 22. Oktober zu Geld gekommen sein. Zu einer stattlichen Summe", überlegte Dent. „Können Diamanten beliehen werden?"

„Selbstverständlich! Diamanten bilden eine hervorragende Wertanlage. Unser Haus befasst sich nicht damit, aber ich kann Ihnen eine Liste der Pfandleiher ausdrucken, die solche Transaktionen vornehmen."

Dent bedankte sich, während Don die rosafarbenen Splitter wieder in dem Samtbeutel verschwinden ließ.

„Wir sollten hier nicht rumstehen", fand Don, als sie mit der Liste der Pfandleiher vor dem Eingang des Juweliers standen.

Dent nickte, bewegte sich aber nicht, sondern betrachtete den Boden. „Hier hat's ihn erwischt", murmelte er und schluckte.

„Eben, du willst nicht genauso enden. Also beweg dich."

Dent fand, dass er sich bereits genug bewegt hatte. Aber es war tatsächlich falsch, hier zu lange herumzustehen, also beschränkte er sich auf ein knappes:

„Wohin?"

„Zu Kommissar Lindemann", sagte Don und hob schon den Arm um ein Taxi anzuhalten. „Soll er die Pfandleiher abklappern. Er kann besser auf Auskünfte drängen, und wir müssen uns nicht unnötig zur Zielscheibe machen."

☙❧

Der Schütze stieß einen Fluch aus, der in einem Hustenanfall unterging. Jetzt hatte er zwar wieder ein aufgeladenes Telefon, auf dem er die Informationen empfangen konnte, aber nicht genug Zeit, die Brüder ins Visier zu nehmen. Sie schienen die Spuren ihres Vaters zu verfolgen, was sonst trieb sie zu dem Juwelier? Er war gerade erst auf dem belebten Jungfernstieg angekommen, als er sie in ein Taxi steigen sah. Keine Chance, ein geeignetes Versteck zu suchen oder erneut das Dach zu erklimmen, von dem er Peter erschossen hatte.

Mit grimmigem Blick sah er sich nach einer Apotheke um. Die Kälte in dieser Stadt hatte ihm einen starken Husten beschert. Er brauchte Medikamente, um wieder frei und gleichmäßig atmen zu können. Danach konnte er nur auf neue Informationen warten. Teure Informationen, jeder Tag kostete Geld. Mit einem ärgerlichen Röcheln tippte er die Nachricht in sein Handy. Weitermachen.

☙❧

# KAPITEL 8

Kommissar Lindemann sank auf seinen Bürostuhl und versuchte den Bericht der Brüder zu verarbeiten. Er zuckte zusammen, als sich seine Bandscheibe mit einem schmerzhaften Stich meldete. Seit 25 Jahren war er bei der Mordkommission, aber dieser verflixte Fall erlaubte ihm nicht, sich wenigstens für einen Moment zu entspannen.

Nachdenklich betrachtete er Alexander Riese durch seine müden Lider. Riese wirkte mitgenommen. Die Ereignisse der Silvesternacht steckten ihm noch in den Knochen und es war ihm anzusehen, dass die Angst, ebenso zu enden wie Antonia Schmitz, sein ständiger Begleiter war. Ein intelligenter Mann. Seine Berechnungen hatten eine zielgerichtete Untersuchung in den Häusern Nummer 25 und 27 ermöglicht. Jetzt musste er ihm sagen, dass nichts dabei herausgekommen war.

Donovan Riley dagegen lümmelte entspannt auf seinem Stuhl und traktierte ihn mit diesem „Kommissar-tu-was-Blick".

Lindemann konnte ein Stöhnen nicht unterdrücken. Es wurmte ihn, dass er Nielsens mehrfache Besuche bei Juwelier Wempe nicht sorgfältiger unter die Lupe genommen hatte, ebenso wenig, wie den Stein. Eine peinliche Panne. Ausgerechnet Riley hatte nun bemerkt, dass es sich um eine Kopie handelte.

Lindemanns Stirn legte sich in Falten. Er war noch unsicher, ob es hilfreich war, von den neuesten Entwicklungen im Mordfall Peter Nielsen zu berichten, aber bisher brachten ihn nur die Informationen der Brüder voran.

„Wir haben eine neue Leiche", teilte er dann zögernd mit. „Besser gesagt, sind es die Überreste eines Pfandleihers, der ungefähr seit Oktober tot ist. Sein Name war Bertram Burger, 56 Jahre alt, spezialisiert auf Diamanten. Unverheiratet, kinderlos und arbeitete allein in seinem Wohn- und Geschäftshaus in Wandsbek-Marienthal. Da er viel auf Reisen war, hat ihn niemand vermisst. Seine Leiche wurde erst vor zwei Tagen gefunden."

„Lassen Sie mich raten. In seiner Brust steckte ein Pfeil und er roch ziemlich streng."

Lindemann bedachte Riley mit einem missbilligenden Blick.

„Wir haben die Kopie eines Pfandscheins sichergestellt. Ausgestellt an Peter Roland Nielsen, basierend auf dem bekannten Gutachten der Firma Wempe. Es gab eine Auszahlung von 50.000 Euro und Hinweise, dass der Stein einem Auktionshaus angeboten werden sollte."

„Der Plan war also, den Stein zu Geld zu machen. Wo ist er jetzt?"

„Bei Bertram Burger war der Diamant nicht aufzufinden. Ob er sich bereits bei einem Auktionator befindet, müssen wir erst prüfen. Da Burgers Safe jedoch offen stand und Burger direkt davorlag, müssen wir davon ausgehen, dass der Mörder ihn zwang, den Stein herauszugeben, und ihn dann tötete. Das Opfer wurde aus der Nähe erschossen, der Pfeil hat seinen Körper vollkommen durchbohrt und steckte bis zur Befiederung in seiner Brust, obwohl Burger sehr beleibt war."

Eine Gänsehaut überzog Dents Körper und er schüttelte sich, bevor er zu irgendwelchen Überlegungen fähig war.

„Der Täter hatte den Stein also längst. Seit Oktober. Falls er überhaupt wusste, dass es eine Kopie gab, war die für ihn nicht wichtig. Deshalb hatte unser Vater den Glasklunker noch bei sich, deshalb machte sich der Täter nicht an dem Safe in der Kanzlei zu schaffen. Er stahl nur Tee und ein Bild. Was will er damit? Und warum will er uns töten?"

„Ich weiß es nicht, Herr Riese", bedauerte Lindemann. „Wir haben drei Leichen in Hamburg, Peter Nielsen, Antonia Schmitz und

Bertram Burger, einen Anschlag auf Mr. Riley in Varanasi, zwei Mordversuche an ihnen, in London und hier, einen mutmaßlichen Diamantenraub bei Burger, einen undurchsichtigen Einbruchdiebstahl in der Kanzlei Bach, Kröger und Co. und ermitteln mit vereinten Kräften, damit wir uns einen Reim darauf machen können."

„Tolle Bilanz. Damit hat sich unser phantastisches Erbe auf zwei Halsketten reduziert. Wo sind diese Ketten jetzt?"

„Sämtliche Gegenstände aus der Hinterlassenschaft Ihres Vaters wurden der Kanzlei Bach, Kröger & Co. übergeben."

Don grunzte etwas Unverständliches und stieß Dent an.

„Komm, Bruderherz. Wir sollten unser Erbe antreten, bevor diese Preziosen auch noch verschwinden."

ଔଞ

„Was soll das heißen, kein Polizeischutz? Dieser Lindemann hat noch eine Leiche, keine heiße Spur und stellt dir niemanden, der dich schützt? Was soll denn noch passieren?"

Anja Burmeister konnte es nicht fassen.

„Das ist leider der Normalfall. Umfassender Polizeischutz kann selbst bei akuter Bedrohung nur in den seltensten Fällen zugesichert werden", erklärte Sophie, während sie sich an eine ihrer Vorlesungen erinnerte. „Die Richtlinien werden in drei Gefährdungsstufen unterteilt. Gefährdungsstufe III: Eine Gefährdung der Person ist nicht auszuschließen. Stufe II: Die Person ist gefährdet, ein Anschlag ist nicht auszuschließen. Bei Stufe I ist die Person erheblich gefährdet, mit einem Anschlag ist jederzeit zu rechnen. Selbst dann beschränkt sich der personenbezogene Schutz durch Polizeikräfte fast nur auf Politiker, Staatsgäste oder Personen des öffentlichen Lebens. Alle anderen müssen sich um private Personenschützer kümmern."

„Ach ja? Stinknormale Steuerzahler können einfach abgeschossen werden?", schnaubte Anja und zog ihr Augenbrauenpiercing fast bis an den Haaransatz. „Private Personenschützer! Pah, haben Sie eine Ahnung, was sowas kostet? Sind wir Filmstars oder sowas?"

„Du könntest die Hauptrolle in ‚Gothic Miss Piggy' übernehmen", grinste Don. „Vielleicht klappt's dann."

„Boah, du Ekel!", schimpfte Anja und schlug ihn mit einem Geschirrhandtuch.

Don entwand ihr das Handtuch, wedelte wie mit einer weißen Fahne damit herum. „O.K., O.K., es wird ‚Schneewittchen XXL', einverstanden?"

Sophie unterdrückte ein Kichern und auch Dent lachte kurz auf. Anjas Augen füllten sich mit Tränen.

„Lach nur über mich! Ich weiß, dass ich zu dick bin", stieß sie mit einem wütenden Blick in Dents Gesicht aus. „Du musst mir nur sagen, wenn ich gehen soll."

Mit einer hilflosen Bewegung breitete Dent die Arme aus.

„Anja, es war nur Spaß. Niemand will, dass du gehst."

„Ich hab Angst um dich, Dent! Kapierst du das nicht? Da draußen ist ein Irrer, der dich umlegen will! Die Polizei schützt dich nicht, Miss Makellos rezitiert aus einem Vorschriftenkatalog und dein krimineller Bruder hat nichts Besseres zu tun, als sich über mich lustig zu machen! Und du stehst da und lachst!"

„Hey, du musst nicht Dent anmeckern, weil ich einen blöden Spruch gemacht hab", murmelte Don und reichte Anja das Handtuch zurück. „War nicht böse gemeint, O.K.?"

„Danke für den Titel ‚Miss Makellos' aber können wir jetzt vielleicht zur Sachlage zurückkehren?" Sophie sah streng in die Runde. „Ich muss dringend in die Kanzlei zurück. Es wartet Arbeit auf mich."

„Sehr richtig", nickte Don. „Die Erbschaftsangelegenheit Peter Nielsen & Söhne zum Beispiel."

„Unter anderem, aber ... ich fürchte mich. Vor der Straße genauso, wie in der Kanzlei. Der Täter ist dort eingebrochen und hat nichts Wesentliches mitgenommen. Vielleicht versucht er es noch einmal. Onkel Cornelius ist noch im Skiurlaub. Ich wäre da ganz allein ..."

„Dent und ich werden Ihnen Gesellschaft leisten, Fräulein Kröger."

„An Sie hatte ich gerade nicht gedacht, Mr. Riley."

„Sie werden meine Gesellschaft tapfer ertragen. Auch wenn ich Ihnen nicht sympathisch bin."

„Nicht sympathisch ist ein himmelschreiender Euphemismus!"

⊰⊱

Sophie war nervös, als sie ihren Mercedes anließ. Einerseits war sie erleichtert, die unfreiwillige Wohngemeinschaft verlassen zu können, andererseits waren die beiden Männer, die jetzt mit ihr im Wagen saßen, diejenigen, die der Bogenschütze mit seinen gruseligen Pfeilen unbedingt erlegen wollte. Es konnte sie genauso erwischen, wie Antonia. Dent auf dem Beifahrersitz beruhigte sie aus irgendeinem irrationalen Grund, aber Riley im Fond des Wagens neutralisierte dieses angenehme Gefühl sofort wieder, obwohl er nichts anderes tat, als mit wachen Augen aus dem Fenster zu sehen. Trotzdem war sie froh, nicht allein zu sein, als sie das neue Schloss öffnete und die Kanzleiräume still und unberührt vorfand.

Dent blieb einfach stehen, sein Bruder sah sich um, warf sogar einen Blick in die Küche und die Toiletten, bevor er vor Onkel Cornelius' Schreibtisch stehenblieb und seinen Blick über Regale und Fensterbänke schweifen ließ. Sie hasste die Art, wie er die Räumlichkeiten scannte, sofort alle Wertgegenstände identifizierte und wahrscheinlich schon ausrechnete, wieviel er dafür auf dem Schwarzmarkt bekommen würde. Jetzt blieb sein Blick am Safe hängen.

„Fräulein Sophie, walten Sie Ihres Amtes", hörte sie ihn sagen. „Da sich der Diamant nun verflüchtigt hat, bleiben zwei Halsketten von unserem Erbe. Die würden wir jetzt gern mitnehmen."

„So... so schnell geht das nicht", stammelte sie kaum hörbar. Sie mied Rileys Blick, zog die Akte Nielsen, floh hinter ihren Schreibtisch und versteckte sich hinter den Papieren.

„Bevor Sie die Schmuckstücke an sich nehmen können, müssen die Formalitäten erledigt sein", erklärte sie mit festerer Stimme und bemühte sich, dabei möglichst professionell auszusehen. „Da Ihr

Vater kein Testament hinterlassen hat, muss ein Erbschein beantragt werden. Das kann einige Wochen dauern."

„Shit", kam es von Riley. „Ich wollte die Dinger so schnell wie möglich verticken."

„Du willst die Ketten verkaufen? Ich weiß nicht, ob das richtig ist", meldete sich Dent.

„Was ist? Willst du die Dinger als Erinnerung an das Arschloch behalten? Ein Damenkettchen um deinen Hals und eins um meinen?"

„Nein danke, mein Bedarf an weiblichen Accessoires ist für alle Zeiten gedeckt", grunzte Dent. „Ich denke nur, dass diese Ketten nicht für uns bestimmt waren."

„Natürlich nicht. Unser Vater hat 30 Jahre nicht an uns gedacht."

„Zuletzt wohl doch. Was ist, wenn er wirklich etwas gutmachen wollte und nur nicht mehr dazu gekommen ist? Ich glaube nämlich, dass er diese Halsketten für unsere Mütter ausgesucht hat. Eine für deine und eine für meine."

„Kann sein. Meine hat nichts mehr davon."

„Tut mir leid, Don, aber meine Mutter lebt noch. Die Kette steht ihr zu. Selbst wenn ich der Erbe bin, will ich sie nicht einfach verkaufen."

„Auch fein. Mach' was du willst mit dem Ding. Ich brauche Geld. Nein, wir brauchen Geld. Das Arschloch müssen wir schließlich auch noch unter die Erde bringen, schon vergessen?"

Dent senkte den Kopf. „Nein, hab ich nicht vergessen."

„Sie werden auf den Erbschein warten müssen", wiederholte Sophie, ohne den Blick von der Akte zu heben. „Und … sagten Sie nicht, Kommissar Lindemann hätte die Kopie eines Pfandscheins gefunden? Das Original muss Ihrem Vater ausgehändigt worden sein. Es war aber nicht bei den Unterlagen, die uns übergeben wurden. Deshalb konnte niemand ahnen, dass er den Diamanten beliehen hat und der Stein, den er bei sich trug, nur eine Kopie war. Wo ist er damit geblieben?"

„Keine Ahnung, ist auch nicht mehr wichtig", brummte Riley, der jetzt deutliche Anzeichen von Ermüdung zeigte. „Der Pfandleiher ist tot, der Stein ist weg, die Anleihe dafür steckt in zwei Halsketten."

„Ganz unwichtig ist der Schein nicht. Sie könnten damit leichter ihre Erbansprüche belegen und den Pfandschein bei Burgers Versicherung einreichen. Immerhin gibt es eine Restwertforderung von 13.450.000 Euro."

„Versicherung, genau!", rief Dent. „Das hab ich völlig vergessen. Jemand wie Bertram Burger muss versichert gewesen sein. Die Kopie, die sichergestellt wurde, reicht dafür nicht aus?"

„Mit dem Original haben Sie bessere Chancen als nur mit einer Kopie. Da wird sich die Versicherung über den Ablauf der normalen Fristen hinaus zieren und die Auszahlung verzögern. Bei der Höhe der Summe müssen Sie ohnehin damit rechnen, dass die Versicherung umfangreiche Nachforschungen anstellen wird. Zusammen mit den Ermittlungsunterlagen der Polizei sollte der Anspruch wohl irgendwann anerkannt werden, auch mit einer Kopie, aber das wird dauern."

„Na fein, es gibt Hoffnung auf Reichtum! In ferner Zukunft. Falls wir diesen Zettel finden. Falls dieser Burger überhaupt versichert war. Falls er seine Prämien bezahlt hat. Falls, falls, falls", stieß Riley ungehalten aus und ließ sich unaufgefordert in einen Besuchersessel fallen. „Darauf kann ich nicht warten, ich brauche sofort Kohle."

„Vielleicht könnten Sie der Liste Ihrer Verbrechen noch einen Bankraub hinzufügen", entfuhr es Sophie.

„Sie können so witzig sein, Fräulein Sophie."

Sie sah Riley lächeln. Ein überraschend warmes Lächeln, das seine Augen aufleuchten ließ. Beinahe hätte sie zurückgelächelt. Schnell wandte sie den Blick ab und räusperte sich.

„Ich werde den Erbschein sofort beantragen und melde mich, sobald das Dokument zugestellt wird. Bis dahin kann ich nichts weiter für Sie tun."

„Hast du gehört, Bruderherz? Lass uns gehen."

Dent nickte abwesend und glotzte auf das Display seines Handys. „Scheiße."

„Ist irgendwas?"

„Ich hab was vergessen", murmelte Dent. „Meine Mutter. Sie kommt heute aus Mallorca zurück. Ich sollte sie vom Flugplatz abholen. Der Flieger ist vor zwei Stunden gelandet."

„Herr Riese! Sie haben Ihre Mutter vergessen?"

Dent nickte und sah unglücklich aus. Sein Bruder klopfte ihm auf die Schulter.

„Was soll's. Sie wird dir nicht den Kopf abreißen."

„Du kennst meine Mutter nicht."

☙❧

Auf der Straße angekommen, steuerte Dent sofort den U-Bahn-Schacht Jungfernstieg an, aber Don griff seinen Arm und zog ihn in die Alsterarkaden.

„Hör mal, Dent. Ist vielleicht besser, wenn ich mich jetzt absetze."

„Absetzen? Du willst weg? Wohin?"

Als sein Bruder nichts sagte, forschte Dent in seinem Gesicht. Don suchte nach Zigaretten und Feuerzeug und mied seinen Blick.

„Du denkst, du bist uns im Weg. Nicht willkommen."

„Mir dauert das alles zu lange, Dent. Fräulein Kröger hat was von Wochen gesagt. Ich hab keinen Cent auf der Naht, müsste die ganze Zeit bei dir rumhängen, bringe Anja auf die Palme oder zum Heulen und … ich bin eben nicht der geborene Sympathieträger. Ich bring nur dein ganzes Leben durcheinander."

„Falsch. Der Bogenschütze bringt unser Leben durcheinander", erklärte Dent und zwang Don, ihn anzusehen. „Wir sind Brüder, Don. Wir stehen das gemeinsam durch."

Er sah Don blinzeln, bevor ein unsicheres Lächeln in seinem Gesicht erschien. „Na schön."

„Gut", lächelte Dent und stieß ihn an. „Jetzt zur U-Bahn?"

„Nein, wir gehen zu Fuß."

„Zu Fuß? Hast du den Bogenschützen vergessen?"

„Unser gefährlichster Gegner heißt offensichtlich Mutter Riese", zwinkerte Don. „Wird sie wütend sein, wenn ich bei dir wohne?"

„Das macht keinen Unterschied. Meine Mutter ist wütend, seit sie auf das Arschloch hereinfiel, das unser Vater war. Ununterbrochen."

„Uh. Verstehe."

Don legte noch einen Schritt zu und spähte an den vielen Läden entlang, die ihren Weg säumten. Am Rödingsmarkt kamen sie an einem Blumenladen vorbei, der fertig gebundene Sträuße in Eimern vor dem Ladenfenster präsentierte. Dent schluckte, als Don im Vorbeigehen einen dicken, bunten Strauß mitgehen ließ. Sein Bruder bemühte sich nicht, die Blumen zu verstecken, trug sie offen mit tropfenden Stielen vor sich her. Niemand reagierte, obwohl viele Leute auf der Straße unterwegs waren.

„Ich glaub's nicht", murmelte er kopfschüttelnd. „Das war dreist. Und niemand sagt was."

„Die meisten Leute sind nur mit sich selbst beschäftigt", sagte Don achselzuckend und drängte ihn um eine Hausecke. „Hier rum. Kleiner Umweg, falls uns doch noch ein aufgeregtes Blumenmädchen nachläuft."

„Ich wäre ganz froh, wenn mir mal eine nachlaufen würde", seufzte Dent und hörte seinen Bruder lachen.

„Dir könnten Scharen kreischender Nymphomaninnen hinterherrennen und du würdest es nicht bemerken. Du peilst ja nicht mal, dass Fräulein Sophie sich für dich das adrette Kostümchen vom Leib reißen würde, genau wie deine Anja ihre tiefschwarze Umhüllung."

„Ach was. Sophie? So'n Quatsch. Die will keinen wie mich. Und Anja ... Anja kenne ich seit wir eingeschult wurden. Anja ist ... eben Anja."

„Ich weiß, dass du nicht schwul bist, aber du guckst mehr auf dein Display als einer schönen Frau hinterher. Gibt's keine, die dich interessiert?

„Doch, schon, aber ..."

„Aber?" bohrte Don.

„Online."

„Online!" Don verdrehte die Augen. „Sag nicht, du bist einer, der sich an zuckenden Webcam Bildern aufgeilt und Buchstaben in Kästchen erotisch findet."

„Naja, bei ‚Lady Savage' schon irgendwie. Sie hat mir ihr Bild geschickt. Webcam wollte ich nicht. Sie ist wunderschön, Don. Und ich ... naja, wohl eher die B-Sortierung. Wir schreiben eben viel und ..."

„Dent, ich bewundere jeden, der gleichzeitig tippen und wichsen kann, aber ..."

„Spar dir deine drastisch formulierten Urteile, O.K.?"

„Mann, das ist kein Zustand", fuhr Don unbeirrt fort. „Warum triffst du sie nicht mal? Lade sie ein, leg sie flach, das entspannt!"

„So einfach ist das nicht. Wir kennen uns durch ein Online-Spiel, ich bin der einzige deutsche Spieler. Die anderen sind in USA, Russland, England, Island, Polen und sie wohnt in Indien. Da trifft man sich nicht mal eben so."

„Eine Inderin, eh? Wenigstens hast du Geschmack. Indien ist voller Schönheiten. Ein Grund mehr, das mal aus dem Net ins wirkliche Leben zu holen."

Dent war froh, dass sie den Eingang zur Talstraße erreichten und dieses Gespräch ein Ende nahm. Don hielt die Blumen vor sein Gesicht und scannte Dächer, Häuserfronten und Straße mit huschenden Blicken.

„Siehst du was?"

„Nein. Hoffen wir einfach, dass der Bogenschütze auch mal schlafen muss oder anderweitig beschäftigt ist. Zieh den Kopf ein und lauf dicht an den parkenden Autos entlang. Halbwegs brauchbare Deckung. Zück den Schlüssel und dann mit Schwung durch die Tür ins Treppenhaus."

Dent kam sich ein bisschen albern vor, als er sich mit gesenktem Kopf und hochgezogenen Schultern an den Autos entlangdrückte, aber dann dachte er an Antonia und Bodkin-Pfeilspitzen und freute sich über jeden Lieferwagen, der ihn ganz verdeckte, bis er seine

Haustür erreichte. Er steckte den Schlüssel ins Schloss, warf sich zusammen mit Don durch die Tür und atmete auf.

„Puh!"

Don grinste und drückte seinem Bruder den Strauß in die Hand.

„Attacke! Es gilt, Mutter Riese gnädig zu stimmen."

„Meine Mutter steht nicht auf Blumen", versicherte Dent.

„Hast du ihr schon mal welche mitgebracht?"

Dent überlegte kurz, schüttelte dann den Kopf und sah Don grinsen.

„Alle Frauen stehen auf Blumen, glaub mir. Selbst wenn sie in ihrem Kopf wundersame Konstrukte und Verdächtigungen entstehen lassen, wird ein Hauch von Freude dabei sein."

ଔଓ

Sie konnten Frauke Riese schon hören, bevor sie die Wohnung betraten. Ihre kräftige Stimme und scheppernde Geräusche drangen aus der Küche, begleitet von Anjas Bemühungen, sie zu beruhigen.

„Frauke, nun setz dich doch erst mal, hör mir zu …"

„Setzen? Zuhören? Da will man sich EINMAL erholen und schwupp, hausen alle möglichen Leute hier! Was soll das heißen? Sophie musste hier übernachten! In meiner Stube? Niemand übernachtet in meiner Stube! Wer ist diese Sophie überhaupt? Und Donovan Riley war hier? Sind wir neuerdings ein Asylantenheim, oder was? Ich will keine fremden Leute in meiner Wohnung haben! Und wer zum Teufel ist dieser Donovan Riley?"

„Don ist Dents Bruder, und er …"

„Bruder? Was für'n Bruder? Was ist hier eigentlich los? Und wo ist Dent? Warum war er nicht am Flugplatz? Er weiß doch, dass ich Rheuma habe und mein Gepäck nicht schleppen kann!"

Dent blieb im Flur stehen und ließ mutlos den Strauß sinken.

„Das Temperament hast du nicht von ihr", flüsterte Don. „Los jetzt, wir gehen da zusammen rein, du sagst brav ‚Entschuldigung Mama' und drückst ihr das Zickenfutter in die Hand."

Don bemerkte, wie sich Anjas Gesicht in einer Mischung aus Missbilligung und Erleichterung verzog, als er mit Dent in der Küche erschien. Tatsächlich hörte Frauke Riese auf, zu schreien. Sie stieß nur noch ein paar schnaubende Laute aus und musterte beide mit offenem Mund. Dent schaffte ein Lächeln, dazu ein paar entschuldigende Worte und stieß seiner Mutter den Blumenstrauß vor das rot angelaufene Gesicht. Don sah ihre Gesichtszüge zucken, als müsste sie noch entscheiden, ob sie erneut lospoltern oder lächeln sollte, aber ihre Hände schlossen sich fast zärtlich um die Blumen.

„Du hast mir noch nie Blumen mitgebracht", murmelte sie und hetzte ihren Blick verwirrt durch den Raum.

Don wartete, bis dieser Blick wieder an ihm hängenblieb. „Guten Tag, Frau Riese. Ich bin Donovan Riley, das Ärgernis, das in Ihrer Kammer kampiert", formulierte er mit einer angedeuteten Verbeugung und zog galant einen der Küchenstühle zurück, damit sie darauf Platz nehmen konnte. „Setzen Sie sich. Wir müssen wohl ein paar Dinge erklären."

Anja beeilte sich derweil, in den Küchenschränken nach einer Vase zu suchen, füllte sie mit Wasser und stellte sie auf den Tisch. Dent sah zu, wie seine Mutter die Blumen in die Vase stellte und dann endlich auf den Küchenstuhl sank. Ihre Finger glitten nervös über die Wachstuchdecke, bis er sie zur Ruhe brachte, indem er ihre Hände in seine nahm.

Behutsam begann er, seine Mutter zu informieren, was während ihrer Abwesenheit vorgefallen war. Frauke Riese hörte mit zuckender Mimik zu, runzelte die Stirn, schüttelte den Kopf und bedachte Don hin und wieder mit einem skeptischen Blick, aber sie folgte Dents Erklärungen ohne aufzubrausen.

Don war froh, dass sein Bruder das Reden übernahm. Das gab ihm Zeit, Frauke Riese einzuschätzen. Sie war eine große Frau, grobknochig und robust gebaut, mit kantigen Gesichtszügen, großer Nase und großem Mund, um den Falten aus purer Bitterkeit spielten. Wenn sie sprach, klang es wie ein angriffslustiges Bellen und sie hatte die breite Aussprache, die er oft auf Hamburgs Straßen hörte. Anja hatte sie einmal als „friesisch herb" beschrieben und allmählich verstand Don, was damit gemeint war. Fraukes Haar, jetzt ergraut und nachlässig mit schmucklosen Haarklammern an ihrem Kopf gehalten, zeigte Reste semmelblonder Strähnen und ihre Augen waren blau, leicht blutunterlaufen und huschten immer noch unruhig hin und her. Es fiel ihr schwer, ihre Hände ruhig zu halten. Große Hände, mit rissiger, geröteter Haut, von vielen Waschgängen abgearbeitet. Immer wieder zog sie eine Hand unter Dents Fingern hervor, um damit an der Tischdecke, den Blumen in der Vase oder einer ihrer Haarsträhnen herumzuzupfen. Fahrig.

Ihre Haut war fahl, nur um ihre Nase herum gerötet, obwohl sie wochenlang auf einer sonnigen Urlaubsinsel gewesen war. Was immer sie da gemacht hatte, in der Sonne gelegen hatte sie jedenfalls nicht. Dent hatte erzählt, dass sie vor Kurzem ihren 50. Geburtstag gefeiert hatte. Ohne dieses Wissen hätte Don sie auf Anfang 60 geschätzt.

Seine Nase meldete Mundwasser und Schweiß, den ein stark riechendes Deo nicht stoppen konnte. Jetzt war er sicher, dass sie trank, sehr viel und seit vielen Jahren schon. Sie musste blutjung gewesen sein, als sie Peter Nielsen begegnet war, knapp 20 Jahre alt. Zu plump und zu grob, um als hübsch oder anziehend durchzugehen. Wahrscheinlich war sie als grundanständiges, naives Ding aus der Provinz in die Großstadt gekommen und hätte sich nie träumen lassen, einen wie den schönen Peter abzukriegen, der so weltmännisch tat. Die große Liebe, das große Glück. Don schätzte, dass sie mit dem Trinken an dem Tag angefangen hatte, an dem das Arschloch sie verlassen hatte.

Der Alkohol, nach dem sie sich sehnte, musste sich in der rechten unteren Ecke der Küchenzeile befinden, denn ihr Blick huschte immer wieder in diese Richtung und es fiel ihr immer schwerer, ruhig zuzuhören. Eine heimliche Trinkerin, vermutete er, die überall Depots anlegte, fest glaubte, niemand würde merken, dass sie soff. Ihre Hände zitterten nun auffällig und Dent musste den Druck seiner Finger erhöhen, um dieses Zittern zu verstecken.

„Die arme Antonia. War so'n netter Mensch, kannte ich schon als kleines Kind, als sie noch Anton hieß", flüsterte Frauke Riese, als Dent geendet hatte.

Sie schüttelte sich, sah mit tränennassen Augen auf ihren Sohn und versuchte irgendwie zum Ausdruck zu bringen, wie froh sie war, dass er noch am Leben war, aber sie schaffte nur ein dumpfes Stöhnen.

„Peter hat das Unglück mitgebracht, wusste ich gleich", flüsterte sie dann. „Ich hätte es dem Kommissar sagen müssen …"

„Mama?", stutzte Dent. „Was hättest du dem Kommissar sagen müssen?"

Seine Mutter tat, als hätte sie ihn nicht gehört und blinzelte an ihm vorbei. „Ich brauch … eine Zigarette. Hab noch welche in der Stube, die hole ich eben."

„Warte, ich dreh dir eine", versuchte er.

Seine Mutter wand sich auf ihrem Stuhl, verzog das Gesicht wie ein trotziges Kind und lief schon wieder rot an. Auf ihrer Stirn bildete sich ein feuchter Film.

„Dein stinkendes Tabakskraut kannst du selbst rauchen. Ich hole meine!"

„Nimm eine von mir, Frauke", bot Anja an. „Wir rauchen die gleiche Marke."

Sie zuckte zusammen, als Frauke sie hitzig anfauchte. „Ich will aber meine, die in der Stube!"

Don erhob sich wortlos, öffnete den unteren Küchenschrank auf der rechten Seite der Küchenzeile. Eine Flasche, gefüllt mit durchsichtigem Alkohol, versteckte sich zusammen mit einem dicken, kurzen Glas in einer Packung Kartoffelpüree.

Dent und Anja starrten ihn ebenso betreten an, wie Frauke Riese, als er das Glas auf den Tisch stellte, die Flasche aufdrehte und den durchsichtigen Alkohol hineinlaufen ließ. Don mied ihre Blicke, hasste sich dafür, Dents Mutter so bloßzustellen, aber das nervöse Geplänkel um Zigaretten und Stube ging ihm auf die Nerven. Er wusste, dass Frauke Riese ohne einen kräftigen Schluck nicht ausspucken würde, was sie dem Kommissar hätte mitteilen sollen und so verzichtete er auf Freundlichkeiten und beschränkte sich auf ein schlichtes „Prost."

Hastig gurgelte Frauke ihre Verlegenheit mit dem Schnaps durch die Kehle, kippte sich den nächsten ein und nahm Don mit ihren geröteten Augen ins Visier. „Du bist mir unheimlich, Donovan Riley", zischte sie unfreundlich. „Es passt mir nicht, dass es dich gibt."

„Das geht vielen so", gab Don ungerührt zurück, bot ihr eine Zigarette an und lehnte sich erwartungsvoll zurück. „Also? Was war jetzt mit dem Kommissar?"

Dents Mutter hielt an Flasche und Zigarette fest und richtete ihren Blick ins Leere, als sie zu sprechen begann.

„Peter war hier, stand plötzlich in der Wäscherei. Nach all den Jahren."

Dents Rücken wurde steif. „Er ... er war hier?"

Frauke nickte schuldbewusst. „Ich hab's verschwiegen. Ganz plötzlich war er da, muss kurz vor deinem Geburtstag gewesen sein. Ich hab ihn sofort erkannt. Er breitete die Arme aus und lachte. „Frauke, meine Sonne!", hat er gerufen, als wäre nix gewesen, als wäre er nur'n paar Wochen unterwegs gewesen und ich müsste mich freuen, ihn zu sehen."

Sie lachte verächtlich auf.

„Er hatte sich überhaupt nicht verändert. Spulte seine alten Geschichten ab, von den Diamantenminen und hielt mir einen rosa Klunker unter die Nase. Der Stein sei Millionen wert und da, wo er den gefunden hätte, würden solche Diamanten haufenweise rumliegen. Peter meinte, dass er jetzt alles wieder gutmachen würde. Wieder gutmachen! Man kann 30 beschissene Jahre nicht wieder gut machen! Ich hab ihm kein Wort geglaubt und wollte ihn rausschmeißen. Bevor er mir wieder in die Kasse greift, wie damals, als er abgehauen ist. Aber er wollte nicht gehen, verlangte, seinen Sohn kennenzulernen. Er stellte sich vor, dass wir alle zusammen Geburtstag feiern - wie eine richtige Familie! Zum Piepen! Ich hab's ihm nicht erlaubt, ihm gesagt, dass es dir ohne seine Lügengeschichten besser geht."

„Oh Mann", grunzte Dent.

„Peter ließ sich nicht vertreiben, klatschte mir 10.000 Euro auf die Theke. Was gönnen sollte ich mir. Er wedelte mit Papieren. „Beweise" nannte er die. Und mit einem Bild, so'n Ölschinken mit Elefant drauf. Das wollte er dir unbedingt schenken, schubste mich beiseite und wollte die Treppe raufstürmen. Da bin ich wütend geworden, hab ihn im letzten Moment erwischt, mit dem Besen auf ihn eingeschlagen. Er ist umgefallen, aber ich hab weiter draufgehauen, bis er endlich rausgestolpert ist. Geschrien hat er, dass er wiederkommen würde, an deinem Geburtstag. Könnte ich nicht verhindern. Und dann war er endlich weg."

„Du hättest mir sagen müssen, dass er da war", sagte Dent enttäuscht. „Ich hätte gern selbst entschieden, ob ich ihn sehen will, oder nicht."

„Dent, Junge, ich wollte nicht, dass er dich mit seinem Spinnkram ansteckt, womöglich noch nach Indien lockt. Hab nicht eine Sekunde gedacht, dass an der Geschichte was dran ist, aber dann …"

Frauke Riese schauderte und kippte schnell noch einen Schnaps.

„Ich war noch ganz aufgeregt, stand da mit meinem Besen und plötzlich sehe ich dieses Papier auf der Treppe liegen. Peter musste es verloren haben. Ein Pfandschein war's, an dem ein Gutachten angetackert war, von Wempe, und ein Bild von dem rosa Klunker. Erst wollte ich das zerreißen, aber dann … hab ich den Schein einfach in meinen Kittel gesteckt. Wollte in Ruhe überlegen, weil ich nicht glauben konnte, dass Peter Nielsen einmal die Wahrheit sagt."

Sie mochte niemanden am Tisch ansehen und nestelte lieber an den Blumen herum.

„An deinem Geburtstag hab ich furchtbar gegrübelt, ob ich dir was sagen soll und mich gefürchtet, dass er wirklich auftaucht. Aber er kam nicht. Die Polizei kam und erklärte, dass er tot ist. Da hab ich mich gefreut. Er war ein Schwein, Dent, er hat bekommen, was er verdient."

„Spätestens dann hättest du die Wahrheit sagen müssen. Wenn schon nicht mir, dann Kommissar Lindemann."

„Das ging nicht!", fuhr sie auf. „Ich hatte die 10.000 Euro, die wollte ich doch nicht erklären müssen! Und ich hab ... ich bin ... ich wollte ..."

Don spitzte die Ohren und half, ihre Zunge besser zu lösen, indem er noch einmal ihr Glas füllte. Sie schenkte ihm ein dankbares Lächeln, das sofort in Verzweiflung zerfiel.

„Der Pfandschein, der war noch in meinem Kittel. Erst wollte ich sagen, dass ich den gefunden hab, aber ich ... ich hab' einfach die Zähne nicht auseinander gekriegt. Erst als der Kommissar wieder weg war, hab ich wirklich begriffen, dass Peter tot ist. Da bin ich zu diesem Pfandleiher hin, Burger hieß der. Ich wollte rausfinden, ob an der Geschichte doch was dran ist. Vorher wollte ich den Pfandschein nicht rausrücken. Ich war mein Leben lang anständig und was hat es genützt? Nix! Am Ende wäre bloß kompliziertes Getüddel über Erbansprüche dabei rausgekommen und für uns wieder nix! Wenn's da was zu erben gab, stand es uns zu."

Ihr Blick huschte kurz über Dons Gesicht. „Da wusste ich ja noch nichts von einem Bruder."

Don musste grinsen. Dent dagegen bekam große Augen und starrte seine Mutter entsetzt an. „Mama! Du hast eine polizeiliche Ermittlung in einem Mordfall behindert! Ist dir das klar?"

„Guck mich nicht so an!", zischte sie. „Ich hab das für dich getan, für uns! Bin in den Bus gestiegen und nach Marienthal rausgefahren. Oktaviostraße, direkt am Gehölz, piekfeine Gegend. Der Pfandleiher machte nicht auf, als ich geklingelt hab, aber ich hab Geräusche gehört und Stimmen, ziemlich laut. Da bin ich um sein Haus rum und hab an die Terrassentür geklopft. Und dann sehe ich diesen dicken Mann da liegen, einen offenen Safe und die Blutlache auf dem hellen Teppich. Der war mausetot!"

„Ach du Scheiße", stieß Anja aus.

Frauke Riese fiel in sich zusammen. „Ich hatte solche Angst!", schluchzte sie laut. „Bin panisch herumgetappt, wusste nicht, was ich tun sollte. Ich hatte doch keine Ahnung, in was ich da reingeraten bin, ob ich schuld bin, weil ich nichts gesagt hab! Und dann ... höre ich die Tür klappen, vorne am Haus und sehe einen Mann wegrennen. Ein Ausländer. Inder oder sowas, sehr chic angezogen. Anzug und fliegende Krawatte."

„Hatte er einen Bogen dabei?"

„Nee, eine Tasche", schniefte Frauke und ließ sich von Dent eine Küchenrolle reichen, um ihre Tränen zu trocknen. „So eine lange Sporttasche. Er konnte schlecht laufen damit, die Tasche schlug um seine Beine."

Dent blieb im Raum stehen und fuhr mit beiden Händen über sein Gesicht. „Wie konntest du das verschweigen, Mama", klagte er sie an. „Du hättest sofort die Polizei rufen müssen. Bertram Burger wurde erst vor zwei Tagen gefunden, er lag wochenlang tot in seinem Haus! Und du haust mit 10 Mille ab in den Urlaub?"

„Ich weiß doch, dass es falsch war!", schrie Frauke. „Ich weiß das! Ich hatte Angst, richtige Angst! Peter tot, der Dicke tot, der Diamant bestimmt geklaut. Ich dachte, es ging um den Stein, es ist einfach vorbei! Woher sollte ich wissen, dass dieser Killer es auch auf dich abgesehen hat? Und auf … deinen Bruder."

Ihre Hände griffen nach der Flasche, aber Dent war schneller und nahm sie ihr weg.

„Schluss damit!", forderte er. „Steh auf, wir gehen jetzt sofort zur Polizei. Kommissar Lindemann muss das wissen."

„Nein, Dent, nein! Tu mir das nicht an, die werden mich einsperren!"

Dent zögerte nur kurz, dann schüttelte er den Kopf und packte den Arm seiner Mutter.

„Warte mal, Dent", meldete sich Don und erhob sich. „Ich glaub, das ist unnötig."

„Ach ja? Worauf willst du warten, Don? Es sind schon drei Menschen gestorben. Alles, was dazu beiträgt, diesen Bogenschützen zu fassen, ist mir recht."

„Mir auch. Es gibt nur keine neuen Erkenntnisse, die dazu beitragen."

Dent schien nach Worten zu suchen, mit denen er dagegen halten konnte, aber er blieb stumm und ließ sich von Dons Hand auf den Stuhl zurückdrücken.

„Du bist sauer, Bruderherz. Sauer, weil deine Mum eine kleine Heimlichtuerin ist. Sie hat dir den Besuch des Arschlochs verschwiegen. Hat sie nicht böse gemeint. Schön, sie hat einen Pfandschein behalten, der ihr nicht gehört und verschwiegen, dass sie einen toten Pfandleiher gesehen hat. Das ist jetzt nicht mehr von Bedeutung. Die Polizei weiß inzwischen von dem Pfandschein und sie weiß auch, dass Burger tot ist."

„Don, der Mann hat wochenlang tot in seinem Haus gelegen! Wie konnte sie das zulassen? Sagt keinen Ton, fliegt in die Ferien, das …"

„War nicht nett", stimmte Don zu. „Aber es macht keinen Unterschied, ob der Pfandleiher in einem Sarg oder auf seinem Teppich verschimmelt. Ist nur ein bisschen ekliger, den Dreck wegzuwischen."

„Uah!" Anja schüttelte sich. „Du bist so ekelhaft und abgebrüht, Donovan Riley!"

„Niemand außer meiner Mutter hat den Täter gesehen. Sie muss eine Aussage machen, ihn beschreiben."

„Die Polizei vermutet bereits einen Inder. Ihre Beschreibung ist äußerst vage. Du kannst es dir klemmen, den Richter über deine Mutter zu spielen."

Einen Moment lang starrten sie sich wortlos in die Augen, bis Dent den Kopf senkte.

„O.K.", murmelte er kaum hörbar.

Frauke Riese atmete hörbar auf. Sie legte den Kopf schief und ließ ihren Blick in Dons Gesicht wandern. „Bis eben gefiel's mir nicht, dass es dich gibt, Donovan Riley. Aber allmählich wirst du mir sympathisch."

༄༅༈

Es war spät in der Nacht, als Dent im Bad stand und sein blasses, müdes Gesicht im Spiegel ansah. Seine Mutter hatte sich längst in ihre Stube verzogen und auch Anja war endlich zu Bett gegangen. Dent konnte nicht aufhören zu grübeln. Nicht einmal „Lady Savage" hatte ihn ablenken können. Im Chat war er einsilbig geblieben und hatte nebenbei einen Zeitplan der Ereignisse erstellt, einfach weil er unfähig war, an etwas anderes zu denken.

Er schickte seinem Spiegelbild einen ratlosen Blick und spritzte sich kaltes Wasser ins Gesicht. Geräusche aus der Küche verrieten ihm, dass Don auch nicht schlafen konnte.

Sein Bruder saß im Dunkeln am Fenster und blickte auf die Talstraße hinaus. Die blinkenden Leuchtreklamen ließen sein Gesicht rot, gelb oder blau aufleuchten und Dent konnte erkennen, dass Don genauso ausgelaugt war wie er selbst.

„Suchst du den Bogenschützen?"

„Ich weiß nicht, was ich suche. Ich hab nur dauernd das Gefühl, ich müsste irgendwas tun."

Dent nickte, zog einen Stuhl heran und setzte sich zu Don ans Fenster. Kurz überlegte er, ob der Bogenschütze in der Nähe war, ob er sie sehen konnte, obwohl er das Licht in der Küche nicht eingeschaltet hatte, aber dann ließ er den Gedanken fallen und drehte zwei Zigaretten.

„Tut mir übrigens leid wegen vorhin", hörte er Don sagen. „Ich war vielleicht ein bisschen grob."

„Schon gut", murmelte Dent. „Irgendwie bin ich froh, dass du mich davon abgehalten hast, zur Polizei zu rennen."

Er starrte auf den Nachtclub gegenüber und ertappte sich dabei, den Menschenhaufen vor der Tür nach Indern mit länglichen Taschen abzusuchen.

„Ich war tatsächlich sauer auf meine Mutter. Weißt du, sie hat Näharbeiten gemacht, um mir meinen ersten Computer zu kaufen. Hauptsächlich Kostüme für die Paradiesvögel, die hier auf den Bühnen rumtanzen", erinnerte sich Dent. „Eigentlich wollte sie Modedesignerin werden, war noch in der Ausbildung, als sie dem Arschloch begegnete. Musste sie dann abbrechen und die Wäscherei übernehmen. War nicht einfach, als alleinerziehende Mutter auf dem Kiez, aber seit ich denken kann, hat sie sich beinahe krampfhaft bemüht, anständig zu sein, mir beizubringen, was sich gehört und was nicht."

„Hat doch geklappt, du betreibst keine Spielhölle mit Puff, sondern ein Computeruniversum."

„Sie hat sich verändert. Früher war sie nicht so."

„Macht der Alkohol."

Dent nickte. „Woher wusstest du, dass sie trinkt? Du hast keine fünf Minuten gebraucht, um zu wissen, wo sie eine Flasche bunkert."

„Dent, ich bin in Soho aufgewachsen. Unter Junkies, Säufern und Huren. Denkst du, meine Mum soff nicht? Sie hatte es nur leichter, konnte sich von den Freiern einladen lassen und das ‚anständige Mädchen' hätte ihr sowieso niemand abgekauft."

„Hast du … ich meine, hast du dich nie für sie geschämt?"

„Nein. Ich dachte immer, ich hätte die beste Mum der Welt und hab jeden verhauen, der das Gegenteil behaupten wollte. Manchmal hat sie mich genervt, vor allem, wenn sie fuchsteufelswild wurde, wenn ich die Schule oder den Deutschunterricht geschwänzt hab. Ich war nie scharf darauf, mit unserem Vater reden zu können und konnte mir nichts weniger vorstellen, als mal in Deutschland zu landen. Ich hab angefangen, Geschäfte zu machen, damit sie nicht mehr an den Docks rumhängen muss, um diesen teuren Lehrer zu bezahlen. Ich wollte ihr das Leben kaufen, das sie verdient, aber bis auf ein paar Tausender hier und da ist das immer schiefgegangen. Und …"

Don brach ab und wandte sein Gesicht Dent zu.

„Unsere Mütter haben sich für uns abgerackert, Dent, jede auf ihre Art. Sie haben sich aus Liebe kaputtgemacht."

„Ich hab viel zu spät bemerkt, dass sie trinkt", flüsterte Dent. „Das kreide ich mir an."

„Du solltest es nicht merken. Ihre Kraft hat gereicht, bis du erwachsen warst. Sie hat ihre Schwächen, aber sie hat's nicht verdient, dass du dich für sie schämst."

Einen Moment lang blieben sie stumm nebeneinander sitzen und starrten wieder aus dem Fenster.

„Siehst du irgendwas da draußen?", wollte Dent dann wissen.

Don schüttelte den Kopf. „Ich denke über dieses Bild nach. Es muss irgendwie wichtig sein. Das Arschloch wollte, dass du es bekommst und der Täter ist dafür in die Kanzlei eingebrochen. Viel Aufwand für einen billigen Ölschinken."

Dent nickte. „Dazu diese plötzlichen Bemühungen, uns zu sehen. Was hat unseren Vater nach 30 Jahren dazu veranlasst?"

„Keine Ahnung. Dir wollte er immerhin was schenken, mich wollte er bloß anpumpen", zwinkerte Don. „Er hat dich mehr geliebt als mich."

„Stell' dich nicht an, immerhin hat er dir ein Notizbuch geschickt."

„Ich hab drin geblättert. Aber aus den Kritzeleien darin bin ich nicht schlau geworden. Striche, Wellen und Kringel, hier und da mal unzusammenhängende Sätze. Alte Zeitungsartikel in diversen Sprachen und …"

Dent zuckte zusammen, als Don von seinem Stuhl in die Höhe schoss.

„Was ist?"

„Haus 25", stieß Don aus. „Die Wohnung der alten Schrapnelle über dem Puff."

Dent glotzte aus dem Fenster. „Frau Rosinski, ja und?"

„Guck mal, was da auf der Fensterbank steht. Draußen, auf dem Sims."

Dent kniff die Lider zusammen. Schemenhaft erkannte er die Umrisse eines bauchigen Teeglases. Es war leer, aber aus dem feuchten Teebeutel darin stiegen winzige Dampfwolken in die kalte Luft auf.

„Sie könnte senile Bettflucht haben und sich mitten in der Nacht einen Tee gebrüht haben."

„Und sie benutzt ein indisches Teeglas und stellt das draußen auf den Sims? Das macht einer, der immer wieder das Fenster aufmacht, um deine Haustür auszuspähen. Ruf' die Bullen, Dent. Ich schnapp mir das Schwein!"

Don hatte nicht vor, die Klingel an Frau Rosinskis Wohnungstür zu betätigen oder Fragen zu stellen. Er war ganz sicher, dass der Schütze dieses Teeglas geleert hatte und hoffte, sich unbemerkt durch das Treppenhaus in den zweiten Stock bewegt zu haben. Die Holztür mit dem Namensschild G. Rosinski machte einen ebenso altersschwachen Eindruck, wie die Schrapnelle, die dahinter hauste. Er lauschte kurz, hörte nichts und trat die Tür einfach ein.

Muffige Heizungsluft schlug ihm entgegen, dazu ein bekanntes, sirrendes Geräusch. Damit hatte er gerechnet, warf sich über die Türschwelle auf den Boden. Der Pfeil blieb mit vibrierendem Schaft im Türrahmen stecken.

„Er ist schnell, verdammt schnell", bemerkte er anerkennend, rollte in den dunklen Flur und glaubte, einen erstickten Fluch wahrzunehmen, der im hysterischen Geschrei der alten Rosinski unterging. Bevor er irgendetwas erkennen konnte, sprang ein Schatten über ihn hinweg aus der Wohnung.

Sofort stürzte er hinterher und hörte das Geräusch von Schuhsohlen auf Metall. Das musste die Eisenleiter sein, die zum Dach führte. Die Dachluke war bereits aufgestoßen, zeigte einen rechteckigen Ausschnitt des sternklaren Himmels. Jetzt konnte Don mehr erkennen. Die Lederschuhe auf den letzten Stufen der Leiter, Hosenbeine und einen Mantel aus schwerem Wollstoff. Eine Tasche behinderte den Flüchtenden, aber nicht lange genug, um seine Beine zu packen. Schon glitt er durch die Luke ins Freie und entfernte sich mit schnellen Schritten.

Don musste sich mühevoll durch die Luke zwängen, verlor Zeit und fluchte. Wenigstens hatte der Schütze im Lauf keine Chance, erneut auf ihn anzulegen. Aber er lief schnell, sehr schnell, sprang kraftvoll über eine kleine Mauer auf das nächste Dach. Seinen Kopf bedeckte eine dicke Mütze, die Enden eines Wollschals flatterten hinter ihm her. Don hetzte ihm nach, holte auf, streckte seine langen Arme aus und bekam ein Ende des Schals zu fassen.

Ein gurgelndes Geräusch drang aus der Kehle des Schützen, als er ihn zu Boden riss. „Hab ich dich!" triumphierte Don, doch dann traf ihn die Tasche mit schmerzhafter Wucht an der Schläfe. Seine

Hand krallte sich in den Schal, aber der Schütze entwand sich daraus mit schlangenartiger Geschmeidigkeit. Don blieb mit dem Schal in der Hand auf der Dachpappe liegen, hörte wieder nur die davoneilenden Schritte.

„Shit!"

Er sprang auf, jagte hinterher, über weitere Dächer, um Schornsteine und Antennen herum, bis er den Schützen abbremsen und mit den Armen rudern sah. Er starrte in einen gähnenden Abgrund. Die Seitenstraße, das musste die Seitenstraße sein, die durch die Häuserreihen der Talstraße schnitt. Eine mickrige Straße, aber viel zu breit, um einen Sprung zu wagen. Eine Sekunde lang drehte der Schütze seinen Körper unentschlossen hin und her.

Don rannte auf ihn zu, wollte zum Sprung ansetzen, bereit, sich auf den Mann zu stürzen, als ein metallischer Ton die Luft durchschnitt. Kein Sirren, mehr ein langgezogenes Heulen, ähnlich dem einer singenden Säge. Blitze unheilvoller Erinnerungen schossen durch Dons Hirn.

„Hölle!", schrie er laut, schaffte es gerade noch, flach auf den Boden zu klatschen und entkam um Haaresbreite der scharfen Klinge, die über seinen Kopf rasierte.

„Ein Urumi, er hat ein verdammtes Urumi!" Augenblicklich brach ihm der Schweiß aus. Wenn der Schütze mit einem Urumi umgehen konnte, hatte er jetzt ein Riesenproblem. Ein flexibles Schwert, so lang wie eine Peitsche und so scharf wie ein Rasiermesser. Schnell, scharf und tödlich. Sein Gegner durfte nicht dazu kommen, seine furchterregende Waffe erneut einzusetzen, ihm damit den Kopf von den Schultern zu trennen. Glücklicherweise steckte der messerscharfe Stahlstreifen nun fest im Mörtel eines Schornsteins.

Polizeisirenen näherten sich. Der Schütze stieß ein ärgerliches Keuchen aus, ließ den Holzgriff seiner Waffe fallen. Als Don aufsah, war er verschwunden.

☙❧

„Kalahariwas?"

Anja ließ ihr Zungenpiercing an die Zähne klacken. Zusammen mit Dent und seiner Mutter lauschte sie Dons Bericht in der Küche. Kommissar Lindemann war bei ihnen und zückte kopfschüttelnd seinen Notizblock.

„Kalarippayattu", korrigierte Don, noch immer keuchend und verschwitzt. „Indische Kampfkunst, stammt aus Kerala, ist aber in ganz Indien verbreitet. Heißt ‚Kampfplatzübung'. Nach ‚Kalari', einer Art Arena, in der unter Anleitung eines Meisters, des ‚Gurukal' geübt wird."

„Aha. Mit so einem Schwabbelschwert?" Anja warf einen schrägen Blick auf die seltsame Waffe, die nun auf dem Küchentisch lag.

Don nickte. „Unter anderem. Das Urumi ist die Königsdisziplin. Eine Kombination aus Schwert und Peitsche. Flexibler Federstahl, eins oder mehrere Bänder, höllisch scharf. Lässt sich aufgerollt tragen und soll dazu dienen, im Kampf über das Schild des Gegners zu schlagen. Das Ding ist extrem schwer zu bedienen, ohne sich selbst zu verletzen. So fix, wie unser Schütze das hervorzauberte und damit über meinen Schädel fegte, muss er jahrelange Übung damit haben."

„Freu dich. Du lebst noch und hast einen Haarschnitt gespart."

„Das hier hab ich auf einem der Dächer gefunden", brummte Don, warf den Wollschal auf den Tisch und reichte Lindemann ein Amulett aus Bronze. Die Form stellte eine Schlange dar, aufgerollt, mit erhobenem Kopf, drohend wie eine Kobra. Die Augen bestanden aus grünen Smaragden. „Er muss es verloren haben, als ich ihn an seinem Schal erwischt hab. Er ist ein Nair."

„Ein was, bitte?"

„Ein Nair, oder Nayar, Anhänger eines Schlangenkults und früher eine angesehene Kriegerkaste in ganz Indien. Die Nair stellten die Leibgarde der Fürsten und Maharadschas im südlichen Indien, manchmal ganze Privatarmeen und waren ihren Herrschern bis zum Tod ergeben. Ihnen wird die Erfindung des Kalarippayattu zugeschrieben, was nicht nur eine Kampfkunst, sondern eine ganze Lebensphilosophie ist. Extrem furchtlos und extrem fit. Und extrem überflüssig, seit es keine Maharadschas mehr gibt."

„Extrem fit ist richtig", bestätigte der Kommissar. „Er hat sich an der Regenrinne der Hauswand heruntergehangelt. Ein sehr gefährliches Unterfangen. Einige der Muffen, mit der das Rohr an der Hauswand befestigt war, sind ausgerissen, auf halber Höhe sogar komplett gelöst. Er musste springen, aus einer Höhe von mehr als drei Metern, auf das Pflaster der Seitenstraße."

„Er sprang aus drei Metern Höhe auf das Pflaster? Unverletzt? Schnell genug, um zu entwischen?"

„Wir haben keine Blutspuren finden können, gar nichts haben wir gefunden. Der Mann ist weg."

„Er wusste, dass ich ihn nicht weiter verfolgen konnte", knirschte Don. „Die Regenrinne hätte mich niemals gehalten. Er ist kleiner als ich."

„Wer ist das nicht. Du atmest Höhenluft, genau wie Dent."

„Kleiner und schmaler. Er passte leicht durch diese Dachluke, obwohl er die Tasche, einen dicken Mantel und eine Mütze trug. Ich hab seine Schuhe gesehen. Maximal Größe 43."

„Hm", machte Lindemann und kritzelte in seinem Notizbuch herum. „Gehen wir davon aus, dass es sich um einen Inder handelt, um einen Nair, von schmächtiger Statur, ausgebildet in dieser Kalawasauchimmerkampfkunst. Konnten Sie sonst noch etwas erkennen, Mr. Riley?"

Don schüttelte den Kopf.

„Hm. Wie kam es, dass der Täter bei Frau Rosinski nächtigte?" überlegte Dent und sah Lindemann an. „Als Sie die Durchsuchung der Häuser Nummer 25 und 27 vornahmen, wurde nichts entdeckt, oder?"

„Das kann ich euch sagen", bellte Frauke Riese und goss sich ungeniert ein Schnäpschen ein. „Die Rosinski hat gelogen. Die vermietet nämlich schwarz. Ich seh's an der Wäsche, die sie bringt. Was da alles für Flecken drin sind. Lippenstift, mal Blut, mal ... naja, ihr wisst schon. Jedenfalls nix, was so ‚ne alte Tante produziert, das könnt ihr mal glauben."

„Verdammt!", fluchte Lindemann und ließ die flache Hand auf Frauke Rieses Küchentisch sausen. „Frau Rosinski hat wissentlich unsere Ermittlungen behindert! Sonst hätten wir ihn längst! Das wird ein Nachspiel haben, das ist keine Bagatelle, dafür sperren wir sie ein!"

Dent sah seine Mutter rot anlaufen.

„Nu lassen Sie mal die alte Frau", murmelte sie leise. „Die hat das Geld gebraucht bei der lütten Rente. Die wusste nicht, dass der Curryfresser da so'n gefährlicher Kalaharidingsbums ist."

☙❧

Der Schütze ließ sich mit dem Rücken gegen eine Hauswand fallen. Hier war es stockdunkel und so still, dass sein keuchender Atem wie das Fauchen eines Drachens klang. Womit mochte er sich verraten haben? Donovan Riley hätte ihn beinahe erwischt. Der Mann war wirklich gefährlich. Er reagierte und bewegte sich wie jemand, der gekämpft hatte. Sonst wäre er dem Urumi niemals entkommen.

Nur langsam beruhigte sich sein Herzschlag. Seine Kleider saugten sich nass geschwitzt an seiner Haut fest. Zu den Stichen in seiner Brust kam nun noch ein heftiger Schmerz im linken Knöchel. Hatte sich alles gegen ihn verschworen? Erst dieser üble Husten, das Fieber, das ihn ins Bett gezwungen hatte und jetzt noch ein verletzter Knöchel.

Der Schütze zitterte. Die Zeit lief ihm davon und Peters Söhne erwiesen sich als echtes Problem. Der Druck auf ihn wuchs mit jedem Tag. Er musste zurück. Sich mit dem weisen Gurukal beraten. Beichten, dass er zwar das Bild an sich gebracht hatte, aber nicht das Notizbuch. Und dass es ihm wieder nicht gelungen war, Peters Erben aus dem Weg zu räumen.

Schmach, Schwäche und nackte Angst ließen ihn aufschluchzen. Dann humpelte er vorsichtig aus dem Dunkel.

☙❧

Graues Licht fiel in die Küche. Das Wetter, düstere Wolken und Regen, passte zu Dents Stimmung. Er spürte einen Stich, als er Don nach seinem Mantel greifen sah.

„Überleg's dir nochmal, Don."

„Dent, der Schütze ist weg. Lindemann hat nichts Neues und Fräulein Sophie auch nicht. Es passiert einfach nichts. Ich kann nicht länger untätig rumsitzen."

Dent nahm seinem Bruder den Mantel wieder ab, schob ihm einen frischen Kaffee hin und eine Zigarette zwischen seine Lippen.

„Setz dich, Don, lass uns noch einmal die Fakten zusammentragen, den Zeitplan durchgehen."

„Zum 100. Mal?"

„Vielleicht haben wir etwas übersehen", beharrte Dent und war erleichtert, als er Don Platz nehmen sah. „Alles beginnt mit dem Sensationsfund unseres Vaters. Erst der Stein machte ihn interessant. Er lief Jahrzehnte lang in Indien herum, aber vorher hat niemand versucht, ihn umzubringen. Einen alternden Mann, der sein Leben mit der Suche nach Golkondas Minen verbrachte. Er muss völlig euphorisch gewesen sein, überzeugt, am Ziel zu sein."

„Und laut. Ein Typ, der viel Lärm macht. Er wird das an jedem Bartresen erzählt haben."

„Lindemann sagte, du wusstest schon länger von dem Stein? Und Prakash auch?"

„Nicht direkt", sagte Don zögernd. „Es gab Gerüchte um einen großen Golkonda-Diamanten, seit April oder Mai. Nur, dass so ein Stein existieren soll, kein Hinweis, dass ausgerechnet unser Vater damit herumlief. Ich hab sowieso nichts davon geglaubt. Indien ist voller solcher Geschichten. Aber wie gesagt: Unser Vater wird damit geprahlt haben. Irgendwann ist der Schütze auf ihn aufmerksam geworden. Was uns aber nicht weiterbringt. Er könnte Hunderte aufgescheucht haben."

„Ja, das ist möglich. Wenn wir davon ausgehen, dass er in Golkonda schürfte, muss ihn etwas veranlasst haben, ausgerechnet nach Varanasi zu reisen", überlegte Dent weiter und fütterte sein Handy mit Ortsnamen. „Das sind 1225,3 Kilometer Distanz! Der Grund warst du, Don. Er wollte seine Vergangenheit ordnen, rief deine Mutter an, die ihm deine Adresse gab. Unser Vater machte sich auf den Weg, um etwas gutzumachen."

„Und wie alles in seinem Leben, hat er auch das komplett verrissen."

„Ich glaube, er hat es ernst gemeint, Don. Er unternahm die Reise deinetwegen."

„Um mich anzupumpen. Hätte er sich auch klemmen können." Dent gab es auf, wenigstens einen Hauch von Sympathie für Peter Nielsen in Don wecken zu wollen.

„Schön, er war pleite, außer dem Stein hatte er nichts mehr. Du hast ihn knapp abgefertigt. Ich frage mich nur, warum er dir den Stein nicht gezeigt hat. Das war schließlich der Beweis, dass er kein Spinner ist."

Don senkte den Kopf. „Ich hab wohl auch was verrissen", räumte er ein. „Wahrscheinlich war ich ein bisschen zu knapp. Ich war genervt, als er diese Nachricht an meine Tür pinnte und mir in Kumars Hotel über den Weg lief. Kumar hatte gerade eine satte Bestellung bei mir aufgegeben und wir wollten Details besprechen."

„Warte, Don. Kumar bestellte bei dir? Lindemann sagte, du hättest ihm Schmuggelware angeboten und dann informierte er seinen Bruder, den Polizeipräsidenten und du musstest verschwinden."

„Bullshit", unterbrach Don. „Kumar ist mit geschmuggelten Luxusgütern reich geworden, Dent. Es passte ihm nicht, dass ich mit seiner Tochter schlief, das war alles."

Die ganze Art, wie Don dasaß und seinem Blick standhielt, überzeugte Dent. Die Erwerbstätigkeit seines Bruders irritierte ihn zwar immer noch, aber er war sicher, dass Don ihn nicht belog.

„Jedenfalls wollte ich Kumar sprechen", hörte er Don weiter reden. „Wer kam mir dazwischen? Der Spinner, den ich schon vor Jahren abgeschrieben hatte. Er hat mich sofort identifiziert, sprang mich auf der Terrasse an und tat so, als müsste ich ihm freudig um den Hals fallen. Er war fürchterlich nervös und redete wie ein Wasserfall. Bestellte Drinks, haute mir dauernd auf die Schulter, was ich nicht abkann, wollte wissen, wie es mir denn so ergangen sei und ob meine Mum immer noch so ein heißer Feger sei. Ich hab ihn nur angeglotzt und an die kleine Frau gedacht, die sich an den Docks ihre Lungenkrankheit geholt hat und trotzdem nie aufhörte, ihn zu lieben. Er hat nicht gemerkt, dass ich kurz davor war, ihm aufs Maul zu hauen. Bevor ich irgendwas sagen konnte, beschloss er, dass wir Partner seien und dass ich ihm 5000 Dollar leihen müsse. Top Investition, es ginge um Diamanten. Golkonda! Da war ich schon aufgestanden. Er hielt mich fest, faselte von Verfolgern, denen er in letzter Sekunde entkommen sei. Dabei drehte er sich hektisch um, wie die Gejagten in einem Agentenfilm aus den 70ern. Er müsse jetzt schnell das Land verlassen. Nur 5000 Dollar, vorrübergehende Knappheit, dann käme er zurück und es würde Millionen hageln. Ich erinnere mich, dass er dabei in seine Tasche langte, aber … ich hab ihn einfach nicht länger ertragen, hab mich losgerissen und bin gegangen."

Don schüttelte den Kopf und sah hilflos in das Gesicht seines Bruders.

„Vielleicht war ich zu hart. Zu hart und zu schnell. Er hat's geschafft, mein ohnehin schlechtes Bild von ihm um ein Vielfaches zu toppen und ich hab mich geekelt, dass dieser armselige Spinner mein Vater ist."

Betroffen fing Dent Dons Blick auf. „O.K.. Du konntest dir nicht vorstellen, dass jemand, der ein millionenschweres Objekt besitzt, um 5000 Dollar bettelt, dass er die Wahrheit sagt", murmelte er, unsicher, ob ein anderer Verlauf dieses kurzen Zusammentreffens etwas verändert hätte. „Als er dich traf, wusste oder ahnte er also bereits, dass jemand hinter ihm her war. Deshalb wollte er zurück nach Deutschland, dort den Stein anbieten. Wahrscheinlich fühlte er sich in seiner Heimat sicherer."

„Irgendjemand muss ihm mit Geld ausgeholfen haben, wenigstens genug, um einen Flug zu bezahlen. Damit flog er nach Hamburg, um bei dir etwas gutzumachen. Er lief zu Wempe, dann zum Pfandleiher, belieh den Diamanten und tauchte in der Wäscherei auf, wo deine Mum ihn mit dem Besen verdrosch. Wofür sie übrigens meine Hochachtung verdient. Bevor er als Geburtstagsüberraschung wieder auftauchen konnte, hat ihn der Schütze erwischt."

„Ja", murmelte Dent. „Es hat eine gewisse Tragik, findest du nicht?"

„Wirst du jetzt sentimental?" Don grinste kurz und beeilte sich dann, weiter zu rekapitulieren. „Kurz darauf starb der Pfandleiher Burger. Der Schütze stahl den Diamanten. Der Täter muss unseren Vater über einen längeren Zeitraum auf Schritt und Tritt verfolgt haben. So ist er auch an meine Adresse in Varanasi gekommen und an deine in Hamburg."

„Richtig", nickte Dent. „Nur warum hat er mich nicht gleich erledigt, als er noch in Hamburg war?"

„Er hatte keine Chance. Du gehst nicht vor die Tür."

„Haha!"

„Kein Scherz, Bruderherz. So eine Verfolgung ist extrem anstrengend, besonders, wenn man einen Bogen benutzen will. Das erfordert geduldiges Ausspähen, braucht ein gutes Versteck, geeigneten Wind und macht es nötig, nicht weiter als 200 Meter entfernt anzulegen. Du kannst von diversen Versuchen ausgehen, bis es zum Schuss kommt."

„Hm."

„Außerdem hatte er schon zwei Morde begangen, die Polizei ermittelte auch bei dir. Nicht schlau für den Täter, sich dann in der Nähe aufzuhalten. Und er lief mit einem fetten Klunker herum, den er sicher nicht grundlos geklaut hat. Damit ist er zurück nach Varanasi und schoss an Diwali erstmal auf mich."

„Am 3. November", las Dent von seinen Notizen ab. „Auf mich hat er erst am 7. Dezember angelegt, auf dem Highgate Friedhof. Woher wusste er, dass ich an diesem Tag in London bin? Dachte er, er hätte dich erledigt, ist zurück nach Hamburg und wartete, bis ich mich bewege?"

„Auf diese Frage haben wir immer noch keine Antwort egal wie oft wir das durchkauen."

„Ich habe noch eine Frage: Spätestens zu diesem Zeitpunkt hatte er es bereits auf uns beide abgesehen. Wir haben uns aber erst auf dem Friedhof getroffen, nachdem er auf mich schoss. Woher wusste er, dass wir Brüder sind?"

„Gute Frage", lobte Don. „Niemand wusste das."

„Er hat unseren Vater nicht nur verfolgt, er hat ihn gekannt, wenigstens mit ihm geredet. Nur unser Vater wusste von uns beiden. Er muss seinem Mörder von uns erzählt haben."

„Ich sagte ja, er quatschte zu viel."

„Schön, ich sehe ein, dass wir den Täterkreis immer noch nicht eingrenzen können. Der Schütze strengt sich also an, uns ebenfalls zu beseitigen. Gewissermaßen logisch, wenn er einen Diamanten stiehlt, dessen Erben wir sind, aber er könnte den Stein auch unter der Hand verkaufen. Wenn wir davon ausgehen, dass dies in Indien geschieht, sind wir mit unseren Ansprüchen nur eine geringe Gefahr, oder?"

„Sehe ich auch so, obwohl so ein auffälliger Stein immer für Aufsehen sorgt", nickte Don. „Aber es gibt noch das Notizbuch und das Bild. Weil ich so kurz angebunden war, schickte er das Buch mit UPS. Der Brief der dabei lag, war zu aufgeweicht um etwas anderes als ‚Golkonda' zu entziffern. Er kam nicht mehr dazu, dir den Ölschinken zu übergeben, weshalb der dann als Nachlass bei Fräulein Sophie landete."

„Ganz sicher hat er sich etwas dabei gedacht, Don. Er wollte sein Leben ordnen, suchte uns, wollte unsere Mütter beschenken. Er wollte uns etwas beweisen. Diesmal log er nicht und sein Verfolger wusste das. Ich denke, Bild und Notizbuch sind Wegweiser zu den Minen, die er gefunden hat."

Don lachte spöttisch. „Oder glaubte, gefunden zu haben. Aber es genügt, wenn der Schütze das auch glaubt und deshalb das Bild klaute."

„Er weiß immer mehr als wir", knurrte Dent ärgerlich. „Wahrscheinlich hoffte er, das Notizbuch ebenfalls in der Kanzlei zu finden. Ob er es deuten kann? Wir haben das Buch Seite für Seite auseinandergenommen und verstehen fast nichts."

Don verdrehte die Augen und erinnerte sich an ausgedehnte nächtliche Sitzungen vor Dents Rechner. Sein Bruder hatte eine Landkarte erstellt, nachdem sie die Namen verschiedener Flüsse und Gesteinsformationen aus dem Buch herausgelesen hatten. Mit Hilfe von Google Maps und Google Earth war dabei ein Einzugsgebiet von mehr als 500.000 Quadratkilometern herausgekommen. Weiterhin hatte Peter Nielsen noch Zeitungsberichte über Flutkatastrophen und Staudämme eingeklebt, die gebaut worden waren, um diese Fluten zu verhindern. Die Festung Golkonda war als einer von vielen Orten in dem Notizbuch erwähnt worden und selbst die akribische Verkartung all dieser Orte hatte nur für weitere Verwirrung gesorgt. Gestern hatten sie entnervt aufgegeben.

Dent redete jetzt von den seltsamen Kringeln und Mustern, die ganze Seiten des Notizbuchs füllten, aber Don hörte nicht mehr zu. Er trank den inzwischen kalt gewordenen Kaffee aus und erhob sich von seinem Stuhl.

„Lass uns zugeben, dass wir immer noch vor einem Rätsel stehen, Bruderherz", sagte er lächelnd. „Zeit für mich, zu gehen."

Dent hielt inne und sprang auf, bevor Don die Blechlampe beiseite ziehen konnte. Das gongähnliche Geräusch ließ seinen Bruder grinsen. Dent ignorierte es.

„Und die Beerdigung unseres Vaters? Was ist damit?"

„Du wartest auf diesen Erbschein, vertickst eine der Ketten und lässt ihn verbuddeln. Keiner von uns wird Trauer am Grab heucheln. Mach deine Mum mit der anderen Kette froh, mach' was immer du willst."

„Und wenn die Versicherung zahlt? Die Hälfte steht dir zu. Ich muss wissen, was damit passieren soll."

„Ich hab meine Zweifel, dass diese Versicherung zahlt. Erinnerst du dich, was ich in London gesagt hab? Ich wollte nichts erben, weil es eh nichts Gutes sein wird. Und was ist? Wir haben einen Mörder geerbt. Bisschen viel Stress für zwei Halsketten und einen verschwundenen Diamanten, eh?"

„Wohin willst du jetzt gehen?"

„Ich geh wieder nach Indien."

„Indien? Du magst das Land, oder?"

„Ich mochte es mal, früher. Ich hatte nicht vor zurückzugehen, aber ich kann Prakash nicht hängenlassen. Er sitzt meinetwegen, weil er das verdammte Notizbuch angenommen hat und Lindemann ihn als meinen Komplizen verdächtigte. Selbst wenn Lindemann nach Indien gemeldet hat, dass er auf dem Holzweg war, kommt Prakash damit nicht frei. Falls er überhaupt noch lebt."

„Warum sollte er nicht mehr leben? Er hat nur ein Notizbuch angenommen. Oder meinst du, man wird ihn wegen eurer Schmuggelgeschäfte gleich hinrichten?"

„Ich will nichts dramatisieren. Aber du hast keine Vorstellung von einem indischen Knast. Will ich dir auch nicht im Detail vermitteln. Nur so viel: Man muss nicht hingerichtet werden, um da drin zu krepieren. Und Prakash ... er ist mein Freund, O.K.? Ich könnte mir nicht verzeihen, nichts unternommen zu haben. Selbst wenn ich zu spät komme."

„Verstanden. Wie willst du ihn freibekommen? Falls er noch lebt?"

„Keine Ahnung, aber mir fällt schon was ein. Erst mal muss mir einfallen, wie ich nach Indien komme, ohne Geld und ohne dass ich selbst eingelocht werde. Mahendra Kumar und sein Bruder, der Polizeipräsident, hätten ihre Freude daran."

„Das ist doch kein Plan, Don."

„Nein, aber ich hab nie einen Plan. Ich bin mehr der spontane Typ." Don versuchte ein unbekümmertes Grinsen, aber es misslang. In seinem Blick lag die gleiche Traurigkeit, die Dent nach Worten suchen ließ, um ihn aufzuhalten. „Das Weibsvolk in deinem Umfeld wird sich freuen, wenn ich erst weg bin."

„Vielleicht. Ich aber nicht", gab Dent zurück.

„Ich weiß, Bruderherz", krächzte Don und drückte Dent das ramponierte Notizbuch in die Hand. „Hat nur Ärger gebracht, das Ding. Muss ich nicht mitschleppen. Du hörst von mir, Dent."

„Sicher?", murmelte Dent und ließ sich umarmen.

„Ganz sicher. Zieh den Kopf ein und pass auf dich auf."

ଔଷୋ

# Kapitel 9

„Ich hörte bereits, dass Mr. Riley abgereist ist."

Sophie Kröger konnte ihre Freude darüber nicht verbergen. Sie hatte Dent in die Kanzlei am Neuen Wall gebeten, weil der Erbschein eingetroffen war.

„Wir haben ein Schreiben Ihres Bruders vorliegen."

Sein Gesicht zeigte Überraschung. „Sie haben ein Schreiben von Don?"

„Ganz recht. Er muss es in unseren Briefkasten geworfen haben, kurz bevor er Hamburg verlassen hat. Mr. Riley ermächtigt Sie hierin, seinen Anteil in Empfang zu nehmen und zu verwalten. Etwas formlos zwar, aber ausreichend", bemerkte Sophie steif und verbot sich, den Blumenstrauß zu erwähnen, der vor der Tür gelegen hatte, mit einer Karte dabei.

„Sorry, wenn unsere Erbschaftsangelegenheit Ihnen eine Menge Stress bereitet hat. Kommt nicht wieder vor.

P.S. Blumen sind nicht als vegane Mahlzeit gedacht."

Schnell vertrieb sie den Gedanken daran und räusperte sich. „Und ... ich muss Ihnen etwas mitteilen, Herr Riese."

„Hm?"

„Bertram Burger gehörte wohl nicht zu der pflichtbewussten Sorte Pfandleiher. Es gab eine Versicherung, aber nur für eine kleine Summe. Derart wertvolle Steine wie der, den ihr Vater beliehen hat, müssen gesondert bei der Versicherung gemeldet werden. Die Prämien werden individuell errechnet, sind beträchtlich und mit Auflagen verbunden. Burger muss sich in seinem Haus sehr sicher gefühlt haben, kam nicht mehr dazu, diese Versicherung abzuschließen oder er wollte diese Prämie vermeiden. Jedenfalls hat er diesen Stein nicht angemeldet. Es gibt daher keine Deckung für den bei dem Raubüberfall entstandenen Verlust."

„Wäre zu schön gewesen, um wahr zu sein", brummte Dent resigniert. „Don hat es schon geahnt."

„Mr. Riley hat einen bemerkenswerten Riecher für unsauberes Geschäftsgebaren", murmelte Sophie kaum hörbar und zwang sich dann, in Dents grüne Augen zu sehen. „Bedauerlicherweise hat sich der Umfang des Erbes nun stark reduziert. Bitte unterschreiben Sie hier den Empfang von zwei Halsketten, Wert wie im Zertifikat beziffert. Die restlichen Gegenstände aus der Liste sind bereits im Koffer Ihres Herrn Vaters, den Sie jetzt mitnehmen können. Bis auf das Bild, das bei dem Einbruch entwendet wurde."

„Das merkwürdige, irgendwie wichtige Bild", grübelte Dent. „Können Sie beschreiben, was drauf war?"

„Meine Beschreibung beschränkt sich auf ‚geschmacklos', aber ich habe alle Gegenstände fotografiert. Auch das Bild. Sie können die Ablichtung auf meinem Laptop ansehen."

„Schicken Sie mir die Datei per E-Mail. Ich muss mich erst mal um die Beerdigung kümmern. Mein Vater liegt seit Oktober in einem Kühlfach. Wird Zeit, dass er unter die Erde kommt."

Sophie nickte verständnisvoll. Alexander Riese war anzusehen, wie sehr ihn die vergangenen Wochen mitgenommen hatten. Er erschien ihr noch magerer als sonst, löste wieder diese unbekannte Rührung in ihr aus. Ihr fiel nicht ein, was sie sagen oder tun konnte, um irgendeinen Trost auszudrücken, also blieb sie steif wie sie war, bis er sich erhob.

„Tja", sagte sie, erhob sich ebenfalls und streckte die Rechte aus. „Damit ist die Angelegenheit abgeschlossen. Auf Wiedersehen, Herr Riese."

Er nickte wieder, schüttelte ihre Hand. „Tschüß, Fräulein Kröger."

Sophie war zum Heulen zumute, als sie ihn mit dem abgewetzten Koffer aus der Tür gehen sah.

„Du siehst unglücklich aus, Sophiechen", fand Onkel Cornelius, der braungebrannt und erholt vom Skiurlaub hinter seinem Schreibtisch saß. „Ich für meinen Teil bin froh, dass die Akte Nielsen nun in der Ablage verschwinden kann. Der Fall war mir ein bisschen zu turbulent."

„Hm, ja."

„Du hättest mich aus dem Urlaub zurückrufen sollen. Aber du hast deine Sache gut gemacht. Donovan Riley wurde aufgespürt, der Nachlass korrekt geregelt. Jedenfalls was davon übrig blieb. Mehr konntest du nicht tun."

„Irgendwie ist der Ausgang unbefriedigend", murmelte sie. „Wo ist der Diamant? Und was hat es mit diesem Bild auf sich? Oder dem Notizbuch? Und wo ist der Bogenschütze?"

Onkel Cornelius verließ seinen Schreibtisch und legte den Arm um seine Nichte.

„Glücklicherweise sind wir Erbenermittler, keine Kriminalisten. Diese Fragen zu klären, obliegt Kommissar Lindemann. Du solltest dich dafür nicht verantwortlich fühlen. Es wundert mich nicht, dass Peter Nielsen sich mit einem unseriösen Pfandleiher einließ und sein Nachlass ebenso undurchsichtig ist wie sein Lebenswandel. Ich bin nur froh, dass dir nichts passiert ist und dass wir zwei Brüder los sind, die meine Nichte mit Schlafmittel betäuben."

„Das war Donovan Riley. Alexander Riese würde sowas nie tun", sagte sie schnell. „Aus Riley bin ich nie schlau geworden. Erst war ich ganz sicher, dass er der Täter ist, aber ich habe ihn zu Unrecht verdächtigt. Ich hatte Angst vor ihm, aber gleichzeitig hatte er etwas an sich ... ich kann es nicht beschreiben. Eine Art Wärme, verstehst du? Und sein Bruder ... ich kann nicht aufhören, mir Sorgen um ihn zu machen. Was ist, wenn der Bogenschütze zurückkommt? Er hat sich solche Mühe mit seinen Anschlägen gegeben. Warum sollte er plötzlich damit aufhören? Und warum war er überhaupt hinter Peter Nielsens Söhnen her, wenn er den Diamanten längst besaß?"

„Sophiechen, ich weiß es doch auch nicht!", stöhnte Cornelius gequält. „Wie gesagt, das alles ist nicht unser Problem. Du solltest ein paar Tage ausspannen. Fahre auf's Land, unternimm irgendwas Schönes. Das hilft dir, Distanz zu gewinnen. Ruh dich aus, und wenn du zurückkommst, hast du die Akte Nielsen vergessen."

ᗯᏰᎧ

Die Mecklenburgische Seenlandschaft erschien Sophie als geeigneter Ort, um die Akte Nielsen zu vergessen. Lorenz hatte sie zu einem Kurs über Erkennung, Zubereitung und Heilwirkung heimischer Wildkräuter eingeladen. Eingeladen war zu viel gesagt, denn sie hatte einen Obolus von mehreren Hundert Euro entrichten müssen, um sich über diese Gewächse belehren zu lassen. Wie die anderen Kursteilnehmer, zu denen neben Anna und Lisa auch diverse andere Teilnehmer, ausnahmslos Frauen gehörten, die sich in veganem Lebensstil bilden wollten.

Obwohl Stille und Schönheit der Landschaft tatsächlich so erholsam wie beschrieben ausfielen, bereute Sophie ihren Entschluss. Im Winter gab es in freier Wildbahn keine Kräuter zu erkennen und so beschränkte sich der Kurs auf die Präsentation von Bündeln getrockneter Pflanzen und das Zerhacken und Kochen selbiger in der Küche eines entlegenen Gasthofs, dessen Wirt wohl schon lange keine Gäste mehr gesehen hatte. Die Unterbringung in den seit Jahrzehnten unrenovierten Zimmern erinnerte Sophie an Frauke Rieses Stube.

Als gänzlich unerfahrene Köchin fiel ihr die stundenlange, wortreich erklärte Zubereitung von Bohnensalat mit Bärlauchschaum schwer und die seltsam schmeckende Mousse au Chocolat aus Sojamilch konnte sie so wenig begeistern wie die Anwesenheit von einem Dutzend Lorenz anhimmelnder Konkurrentinnen.

Abgesehen davon, dass Sophie häufig missbilligende Blicke erntete, weil sie sich weigerte, ihre Füße in diesen hässlichen Gummischuhen schwitzen zu lassen und das klebrige, vegane Make-up zu benutzen, das die blasse Anna anpries, schwand auch ihre Begeisterung für Lorenz.

Während sie Karotten für das Abendessen würfelte, überlegte sie, ob das an ihren Schwierigkeiten lag, sich ins vegane Leben einzufinden, oder daran, dass sie seine mangelnde Bereitschaft, ihr am Silvesterabend beizustehen, nicht vergessen konnte. Aber als er sich entschied, ein Zimmer mit ihr zu teilen, beschloss sie, nichts davon zu erwähnen und stattdessen lieber einen triumphierenden Blick in die Runde der anderen Teilnehmerinnen zu senden.

Überflüssig, wie sich in der Nacht herausstellen sollte. Lorenz lag zwar vollkommen naturbelassen neben ihr im Bett, wünschte sich jedoch nur, dass sie sein Manuskript über veganes Leben korrigierte, und packte ihr einen Stapel eng bedruckter Seiten auf die Brust. Mehr als ein dankbares Küsschen auf die Wange hatte er nicht zu bieten. Minuten später schlief er zufrieden ein.

Sophie verzichtete auf die Lektüre, verbot sich Grübeleien über vegane erektile Dysfunktion und reiste ab, bevor es an die Zubereitung von Tofu-Mandellaibchen zum Frühstück ging. Fest entschlossen, niemandem von diesem Urlaub zu erzählen.

ଔଓ

# Kapitel 10

Donovan Riley freute sich nicht, Varanasi, das Dreckloch am Ganges, wiederzusehen. Der Zug, in dem er saß, kroch langsam voran, behindert von mehreren Rindern, die sich gelassen wiederkäuend auf den Schienen ausruhten und von der Last der zahlreichen Menschen, die in Abteilen, Gängen und auf dem Dach reisten. Jetzt sprangen weitere auf, krallten sich um Haltegriffe und an die Gitter vor den Abteilfenstern, bis Don die Sicht auf Reisfelder, Palmen und die ersten bunten Häuser am Stadtrand vollkommen versperrt war.

Er blieb auf seinem Sitzplatz kleben, den er dank seiner Körpergröße und Rücksichtslosigkeit problemlos erobert hatte und ignorierte die braunen, lachenden Kindergesichter vor dem Fenster. Irgendeiner der zahllosen Götter, an die Inder glaubten, musste ihnen diese ewige, völlig grundlose Heiterkeit verleihen. Sie zeigten weiße Zahnreihen, strahlende, riesige Augen und winkten ihm durch die Scheibe zu. Willkommensgrüße für den Mann aus einer fremden Welt, den sie als sprudelnde Geldquelle einordneten und daher umso herzlicher begrüßten. Sie hofften auf ein paar Rupien oder besser noch Dollar, darauf, dass er irgendeine Hilfe brauchen würde. Eine Rikscha, ein Bett für die Nacht, einen Puff oder irgendein Kraut, das seine Sinne benebelte.

Don fand den Geruch in seinem Abteil benebelnd genug. Wenn es diese Götter gab, die den Kindern Indiens ihr Lachen schenkten, dann hatten sie ihn mit einer viel zu empfindlichen Nase ausgestattet. Fluch und Segen zugleich. Seine Nase hatte ihn befähigt, das exklusive französische Parfüm einer wohlhabenden Dame aus der Masse zu filtern, selbige um ihre farbenfrohe Börse zu erleichtern, als er ihr höflich in den Zug geholfen hatte.

Im Kampf um die Sitzplätze waren ihm noch eine goldene Uhr und ein Armband in die Hände gefallen. Er hatte noch keine Gelegenheit gehabt, die Echtheit der Schmuckstücke zu prüfen, aber der Geruch der ehemaligen Besitzer ließ ihn hoffen. Gepflegte Besitzer, gewaschen, sauber gekleidet und parfümiert wie die wohlhabende Lady.

Jetzt büßte er dafür, umgeben von einer Bäuerin, deren faulendes Gebiss ihn ebenso begeistert angrinste, wie die Kinder an den vergitterten Fenstern, dem aufgeregt gackernden Federvieh, dass sie in einem Rohrkäfig auf dem Schoß trug und mehreren Ziegen mit klebrigem Fell, deren Augen ihn mit der dummdreisten Kühnheit fixierten, die Ziegen auszeichnet. Sein Sitznachbar dünstete die Gewürze seiner letzten Mahlzeit in sichtbaren Schweißbächen aus, obwohl die Temperaturen im Februar kaum 25°C überschritten.

Aber Don wollte nicht undankbar sein. Es hatte zwar eine Weile gedauert, bis er sich nach Indien durchgeschlagen hatte, aber die Einreise war geglückt, ohne dass Zollbehörden oder Polizei ihn aufgehalten hatten. Ermüdet von aufreibender Geldbeschaffung, hatte er einen Flug gebucht, seinen Pass vorgelegt und die Chance genutzt, dass Mahendra Kumars Interesse an ihm erloschen war, und sein Bruder, der Polizeipräsident, wichtigere Dinge zu tun hatte. In Delhi war ihm ein richtiger Glücksgriff gelungen. 500 Dollar, aus der Tasche eines angetrunkenen amerikanischen Geschäftsmannes. Trotzdem hatte er sich lieber für den Zug entschieden, statt mit einem viel bequemeren Flieger in Varanasi zu landen und erneut eine Passkontrolle über sich ergehen zu lassen.

Er hatte überlegt, sich eine Waffe zu besorgen, dieses Vorhaben aber dann vertagt. Es war gut möglich, dass der Bahnhof in Varanasi inzwischen auch mit Scannern ausgestattet war, wie der in Delhi und fast alle größeren Hotels. Notwendige Sicherheitsmaßnahmen.

Die allseits präsenten Götter dieses Landes waren Anlass genug, sich in ihrem Namen gegenseitig abzuschlachten oder einen Anschlag zu verüben. Neben allerlei anderen Konflikten, die in einem Riesenland schwelten. Die ewige Heiterkeit, die bunten Farben und die hartnäckig in Tempeln und Schreinen beschworene spirituelle Friedfertigkeit täuschten nur alle, die Indien nicht kannten. Don ließ sich nicht mehr täuschen, auch wenn er manchmal hoffte, es wäre so.

Endlich rollte der Zug schnaufend im Bahnhof von Varanasi ein. Absichtlich verließ Don als Letzter das Abteil. Es waren genug andere Diebe unterwegs, ebenso geschickt wie er und er hatte keine Lust, sich seine Beute gleich wieder abnehmen zu lassen.

Am Ausgang sah er keinen Scanner, ließ sich mit dem Menschenstrom ins Freie spülen und ignorierte die zahlreichen Kinder, die ihn sofort umringten. „Boss, Boss, Rikscha, Taxi, Hotel, go with me Boss!"

Er pflügte durch die bettelnd ausgestreckten Arme über den breiten Vorplatz, bog um eine Mauer und nahm den Weg zur Nadesar Road. In den Geschäften am Nadesar Park kauften die Reichen der Stadt und er brauchte dringend neue Klamotten. Bei einem Schneider ließ er für einige Hemden Maß nehmen und gab zwei Leinenanzüge in Auftrag. Der alte Schneider war sympathisch, hatte eine hilfreiche, ausgesprochen hübsche Tochter und so entschied sich Don, ein paar Rupien aus der farbenfrohen Börse der wohlhabenden Lady als Anzahlung hinzublättern.

„Eine Woche, Sir, dann ist alles fertig."

Don nickte, verließ die Schneiderei, winkte nach einer Motorrikscha und ließ sich zum Dashashvamedh Ghat knattern. Die breiten Wasser des Ganges, der träge und gelblich in der Sonne glänzte, lösten ein Gefühl der Übelkeit in ihm aus. Der laue Wind trug die ebenso bekannten wie verhassten Gerüche in seine Nase, besonders die der Leichenfeuer am Manikanika Ghat. Entschlossen bog er in die enge Gasse ein, in der seine alte Wohnung lag, passierte eilig die grüne Holztür und nahm eine lange Treppe zu einem ockerfarbenen, palastähnlichen Gebäude, an dem das Schild „Andhra Ashram" verblich. Die vielen Ausländer, die in indischer Kleidung auf der Treppe hockten, betrachteten ihn skeptisch.

Don grinste. Es riss nie ab, das alte Geschäft mit dem Himmelreich. Offenbar war das Ashram ausgebucht. Gopal musste zufrieden sein.

Guru Gopal Say Baba empfing ihn ruhend auf einem Kissenberg in einem Raum mit hohen Wänden, den eine kunstvoll verzierte Flügeltür vom Rest des Ashrams trennte.

„Donovan Riley, Namaste, mein alter Freund, welch Freude", kam es sanft und klangvoll aus seinem Mund, während er regungslos liegenblieb und auch die Augen nicht öffnete.

Don wusste, dass der fette Koloss in den Kissen keine übersinnlichen Fähigkeiten brauchte, um ihn mit geschlossenen Augen zu erkennen. Einer der vielen Wächter, die in Gopals Ashram ihren Dienst taten, hatten ihm längst berichtet, wer die Schwelle zu seinem klösterlichen Hort der meditativen Erleuchtung übertreten hatte.

„Namaste, Gopal", grüßte Don und ließ sich auf einem Holzstuhl mit reichlich Schnitzwerk nieder.

Gopals Allerheiligstes war seit seinem letzten Besuch unverändert, glich einem geheimnisvollen Tempel. Nachtblaue Wände mit gestickten Wandbehängen, die verschiedene Götter und Symbole zeigten, Statuetten aus Bronze, matte Beleuchtung, die durch lederne Lampenschirme drang. In der Mitte des Raums befand sich der üppige Kissenberg, auf dem sich Guru Gopal von seiner Lehrtätigkeit erholte. Vor dem Fenster, halb verdeckt von einem Paravent aus Mangoholz, ein Schreibtisch, an dem er seine Geschäfte erledigte.

Nur Gopals Erscheinung hatte sich auffällig verändert. Aus dem hochgewachsenen, drahtigen Mann, der mit Don und Prakash als Söldner gekämpft hatte, war der feiste Buddha-Abklatsch geworden, der nun ein ebenso erwartungsvolles wie friedfertiges Lächeln zeigte.

„Was führt dich zu mir, mein Freund?"

„Ich will deine kostbare Zeit nicht lange in Anspruch nehmen, Gopal. Du hast viele Schüler in deinem Ashram."

„Den Göttern sei Dank. Es gibt viele Suchende auf dieser Erde. Seelen, die Beistand brauchen auf dem karmischen Weg. Besonders aus der Ferne, in der auch du einst geboren wurdest. Aber wie ich dich kenne, mein Freund, bist du nicht zu mir gekommen, um den Weg der spirituellen Erleuchtung zu beschreiten."

„Ich brauche ein Zimmer, einen Pass und eine Auskunft."

Gopal öffnete die Augen, drehte den Kopf und richtete seinen aufmerksamen Blick in Dons Gesicht. Mit langsamen Bewegungen wälzte er seinen schweren Körper aus dem Kissenberg, faltete den Paravent zusammen und nahm hinter seinem Schreibtisch Platz. Don blieb stumm, bis Gopal ein Räucherstäbchen in einer Holzschale angezündet hatte und den dünnen Rauch mit den Händen in Dons Richtung wedelte.

„Muss das sein?"

„Muladhara Chakra", erklärte Gopal. „Für eine fröhliche, liebevolle Atmosphäre. Vermehrt Kapha, vermindert Vata. Deine Doshas scheinen mir aus dem Gleichgewicht geraten zu sein, mein lieber Freund."

„Mag sein. Zwei Gramm Sandelholzrinde und ein Tropfen Jasminöl werden das ändern?"

„Nicht bei dir", seufzte Gopal. „Beginnen wir mit dem Zimmer. Trotz der vielen Suchenden ist in meinem Ashram immer Platz für dich. Wie ich erkenne, ist dein Interesse an Ayurveda und Tantra so gering, wie die Menge an Jasminöl in diesem Räucherstäbchen. Es ist daher ungewöhnlich, dass Donovan Riley sich freiwillig in die klösterliche Ruhe begeben will, die in meinem Ashram herrscht. Warum hier?"

„Ich schätze die Verschwiegenheit des betreibenden Gurus."

„Ich verstehe. Niemand wird erfahren, dass du zurück bist. Besonders Mahendra Kumar nicht", lächelte Gopal. „Du hast wirklich nichts zu befürchten. Der ehrenwerte Mahendra ist zu beschäftigt, um sich mit dem Schicksal von Schmugglern zu befassen. Er bereitet die Verlobung seiner Tochter Nelly vor. Die Schöne soll in höchste Kreise einheiraten. Nizam Blut, so wird geredet. Ihr Gemahl wäre Herrscher über ein ganzes Sultanat, wenn es sowas in Indien noch gäbe."

„Sieh an."

„Verständlich, dass der gute Mahendra sich bemühen muss, die noble Familie mit seiner Mitgift zu beeindrucken. Ihm schwebt ein Diamant vor, ein ganz bestimmter Diamant. Weißt du, was das wirklich Erstaunliche daran ist? Es handelt sich um einen rosafarbenen 42-Karäter im Smaragdschliff."

Don hob die Augenbrauen und schaffte es im letzten Moment, seinen Unterkiefer davon abzuhalten, voller Erstaunen herunterzuklappen.

„Mir wurde die Ehre erteilt, dieses großzügige Geschenk zu beschaffen. Aber Kumar wird etwas ungehalten, der Tag des großen Festes naht. Deshalb freue ich mich ganz besonders über deine Rückkehr. Wie ich inzwischen weiß, war der fremde Diamantenschürfer, der in ganz Indien Aufsehen mit dem Stein erregte, dein Vater. Unglückliche Umstände zwangen dich, unser schönes Indien zu verlassen. Aber jetzt willst du mir helfen, einen großzügigen Kunden zufriedenzustellen, nicht wahr? Deshalb bist du hier."

„Um zufriedene Kunden kann ich mich gerade nicht kümmern. Ich hab andere Probleme."

Gopals zufriedenes Lächeln starb gemeinsam mit dem sanften Singsang in seiner Stimme.

„Winde dich nicht, um den Preis hochzutreiben. Das ist unser Diamant, Donovan Riley. Seit Chitral, wo wir nebeneinander im Geröll lagen und einen Handel belauschten. Du, Prakash, meine Wenigkeit. Und Malcolm natürlich. Erinnere dich."

„Ungern", murmelte Don und sah auf seine Hände.

„Ich bin nicht nachtragend. Sag mir nur, wie du es gemacht hast."

Don traf Gopals Blick. „Es gab keinen Diamanten in Chitral."

„Das weiß ich. Der Handel ist geplatzt. Kaboom! Aber es gab ihn hier, in Varanasi, in den Händen deines Vaters. Ich verzichte auf die Information, wie du ihn an dich gebracht hast. Verkaufe mir den

Stein. Du brauchst Geld, das sehen meine erleuchteten Augen in deinen."

„Siehst du richtig. Aber ich hatte den Stein nie. Nicht in Chitral und nicht danach. Der Klunker hat mir nur Ärger gebracht."

Er hörte den Koloss stöhnen, ohne dass er aufhörte, in Dons Augen zu starren. „Du warst immer ein guter Dieb, aber ein schlechter Lügner. Deine Augen verraten dich", murmelte Gopal dann. „Das erschreckt mich. Du sagst die Wahrheit. Ich glaube dir. Ja, tatsächlich glaube ich dir, Donovan Riley."

Durch Gopals massigen Körper fuhr ein ärgerliches Zittern. Dann senkte er die Lider.

„Scheiße", entfuhr es ihm durch kaum geöffnete Lippen. „Ich hoffte und betete, es wäre an der Zeit, Guru Gopal deine Sünden zu beichten."

„So viel Zeit haben wir beide nicht. Wie lange brauchst du für den Pass?"

„24 Stunden. Ich brauche den Namen, den du anzunehmen gedenkst, zwei Passbilder und 50.000 Rupien."

„Du bist teuer, Gopal."

„Hässliche Worte, Donovan Riley."

„Ich brauche das Ding nur kurz und nur hier in Indien. Du kannst einen zweitklassigen Fälscher beauftragen, keine ausländische Behörde wird das Dokument prüfen."

„40.000 Rupien, ein Freundschaftspreis. Die Erinnerung an alte Zeiten erweicht mein Herz."

Don grunzte unwillig, reichte aber die goldene Uhr über den Schreibtisch. Gopal lächelte wieder, öffnete eine Schublade und klemmte eine Juwelierlupe in sein rechtes Auge.

„Das Ding ist mehr wert. Pass und Zimmer sollten damit abgegolten sein."

„Gut", nickte Gopal. „Kommen wir zu der Auskunft. Mit welcher Information kann ich dir dienen?"

„Prakash Sindh. Ich muss wissen, in welchem Knast er gelandet ist und ob er noch lebt."

„Wo ist das Problem? Du kannst jedes beliebige Gefängnis in Indien aufsuchen, nach ihm fragen, verlangen, ihn zu sehen. Man ist per Gesetz verpflichtet, dir Auskunft zu geben und dir jeden Teil des Gefängnisses zu zeigen, jede Zelle."

„Per Gesetz!" Don lachte. „Ich meinte nicht den Vorzeigeknast für die staatlichen Kontrolleure, sondern die Hölle, in der Ehrengäste des hiesigen Polizeipräsidenten landen. Per Gesetz gibt es in Indien auch keine Kasten mehr, Frauen sind gleichberechtigt und Korruption ist strafbar. Diesen Blödsinn kannst du den Erleuchtungswilligen da draußen auf der Treppe erzählen. Die glauben auch, dass Schweine fliegen können."

„Mit Hilfe meines hauseigenen Räucherwerks sehen sie tatsächlich mitunter ein fliegendes Schwein", lächelte Gopal und legte die Fingerspitzen aneinander. „Mit deinem neuen Pass kannst du gefahrlos im Distrikt-Gefängnis von Varanasi Erkundigungen einziehen und dich umsehen. So wie du ist auch Prakash in Vergessenheit geraten. Aber seine Seele wurde noch nicht erlöst und wartet gefangen in seinem Körper im Block 5, etwa einen Kilometer vom übrigen Gefängniskomplex entfernt."

„Wie immer bist du gut informiert, Gopal", lobte Don und ließ das Armband über den Tisch wandern. „Woran erkenne ich Block 5?"

Gopal klemmte seine Lupe wieder ein und prüfte zunächst die Steine in dem Armband, bevor er es auf eine Goldwaage legte, nickte und endlich Luft holte.

„Am Gestank. Teilweise den Bergen von Elefantenscheiße zuzuschreiben. Offiziell ist Block 5 eine Mahut-Schule und dient der Ausbildung von Forstbeamten, die mit Elefanten arbeiten. Die übrigen Duftnoten dürften dir bekannt vorkommen."

Gopal ließ Uhr und Armband in einer Schublade verschwinden und lehnte sich zufrieden zurück.

Don erhob sich und nickte. Er machte ungern Geschäfte mit Gopal, schon weil sich der Guru neben seinen breit gefächerten Aktivitäten besonders gern in den Sparten „Drogen, Waffen, Weiber" betätigte. Gopals Freude darüber, dass Don ihn jetzt brauchte, war deutlich zu spüren. Deshalb bezahlte er ihn lieber großzügig, anstatt einen Gefallen schuldig zu bleiben. Er wusste, dass der Guru seine Talente schätzte und nur zu gern für sich genutzt hätte.

„Es ist mir eine Freude, dir behilflich zu sein, Donovan Riley. Wir sollten wieder häufiger zusammenarbeiten, findest du nicht?", ließ er auch prompt hören.

Don tat, als hätte er diesen Vorschlag überhört. „Noch etwas, Gopal. Du hast nicht zufällig eine handliche Knarre zu verleihen?"

Gopal zog die Augenbrauen hoch, öffnete dann eine weitere Schublade in seinem Schreibtisch und spähte hinein. „Makarow oder Glock?"

„Makarow ist zu ungenau, Glock ist ein Klotz. Hast du keinen Revolver?"

„Sieh an, Donovan Riley kann keine Ladehemmung gebrauchen, wie sie bei Pistolen hin und wieder vorkommt. Wie ist es mit einem Smith & Wesson .357 Magnum? Munition inbegriffen?"

„Fein, nehme ich."

„Du willst doch niemanden mit der Waffe erschrecken, Donovan Riley?"

„Nein, ich will nur verhindern, dass jemand mich erschreckt."

Gopals Grinsen zeigte seine weißen Zähne. „Du bist sehr vorsichtig. Und du hast etwas vor. Sollte der Diamant doch noch den Weg in deine Hände finden, kommst du zu mir. Guru Gopal wird dir Ärger ersparen können und ihn in Geld verwandeln. So verschwiegen, wie du es zu schätzen weißt."

CRO

Wenige Tage nach Dons Besuch bei Guru Gopal prangte ein Bild des großzügigen Geschenks in dem Magazin „India Today". Der Diamant, jetzt in einen schlichten Goldrahmen an einer Kette gefasst, zierte eine strahlende Nelly Kumar im Blitzlichtgewitter.

Dons Nachricht mit dem Zeitungsartikel, in dem das prunkvolle Fest angekündigt wurde, erreichte Dent auf seinem Handy.

Dent starrte auf das Display. Es war zu früh, um diese Nachricht vollständig zu verarbeiten. Nebenbei wurde die gesamte Aufmerksamkeit, zu der er vormittags fähig war, von den Schildern beansprucht, die ihm helfen sollten, sich auf dem Ohlsdorfer Friedhof zu orientieren.

Er hatte sich doch entschlossen, seinem Vater die letzte Ehre zu erweisen. Vielleicht war das Bild in dem Pass daran schuld, den Sophie ihm mit den anderen Habseligkeiten übergeben hatte. Peter Nielsen hatte nicht wie ein schlechter Mensch ausgesehen. Selbst wenn Dent nicht genau bestimmen konnte, wie schlechte Menschen auf Passbildern aussahen, hatte es ihn dazu gebracht, nach Kapelle 13, Grabfeld 212 BN-BO zu suchen.

Sophie Kröger hatte es sich nicht nehmen lassen, ihn zu begleiten. Sonst war niemand zur Beisetzung gekommen. Anja hielt die Stellung im Büro, seine Mutter war lieber in der Wäscherei geblieben. „Ich spuck dem nur ins Grab", hatte sie gegrollt.

Dent beeilte sich, weiter den Schildern zu folgen. Sophie hatte Mühe, mit ihm Schritt zu halten. Er hörte, dass sie etwas sagte, aber im Moment wollte er sich nicht darum kümmern. Endlich konnte er den Pastor sehen, der bereits am offenen Grab wartete und nicht in die aufgeschlagene Bibel, sondern auf seine Uhr sah. Verlegen begrüßte er den Mann und nahm mit gesenktem Kopf Aufstellung. Er hatte keine Ahnung, ob sein Vater evangelisch gewesen war, aber er fand, dass an einem Grab ein paar Worte gesagt werden mussten.

Während der Geistliche sprach, glotzte er auf den Sarg. Plötzlich überfiel ihn ein quälendes Gefühl der Einsamkeit. Es war nicht das erste Mal, dass er sich einsam fühlte, aber diese Regung war anders. Endgültig alleingelassen von einem Vater, den er nie kennen gelernt hatte. Fast hätte er geweint. Der Gedanke an Don, gerade heute von ihm zu hören, milderte das Gefühl und half, die Tränen zu verdrängen. Er war nicht allein. Er hatte einen Bruder.

Winzige Schneeflocken rieselten aus einem steingrauen Himmel, als die kurze Zeremonie endete. Der Pastor verabschiedete sich mit einem Händedruck und Beileidsfloskeln. Dent blieb einfach stehen, wie immer, wenn er nicht wusste, was er als nächstes tun sollte und blinzelte. Brenda Rileys Beisetzung fiel ihm ein. Auf dem Highgate Friedhof hatte es auch geschneit. Da hatte er genauso dagestanden, an einem Grab, auf einem Friedhof, einem großen, unübersichtlichen Friedhof. Kurz bevor der erste Pfeil ihn knapp verfehlt hatte. Wenn Don nicht gewesen wäre, dann ...

„Herr Riese! Hören Sie mir überhaupt zu?" Sophies Stimme neben ihm klang schrill.

„Nein", antwortete er wahrheitsgemäß.

„Sie stehen auf einem Friedhof, an einem Grab! Kommt Ihnen die Situation nicht irgendwie bekannt vor?"

„Doch. Ist mir auch gerade aufgefallen."

„Dann bewegen Sie sich um Himmels Willen!", rief sie und zerrte an seinem Arm.

Er nickte und lief brav mit, bis sie Sophies Mercedes erreichten. Sie atmete auf und warf sich hinter das Steuer. Dent schob sich auf den Beifahrersitz.

„Keine Panik, Fräulein Sophie", versuchte er, sie zu beruhigen, und hielt ihr sein Display unter die Nase. „Gucken Sie mal."

Sophie vergaß, den Zündschlüssel zu drehen und öffnete den Mund.

„Unfassbar ... diese Frau trägt Ihren Diamanten!"

„Genau. Die Nachricht kam vorhin von Don. Ich rufe ihn jetzt an."

„Bruderherz!", hörte er Dons Stimme. „Gut, dass du dich so schnell meldest."

„Unser Vater ist unter der Erde, Don", informierte Dent. „Ich komme gerade von der Beerdigung."

„Du warst auf dem Friedhof? Am Grab? Bist du O.K.?"

„Ja, verlief ohne Zwischenfälle. Danke für deine Nachricht mit dem Zeitungsartikel. Da sich der Stein nun im Besitz dieser Nelly Kumar befindet, ist davon auszugehen, dass der Schütze damit in seine Heimat zurückreiste."

„Dent, zieh den Kopf ein und bleib wachsam", mahnte Don. „Lass dich nicht täuschen, nur weil er eine Pause eingelegt hat. Er könnte immer noch hinter uns her sein."

„Du hast recht", gab Dent zu und senkte den Kopf. „Ich will mich dauernd überzeugen, dass es vorbei ist."

„Es ist nicht vorbei. Wo bist du jetzt?"

„In Fräulein Sophies Auto, vor dem Friedhof."

„Gut. Gebt Gas. Unser Erbteil von 13,5 Millionen ist als pompöses Verlobungsgeschenk aufgetaucht. Grund genug, aktiv zu werden."

„Aktiv?"

„Ich weiß, ‚aktiv' ist ein böses Wort für dich, Bruderherz, aber du musst dich in Bewegung setzen. Ich brauche euch in Varanasi. Dich und Fräulein Sophie. Besorgt euch ein Visum und steigt in den nächsten Flieger, möglichst ohne dass jemand davon Wind kriegt. Dieser Bogenschütze ist mir zu mobil und zu gut informiert."

„Was hat er gesagt?", lauschte Sophie.

„Wir sollen nach Varanasi fliegen."

„Fliegen? Wir? Nach Indien? In dieses Varanasi?"

„Sie soll sich nicht anstellen", knurrte Don in Dents Ohr. „Wir brauchen Sophie in ihrer Eigenschaft als Nachlassverwalterin. Sie muss bezeugen, dass der Stein uns gehört. Stellt alle Dokumente zusammen. Den Pfandschein, das Gutachten, Erbschein, was immer als Beweis taugt. Kommissar Lindemann kann bescheinigen, dass dieser Diamant Gegenstand polizeilicher Ermittlungen ist. Das sollte genügen, um den Stein auf legalem Weg einzufordern."

„Du willst zu diesem Kumar und den Stein zurückfordern?"

„Nicht ich. Das musst du mit Sophie anleiern. Ich bin der falsche Mann für sowas und ich will Kumar nicht beggnen. Aber ich will wissen, wie der Klunker um Nellys hübschen Hals gekommen ist. Vielleicht kommen wir dabei auch dem Bogenschützen auf die Spur."

„Dieser Kumar", überlegte Dent. „Könnte er nicht der Schütze sein?"

„Nein. Kumar ist unsportlich, hat einen Bauch und er ist kein Nair. Er wollte den Stein, um mit der Mitgift seiner Tochter angeben zu können. Ich hab mit einem alten Kumpel gesprochen, der für so einen Deal in Frage käme, aber der weiß es auch nicht. Kumar soll ausspucken, woher er ihn hat. Deshalb will ich, dass ihr ihn konfrontiert."

„Don ... hab' ich eigentlich schon erwähnt, dass ich ungern reise?

„Ich lasse ungern 13,5 Millionen sausen oder einen weiteren Pfeil in unsere Richtung. Dachte, dir geht's ähnlich."

„Hm."

„Ich rechne fest mit dir, Bruderherz. Ich hab mir ein Handy besorgt. Ruf diese Nummer an, wenn du landest."

„Niemals! Niemals, Herr Riese, werde ich mit Ihnen ein Flugzeug besteigen!", keuchte Sophie aufgebracht, kaum dass Dent das Gespräch beendet hatte. „Bis in dieses ... Varanasi! Meine Anwesenheit dort ist völlig unnötig! Onkel Cornelius kann sämtliche Dokumente notariell beglaubigen. Damit können Sie dann nach Indien reisen und sich an einen Kollegen wenden. Viel Spaß!"

Wütend gab sie Gas und überließ Dent seinen Gedanken. Er gestand sich ein, dass er Don vermisste. Varanasi. „Lady Savage" lebte dort.

ॐ

Der Schneider war nicht da, als Don seine Bestellung in der Nadesar Road abholte. Dafür seine hübsche Tochter, deren Blicke immer wieder über die ganze Länge seines Körpers wanderten, als er probierte, ob alles passte. Seine Überlegungen schwankten zwischen der Möglichkeit, sie brutal hinter den Nähtisch zu schubsen und mit den neuen Klamotten zu verschwinden und der, herauszufinden, ob sie ein modernes indisches Mädchen war, indem er sie zum Essen einlud.

Sie trug keinen Sari, sondern einen grünen Salwar Kameez, eher die modische Variante, die aus einer hautengen Hose und einem schmalen, ärmellosen Oberteil bestand, das knapp bis zur Mitte ihrer Oberschenkel reichte. Ihre Sandaletten, ebenfalls grün, hatten mörderisch hohe Absätze, auf denen sie sich jedoch mit der unvergleichlichen Anmut bewegte, die nur indischen Frauen gegeben ist.

Mitten auf ihrer Stirn konnte er ein Bindi glitzern sehen, was darauf hindeuten konnte, dass sie Hindu und verheiratet war. Aber seit Bindis mehr Dekoration waren und sogar von muslimischen Inderinnen getragen wurden, konnte sie ebenso gut unverheiratet sein. Einen Ehering trug sie jedenfalls nicht.

Die Entscheidung, ob er sie schubsen oder einladen sollte, musste noch warten, bis der andere Kunde endlich ging. Ein älterer Mann, der vor dem Spiegel an einem seidenen Anzug herumzupfte. Er schien sehr eitel zu sein, strich über sein volles, blauschwarzes Haar und verlangte nach der hübschen Schneidertochter, um eine passende Krawatte auszuwählen. Mit einem bedauernden Augenaufschlag an Don wandte sie sich dem Mann zu.

Nach einer guten halben Stunde war es Dons Ungeduld zuzuschreiben, dass weder geschubst noch eingeladen wurde. Er zahlte mit dem restlichen Geld aus der farbenfrohen Börse der Lady aus dem Zug und verließ mit einem grimmigen Blick auf den Mann im Seidenanzug das Geschäft.

„Super, Don, ganz super. Mal wieder neu eingekleidet, aber fast pleite auf der Straße", klagte er sich murmelnd an. In der Brusttasche des neuen Anzugs steckten nur noch die 500 Dollar, die er dem amerikanischen Geschäftsmann abgenommen hatte und ein unwesentlicher Betrag in Rupien. Er brauchte Scheine, mit denen er die Auskunftsfreudigkeit des Gefängnispersonals fördern konnte. Falls nötig.

Entschlossen winkte er eine Rikscha heran, die ihn zum Distrikt-Gefängnis im Stadtteil Cantt brachte. Er ließ sich in eine ebenso gesten- wie wortreiche Verhandlung um den Fahrpreis verwickeln, klatschte dem Fahrer scheinbar wütend 100 Rupien vor die Brust und zockte ihm nebenbei die Schachtel Zigaretten aus der Hemdtasche. Dann blieb er mit klopfendem Herzen vor den hoch aufragenden Mauern stehen.

Das Distrikt-Gefängnis war in einer ehemaligen Kaserne aus englischer Kolonialzeit untergebracht. Das Gebäude wirkte, als hätte niemand seit dem Abzug der Briten etwas daran instand gehalten. Lebensformen unterschiedlicher Art und Farbe fraßen sich in Putz und Mauerwerk, eine Stromleitung hing unbefestigt an der Mauer herunter. Es gab keine Wachtürme, keine Kameras und keinen Wachtposten vor dem Eingang. Das mochte daran liegen, dass die

Mauern um den Gefängniskomplex herum bestimmt sechs Meter hoch waren, vielleicht sogar acht, und der Eingang aus einem eisernen Tor bestand, das ausgesprochen solide wirkte.

Nichts widerstrebte Don mehr, als durch das Eisentor einen Knast zu betreten. Dies war nicht das Gefängnis, in dem er mit Prakash damals eingesessen hatte, aber das machte es nicht einladender.

Er versuchte, die Bilder in seinem Kopf mit einer Zigarette zu vertreiben, mahnte sich, dass er nicht nervös wirken durfte, wenn er den Gefängniswärtern gegenüberstand, aber es gelang ihm nicht einmal, seine zitternden Hände zu beherrschen.

„Du willst dich nur umsehen, Don", hämmerte es in seinem Kopf. „Souverän und gelassen. Du legst einen Pass vor, in dem du Clifford Ramsey heißt, und gibst vor, nach einem Verwandten namens Barney Pearce zu suchen, der in Varanasi in Schwierigkeiten geraten ist. Es ist besser, wenn sie nicht merken, dass du an Prakash interessiert bist. Du tust umständlich und langsam, checkst das Gelände, Ausstattung, Mannstärke und Bewaffnung. Das kannst du, das hast du gelernt. Und dann bedauerst du, den guten Barney nicht gefunden zu haben, bedankst dich und haust wieder ab."

Er straffte sich und kniff die Lippen zusammen, bis er davon ausgehen konnte, ebenso überheblich und unangenehm auszusehen, wie die Kolonialherren, die einst in diesem Gemäuer gewaltet hatten.

„Schüchtere sie ein, lass sie glauben, dass du die Gesetze kennst, dich über jeden von ihnen bei irgendeiner übergeordneten Behörde beschweren wirst, wenn sie nicht kooperieren. Du musst genug von diesem Komplex zu sehen bekommen, bis deine Nase dir sagt, wo Block 5 liegt."

Endlich hörte das Zittern seiner Hände auf. Don klopfte an das eiserne Tor.

෮෯

Der Schütze starrte durch die getönte Scheibe seines neuen Mercedes. Die Freude an dem glänzenden Wagen war verflogen, so wie die Tage des Glücks, die hinter ihm lagen. Er hatte sie im Familienkreis genossen, geliebt und bewundert von den Menschen, die ihm alles bedeuteten. Es hatte gut getan, sich von seinen Strapazen zu erholen. Der schreckliche Husten war verschwunden und der Knöchel, den er sich bei der hektischen Flucht von den Dächern verstaucht hatte, schmerzte nicht mehr.

Die Worte des weisen Gurukal hatten ihn getröstet. Seine Aufgabe war schwer und obwohl sie nicht abgeschlossen war, gab es Teilerfolge. Der Diamant hatte einen hervorragenden Preis erzielt. Zunächst hatten sie mit dem Verkauf warten wollen, bis Peters Söhne ausgeschaltet waren, aber sie konnten nicht noch mehr Zeit verstreichen lassen. Jetzt waren sie dem großen Ziel ganz nah. Der Gurukal hatte seinen besten Schüler gelobt und darauf bestanden, ihm einen lange gehegten Wunsch zu erfüllen.

Heute Morgen hatte er den Mercedes in Empfang genommen, sein ganz persönliches Symbol des Erfolgs. Im Inneren roch es ganz neu, ganz frisch, ganz anders als diese Stadt. Die roch nach Dreck.

Er hatte im Dreck gelebt, Drecksarbeit geleistet und Dreck gefressen, aber er hatte immer gewusst, dass er sich eines Tages aus dem Dreck befreien würde. Es war ein langer, beschwerlicher Weg gewesen, der vor 30 Jahren in Golkonda begonnen hatte. Damals hatte Peter Nielsen, der geschwätzige Tölpel, zum ersten Mal seinen Weg gekreuzt. Eine schicksalhafte Begegnung. Nie hätte er gedacht, dass sie sich wieder begegnen würden, nach so vielen Jahren. Ausgerechnet in Varanasi, wohin er sich geflüchtet hatte, nachdem…

Daran wollte er jetzt nicht denken. Er hatte gewusst, dass die Zeit der Entspannung nicht lange andauern würde, aber Rileys Auftauchen verkürzte sie so unerwartet wie alarmierend. Das erhebende Gefühl der letzten Tage war mit einem Stich des Erschreckens verpufft, als er Riley in der Schneiderei erkannt hatte, war einer ängstlichen Beklemmung gewichen, als er ihn bis hierher verfolgt hatte.

Den Bogen hatte er nicht dabei, auch keine andere Waffe. Wozu auch, er hatte nur eine Krawatte kaufen wollen, sich an den exquisiten Seidenstoffen erfreut. Bis Donovan Rileys Erscheinung der Schneidertochter den Kopf und ihm den Magen verdreht hatte.

Warum war er zurückgekommen? Wegen des Diamanten? Gut möglich, nachdem Mahendra Kumar ihn der Presse präsentiert hatte, zusammen mit seiner einfältigen Tochter. Fast wünschte er sich, dass der arrogante Hotelier den Stein wieder abgeben musste. Aber das war Kumars Problem, nicht seins. Sein Problem hieß Donovan Riley.

Der Schütze tastete nach seinem Amulett, bis ihm einfiel, dass er es verloren hatte. Über den Dächern dieser kalten Stadt. Ein schlechtes Zeichen. Ob Riley ihm nachspürte, wusste, wer er war? Das war so gut wie unmöglich. Dennoch, Peter hatte ihm das Notizbuch geschickt. Selbst wenn Riley mit dem Inhalt nichts anfangen konnte, so war vielleicht ein Brief dabei gewesen. Eine Erklärung, die ihm zum Verhängnis werden konnte, noch im letzten Moment vor dem großen Ereignis. Diese quälende Ungewissheit schnürte ihm die Kehle zusammen. Wieviel wusste Donovan Riley? Oder sein Bruder, oder beide zusammen?

Der Schütze wusste es nicht. Nur dass Peters Söhne ihn in den Dreck zurückschubsen konnten. Es musste ihm endlich gelingen, die Söhne des Schwätzers zu töten. Alexander Riese saß in seiner Wohnung in der kalten Stadt. Um ihn würde er sich später kümmern. Aber Donovan Riley sollte den morgigen Tag nicht überleben.

ଓଞ୍ଚ

# Kapitel 11

„Indien ist das siebtgrößte Land der Erde mit 1,2 Milliarden Einwohnern, die 100 verschiedene Sprachen sprechen. Amtssprachen sind Hindi und Englisch, 21 weitere Sprachen werden anerkannt. Asamiya, Bengali, Gujarati, Kashmiri, Malayam, Marathi, Nepali, Oriya, Sanskrit …"

Dent verdrehte die Augen. Sophies Versuche, ihre Flugangst mit lautem Vorlesen aus einem Reiseführer zu bekämpfen, mischten sich mit Sylvester Stallones genuscheltem Englisch aus seinen Kopfhörern. Das Schicksal des Filmhelden, das über den Monitor an dem Sitz vor seinem flimmerte, war ihm egal, nur ein Versuch, der geballten Ladung Information zu entgehen, die Sophie seit Stunden ablas. Wieder wusste er nicht genau, warum sie ihn begleitete, nachdem sie sich erst so vehement gewehrt hatte. Vielleicht weil ihr Onkel Cornelius bemerkt hatte, dass Behörden ausländische Dokumente, notariell beglaubigt oder nicht, oft nicht anerkennen mochten oder weil sie es als ihre Pflicht ansah, diese Erbschaftsangelegenheit endlich zum Abschluss zu bringen.

„Arabische Eroberer brachten im 8. Jahrhundert n. Chr. den Islam nach Indien, welcher in der Herrschaft der Mogulherrscher kulminierte. Das Mogulreich hatte bis ins Jahr 1857 Bestand. Danach begann die europäische Kolonialherrschaft, unter der loyale Fürsten Kleinstaaten mit eingeschränkter Souveränität behielten, wie zum Beispiel die Nizam von Hyderabad, deren Fürstentum zu den größten Indiens gehörte. Fürst Osman Ali Khan, der letzte Nizam, galt bis zu seiner Absetzung 1948 im Zuge der indischen Unabhängigkeit als der reichste Mann der Welt."

Die Lautsprecher-Information, dass die verbleibende Flugzeit nur noch 35 Minuten betrug, nahm er mit gemischten Gefühlen auf. Immerhin krallte Sophie sich diesmal nicht hysterisch in seinen Arm. Kurz hatte er mit dem Gedanken gespielt, sie mit einem Schlafmittel ins Reich der Träume zu schicken, aber das hatte er sich nicht getraut. Wirklich störend war seine eigene Angst, die sich plötzlich nicht länger verdrängen ließ.

Was würde passieren nach diesen 35 Minuten? Ob der Bogenschütze noch immer vorhatte, ihn zu beseitigen? Ob er mitbekommen hatte, dass er auf dem Weg nach Varanasi war, dem Diamanten hinterherreiste? Er war so vorsichtig wie möglich vorgegangen, hatte das Visum online beantragt, Anja mit einer Vollmacht zum indischen Konsulat geschickt, den Flug online gebucht und auch das Taxi zum Flugplatz über die App auf seinem Handy bestellt. Vor seinem Computer, bewaffnet mit Kaffee, Kippen und Keksen, hatte er sich sicher gefühlt, aber dieses Gefühl verflüchtigte sich mit jedem Kilometer, den das Flugzeug zurücklegte.

Dent hatte keine Vorstellung von Varanasi. Weder ob der Flugplatz dort geeignet war, um einen Pfeil auf ihn abzuschießen, wenn er in einer Passkontrolle warten musste, noch ob es in dieser Stadt leicht sein würde, ihn ausfindig zu machen. Er erwartete ein feuchtwarmes Klima, zu viele Menschen auf einem Haufen und seltsame Nahrungsmittel.

„Seit der Unabhängigkeit vom britischen Kolonialreich 1947 ist Indien ein säkularer Staat und bildet die weltgrößte Demokratie. Trotz Abschaffung des Kastensystems und der wirtschaftlichen Liberalisierung sind die vorherrschenden Probleme die ausgedehnte Armut sowie ethnische und religiöse Konflikte. Terroranschläge, verübt von sowohl radikalen Hindus, islamischen Gruppierungen und militarisierten ethnischen Minderheiten...

Sophies Stimme stockte, als das Flugzeug zur Landung ansetzte.

„Terroranschläge, radikale Hindus, islamische Gruppierungen, militarisierte Minderheiten", wiederholte sie. „Ich bin gerade nicht sicher, ob ich will, dass dieses Flugzeug landet."

Dent konnte sehen, wie sie schauderte und eilig ein paar Seiten überblätterte. Dann holte sie tief Luft und ratterte weiter Informationen herunter.

„Während des Jura trennte sich der zum Urkontinent Gondwana gehörende indische Subkontinent von der Antarktis-Platte und driftete im Zuge der Kontinentalverschiebung durch das Thetys-Meer gen Norden. Vor schätzungsweise 64 Millionen Jahren erfolgte die Kollision mit der eurasischen Platte, was die Auffaltung des Himalayagebirges zur Folge hatte. Teile des Urkontinents sind als ungeformte Kratone in der Landmasse Indiens enthalten, besonders im Deccan Plateau ..."

Dent horchte auf. „Was haben Sie da gerade gelesen?"

„Ach! Ich lese seit Stunden, Herr Riese, nun tun Sie nicht so, als würde Sie das plötzlich interessieren."

„Tut es aber, der letzte Absatz. Was war da ungeformt?"

„Kratone", las Sophie erneut ab. „Keine Ahnung, was das sein soll."

„Ich auch nicht. Komisches Wort", gab Dent zu, aber dann fiel ihm ein, wo ihm dieser Begriff aufgefallen war. In dem Notizbuch, das Don ihm in die Hand gedrückt hatte. Es hatte aus den unleserlichen Kritzeleien auf den welligen Seiten herausgestochen. Kratone, genau.

„Schlote, es sind Schlote."

„Schlote?"

„Tief reichende Schlote aus vulkanischem Urgestein, die Kerne der Kontinente quasi, seit der Entstehung der Erdkruste unverändert, also seit 1,2 Milliarden Jahren. Seltene Gesteinsformationen, wie massiver Kimberlit, in denen Edelsteine, besonders Diamanten, vermehrt auftreten. Durch Verwitterung gibt das diamantführende Gestein die Edelsteine frei. Sie werden dann durch Wasser herausgespült und bilden je nach Strömungsverlauf Lagerstätten. In Flussbetten zum Beispiel, wo sie dann neben Kieselsteinen herumliegen."

spulte Dent ab. „Das jedenfalls schrieb mein Vater in das Notizbuch, zusammen mit den Namen einiger Flüsse, von denen er wohl meinte, dass sie durch Kimberlitgestein fließen und Diamanten mitführen."

„Hm", machte Sophie, nicht unbeeindruckt. „Die Kleidung, die Ihr Vater im Koffer hatte, war voller Schlammspritzer, seine Schuhe auch. Ob er damit an einem Fluss entlanggestapft ist, auf der Suche nach Diamanten? Kann es das geben? Riesenklunker, die sich einfach so aus Flüssen sammeln lassen?"

„Keinen Schimmer. Aber irgendwo muss er den Stein gefunden haben, den wir jetzt einfordern wollen."

Das Flugzeug setzte auf dem Rollfeld auf. Dent vergaß Plattentektonik, Kratone und Flüsse und mahnte sich zur Wachsamkeit. Varanasis Flughafen war ziemlich übersichtlich. Es gab nur eine verglaste Abfertigungshalle, die sich direkt an das Rollfeld anschloss. Sein Flug war der einzige, der an diesem Tag hier landete und so war auch die Anzahl der Menschen, die sich mit ihm durch die Passkontrolle und um das Gepäckband herumdrängten, übersichtlich. Es gefiel ihm nicht, dass er so deutlich über alle Köpfe hinausragte, aber es gab kaum Möglichkeiten für einen Bogenschützen, sich hier zu verschanzen.

Er erwiderte das strahlende Lächeln einer dunkelhäutigen Schönheit in buntem Gewand, die „Namaste, Sahib!" ausrief und ihm eine Kette aus ulkig aussehenden roten Perlen um den Hals hängte.

„Mala", erklärte Sophie, die auf die gleiche Art begrüßt wurde. „Eine Gebetskette aus 108 Rudraksha Samen, im Hinduismus gern von Verehrern Shivas verwendet, im Buddhismus …"

„Fräulein Kröger", stöhnte er. „Wir sind gelandet. Die Erdkruste, über die wir uns gerade gegenseitig belehrt haben, befindet sich direkt unter ihren Füßen. Wenn Sie diese Gebetskette benutzen wollen, um Shiva oder Buddha für Ihr Überleben zu danken, tun Sie es bitte still."

☙❦☙

Sophie blieb tatsächlich still, allerdings nicht, um sich bei irgendeiner Gottheit zu bedanken, sondern aus purem Entsetzen. Donovan Riley hatte sie direkt vor dem Flughafen in Empfang genommen und steuerte nun in einem Geländewagen auf ein Gewirr aus bunten Häusern zu. Mehrmals schlug sie die Hände vors Gesicht, immer dann, wenn Riley völlig überladenen Lastwagen, Fahrrädern, Rikschas, Menschentrauben oder Kühen auswich. Diese stoischen Rindviecher liefen frei auf der Straße herum! Genau wie die Rudel streunender Hunde, deren Fell von Flöhen zerfressen war, die Sophie als hopsende, schwarze Flecken wahrzunehmen glaubte. Sie rümpfte die Nase, als sie wiederholt Männer öffentlich urinieren sah. Allein oder in Grüppchen pissten diese Kerle an jede Wand! Am meisten ekelte sie sich jedoch vor den Ratten, die in jedem Müllhaufen herumhuschten. Müllhaufen unterschiedlicher Konsistenz, mal staubig, mal schleimig, mal dampfend, die sich auf den Bürgersteigen, vor Geschäften und Garagen häuften. Märchenhaft aussehende Frauen mit tiefschwarzer Haarpracht, die Arme von einer Vielzahl glitzernder Armreifen bedeckt, bahnten sich ihren Weg durch diese Haufen, indem sie den Saum ihrer leuchtend bunten Saris lüpften und mit zierlichen Sandaletten nach den Ratten traten. Ein unglaubliches Bild.

Sophie dehnte ihre Füße in den Turnschuhen. Noch strahlend weiß, aus Stoff, passend zu dem sportlichen Outfit, das sie für die Reise gewählt hatte. Irgendwann würden sie aussteigen und dann … war es vorbei mit „Miss Makellos."

Dent war ebenfalls kleinlaut, nahm aber keine Notiz von Straßenszenen, sondern starrte seinen Bruder an. Donovan Riley schien etwas gesagt zu haben, was ihm nicht gefiel.

„Der Knast ist relativ klein, vorsintflutlich ausgestattet, ohne moderne Sicherheitseinrichtungen. Nicht mal am Haupttor gibt es Kameras, drinnen auch nicht und Computer habe ich nicht gesehen. Sie führen noch Bücher über die Insassen, handschriftlich."

Sophie hörte Riley lachen und sortierte seine Worte nur schwerfällig zwischen die Eindrücke, die ihr von den Straßen entgegenschrien. Wovon redete er? Knast? Insassen?

„Der ganze Laden ist nachlässig geführt. Insgesamt hab ich 18 Beamte gesehen, keiner davon mit Feuerwaffen ausgerüstet. Die kreiseln hauptsächlich um Block 1 bis 4. Garagenähnliche Zellen mit Gitterfront, Wellblechdach, in jedem geschätzte 50 Häftlinge. Block 5, wo Prakash sitzt, ist eine irreführende Bezeichnung für ein Erdloch mit Gitter darüber. Ich konnte nicht viel davon sehen, aber ich schätze, es hat maximal für 10 Typen Platz, selbst wenn die gestapelt da drin verrotten. Problem: Um den ganzen Komplex zieht sich eine Mauer, acht Meter hoch, ohne Ausrüstung nicht zu überwinden, schon gar nicht für einen geschwächten Häftling. Allerdings nur einen Meter dick, Sandsteinziegel mit Putz. Das Haupttor ist auf der Südseite, geht zur Straße. Ungünstig, weil da jederzeit jemand vorbeikommen kann. Vorteil: Block 5 liegt auf der Nordseite des Knasts, ziemlich weit weg von den anderen Zellen und ist für die 18 Beamten schwer einsehbar. Liegt zwischen den Stallungen für die Elefanten und einer Art Garten, in dem die fressen und scheißen. Dort gibt es ein weiteres Tor, groß genug für Elefanten und verdeckt von einem dschungelartigen Waldstück, in dem die Mahut-Schüler Fortwirtschaft üben."

„Ähm …", machte Sophie, aber Riley ließ sich nicht unterbrechen.

„Der Leiter hockt in einem Mini-Bungalow neben Block 5 und ist der Einzige, der eine Knarre hat. Eine Makarow, taugt für sieben Warnschüsse und einen gezielten Wurf. Gemütlicher Typ, in langen Dienstjahren in einem Provinzknast ermüdet. Er ist auch der Ausbilder der Mahut-Schüler. Die kommen jeden Tag bei Sonnenaufgang, lassen die Elefanten in dem Waldstück Baumstämme schieben. Punkt 15 Uhr ist Feierabend und Fütterungszeit. Für Mensch und Tier. Da verlassen die Mahut-Schüler den Komplex gemeinsam durch das Nordtor, die Elefanten kauen Heu im Garten und das Gitter über Block 5 wird aufgeschlossen, um Fressnäpfe durchzureichen. Das ist der ideale Moment, um …"

„Moment, Don, Moment", unterbrach Dent. „Warum erzählst du mir das alles?"

„Weil du mir helfen musst, Prakash da rauszuholen, Bruderherz."

„Was?" Sophie fuhr genauso zusammen, wie Dent. Für einen Moment blieben alle stumm, bis Dent die Hände hob und sich räusperte.

„Nur zum besseren Verständnis, Don. Du meinst, ich schnalle mir irgendwelche Seile und Bergsteigerhaken um, überwinde acht Meter Mauerwerk, lege mich mit Polizisten, mit oder ohne Feuerwaffe, an, bändige eine Rotte Dickhäuter, sprenge Block 5 und die Ketten, in denen Prakash gefesselt ist, schleife ihn durch Berge von Elefantenscheiße durch das Nordtor und verschwinde im Dschungel?"

Don grinste. „Du bist schon ziemlich nah dran. Nicht schlecht für einen Nerd."

„Danke, sehr nett. Soll ich mir dabei eine Machete zwischen die Zähne klemmen, genügt heroisches Brusttrommeln, oder hättest du lieber einen Tarzanschrei, während ich mich mit Prakash unter dem Arm von Liane zu Liane schwinge?"

„Das mit der Machete gefällt mir. Damit kannst du unterwegs noch Bananen ernten."

Riley hielt den Wagen in einem der Müllhaufen an. „Hör zu, Dent", sagte er, plötzlich sehr ernst. „Allein kriege ich Prakash da nicht raus. Ich hab hier ein paar hilfreiche Kontakte, aber niemanden, dem ich vertrauen kann. Nur dich."

„Danke für die Blumen", schnaubte Dent und fuhr sich nervös durch sein wirres Haar. „Aber ich bin ein Nerd, der Tastenficker, schon vergessen? Ich hab im Schulsport kaum eine Rolle vorwärts geschafft und das Kletterseil war mein größter Feind. Nebenbei bin ich nicht kriminell, habe nicht vor, es zu werden und möchte keinesfalls da landen, wo Prakash jetzt sitzt. Zieh' mich da nicht rein, Don."

„Wie unverantwortlich von Ihnen, Mr. Riley! Ich möchte ebenso wenig mit Ihren finsteren Plänen zu tun haben wie Ihr Bruder", zischte Sophie vom Rücksitz. „Bringen Sie mich sofort in mein Hotel!"

„Später", kam es dunkel von Riley. „Es ist 14:00. Um 15 Uhr ist Futterzeit. Um 15:05 geh ich da rein."

„Don, verdammt, das … du willst das heute machen? Jetzt gleich? Wir sind gerade erst gelandet und du überfällst uns mit so was?"

„Überfall trifft's, nur rede ich von dem auf einen Knast. Du musst nicht über Mauern klettern, Dent. Nur einen Helikopter steuern."

„Einen Helikopter", wiederholte Dent. „Warum nicht gleich ein Vogonenraumschiff?"

Sophie konnte nicht glauben, was sie da hörte. Verwirrt und ängstlich blieb sie einfach sitzen und ließ sich von Rileys Lachen irritieren. Was war dies für ihn? Ein Ausflug zum Vergnügungspark? Sie krümmte sich zusammen, als er nach einem länglichen Karton griff, der neben ihr auf dem Rücksitz lag.

„Fernsteuern, Bruderherz. Genauer gesagt ist es ein Quadrokopter. Eine Art Minidrohne mit 4 Rotoren. Gibt's im Spielzeugladen, kinderleicht zu bedienen. Dieser ist das Luxusmodell, besteht zum größten Teil aus einer Kamera und hat eine ordentliche Reichweite. Es wird ein bisschen surren, aber das macht nichts. Ich brauche nur ein paar Bilder von der Lage um Block 5, damit ich die Sprengladung zum richtigen Zeitpunkt hochgehen lasse. Dann bemerken sie mich eh."

„Sprengladung?"

„C4. Knallt fein und macht große Löcher", erklärte Riley und warf Dent ein Smartphone in den Schoß. „Mach' schon, Dent, ich brauch die Bilder der Kamera auf diesem Display. Bis ich rausgefunden hab, wie man das einrichtet, bin ich ein alter Mann."

Dent packte den Arm seines Bruders. „Diese Sprengladung … ist für die Mauer, oder für das Tor, hoffe ich. Du wirst niemanden töten, oder?"

„Nicht, wenn es sich vermeiden lässt."

„Du bist nicht ganz dicht." Dent schüttelte den Kopf, machte sich aber an dem Modellhubschrauber und dem Smartphone zu schaffen. „Das Ding wird über Handy-Displays gesteuert. Heißt, ich soll die Steuerung mit Bildübertragung auf meinem Telefon einrichten und nur die Bildübertragung auf deinem?"

„Du hast's erfasst, Bruderherz."

Dent seufzte und bearbeitete beide Telefone. Riley fuhr wieder an, lenkte den Wagen zum Stadtrand. Hier war der Verkehr weniger dicht, üppige Vegetation wucherte aus Gärten und auf breiten Flächen zwischen den wenigen Gebäuden. Hinter einer Biegung war die Gefängnismauer in einiger Entfernung zu erkennen. Sie reichte in der Höhe fast bis an die Wipfel der Palmen heran.

„Das ist die Frontseite, zur Straße hin. Hast du's hingekriegt?"

„Ja, ist einfach."

„Gut. Wir fahren jetzt diesen Feldweg entlang, der führt an der Seite des Knastgeländes entlang, bis zum Wald an der Nordseite. Da geht's nicht weiter, nur massig Flora und ein kleiner See. Badewanne für die Elefanten, ungefähr 300 Meter vom Nordtor entfernt. Ihr bleibt beim Auto. Von der Stelle, wo ich parken werde, kannst du das Tor sehen. Einen viereckigen, schwarzen Fleck, halb verdeckt von dem Gestrüpp davor. Denk dran: 8 Meter Höhe. Du lenkst den Hubschrauber darüber hinweg und lässt ihn in einem Radius von 50 Metern kreisen. Ich will nur verfolgen können, was hinter dem Tor und um das Erdloch Block 5 herum passiert. Das genügt mir. Sophie setzt sich ans Steuer. Alles andere ist mein Problem."

ﾟ✿ﾟ

Der Schütze schwitzte. Donovan Riley fuhr wie ein Henker. Eben hatte er den Geländewagen in dem dichten Verkehr verloren. Dabei hatte er sich noch gefreut, dass Alexander Riese ebenfalls in Varanasi gelandet war. Die Information hatte ihn so pünktlich und zuverlässig erreicht wie immer. Riley hatte seinen Bruder gleich am Flugplatz eingesammelt. Sehr praktisch. Das ersparte ihm unbequeme Reisen in kalte Gefilde. Die blonde Frau war auch dabei. Sophie Kröger.

Suchend kniff der Schütze die Lider zusammen. Cantt, er musste jetzt im grünen Stadtteil Cantt sein, ländlich, wenig Verkehr. Halt!

Hatte er da das Heck des Geländewagens gesehen? Der Wagen bog von der Asphaltstraße ab, auf einen unbefestigten Weg.

Mit gerunzelter Stirn und dem Gedanken an Stoßdämpfer und Felgen nahm der Schütze die Verfolgung auf. Schlaglöcher ließen seinen neuen Mercedes rumpeln, Pfützen besprizten den Lack, aber er ließ den Fuß auf dem Gaspedal. Menschenleer war es hier, nur Felder und Bäume. Palmen, Jacaranda, Salbäume und Neem, die sich zu einem Wald verdichteten.

Was in aller Welt wollten die Brüder in dieser Gegend? Ganz in der Nähe musste das Distriktgefängnis liegen. Der Schütze wollte nicht darüber nachdenken, was Riley schon wieder in die Nähe des Gefängnisses trieb. Er hielt den Mercedes an, nahm einen Feldstecher zu Hilfe und vergewisserte sich, dass er den richtigen Wagen verfolgte. Tatsächlich. Der Geländewagen war zwischen Bambussträuchern zum Stehen gekommen. Vor dem dichten Wald. Riley stieg aus, sein Bruder ebenfalls. Er konnte die Zigarette zwischen Alexander Rieses Lippen qualmen sehen. Was hielt er da in den Händen? Ein Spielzeugflugzeug? So ein modernes Ding, eine Art Hubschrauber mit vier Rotoren. Und ein Handy? Das Display blitzte in der Sonne. Rieses Finger patschten darauf herum.

Jetzt hob der kleine Hubschrauber ab. Riese drehte Kreise damit, rauf und runter. Nicht erwachsen geworden, der Mann. Riley trug einen Rucksack und ein Metallteil, das wie die Scherengitter vor Ladentüren aussah. Es schien schwer zu sein. Was wollte er damit? Sein Bruder ließ das kleine Fluggerät um Rileys Kopf sausen. Riley lachte und verschwand im Wald. Erschrocken versuchte der Schütze, ihn mit dem Feldstecher zu verfolgen, aber er konnte ihn nicht mehr sehen. Nur das Wasser eines Sees, das zwischen der dichten Vegetation hervorschimmerte.

Der Schütze fluchte, packte Bogen und Köcher und sprang aus dem Mercedes. Schnell, aber beinahe lautlos tauchte er ebenfalls in den Blätterwald ein.

☙❧

Dent war übel. Außerdem richtig sauer auf Don, der ihn so schnell und entschlossen in diese irre Situation manövriert hatte. Jetzt stand er hier und versuchte, nicht panisch zu werden und diesen Quadrokopter über die Baumwipfel und das schwarze Tor zu steuern. Die Kameraübertragung auf seinem Display blieb stabil und die Symbole, die er für die Steuerung brauchte, gut sichtbar. Bisher sah er nur grünes Blattwerk von oben. Die Bedienung klappte super, fühlte sich ein bisschen wie ein Spielecontroller an.

Er hätte gern einen Kaffee gehabt und Kekse, obwohl ihm schmerzhaft bewusst war, dass dies kein Spiel war. Einfach um seine Nerven zu beruhigen, ebenso wie seine Finger. Er durfte keinen Fehler machen, nicht mit irgendeinem exotischen Gewächs, Toren, Mauern oder Elefanten kollidieren. Es gab keinen Reset-Knopf, keine Bonuspunkte oder geschenkte Leben.

Jetzt konnte er Don sehen, nur schemenhaft, und begriff, warum sein Bruder Hemd und Hose in grünem Khaki trug. Kaum zu erkennen in diesem Blätterwald. Er war schon an der Mauer, in der sich das Nordtor befand, hantierte mit dem Scherengitter, das er auseinander zog, bis es die Größe eines Türrahmens hatte. Mit sicheren Bewegungen verteilte er faustgroße Klumpen darauf, die wie Kaugummi aussahen und steckte Röhrchen hinein, die Kugelschreibern glichen, aus denen ein kurzes Kabel ragte. Nachdem er damit fertig war, richtete er das Gitter auf und schlug es zwischen Tor und Mauerecke in den Putz. Dann nahm er mit langen Schritten an der Mauer entlang Maß, bog um die Ecke und verschanzte sich dahinter. Oh Mann. Wollte Don da hocken bleiben, wenn diese Ladung losging? Das Smartphone legte er auf einen kleinen Vorsprung, verfolgte die Bilder darauf wie in einem Minifernseher. In seiner Hand war ein winziges Gerät mit ebenso winziger Antenne und einem roten Knopf.

Dent wollte nicht überlegen, was passierte, wenn Don auf diesen Knopf drückte, und lenkte das kleine Fluggerät konzentriert weiter. Da war das schwarze Tor. Es öffnete sich gerade. Junge Männer in Uniform mit Turban verließen in Grüppchen den ummauerten Komplex. Ein gemütlich aussehender Offizier schloss hinter ihnen ab. In der anderen Hand hielt er ein Fladenbrot. Surrend passierte der Quadrokopter das Tor. Der Offizier guckte verwundert in die Luft. Egal. Jetzt kreisen, 50 Meter Radius, Flughöhe leicht reduzieren, halten.

Das Display zeigte Heuhaufen, Dickhäuter die sich darüber hermachten, den Bungalow des Gefängnisdirektors, Gras, grünbraune Haufen, die wohl Elefantenscheiße waren. Wieder Gras. Ein rostiges Gitter im Boden, durch das sich Hände reckten. Das musste Block 5 sein. Daneben zwei Männer in Uniform mit einem Karren voller Fressnäpfe und einem Topf, aus dem es dampfte. Einer hielt einen dicken Knüppel einsatzbereit, der andere hob das Gitter an. Upps, Schlenker um eine Palme. Wieder kamen die Heuhaufen ins Bild, Dickhäuter, die sich darüber hermachten, der Bungalow, Gras, Elefantenscheiße ...

Die Detonation erschütterte Dent mitsamt dem Boden derartig, dass er sein Handy fallen ließ. Das Gerät war kaum aufgeschlagen, als es noch einmal knallte. Staub, Steinklumpen und zerfetzte Pflanzenteile fegten wie Geschosse durch das Waldstück, gefolgt von trötenden Elefanten mit erhobenen Rüsseln.

„Boah!", stieß er aus, nahm aus dem Augenwinkel Sophies erstarrtes Gesicht hinter dem Steuer wahr.

„Haben Sie das gesehen? Da ... da war eine rosa Wolke", stammelte sie. „Als wenn ... als wenn ein Körper ... zerplatzt."

„Nein", versicherte er, obwohl er die rosa Wolke auch bemerkt hatte. Dann fiel sein Blick auf die eintönig graue Fläche seines Handys. Mit fliegenden Fingern riss er es wieder an sich, patschte nervös auf dem Display herum. Keine Bilder, keine Symbole. „Scheiße, abgestürzt."

Was sollte er jetzt tun? Was konnte er tun?

„Don!", schrie er, weil ihm nichts Besseres einfiel. Er verstummte mit einem Gurgeln, als er Schüsse hörte, kurz und peitschend, danach Stimmen aufgeregter Männer. Sehen konnte er niemanden, nur den Wald, in dem sich die Staubwolke langsam senkte und die panischen Elefanten. Stoßzähne und Rüssel kamen näher, ebenso wie die Geräusche, mit denen die grauen Kolosse das Unterholz zertrampelten. Liefen diese Biester etwa auf ihn zu? Konnte es sein, dass der Boden unter seinen Füßen deshalb schon wieder vibrierte?

Sophie ließ den Motor an. „Steigen Sie ein, los, los, los!", kreischte sie. „Wir müssen hier weg!"

Dent hatte den Türgriff schon in der Hand, aber dann drehte er sich noch einmal um. Er glaubte, einen Schatten zu erkennen, irgendwo zwischen den tobenden Tierleibern. Schemen, die einem Menschen ähnlich sahen, der einen anderen mit sich zerrte. Der Schatten ruderte mit einem Arm und er schrie seinen Namen. „Dent! Hilf mir, verdammt noch mal! Beweg dich!"

CS&O

Später konnte Dent nicht mehr sagen, wie er es geschafft hatte, Don und Prakash in den Geländewagen zu zerren. Zwei kraftlose Körper, auf die er ohne nachzudenken zugerannt war. Elefantenhaut hatte seine gestreift, Dornen und Geäst sein Gesicht verschrammt, Staub seine Lunge gefüllt. Der anklagende Blick des gemütlichen Gefängnisdirektors hatte ihn getroffen, der schnaufend und mit leergeschossener Pistole zurückgeblieben war. Sonst glücklicherweise nichts.

Er hatte den Revolver in Dons Hand gesehen, Blut, das sein khakifarbenes Hemd rot gefärbt hatte und den hässlichen, klaffenden Schnitt in seinem Oberarm. Und Prakash, dürr und kahl rasiert, der abwechselnd in hysterisches Gelächter oder in Tränen ausgebrochen war und sein Glück nicht fassen konnte.

Sophie hatte Gas gegeben, war laut schreiend, aber mit bemerkenswerter Geschicklichkeit zwischen den trötenden Dickhäutern hindurch über den Feldweg geschossen. Kurz bevor sie die Asphaltstraße erreichten, hatte sie einen Mercedes gerammt, neues Modell, aber wer wollte ihr das vorwerfen in dieser Situation.

Jetzt schrie sie nicht mehr, sondern fuhr auf einer geraden, fast leeren Straße in gesittetem Tempo einem Sonnenuntergang entgegen. Das sanfte Rosa des Himmels, durchzogen von Wolkenstreifen, die feinen Schleiern glichen, wirkte so absurd auf Dent wie die Stille um ihn herum. Er hatte Sirenen befürchtet, Polizeiwagen, die hinter ihnen herjagten, eine Verfolgungsjagd mit quietschenden Reifen. Aber es folgte ihnen niemand. Trotzdem blieb er angespannt, als müsste jeden Moment etwas passieren.

Keiner von ihnen mochte reden, aber Dent bemerkte, wie sein Bruder hinter ihm auf dem Rücksitz versuchte, ein Stöhnen zu unterdrücken. Er drehte den Kopf und sah in Dons Gesicht, dass er die Schmerzen kaum ertrug. Er presste seine Hand auf die Wunde, aber das Blut rann zwischen seinen Fingern hindurch.

„Du brauchst einen Arzt, Don."

„Pflaster oder so was reicht."

„‚Har, har, nur ein Kratzer', sagte Chuck Norris, als ihm der Arm abfiel!"

„Das muss schnellstens verbunden werden", entschied Sophie. „Wo ist in diesem Auto der Verbandkasten?"

„Keine Ahnung. Die Karre gehört mir nicht."

„Ich fasse es nicht!", keuchte Sophie. „Wollen Sie damit sagen, dass ich am Steuer eines geklauten Wagens sitze?"

„Ja."

„Oh Mann", stöhnte Dent und fasste sich an die Stirn.

„Sind Sie noch bei Sinnen? Sie lassen mich hier in einem gestohlenen Auto herumkutschieren, nachdem Sie uns nötigten, ihnen zu helfen, ein Gefängnis in die Luft zu jagen?"

„Es war nur die Mauer."

„Bitte Gnade, schöne Lady", meldete sich Prakash. Sophie hatte Mühe, die blubbernden Laute als Englisch zu identifizieren. „Ich bin sehr, sehr froh darüber. Froh und dankbar. Dank an meinen Freund Donovan Riley, Dank an seinen Bruder, Dank an Sie, schöne Lady."

„Bitte", kniff Sophie sich ab und hatte Prakashs dunklen Augen, die ihr im Rückspiegel begegneten, nichts weiter entgegenzusetzen.

„Wir sollten das endlich verbinden", erinnerte Dent. „Es tropft."

„Ja, es tropft", bestätigte Prakash und begann, den Wagen nach dem Verbandkasten abzusuchen. „Was ist schiefgegangen? Trümmerteile? Nicht rechtzeitig von der Ladung weggekommen?"

„Das war nicht das Problem. Ich hab die Mauer gesprengt, weil das Tor zu weit von der Ecke entfernt war. Die brauchte ich aber als Deckung. Die Ladung ging wie geplant zum Wald hin los."

„Was hast du gelegt? Ich hab's zweimal knallen hören. Sprenggitter mit C4, 2 Kilo, Doppelzündung per Funk?"

Don nickte. „Ich wollte ein großes Loch."

„Gab ein sehr, sehr schönes großes Loch! Und große Verwirrung", freute sich Prakash. „Bester Zeitpunkt, das Gitter über Block 5 geht nur zur Futterzeit auf. Hat's dir erspart, das auch zu knacken. Als es knallte, bin ich sofort aus dem Loch. Die Wärter wussten gar nicht, wo sie zuerst hingucken sollten. Alle Elefanten waren im Garten, die rannten sofort raus in den Wald, sehr, sehr aufgeregt. Top-Deckung, so ein Elefant. Wir mussten nur mitlaufen. Du bist eben ein Profi, Don. War fast wie damals, in Chitral, als …"

„Erinnere mich nicht dran", knurrte Don und Prakash kniff die Lippen zusammen.

„Jedenfalls hast du nichts verlernt", murmelte er verlegen. „Hat Direktor Pravit auf dich geschossen? Der wird sehr, sehr böse, wenn man seine Elefanten ärgert."

„Hat er, aber er hat nicht getroffen. Makarow, sag ich nur."

„Sieben Warnschüsse und ein gezielter Wurf!" lachte Prakash, fand endlich einen Blechkasten mit Mullbinden und hob vorsichtig das zerfetzte Hemd von der blutenden Wunde. „Uhh, das sieht sehr, sehr fies aus Don. Sag' mal, wenn dich weder rumfliegendes Zeug noch die Makarow erwischt haben, was war's dann?"

„Ein Pfeil."

Sophie stieß einen überraschten Laut aus, Dents Kopf ruckte herum, Prakash glotzte verständnislos in Dons Gesicht.

„Ein Pfeil?"

„Erkläre ich dir später. Mach jetzt den Verband, sonst komme ich nicht mehr dazu."

☙❧

Don ging es besser, nachdem Prakash die Wunde verbunden hatte. Sophie kämpfte noch mit ihrer Empörung, fuhr aber stumpf auf der geraden Straße weiter, ohne zu wissen, wohin diese führte. Es schien auch niemand anderen zu interessieren. Vielleicht war es gut, einfach so weiterzufahren und froh zu sein, dass gerade nichts passierte. Andere Fahrzeuge waren nicht zu sehen. Links und rechts der Straße wuchsen Palmen und Sträucher mit großen Blüten. Wie es schien, hatten sie die Stadt verlassen und waren in wenig bewohntem Gebiet unterwegs.

„Dieses Schwein ist also der Mörder eures Vaters und jetzt hinter euch her? Ein Typ mit Pfeil und Bogen, der immer wieder versucht, euch umzulegen", hatte Prakash begriffen. „Woher wusste der, dass du heute in dem Wald am Knast sein wirst?"

„Keine Ahnung, das wusste niemand. Das Knallzeug hab ich von Gopal, aber dem hab ich nicht gesagt, wann oder wo ich das einsetzen werde. Dent und Sophie haben das erst auf dem Weg erfahren."

„Woran sich wieder erkennen lässt, wie rücksichtsvoll Sie ihre Mitmenschen behandeln, Mr. Riley", knirschte Sophie und sah Don im Rückspiegel schwach grinsen. Dann wandte er sich wieder Prakash zu.

„Der Diamant ist irgendwie nebensächlich. Den hat jetzt Kumar, und mit Sicherheit hat er richtig Kohle dafür hingelegt. Der Deal ist durch und selbst, wenn wir ihn einfordern, ist das nur Kumars Schaden. Trotzdem hört es nicht auf. Der Bogenschütze spürt uns immer wieder auf, hier, in London, in Hamburg. Er weiß, wer wir sind, wohin wir uns bewegen. Er hatte irgendwas mit unserem Vater zu tun. Aber was? Keine Ahnung. Wir haben gerade mal herausgefunden, dass er Inder ist, wahrscheinlich ein Nair und Kalarippayattu Kampfkunst beherrscht."

Prakash schauderte ehrfurchtsvoll. „Sehr, sehr übler Gegner. Du sagtest, du hast ihn gesehen. Wie sieht er aus?"

„Kann ich nicht sagen. Ich hab ihn aus 80 oder 100 Meter Entfernung gesehen, mehr die Bewegung, als ein Gesicht. Da hatte er den Bogen schon gespannt. Ich hatte richtig Adrenalin, in der einen Hand den Revolver, in der anderen den Auslöser für die Sprengladung. Ich hab einfach beides abgefeuert, so schnell ich konnte."

„Der Schütze war auch schnell, sein Pfeil hat dich noch erwischt."

„Ich glaub, ich hab ihn auch getroffen, aber genau kann ich das nicht sagen. Ob die Explosion ihn dann weggepustet hat, weiß ich auch nicht. Jedenfalls hab ich nichts mehr von ihm gesehen."

„In dem Chaos wäre das auch ein Wunder gewesen", brummte Dent und schüttelte den Kopf. Es widerstrebte ihm, die rosa Wolke zu erwähnen. Der Blick, den er mit Sophie tauschte, sagte ihm, dass sie auch nichts dazu sagen mochte.

Prakashs Befreiung zu verarbeiten, fiel ihm schwer genug. Zu hören, dass nun auch noch der Schütze in dem Waldstück gewesen war, verursachte einen unangenehmen Druck in seinem Magen. Diesmal war Don sein Ziel gewesen. Sein Bruder, der einen Revolver trug und damit ebenso gut umgehen konnte wie mit Plastiksprengstoff. Ein Profi, nicht nur als Schmuggler, Hehler und Dieb.

„Mir geht der Mercedes nicht aus dem Kopf, den Sophie gerammt hat, als wir abgehauen sind", grübelte er, mehr, um seine Gedanken nicht länger um Don kreisen zu lassen.

„Gerammt! Touchiert vielleicht, nicht gerammt", protestierte Sophie. „Außerdem stand das Auto mitten auf dem Weg."

„Na gut, touchiert, bis die halbe Motorhaube aufgefaltet war. Was machte der da auf diesem Feldweg? Er muss nach uns gekommen sein. Als wir zum Wald runterfuhren, war er noch nicht da. Es saß niemand drin, als Sophie ihn ‚touchierte'. Wo war der Fahrer? Pinkeln?"

„Oder Indianer spielen."

„Vielleicht ist er ja tot", hoffte Prakash und wiegte seinen Kopf hin und her. „Wildgewordene Elefanten sind auch ganz schön gefährlich."

Don blieb skeptisch. „Wenn er nicht draufgegangen ist, suchen wir einen schlanken, mittelgroßen Inder mit Schuhgröße 42-43, Nair, unanständig sportlich, der vielleicht eine Schusswunde, Kaliber .357 und einen Mercedes hat."

„Ein Nair mit einem Mercedes, ja klar." Prakash tippte sich an die Stirn. „Heutzutage kann ein Nair froh sein, wenn er Schuhe hat. Fahrrad wäre schon Luxus, aber Mercedes? Nur im Traum."

„Warum ist das so ungewöhnlich?"

„Weil dies Indien ist", sagte Prakash und sah Dent ernst an. „Nair Leute tun gern stolz und reden viel von der Zeit, als sie noch ehrenwerte Krieger waren, Beschützer ganzer Königreiche, in den Diensten von Fürsten und Maharadschas. Zu Adligen und Offizieren hat man sie gemacht, ihnen Land und wichtige Posten gegeben. Braucht heute keiner mehr. Mit den Nair ging's schon in der Kolonialzeit bergab. Sehr, sehr gefährliche Leute, haben die Engländer gleich erkannt. Kalarippayattu Kampfkunst war verboten, einflussreiche Nair wurden entmachtet, aus allen Funktionen entfernt. Viele wurden von den Engländern in ihrer Armee verpflichtet, Kanonenfutter für ihre Kriege. Wer nicht in dieser Armee diente, durfte keine Waffe besitzen. Wohlstand gab es nur für diejenigen, die noch im Dienst der letzten unabhängigen Fürsten Indiens standen. Dann kam Indiens Unabhängigkeit mit der Landreform und Abschaffung der Fürstentümer. Da wurden die restlichen Nair enteignet, sind über Nacht verarmt. Heute sind sie ... nichts. Vergessen, ganz unten. Dreck. Und wer in Indien ganz unten ist, kommt niemals nach oben. Nicht so weit, dass er sich einen Mercedes leisten kann."

„Dabei muss man den auch bloß kurzschließen, wie jedes andere Auto", grinste Don. „Oder an der Tanke einen klauen, bei dem der Schlüssel steckt."

Sophie stöhnte laut. „Können wir das Schicksal dieser Nair vielleicht später erörtern? Ich will endlich ins Hotel und das gestohlene Auto loswerden, bevor mich die Polizei mit einem verletzten Bombenbastler und einem entflohenen Sträfling darin erwischt."

„Sie haben recht, schöne Lady", ließ Prakash hören. „Der entflohene Sträfling will auch nicht erwischt werden. Setzen Sie mich da hinten ab, wo der Palmenhain beginnt."

Sophie trat erleichtert auf die Bremse, nicht ohne einen prüfenden Blick in sämtliche Spiegel zu werfen. Dent sah, wie Don den Revolver und ein Bündel Rupien an Prakash übergab.

„Danke, danke, danke", murmelte Prakash feierlich. „Ich helfe euch. So wie ihr mir geholfen habt."

„Hilf dir erstmal selbst."

„Wenn es in Indien einen lebendigen Nair gibt, der Mercedes fährt, finde ich ihn, Don", versicherte Prakash. „Du bist bei Gopal?"

Don nickte matt.

„O.K.. Danke, Bruder von Don, danke, danke, schöne Lady", rief Prakash noch, bevor er aus dem Wagen sprang und im Schutz der Palmen verschwand.

ଔଓ

Dent richtete seinen Blick starr auf Dons Rücken. Er war müde, hungrig und sehnte sich nach seinem bequemen Sessel, dem Licht der Monitore und den Lüftergeräuschen in seinem Büro. Und nach Anja, die ihm einen ordentlichen Pott Kaffee und eine Packung Kekse brachte. Aber er musste weiterlaufen, emsig die Ellbogen ausklappen, um Don in der Menge nicht zu verlieren. Beinahe grob zerrte er Sophie mit sich, deren Hand den Weg in seine gefunden hatte. Sie schien so erschöpft wie er zu sein, hielt den gleichen starren Blick auf Dons breites Kreuz geheftet, ebenso ängstlich, in dem unübersichtlichen Gewirr aus Häusern und Leibern zurückzubleiben.

Die Koffer, die sowohl Dent als auch Sophie auf Rollen hinter sich herzogen, machten es ihnen nicht leichter. Angenehm war, dass Sophie aufgehört hatte, jeder Pfütze, jedem Kuhfladen und jedem Müllhaufen ausweichen zu wollen, einfach weil dies ein hoffnungsloses Unterfangen war. Ihre weißen Turnschuhe, die ganze makellose Aufmachung war dahin und ihre blonden Haarsträhnen klebten in ihrem verschwitzten Gesicht.

Dent schwitzte auch und überlegte kurz, wieviel er zu dem allgegenwärtigen Gestank beitrug, aber dann musste er sich wieder anstrengen, seinen Bruder nicht aus den Augen zu verlieren. Don lief schnell, trotz seiner Verletzung. Seine Haltung war aufrecht, fast drohend und ab und zu rief er etwas, das wie „weg, weg, weg!"

klang. Tatsächlich wich man ihm aus. Männer mit Zwirbelbart und Turban, Frauen mit diesen Klimperarmreifen, schmutzige Kinder, räudige Hunde und sogar die Kühe, die sich um Obststände und dampfende Garküchen breitmachten. Sie alle ließen eine Schneise frei, in die Dent und Sophie hasten konnten, bevor sie sich wieder schloss.

Den gestohlenen Wagen hatten sie am Rande einer Straße geparkt, die in dieses Altstadtgewirr führte und den Schlüssel auf dem linken Vorderreifen abgelegt. Ein kurzer Moment der Erleichterung, unbehelligt bis hierher gekommen zu sein, hatte sich ausgebreitet.

Der Fußmarsch zum Haus dieses Gopal kostete Dent seine letzte Kraft. Auf feuchtwarmes Klima und zu viele Menschen auf einem Haufen hatte das Internet ihn vorbereiten können. Wie anstrengend es war, sich tatsächlich darin zu bewegen, hatte ihm das Net nicht mitgeteilt, ebenso wenig, wie es ihn auf Geruch und Konsistenz der seltsamen Nahrungsmittel vorbereiten konnte, die links und rechts von ihm in verbeulten Pfannen und Töpfen brodelten.

Außerdem war ihm nicht klar, warum sie Gopal überhaupt aufsuchten, aber es gab keine Gelegenheit, Fragen zu stellen.

Als sie Don in eine enge Gasse folgten, bemerkte Dent, dass es inzwischen stockdunkel war. Hier war es leerer, Straßenhändler und Garküchen fehlten ebenso wie die Beleuchtung.

„Wir sind gleich da", hörte er Don verkünden und antwortete mit dem gleichen erschöpften Stöhnen, das Sophie von sich gab.

Im Ashram angekommen, hatte Dent das Gefühl, in eine der Fantasy-Spielewelten gesogen worden zu sein, mit denen er gern Zeit verbracht hatte, bevor er „Eve" entdeckt hatte. In dem kathedralenähnlichen Saal vor seinen Augen flimmerten unterschiedliche Farbschattierungen in diffusem Licht. Er vernahm befremdliche Geräusche, die er nur langsam als Sitar-Klänge, Glöckchen, Klangschalen aus Metall und verzückte Laute aus menschlichen Kehlen identifizierte. Menschen, die sich schattenhaft in Schwaden aus aufdringlich riechendem Qualm bewegten. Er glotzte auf mehrere Dutzend nackter Arme, die sich in die Höhe wanden und wieder senkten und identifizierte schließlich einen dicken Mann in einem schillernden Gewand, der im Schneidersitz auf einer Art Thron hockte und einen brabbelnden Singsang von sich gab. Der Singsang steigerte sich, ebenso wie die verzückten Laute, bis das Crescendo aus Stimmen eine nie gekannte Reizbarkeit in ihm auslöste.

Er wünschte sich einen Controller, mit dem die Schattengestalten abgeschossen werden konnten oder wenigstens die Lautstärke zu regeln war, aber dies schien tatsächlich die reale Welt zu sein, ohne Ausknopf.

„Was in aller Welt geht hier vor?", hörte er Sophie entsetzt japsen. „Die sind doch alle bekifft!"

„Bewusstseinserweiterung heißt das, Fräulein Kröger", grinste Don. „Gopals Meditationsstunde. Jeder ist eingeladen, mitzumachen. Also, wenn euch danach ist …"

„Mir ist nur nach Kaffee", grunzte Dent. „Was ist das hier? Eine Anstalt?"

„So was Ähnliches. Nennt sich Ashram, also Kloster. Der Geisteszustand der Klosterschüler dürfte sich nicht wesentlich von den Insassen einer Anstalt unterscheiden. Aber Gopal weiß, was er tut."

„Der brabbelnde Dicke da?"

„Genau."

Gopal hatte die Neuankömmlinge bemerkt. Er verzog den Mund zu einem einladenden Lächeln und legte gleich darauf fragend den Kopf schräg, als sein Blick an Dons blutigem Hemd hängenblieb. Auf eine kaum merkliche Handbewegung von ihm löste sich ein Schatten aus der Wand hinter ihm. Ein junger Inder, der sich den Weg durch die entrückt wogende Menge bahnte und sich dienstbeflissen vor Don verneigte.

„Antibiotika, Schmerzmittel, Verbandszeug."

Der Junge nickte und verschwand mit Don hinter einem Vorhang.

„Dieser Gopal scheint der Lieferant für jede Gelegenheit zu sein", raunte Sophie ganz nah an Dents Ohr. „Haben Sie vorhin im Auto zugehört? Der Sprengstoff stammte von ihm und der Revolver sicherlich auch. Und natürlich die Drogen, die diese hopsenden Irren konsumiert haben."

„Wenn er Kaffee, Kekse und Kippen liefern kann, gewinnt er in meinen Augen an Sympathie", brummte Dent genervt. „Falls nicht, will ich schnell wieder weg von hier."

Der Wunsch nach Koffein und gewohntem Beiwerk hielt sich inzwischen die Waage mit dem nach einer Dusche, unter der er Schweiß und Dreck abwaschen und nach einem Bett, auf dem er seine müden Knochen ausstrecken konnte. Übermächtig jedoch war die Sehnsucht nach Stille. Stille, die sein Nervenkostüm dringend brauchte, um mit den Ereignissen dieses Tages fertig zu werden.

Von Stille konnte aber nicht die Rede sein. Die ekstatischen Schreie, die Gopals Jünger jetzt ausstießen, erhöhten Dents Reizbarkeit um den gleichen Faktor wie das kleine Rudel Ratten, das gerade über seine Schuhe huschte.

„Ihhh!", kreischte Sophie schrill und trug damit zur allgemeinen Beschallung bei.

„Ich dachte immer, Meditation hätte mit Besinnlichkeit und Stille zu tun", presste Dent zwischen den Zähnen hervor, atmete aber auf, als er Don mit zwei Medikamentenpackungen und Verbandmaterial zurückkehren sah. Er gab ihnen einen Wink, den Saal zu verlassen und schob sie auf eine Treppe, die sich schneckenförmig an lila Wänden in die Höhe zog.

„Kommt, unser Zimmer ist ganz oben."

„Unser Zimmer?", fragte Sophie alarmiert.

„Ganz recht. Unser Zimmer. Sie werden es mit meinem Bruder und mir teilen", knurrte Don und hielt sie davon ab, gleich wieder treppabwärts zu laufen.

„Oh nein!", wehrte sie sich gegen Dons Griff um ihren Arm. „Nachdem Sie nun hinreichend medizinisch versorgt sind, gibt es keinen Grund, in diesem Tempel voller Irrer zu bleiben. Herr Riese und ich sind im Ramada gebucht. Ich verlange, sofort dorthin gebracht zu werden. Mit einem legalen Transportmittel!"

„Der Grund heißt ‚Bogenschütze', Fräulein Kröger. Wenn der Schütze wusste, dass ich heute in diesem Wald herumlaufe, kann er genauso gut wissen, dass mein Bruder im Ramada gebucht ist. Wir können da nicht einchecken, kapiert? Wir nicht und Sie auch nicht. Sonst bringen Sie ihn nur auf unsere Spur."

Dent spürte Sophies hilfesuchenden Blick auf sich, aber er war damit beschäftigt, seinen und Sophies Koffer auf den Stufen zu halten.

„Helfen Sie mir doch, Herr Riese! Noch weniger als diese skurrile Herberge ertrage ich eine weitere Minute mit ihrem Bruder!"

„Halten Sie endlich die Klappe!", blaffte Don so laut, dass sie beide zusammenfuhren. „Ich bin zu angeschlagen, um mich mit Ihnen abzuquatschen."

Grob zerrte er Sophie weiter die Treppe hinauf. Sie gab ihren Widerstand auf, entweder weil sie eingeschüchtert war, oder weil die steile Treppe sie den Atem kostete. Dent folgte stumm mit dem Gepäck. Mit jeder Stufe, die ihn in die Höhe trug, wuchs das schmerzhafte Ziehen in seinen Oberschenkeln und das würgende Gefühl in seinem Hals. Er wollte ebenso wenig hier übernachten wie Sophie, aber dies war nicht der Moment für eine Diskussion.

Wenigstens erfüllte sich seine Sehnsucht nach Stille. Am Ende der Wendeltreppe war kaum noch etwas von Gopals Jüngern zu hören, von Sophie nur noch ihr keuchender Atem. Don, der jetzt auch deutliche Zeichen von Ermüdung zeigte, schob sie wortlos durch eine Tür mit Messingbeschlägen. Dahinter war es vollkommen still.

Dent ließ die Koffer fallen und versuchte, sich in dem Dunkel umzusehen. Ihr Domizil bestand aus einem runden Raum, der in der Spitze eines Turmes liegen musste und nur ein winziges Fenster hatte. Dem feuchten, muffigen Geruch nach zu urteilen, war es lange nicht geöffnet worden. Die rechteckige Fläche davor identifizierte er als Nachthimmel plus Mond, der es ihm erlaubte, wenigstens Umrisse zu sehen. Mobiliar war nicht vorhanden, nur ein Bett, auf dem Kissen und ein Stapel Decken lagen. Immerhin ziemlich breit. Sonst war nichts zu erkennen.

Trotzdem hatte er das Gefühl, dass außer ihnen noch jemand im Raum war. Atemlos lauschte er in die Stille, aber er konnte nur Dons Schritte auf dem Holzboden hören. Dann das Klicken seines

Feuerzeugs, mit dem er Kerzen anzündete, die ein überlebensgroßes Wandrelief beleuchteten.

„Huh!", entfuhr es ihm und er trat einen Schritt zurück. Was sollte das darstellen? Die Göttin der ultimativen Garstigkeit? Sie hatte ein schwarzes Gesicht und streckte dem Betrachter eine knallrote Zunge heraus. Aber sie hatte einen prallen Busen. Die steinernen, ebenfalls rot angemalten Nippel warfen kleine Schatten.

„Wie scheußlich!", hörte er Sophie ausstoßen, während er eine Kette aus Totenschädeln um den Hals, einen Rock aus abgeschlagenen Armen um die Hüften und ein totes Kind am Ohr der Gottheit baumeln sah. Zwei ihrer 10 Arme balancierten eine Schale mit Blut und einen Schädel, ein weiterer, bedrohlich erhoben, hielt eine Sichel. Im flackernden Kerzenlicht schien es, als würde diese Sichel gleich auf sie heruntersausen.

Er war noch nicht fertig mit seinen Betrachtungen, als er spürte, wie Sophie sich an ihn drängte.

„Ich bitte Sie", flüsterte sie. „Bringen Sie mich hier weg."

Dent merkte, dass er nickte, ohne den Blick von der garstigen Göttin lösen zu können.

„Das ist nur Kali", stellte Don vor. „Sie hat einen diskutablen Modegeschmack, aber sie soll Männer zu wildem, unzivilisiertem Verhalten anstiften. Vielversprechend für eine Nacht zu dritt, eh?"

„Wildes, unzivilisiertes Verhalten habe ich heute genug gesehen", gab Sophie grimmig zurück. „Kommen Sie, Herr Riese."

Dent blieb gefangen von der garstigen Kali und Überlegungen, wie diese „Nacht zu dritt" ablaufen würde. Wild und unzivilisiert war ganz sicher der Geruch, den sie alle verströmten. Von einem Bad konnte er nichts sehen. Nur eine Waschschüssel mit einer Flüssigkeit darin, die genauso gut Katzenpisse sein konnte. Duschen konnte er also vergessen. Wahrscheinlich auch den Kaffee, das Beiwerk sowieso. Und dank Sophie auch die Stille.

„Worauf warten Sie noch?" Ihre Stimme klang jetzt beinahe hysterisch. „Ist Ihnen klar, worin wir bereits verwickelt wurden? Nachdem wir soeben einen entflohenen Strafgefangenen und ein gestohlenes Fahrzeug losgeworden sind, soll ich die Nacht neben einem notorischen Dieb verbringen, der mit Revolvern und Sprengstoff ‚große Löcher' macht? Falls das überhaupt ausreicht, um Mr. Rileys kriminelles Spektrum zu beschreiben!"

„Bemühen Sie sich nicht weiter, das dauert zu lange", stöhnte Don, ließ sich auf das Bett fallen und schob ein Kissen unter seinen Kopf. „Mach, dass sie die Klappe hält, Bruderherz. Leg dich schlafen. Du kannst nicht ins Ramada, solange der Bogenschütze uns so nah auf den Fersen ist."

„Das ist er nicht. Sie haben den Bogenschützen getötet, Mr. Riley."

„Schön wär's", murmelte Don und richtete sich wieder auf. „Aber das ist nicht sicher."

„Ihre Sprengladung hat ihn pulverisiert. Ich habe ... eine rosa Wolke gesehen. Eine feuchte, blutige Wolke. Das ist überhaupt nicht schön, selbst wenn es sich dabei um einen Verbrecher handelt", erklärte Sophie ernst. „Die ganze Aktion war eine Aneinanderreihung illegaler Handlungen Ihrerseits. Und wir haben uns mit schuldig gemacht."

Dent schluckte. Sophie sprach aus, was er seit geraumer Zeit verdrängen wollte.

„Da draußen ist ein Mensch gestorben, Mr. Riley", schloss Sophie mit zitternder Stimme. „Für einen Ex-Söldner wie Sie mag es zum Alltag gehören, jemanden zu töten. Sie können sich danach auch einfach schlafen legen. In einer Anstalt voller Drogenkonsumenten, unter dem Bildnis einer Horrorgestalt. Sie sind verroht, vollkommen verroht. Nichts, gar nichts, macht mir mehr Angst als Ihre Nähe!"

Es gefiel Dent nicht, dass sein Bruder jetzt lachte.

„Waren es viele?", krächzte er. „Die du getötet hast? Außer dem Bogenschützen?"

Dons Lachen verstummte. „Dent, ich war im Krieg."

„Das ist keine Antwort."

„Ich werde dir keine Zahl liefern, mit der du dein Hirn füttern kannst."

Die Enge in seinem Hals zwang Dent zu einem erneuten Schlucken. Sein Blick blieb an Dons Gesicht kleben, das ihm plötzlich so fremd und unheimlich erschien, wie das der garstigen Kali.

„Sophie und ich ... könnten vielleicht ... in ein anderes Hotel."

„Du hast auch Angst vor mir." Es klang nicht wie eine Frage. Mehr wie eine Feststellung.

„Nein ... oder doch", gab Dent zu, während er sich bemühte, Dons bohrendem Blick standzuhalten. „Alles was heute passiert ist, ist mir unheimlich. Wie du uns da hineingezogen hast. Sprengstoff und Revolver, die rosa Wolke, dieses Ashram ..."

„Dent, du bist müde, wir sind alle müde, und ..."

„Müde ist richtig", unterbrach Dent und hob abwehrend die Hände. „Aber ich glaube, es ist besser, wenn Sophie und ich jetzt gehen."

Don knurrte etwas, das wie „macht doch, was ihr wollt" klang, ließ sich zurück auf das Kissen fallen und rollte seinen Körper in einer der Decken ein.

Dent blieb mit Sophie bewegungslos stehen, bis sie an seinem Arm zog.

„Er schläft", flüsterte sie mit einem vorwurfsvollen Unterton. „Wenigstens wird er uns jetzt nicht mehr davon abhalten, von hier zu verschwinden."

## ଓଞ୍ଚ

Donovan Riley lag noch wach, nachdem Sophie und Dent das Turmzimmer lange verlassen hatten. Der Mond, dessen Licht durch das winzige Fenster fiel, war nicht schuld daran, ebenso wenig wie Kalis in Stein gemeißelte Gegenwart. Er hatte sich nie an solchen Reliefs gestört, egal wie bizarr die Darstellung ausfiel. Es war nur Stein mit Farbe darauf. Ungefährlich, ganz im Gegensatz zu Menschen aus Fleisch und Blut.

Sein Körper war schwer von Müdigkeit und taub von den Schmerztabletten, aber in seinem Hirn rotierten Bilder und Gedanken.

Sophie fürchtete sich also vor ihm. Das war nicht neu und kratzte ihn nicht weiter. Das adrette Fräulein Kröger litt an ein paar Ängsten zu viel und es war nicht verwunderlich, dass er dazu gehörte. Dents Angst tat weh, sehr sogar.

Die rosa Wolke stand zwischen ihnen. Für Dent und Sophie zählte nur das Entsetzen. Wahrscheinlich hatten sie noch nie eine Leiche gesehen, schon gar nicht zerlegt in derart kleine Bestandteile. Sie waren gefangen in ihrer Schuld, an der rosa Wolke beteiligt zu sein. Dahinter verblasste sogar, dass die Wolke im früheren Aggregatzustand vermutlich ein Mörder gewesen war. Einer, der ihnen seit Monaten nach dem Leben trachtete.

Don bezweifelte, dass er den Schützen atomisiert hatte. Dafür war der Bastard zu weit weg gewesen, zudem geschützt von der dichten Vegetation. Unnütz, über Distanzen und Wirkung von Sprengladungen zu referieren. Jede Erklärung dazu hätte wie eine bemühte Rechtfertigung geklungen. Dabei war es eine klare Situation gewesen. Er oder ich. Und dann hatte er es knallen lassen.

So wie damals in Chitral, dem Bergdorf an der pakistanisch-afghanischen Grenze. Ein Dorf, in dem Frauen nicht sichtbar waren und die Männer sich ergeben auf den Boden warfen, sobald der Muezzin rief. Isoliert in einem Tal gelegen, das zu den entlegensten Regionen der Erde gehörte, zwischen schneebedeckten Bergen, wie den drei Gipfeln des Tirich Mir, dem höchsten Berg im Hindukusch. Berge, deren Pässe schon vor langer Zeit für regen Transportverkehr genutzt worden waren. Chitral war ein wichtiger Knotenpunkt an der Seidenstraße gewesen. Hier und da war noch ein bisschen vom Glanz der alten Tage erkennbar, aber dann hatte es an Bedeutung verloren. Ein vergessenes Tal zwischen unwirtlichen Felsmassiven. Erst seit der Krieg in Afghanistan tobte, war Chitral wieder erwacht. Sehr geschäftig und fest in der Hand der Gotteskrieger. Dons Einheit hatte den Auftrag bekommen, die Bergpässe zu erkunden, um den Taliban den Nachschub abschneiden zu können.

Malcolm war dabei gewesen, der schon in Soho sein bester Kumpel gewesen war. Fröhlich, unerschrocken und absolut verlässlich. Nachdem ihre Geschäftstüchtigkeit Sohos etablierte Banden verärgert hatte, war es klüger gewesen abzuhauen. Es war Dons Idee gewesen, auf irgendeinem Schiff anzuheuern, das um die Welt fuhr. Malcolm war sofort Feuer und Flamme gewesen. Voll Abenteuerlust und fest entschlossen, sich eine Zukunft zu erobern, die anders aussah als das Umfeld, aus dem sie verschwinden mussten.

Zunächst war es nur ein mieser Frachter unter liberianischer Flagge gewesen, auf dem sie Säcke voller Kakaobohnen geschichtet hatten, später ein stinkender Fischkutter im Eismeer, aber dann hatten sie Jobs auf Kreuzfahrtschiffen bekommen, die Traumziele anfuhren. Südafrika, Karibik, Dubai, Seychellen oder Südostasien. Brav hatten sie ihre Schichten als Barkeeper oder Kellner abgeleistet und nebenbei einen Haufen Spaß gehabt. Die mäßige Bezahlung hatte sie nicht gestört. Passagiere auf Kreuzfahrtschiffen waren gewöhnlich gut betucht, in leichtsinniger Urlaubsstimmung und häufig betrunken. Ideale Ziele für lange, geschickte Finger, so wie jeder Hafen Möglichkeiten für ein bisschen Schmuggel und ein Geschäft hier und da bot.

Die „Sea Goddess" war ihre letzte Heuer gewesen. Ein kleines, aber exklusives Schiff mit norwegischer Besatzung auf der Reise durch den indischen Ozean. Der erste Offizier hatte stahlblaue Augen gehabt. Augen, denen nichts entging, auch nicht die beiden Jungs aus Soho, die nachts kistenweise Champagner, Zigarren und dazu passende goldene Feuerzeuge von Bord schmuggeln wollten. Da war es wieder klüger gewesen, schnell abzuhauen.

Mumbai, der 12 Millionen-Moloch am Meer, hatte sie dann eingesogen. Es war nicht schwer gewesen, im Gedränge zu verschwinden, auf den erstbesten Zug aufzuspringen und ein paar Inder von ihren Sitzplätzen zu schubsen. Als der Zug 19 Stunden später in Delhi einfuhr, hatten sie das Gefühl gehabt, jeder möglichen Verfolgung entronnen zu sein.

Der englische Captain war ihnen gerade recht gekommen. Martin Richardson, ehemaliger SAS Soldat, der nach seiner Dienstzeit einen privaten Sicherheitsdienst gegründet hatte. Ausgerechnet am India Gate, einem Triumphbogen, der an gefallene indische Soldaten erinnern soll, hatte er Ausschau nach jungen Männern gehalten und vor allem keine unangenehmen Fragen gestellt.

Sie hatten sich rekrutieren lassen. Angelockt von der Aussicht auf neue Abenteuer und ohne Vorstellung von dem Krieg, der ihnen begegnen sollte. Afghanistan, damals bereits zerstört und hässlich, dennoch weiterhin heiß umkämpft. Der Krieg, der einfach nicht enden wollte, brauchte eine Unzahl von Söldnern. Für Aufgaben, die die ISAF Truppen nicht übernehmen wollten oder durften.

Wahrscheinlich hätten Dent und Sophie diese Tätigkeit mit weniger Abscheu betrachtet, wenn er Soldat einer Armee gewesen wäre. Für Don machte das keinen Unterschied. Armeen verteidigten ebenso oft die Interessen von Wirtschaftsunternehmen wie private Sicherheitsdienste von staatlichen Ministerien beauftragt und bezahlt wurden. Ein Alibi, um eine politisch korrekte Öffentlichkeit und einen ganzen Sack voller Kommissionen nicht mit krasser Realität zu belästigen. Die Privaten zahlten nur besser und stellten eine bessere Ausrüstung, die half, im Krieg zu überleben.

Schon während der Grundausbildung in einem abgelegenen Camp etwas außerhalb von Delhi hatten sie sich mit Gopal und Prakash angefreundet. Zwei junge, wilde Kerle, deren Augen ebenso voller Abenteuerlust brannten und die aus ähnlichen Motiven in Richardsons Truppe gelandet waren.

Anfangs hatten sie noch viel Zeit gehabt. Geregelte Dienstzeiten und Urlaub, um sich von der harten Ausbildung zu erholen. Kaum dem Camp entronnen, hatten sie sich wie Könige gefühlt. Ausgestattet mit diversen Sondergenehmigungen, ordentlich bezahlt in harter Währung, pünktlich an jedem Ersten. Leben in Indien war billig. Prakash, der sehr stolz auf sein Land war, hatte Motorradtouren organisiert, strahlend Küsten, Sehenswürdigkeiten und Dschungelgebiete gezeigt. Don und Malcolm hatten Indien geliebt. Fasziniert von märchenhaften Landschaften, den vielen lachenden Gesichtern und schönen Frauen. Ihr neues Leben an Land war von so viel Leichtigkeit getragen gewesen, dass sie nichts anderes wahrgenommen hatten.

Die Nebengeschäfte waren ihnen beinahe aufgedrängt worden. Prakash hatte eine Cousine, die ab und zu in einem Bollywood-Streifen mittanzen durfte. Die Tatsache, dass sie sowohl Don als auch Malcolm unwiderstehlich fand, hatte den Zugang zur Filmszene auf angenehme Art erleichtert. Stars und Sternchen aus Indiens glamouröser Filmindustrie feierten sich täglich in irgendeinem Top-Hotel oder teuren Clubs. Die gelegentliche Beschaffung von Luxusgütern für die illustre Gesellschaft hatte sich dann als vertrautes und lukratives Betätigungsfeld angeboten.

Nur Gopal hatte sich daran gestört, dass sie kleine Fische blieben, eher die dritte oder vierte Liga der Glitzerwelt bedienten und das auch nur, wenn die Dienstzeiten es zuließen. Don war zufrieden gewesen, hatte seiner Mutter eine Kreuzfahrt spendiert, so viel Geld in die Glasshouse Street schicken können, wie nie zuvor. Und sie hatten geprotzt, alle vier, beinahe so lächerlich, wie ihre selbstverliebte Klientel. Teure Klamotten, goldene Uhren, dicke Schlitten, meistens geliehen, und willige Weiber, die sich gern von genau solchen Kerlen aushalten ließen.

Bevor sie zu viel unerwünschte Aufmerksamkeit erregen konnten, hatte der englische Captain sie befördert und festgestellt, dass sie nun genug gelernt hatten, um in den Kampf zu ziehen. Da war alle Leichtigkeit mit einem Schlag verpufft.

Nach jedem Einsatz hatten sie aufhören wollen, aber dann hatten sie es doch nicht getan. Don hatte damals schon gewusst, dass die Angst um das eigene Leben nicht nur eine Plage, sondern auch eine Droge war.

Vier Jahre war alles gutgegangen. Feuergefechte, Bewachung wichtiger Transporte, Geländeerkundung, Geiselbefreiungen, Liquidierungen. Als sie den Auftrag bekamen, nach Chitral zu gehen, waren aus Freunden längst kampferprobte Kameraden geworden. Ein bewährtes Buddy-Team, geschult für schwierige Aufgaben, immer noch einig darin, hier und da ein paar Nebengeschäfte zu machen.

Sie hatten sich dem Chitral-Tal über den Lowari-Pass genähert, der nach Pakistan führte und das Dorf observiert. Dabei hatten sie feststellen müssen, dass Chitral kein Ort war, in dem Nebengeschäfte durchführbar waren. Bevölkert von misstrauischen Seelen, die Fremde sofort identifizierten und ohne Zögern umlegten, was ihnen verdächtig erschien. Ratsam, wenn die beachtlichen Waffenarsenale nicht entdeckt werden sollten. Depots voller Minen, Munition, AK47 Gewehren, Granaten, Mörsern und Panzerfäusten. So zahlreich wie die Tanklaster voller Benzin.

Ein Einkaufszentrum voller Kriegsgerät, in dem fieberhaft geschuftet wurde, um die Ware noch abzusetzen, bevor der Winter einsetzte, der die Pässe monatelang unpassierbar machte. Fast jede Nacht war ein Transport unterwegs. Die Taliban waren nicht die einzigen Kunden. Chitrals Bewohner waren vielen zahlungskräftigen Interessenten gegenüber aufgeschlossen. Eine unscheinbare Lagerhalle am Rande des Dorfes fungierte als Abholmarkt für Käufer, die es besonders eilig hatten. Ständig besetzt von mindestens 50 Mann.

Über Tage hatten sie unentdeckt dem Treiben zugesehen, Karten und Listen erstellt, Bild- und Tonmaterial gesammelt. Sie hätten sich einfach zurückziehen können, Meldung machen. Ihr Auftrag lautete „ausspähen", nichts anderes. Es war Don gewesen, der sich plötzlich anders entschieden hatte. Bis heute wusste er nicht warum.

Er kämpfte nicht für Königin und Vaterland, hielt Politik meistens für legalisiertes Verbrechen und rätselte nicht, ob dieser Krieg richtig oder falsch war. Kriege waren immer absurd. Alte Männer redeten und junge Männer starben. Hässlich, grausam und dumm. Trotzdem fand dauernd ein Krieg statt und dieser hier war ihm einfach begegnet.

Er kämpfte, weil er es konnte, sehr gut sogar und weil er früh zu dem Schluss gekommen war, dass Menschen bewaffnete Raubtiere waren – dass er selbst nichts anderes war.

Chitrals Dorfbewohner waren schwerer bewaffnet als alle, die er zuvor gesehen hatte. Vielleicht hatte er schon zu lange gekämpft, als er entschied, die Lagerhalle hochzujagen, bevor das Knallzeug darin anderweitig Verwendung fand.

Aber dann hatte sich die Aktion verzögert. Die Waffenhändler hatten Besuch bekommen. Schlecht gekleidete Inder, die in der kalten Bergregion schlotterten. Die waren schon ein paar Mal da gewesen, ohne dass ein Deal zustande kam. Die Waffenhändler empfingen ihre abgerissenen Kunden nur noch widerwillig, ließen sie nicht einmal mehr in die Halle und stritten sich mit ihnen vor dem Tor.

Prakash und Gopal waren in freudige Unruhe verfallen. Weil sie ein Gespräch abgehört hatten, in dem die Inder von einem Diamanten sprachen, mit dem sie ihren Einkauf bezahlen wollten. Ein rosafarbener Golkonda-Diamant, 42 Karat schwer. Angeblich warteten sie auf einen Boten.

Don hatte nicht an den Diamanten geglaubt, schon gar nicht in der Hand dieser ärmlich aussehenden Männer. Märchen, wie er sie zur Genüge kannte. Diese Anfänger erzählten sie den falschen Typen.

„Heute wird er kommen, der Bote mit dem Diamanten", hatte Prakash gehofft. „Er hat sich nur verspätet, das Gelände unterschätzt. Hier kommt niemand schnell voran."

Gopal hatte genickt, den Blick glasig vor lauter Gier, die Hände ganz fest um seinen Feldstecher gespannt. „Verteilt euch! Wir wissen nicht, aus welcher Richtung der Bote kommen wird. Bleibt wachsam, wir müssen ihn erwischen, bevor er den Stein übergeben kann."

Der Bote kam nie an. Noch bevor es Abend geworden war, schossen die Waffenhändler ihre Spaßkäufer über den Haufen. Die Leichen hatten sie den Geiern überlassen und sich in die Halle verzogen.

Don hatte Gopal und Prakash die Enttäuschung ansehen können, als sie sich wieder zusammengefunden hatten. Darauf hatte er das plötzliche Misstrauen zurückgeführt, die albernen Verdächtigungen. Ob er den Boten wirklich nicht gesehen hatte, den Diamanten längst in der Tasche hatte und log. Malcolm hatte Gopal und Prakash ausgelacht. Don hatte dem Geplänkel schnell ein Ende gemacht.

„Da war kein Bote und auch kein Diamant. Märchenstunde vorbei. Lasst uns endlich die Halle hochjagen."

Gopal und Prakash hatten nichts mehr gesagt und sich gleich an die Vorbereitungen gemacht. Malcolm hatte kurz gezögert. Dann hatte er Don angesehen und genickt.

In der Halle war noch reichlich Betrieb gewesen und davor hatten LKW geparkt. Vorbereitungen für den nächsten Transport.

Im Schutz der Dunkelheit war es ihnen gelungen, reichlich Sprengstoff an den Außenwänden anzubringen. Eine perfekte, lautlose Operation. Da waren sie wieder das bewährte Buddy-Team gewesen, hatten vier geladene Feuerwaffen entsichert, vier Daumen auf die Auslöser für die Sprengladungen gelegt, noch ein kurzes Nicken ausgetauscht.

Ein Lichtschein hatte sie überrascht, noch bevor sie sich in Deckung bringen konnten. Die Tür, jemand hatte die Hallentür aufgerissen. Ein Junge, kaum 12 Jahre alt. Traditionell gekleidet in einem langen Hemd über einer weiten Hose, mit einer Schaffellmütze auf dem Kopf. Keine 10 Meter von ihnen entfernt. Don hatte in sein pausbäckiges, glattes Gesicht gestarrt, mit den großen dunklen Augen darin und auf den schreienden Mund, der mit heller Stimme Alarm schlug. Nicht auf die Pistole, die der Junge mit beiden Händen halten musste, um sie abzufeuern. Er hatte das Mündungsfeuer aufblitzen sehen und Malcolm, der mit einem überraschten Blick in seine Richtung umgefallen war.

Dons Gebrüll war das eines wilden Tieres gewesen, sein Schuss, noch im Sprung abgefeuert, hatte das glatte Gesicht des Jungen zerfetzt. Es war neben Malcolms Körper in den Staub geschlagen, eine anklagende, blutige Fratze, die sich in Dons Hirn gebrannt hatte, noch während er seinen Freund gepackt und über das Geröll geschleift hatte.

Die Typen in der Halle hatten schnell reagiert, sich mit Gopal und Prakash ein Gefecht aus ratternden Maschinengewehrsalven geliefert. Don war sicher gewesen, in der nächsten Sekunde komplett durchsiebt zur Hölle zu fahren. Sein Herzschlag hatte ihm fast die Brust zerrissen, aber sein Hirn, so wach wie nie zuvor, hatte seinen Körper vorangepeitscht, beinahe übermenschliche Kräfte freigesetzt, bis er es geschafft hatte, sich und Malcolms zuckenden Leib durch den Kugelhagel in Deckung zu bringen.

„Feuer!"

Sie hatten alle auf die Auslöser gedrückt. Auch Malcolm. Der große Knall hatte das ganze Tal erleuchtet, bis zu den schneebedeckten Gipfeln des Tirich Mir. Ein tödliches Feuerwerk. Von der Lagerhalle war nichts übrig geblieben. Nur ein Krater, ein verdammt großes Loch. Er hatte Prakash und Gopal jubeln hören. Don hatte nicht gejubelt. Nur langsam begriffen, dass Malcolm neben ihm gestorben war.

Der Gedanke an Malcolm erfüllte ihn mit Trauer und Schuld. Auch wenn Malcolm ein erwachsener Mann gewesen war, bewusst einen Job gemacht hatte, bei dem jeder von ihnen jeden Tag hätte draufgehen können. Fast schlimmer war die Scham. Er hatte einem Kind das Gesicht weggeballert, einen Jungen getötet, der kaum eine Pistole halten konnte. Der so naiv wie verhängnisvoll seinem Vater geholfen hatte, oder einem Onkel, irgendeinem der blindgläubigen Wahnsinnigen, die jeder Krieg brauchte. Ein kleines Raubtier, es hatte Malcolm getötet, hätte in der nächsten Sekunde vielleicht auch ihn abgeknallt. Er oder ich. Trotzdem blieb die Scham, für immer verbunden mit dem Verlust seines besten Freundes. Er hatte Malcolm wirklich gern gehabt.

Zurück im Camp hatten sowohl der Captain als auch irgendein anderes hohes Tier minutenlang in ihre Gesichter geschrien. Die Worte „Befehlsmissachtung" und „gefeuert" waren häufig vorgekommen. Sold hatten sie nicht bekommen, aber für Malcolm hatte es ein feierliches Begräbnis gegeben. Gleich danach hatte Don sich besoffen, alles geraucht, was die Schmuggelpfade über den Hindukusch zu bieten hatten. Aber es gab nichts, was ihn dieses zerstörte Kindergesicht vergessen ließ.

Er hatte nie darüber geredet. Vielleicht konnte er es auch nicht. Er trug diesen Tag mit sich herum wie die Bilder, die sich immer wieder unaufgefordert aufdrängten, den Schweiß auf seine Stirn trieben und sein Herz zum Rasen brachten. So wie an Diwali, wenn

Knallfrösche flogen, während des Verhörs durch Lindemann oder wie vorhin im Auto, als Prakash das verfluchte Chitral erwähnte.

Gopal und Prakash hatten weiterhin unaufhörlich von dem Diamanten geredet und beschlossen, sich auf die Suche zu machen. Neue Gerüchte über den sagenhaften Stein hielt die Gier lebendig. Gopal wollte einen Zeitungsartikel gelesen haben, in dem eine Schleiferei sich mit der Bearbeitung eines rosa Golkonda-Diamanten rühmte.

Don war einfach mitgelaufen, fast zwanghaft bemüht, sich bis zur Empfindungslosigkeit zu benebeln. Im Kaschmir, kurz hinter der indischen Grenze hatte die Polizei sie gestellt. Gopal war es gelungen abzuhauen, aber Don und Prakash wurden verhaftet. Mit einer lächerlichen Menge Opium und ein paar Joints. 15 Jahre hatten sie dafür bekommen. Für Don hatte sich dieses Urteil wie „Tod durch den Strang" angefühlt. Jeden Tag im Knast hatte er geglaubt, es nicht länger aushalten zu können, zumal die Haft ihn zwang, ohne Drogen auszukommen. Aber dann, nach ein paar Wochen, war die Gelegenheit zur Flucht dagewesen. Dank indischer Nachlässigkeit und Schlamperei waren sie entkommen, überraschend undramatisch und einfach. Ausgehungert, ein Nistplatz für Ungeziefer aller Art und bettelarm.

Es war ihnen nichts Besseres eingefallen, als in Varanasi unterzutauchen. Gopal hatte dort das Ashram übernommen. Das Haus gehörte seiner Familie. Er hatte seinen alten Kameraden geholfen, ganz neu anzufangen. Don hatte Nelly getroffen, fast nahtlos Geld machen können. Prakash hatte sich vorerst als Bettler durchschlagen müssen. Vielleicht hatte er deshalb immer noch von dem Diamanten geredet. Don hatte sich von dem Stein verfolgt gefühlt, beinahe verflucht, hatte sich angestrengt, dessen Existenz vollends ins Märchenland zu verbannen, als ausgerechnet sein Vater aufgetaucht war und ebenfalls davon faselte.

Er hatte es sich zu leicht gemacht im Kampf gegen seine Erinnerungen. Es war falsch gewesen, dem alten Spinner nicht länger zuzuhören, falsch, nicht zu hinterfragen, was er damit zu tun hatte, falsch, einfach anzunehmen, Peter Nielsen rede nur davon, weil der Stein inzwischen in aller Munde war.

Vielleicht würde sein Vater dann noch leben, vielleicht läge er dann nicht hier, verfolgt von einem Phantom, vollgepumpt mit Medikamenten und der Angst, seinen Bruder demnächst mit einem Pfeil in der Brust im Ganges schwimmen zu sehen.

Nur ganz langsam ließ ihn die Anspannung los. Dent und Sophie konnten nicht wissen wieviel Überwindung es ihn gekostet hatte, sich überhaupt einem Knast zu nähern, wieder eine Waffe anzufassen oder eine Sprengladung zu legen. Es hatte ihn selbst erschreckt, wie kaltblütig er beides abgefeuert hatte, als er den Bogenschützen bemerkt hatte. Der pure Instinkt, nackter Überlebenswille. Das Raubtier in Aktion. Er oder ich.

Er lebte noch und Prakash war frei. Aber die Sache hatte einen Nachgeschmack bekommen. Es war falsch gewesen, Sophie und Dent in diese Situation zu bringen. Sophie, die sich am liebsten hinter einem Aktendeckel versteckte, und ein Nerd wie Dent. Sein Bruder, der beherzt ganze Galaxien auf einem Bildschirm auslöschte, während seine Bewaffnung aus Kaffee, Kippen und Keksen bestand.

Er hatte einfach kein anderes Buddy-Team gehabt und benutzt, was sich bot. Wahrscheinlich war er wirklich völlig verroht.

Umso erstaunlicher, dass Dent sich ins Getümmel gestürzt hatte. Mit seinen ungelenken Bewegungen, mitten hinein in die wuchernde Flora, zwischen trötenden Rüsseltieren hindurch, um ihm und Prakash zur Flucht zu verhelfen.

Don hörte sich ins Dunkel des Turmzimmers lachen. Er hatte ihn wirklich gern, seinen stoffeligen Bruder. Vielleicht tat es deshalb so weh, dass Dent ihn nun fürchtete. Sicher fragte er sich, ob er einen Mann mögen durfte, der getötet hatte. Sonst hätte er nicht so explizit danach gefragt. Brüder oder nicht, das trennte sie, unweigerlich. Don war nichts Beruhigendes eingefallen, was er hätte sagen können. Vielleicht hätte er einfach lügen sollen. Aber das lag ihm nicht.

Endlich gewann die Müdigkeit über Bilder und Gedanken. Dons Lider senkten sich mit dem Gefühl, Dent verloren zu haben. Dass es seine Schuld war. Alles wie immer. Es war noch nie gut gegangen, wenn Donovan Riley jemanden gern gehabt hatte.

༄༅༅

Der Schütze schleppte sich voran, die Hand noch immer fest um seinen Bogen gekrallt. Nur der Gedanke an seine wichtige Aufgabe ließ ihn durchhalten. Wenigstens waren die verängstigten Elefanten endlich eingefangen worden und er musste sich nicht mehr vor ihren trampelnden Plattfüßen in Sicherheit bringen. Er hoffte und betete, dass die Dunkelheit auch die vielen Polizisten mit ihren Taschenlampen endlich aus dem Wald vertreiben würde, dass sie ihn nicht entdeckten, bevor er seinen Wagen erreichte. Ein paar hämmerten noch an einem Bretterverschlag herum, einem Provisorium, das die gähnende Lücke in der Gefängnismauer schließen sollte.

Donovan Riley musste mit dem Satan im Bunde stehen. Vielleicht war er sogar der Satan selbst. Dabei war er so sicher gewesen, ihn heute zu erledigen, hatte sogar überlegt, gleich danach auf Alexander Riese anzulegen, der dieses alberne Spielzeug durch die Luft sausen ließ.

Er hatte Riley mit Leichtigkeit verfolgen können. Diese Europäer hatten wenig Talent, sich leise durch einen Wald zu bewegen. Riley hatte ihn nicht bemerkt, sich hochkonzentriert an der Mauer zu schaffen gemacht. Der Schütze hatte nicht gewusst, was er da tat. Ahnungslos war er gewesen, wie das Reh, das sich grasend auf die Mauer zubewegt hatte.

Es war so schnell gegangen. Er hatte seinen Schuss vorbereitet, den Wind gemessen, kaum spürbar in dem dichten Bewuchs, den besten Winkel gesucht, der seinem Geschoss ungehindert den Weg zwischen Bäumen und Sträuchern hindurch ermöglichte. Direkt in Rileys Herz.

Aber dann, in der letzten Sekunde vor dem Schuss, hatte Riley ihn gesehen. Der Schütze hatte sich nicht irritieren lassen, weder von Rileys raschem Blick, noch von dem Revolver, den er augenblicklich hochgerissen hatte. Sein Pfeil war von der Sehne geschnellt, Riley hatte abgedrückt. Gleichzeitig hatte er die Sprengladung gezündet. Wer, wenn nicht der Satan selbst, besaß eine solche Kaltblütigkeit? Einen Revolver mit der Rechten abzufeuern und eine Sprengladung mit der Linken?

Verrissen, der Schütze hatte den Bogen verrissen, im allerletzten Moment. Das war ihm klar gewesen, noch bevor die Druckwelle ihn gegen einen Baum geworfen, seinen Körper einem Hagel aus Sand und Stein ausgesetzt und mit biegsamen Zweigen gepeitscht hatte. Er war zu weit entfernt gewesen, um die volle Wucht abzukriegen, anders als das Reh, das in einem Blutregen geendet hatte. Aber einen Moment lang hatte er die Besinnung verloren. Als er wieder zu sich gekommen war, hatte er als erstes die Kugel gespürt. Sie steckte in seinem linken Bein und verursachte einen brennenden, übermächtigen Schmerz.

Es war schwer gewesen, mit diesem ächzenden, schmerzerfüllten Körper den Elefanten auszuweichen, tief ins Dickicht geduckt, im Dreck, damit die Polizisten ihn nicht entdeckten, ihm womöglich diesen Anschlag auf ein Distrikt-Gefängnis anhängten.

Donovan Riley war geflohen, zusammen mit dem ausgemergelten Inder, seinem Bruder und der blonden Frau. Und er, er musste sich immer noch unter Schmerzen ins Dickicht ducken, Meter um Meter vorankriechen. Auf beiden Ohren taub und mit der Nase im Dreck.

In tiefschwarzer Nacht erreichte er endlich den Feldweg, durfte die Nase aus dem Dreck heben. Sein Mercedes wartete, zum Glück. Er hatte schon befürchtet, der Wagen könnte sichergestellt worden sein. Aber die Polizisten waren wohl mehr mit dem Loch in der Mauer als mit der näheren Umgebung beschäftigt. Mit letzter Kraft fand er den Schlüssel, öffnete die Fahrertür, quälte sich hinter das Steuer. Tief sog er den Duft ein, neu und frisch. Unter Tränen genoss er diesen Duft einen Moment lang, bevor er den Motor anließ und sein schmerzendes Bein zwang, die Kupplung herunterzutreten.

Das vibrierende Telefon in seiner Hosentasche erschreckte ihn derart, dass ihm ein kleiner Schrei entfuhr. Hastig zog er es heraus, las die neuesten Informationen ab und stöhnte laut. Auch das noch. Vor ein paar Stunden hätte er diese Neuigkeiten bejubelt, aber jetzt konnte er nichts tun.

Mit schmerzverzerrtem Gesicht lenkte er den Wagen über den Feldweg auf die Straße zurück. Erst im Schein der ersten Laternen sah er das verbeulte Blech und die Kratzer. Tröstend tätschelte er das Armaturenbrett.

„Wir können nicht nach Hause", flüsterte er. „Nicht in diesem Zustand. Wir müssen uns Hilfe holen."

☙❧

# KAPITEL 12

Dent erwachte mit einem Stöhnen. Sein ganzer Körper schmerzte, aber es gelang ihm, den Arm auszustrecken und nach der Kaffeekanne zu tasten. Dem Stöhnen schloss sich ein enttäuschtes Grunzen an, als er fremdartige Gegenstände ertastete. Es gab keine Kaffeekanne, gefüllt von Anja, keinen Aschenbecher, keine Kippen und keine Kopfhörer. Nur langsam dämmerte ihm, wo er sich befand. Weit weg von der Talstraße, in einer Wohnung, in die er sich mit Sophie geflüchtet hatte, nachdem sie Guru Gopals Ashram entronnen waren.

Diese Wohnung, in einem modernen Hochhaus gelegen, gehörte Lady Savage. Er hatte sie angerufen, mitten in der Nacht. Einfach, weil er verwirrt mit Sophie vor dem Ashram gestanden hatte, erschöpft und ratlos, wohin sie sich bewegen konnten, ohne dem Bogenschützen zu begegnen. Falls es ihn noch gab.

Lady Savage hieß eigentlich Rinara. „Die, die Fäden der Liebe spinnt" bedeutete das. Ihr Anblick hatte ihn umgehauen. Sie war überraschend groß gewachsen, schlank, mit Rundungen an den erwünschten Stellen, dem Gesicht einer Prinzessin, umweht von glänzend schwarzem Haar. Insgeheim hatte er damit gerechnet, dass sie ihm das Bild irgendeines Bollywood Sternchens geschickt hatte, aber in natura sah sie noch toller aus, als auf dem Foto. Nachdem er in ihre rehbraunen Augen gesehen hatte, verstand er die Bedeutung des Wortes „betörend" und hätte beinahe grußlos ihren vollen roten Mund geküsst.

Der kleine Schrei, den dieser Mund ausgestoßen hatte und das offene Erschrecken in ihren betörenden Augen hatten das verhindert. Klar, die Bedingungen für ein erstes Date waren denkbar schlecht ausgefallen. Sie hatte einen verschwitzten Typen gesehen, mit dreckigen Klamotten und verschrammtem Gesicht, der so stank, als hätte man ihn in Elefantenscheiße paniert. Einen hilflosen Deppen, der sie aus dem Bett geklingelt hatte und um Asyl bat. Sie musste denken, dass er zu geizig oder zu arm war, um wenigstens eine Pension zu bezahlen. Ein dreister Schmarotzer, der dann noch mit großen Koffern und einer attraktiven Blondine auftauchte. Fest in seinen Arm verkrallt, was als panisch oder besitzergreifend gedeutet werden konnte. Oder beides.

Hatte es je einen Mann gegeben, der die zarten Anfänge einer Romanze erfolgreicher plattmachte?

Falls die schöne Rinara vorgehabt hatte, die Fäden der Liebe zu spinnen, dachte sie jetzt wohl eher an die Schlinge eines Galgens, an dem sie ihn aufknüpfen konnte. Game Over.

Er hob den Kopf von den Kissen und vergewisserte sich, dass er allein in diesem Bett lag. Es stand in einem großzügigen Raum, mit modernen Möbeln und Jalousien vor den Fenstern. Das war gut. Er wollte allein sein, in Ruhe diese Blamage überwinden und überlegen, was er sagen konnte, wenn er dieses Zimmer verließ.

Wenigstens musste er nicht mit einem Freund oder Ehemann rechnen, der ihn mit geballten Fäusten oder indischer Kampfkunst begrüßte. Rinara lebte allein. Sie hatte nicht aus Langeweile im Chat mit ihm geflirtet und eine Beziehung verschwiegen, wie so viele andere. Diese tolle Frau war tatsächlich Single. Oh Mann.

Auf seinem Handy hatten sich diverse SMS-Nachrichten angesammelt. Unter anderem von Sophie, die sich in unterschiedlichen Höflichkeitsgraden mit der Frage befassten, wie ein Mensch so lange schlafen konnte. Er las die Uhrzeit ab und errechnete eine Zeitspanne von 15 Stunden und 43 Minuten.

„Die Frage ist einfach zu beantworten, Fräulein Kröger. Mensch ist müde und ohne ausreichende Koffeinzufuhr."

Er verzichtete darauf, ihr eine Nachricht mit dieser Mitteilung zu senden, belog Anja, die sich ebenfalls per SMS erkundigte, ob alles O.K. war mit einem knappen „Ja" und zwang sich, das Bett zu verlassen und sich der ganzen Schmach zu stellen.

Vorher sollte er wohl noch das Handtuch benutzen, das zusammen mit Seife und Shampoo demonstrativ auf dem Nachttisch platziert worden war.

Das Bad war ein peinlich sauberer Raum, bis unter die Decke gekachelt. Angenehm übersichtlich, ohne den üblichen Schnickschnack, den Frauen gewöhnlich überall anhäuften. Es gab einen Duschkopf, der aus der Wand direkt auf die Fliesen sprühte, ohne Duschwanne und beengende Umbauten, außerdem ein Waschbecken und ein Klo. Erst nachdem er auf der Klobrille saß, bemerkte er, dass es kein Klopapier gab, nicht einmal eine Halterung dafür. Dafür einen Blecheimer, weiß, unter einem Wasserhahn. Hm.

Die seltsame Botschaft, die Sophie ihm gestern zugeflüstert hatte, ergab langsam einen Sinn.

„Wir befinden uns in einem Land, in dem Klopapier weitgehend unbekannt ist. Man säubert sich mit den Fingern der linken Hand und wäscht diese dann in einem Wassereimer. Deshalb reicht ein Inder niemals etwas mit der Linken."

Er war zu müde gewesen, um sich mit landestypischen Gewohnheiten zu befassen, hatte ihr das Bad überlassen und war ins Bett gefallen.

Frisch geduscht, aber immer noch verlegen, tappte er wenig später einen langen Flur hinunter, der in einen quadratischen Raum führte, spärlich beleuchtet. Sein Blick blieb an einem 30 Zoll Monitor und einem Rechner hängen. Hier saß sie also, wenn sie „Lady Savage" war und im Chat mit ihm flirtete. Was sie wahrscheinlich nie wieder tun würde.

Schnell ließ er seinen Blick weiter wandern, sah Sofas voller Kissen und wehende Gardinen. Gelächter drang durch eine Glastür. Sein Kopf wurde heiß.

„Hier sind wir! Auf dem Balkon. Du musst durch die Glastür gehen!"

Rinara hatte eine weiche, klangvolle Stimme, die sich gleich wieder in Lachen verwandelte und sich mit Sophies Kichern mixte. Sie schienen sich gut zu verstehen. Oder das schien nur so, weil sie ihn gemeinsam auslachen konnten. Frauen waren komisch.

Mit einem tiefen Atemzug fasste er Mut. Der Balkon war ziemlich groß, lag im 15. Stock und bot einen weiten Blick über die Stadt bis hinunter zum Ganges. Es wurde gerade dunkel und überall gingen Lichter an. Dent spürte Wind im Gesicht, frisch, aber nicht kalt und ohne den Gestank aus den Gassen am Fluss mitzubringen. Sophie und Rinara saßen entspannt in eleganten Clubsesseln an einem Tisch, auf dem Kerzen ein Abendessen beleuchteten. Passend dazu knurrte sein Magen.

„Du solltest noch etwas anderes vorbringen als Magenknurren, Dent, vorzugsweise charmant, geistreich oder wenigstens höflich", schlug sein Hirn vor, aber er schaffte nicht einmal ein „Guten Abend."

„Sophie und ich haben zusammen gekocht", hörte er Rinara sagen, während seine Bewunderung für sie noch stieg, weil sie eine schöne Aussprache hatte, nicht diesen Blubberakzent wie Prakash. Das war ihm schon im Voice-Chat aufgefallen. Sie hatte eine gute Schule besucht, Informatik studiert. Ein weiblicher Nerd. Die Traumfrau schlechthin, Miss 100%.

„Rinara ist nämlich Veganerin, genau wie ich."

„Ahh." Beinahe war er froh, etwas zu hören, was Abzüge brachte. Mindestens 10%.

„Meine Eltern sind Jains", erklärte Rinara lächelnd. „Wir vermeiden Nahrungsmittel, die eine mögliche Verletzung von Lebewesen voraussetzen. Das kommt dem Veganismus sehr nahe."

„Jains versuchen sogar, Gewalt an Pflanzen zu beschränken", erklärte Sophie weiter. „Also nicht nur kein Fleisch, kein Geflügel, keinen Fisch, keine Eier, sondern auch keine Zwiebeln, kein Knoblauch, keine Kartoffeln, keine …

Dent fühlte sich bereits wie ein verletztes Lebewesen, bevor Sophie ihre Aufzählung beendet hatte. Er plumpste in einen Sessel und sehnte sich nach Pizza Nr. 42.

„Du musst schrecklich hungrig sein. Greif zu", sagte Rinara mit einem besorgten Blick und einem einladenden Lächeln. „Dent ... oder soll ich lieber ‚Deep Thought' sagen, oder Alexander?"

„Dent, sag einfach Dent." Endlich gebrauchte er sein Mundwerk. Weitere Konversation fand nur zwischen Rinara und Sophie statt. Dent griff zu. Das Essen schmeckte fremdartig, aber nicht scheußlich. Der Geschmack war ihm sowieso gerade egal, als Füllstoff taugte das Zeug allemal.

Danach ging es ihm besser. Er lehnte sich zurück und grub nach seinem Tabakbeutel und dem Feuerzeug.

„Jains rauchen auch nicht", informierte Sophie und hatte dabei einen triumphierenden Ausdruck im Gesicht. „Alkohol ist ebenfalls verpönt. Auch Bier."

„Er ist ja kein Jain", sagte Rinara verständnisvoll. „Gib mir auch eine, bitte."

Sophie verlor den triumphierenden Ausdruck. „Du rauchst?"

Rinara zuckte mit den Achseln. „Man muss nicht alle Regeln befolgen."

Damit war sie wieder bei 100%, fand er. Wenn er nur auch endlich Worte finden würde.

Noch nie hatte Dent mehr Sorgfalt auf das Drehen einer Zigarette verwandt. Rinaras Finger berührten seine Hand, als sie ihm die Kippe abnahm und sie lehnte sich weit vor, damit er ihr Feuer geben konnte. Dabei verrutschte das dünne Kleid über ihren Schultern. Der Ansatz ihres Busens fesselte seinen Blick und löste seine Zunge.

„Rinara, ich ... es tut mir leid, wegen gestern, es war spät und ... du musst mich für einen Volltrottel mit Hygieneproblem und Schlafkrankheit halten und ..."

Sie lachte. „Ich gebe zu, ein bisschen hast du mich schon erschreckt."

„Jedenfalls war es sehr nett von dir, wildfremde Leute mitten in der Nacht in deine Wohnung zu lassen. Danke."

„Du bist nicht wildfremd für mich. Auch wenn wir uns nur online begegnet sind." Rinara blies den Rauch in die Luft und zwinkerte. „Ich war ziemlich neugierig auf dich. Ein Bild hast du ja nie geschickt."

„Ich ... nein, tut mir leid."

„Gewaschen siehst du genauso aus, wie ich es mir vorgestellt habe."

Jetzt konnte er auch lachen, wenigstens ein bisschen und wagte einen neuen Blick in ihre Augen. Rinara schien sich zu erinnern, dass sie nicht allein waren und lehnte sich wieder zurück.

„Sophie hat mir erzählt, dass sie dich wegen einer Erbschaftsangelegenheit begleitet. Und von dem Unfall. Zum Glück hast du nur ein paar Schrammen abgekriegt."

„Unfall?", wiederholte er, bevor ihm klar wurde, dass Sophie lieber schnell einen Unfall erfunden hatte, als von geklauten Geländewagen, Sprengstoff, befreiten Sträflingen und Bogenschützen zu berichten. „Ja, ganz recht."

„Taxifahrer sind manchmal wirklich unmöglich. Wie konnte der euch nur in dieser üblen Gegend bei den Ghats zurücklassen? Da verlaufen sich sogar Einheimische und es sind eine Menge Ganoven unterwegs. Gut, dass du mich angerufen hast, bevor noch mehr passiert ist."

„Erst war's mir peinlich, aber jetzt bin ich froh, dass ich es getan habe", hörte er sich flüstern, fasziniert von dem Lächeln auf ihren Lippen.

„Das war sehr freundlich." Sophie hatte sich schon erhoben. „Vielen Dank für die Gastfreundschaft und die tollen Kochtipps, Rinara. Wir sollten jetzt gehen. Ich schlage vor, dass wir uns Zimmer in Mahendra Kumars Hotel nehmen, Herr Riese. Das erscheint mir passend, da wir ihn ohnehin morgen früh aufsuchen müssen. Kann man hier ein Taxi anrufen?"

„Taxi? Kommt nicht in Frage", entschied Rinara. „Außerdem ist das Palace Hotel das teuerste Haus am Platz. Warum bleibt ihr nicht einfach hier?"

గ్రసి

Dent war so sicher gewesen, alles falsch gemacht zu haben, aber Rinaras Lippen auf seinen waren ein Hinweis, dass er doch irgendetwas richtig gemacht haben musste. Er hatte keine Ahnung, womit er bei der schönen Inderin gepunktet hatte, verzichtete auf eine detaillierte Analyse und verstärkte den Griff um ihre Taille derart, dass ihr ein kehliges „Uh!" entfuhr.

Ihr Kuss hatte ihn überrascht, kaum dass sie den Balkon verlassen und den quadratischen Raum mit dem Sofa voller Kissen betreten hatten. Ganz nebenbei hatte sie noch ein Display bedient, das Lautsprechern Sitarklänge entlockte und einem Projektor Bilder bunter Kreise und wabernder Nebel, die über Decke und Wände rotierten. Passend dazu hielt sie ihm jetzt eine kleine geschnitzte Pfeife hin, in der dunkelbraune Kügelchen glommen.

„Alles rein pflanzlich", kicherte sie und brachte ihn damit zum Lachen.

Sophie war zu Bett gegangen. Er hoffte, dass sie tief und lange schlafen würde, denn Rinara entwand sich nun aus seinem Griff, wiegte ihren Körper zur Musik und ließ dabei ihr Kleid immer weiter abwärts rutschen. Sie trug einen dunkelroten BH, eines dieser tückischen Objekte, an denen nicht ersichtlich war, ob die winzigen Häkchen vorn oder am Rücken zu öffnen waren. Rinara ersparte ihm peinliches Herumtasten auf der Suche danach und ließ diese Hülle genauso fallen wie alles andere.

Dent war überwältigt. Von ihrer Schönheit, von dem starken Zeug in der Pfeife und von der Wucht, mit der sich seine Hormone bemerkbar machten. Er wusste nicht mehr, wie er seine Klamotten losgeworden war, woher das duftende Öl kam, mit dem Rinara seinen und ihren Körper beträufelte. Glühend vor Lust packte er, was er haben wollte und riss sie in enger Umklammerung in den Kissenberg.

☙❧

Sophie schlief tatsächlich lange, aber nicht lange genug. Dent war zu keiner Reaktion fähig, als sie ihn und Rinara überraschte. Nackt und in enger Umklammerung lagen sie noch auf dem Sofa, die Haut glänzend von Öl und Schweiß, als Sophie den quadratischen Raum betrat und entsetzt quiekte. Außer seinen Augäpfeln bewegte er nichts. Hauptsächlich weil seine Schenkel schmerzten und der Rest seines Körpers schwer wie ein Amboss in den Kissen lag. Rinara hatte ihn alle Kraft gekostet, so faszinierend, dass er bereit war, in ihren Armen an Entkräftung zu sterben. Bevor er etwas sagen musste, quiekte Sophie noch einmal und rannte aus dem Raum.

Es war fast Mittag, als er sich endlich ins Bad schleppte. Seine Haut kribbelte noch von Rinaras Berührungen und es widerstrebte ihm, dieses aufregende Gefühl von der Dusche abspülen zu lassen. Seufzend drehte er den Hahn auf. Ein Blick neben das Klo zeigte ihm eine Packung Papiertaschentücher mit deutscher Beschriftung, offenbar von Sophie platziert. Das ersparte es ihm, ein paar Seiten des Notizbuchs zu opfern, das er vorsichtshalber mit ins Bad genommen hatte und söhnte ihn vorübergehend mit ihrer Anwesenheit aus.

Weniger erfreulich war das vegan-jainistische Frühstück, das auf dem Balkon auf ihn wartete. Von Kaffee war nichts zu sehen, nur Tee von grünlicher Farbe. Er entschied, dass die Nacht mit Rinara eine Umstellung seiner Frühstückgewohnheiten wert war und ließ sich mit einem matten Lächeln in einen der Sessel fallen.

Sophie und Rinara hatten offenbar beschlossen, das Quieken am Morgen inklusive der dazugehörigen Situation nicht weiter zu besprechen und unterhielten sich lieber über gedroschenes Getreide und verletzte Lebewesen. Auf angenehme Art gelangweilt blätterte er durch das Notizbuch und hörte nicht weiter hin.

Nach einiger Zeit bekam er mit, wie Rinara anbot, sie zu Mahendra Kumars Hotel zu fahren und sah Sophie nicken. Kurz dachte er daran, das Notizbuch mitzunehmen, aber dann legte er es doch zurück in seinen Koffer.

Im Auto blieb er still, saß entspannt und zufrieden auf dem Beifahrersitz und überlegte, welches Trauma ein deutscher Verkehrspolizist in dieser Stadt erleiden würde und ob eine Sonderausbildung für den Umgang mit heiligen Kühen nötig war. Rinara musste auf die Bremse treten. Eine Herde Rindviecher trabte im Zickzack auf der Straße hin und her und bediente sich an den Obstständen am Straßenrand.

Er war noch dabei auszurechnen, wieviel Mastvieh Deutschlands Straßen verstopfen würde, sollte Veganismus je die ganze Nation so begeistern wie Sophie, als ihn ein großes Schild ablenkte, auf dem das Wort „Coffee" zu lesen war. Vielleicht gab es in Kumars Hotel eine Chance auf Koffeinzufuhr.

„Das ganze Land spricht von Nelly Kumars Verlobung", hörte er Rinara erzählen, während sie ihren Wagen an den Kühen vorbeilenkte. „Sie heiratet einen Nachkommen des letzten Nizam von Hyderabad, also quasi einen Prinzen."

„Nizam? Darüber habe ich in einem Reiseführer gelesen. Eine Art Großfürst."

Rinara nickte „Indien bestand aus über 500 Fürstentümern. Nizam war ein Titel für muslimische Prinzen höchsten Ranges. Souveräne Alleinherrscher über einen Landstrich, vergleichbar mit einem Maharadscha. Oder der Queen. Die Nizam von Hyderabad herrschten über das größte und reichste aller Fürstentümer, größer als England. Mit eigener Verwaltung, eigener Währung, eigener Armee. Ihnen gehörte auch Golkonda."

„Golkonda gehörte den Nizam? Die Festung und die verschollenen Minen?" Dent drehte den Kopf.

Rinara schickte ihm einen anerkennenden Blick. „Du weißt von Golkonda? Erstaunlich, die meisten Ausländer kennen nur das Taj Mahal."

„Diese Minen müssen unglaublich gewesen sein", bemerkte Sophie. „Angeblich war der letzte Nizam der reichste Mann der Welt."

„Oh ja, das war er. Er besaß Juwelen von unschätzbarem Wert. Neben all seinem anderen Besitz, angehäuft von seinen mächtigen Vorfahren. Sogar als die Engländer Indien kolonialisierten, konnten die Nizam ihre Macht behaupten. Sie mussten zwar Abgaben zahlen und den Engländern ihre Soldaten zur Verfügung stellen, aber Reich und Reichtum durften sie behalten. Das ersparte es den Kolonialherren, eine aufwendige Verwaltung aufzubauen, und die Nizam lebten weiter in unglaublichem Prunk."

„Bis 1948", erinnerte sich Dent.

„Richtig. Der letzte Nizam ist an Ghandi gescheitert."

„Ein Großfürst mit eigener Armee scheitert an einem mageren Windelträger", murmelte Dent und erntete damit pure Missbilligung.

„Der magere Windelträger ist der Begründer des modernen, demokratischen Indiens", wies Rinara ihn zurecht. „Indiens Unabhängigkeit und die Abschaffung der Fürstentümer und des Adels waren eine Sensation. Für einige der alten Herrscher jedoch unbegreiflich. Indien war schon ein Jahr unabhängig, aber der Nizam von Hyderabad weigerte sich als einer der Letzten, sein souveränes Fürstentum aufzugeben. Er war Muslim, regierte über eine hinduistische Mehrheit, aber vor allem war er Prinz. Dass Pakistan sich von Indien abspaltete und es einen muslimischen Staat gab, in den er hätte gehen können, änderte nichts für ihn. Der Nizam wollte weder zu Indien noch zu Pakistan gehören und pochte weiter auf seine Souveränität. Er hat einfach nicht begriffen, dass die Zeit der Alleinherrscher endgültig vorbei war, und wollte weitermachen wie immer. Mit ergebenen Untertanen und allem Prunk und Protz."

„Hat er am Ende nachgegeben?"

„Natürlich nicht. Er rief den amerikanischen Präsidenten und die Vereinten Nationen an, ihm zu helfen, seinen Staat im Staate zu behalten. Man bot ihm sogar eine Teilautonomie an, aber dem stolzen Nizam genügte das nicht. Er rief seine Privatarmee zu den Waffen, nutzte seinen Reichtum, um zusätzlich muslimische Söldner anzuwerben, die Razakar. Seine Streitkräfte wuchsen auf 40.000 Mann! Schließlich musste die Armee der frisch gegründeten indischen Union im Fürstentum Hyderabad einmarschieren. Es gab grausame Kämpfe, die Razakar wurden aufgerieben. Seine Privatarmee schützte den Nizam bis zum Schluss, aber bis auf einen kleinen Rest wurde auch sie vernichtend geschlagen. Die letzten Leibgardisten mussten sich schließlich ergeben. Erst danach konnte der Nizam abgesetzt und sein Fürstentum Teil des demokratischen Indiens werden."

„So wurde aus dem Prinzen höchsten Ranges ein magerer Windelträger? Mit Bettelstab und gebeugtem Rücken?"

Rinara lachte. „So schlimm hat es ihn nicht getroffen. Er durfte in Indien bleiben, seinen geliebten Palast behalten, bekam eine großzügige Apanage, aber sein Land wurde als Nationalbesitz eingefordert. Auch seine sagenhaften Juwelen. Ein Auktionshaus schätzte sie auf mindestens 350 Millionen Dollar. 1948 eine unvorstellbare Summe. Später legte man sich sogar auf 2 Milliarden fest! Und was machte der Nizam? Er klagte auf Reparation und wollte sein Geschmeide zurück. Eine Menge Gerichte beschäftigten sich viele Jahre damit, aber erst nach seinem Tod wurde ihm ein Bruchteil des Wertes zugesprochen. Um das Geld stritten sich dann seine legitimen und illegitimen Nachkommen. Die Juwelen fanden nach vielen Jahren endlich ihren Platz in Indien. Als sie in Delhi ausgestellt wurden, habe ich mir die Schätze angesehen. Aber das passiert nicht oft. Sie sind von so unschätzbarem Wert, dass sie in einem Banktresor weggeschlossen werden. Schade irgendwie."

„Und Nelly Kumar? Heiratet sie einen legitimen oder illegitimen dieser Nachkommen?" wollte Sophie wissen, als ob das wichtig wäre.

„Keine Ahnung. Er hatte 28 Söhne und 44 Töchter, zu unübersichtlich. Danach fragt auch niemand. Für die Leute ist er ein Prinz und diese Verlobung eine Sensation. Ein niedliches Mädchen aus der mittelmäßigen Vaishya Kaste schafft den Aufstieg in den Hochadel. Auch wenn Kastensystem und Adel heute nichts mehr bedeuten sollen, ist das wie im Märchen."

Dent hörte Sophie verträumt seufzen. Rinaras Wagen rollte die Auffahrt zum Palace Hotel hinauf. Schon die strahlend weiße Fassade verriet die fünf Sterne und gepfefferte Preise. Dent stieg aus und grub in seinen Hosentaschen. Ob die wenigen zerknüllten Scheine für drei bis vier Kaffee reichten?

ഗ൞

Mahendra Kumar zeigte eine so offene Betroffenheit, dass Dent fast Mitleid mit ihm bekam. Er saß dem stattlichen Mann in dessen Büro gegenüber und fror in dem eisigen Luftstrom, der aus der Klimaanlage drang. Wenn er sich nicht beeilte, würde das Gebläse den duftenden Mokka vor ihm in Eiskaffee verwandeln. Auch Kumar schauderte jetzt. Sophie bekam nichts davon mit, legte sehr geschäftsmäßig ein Dokument nach dem anderen vor, das dem Hotelier den Kauf von Diebesgut bewies.

Nachdem sie geendet hatte, war Kumar sprachlos und schüttelte immer wieder den Kopf. Dent glaubte ihm seine Betroffenheit, auch wenn der Mann mit dem Turban sich jetzt vielleicht ärgerte, sie sofort empfangen zu haben. Er musterte Dent von oben bis unten und hörte nicht mehr Sophie zu, die sich noch in juristischen Formulierungen erging und dabei mit dem Zeigefinger auf die verschiedenen Dokumente tippte.

„Ich werde diese Dokumente prüfen lassen", stieß Kumar dann aus. „Aber ich muss davon ausgehen, dass sie echt sind. Selbstverständlich werde ich Sie dann entschädigen. Mit 13,5 Millionen, wie in dem Gutachten angegeben."

Dent sah den Hotelier überrascht an und auch Sophie hielt inne. Keiner von ihnen hatte erwartet, ihre Forderung in einem einzigen, kurzen Gespräch durchzusetzen.

Kumar breitete die Arme aus und starrte weiter prüfend in Dents Gesicht.

„Das wollten Sie doch, nicht wahr? Ich zahle Ihnen das Geld sofort, nachdem meine Anwälte die Dokumente geprüft haben. Bitte verstehen Sie, dass ich den Stein lieber ein zweites Mal bezahle. Er war ein Geschenk an meine Tochter. Sie wird bald heiraten. Ich möchte ihr den Diamanten nicht wieder wegnehmen."

„Hm. Ja, verständlich", murmelte Dent und sah, wie Kumar sich erhob, um das Gespräch zu beenden. „Eine Frage noch, Mr. Kumar. Wie sind Sie überhaupt an den Stein gekommen?"

Der Hotelier blieb stehen und zeigte offen seine Ungeduld. „Ich suchte ein besonderes Geschenk für diese Hochzeit. Passend zur

Familiengeschichte des Bräutigams sollte es ein Golkonda-Diamant sein. Ich habe mit verschiedenen Leuten darüber gesprochen ..."

„Auch mit Peter Nielsen, nicht wahr?", fragte Sophie dazwischen. „Er war mit diesem Stein in Ihrem Hotel. Warum haben Sie ihm den Stein damals nicht abgekauft?"

Kumar runzelte die Stirn. „Das wollte ich", gab er dann zu. „Nielsen sträubte sich jedoch. Er wollte den Stein als Vorzeigeobjekt behalten. Für Investoren. Er behauptete, die Minen von Golkonda wieder entdeckt zu haben. Um Schürflizenzen zu beantragen, brauchte er Partner indischer Staatsangehörigkeit."

„Oh! Und Sie wollten nicht investieren?"

Kumar lachte abgehackt auf und schüttelte den Kopf.

„Mit Verlaub gesagt, hielt ich ihn nicht für einen Mann, mit dem ich eine Geschäftspartnerschaft anstreben würde. Er wünschte sich Investoren für ein Großprojekt, besaß aber nichts außer diesem einen Diamanten, den er angeblich in Golkonda gefunden hatte. Er war verlegen, als er zugab, sein letztes Geld für den Schliff ausgegeben zu haben. Auf Nachfragen tat er sehr geheimnisvoll, wollte keine Details zu den Minen preisgeben, was mich an seinem angeblichen Wissen zweifeln ließ."

„Und dann?"

„Wollte ich ihm den Diamanten abkaufen. Er war aber unsicher, was den Wert des Steins anging und fand mein Angebot zu niedrig. Ein Gutachten wollte er anfertigen lassen, den Stein in Europa zur Auktion bringen, die Presse darauf aufmerksam machen, dann würde er schon Investoren finden. Dafür hatte er bereits eine Replik aus Kristallglas in Auftrag gegeben, eine Auflage der Auktionsversicherer. Unser Gespräch endete, weil er aufsprang, um diese Kopie abzuholen."

„Die Kopie wurde hier angefertigt? In Indien?"

„Davon gehe ich aus. Varanasi ist berühmt für seine Glasindustrie. Im Industriegebiet am Stadtrand gibt es mehrere Fabriken für Glaswaren. Bevor er ging, bat ich ihn, mein Angebot noch einmal zu überdenken, aber er hat sich nicht wieder gemeldet. Kurz darauf hörte ich, dass er in seiner Heimatstadt verstorben ist."

„Verstorben, nun ja. Er wurde ermordet und der Diamant von einem Pfandleiher geraubt, der ebenfalls ermordet wurde." Sophie legte skeptisch den Kopf schräg. „Wer hat Ihnen den Stein nun verkauft?"

„Hören Sie, meine Dame", knirschte Kumar und bedachte Sophie mit einem ärgerlichen Blick. „Wenn ich es recht verstanden habe, sind Sie die Nachlassverwalterin und Mr. Riese neben Ihnen ist Peter Nielsens Sohn und Erbe. Sie haben mir Dokumente vorgelegt und im Falle von deren Echtheit gehe ich auf Ihre Forderung ein und zahle. Das sollte genügen. Eventuelle Fragen zu Raub und Mord darf mir die Polizei stellen. Nicht Sie. Und jetzt gehen Sie bitte, ich habe zu tun."

Damit hielt Kumar ihnen die Tür auf und scheuchte sie mit wedelnden Handbewegungen hinaus.

ʚ̄ɞ

„Es hätte schlimmer kommen können", fand Sophie, nachdem sie das Büro des Hoteliers verlassen hatten und über einen Korridor auf die Lobby zusteuerten, wo Rinara auf sie wartete. „Immerhin hat er die Dokumente nicht angezweifelt und ist zur Zahlung bereit."

„Sagt er", zweifelte Dent. „Noch haben wir das Geld nicht. Er tat zwar so, als würden ihm die 13,5 Millionen nichts ausmachen, aber innerlich ist er garantiert fast geplatzt. Vielleicht tat er auch nur so kooperativ, um uns schnell loszuwerden. Woher er den Stein hat, wollte er nicht verraten."

„Nun ja, es geht uns tatsächlich nichts an. Wir sind nicht die Polizei. Ich hätte an seiner Stelle wohl ähnlich reagiert. Er ist an Diebesgut geraten und fürchtet, in weit schlimmere Verbrechen hineingezogen zu werden. Peinlich, wenn seine Tochter in eine so angesehene Familie einheiraten soll."

Sophie verstummte, als sie Rinara in einem der Clubsessel in der Lobby sitzen sah. In ihrem gelben Kleid sah sie phantastisch aus, und sie schenkte Dent einen Augenaufschlag, zusammen mit einem weichen Lächeln, das Sophie die Lippen zusammenkneifen ließ.

Sie hörte nicht, was Rinara sagte oder was Dent antwortete, sondern achtete nur auf Rinaras Hand, die sanft über Dents Arm strich und auf ihre Hüften, die schon fast an seinen klebten. Sicher konnten sie es kaum erwarten, wieder übereinander herzufallen.

Sophie hatte sich bereits wie ein lästiges Anhängsel gefühlt, als sie Rinaras Wohnung betreten hatte, aber ihre Erschöpfung und die lockere, freundliche Art der schönen Inderin hatten dieses Gefühl auf ein erträgliches Maß schrumpfen lassen. Jetzt wurde es geradezu übermächtig, so wie heute Morgen, als sie die beiden nackt und eng umschlungen zwischen den Sofakissen überrascht hatte. Sie war ein lästiges Anhängsel, ein Störfaktor, ungefähr so willkommen wie eine Horde kreischender Affen.

Das Gespräch mit Kumar gehörte zu ihrem Job. Erledigt, es gab keinen Grund mehr, das Liebespaar wie eine Gouvernante zu belagern.

„Ich nehme mir hier ein Zimmer", hörte sie sich sagen und war schon auf dem Weg zur Rezeption, ohne eine Antwort abzuwarten. In einer Mischung aus Erleichterung und Trauer ließ sie sich darüber aufklären, was Kumars Palace Hotel zu bieten hatte und nahm ihre Zimmerkarte entgegen.

Wie erwartet stieß sie nicht auf Protest, nickte nur stumm, als Rinara anbot, später ihren Koffer vorbeizubringen. „Wir können dann ja zusammen Abendessen", schlug sie noch vor. Sophie nickte wieder. Abendessen, aha. Das bedeutete, die beiden konnten sich bis Sonnenuntergang in den Laken wälzen, stundenlang...

Sie verabschiedete sich mit steifem Rücken, betrat den Lift und ließ sich in den fünften Stock tragen. Als die schwere Zimmertür hinter ihr zuklappte, liefen bereits die ersten Tränen über ihre Wangen. Ärgerlich wischte sie über ihr Gesicht. Warum heulte sie nun? Sie war hier, um eine Erbschaftsangelegenheit zu regeln, sonst nichts. Ein Hotelzimmer war dafür genau richtig, zumal dieses nach dem Komfort eines internationalen Luxushotels aussah.

Das Hotelzimmer war hell, angenehm kühl und mit prächtigen, einladenden Möbeln eingerichtet. Im Bad wartete eine Wanne aus weißem Marmor auf sie. Sophie seufzte und drehte an den goldenen

Hähnen. Ein unsicherer Seitenblick auf die Toilette bestätigte ihr, dass kein Eimer daneben hing, sondern eine ebenso goldene Halterung mit mehreren Rollen Klopapier.

„Freu dich, Sophie. Nelly Kumar kriegt einen Prinzen und Rinara schleppt Alexander Riese ab, aber in Sachen Unterkunft geht es seit deiner Ankunft rapide aufwärts."

Sie ließ die Wanne volllaufen, goss das duftende Schaumbad dazu, zog sich aus und tauchte in das warme Wasser ein. Nach wenigen Minuten schlief sie ein.

ଓଞ୨୦

Der Schütze schrie. Er lag ausgestreckt auf einem rohen Brett. Zwei Hände hielten seinen Kopf, zwei weitere drückten auf seine Brust und ein drittes Paar Hände presste seine Beine auf das Holz. Die leise Stimme des weisen Gurukal konnte die höllischen Schmerzen nicht lindern. Der alte Lehrer hatte nicht warten wollen, bis die Wirkung des Opiums einsetzte. Der Schütze spürte das Blut, das über sein Bein lief, hörte das Knirschen der eisernen Werkzeuge in seinem Fleisch noch durch das Brüllen seiner Stimme. Endlich gelang es dem Gurukal, die Kugel aus seinem Oberschenkel zu entfernen.

„Du hast gut auf deinen Körper achtgegeben. Bald bist du wieder gesund."

Erleichtertes Murmeln erklang, der Druck der Hände auf seinen Körper ließ nach und seine Schreie verstummten. Öl ergoss sich in schwerem Schwall über die Stirn des Schützen, eisiges Wasser über den Rest seines Körpers, bis er zitternd und keuchend liegen blieb.

Der höllische Schmerz wich einem trägen Nebel, der alle Sinne schwächte, ihm sogar erlaubte, dankbar in die Gesichter der Männer um ihn herum zu lächeln. Ihre nackten Oberkörper glänzten nass und er konnte die Amulette erkennen, die vor ihrer Brust baumelten. Aufgerollte Schlangen, deren smaragdgrüne Augen seinen Blick hypnotisch lähmten, ihn vergessen ließen, wie sehr er sich gefürchtet hatte.

Davor, dass jemand beobachtet hatte, wie er mitten in der Nacht seinen Mercedes abstellte, über den Hof des Fabrikgeländes schlich, sein Büro aufschloss, dort die schmutzigen, zerrissenen Kleider tauschte und seine Blessuren notdürftig verband. Davor, eine neue Lüge für seine Familie in eine kurze Nachricht zu kritzeln, damit sie ihn auf einer dringenden Geschäftsreise wähnten und sich nicht sorgten. Davor, dass ihm die Kraft ausging, bevor er das erste Flugzeug nach Hyderabad besteigen konnte, dass er an seinen Verletzungen starb, bevor er den geheimen Ort erreichte, an dem der weise Gurukal auf ihn wartete. Der einzige Mensch, der sein Geheimnis kannte.

Er hörte sich reden, jetzt, wo der träge Nebel des Opiums den Schmerz immer weiter forttrug. Von Alexander Riese und von Donovan Riley mit all seiner Kaltblütigkeit und von tobenden Elefanten.

„Ich konnte sie nicht töten, Peters Söhne, ich konnte sie nicht töten. Sie sind beide hier, in Indien, sie kommen uns zu nahe! Sie werden mein Leben zerstören!"

„Sei jetzt ruhig", hörte er den weisen Gurukal flüstern. „Du bist zu Hause. Wir werden uns ihrer annehmen."

ಌಬಂ

Die Sonne ging unter, als Dents Hände von Rinaras wippenden Brüsten glitten. Sie saß auf ihm, ließ noch einmal ihre Hüften kreisen und schenkte ihm ein glückliches Lächeln, bevor sie ihr langes Haar wie einen Schleier um ihren Körper fallen ließ und mit einem Stöhnen über ihm zusammensank. Er schlang die Arme um sie und spürte ihr Herz genauso heftig pochen wie seines.

Gefangen in vollkommener Glückseligkeit schloss er die Augen und weigerte sich, die Gedanken zuzulassen, die sich seit geraumer Zeit aufdrängen wollten.

Es war Rinara, die die friedliche Stille unterbrach, indem sie sich von ihm löste und nach ihrem gelben Kleid griff.

„War das Gespräch mit Kumar erfolgreich?" wollte sie dann wissen.

„Ja, es klang ganz gut.", brummte er und hoffte, sie würde sich wieder an ihn schmiegen.

„Dann ... dann bist du bald wieder fort?"

Er mochte nicht antworten, weil ihm die Vorstellung, von ihr Abschied zu nehmen, nur absurd erschien. Ihre rehbraunen Augen suchten seinen Blick und verengten sich, als er sich langsam aufrichtete und sie ernst ansah.

„Rinara, ich muss dir etwas sagen."

Am liebsten hätte er ihr alles erzählt. Von dem Mord an seinem Vater, dem Diamanten, von Don, dem unheimlichen Schützen der sie beide töten wollte und der rosa Wolke, von der er nicht wusste, ob diese das Ende des Schützen bedeutet hatte. Schon, weil er fürchtete, sie in Gefahr zu bringen, falls der unheimliche Verfolger noch am Leben war. Aber dann widerstand er diesem Impuls. Durfte er sie so erschrecken? Sie würde ihn hinauswerfen, achtkantig. Enttäuscht, weil sie ihn vertrauensvoll bei sich aufgenommen hatte, vielleicht so sehr hoffte wie er, dass dies mehr werden konnte als ein erotisches Techtelmechtel, auch wenn er nicht wusste, wie dieses „mehr" aussehen sollte.

„Ich bin nicht nur mit Sophie hier", begann er zögernd. „Mein Bruder Donovan ist auch hier. Er wurde gestern verletzt."

„Oh. Bei dem Unfall, von dem Sophie erzählte?"

Dent nickte, ohne sie anzusehen und schlüpfte in Jeans, T-Shirt und Desert Boots.

„Warum hast du ihn nicht mitgebracht?"

„Wir hatten eine Art ... Meinungsverschiedenheit. Jedenfalls ist er im Andhra Ashram geblieben und ich ... ich hab versucht ihn anzurufen, aber er nimmt nicht ab."

„War er schlimm verletzt?"

„Eine Wunde am Arm, es hat ziemlich stark geblutet. Vielleicht geht es ihm schlecht. Ich würde gern nach ihm sehen."

Rinara nickte. „Andhra Ashram sagtest du? Da kann ich mit dem Auto nicht hin, aber ich setze dich in der Nähe ab. Du siehst nach deinem Bruder und ich bringe Sophies Koffer ins Palace Hotel."

„Hm, ja. Wir haben versprochen, sie zum Abendessen abzuholen", fiel Dent ein. „Wenn es Don besser geht, bringe ich ihn mit. Sollen wir uns in einem Restaurant treffen? Möglichst eins, das zu Fuß vom Andhra Ashram aus zu erreichen ist."

Rinara überlegte kurz. „Gut. Um 20:00 Uhr im Jingala? Das Jingala kennt jeder, es liegt gleich an der Straße, die zum Dashashvamedh Ghat führt, leicht zu finden. O.K.?

ೞ೩೮

Donovan Riley stellte die Dusche ab. Er hatte den kahlen Gemeinschaftswaschraum im Erdgeschoss des Ashrams völlig leer vorgefunden. Überhaupt war es im ganzen Gebäude erstaunlich ruhig. Dabei war es Zeit für die abendliche Meditationsstunde. Gopals Jünger schienen heute andernorts nach Erleuchtung zu suchen. Wunderbar. So musste er sich nicht von irgendwelchen Typen begaffen lassen, während er Blut, Schweiß und Dreck abwusch.

Die Wunde an seinem Oberarm sah noch ziemlich hässlich aus, aber sie blutete nicht mehr. Etwas umständlich legte er einen neuen Verband an. Nach einem ganzen Tag Ruhe in dem Turmzimmer fühlte er sich einigermaßen fit. Er griff nach einem dünnen Baumwolltuch, um sich abzutrocknen, wickelte das Tuch dann um seine Hüften und warf das Antibiotikum und zwei Schmerztabletten in seinen Rachen. Auf einem Bügel an der Tür hingen einer seiner neuen Anzüge und ein frisches Hemd. Unterwäsche und Schuhe lagen auf einem Hocker daneben.

Kurz genoss er das Gefühl von sauberer Kleidung auf sauberer Haut, verließ den Waschraum und wunderte sich noch einmal über die Stille in Gopals Ashram. Ohne die Musik und die tanzenden Jünger, die sonst überall herumhopsten, war das Kloster nur ein verbauter, alter Kasten mit billiger Farbe an den feuchten Wänden. Gopals Allerheiligstes war verschlossen, vom Guru und seinen Bediensteten nichts zu sehen. Küche, Speisezimmer und der große Meditationssaal lagen still da. Keine Menschenseele, kein Geräusch, nur der Duft abgebrannter Räucherstäbchen hing in der Luft. Selbst die Ratten schienen sich verzogen zu haben.

Vielleicht war es das, was Don davon abhielt, das Ashram durch den Haupteingang zu verlassen. Er erinnerte sich an einen Nebenausgang, eine unscheinbare Holztür, die zwischen zwei Pfeilern im Dunkel lag. Sie war verriegelt aber das Schloss war kein Problem. Dahinter verbarg sich ein Tunnel über einer langen Treppe, die bis hinunter zum Fluss reichte. Dort war das Boot vertäut, auf dem er manchmal seine Schmuggelware für Mahendra Kumar bis zur Auslieferung gelagert hatte.

Langsam zog Don die Tür auf, überlegte kurz, ob er ängstlich oder übervorsichtig geworden war, schob sich dann aber hindurch. Im Tunnel war es dunkel und er musste sein Feuerzeug zücken, um die Treppenstufen erkennen zu können. Am Fuße der Treppe dümpelte das Boot. Der verhasste Geruch des trägen Ganges drang zu ihm hinauf, fiepende Ratten brachten sich vor ihm in Sicherheit.

„Hier seid ihr also", stellte er leise fest.

Vorsichtig und darauf bedacht, nicht wieder unfreiwillig im Ganges zu landen, tastete er sich vorwärts, begleitet von der kleinen Flamme seines Feuerzeugs.

Nach wenigen Metern stieß er auf Kisten und Bündel, die den Weg versperrten. Sieh an, der emsige Gopal hatte offenbar wieder einen Deal laufen. Anerkennend pfiff Don durch die Zähne. Der ganze Gang lag voll mit Ware, erlaubte ihm kaum, sich weiter die Stufen hinabzubewegen. Viele Kisten aus rohem Holz, durch das er einen öligen Geruch wahrnahm. Waffenöl, meldete sein Hirn. Reichlich davon.

Nach hundert Kisten hörte er auf zu zählen, wandte sich den Bündeln aus gewachster Plane zu, fand handliche Raketenwerfer, vollständig bestückt, dazu Granaten und Munition für Schnellfeuerwaffen. Auf den letzten Stufen meldete Dons Nase Marzipan. Ein Geruch der dem C4 Sprengstoff eigen war, mit dem er Prakash befreit hatte. Hölle, das Zeug stapelte sich bis unter die Gewölbedecke.

Das Boot lag still und leer im Wasser. Ein morscher Kahn, der mit einer langen Stange am Ufer entlang gestakt werden musste. Aber bis zum Dashashvamedh Ghat war es nicht weit. Mit einem wachsenden mulmigen Gefühl stieg er in das Boot. Wovor er sich fürchtete, konnte er noch immer nicht bestimmen, aber in Gopals Ashram war etwas faul, stank mindestens so wie das gesamte Dreckloch Varanasi an diesem ekelhaften Fluss.

Sein Feuerzeug war fast leer. Im Schein der verlöschenden Flamme spähte er noch einmal die Treppe hinauf, konnte aber nur die untersten Stufen erkennen. Alles darüber war undurchdringlich schwarz. Dann war das Flämmchen aus.

Jetzt konnte er gar nichts mehr sehen, aber an der Holztür waren Geräusche zu hören. Männerstimmen, mehrere davon. Ein Schlüssel drehte sich im Schloss, jemand stieß einen Fluch aus, Scharniere knarrten.

Ratten huschten in Scharen auf den Kahn, um Dons Füße und über seine Hände, die eilig nach der Stange tasteten. Er wagte kaum, Atem zu holen, als er sie fand, stieß den Kahn mit aller Kraft vom Treppenabsatz ab und glitt unter einem Torbogen hindurch auf den Fluss hinaus.

ೞಜಿ

Dent las Dons Nachricht kurz nachdem Rinara ihn abgesetzt hatte.

„Bin am Dashashvamedh Ghat. Wo bist du?"

Er musste nicht antworten, denn er hatte sich erfolgreich durch das allabendliche Gedränge auf der Straße geschoben, die zu den Treppen am Fluss führte und konnte seinen Bruder sehen. Genau wie er ragte Don über das Meer aus Köpfen hinweg, die einen Platz am Fluss suchten, um der scheppernden Zeremonie der Brahmanenpriester beizuwohnen.

Don sah überrascht aus, als er seinen Bruder erkannte, schubste sich in bekannter Manier durch die Massen und blieb mit fragendem Blick vor ihm stehen.

„Ich ... wollte sehen, wie's dir geht", murmelte Dent. „Du hast dein Telefon nicht abgenommen."

„Ich hab geschlafen. Bin noch lebendig, wie du siehst."

„Don, es tut mir leid. Es war nicht richtig, dich allein zu lassen, mit dieser Verletzung und ..."

„Schon O.K., war'n stressiger Tag. Und nicht fair von mir, euch da mit reinzuziehen. Mir tut's auch leid."

Sie tauschten einen verlegenen Blick, bis Don lächelte. „Erträgst du meine Gesellschaft für ein Dinner und ein paar Bier?"

„Dinner wollte ich auch gerade vorschlagen."

„Gut. Zieh den Kopf ein, Bruderherz. In Gopals Ashram stimmt irgendwas nicht. Ich hab keine Ahnung, ob das was mit mir zu tun hat, aber ich hab's vorgezogen, durch einen Seitenausgang zu verschwinden."

„Oh, was ..."

„Einfach klein machen und bewegen. Wir können im Restaurant reden."

Gehorsam ließ Dent den Kopf zwischen die Schultern sacken, machte den Rücken krumm und drängelte sich neben Don die Straße wieder hinauf.

„Sophie und Rinara warten im Jingala auf uns", teilte er dann mit.

„Rinara?"

„Lady Savage, du weißt schon, sie spielt das gleiche Onlinespiel. Ich hab sie angerufen, weil ich nicht wusste, wohin. Kannte ja sonst niemanden hier."

Don lachte laut. „Die aus dem Chat? Die Inderin, die dich digital erotisiert hat?"

„Genau die. Wir sind in ihrer Wohnung untergekommen. Und dann ... Ich hab auf dich gehört und das in mein reales Leben geholt."

„Alle Achtung, Bruderherz." Don lachte immer noch. „Was sagt unser Fräulein Sophie dazu?"

„Sophie ist ins Palace Hotel gezogen."

„Oh-oh!" machte Don und schob Dent an Straßenhändlern, Garküchen und Rindviechern vorbei.

„Hör zu, Don. Das mit Rinara ist ... besonders. Sowas hab ich noch nie erlebt. Wir ... Sophie hat einen kleinen Unfall mit einem

Taxi erfunden. Wir konnten Rinara ja nicht sagen, dass wir einen Knast in die Luft gejagt haben und du von einem Bogenschützen verletzt wurdest, der reihenweise Leute umlegt. Dachte, du solltest das wissen, bevor wir sie gleich treffen."

„Im Jingala, sagtest du? Hat sie das vorgeschlagen?"

„Ja klar, ich kenne mich in Varanasi nicht aus. Spricht irgendwas dagegen?"

„Sie ist eine Jaina?"

„Ja, woher weißt du das?"

„Weil das Jingala ein Jain-Restaurant ist. Der Tempel für ihr komisches Futter." Don stöhnte. „Und mir war nach einem satten Murghi Vindaloo."

„Wonach?"

„Huhn, scharf, wenn's hier schon kein ordentliches Steak gibt, weil Rindviecher höchstens an Altersschwäche sterben."

„Sie hat gekocht, das war gar nicht so schlecht."

„Dich hat's gewaltig erwischt, Bruderherz. Jain-Futter ist schlimmer als Sophies Veganismus. Nur ein gewaltiger Testosteronstoß lässt dich das als ‚gar nicht so schlecht' einstufen. Ist sie so faszinierend?"

„Don, ehrlich, ich bin kurz davor, ihr einen Antrag zu machen."

Don stutzte amüsiert.

„Abgesehen davon, dass du dein ganzes Eheleben lang nichts Ordentliches mehr essen wirst … sie wird dich nicht heiraten, Dent."

„Ach so? Nur weil du dir nicht vorstellen kannst, dass mich mal eine will?"

„Nein, weil sie ein indisches Mädchen ist und dazu noch eine Jaina. Sie wird den Mann heiraten, den ihre Eltern ihr aussuchen."

„Quatsch! Sie ist modern, lebt allein, hat eine eigene Software-Firma …"

Dent sprach nicht weiter, weil Don auf ein rotes Schild mit goldener Schrift wies. Es thronte über einer verzierten Doppeltür, die von hellen Lampen angestrahlt wurde. Indiens Überangebot an opulenten Ranken, Schnörkeln und aufdringlichen Farben schmerzte in seinen Augen.

„Da ist es, das Jingala. Ziemlich teurer Laden übrigens. Hast du Geld, oder muss ich noch in ein paar Taschen langen, damit wir die Ladies einladen können?"

„Ich hab Geld getauscht. Und ich würde gern mal einen Tag ohne kriminelle Aktivität verbringen."

Don grinste und zuckte mit den Schultern. Mit vereinten Kräften schoben sie sich die letzten Meter voran. Dent nahm die drei flachen Stufen vor dem Eingang im Sprung und drückte eine schwere Klinke hinunter. Er sah gedeckte Tische in einem lang gestreckten Raum mit hoher Decke. Kerzen brannten auf den Tischen, aber es waren weder Gäste noch Kellner zu sehen.

„Komisch, keiner da", wandte er sich zu Don um. „Dabei ist es schon nach 20:00 Uhr und ich dachte, wir kommen zu spät."

„Es riecht nicht nach Essen. Nicht mal nach gerösteten Kastanienschalen", fiel Don auf. „Lass' uns abhauen."

„Aber ..."

„Abhauen! Schnell!", brüllte Don, riss Dent so heftig von den Füßen, dass sie beide hart auf den Stufen aufschlugen. Dent hörte dumpfe Einschläge in der Tür, zählte sechs davon, gefolgt von einem Geräusch, das dem vibrierender Pfeilschäfte glich. Erschrocken krabbelte er auf allen Vieren vom Eingang weg, zwischen die Beine der drängelnden Massen auf der Straße, immer hinter Don her.

Er nahm gar nicht wahr, dass man über sie lachte oder in ihre Rippen trat, als wären sie räudige Hunde, dass sein Weg durch Pfützen, Kuhfladen und den allgegenwärtigen Müll führte, bis er die andere Straßenseite erreichte. Erst als sie noch unter dem Tisch eines Obsthändlers durchgekrochen waren, wagte es Don, sich aufzurichten, half ihm auf die Füße und schubste ihn in eine Seitenstraße mit glatten Pflastersteinen. An den Wänden der Häuser links und rechts brannten Fackeln. Ein paar Frauen in Saris standen herum und machten sich über sie lustig.

„Charmantes Rendezvous hast du da arrangiert", ließ Don hören und sah an seinem Anzug herunter. „In diesem verdammten

Dreckloch ist es unmöglich, länger als ein paar Minuten sauber zu bleiben."

Dent musste ein paar Mal tief durchatmen, bevor er sprechen konnte.

„Du hast verdammt schnell reagiert, Don. Woher wusstest du, dass da etwas nicht stimmt?"

„Ich wusste gar nichts. Hatte nur die ganze Zeit ein komisches Gefühl. Im Ashram war keine Sau. Als ich aufgewacht bin, war da alles still. Sogar die Ratten hatten sich verzogen. Irgendwie hat mich das davon abgehalten, einfach zur Vordertür rauszugehen. Gopals Ashram hat einen Seitenausgang. Ein Tunnel mit Treppen, die zu einem Bootsanleger am Fluss führen. Und was finde ich in dem Gang? Unmengen Waffen und Sprengstoff. Ich weiß, dass Gopal dauernd irgendwas handelt, aber da wurde mir noch komischer. Kaum bin ich in dem Boot, höre ich Geräusche und Stimmen und wie jemand die Tür zu diesem Seitengang öffnet. Ich bin dann schnell mit dem Kahn abgehauen, zum Dashashvamedh Ghat und hab dir eine Nachricht geschickt. Was dann passierte, weißt du. Ich war einfach alarmiert. Ein Restaurant, in dem es zur Dinnerzeit nicht nach Essen riecht? Geöffnet, aber vollkommen leer? Und die Lady, mit der du verabredet bist, ist nicht da? Das muss alle Alarmglocken läuten."

„Hast du gehört, was ich gehört habe? Diese Einschläge in der Tür?"

Don nickte. „Was mich daran besonders beunruhigt, ist die Tatsache, dass es mehrere waren."

„Sechs, um genau zu sein."

„Bedeutet, unser Bogenschütze ist äußerst lebendig und hat sich multipliziert? Was zum Teufel ist hier eigentlich los?" Verärgert schüttelte Don den Kopf. „Jedenfalls solltest du deine Heiratspläne überdenken, Bruderherz. Deine Zukünftige hat uns in eine Falle gelockt."

„Rinara? Nein, das glaube ich nicht, das …"

„Knips die Erotik aus und die Logik an. Wer hat vorgeschlagen, dass wir uns im Jingala treffen wollten? Deine Rinara."

„Ja, schon, aber es könnte dir jemand gefolgt sein. Zum Beispiel die Stimmen, die du im Ashram gehört hast."

„Jemand, der mir folgt, ist vor uns in diesem Pflanzenfressertempel, mit gezücktem Bogen? In sechsfacher Ausfertigung? Obwohl ich selbst nicht wusste, dass wir da landen würden?"

Dent senkte den Kopf. Plötzlich war ihm unangenehm heiß. Weil er nichts zu erwidern hatte, wischte er nur seine schmutzigen Hände an seinen Jeans ab und seufzte tief. Im selben Moment vibrierte sein Telefon. Er betete, dass es Rinara war, mit irgendeiner schlüssigen Erklärung, die Dons düstere Vermutung entkräften konnte.

„Es ist Sophie", murmelte er enttäuscht und nahm ab.

„Herr Riese, es tut mir leid, wenn ich Ihr Techtelmechtel stören muss, aber ich hätte jetzt wirklich gern meinen Koffer. Wann darf ich damit rechnen?"

„War Rinara nicht bei Ihnen? Sie wollte Ihren Koffer vorbeibringen und Sie zum Abendessen abholen. Wir wollten uns in einem Restaurant namens Jingala treffen."

„Ach wirklich? Ich dachte eher, dass dieses Abendessen mehr aus Höflichkeit erwähnt wurde. Von Rinara habe ich nichts gesehen und von einem Jingala weiß ich nichts."

„Rinara war nicht da? Ganz sicher?"

„Sie war nicht hier, Herr Riese. Ich dachte, sie ist bei Ihnen, oder viel mehr, dass Sie bei ihr sind. Und ich möchte noch einmal an meinen Koffer erinnern."

Dent fasste sich an die Stirn und hörte seinen Bruder ein triumphierendes Schnauben ausstoßen.

„Leg auf, Bruderherz", raunte er. „Wir fahren zu Rinaras Wohnung. Sophie soll bleiben, wo sie ist."

☙❧

Die Tür zu dem Hochhausappartement stand weit offen. Don näherte sich trotzdem mit der gleichen Vorsicht, mit der er darauf bestanden hatte, den Fahrstuhl zu meiden und durch das Treppenhaus zu schleichen. 15 Stockwerke. Dent folgte seinem Bruder stumm in die Wohnung. Im Moment war es ihm fast egal, ob einer, sechs oder 100 Bogenschützen auf ihn warteten. In ihm war nur eine tiefe Traurigkeit, unterbrochen von der schwachen Hoffnung, eine harmlose Erklärung für Rinaras seltsames Verhalten zu finden. Mit hängenden Armen blieb er in dem quadratischen Raum stehen, während Don die anderen Zimmer checkte.

„Ausgeflogen. Die Bude ist leer."

„Vielleicht … wurde sie entführt", kam es dünn über Dents Lippen. Er ertrug den Blick auf das Sofa mit den zerwühlten Kissen darauf nicht länger und sah Hilfe suchend in Dons Gesicht.

„Ich denke eher, sie hat etwas entführt. War das Notizbuch in deinem Koffer?"

Dent wurde starr. Er konnte nur schwach nicken.

„Super. Der Inhalt deines Koffers liegt ausgekippt auf dem Boden im Schlafzimmer. Das Notizbuch war nicht dabei."

„Scheiße." Der Wunsch, einen letzten Hoffnungsschimmer aufrechterhalten zu können, starb mit einem schmerzhaften Stich. „Vielleicht war alles ganz anders", versuchte er trotzdem noch. „Ihr Computer ist noch da. Das ist doch ungewöhnlich, ich meine, sie ist ein weiblicher Nerd. Ich würde zuerst meinen Rechner schnappen und dann …"

„Weiblich, Dent, sie ist weiblich. Was bedeutet, dass es ihr schwerfällt, mit einem Elektronikklotz und einem Riesenbildschirm unter dem Arm abzuhauen. Die Lady hat sich das Buch gegriffen und ist getürmt. Was mich verwundert. Sie musste doch davon ausgehen, dass wir beide hinüber sind. Mission accomplished."

Dents hilfloser Blick prallte an dem ernsten Gesichtsausdruck seines Bruders ab.

„Setz' dich an die Kiste. Vielleicht findest du irgendwas. Ich bleibe hier stehen und passe auf, dass wir keinen Besuch bekommen."

Seufzend nahm Dent an Rinaras Schreibtisch Platz. „Der Rechner ist an, nicht im Ruhemodus. Vor ein paar Minuten muss sie noch damit gearbeitet haben", wunderte er sich und las sich durch die installierten Programme.

„Und? Siehst du was?"

„Ein Browser ist drauf, EVE ist eingerichtet, das Onlinespiel."

„Sieh nach, woran sie zuletzt gearbeitet hat."

„Warte …"

„Ein einziges Bild ist auf dem PC, nämlich das, was sie mir schickte. An dem Bild klemmt ein verdammter Trojaner. Der funzte aber nicht. Was dachte sie denn? Dass sie es mit einem Anfänger zu tun hat?"

Ärgerlich klickte Dent das Bild mit Rinaras schönem Gesicht weg. Ein Trojaner, sie hatte ihm einen Trojaner geschickt. Absichtlich. Seine Enttäuschung wuchs zusammen mit seiner Verwirrung, aber er arbeitete sich fieberhaft weiter durch das System.

„Verdammt. Sie hat Skylock installiert."

„Skylock?"

„Ein Überwachungstool zur Handyortung", erklärte Dent resigniert. „Hat Zugriff auf das SS7. Signaling System 7, wurde in den 70er Jahren aufgebaut, als es nur wenige Kommunikationsanbieter gab. Es ermöglicht Netzbetreibern den Austausch von Handy-Standorten. Inzwischen haben endlos viele Mobilfunkanbieter weltweit Zugriff darauf."

„Moment, Moment, lass mich das kapieren, Dent. Soll das heißen, dass dieses Skylock Mobiltelefone ortet? Überall? Handynummer eintippen und los?"

„Ganz so einfach ist das nicht, es gibt hier und da ein paar technische Hürden. Aber im Prinzip hast du es richtig verstanden. In Europa benutzen Behörden solche Programme, brauchen aber einen richterlichen Beschluss. Netzbetreiber benutzen es, um Roaming Tarife anzubieten, wenn sich das Telefon ins Ausland bewegt oder um verlorene oder gestohlene Handys zu orten, natürlich nur mit dem Einverständnis des Eigentümers. Für Firmen oder Privatleute ist die Benutzung illegal. Aber hier in Indien … gut möglich, dass man es hier einfach kaufen kann. Und wenn man Informatik studiert hat und eine Softwarefirma betreibt, kann man die technischen Hürden durchaus überwinden. Jedenfalls hat Rinara damit mein Handy geortet. Jede meiner Bewegungen ist hier minutiös gespeichert."

Don pfiff durch die Zähne. „Kann die entzückende Rinara mit Pfeil und Bogen vielleicht genauso gut umgehen wie mit Software?"

Dent schüttelte entschieden den Kopf. „Rinara kann nicht der Schütze sein."

„Dent, ich weiß, du willst das nicht hören, aber vielleicht dachte ich nur, ich hätte einen Mann verfolgt, aber es war eine schmächtige Gestalt in Männerkleidung. Schuhgröße 42 oder 43."

„Der Schütze war im Wald, als du die Mauer gesprengt hast. Er muss irgendwas abgekriegt haben. Du hast auch noch auf ihn geschossen. Rinara ist aber gänzlich unverletzt, hat nicht den kleinsten Kratzer und niemals diese Schuhgröße."

Dons Blick fiel auf ein Paar Sandaletten, die noch vor dem Sofa lagen. Dent war schneller, griff sich einen Schuh und drehte ihn, bis er die Sohle sehen konnte. „39", stieß er erleichtert aus.

„Gut, dann ist sie vielleicht nicht der Schütze, aber sie muss irgendwas mit ihm zu tun haben. Kannst du sehen, seit wann sie das getan hat?"

„Moment, ich scrolle noch. Seit dem 3. November 2013."

„Diwali", erinnerte sich Don. „Am 3. November war der Schütze in Varanasi. Unseren Vater und den Pfandleiher hatte er schon im Oktober umgelegt. Er schoss auf mich, dachte, ich wäre erledigt und wandte sich sofort seinem nächsten Opfer zu. Deinen Namen kannte er, weil er unseren Vater verfolgt hatte. Vielleicht war er müde von der Anstrengung, scheute sich davor, wieder nach Hamburg zu fliegen und abzuwarten, bis du mal vor die Tür gehst. Er gab Rinara deinen Namen. Woher hatte sie deine Handynummer?"

„Dafür genügt es, meinen Namen zu kennen. Meine Handynummer steht auf meiner Firmenwebseite. Für Notfälle."

„So einfach ...", murmelte Don. „Sie brauchte nur deinen Namen. Deine Handynummer hat sie einfach von deiner Webseite abgelesen und dieses Ortungsprogramm damit gefüttert. Der Schütze konnte sich zurück lehnen, bis sie meldet, dass du dich bewegst. Hast du dann auch gemacht, nämlich am 7. Dezember, nach London. Selbst wenn er aus Indien anreisen musste, hatte er noch Zeit, dich auf dem Highgate Friedhof ins Visier nehmen."

Dent schluckte. „Ich wäre tot, wenn du mich nicht umgerissen hättest. So wie heute."

„Ich bin ernsthaft daran interessiert, meinen Bruder zu behalten", grinste Don. „Das hat ihm Frust bereitet. Vielleicht hat er sie deshalb beauftragt, noch mehr über dich zu erfahren. Wann fing sie an, online mit dir zu turteln? In diesem Spiel?"

„Hm, ich glaube, sie ist irgendwann im letzten Jahr zu unserer Fraktion gestoßen. Könnte im Dezember gewesen sein."

„Woher konnte sie wissen, dass du in diesem Online-Universum rumfliegst? Das kann kein Zufall sein."

„Schwer zu sagen", grübelte Dent. „Auf der EVE-Seite werden keine Klarnamen veröffentlicht. Da heiße ich ‚Deep Thought' und die Spieler, mit denen ich chatte, wissen nur, dass ich Dent genannt werde und in Hamburg wohne. Aber ich betreibe einen Blog über das Spiel, dafür ist ein Impressum vorgeschrieben. Außerdem stelle ich Video-Anleitungen online, bin in Foren aktiv. Ein paar Mal hat eine internationale Spieleseite über mich geschrieben. Später gab's noch Interviews mit mir. Da wurde mein Name erwähnt, zusammen mit meinem Spielernamen. Ich hatte nichts dagegen, dachte, es wäre vielleicht gute Werbung. Rinara müsste gezielt das Net durchforstet haben, um mich bei EVE zu finden, aber wirklich schwierig war das nicht."

„Du bist also eine Art Online-Held, eh?"

Dents Schultern sackten nach vorn. „Ich fühle mich gerade wenig heldenhaft", flüsterte er und dachte daran, wie er sich gefreut hatte, wenn ihm der Name „Lady Savage" entgegengeblinkt hatte. Er war so sicher gewesen, dass die Freude gegenseitig war. Hatte sie gewusst, dass sie einem Mörder in die Hände spielte?

„Die kleine Schlange hat dich systematisch ausspioniert, Bruderherz", unterbrach Don seine Gedanken. „Ortete dein Handy, machte sich die Mühe, dein Vertrauen in einem Spielechat zu erschleichen und schickte dir noch ein Bild mit Trojaner. Ich weiß nicht genau, was diese Dinger anrichten, aber nett war das nicht."

„Systematisch ausspioniert", wiederholte Dent betroffen und mochte seinen Bruder nicht ansehen. „Mit dem Trojaner hoffte sie, auch noch Zugriff auf meinen Rechner zu bekommen, alles mitzulesen, was darauf passiert. Aber meine Rechner sind zu gut abgesichert für diese simplen Methoden."

„Es reichte, um dem Schützen die Arbeit gewaltig zu erleichtern. Wenigstens kennen wir jetzt seine Komplizin. Oder eine davon. Kannst du sehen, wohin sie die Info gesendet hat?"

„An ihr Handy. Wohin sie es damit weitergeleitet hat, kann ich nur sehen, wenn ich das Ding in die Finger bekomme."

„Shit."

„Ich kapiere etwas nicht, Don. Rinara muss doch gejubelt haben, als ich mit Sophie hier aufgetaucht bin. Das wird sie dem Schützen genauso gemeldet haben wie alle anderen Bewegungen. Ich habe über 15 Stunden geschlafen, völlig erschöpft. Sie hätte genau das tun können, was sie eben getan hat. Das Notizbuch greifen, abhauen, die Tür auflassen und dem Mann die Gelegenheit bieten, mich umzulegen. Stattdessen bekocht sie mich und Sophie, plaudert, verschafft mir die Liebesnacht meines Lebens, fährt uns zu Kumar, wartet lieb in der Lobby, fährt mit mir zurück, zieht sich nochmal aus…"

„Deine Qualitäten als Kamasutra-Akrobat in allen Ehren, Bruderherz, aber das ist einfach zu erklären", unterbrach Don. „Sie musste Zeit gewinnen. Sicherlich hat sie dem Schützen gemeldet, wo du bist, aber das muss mitten in der Nacht gewesen sein. Nachdem du mit Sophie aus dem Ashram gelaufen bist, nachdem wir im Wald ein Feuerwerk veranstaltet haben. Da hat es ihn nämlich entweder erwischt oder er hat was abgekriegt. Er konnte die Info nicht nutzen. Aber irgendwann im Laufe des Tages muss die liebe Rinara Instruktionen bekommen haben. Vielleicht sollte sie erst herausfinden, ob du das Notizbuch hast. Wusste sie, wo ich bin?"

„Ja", gab Dent zu. „Daran bin ich schuld. Ich sagte, dass ich mir Sorgen um dich mache, wand mich um die Lüge mit dem Unfall herum, den Sophie erfunden hatte. Dabei habe ich das Andhra Ashram erwähnt."

„Passt. Die Info hat sie weitergeleitet. Es war also doch jemand hinter mir her, als ich dachte, im Ashram sei was faul. Das Empfangskomitee für dich hockte im Jingala. Guter Plan. Selbst wenn ich ihnen bei Gopal entkomme, erwischen sie uns beide im Restaurant."

„Sie hat mich komplett verarscht", murmelte Dent traurig. „Und ich Volltrottel wollte ihr einen Antrag machen."

„Vielleicht hat sie das geahnt und ist deshalb abgehauen."

„Erwähnte ich schon, wie sehr ich deine feinfühlige Art schätze?", schnappte Dent und quittierte das Zwinkern seines Bruders mit einem wütenden Blick.

Don hob beschwichtigend die Hände. „Sorry, Bruderherz, ich gelobe Besserung. Aber es bleibt interessant, warum sie so eilig getürmt ist. Sie hat unsere Standorte durchgegeben und bekam Weisung, das Jingala vorzuschlagen. Solange ihr zusammen wart, konnte sie nicht in deinem Koffer wühlen. Also hat sie dich in der Nähe des Ashram abgesetzt und darauf verzichtet, Sophie mit ihrem Gepäck zu besuchen, wie es abgemacht war. Stattdessen ist sie in ihre Wohnung zurück. Soll heißen, sie hatte nie vor, im Jingala aufzutauchen. Weil sie wusste, dass es eine Falle war. Sie schnappte sich das Notizbuch, sicher im Auftrag des Schützen. Das hätte sie aber gelassen abliefern können. Schließlich war die Idee, dass wir von sechs Pfeilen durchlöchert krepieren. Kein Grund für diese Hektik."

„Den Grund hat sie im Skylock gefunden", grollte Dent und blieb mit den Augen am Bildschirm kleben. „Sie hat an diesem Rechner gesessen und überprüft, wann sich mein Handy ins Jingala bewegt. Wichtig für das Timing, damit uns der Schütze dieses Mal ganz sicher erwischt. Bis dahin lief noch alles nach Plan. Die Pfeile flogen, kaum dass ich die Tür aufmachte. Es muss sie erschreckt haben, dass mein Telefon sich danach immer noch bewegte, und zwar in ihre Richtung. Das sind nämlich die letzten Bewegungen, die hier protokolliert sind. Da ist sie getürmt."

„Flink, die Dame", knurrte Don. „Wir sollten auch türmen."

„Moment noch, Don."

„Dent, wir gehen jetzt. Der Schütze mag was abgekriegt haben, aber er hat Verstärkung mobilisiert, mindestens 6-fach, wie wir wissen."

Dent reagierte nicht. Er schaltete sein Handy in den Flugmodus, um weitere Ortungsversuche zu verhindern, und wandte sich dann wieder dem Bildschirm zu. Seine Finger flogen über die Tastatur.

„Dent!"

„Bachraj Ghat. Sagt dir das was?"

„Nein, verdammt. Varanasi hat über 80 Ghats. Irgendwelche Treppen, die zum Fluss führen. Bachraj kenne ich nicht. Was zur Hölle tust du da?"

„Ich orte Rinaras Handy. Es befindet sich am Bachraj Ghat."

ෆ⁊ಬ

Die ersten Sonnenstrahlen beleuchteten den Jain Tempel, der wie ein verschnörkelter Zuckerhut über den Treppen des Bachraj Ghats aufragte. Noch war niemand zum Gebet erschienen. Nur ein Priester, bekleidet mit einem weißen Tuch um die Hüften, stand mit geschlossenen Augen vor dem Tempeleingang, die Handflächen zum Gebet gefaltet.

Rinaras Leiche schwamm zwischen bunten Blütenblättern. Ihre weit aufgerissenen Augen starrten in den Himmel. Sanfte Wellen bewegten ihre ausgebreiteten Arme. Es sah aus, als würde sie sich im nächsten Moment in die Lüfte erheben.

Dent sackte auf den steinernen Stufen zusammen. Er bemühte sich nicht, seine Tränen zu verstecken. „Sie hat dich getäuscht, vorsätzlich, weder du noch dein Leben haben ihr etwas bedeutet", hämmerte es in seinem Kopf, aber das half nichts. Er weinte um das, was zwischen ihm und Rinara gewesen war, um alles, was hätte sein können, wenn es den mysteriösen Bogenschützen nicht geben würde.

Don stand neben ihm und sah zu, wie der Priester sein Gebet beendete. Ein magerer alter Mann mit faltiger brauner Haut. Langsam, beinahe feierlich, schritt er die Stufen hinab, verneigte sich vor Dent und übergab ihm einen Umschlag.

Ohne ein Wort zu reden, tauchte der Alte in den Fluss ein und machte sich daran, Rinaras toten Körper zu bergen. Dent hatte das Gefühl, helfen zu müssen, aber er blieb unbeweglich mit dem Umschlag in der Hand auf der Treppe. Sein Bruder ließ einen leisen Fluch hören, aber dann seufzte er, kniete sich auf die unterste Stufe und half, die Tote aus dem Wasser zu ziehen.

Dent konnte nicht länger hinsehen, zumal ihr Kopf schlaff zurückfiel und ihre starren Augen seinen Blick zu suchen schienen. Schaudernd stolperte er einige Schritte rückwärts, bis der Priester seine Hand über ihre Lider gleiten ließ. Blankes Entsetzen lähmte ihn. Er reagierte erst, als Don energisch an seinem Arm zog.

„Kein Pfeil", hörte er ihn sagen. „Dafür hatte sie eine blaue, geschwollene Zunge. Irgendein Gift nehme ich an. Was steht in dem Brief?"

„Ich ... ich weiß nicht", murmelte Dent und ließ sich den Umschlag abnehmen.

„Ich kenne seinen Namen nicht. Ein freundlicher, kleiner Mann. Er kam zu der Zeit, als meine Firma vor dem Aus stand", las Don vor. „Er gab mir einen Namen und eine Adresse. Alexander Riese, Talstraße, Hamburg. Und 2000 Dollar, jeden Monat. Ich habe ihm keine Fragen gestellt. Du warst meine Freiheit, meine Chance, der strengen Enge unserer Kaste zu entgehen. Nächsten Monat wollte ich nach Mumbai ziehen. So leben, wie ich immer wollte. Und du warst weit weg. Bis zu dieser Nacht.

Als ich anfing, Fragen zu stellen, war es zu spät. Mein Auftraggeber meldete sich nicht mehr. Aber ich bekam Anweisungen von Mächtigen, denen man sich lieber nicht widersetzt. Sie wollten das Buch. Sie werden dich töten. Wenn es ihnen heute nicht gelungen ist, dann an einem anderen Tag.

Ich will in einer anderen Welt sein, wenn das passiert. Reingewaschen von meinen Sünden durch die Wasser des heiligen Ganges."

„Sie hat sich umgebracht ..." flüsterte Dent und schluckte schwer.

„Ob das Reinwaschen so geklappt hat, bezweifle ich", brummte Don. „Aber sie hatte ihr Handy noch bei sich. Hoffen wir, dass die elende Brühe in diesem Fluss nicht sämtliche Daten verätzt hat."

෴

# Kapitel 13

Der Darjeeling verbrannte Sophies Lippen. Mit zitternden Fingern stellte sie die Tasse auf dem Glastisch ab. Sie hatte sich den Tee auf ihr Zimmer bringen lassen, weil sie hoffte, nach dessen Genuss einen klaren Gedanken fassen zu können. Aber das heiße Getränk half ihr nicht.

Sie stand mitten im Raum, ließ ihre Augen über die cremefarbenen Wände, den seidenen Bettüberwurf und schließlich durch das Fenster in den Hotelgarten schweifen. Palmblätter raschelten im Wind, rosa Blütenkelche wuchsen der strahlenden Sonne entgegen und kleine grüne Papageien flatterten dicht über dem sorgfältig gemähten Rasen herum.

Kopfschüttelnd wandte sie sich ab. Diese Idylle passte nicht zu dem Schrecken, der ihre Finger zittern ließ. Neben dem Glastisch, auf dem ihr Tee dampfte, stand ihr Koffer. Das Gepäckstück hatte sie schließlich mit einem Taxi erreicht, zusammen mit einer Nachricht von Donovan Riley.

Der Inhalt erschütterte Sophie zutiefst. Nie, niemals hätte sie Rinara so viel Hinterhältigkeit zugetraut. Beinahe fand sie es angemessen, dass die schöne Inderin ihrem Leben ein Ende gesetzt hatte. Riley nannte es feige. Mit Rinara war die Chance gestorben, dem unheimlichen Bogenschützen endlich auf die Spur zu kommen. Ihr Handy mit allen Informationen darauf war mit ihr im Ganges „verreckt", wie Donovan Riley sich mit all seiner kompromisslosen Brutalität ausdrückte. Zu allem Überfluss hatte sich der Bogenschütze versechsfacht.

„Wir sind O.K., abgesehen von Amors Pfeil im Herzen meines Bruders, der vor Enttäuschung das Futter verweigert."

Dieser Satz hatte Sophie die Tränen in die Augen getrieben. Ein wenig verschwommen hatte sie entziffert, dass die Brüder jetzt bei „einer Freundin" untergekommen waren. Riley war vorsichtig, nannte die Adresse nicht und wies Sophie an, nicht anzurufen. „Vielleicht übertriebene Vorsicht." Da hatte sie beinahe lachen müssen. Wie viel Vorsicht konnte unter diesen Umständen noch übertrieben sein?

„Wir müssen reden, Fräulein Kröger. Ich schicke ihnen eine Rikscha. 18 Uhr am Colonial Café. Das liegt 200 Meter vom Palace Hotel entfernt an derselben Straße. Sie werden den Fahrer erkennen."

Sollte sie in diese Rikscha steigen und sich zu dieser „Freundin" kutschieren lassen? Sicher Donovan Rileys Bekanntschaft, die womöglich ebenso bizarr hauste wie sein fetter Guru-Kumpel Gopal in seinem Ashram.

Aber sie hatte auch etwas mitzuteilen. Mahendra Kumar hatte die Echtheit der Dokumente anerkannt und war bereit, die Zahlung von 13,5 Millionen zu veranlassen. Die Bestätigung seines Anwalts lag ihr bereits vor. Das hatte sie als Nachlassverwalterin den Erben mitzuteilen.

Vielleicht waren diese Neuigkeiten geeignet, um Alexander Riese ein wenig zu trösten.

☙❧

Dent erinnerte sich dunkel, dass er geweint hatte. Zuerst am Bachraj Ghat und später noch einmal in den Armen seines Bruders. Das war ihm peinlich, aber Dons loses Mundwerk war still geblieben. Er hatte ihn einfach festgehalten, ihn dann in eine Rikscha bugsiert und schließlich durch einen Hauseingang geschoben, an dem er sich die Stirn gestoßen hatte. Was danach geschehen war, wusste er nicht mehr genau. Er musste eingeschlafen sein, tief und traumlos. Ob das Getränk, das Don ihm verabreicht hatte, dabei geholfen hatte, wollte er gar nicht wissen. Er durfte ungestört daliegen, sein Schädel dröhnte nicht und es roch nach Kaffee.

Allmählich konnte er sogar an Rinara denken, ohne von unkontrollierbaren Gefühlen überwältigt zu werden. Wie lange hatte er nicht mehr so geweint? Viele Jahre. Zuletzt, als er erfahren hatte, dass die freundliche Funda Özcal in die Türkei geschickt worden war. Offenbar bekam es ihm nicht gut, Gefühle für Frauen zu entwickeln. Geblieben war ein Gemisch aus Trauer und Enttäuschung, das er tief in seinem Inneren verstecken konnte.

Als er den Kopf drehte, erkannte er einen Vorhang aus Glasperlen dicht vor seinen Augen. Er trennte die Nische, in der er lag, von einem größeren Raum, in dem alles rot und rosa war. Stimmen wurden laut. Sie gehörten zu ordinär geschminkten Gesichtern, Frauen mit billigem Klimperschmuck und den aufdringlich lasziven Bewegungen von Prostituierten.

„Ein Puff. Ich liege auf einer Matratze in einem Puff", dämmerte es ihm.

„Wie viel Ärger hast du, Donovan Riley, wenn es dich in Pindis Arme treibt?", wollte eine der Frauen jetzt wissen. Don sagte nichts, schien nach strukturierten Antworten zu suchen, während Dent die tiefe Tonlage ihrer Stimme auffiel. Aber sie servierte Kaffee auf einem Messingtablett und kämpfte dabei mit einem hüftlangen, dicken Zopf aus tiefschwarzem Haar, der durch die Tassen peitschte.

Dent sortierte sie in die Kategorie „Puffmutter", denn sie hatte welke Haut unter der dicken Schminke, Speckrollen, die unter ihrem Sari-Oberteil hervorquollen, aber die Autorität, die neugierigen anderen Liebesdamen mit einer einzigen Handbewegung aus dem Zimmer zu vertreiben.

„Wir bleiben nicht lange, Pindi."

„Schade, deinen schnuckeligen Bruder hätte ich gern näher kennengelernt. Du wolltest dich ja nie von uns verwöhnen lassen." Pindi lachte und gab Don einen Klaps auf den Arm. „Du sagtest, wir bekommen noch mehr Besuch? Wie viele soll ich zum Essen einplanen?"

„Noch zwei. Prakash und eine Dame aus Deutschland."

„Prakash? Prakash Sindh? Ich dachte, der sitzt."

„Nicht mehr."

„Aaahh!" rief Pindi aus und klatschte in die Hände. „Das große Loch in der Mauer des Distriktgefängnisses! Es stand in der Zeitung. Der abhandengekommene Häftling ist Prakash? Der Herr Polizeidirektor soll recht ungehalten darüber sein. Eine hässliche Panne, da er kurz vor der Ernennung zum Polizeipräsidenten steht. Zuständig für ganz Indien."

„Sein Problem. Meins und das meines Bruders sind Typen, die uns mit Pfeil und Bogen umlegen wollen."

„Wie grausam!" Pindi sog Luft ein und schlug sich die Hand vor den Mund. Es sah gekünstelt aus. Etwa so, wie ein aufgeregtes Luxusweib, das sich über den Verlust eines Fingernagels aufregt. Nur Pindis dunkle Augen zeigten, dass sie den Ernst der Lage sehr wohl erfasst hatte. Schnell schloss sie die Lider, schüttelte den Kopf und klatschte wieder in die Hände.

„Da sollten wir schnell etwas Heiterkeit verbreiten. Wie steht es mit den Vorlieben der andern Gäste?"

„Mach dir nicht zu viel Mühe, Pindi. Wir wollen uns bloß eine Nacht ausruhen und einen Plan machen. Möglichst ohne hässliche Zwischenfälle."

Pindi sah nicht zufrieden aus. „Wie langweilig! Wir Hijras sind anspruchsvollere Gäste gewöhnt. Aber sei's drum. In diesen Zeiten muss man nehmen, was des Weges kommt."

༄༅

Sophie Kröger war von einer Starre befallen, die sich nicht lösen wollte. Das lag zum einen an der unbequemen Fahrt mit einer rostigen Rikscha durch Varanasis Schlaglöcher und Dämpfe, dem Schrecken, mit dem sie Prakash als deren Fahrer identifiziert hatte, der ohrenbetäubenden Musik, erzeugt von Trommeln und seltsamen Zupfinstrumenten, und den wilden Tänzen, mit denen Pindis Belegschaft sie nun zu erfreuen versuchte.

Inzwischen wusste sie, dass sowohl Pindi als auch ihre grell geschminkten Kolleginnen Hijras waren. Allesamt Männer, vielmehr ehemalige Männer, die sich einer rituellen Kastration unterzogen hatten. Medizinisch korrekt hieß es Penektomie, was bedeutete, dass sie weder Penis noch Hoden behalten hatten. Nur so ein kleines Loch, über das sie nicht länger nachdenken wollte.

Noch schlimmer fand sie, dass nur ein kleiner Teil dieser fröhlichen Gestalten dieses grausame Ritual freiwillig gewählt hatte. Pindi selbst war als kleiner Junge von einer Hijra geraubt, kastriert und zum Leben als „drittes Geschlecht" gezwungen worden. Eine lange Ausbildung zum Erwerb spiritueller Fähigkeiten gehörte dazu, ebenso wie Sprachen und alles, was „gutes Karma" förderte. Früher, so hatte sie geschwärmt, waren die Aufgaben der Hijras in ganz Indien geachtet und gut bezahlt gewesen. Musik, Tanz, sorgfältig ausgeführte Glückwunschzeremonien, etwa zur Hochzeit oder zur Geburt eines Sohnes, das waren ihre Aufgaben gewesen. Pindis Job als Vorsteherin ihrer Schicksalsgemeinschaft war es, für ausreichend Lebensunterhalt, seelischen Beistand und Schutz zu sorgen. Nicht einfach, weil das moderne Indien die rituellen Aufgaben der Hijras so oft vergessen wollte. Was blieb, war Prostitution. Wie diese Art Dienstleistung mit kastrierten Männern aussah, wollte Sophie ebenfalls nicht überlegen.

Alexander Riese schien es ähnlich zu gehen, denn er konzentrierte sich lieber auf das üppige Nahrungsangebot und nicht auf die hochfliegenden Röcke, die um die Kissen herumwirbelten, auf denen sie saßen. Donovan Riley sah nachdenklich aus, rauchte eine Zigarette und soff irgendetwas Alkoholisches direkt aus der Flasche. Nur Prakash, um dessen kahlgeschorenen Schädel ein Turban gewickelt war, und dessen Gesicht jetzt schwarze Bartstoppeln bedeckten, klatschte begeistert in die Hände und ließ seinen ganzen Körper im Trommelrhythmus zucken.

Ein Lichtblick war die Sauberkeit in Pindis Etablissement. Müll- und rattenfrei, liebevoll dekoriert mit Lampions, schimmernden Stoffbahnen und allerlei buntem Tand, aber gemütlich. Das veranlasste Sophie, sich endlich kleine Mengen Essbares auf ihren Teller zu laden. Viel Gemüse, in roten, grünlichen oder gelblichen Saucen und weiches, warmes Brot. Kurz darauf war ihre Zunge ebenso paralysiert wie der ganze Rest von ihr. Ob das an Curry, Chili oder Pfeffer lag, konnte sie nicht bestimmen. Sie schaffte es nur noch, den Mund ebenso weit aufzureißen wie ihre Augen, bis Riley ihr grinsend ein dickflüssiges Getränk reichte, das Joghurt glich. Ob es tierische Produkte enthielt, war ihr gerade völlig egal.

Danach ging es ihr besser und sie schaffte es sogar, den Tanz einer jungen Hijra zu bewundern, die ihren nackten Bauch und Hüften zu ruhigeren Sitarklängen wog. Wäre sie nicht über das dritte Geschlecht aufgeklärt worden, hätte sie diesen Tanz mit Attributen wie „aufreizend" und „sexy" belegt. So stellte sie fest, dass die kunstvollen Bewegungen von einem schönen Menschen ausgeführt wurden, dem etwas abhanden gekommen war, was ihn noch begehrenswerter gemacht hätte. Sie konnte nicht anders, als jeder Bewegung zu folgen und löste damit ein Lächeln aus, gefolgt von einem Blick, der zu wissen schien, wie lange sie schon keinen Sex hatte.

Schnell senkte sie den Kopf und starrte wieder auf den gedeckten Tisch. „Dieses Indien ist völlig skurril. Skurril und sexbesessen", urteilte sie in Gedanken. Aber das half nicht dabei, Alexander Rieses Hände zu ignorieren, die nach einem Brotfladen griffen. Der Wunsch, er möge sie mit diesen schlanken Fingern berühren, war immer noch da. Bei Rinara hatte er nicht gezögert und jetzt hing er mit diesem traurigen Blick in den Kissen, weil sich seine Angebetete als hinterhältige Schlange entpuppt hatte. Er wusste nicht, dass diese Traurigkeit ihn noch anziehender machte.

Sophie dachte noch über sexuelle Anziehungskraft zwischen Geschlechtern aller Art nach, als Pindi und ihre Belegschaft sich verneigten, ausgiebig beklatschen ließen und nicht mit liebevollen Umarmungen sparten, um eine gute Nacht zu wünschen. Obwohl sie derlei Vertraulichkeiten gewöhnlich mied, war Sophie plötzlich den Tränen nahe. Sie ließ sich nicht nur umarmen, sondern schmiegte sich fast sehnsüchtig in die Arme jeder einzelnen Hijra, ließ sich streicheln und anlächeln, umnebelt von stark duftenden Parfüms und Körperölen.

Ein Seitenblick verriet ihr, dass Dent zwar überrascht aussah, aber ganz ähnlich reagierte, ebenso Prakash, während Riley mit einem respektvollen Nicken verabschiedet wurde, bevor die Gastgeber sich zurückzogen.

Zurück blieben ein Tablett mit frischem Tee, Erdnüsse, ein Teller mit Früchten und eine angenehme Stille. Zusammen mit dem Sandelholzduft schuf dies eine willkommene Distanz zu Bogenschützen, einer toten Schönheit im Ganges und dem ganzen Dreck, der an Varanasi haftete.

Donovan Riley war der Erste, der die angenehme Stille brach. Die Flasche in seiner Hand hatte er beinahe geleert, aber auf Sophie wirkte er nicht betrunken.

„Dachte, wir treffen uns alle an einem halbwegs sicheren Ort. Pindis Haus ist neutrale Zone, wie die ganze Kaste der Hijras", erklärte er mit gedämpfter Stimme. „Wir müssen einen Plan machen. Aber ich hab keine Ahnung, wie der aussehen soll."

„Vielleicht beginnen wir mit etwas Erfreulichem", räusperte sich Sophie. „Mahendra Kumar hat unsere Dokumente anerkannt. Seine Anwälte haben bestätigt, dass er die Zahlung von 13,5 Millionen demnächst tätigen wird."

„Hm", machte Riley und tauschte Blicke mit seinem Bruder, der nur die Achseln hob.

„Warum sehe ich keine Freude in euren Gesichtern?", wunderte sich Prakash und wiegte seinen Kopf hin und her. „Bald seid ihr reich! Sehr, sehr reich!"

„Oder tot. Sehr, sehr tot", grunzte Dent.

„Im Moment sind wir erstmal sehr, sehr verwirrt", stellte Don fest. „Opfer, Anschläge und sogar Täter häufen sich und wir wissen immer noch nicht, wer hinter uns her ist."

„Ich habe mich umgehört, Freund Don", erklärte Prakash. „Habe überall nach einem Nair gefragt, der einen Mercedes fährt oder teure Reisen ins Ausland machen kann. Nie wurde ich so viel ausgelacht. So einen Nair kennt niemand."

„Woher soll man auch wissen, wer ein Nair ist?" Sophies Augenbrauen zogen sich fragend in die Höhe.

„Oh, schöne Lady, das ist in Indien nicht schwer. Angehörige aller Kasten tragen typische Namen, aus langer Geschichte und außerdem kennt man sich und forscht sehr gut, aus lauter Angst, in die falsche Familie zu heiraten. In den großen Städten, in Mumbai oder so, da heiraten auch mal Leute wild durcheinander, aber woanders wollen die meisten immer noch einen Partner aus der eigenen Kaste. Hier in Nordindien würde ein Nair bestimmt erkannt. Nair Leute sind aus dem Süden, kleine Menschen mit dunkler Haut, Namen, die hier nicht vorkommen und mit einem anderen Dialekt."

„Unser Bogenschütze ist sehr mobil", stellte Dent fest. „Es dürfte schwer sein, ihn durch bloßes Herumfragen zu lokalisieren. Don ist sicher, dass es sich um einen Nair handelt, aber sonst wissen wir so gut wie nichts. Der Schütze ist scharf auf den Diamanten, entschlossen, die rechtmäßigen Erben auszuschalten und an Gegenständen interessiert, die ihm den Weg zu Golkondas verschollenen Minen weisen. Er wusste von Bild und Notizbuch und deren Bedeutung."

„Beides Dinge, mit denen wir nichts anfangen konnten", gab Don zu. „Wir haben weder kapiert, was es mit dem Ölschinken auf sich hat, noch konnten wir die Texte und die wirren Kringel in dem Buch deuten."

„Wir sind keine Gefahr mehr für ihn", nickte Dent. „Erben oder nicht, schädigen können wir nur Kumar, der als Schütze nicht in Frage kommt, und nun den Diamanten ein zweites Mal bezahlt. Der Schütze hat sein Geld schon. Jetzt hat er auch das Bild und das Notizbuch. Hört es jetzt auf? Legt er den Bogen beiseite und macht sich auf die Suche nach den Minen?"

„Das wissen wir erst, wenn der nächste Pfeil fliegt. Oder wenn wir Greise sind und überrascht auf einer Parkbank beim Entenfüttern feststellen, dass wir alt geworden sind."

„Schöne Aussichten", grunzte Dent. „Mich beunruhigt, dass plötzlich sechs Pfeile flogen. Zunächst dachten wir nur an einen Einzeltäter. Aber jetzt? Sind es jetzt sechs Nair? Oder sechshundert? Wie viele gibt's davon?"

„Millionen", murmelte Prakash und sah erschrocken aus. „Über die Zeit haben sie sich in ganz Südindien ausgebreitet. Nur hier im Norden gibt es nicht viele."

„Millionen", wiederholte Dent und starrte seinen Bruder an.

„Seit wann lässt du dich von großen Zahlen erschrecken, Bruderherz." Don versuchte ein Grinsen. „Bleib locker, die werden nicht alle hinter uns her sein. Wir müssen uns nur von der Idee verabschieden, dass wir es mit einem Einzeltäter zu tun haben. Unser Schütze hat Freunde, mindestens sechs und sie sind so altmodisch wie er."

„Wenn ich einen Vorschlag machen darf", meldete sich Sophie. „Sie sagten, dieses Haus böte einigermaßen Schutz. Sollen wir nicht einfach hierbleiben und abwarten, bis Kumar zahlt? Das kann nicht mehr lange dauern. Sie kassieren 13,5 Millionen und wir alle können aus diesem schrecklichen Land verschwinden."

„Schreckliches Land?" Prakash schickte Sophie einen missbilligenden Blick.

„Das können Sie gerne tun, Fräulein Sophie." Rileys Stimme gab ihr das Gefühl, etwas besonders Dummes gesagt zu haben. „Für meinen Bruder und für mich bedeutet das ein gehetztes Leben in ständiger Angst, bis wir besagte Greise auf besagter Parkbank sind. Inakzeptabel."

„Das verstehe ich ja! Haben Sie eine bessere Idee?"

„Ich habe zumindest eine andere Idee", kam es von Dent. „Kumar erwähnte, dass sein Gespräch mit unserem Vater endete, weil er die Kopie aus Kristallglas bestellt hatte und diese abholen wollte. Am Stadtrand soll es Glasfabriken geben. Sollten wir uns nicht erst einmal in diesen Fabriken umhören? Unser Vater wird da aufgefallen sein. Solche Repliken werden sicher nicht jeden Tag hergestellt. Vielleicht gibt es dort einen Hinweis, der uns weiterbringt."

ஐஇ

Die Sonne brannte auf Sophies blondes Haar. Geblendet hielt sie die Hand vor die Stirn und spähte über einen Parkplatz, der vor dem Eingang der „Gupta Glass Bead Factory" lag. Die Fabrik bestand aus einem lang gestreckten, zweistöckigen Gebäude, das überraschend gepflegt aussah. Das Gelände war von einer Mauer umgeben, so strahlend weiß getüncht, wie das Fabrikgebäude. Eine Schranke neben einem Glashäuschen mit sauberen Scheiben versperrte ihr den Zutritt. Der Pförtner darin lächelte. Er trug eine weiße Uniform mit Goldknöpfen, Handschuhe und eine Mütze mit breitem Schirm.

„Namaste, meine Dame. Womit kann ich Ihnen behilflich sein?", grüßte er in verständlichem Englisch und sah erwartungsvoll in Sophies Gesicht.

„Guten Tag", brachte sie heraus und erinnerte sich eilig, dass Alexander Riese ihr einen urdeutschen Allerweltsnamen verpasst hatte. „Ich bin Sabine Müller, vom Edelsteinmuseum aus Deutschland. Die Geschäftsleitung erwartet mich."

Die Brüder hatten entschieden, dass es unauffälliger war, wenn sie nicht selbst in den Fabriken herumfragten. Über hundert gab es davon. Die meisten bestanden aus winzigen Hütten oder Garagen, in denen schwitzende Männer Glasperlen über dem Feuer drehten. Angesichts der schrecklichen Arbeitsbedingungen hatte Sophie sich gleich wieder abgewandt, zumal sie oft nicht verstanden wurde. Die „Gupta Glass Bead Factory" schien der einzig größere Anbieter zu sein und öffnete nun seine Schranken für Sophie alias Sabine Müller.

Die Rolle als Abgesandte eines Edelsteinmuseums, das für eine Ausstellung Repliken von Edelsteinen in Auftrag geben wollte, gefiel ihr ganz und gar nicht. Aber sie fragte sich nicht mehr, warum sie überhaupt hier stand, obwohl sie sich geradezu schmerzhaft nach den stillen Kanzleiräumen am Neuen Wall und grauen Wolken über der Alster sehnte. Irgendwie musste die Akte Nielsen doch abzuschließen sein, möglichst ohne das Ableben der Erben.

Sie hing noch ihren Gedanken nach, als sie von einer elegant gekleideten Dame empfangen wurde, die sich als Devi Gupta vorstellte. Erst auf den zweiten Blick schätzte Sophie sie auf Mitte 50. Devi Gupta war noch immer schön, trug einen seidenen Sari in Burgunderrot, schweren Goldschmuck mit Steinen, die ganz sicher nicht aus Glas waren und verbreitete kultivierte Noblesse.

„Mein Mann ist leider auf Reisen, Frau Müller. Aber ich werde mein Möglichstes tun, um Ihnen behilflich zu sein", sagte sie mit einem warmen Lächeln. „Darf ich Ihnen einen Tee anbieten? Oder lieber ein kaltes Getränk? Die Sonne sticht wirklich unerträglich heute."

Sophie entschied sich für Eistee, nahm in einem Büro Platz, in dem es nach Rosen duftete und sah zu, wie Devi die Aircondition aufdrehte. Mit vorsichtiger Wortwahl brachte sie ihr Anliegen vor.

„Ah, Edelsteinnachbildungen? Oh je, damit kennt sich nur mein Mann aus, Frau Müller, das sind Sonderaufgaben, die er selbst übernimmt. Unsere Arbeiter sind mehr auf Glasperlen spezialisiert, wissen Sie, das ist unser Hauptgeschäft. Wir liefern in über 20 Länder."

„Interessant. Aber Sie haben doch Erfahrung damit? Es müssen hochwertige Repliken sein", ließ Sophie mit einem möglichst elitären Gesichtsausdruck hören. „Unser Museum möchte Besuchern Faszination und Vielfalt der Edelsteine verdeutlichen, auch berühmte Steine nachbilden lassen. Wir können nur Top-Qualität zeigen."

„Ich verstehe. Wie sind Sie auf unsere Fabrik gekommen?"

Sophie blieb wie schockgefrostet unter der Klimaanlage sitzen. Was sollte sie jetzt sagen?

„Ich frage das, weil wir das Kristallglas für solche Ansprüche in Tschechien oder Italien bestellen müssten. In Indien ist eine solche Qualität nicht herzustellen. Warum beauftragen Sie keinen europäischen Lieferanten?"

„Ähm", machte Sophie und wusste, wie verlegen sie aussah. „Das Budget, Frau Gupta, das Budget", fiel ihr ein. „Museen wie unseres sind von Zuschüssen abhängig und für Kultur ist immer zu wenig Geld da."

Devi lächelte und drehte die Aircondition wieder auf eine erträgliche Temperatur herunter. „Genau wie in Indien. Traurig, nicht wahr? Ich denke, Sie haben den richtigen Weg gewählt. Wir sind einer der wenigen Hersteller in Varanasi, die solche Wünsche erfüllen können, wenn nicht der einzige. Vor ein paar Monaten erst suchte uns ein Herr auf, ebenfalls aus Deutschland, und bestellte die Kopie eines Diamanten. Es sollte ein bestimmter Roséton sein, sehr schwer anzufertigen. Farben wie Rot und Rosa sind nur mit besonders kleinen und teuren Farbpigmenten herzustellen und schwerer zu mischen als jede andere Glasfarbe. Aber mein Mann hat eine hervorragende Arbeit abgeliefert. Er ist Perfektionist durch und durch."

„Ah ja", kam es gedehnt aus Sophies Kehle. Schnell nahm sie einen Schluck Eistee, um zu überlegen, was sie jetzt sagen konnte. Sollte sie Devi Gupta über Peter Nielsen ausfragen? Nein, Sabine Müller konnte das nicht tun. „Sehr schön", nickte sie deshalb. „wann kann ich mit Ihrem Mann darüber sprechen?"

„Das kann ich Ihnen leider nicht genau sagen", bedauerte Devi. „Er ist noch in Hyderabad, eine dringende Geschäftsreise. Aber ich rufe ihn an. Wollen Sie mir vielleicht schon die Einzelheiten der Repliken durchgeben, um die es geht? Wir könnten Ihnen in der Zwischenzeit ein Angebot erstellen, und wenn er zurück ist, sprechen Sie mit ihm über Details. Wo kann ich Sie erreichen?"

„Ein guter Vorschlag." Sophie überhörte die letzte Frage und erhob sich. „Vielen Dank, Frau Gupta, ich stelle Ihnen die Liste zusammen und melde mich wieder."

Devi nickte zufrieden. „Erlauben Sie mir, Ihnen unsere Fabrik zu zeigen, Frau Müller. Wir sind sehr stolz darauf. Die ganze Familie arbeitet begeistert im Unternehmen. Mein Sohn ist der Produktionsleiter, meine Tochter übernimmt die Vertriebsleitung. Sie haben wie ich in London studiert und modernisieren gerade den ganzen Betrieb. Bitte, machen Sie mir die Freude."

ଓଃଔ

„Volltreffer!" Prakash wiegte begeistert seinen Kopf hin und her. „Der Glasmacher ist unser Mann!"

Sophie, erschöpft von einem mehrstündigen Rundgang durch Guptas Glasfabrik und langen Erklärungen über die Herstellung von Druckperlen, Lampenperlen und Glasstäbchen, ließ sich von Pindi ein Glas Fruchtsaft reichen und sank auf die Kissen inmitten des roten Zimmers.

„Bist du sicher, Prakash?", hörte sie Riley fragen.

„Große Freude, Freund Don, sehr, sehr große Freude", jubelte Prakash, ohne das Kopfwackeln einzustellen. „Während Sophie die

Frau Müller spielte, habe ich die Garage gefunden. Die liegt auf der Rückseite der Fabrik, etwas versteckt. Und was sehe ich darin? Einen sehr, sehr neuen Mercedes, nur kaputt. Dent hatte recht, schöne Lady. Sie haben das Auto nicht nur ‚touchiert'. Die Motorhaube ist ruiniert, der Kotflügel links, die Stoßstange und ..."

„Jaja! Ist ja gut", fuhr Sophie dazwischen. „Wir hatten es eilig, wenn Sie sich bitte erinnern wollen! Verfolgt vom Wachpersonal eines Gefängnisses und verrückt gewordenen Elefanten. Außerdem stand der Wagen mitten auf dem Feldweg, also bitte!"

Dent hing müde in den Kissen und sagte nichts, aber er lächelte, als Pindi eine Tasse mit frischem Kaffee vor seiner Nase kreisen ließ.

„Kollateralschaden", befand Don und schnappte sich die Tasse, bevor er die Hand danach ausstrecken konnte.

„Zugelassen auf Ashok Gupta", triumphierte Prakash und wedelte mit einem Papier. „Das ist die Versicherungsbestätigung, ausgestellt von der Verkehrsbehörde. Lag im Handschuhfach. Das Auto ist noch keine Woche alt."

Don nahm seinem Freund den Schein ab. „Kein Bild. Schade, ich wüsste gern, wie der Typ aussieht, der uns abmurksen will."

„Bild ist nur auf dem Führerschein. Den wird er bei sich haben", sagte Prakash. „Wir haben ihn, Freund Don. Die schöne Lady hat herausgefunden, dass die Kopie des Diamanten in Guptas Fabrik gemacht wurde, und in der Garage auf dem Fabrikgelände steht der kaputte Mercedes. Ashok Gupta ist der Bogenschütze."

Pindi stutzte, aber sie erkannte Dents Koffeinmangel und goss ihm schnell eine neue Tasse ein.

„Ich kapiere gar nichts mehr", hörte er Don stöhnen. „Laut diesem Zettel ist der Mann 55 Jahre alt, aber so verdammt fit, dass ich Mühe hatte, ihn zu verfolgen. Gupta? Ashok Gupta? Er ist kein Nair?"

„Jemand, der Gupta heißt, hat mit den Nair nichts zu tun. Wahrscheinlich würden sie einen Nair nicht einmal als Diener beschäftigen", bestätigte Prakash und hörte endlich auf, Sophie mit seinem wackelnden Kopf zu irritieren. „Vor sehr, sehr langer Zeit gab es eine Dynastie, die Gupta hieß. Das Gupta-Reich, berühmt in ganz Nordindien. Alle Guptas stammen davon ab. Heute gehören sie zur gehobenen Vaishya-Kaste, achtbare Leute, gläubige Hindus, fleißig und korrekt."

„Ashok Gupta, der Glasfabrikant? Eine sehr angesehene Familie in Varanasi", wusste Pindi. Sie stellte das Tablett mit den Getränken ab und setzte sich neben Don. „Und großzügig. Nette Menschen, die die Traditionen würdigen. Wir wurden oft von ihnen engagiert. Ja, sehr oft, keine Zeremonie ohne uns Hijras. Wir überbrachten den Segen zu Ashoks Hochzeit. Es war ein wirklich schönes Fest."

Pindi seufzte und spielte mit ihrem langen Zopf. „Ashok heiratete Devi Kandli, damals die begehrteste Schönheit in dieser Gegend. Ihre Familie stand den Maharadschas von Gwalior nahe, war aber leider das, was man in diesen Kreisen ‚verarmt' nennt. Ein mittelmäßig großes Haus mit einer mittelmäßigen Anzahl an Bediensteten und einem mittelmäßigen Vermögen. Ich fand ja, er war ein bisschen zu klein und zu dunkel geraten, aber Devi und ihrer Familie gefiel er. Er hat Geld mitgebracht."

„Mitgebracht?"

„In die Ehe. Ashok stammt nicht aus Varanasi, er wurde im Ausland erzogen. Ein feiner Herr ist er, kaufte die alte Glasfabrik. Er hat viele Arbeiter, die er gut behandelt, immer ein Herz für die Armen und für uns Hijras. Als sein Sohn und seine Tochter geboren wurden, tanzten wir wieder für ihn, als seine Kinder heirateten ebenso. Bald werden die ersten Enkel kommen. Ashok ist ein guter Mann und dank unserer vielen Segenssprüche hat er eine glückliche Familie und eine gut gehende Firma."

„Das passt doch alles nicht zusammen", ärgerte sich Dent. „Ein 55jähriger, angesehener Glasfabrikant aus gehobener Kaste soll sich ein Schlangenamulett umgehangen haben, das gewöhnlich nur Nair tragen, beherrscht diese Nair-Kampfkunst mit dem unaussprechlichen Namen, fuchtelt mit Pfeil und Bogen und einem flexiblen Schwert herum und hat mindestens sechs Freunde, die auch so ihre Freizeit verbringen?"

„Ashok Gupta ist aber hochgradig verdächtig", wandte Sophie ein. „Er hat die Kopie des Steins höchstpersönlich hergestellt, hat also den Diamanten inklusive des Eigentümers Peter Nielsen gesehen. Sie werden sich unterhalten haben. Es ging um ein Millionenobjekt! Warum sollte er nicht einfach gierig geworden sein? Er beschloss, seinen Kunden umzubringen und sich den Diamanten anzueignen. Er ist wohlhabend, hatte die Mittel, Rinara zu beauftragen und Auslandsreisen zu unternehmen. Vielleicht wollte er nur den Verdacht auf eine niedere Kaste wie die Nair lenken."

Dent schüttelte den Kopf und las auf dem Display seines Handys. „Das passt auch nicht. Es war bereits jemand hinter unserem Vater her, bevor er nach Varanasi reiste und die Kopie in Auftrag gab. Das war Anfang Oktober. Wie lange er da schon verfolgt wurde, wissen wir leider nicht."

„Lange, bestimmt ein paar Monate. Du hättest auf uns hören sollen, Freund Don. Ich wusste, dass es diesen Stein gibt und Gopal auch. Du dachtest, er wäre nur ein Gerücht, aber es war wirklich ein Bote unterwegs", ließ Prakash hören, während er Trauben in seinen Mund fallen ließ. „Gopal und ich hatten Recht."

„Was nichts half, denn der Stein ist nie in Chitral aufgetaucht", schnappte Don grob.

Dents Blick pendelte zwischen Don und Prakash. „Bote? Chitral? Wovon redet ihr?"

„Chitral ist ein übles Nest an der pakistanisch-afghanischen Grenze. Voller Waffenhändler. Wir waren da eingesetzt, um die Lage auszuspähen. Zu viert. Gopal, Prakash, ich … und Malcolm", erklärte Don stockend. „Das war im Mai, nach der Schneeschmelze. Wir haben eine Delegation abgerissener Inder beobachtet, die Waffen kaufen wollten. Leute aus dem Süden. Klein und dunkel, ganz arme Schweine. Die hatten nicht mal richtige Schuhe und stapften im Hindukusch herum, wo kaum eine Bergziege zurechtkommt. Bezahlen wollten sie mit einem rosa 42-Karäter."

„Und dann?"

„Nichts. Der Bote, der den Stein angeblich bringen sollte, erschien nicht und die Delegation wurde über den Haufen geschossen. Waffenhändler mögen keine Spaßkäufer. Ich ... wir mochten keine Waffenhändler und haben den ganzen Laden hochgejagt. Gegen unseren Befehl."

Sophie zog schaudernd die Schultern hoch und auch Pindis geschminktes Gesicht erstarrte. Don verstummte und suchte nach seinen Zigaretten. Er sprach erst weiter, als Dent ihn erwartungsvoll ansah.

"Malcolm ist dabei draufgegangen. Danach ... wir wurden alle gefeuert. Und ich ... "

"Du warst am Ende, Freund Don. Ich musste mir Sorgen um dich machen, sehr, sehr große Sorgen", ergänzte Prakash ernst.

"Egal", fing sich Don und bekämpfte den feuchten Film in seinen Augen mit einem Blinzeln. "Ich überlege jetzt, ob diese abgerissenen Typen Nair waren."

"Hm, gut möglich", bestätigte Prakash. "Das Aussehen passt, und sie redeten Telugu untereinander, wie die Nair aus der Gegend um Hyderabad. Sprachen so schlechtes Urdu, dass die Waffenhändler sie kaum verstanden haben."

"Demnach hat jemand bereits im Mai letzten Jahres versucht, den Diamanten an sich zu bringen", überlegte Don weiter. "Ein Nair. Der Bote, der nie kam. Irgendwas ist schiefgegangen. Deshalb stand die Delegation dann auch ohne Diamant in Chitral. Die müssen ziemlich verzweifelt gewesen sein. Niemand ist so blöd, den ganzen Weg von Südindien bis zum Hindukusch auf Latschen zu bewältigen, wenn das keine ernst gemeinte Aktion ist. Zumal Nair mit radikal-islamischen Waffenhändlern nicht spaßen sollten. Eigentlich keine Fraktionen, die sich besonders grün sind."

Dent hörte auf, den Zeitplan in seinem Telefon mit Notizen zu vervollständigen und hob den Kopf.

"Oha! Der oder die Nair wollten unserem Vater den Diamanten abjagen, um Waffen zu kaufen? Für 13,5 Millionen? Beachtlich, oder? Was wollten die Nair mit einem solchen Arsenal?"

"Keine Ahnung, Bruderherz. Es beschäftigt mich aber verstärkt, weil mein alter Freund Gopal augenscheinlich im Begriff ist, einen

Deal ähnlicher Größenordnung abzuwickeln. Ich war geschockt, wieviel Zeug da herumlag. Muss kurz vor der Auslieferung stehen."

Prakash bekam kreisrunde Augen. „Du meinst, Gopal wird die Kohle bekommen, mit der Kumar den Diamanten zum ersten Mal bezahlt hat? Von einem Nair, der jetzt zu Ende bringen will, was in Chitral nicht geklappt hat?"

„Nur so eine Idee. Ich weiß nicht, ob das wirklich zusammenhängt. Aber der Typ, den ich über die Dächer der Talstraße verfolgte, war ganz sicher ein Nair. Die Waffen, die er benutzt, Kalarippayattu-Kampfkunst in Reinform, das Amulett.", grübelte Don. „Nur wie der ehrenwerte Ashok Gupta dazu passt, kapiere ich auch nicht."

„Nun, es handelt sich um einen extrem auffälligen Diamanten", bemerkte Sophie. „Ihr Vater könnte die Nair und Gupta darauf aufmerksam gemacht haben. Sie sagten doch, dass er nicht unbedingt dezent war. Außerdem Mahendra Kumar, wenn nicht als Schütze, dann vielleicht als Auftraggeber für die Beschaffung einer besonderen Mitgift oder Mr. Rileys zweifelhaften Freund Gopal, der seit dem Eklat in diesem Chitral von dem Stein wusste und selbigen für Kumar besorgen sollte."

„Prächtig!", stöhnte Dent. „Wenn wir weiter aufzählen, kommen alle 1,2 Milliarden Inder als Täter in Frage!"

„Also ich und meine Mädchen sind unschuldig!", rief Pindi und lachte laut.

„Ich auch! Ich saß im Loch, bis ihr mich befreit habt!" Prakash lachte auch und wackelte schon wieder mit seinem Kopf.

„Irgendwann kapiere ich, warum Inder über jeden Scheiß lachen können", knirschte Don und warf seinem Bruder einen genervten Seitenblick zu. „Interessant finde ich, dass Gopal mitsamt Jüngern genau zu dem Zeitpunkt aushäusig war, als Rinara uns eine Falle stellte. Als hätte er seinen Ashram ein paar Häschern überlassen. Er hat nicht damit gerechnet, dass ich durch den Seitenausgang abhaue."

„Du hattest schon immer eine gute Nase, Freund Don", lobte Prakash. „Aber meinst du, dass unser alter Freund Gopal dich absichtlich ausliefert?"

„Unser alter Freund Gopal ist clever und gierig, Prakash. In erster Linie wird er seine Geschäfte schützen wollen. Kann auch sein, dass ihm nahegelegt wurde, sich an dem Tag dünnzumachen. Rinara schrieb von Mächten, denen man sich besser nicht wiedersetzt. Was immer damit gemeint war."

„Tse!" machte Prakash. „Seit wann sind Nair eine Macht?"

Sophie hob den Zeigefinger. Sie lief rot an, als alle sie erwartungsvoll ansahen, weil sie noch nicht zu Ende gedacht hatte, was sie sagen wollte.

„Diese Nair, sie wurden doch entwaffnet, weil die Engländer Angst vor ihrer Kampfkraft hatten, nicht wahr? Enteignet dazu, in die Armut gestoßen. Kann es sein, dass der oder die Täter deshalb Museumswaffen benutzen? Erbstücke, die niemand mehr für voll nahm, bestenfalls als Wanddekoration? Einfach, weil sie nichts anderes zur Verfügung haben?"

„Möglich wär's. Beunruhigend ist, dass sie diesen Notstand ändern wollen."

„Ashok Gupta", murmelte Dent nachdenklich. „Er ist klein, sagte Pindi. Und dunkel. Aber ‚klein' ist so relativ wie ‚dunkel'. Für mich sind hier alle klein und dunkel. In jedem Fall ein interessanter Mann. Es war sein Mercedes, der auf dem Feldweg zum Distriktgefängnis stand. Er wird da nicht zum Pinkeln angehalten haben."

„Sicher nicht", spottete Sophie. „Wo es doch hier üblich ist, an jede Hauswand zu … urinieren."

„Beinahe hätte ich was vergessen, Freund Don", fiel Prakash ein. „Als ich den Versicherungsschein aus dem Handschuhfach gefischt habe, sind mir dunkle Flecken auf dem Fahrersitz aufgefallen. Rochen wie getrocknetes Blut."

Pindi und Sophie rümpften synchron die Nase.

„Dann muss Ashok Gupta der Schütze sein. Nair oder nicht, er benutzte einen Bogen und hat dich im Wald verletzt."

Don nickte und tastete unbewusst nach der Wunde.

„Und wie bereits vermutet, haben Sie ihn ebenfalls erwischt, Mr. Riley. Er wurde im Wald angeschossen oder durch die Detonation verletzt, aber er war nicht die rosa Wolke", stellte Sophie fest und wusste nicht, ob sie erleichtert oder besorgt sein sollte. „Herr Gupta ist nämlich fit genug, um eine Geschäftsreise nach Hyderabad zu unternehmen. Seine Frau konnte nicht sagen, wann er zurück ist."

Don spannte sich und drückte die Zigarette aus „Wie dem auch sei, ich werde mich nach meinem alten Freund Gopal umsehen müssen. Es gibt noch ein paar Fragen zu klären."

„Zu riskant", urteilte Dent. „Du hast doch selbst bemerkt, dass Gopal irgendwie eingeweiht gewesen sein muss."

„Ah, du musst dich nicht nach Gopal umsehen, Freund Don. Auf dem Rückweg von der Fabrik habe ich das Ashram besucht. Ich hoffte, dass unser gemeinsamer alter Kamerad vielleicht einen Job für mich hat. Gopal ist nicht da."

„Das Ashram ist immer noch leer?"

„Wo denkst du hin! Seine Schüler erleuchten sich kurzzeitig aus eigener Kraft. Gopal will einen befreundeten Guru besuchen. Er hatte ein Ticket nach Hyderabad."

„Wir müssen Kumar noch einmal befragen", schlug Dent vor. „Wenn Ashok Gupta der Schütze ist, dann hat er ihm den Diamanten verkauft. Vielleicht sollten wir Kumar einweihen, damit er sich nicht so ziert."

„Vielleicht ziert er sich nicht grundlos?", wandte Don ein. „Ich traue Kumar nicht. Deshalb wollte ich auch nicht, dass Fräulein Sophie in seinem Palace Hotel bleibt. Ist doch seltsam, wie schnell er bereit ist, noch einmal eine Riesensumme abzudrücken. Kumar ist wohlhabend, protzt gern wie die Oberliga der Superreichen, aber 13,5 Millionen sind auch für ihn kein Pappenstiel. Er hätte sich ewig hinter indischer Bürokratie verstecken können, eine Klage abwarten, gelassen zusehen können, wie juristische Mühlen mahlen. Bei seinem Einfluss sicherlich zu seinen Gunsten. Er will uns los sein, möglichst schnell, selbst wenn es ihn ein Vermögen kostet. Das stinkt doch irgendwie. Ihn einzuweihen, halte ich für keine gute Idee."

„Sie können ihn derzeit sowieso nicht befragen", informierte Sophie. „Mr. Kumar ist abgereist. Hochzeitsvorbereitungen, hieß es im Hotel. Seine Tochter heiratet in Hyderabad, auf dem Stammsitz ihres Bräutigams, dem Chowmahalla Palast."

„Schon wieder Hyderabad. Stehen Ashok Gupta und Gopal etwa auf der Gästeliste für Nelly Kumars Hochzeit mit ihrem Prinzen?", überlegte Dent und sah ratlos in das Gesicht seines Bruders. „Fällt dir was dazu ein?"

„Keinen blassen Schimmer. Ich hab auch keine Ahnung, ob und wie das alles zusammen passt, aber ein dumpfes Gefühl sagt mir, dass es nicht nur um Diamanten geht."

Dent schluckte. „Was willst du damit sagen?"

„Dass ich Schiss hab, Bruderherz. Ungefähr so, wie ein kleiner Wurm, der in der nächsten Sekunde von einem Elefanten zerquetscht wird."

ॐ

# KAPITEL 14

Der Schütze humpelte den Hügel hinauf. Zottige Schafe und Ziegen säumten den schmalen Pfad, Schäfer mit müden Augen grüßten ihn unterwürfig. Freundlich lächelnd grüßte er zurück. Unter ihm breitete sich die Stadt Hyderabad aus. Über ihm ragte die Ruinenstadt Golkonda in den blauen Himmel.

Vielmehr waren es vier Festungen, die einst vor Angriffen aus allen Himmelsrichtungen Schutz gewährt hatten. Sie beherbergten ein Areal, das sich kilometerweit über den Hügel erstreckte, mit herrschaftlichen Gemächern, Moscheen, Grabstätten, Stallungen, Vorratskammern, Wirtschaftsanlagen und Schatzkammern für Berge von Diamanten und anderen Edelsteinen. Nicht zu vergessen die ausgedehnten Gärten, an denen die Herrscher vergangener Tage sich erfreut hatten. Die Pflanzen darin waren seit Jahrhunderten vertrocknet, die Gebäude dem fortschreitenden Verfall ausgeliefert, und doch war der Zauber von Macht und Reichtum immer noch deutlich spürbar.

Er mied die Ostseite mit dem breiten Tor, an der die Zufahrt für Touristen lag. Es kamen nicht viele, um eins der gewaltigsten Bauwerke indischer Geschichte zu bestaunen. Meistens waren es Familien aus Hyderabad Stadt. Kaum Ausländer. Die wollten alle nur das Taj Mahal sehen. Früher, vor mehr als 30 Jahren, hatte er mit diesen Besuchern sein Geld verdient. Er wusste alles über Golkonda, jedes Detail seit der Errichtung im Jahr 945. Schon damals hatte es Diamantschleifereien im Fort gegeben, direkt neben dem Eingang zu den Schatzkammern gelegen.

Jetzt konnte er die Kuppeln der vielen Mausoleen sehen und eine der Zugbrücken, noch immer solide und so breit, dass 20 Pferde bequem darübergaloppieren konnten. Wie es der Mogul Aurangzeb im Jahr 1687 getan hatte, nachdem er Golkonda erobert und die Ära der alten Könige beendet hatte.

Lächelnd entschied sich der Schütze, die Anlage durch das Siegestor zu betreten, durch das Aurangzebs triumphale Armee geritten war.

Unter dem Torbogen blieb er stehen, klatschte in die Hände und lauschte. Nur ein schwaches Echo hallte von den Mauern zurück, aber er wusste, dass sein Klatschen noch am höchsten Punkt des Forts, über 1000 Meter entfernt, deutlich zu hören war. Das Warnsignal der Wachen an diesem Tor blieb ein akustisches Meisterwerk. Noch mehr Bewunderung verdiente die ausgeklügelte Wasserversorgung, die es möglich gemacht hatte, jedem Angreifer über lange Zeit zu trotzen.

Acht Monate hatte Mogul Aurangzeb das Fort belagern müssen, bis es endlich gefallen war. Spuren dieses Kampfes waren noch überall zu sehen. Wie etwa die spitzen eisernen Dornen am Siegestor, dazu gedacht, die Elefanten der Belagerer abzuhalten, rußgeschwärzte Mauern und Zinnen und von Katapultgeschossen zerstörte Pfeiler. Es war der letzte Kampf um Golkonda gewesen. Aurangzeb hatte seine Eroberung nie bewohnt. Zu groß war die Zerstörung gewesen, zu geschwächt die Wehranlagen.

Vielleicht war der grausame Mogul auch verärgert gewesen, weil er die Diamanten nicht gefunden hatte, die alle Herrscher vor ihm aus den umliegenden Minen geschürft hatten.

Es hieß, die Schätze wären auf geheimnisvolle Weise in den Händen von Asaf Jah I. gelandet, dem es gelang, die Mogulherrschaft abzuschütteln und das sagenhafte Reich der Nizam von Hyderabad zu begründen. Genaueres war nicht überliefert, aber niemand besaß so viele erlesene Juwelen wie diese Familie. Als Asaf Jah I. sich 1724 zum Nizam krönte, war die Arbeit in den Minen seines Königreichs schon zum Erliegen gekommen. Ein bedauernswerter Umstand, denn damals war Indien die einzige Quelle für die weltweit begehrten Diamanten gewesen, lange bevor sie auch in Afrika, Australien oder Sibirien entdeckt wurden. Nur in der Kollur Mine, etwas weiter entfernt am Krishna Fluss gelegen, wurde noch geschürft. Natürlich, denn sie galt als Fundstätte für den Koh-i-noor, den jetzt die englische Königin besaß, den Darya-i-noor, den sich die Perser geraubt hatten, den Regent Diamanten, den Orloff, den Hope und viele andere berühmte Steine. Aber bald wurde auch diese Mine aufgegeben. Bis heute fragte man sich, wie es dazu kommen konnte.

Das Fort Golkonda mochten auch die Nizam nicht wieder aufbauen. Sie bauten sich Paläste in Hyderabad und anderswo. Für die Engländer, mit denen sich die Nizam so komfortabel arrangiert hatten, war es entweder eine sagenumwobene Ruine gewesen oder Ausgangspunkt für ein paar gut situierte Abenteurer, die Expeditionen nach den verschollenen Minen starteten. Erfolglos. Indiens hochkarätige Reichtümer schienen auf immer versiegt zu sein.

Seit Golkonda dem indischen Volk gehörte, war die staatliche Kulturbehörde zuständig und ließ immer mehr vom Glanz der Vergangenheit verblassen.

Der Schütze seufzte. Sein umfangreiches Wissen hatte ihm sein Großvater überliefert. General Pravind Nair, der letzte in einer langen Reihe von Offizieren in den Diensten der Nizam von Hyderabad. Kommandant über die starke Leibgarde des letzten Nizam, dem Kern der mächtigen, 40.000-köpfigen Privatarmee. Getreuer und furchtloser Soldat während der großen Schlacht von 1948 gegen die räudigen Hunde der neuen indischen Armee, die gekommen war, um einem rechtmäßigen Herrscher sein Königreich zu nehmen.

Sie hatten es ihm genommen. Pravind hatte diesen Umstand ebenso wenig verwunden, wie der Nizam selbst, nur waren die Folgen für den getreuen General sehr viel unbequemer gewesen.

Den Verlust eines Armes nahm ein Soldat in Kauf. Nicht aber die Ungerechtigkeit, mit der Indiens neue Machthaber ihn bestraften. Alles hatten sie ihm genommen. Sein Haus, seine Ländereien, jeden Besitz und auch seine Würde, als sie ihn, seine Frau und seinen Sohn wie Verbrecher mit Stockschlägen durch Hyderabad getrieben hatten. Bis hinaus zum Schäferhügel Golkonda.

In den Ruinen hatte der Großvater den Rest seines Lebens verbracht, vergessen von dem König, dem er gedient hatte. Bis ans Ende seiner Tage ein einarmiger Bettler, der den Touristen mit Führungen ein paar Rupien abtrotzte. Nicht genug, um seiner Frau Hunger zu ersparen oder seinen Sohn auf eine Schule zu schicken. So war der Vater des Schützen im Elend aufgewachsen, als Kind eines Bettlers, der eine Unberührbare zur Frau nehmen musste. Keine Frau einer besseren Kaste hätte mit ihm in einer Ruine hausen wollen, umgeben von Gebeinen toter Könige in ihren Mausoleen. Wo jeder Windhauch wie der Atem eines Geistes klang, jeder Winkel die Kälte der alten Mauern wiedergab. In ständiger Angst, von den Beamten der Kulturbehörde vertrieben zu werden oder Besucher höherer Kasten zu verärgern.

Ein dunkles Grollen drang aus der Kehle des Schützen, als er an den Mausoleen vorbeihinkte. Irgendwo hier, in einem der Kuppelbauten, hatte seine Mutter ihr einziges Kind zur Welt gebracht.

Er hatte früh gewusst, dass jeder Besucher einer höheren Kaste angehörte, obwohl das moderne, demokratische Indien diese Hierarchien abgeschafft haben wollte. Er hatte Brahmanen gesehen, die fluchtartig die Besichtigung unterbrochen hatten, weil das Kind einer Unberührbaren ihren Schatten gekreuzt hatte. Das erforderte eilige Gebete und ein rituelles Bad. Er hatte die Fußtritte und Schläge der Kshatrijas ausgehalten, die Verachtung der Vayshias gespürt, die ihn „Bakrichod", einen Ziegenficker, nannten, hatte sich vor Shudras und Harijans versteckt, die eines Nachts nach Golkonda gekommen waren, um die Bettlerfamilie mit ihren Messern abzustechen.

Gleich danach hatten seine Eltern Golkonda verlassen, um Arbeit zu suchen oder einen Ort, an dem alles besser war. Großvater Pravind war darüber sehr wütend geworden. Er hatte geschrien und getobt. Da hatte sich der Schütze zum ersten Mal vorstellen können, dass der gebeugte Einarmige wirklich einmal ein General gewesen war.

Seine Eltern waren ohne ihr Kind aufgebrochen. Zum Trost hatte der Schütze den Bogen bekommen. Einen antiken Langbogen aus biegsamem Bambusholz, unempfindlich gegen Luftfeuchtigkeit und Schimmel. Die „Tips", an denen die Sehne befestigt werden konnte, waren wie geöffnetes Schlangenmaul geformt. Großvater Pravind hatte ihn mit einem feierlichen Gesichtsausdruck überreicht.

„Mit dieser Waffe haben unsere Ahnen jahrhundertelang ihren König verteidigt. Es ist Zeit, zu lernen, wie man sie benutzt. Du bist ein Nair, furchtlos und stolz!"

Weit entfernt von furchtlos und stolz hatte er seine Lehre angetreten. Nachts, weil der weise Gurukal nur heimlich unterrichtete. Die Kalari-Schule gab es noch immer, an einem verborgenen Ort, tief im Inneren der Festung.

Der Gedanke daran entlockte ihm ein neues Lächeln. Weder die Kulturbehörde noch die Archäologen, die schulmeisterlich über Golkonda berichteten, durften behaupten, die Festung zu kennen. Teile der Ruine waren noch gänzlich unerforscht, blieben Beamten und Besuchern verschlossen. Verschüttete Gänge und Gewölbe, baufällige Pfeiler und Mauern stellten ein zu großes Sicherheitsrisiko dar. So war die geheime Schule des Gurukal bis heute unentdeckt geblieben.

Eine harte Schule mit wenigen Schülern, aber dort hatte er zum ersten Mal genug zu essen bekommen und eine vage Ahnung von furchtlos und stolz. Er hatte gelernt, seinen Atem und den Bogen zu beherrschen, den Flug des Pfeils zu berechnen, Messer- und Schwertkampf, wie das tückische Urumi-Schwert anzuwenden war, Sprünge und Tritte, die den Gegner töten konnten, ebenso wie Faustschläge, Haltegriffe und die Handhabung verschiedener Würgeschlingen. Der weise Gurukal hatte seine Schüler nicht nur die Kampfkunst gelehrt. Ebenso viel wusste er über ayurvedische Heilkunst, Schrift, Mathematik und die Macht der Schlangengöttin Ananta, die ihren Hals schützend über ihren Anhängern spreizt und Feinde mit tödlichen Blicken aus ihren giftgrünen Augen straft.

Es war ein großer Moment gewesen, als er sich nach langen Jahren das Amulett verdient hatte, als bester Schüler des weisen Gurukal. Großvater Pravind hatte geweint. Bald darauf war er gestorben.

Weil er nicht gewusst hatte, wohin er gehen sollte, hatte der Schütze seinen Platz in den Ruinen eingenommen. Es hatte nicht viele Touristen gegeben, die sich von seinem Wissen über Golkondas Geschichte beeindrucken ließen und es waren noch immer genügend darunter gewesen, die ihn Ziegenficker nannten, aber er hatte keine Angst mehr vor ihnen gehabt.

Peter Nielsen war auch als Tourist nach Golkonda gekommen. Ungefähr 30 Jahre lag dieser Tag nun zurück. Der Schütze hatte sich sofort auf ihn gestürzt und eine Führung angeboten. Ausländer waren meistens freundlicher als Einheimische, hatten keine Ahnung von Kastensystemen, dafür mehr Geld. Man musste sie nur mit ein paar einstudierten englischen Phrasen begrüßen und viel lachen.

Der Mann aus Deutschland hatte ihn überrascht. Er hatte Telugu gesprochen, zwar mit einem komischen Akzent, aber ausreichend, und er hatte bereits viel über Golkonda gewusst, ganz anders als die anderen. Er war auch nicht wieder gegangen wie die anderen Touristen, sondern wiedergekommen, hatte Fragen gestellt und Antworten in sein Notizbuch gekritzelt. Es hatte nicht lange gedauert, bis der Schütze erfahren hatte, dass der große Mann aus Deutschland auf der Suche nach den verschollenen Diamantenminen war. Und nach jemandem, der sich in der Gegend um Golkonda auskannte, harte Arbeit nicht scheute und hier und da Probeschürfungen machte. Dafür hatte er extra eine teure Ausrüstung aus Deutschland kommen lassen.

Fast ein Jahr hatte der Schütze für Peter Nielsen geschuftet. Der Deutsche war schnell in seiner Achtung gesunken. Er mochte harte Arbeit schätzen, rührte aber selbst keinen Finger. Lieber zeichnete er Linien, die den Verlauf des Krishna und des Musi Flusses darstellen sollten in sein Notizbuch und ließ seinen Assistenten ein Loch nach dem anderen in den Uferschlamm graben und den Dreck sieben. Gefunden hatten sie alles Mögliche, aber nie Diamanten.

Manchmal wurde der Deutsche sentimental, schwafelte stundenlang von seinen Kindern. Zwei kleine Söhne hatte er, einen in England und einen in Deutschland und beide hatte er im Stich gelassen. Nicht besser als der Vater des Schützen, der nie wieder nach Golkonda zurückgekehrt war. Oft war er betrunken. Dann ging ihm kein Spatenstich tief genug, jede Pause war ihm zu lang, und wenn es ganz schlimm war, entfuhr ihm die verhasste Beleidigung. Bakrichod. Ziegenficker.

Die Zusammenarbeit hatte den absoluten Tiefpunkt erreicht, als Peter Nielsen ihm den Lohn schuldig blieb. Das Geld für eine Flasche Wodka hatte er noch gehabt, aber die paar lausigen Rupien für einen Monat harte Arbeit nicht.

„Vorrübergehender Engpass, Junge!", hatte er getönt und von reichen Eltern erzählt, die sich in Gelddingen von einem Cornelius beraten ließen. Dieser Cornelius mache dauernd Schwierigkeiten, aber bisher hätte er das immer wieder hingekriegt. „Nächste Woche kriegst du dein Geld. Mach' weiter, wir sind ganz nah dran, ich spür's!"

Der Schütze hatte seinen Groll unterdrückt und weitergegraben. Am Ufer des Musi Flusses, wo es so sumpfig war, dass er bis zu den Knien eingesunken war. Mückenschwärme und Egel hatten ihm das Blut aus den Adern gesaugt. Er hatte die Festungsanlage ganz in der Nähe erkennen können, sich zwischen die kalten Mauern zurückgewünscht und überlegt, ob Peter Nielsen ihn je bezahlen würde. Wenigstens hatte sich der Deutsche ein Sieb genommen und geholfen, den zähen Schlamm zu filtern.

Nur wenig später hatte Peter etwas in seinem Sieb schimmern sehen. Der Schütze war zu müde gewesen, um Diamanten darin zu erkennen, aber Peter hatte geschrien, ihn geschüttelt und angetrieben, immer mehr Schlamm in das Sieb zu schaufeln.

Zwei Hände voll hatten sie aus dem Musi herausgeholt. Durchsichtige oder milchig weiße Steine, keiner größer als ein Kiesel und ein paar rosafarbene, die ein bisschen größer waren. Peter hatte auf sein Notizbuch geklopft und viel von Erdkruste und uraltem Gestein geredet. Wie die Wasser der mächtigen indischen Flüsse die

Diamanten aus dem Gestein wuschen und wie die großen Staudämme, die unter den Engländern und im modernen, demokratischen Indien gebaut worden waren, den Lauf dieser Flüsse beeinflusst hatten. Er hatte gar nicht mehr aufgehört, zu reden. Von seinen Söhnen in London und Hamburg, deren Müttern, die er jetzt mit Diamanten überschütten würde, und wie dieser Cornelius Bach ihn jetzt mal am Arsch lecken konnte und die reichen Eltern gleich mit.

Der Schütze hatte lange warten müssen, bis Peter die Lage der Fundstelle in sein Notizbuch eingetragen, den Wodka ausgetrunken hatte und endlich eingeschlafen war. Sein Schnarchen hatte jedes Geräusch übertönt, das der Schütze verursachte, als er die Diamanten stahl. Da Peters Kopf auf dem Notizbuch lag, hatte er sich nicht getraut, es an sich zu nehmen.

Seine gute Kondition hatte ihm erlaubt, Golkonda in Windeseile zu erreichen und im Kalari Zuflucht zu suchen. Der weise Gurukal wusste immer Rat.

„Du musst fortgehen. Weit fort. Ich kenne Leute, die dir helfen können, ein anderer zu werden."

Die Diamanten des geschwätzigen Tölpels hatten es ihm leicht gemacht, ein anderer zu werden. Mit einem der Steine hatte er sich beim Gurukal bedankt. Mit den anderen hatte er sich einen neuen Namen gekauft, schöne Kleider und ein Bahnticket nach Delhi. Sich in Restaurants satt gegessen und dabei gelernt, wie feine Speisen schmeckten und Besteck zu benutzen war. Er hatte Hindi gepaukt, bis der lallende Telugu Akzent verschwunden war, dazu Englisch, wie die Geschäftsleute es sprachen. In langen Abendstunden hatte er diszipliniert die Übungen ausgeführt, die er im Kalari gelernt hatte und an der Lebensgeschichte des verwaisten Ashok gefeilt, Abkömmling der ehrenwerten Guptas, der im Ausland erzogen worden war. Vielleicht ein bisschen klein geraten, dafür durchtrainiert und mit einem Gesicht, in das viele Mädchen interessiert lächelten.

Aber selbst in einer Millionenstadt wie Delhi hatte er sich gefürchtet, dass jemand seine Verwandlung beobachtete, riet, woher er kam. Varanasi hatte ihm nicht gefallen. Zu dreckig. Aber es war eine geheimnisvolle Stadt, genau richtig für einen Mann, der ein Geheimnis hatte. Er hatte noch genug Diamanten gehabt, um die alte Glasfabrik zu kaufen, allen Dreck daraus zu entfernen und die Mauern in strahlendem Weiß zu tünchen. Hundert Männern und Frauen hatte er Arbeit gegeben, alles über Glasherstellung gelernt, über Export und Geldverkehr. Ananta, die Schlangengöttin, hatte ihn beschützt. Die Fabrik hatte jedes Jahr einen guten Profit erbracht.

Einen einzigen Diamanten hatte er noch besessen, als er die schöne Devi zum ersten Mal sah. Zunächst hatte er sie nur aus der Ferne bewundert, ehrfürchtig, weil er erfahren hatte, aus welcher noblen Familie sie stammte. Er hatte sich erst erinnern müssen, dass er schon lange kein Unwürdiger mehr war, den man ungestraft einen Ziegenficker nennen durfte, sondern Ashok Gupta, der erfolgreiche Geschäftsmann. Danach hatte er sich getraut, seinen letzten Diamanten schleifen zu lassen und ihr den Ring an den Finger zu stecken.

Der Schütze blinzelte verträumt, als er an die Hochzeit mit seiner geliebten Devi dachte. Sie hatten ein schönes Leben bekommen. Eine glückliche Ehe, zwei blitzgescheite, gesunde Kinder, die in geachtete Familien eingeheiratet hatten, ein bequemes Auskommen mit bescheidenem Luxus und die respektvolle Anerkennung der Gesellschaft.

All dieses Glück ruhte auf einem Fundament aus Diebstahl und Lüge, aber er hatte mit harter Arbeit, Liebe und Wohltätigkeit darauf aufgebaut und niemand, absolut niemand, durfte dieses Glück beschmutzen oder gar zerstören. Niemand!

Er hörte sich keuchen. Breite Treppen taten sich vor ihm auf. Sie führten bis zum höchsten Punkt der Festung hinauf. Sein verletztes Bein schmerzte, aber er machte sich daran, eine Stufe nach der anderen zu erklimmen.

Lange Zeit hatte er Peter Nielsen vergessen dürfen. Bis zu einem Morgen im Frühling des letzten Jahres. Er hatte neben Devi auf seinem Balkon gesessen, Tee getrunken und seine Morgenzeitung aufgeschlagen. Dahinter hatte er sein Erschrecken verstecken können, als er von dem Deutschen las, der in Hyderabad eine indische Malerei ersteigert hatte. Ein Bild, das einst im Besitz der Nizam von Hyderabad gewesen war und einen Elefanten am Fluss zeigte. Es hieß, der Elefant symbolisiere das Glück der Nizam, das aus dem Reichtum der Minen Golkondas erblüht war. Die Malerei wurde Asaf Jah I. persönlich zugeschrieben, der wohl ein großer König gewesen war, aber von geringem künstlerischem Talent, weshalb das Bild nur einen mittelmäßigen Preis erzielt hatte.

Der Schütze hatte versucht, sich nicht beunruhigen zu lassen. Peter Nielsen war weit weg, in Hyderabad, und ersteigerte alte Bilder. Ob er die ganzen Jahre in Indien verbracht, den Weg des Wassers in sein Notizbuch gekritzelt und weiter nach Golkondas Minen gesucht hatte? Verrückt genug war er.

Trotzdem hatte ihm der Zeitungsartikel den Schlaf geraubt. Wenig später hatte ihn eine Nachricht des weisen Gurukal erreicht.

Der Gurukal hatte gleich von Peter Nielsen gesprochen, bestätigt, dass der Deutsche all die vergangenen Jahre in Flüssen und Tümpeln um Golkonda herumgestapft war. Einen großen, rosafarbenen Diamanten habe er gefunden, nur Tage, nachdem er das Bild ersteigert hatte. Er lief damit in der ganzen Provinz herum und behauptete, Golkondas Minen wiederentdeckt zu haben.

Aber das war nicht die eigentliche Sensation gewesen, die der Gurukal ihm mitgeteilt hatte.

„Unsere Göttin Ananta erinnert mich zur rechten Zeit an meinen besten Schüler", hatte der Gurukal das Gespräch beendet. „Hast du verstanden? Wir brauchen dich, mein Sohn."

Die Stufen schienen kein Ende nehmen zu wollen, aber er stieg tapfer aufwärts, bis er vor dem Eingang zu den ehemaligen Schatzkammern stand. Er holte tief Atem, zögerte noch, die fensterlosen Kammern zu betreten. Stattdessen senkte er den Blick, legte die Handflächen aneinander und gedachte der tapferen Nair, die in Chitral gestorben waren. Schüler der verborgenen Kalari-Schule, erschossen, weil es dem Gurukal nicht gelungen war, Peter den Diamanten rechtzeitig abzunehmen. Er war zu alt. Der geschwätzige Tölpel war ihm entkommen und hatte Golkonda den Rücken gekehrt. Niemand wusste, wohin er die Flucht angetreten hatte.

Es war nicht nötig gewesen, den Schützen darauf hinzuweisen, dass er dem Gurukal einen Gefallen schuldete. Dennoch hatte er gezögert. Auch er war nicht mehr jung. Ja, er hielt seinen Körper mit täglichen Übungen geschmeidig, war ausgebildet worden, auf jede erdenkliche Art zu töten, aber er hatte es noch nie getan. Außerdem befasste er sich ungern mit der dunklen Zeit die sein Leben bestimmt hatte, bevor er Ashok Gupta geworden war.

Der weise Gurukal hatte ihn nicht gedrängt. So, als habe er gewusst, dass der Druck auf seinen besten Schüler bald ins Unermessliche anwachsen sollte. Der auffällige Stein war nach Varanasi gekommen, zusammen mit seinem Besitzer. Vielleicht weil Mahendra Kumar dort lebte, der offen sein Interesse an einer Golkonda Rarität bekundete. Vielleicht weil Donovan Riley sich dort herumtrieb, für den Peters väterliche Gefühle erwacht waren oder vielleicht weil es der Göttin Ananta so gefiel.

Der Schütze war gänzlich unvorbereitet gewesen, als Peter Nielsen in dem strahlend weißen Fabrikgebäude erschienen war. Trotz der vielen Jahre, die vergangen waren, hatte der Deutsche seinen ehemaligen Assistenten sofort erkannt. Zuerst hatte er ungläubig gelacht, dann gespottet.

„Der kleine Ziegenficker! Beklaut mich, kauft sich seidene Anzüge und ein neues Leben!"

Der Schütze hatte den Spott ertragen. Verwirrt und verzweifelt hinter der verschlossenen Tür seines Büros, erleichtert, dass niemand dagewesen war, der dieses unheilvolle Wiedersehen mitbekommen hatte.

Der geschwätzige Tölpel hatte sich viel Zeit für viele verletzende Worte genommen. Schließlich hatte er ihn erpresst. 5000 Dollar und natürlich die Kopie des Diamanten, kostenlos. Vorläufig, bis er mit seinen Söhnen wiederkäme, als Direktor eines Diamantenimperiums.

Nach dem ersten Schock war dem Schützen klar gewesen, dass er keinesfalls länger zögern durfte. Lautlos und unsichtbar hatte er den Deutschen verfolgt. Er hatte gesehen, dass er den Stein immer bei sich trug, wie er vor Rileys Wohnungstür auf und ab tigerte, einen Zettel daran befestigte, in dem er seinen Sohn um ein Treffen anbettelte. Wie Riley ihn in Kumars Hotel brüsk abwies, wie er danach in Tränen ausgebrochen war, wie Kumar sich um ihn gekümmert hatte. Hundert Mal hätte er ihn töten können und mit ihm die Angst um Ashok Guptas schönes Leben als geachteter Mann. Aber kein einziges Mal wäre er dem Diamanten nahe genug gekommen, um ihn pflichtgetreu zu stehlen.

Deshalb hatte er den geschwätzigen Tölpel noch einmal ertragen müssen, als die Replik fertig war. Er hatte diesen Termin für die Abholung auf die Abendstunden gelegt, wenn in der Fabrik Ruhe herrschte und dem Deutschen gegeben, was er wollte.

Nur ein paar Minuten noch, hatte er gedacht und dabei sogar gelächelt. Peter hatte gelacht, laut wie immer, und ihm auf die Schulter geklopft. Sollte er sich nur freuen. Sobald er das Fabrikgelände verlassen hatte, würde ihn ein Pfeil durchbohren und dieses ätzende Lachen würde für immer verstummen. Den geeigneten Ort dafür hatte er bereits ausgewählt, Großvater Pravinds Bogen dort versteckt. Der Wind war günstig in den Abendstunden, die Straßen um das Industriegebiet leer, weil jede Seele zum Dashashvamedh Ghat strömte, um der Gebetszeremonie am Fluss beizuwohnen.

Es war Devi gewesen, die Peter Nielsens Leben verlängert hatte. Als besorgte Ehefrau und charmante Gastgeberin hatte sie ein Abendessen vorbereitet und ihren Mann und den ausländischen Kunden mit einem Korb voller Köstlichkeiten überrascht. Peter hatte sich den Bauch vollgeschlagen, und das weiße Hemd des Schützen hatte den Schweiß aufgesogen, der in Strömen über seinen Körper gelaufen war. Beinahe hätte er sich übergeben, aber in Devis Gegenwart war Peter nur auf ihre freundliche Konversation eingegangen und hatte die Vergangenheit nicht erwähnt.

Der einzig glückliche Umstand an diesem Abend war Peters Geschwätzigkeit gewesen, mit der er Devi von seinem Flug nach Hamburg berichtet hatte, um seinem Sohn Alexander zum Geburtstag zu gratulieren, am 23. Oktober.

Er hatte Peter vor dem Abflug nicht stellen können. Verbissen hatte er selbst einen Flug nach Hamburg gebucht und gelernt, dass antike Bögen im Frachtraum überall hinreisen durften. Devi hatte er von einer Geschäftsreise erzählt, tatsächlich hatte er die Jagd eröffnet. Auf den Diamanten, den der weise Gurukal einforderte und auf Peter, der sterben musste, bevor er seinen Söhnen verkünden konnte, wer Ashok Gupta wirklich war.

Niemals hätte er gedacht, dass diese Jagd so schwer werden würde. Peter und den dicken Pfandleiher zu töten, dabei den Diamanten zu rauben, hatte ihn nur eine Woche Anstrengung gekostet. Peters Söhne dagegen schienen unter dem besonderen Schutz sämtlicher Götter zu stehen. Gerade hatte er erfahren, dass sie wieder einmal entkommen waren. Die sechs jungen Schüler des weisen Gurukal, die ihnen im Jingala aufgelauert hatten, waren ebenfalls erfolglos geblieben.

Mehrmals hatte er mit sich gehadert, die Brüder ebenfalls ins Nirwana zu schicken. Er hatte sie verfolgt und beobachtet, er kannte ihre Gesichter, ihre Bewegungen, ihre Gewohnheiten, wusste, wie gefährlich Donovan Riley war, dass er nicht nur seine Zigaretten stahl, aber an keinem Bettler vorbeigehen konnte, ohne diesem wenigstens ein Lächeln zu schenken. Er wusste, dass Alexander Riese selbst drehte, gern Pizza aß und so verloren herumstehen konnte, dass beinahe väterliche Gefühle aufkamen. Mit jedem fehlgeschlagenen Anschlag wuchs ein Gefühl der Verbundenheit. Sie hatten einen schwachen Vater gehabt, waren ebenso von ihm im Stich gelassen worden wie er.

Der weise Gurukal hatte ihn auf diese hinderlichen Regungen vorbereitet und er hatte gelernt, sie zu unterdrücken. Sie blieben die Söhne des Schwätzers, der bereits mit Donovan Riley gesprochen hatte, das gleiche mit Alexander Riese vorgehabt hatte. Sie waren die Erben des Diamanten, des Gemäldes und des Notizbuchs. Allein die Gier konnte sie auf seine Spur bringen. Dazu kam die Ungewissheit, wieviel Peter ihnen noch mitgeteilt hatte, bevor der Pfeil sein Leben beendet hatte. Monatelang hatte ihn diese Ungewissheit gequält. Monate voller Angst und Hetze, voller Gram über sein Versagen, voller Zweifel, ob die beiden jungen Männer das große Ziel gefährden konnten.

Jetzt endlich war das nicht mehr wichtig. Weder Donovan Riley noch Alexander Riese, was immer sie über Ashok Gupta oder Golkonda wussten. Tot oder lebendig, der Lauf der Dinge schob sie in die Bedeutungslosigkeit.

Etwas wehmütig gedachte er der jungen Jaina, die ihm zu Diensten gewesen war und es nicht ertragen hatte, nachdem sie das Ausmaß ihrer Handlungen begriffen hatte. Er konnte es ertragen. Für ihn stand weit mehr auf dem Spiel als die Träume einer jungen Frau, die von den Verheißungen kosten wollte, die das moderne, demokratische Indien ihr vorgaukelten. Ja, er war müde von der langen Jagd, hatte Rückschläge und Enttäuschungen hinnehmen müssen und er hatte getötet. Ein unvermeidliches Werk, wie der weise Gurukal gesagt hatte. Er war ein Nair, ein Krieger, und Krieger töteten ihre Widersacher.

Der Schütze öffnete die Augen und nahm einen weiteren tiefen Atemzug. Hier oben war die Luft frisch. Ein stetiger Wind strich um die alten Mauern und trocknete den Schweiß auf seiner Stirn. Er schien eins zu werden mit der Festung Golkonda, alt, angeschlagen und von Kampf und Belagerung geschwächt, aber noch nicht am Ende.

Langsam zog er das Bild unter seinem Jackett hervor und entrollte die Leinwand. Sein Blick schweifte über die Ebene unter ihm. Die Stadt Hyderabad sah wie ein runder Kuchen aus, durch dessen Mitte das blaue Band des Musi Flusses schnitt. Fast glaubte er, die 4 Türme des Charminar ausmachen zu können, der großen Moschee im alten Zentrum der Stadt.

Der Schütze schüttelte den Kopf und lachte leise. Fast 300 Jahre hatte niemand die Bedeutung dieser Malerei erkannt. Nur Peter, ausgerechnet Peter Nielsen, der geschwätzige Tölpel.

Entschlossen rollte der Schütze die Leinwand wieder zusammen. Er warf einen letzten Blick auf Hyderabad und verschwand im Dunkel der Schatzkammern.

ಆಡ

Dent sah Pindis langen Zopf fliegen, wenn sie sich so leichtfüßig im Tanz drehte, wie die jüngeren Hijras und lachte tatsächlich über das kleine Schauspiel, das sie aufführten.

Es hieß „Der gescheiterte Bogenschütze", gespielt von Pindi selbst, die in wilden Drehungen einen imaginären Bogen abschoss. Zwei andere Hijras vollführten Biegungen auf hohen Absätzen, die ihre Körperlänge in die Nähe von zwei Metern brachte und streckten spöttisch ihre Zungen heraus, wenn der Bogenschütze sein Ziel wieder einmal verfehlte. Eine blonde Perücke half, Sophie darzustellen, die stocksteif dazwischen stand, eine Akte hochhielt und dauernd „Sabine Müller" rief. Das Ganze wurde untermalt von dramatischen Trommelwirbeln und einer zirpenden Sitar.

Dent konnte sehen, dass Sophie noch überlegte, ob sie diesen Aufheiterungsversuch á la Bollywood lustig finden sollte. Don dagegen kringelte sich bereits neben ihm auf den Kissen. Das lag vielleicht auch an den Keksen, die Pindi gereicht hatte. Zu spät hatte Dent bemerkt, dass sie grünlich aussahen und die Zutaten wohl hauptsächlich aus Haschisch und Zucker bestanden.

Inzwischen war ihm das egal. Es war befreiend, so zu lachen, Wände, Teppiche und Stoffbahnen zu einem bunten Meer verschwimmen zu sehen und die schräge Musik mit dem Heavy-Metal-Sound von Iron Maiden aus seinen Kopfhörern zu mischen. Kurz überlegte er, wohin Prakash verschwunden war, aber dann dachte er nicht weiter darüber nach. Völlig berauscht ließ er sich in die Horizontale kippen und schlief ein.

Er hatte noch immer ein Lächeln auf den Lippen, als Don ihn am Morgen weckte. Seine Kehle war trocken und sein Magen schrie nach Nahrungsmitteln. Ein halbes Schwein oder auch ein ganzes. Glücklicherweise war Pindi bereits munter und lockte ihn mit frischem Kaffee in eine vertikale Position zurück.

„Danke, Pindi", grunzte er heiser und meinte nicht nur den Kaffee damit.

Sophie musste auch soeben wach geworden sein. Sie erschien in einem himmelblauen Polohemd und passendem Rock, band sich gerade ihr Haar zum Pferdeschwanz zusammen. Sie sah wirklich hübsch aus, runzelte aber die Stirn, als Don einen Pfiff hören ließ.

„So entzückend wie unentspannt, unser Fräulein Sophie", stöhnte Don. „Und meine Kippen sind alle."

Mechanisch drehte Dent zwei Zigaretten. Sein Blick klebte an den vielen Schüsseln, die Pindi zum Frühstück auftrug. Grüne Gurken, rote Tomaten, weißen Käse, goldgelbes Gebäck, das Pakora hieß, lila Auberginen, blaue Trauben und rosa glänzende Äpfel.

„Ich konnte überhaupt nicht schlafen", hörte er Sophie klagen. „Dieses Theaterstück gestern hat mir Albträume beschert. Ich sah Bogenschützen mit Schlangenköpfen und grünen Augen, die mit ihren Pfeilen grässliche Löcher in menschliche Körper schießen."

„Hätten Sie mal mit uns Kekse gegessen, Fräulein Sophie. Dann hätten Sie vielleicht menschliche Körper in reizvolleren Posen gesehen."

Dent lachte glucksend und stellte fest, dass sich seine und die Träume seines Bruders ähnelten.

„Frühstück ist fertig!", rief Pindi und trug den letzten Teller mit Naan-Brot herein.

Alle blieben stumm und griffen zu. Dent kaute abwesend und sah nebenbei Dateien durch, die er auf seinem Handy gespeichert hatte. Plötzlich stutzte er und sprang auf.

„Ich muss Anja anrufen!"

„Sie sollten Ihr Telefon lieber nicht benutzen", mahnte Sophie. „Wer weiß, ob es nicht noch jemanden gibt, der es ortet."

„Hm, ja", grunzte er und stellte fest, wie erfolgreich er diese Möglichkeit verdrängt hatte. „Egal, ich muss telefonieren. Und ich brauche einen Rechner mit großem Bildschirm und Internetzugang. Schnell!"

Don sah ihn fragend an. „Hast du wirklich ‚schnell' gesagt, Bruderherz?"

„Wie zuvorkommend du sein kannst, Cheffe! Ein Lebenszeichen, das aus mehr als zwei Buchstaben besteht", spottete Anja Burmeister. „Womit habe ich so viel Ehre verdient?"

„Verzweiflung", grunzte Dent in sein Telefon. Inzwischen war ihm egal, ob der Schütze außer Rinara noch jemanden beauftragt hatte, um ihn zu orten, sondern hakte diese Möglichkeit als unwahrscheinlich ab.

„Und wie ist es so in Indien?"

„Bunt."

„Hat wohl nicht auf dich abgefärbt", stöhnte sie und schien in den Hörer zu lauschen, aber Dents Hirn war zu beschäftigt, um ihr zu antworten. „Ich war eine brave Assistentin und habe die Dateien fertig bearbeitet, wie du mir aufgetragen hast", redete Anja weiter. „Die mit der Landkarte auf deinem Rechner, in der du die Kringel eingetragen hast und die mit dem hässlichen Gemälde. Sah übrigens komisch aus, das in Raster zu zerteilen. Schon klar, dass du das mit deinem Handy nicht machen konntest, aber musstest du mich dafür mitten in der Nacht aufscheuchen? Es ist zwei Uhr! Aber folgsam wie ich bin, hab ich es trotzdem gleich gemacht."

„Danke."

„Sind in diesem Moment per E-Mail an dich unterwegs. Was versprichst du dir davon?"

„Erkenntnisse."

„Indien bekommt dir nicht, Dent. Vor deiner Abreise konntest du noch ganze Sätze absondern, Subjekt, Prädikat, Objekt, angereichert mit Verben und Adjektiven."

„Ich bin froh, überhaupt noch irgendwas absondern zu können."

„Dent, was ist los? Ist dir klar, dass deine Mutter und ich hier vor Sorge fast umkommen? Bist du O.K.?"

„Ja."

„Und wann kommst du zurück?"

„Bald", grunzte er und hoffte, dass es dazu kommen würde.

„Millionenschwer, hoffe ich. Dein Geschäftskonzept ohne Kunden wird nämlich langsam Wirklichkeit. Die Özcal Brüder sind dabei, sich einen verlässlicheren IT-Dienstleister zu suchen und …"
„Gut."
„Wir vermissen dich, Cheffe."
„Ich muss auflegen, Anja."

Dent seufzte und verdrängte den Gedanken an sein Zuhause mit der E-Mail, die er jetzt im Postfach erkennen konnte. Er hockte in einem Internetcafé im Herzen Varansis, abgeschirmt von Don, der diesen Rechner soeben mit unmissverständlicher Körpersprache erobert hatte. Der niedrige Raum besaß keine Klimaanlage, war aber trotzdem überfüllt. Indische Nerds hockten in Grüppchen vor den Bildschirmen und berieten sich gegenseitig über die besten Strategien für verschiedene Onlinespiele. Das war Dent sympathisch, aber sein Kopf war zu beschäftigt, um sich weiter darum zu kümmern. Auch die kichernden Mädchen, ebenfalls im Pulk, die Textzeilen in Chats tippten, nahm er nur am Rande wahr. Alle schwitzten und einige röchelten ebenso laut, wie die Lüfter der Computer.

Er wischte sich mit dem Ärmel über die Stirn und öffnete die Anhänge, die Anja ihm geschickt hatte. Don saß neben ihm, rief „Wallah!" und winkte einen der Jungen heran, die dampfenden Tee auf Tabletts anboten.

„Deine Sehnsucht nach Elektrosmog in allen Ehren, Bruderherz. Verrätst du mir endlich, was zur Hölle wir hier tun?"

„Mir ist was aufgefallen. Beim Frühstück. Die bunten Schüsseln, die Pindi auftrug, erinnerten mich irgendwie an das Gemälde."

Don verdrehte die Augen. „Das hatte wohl mehr mit den Keksen vom Abendessen zu tun."

Dent schüttelte den Kopf. „Sophie hatte mir ein Foto von dem Bild geschickt, aber außer formlosen bunten Klecksen, blauen Linien und einem grauen Fleck mit Rüssel habe ich nichts darauf erkannt."

„War'n beschissener Maler."
„Richtig, dafür ein guter Mathematiker."
„Huh?"

Er ignorierte Dons fragenden Blick und wies auf den Bildschirm vor ihm.

„Erinnerst du dich an die Karte, die wir an meinem Rechner in Hamburg angefertigt haben?"

„Ja klar!", stöhnte Don. „Du wolltest die markantesten Kringel aus dem Notizbuch unbedingt maßstabgetreu in ein riesiges Gebiet einzeichnen und hast mir nächtelang den Schlaf geraubt. Im Grunde hast du das gesamte Deccan-Plateau in Südindien neu kartographiert."

„Exakt. Wenn ich mich nicht irre, dann bezeichnen jene markanten blauen Kringel Verwirbelungen im Verlauf des Krishna und des Musi Flusses und die markanten grauen Kringel sogenannte Kratone aus Kimberlit. Diamantführendes, uraltes Gestein. Der Musi mündet in den Krishna, und beide Flüsse waren berüchtigt, verheerende Überflutungen auf dem gesamten Deccan Plateau zu verursachen, seit ewigen Zeiten. Unangenehm für Mensch und Tier, aber hervorragend geeignet, um zur Verwitterung des Gesteins beizutragen und Diamanten auszuwaschen. Wenn ich mit meiner Deutung von grau und blau richtig liege, recherchierte und dokumentierte unser Vater über viele Jahre lang den Strömungsverlauf dieser Flüsse. Dabei hat er den Bau von Staudämmen ebenso berücksichtigt wie größere Flutkatastrophen. Deshalb haben sich die blauen Kringel und Linien auch immer wieder verändert, während die grauen in ihrer Form immer gleich blieben. Sein Ziel war es, mögliche Sammelstellen für Diamanten in den Flüssen abzubilden."

„Stellten wir nicht fest, dass wir es mit 500.000 Quadratkilometer Fläche zu tun haben, auf der die Steinchen rumliegen könnten?"

„Nicht wirklich. Damit haben wir uns geirrt", erklärte Dent und wies auf die Karte. „Unser Vater hat den Krishna und den Musi zwar in ihrer gesamten Länge berücksichtigt, aber nur, weil sich so der Weg des Wassers genauer berechnen ließ. Wenn wir nur die Flächen zählen, in denen es auch Kratone, also graue Kringel gibt, reduziert sich diese Fläche um den Faktor 1600 und lässt die Karte auf das Gebiet um Golkonda schrumpfen."

Don pfiff durch die Zähne und sandte seinem Bruder einen anerkennenden Blick.

„Eingezeichnet sind acht graue Kringel, alle im Einzugsgebiet der Festung. Nördlich davon fließt der Musi, südlich der Krishna, bevor sie sich vereinigen und durch ein Delta in den Golf von Bengalen fließen."

„Hm. Immer noch eine Menge Boden."

„Richtig. Boden, der ständigen Veränderungen durch Wasser unterworfen war. Die Staudämme wurden auch gebaut, um die Überflutungen zu verhindern, aber das gelang nur zum Teil. Ich habe ein bisschen gelesen und mich an die Zeitungsartikel erinnert, die unser Vater in das Notizbuch geklebt hat. Noch im Jahr 2009 gab es eine besonders verheerende Flut, bei der Tausende ums Leben kamen. Kurz danach rissen sämtliche Aufzeichnungen ab."

„2009? Warum sollte er vor fünf Jahren damit aufgehört haben?"

„Weil dies der Zeitpunkt war, an dem seine ganze Arbeit zunichte gemacht wurde", schätzte Dent. „Das gesamte Deccan Plateau war von dieser Jahrhundertflut betroffen und Diamanten, die er an bestimmten Stellen im Bett des Krishna oder Musi Flusses vermutete, konnten überall hingespült worden sein."

„Frustrierend, würde ich sagen."

„Allerdings. Das hat mich ins Grübeln gebracht."

„Mit oder ohne Ergebnis?"

„Wissenschaftliche Ergebnisse kann ich leider nicht liefern. Aber eine Vermutung. Dazu musste ich mich etwas in indischer Geschichte bilden. Ich werde dich nicht mit Dramen langweilen, nur mit ein paar Zahlen. Also pass auf: Angeblich wurde in mehreren Minen um Golkonda seit 2000 Jahren geschürft, bis ins Jahr 1687. In diesem Jahr fiel die Festung nach langer Belagerung an einen Mogul Aurangzeb und wurde aufgegeben. Nur 37 Jahre später, 1724, vertrieb Asaf Jah I. die Mogulherrschaft und inthronisierte sich als erster Nizam von Hyderabad. Noch während seiner Regentschaft wurden auch die letzten Minen aufgegeben. Nicht nur das, ihre Lage geriet vollkommen in Vergessenheit."

„Ja, wissen wir doch. Und?"

„Ich habe mich gefragt, wie derart bedeutende Schürfstätten einfach verschollen gehen können. Schuld muss eine solche Jahrhundertflut gewesen sein, wie sie im Jahr 2009 stattgefunden hat. Wahrscheinlich gab es seit Asaf Jahs Zeiten mehrere davon, sogar weit heftigere, da es zu der Zeit noch keine Staudämme gab. Das Wasser hat die bekannten Schürfstätten leergewaschen oder vernichtet, die ganze Landschaft derart verändert, dass sie nicht wiederzufinden waren. Die Staudämme, die diese Fluten bändigen sollten, wurden erst im 19. und 20. Jahrhundert gebaut, als die Kolonialmächte damit zu kämpfen hatten, und veränderten den Verlauf von Krishna und Musi noch mehr. Soll heißen, dass die ausgewaschenen Diamanten immer wieder an eine andere Stelle gespült, teilweise sicher auch durch Schlamm und Geröll überlagert wurden, was es extrem schwer machte, sie zu finden."

Don nickte. „Klingt plausibel."

„Nur komisch, dass ausgerechnet der letzte Nizam von Hyderabad diese unanständige Menge an Diamanten anhäufen konnte, obwohl die Minen bereits zu Zeiten des ersten Nizam, also 200 Jahre zuvor, aufgegeben werden mussten, oder?"

Don hob die Augenbrauen. „Das … ist eine ziemlich gute Überlegung, Bruderherz."

„Wenn wir uns jetzt die Topographie ansehen", fuhr Dent mit erhobenem Zeigefinger fort, „stellen wir fest, dass Hyderabad in einer flachen Senke im Zentrum der Deccan Hochebene liegt. Der Deccan ist dort ein sanft nach Osten abfallendes Plateau, mit einer durchschnittlichen Höhe von ca. 600 Metern im Westen und ca. 100 Metern im Osten."

„Wie ein schiefer Tisch?"

„Ganz genau. Hyderabad war von der Flut 2009 schwer getroffen. Die eingezeichneten Kratone liegen westlich davon, sind nur unwesentliche Erhebungen und wurden bei dieser und früheren Fluten mit ziemlicher Sicherheit komplett überspült. Die Festung Golkonda allerdings liegt auf einem Granitfelsen mit einer Höhe von 120 Metern über der Stadt und ist umgeben von zerklüfteten Felsformationen, die noch ein bisschen höher sind."

„Sehr hübsch, Professor Riese", grinste Don mit einem Blick auf Dents lehrerhaft erhobenen Finger. „Aber du sagtest Granit. Kein Kimberlit, richtig?"

„Richtig, Golkonda ist kein Kraton, weshalb es auch nur als Ortsname und nicht als grauer Kringel im Notizbuch festgehalten wurde. Erst das Bild gibt den entscheidenden Hinweis."

„Moment, Bruderherz, ich versuche krampfhaft, deinen Ausführungen zu folgen, aber was hat das alles mit dem Ölschinken zu tun?"

„Siehst du gleich. Ich habe Anja gebeten, die Karte auf das Gebiet um Golkonda zu schrumpfen und das Bild in ein Raster im gleichen Maßstab einzuteilen. Hier siehst du beides nebeneinander. Fällt dir was auf?"

Don glotzte auf den Bildschirm. „Ich sehe einen Haufen bunte Quadrate links und eine Landkarte im Rasterformat rechts."

Dent lachte. „Dann schieben wir das mal übereinander. Siehst du es jetzt?"

Er freute sich, dass er seinen Bruder schlucken sah. „Teufel, Bruderherz. Die stümperhafte Schmiererei ist eine Landkarte? Wieviele von Pindis Keksen muss man essen, um auf so was zu kommen?"

„Ich glaube, man muss nur ein verzweifelter Nerd sein, der die Welt gern in Planquadrate einteilt. Also? Was siehst du?"

„Der klumpige Körper des Elefanten passt genau auf die Felsformation. Der Kopf hat die Umrisse der Festungsanlage. Nur der Rüssel passt nicht. Der folgt einem blauen Strich, der wohl den Musi Fluss darstellen soll, bis ins Zentrum von Hyderabad, sofern der gelbe Klecks die Stadt sein soll."

„Du hast's erfasst. Das Bild muss vor längerer Zeit gemalt worden sein, als Hyderabad noch wesentlich kleiner war, quasi nur aus dem Zentrum bestand. Das mit dem Rüssel kapiere ich auch nicht, aber vielleicht wurde der nur gemalt, weil Elefanten eben Rüssel haben."

„Der Elefant ist sowieso überproportional groß und wenig sorgfältig gemalt. Mit den bunten Blumen hat er sich allerdings Mühe gegeben. Was sollen die darstellen?"

„Fundstätten, vermute ich. Es sind rosafarbene und weiße Blumen. Wie eine Blumengirlande angeordnet, die um den Hals des Elefanten hängt." Dent konnte ein triumphierendes Lächeln nicht unterdrücken. „Verstehst du, Don? Der Hügel Golkonda ist zwar kein Kraton, aber ein Bollwerk aus Granit. Wer immer diesen Schinken gemalt hat, wollte kein Kunstobjekt produzieren, hatte aber dafür genaue Kenntnis des Areals und hat dieses exakt vermessen. Und zwar, weil er wusste, dass diese Lage einmalig ist. Einmalig deshalb, weil sie wesentlich höher liegt und von keiner Flut beeinträchtigt werden konnte. Im Gegenteil, jedes Mal, wenn Krishna und Musi eine Flut auslösten, musste das Wasser zunächst durch alle Kratone waschen, danach in großen Wirbeln um den Felsen Golkonda herumspülen, bevor es in die Ebene schoss, auf der Hyderabad liegt und schließlich das Delta am Golf von Bengalen erreicht. Und zwar von Westen nach Osten. Bei jeder Flut müssen dabei Diamanten angespült worden sein, wo sie zwischen Ritzen und Spalten am Fuße der Festung hängengeblieben sind."

„Alle Achtung, Bruderherz. Ziemlich spannende Deutung. Aber Golkonda ist heute eine Touristenattraktion. Soll das heißen, dass eine Menge Leute auf Diamanten herumtrampeln und keiner von denen hat je einen gefunden?"

„Rohdiamanten sind ziemlich unscheinbar."

„Schön, aber was ist mit den Expeditionen, mit Geologen und großen Geldgebern? Die gab's schon seit der Kolonialzeit."

„Alle Geologen und Experten werden sich vornehmlich mit den Kratonen aus Kimberlit beschäftigt haben. So wie unser Vater es zunächst tat. Generell ist das auch nicht falsch. Golkonda ist nur nicht geologisch bemerkenswert, sondern geographisch und topographisch. Darauf muss man erst mal kommen."

„Hm. Der Maler dieses Schinkens ist jedenfalls drauf gekommen."

„Und unser Vater, nachdem er sich 30 Jahre abgerackert hat."

„Und jetzt du. Dazu möchte ich lobend anmerken, dass du dafür nicht 30 Jahre im Schlamm verbringen musstest. Ich bin wirklich beeindruckt, Bruderherz."

„Danke", lachte Dent. „Aber ich fürchte, der Schütze weiß auch Bescheid. Schließlich hat er sich eifrig bemüht, Bild und Notizbuch an sich zu bringen, nachdem er den 42Karäter schon hatte. Er will mehr."

Don nickte. „Ich finde, das sind genug Gründe, sich das alte Golkonda näher anzusehen."

ദ✧ɔ

# KAPITEL 15

Sophie Kröger war überzeugt, dass Indien ihren Geisteszustand nachteilig beeinflusste. Vielleicht lag es auch an der Akte Nielsen und den beiden Erben. Wie hatten die Brüder sie dazu gekriegt, Pindis skurrilen Hort der Geborgenheit zu verlassen und wiederholt in ein Flugzeug zu steigen?

Donovan Riley hatte sich durchgesetzt. Er verweigerte jede Möglichkeit, sich der Situation in ihrer ganzen Bedrohlichkeit zu entziehen und abzuwarten, ob der Bogenschütze das Interesse an ihnen verloren hatte oder bis Mahendra Kumars Zahlung floss. Dent hatte sich schnell überzeugen lassen, nach Hyderabad zu fliegen. Er war der Meinung, das ominöse Bild und Einträge aus dem Notizbuch gedeutet zu haben und brannte darauf, seine These bestätigt zu sehen. Prakash war nicht wieder aufgetaucht, was Riley zu enttäuschen oder sogar zu beunruhigen schien, aber er hatte ihre Abreise auf keinen Fall verzögern wollen.

Sophie war nichts anderes übrig geblieben, als darauf zu achten, keine Getränke von Donovan Riley anzunehmen und hatte stattdessen lieber wieder vorgelesen. Es hatte niemanden gestört, im Gegenteil, beide Brüder hatten ihr aufmerksam zugehört, als sie Aufstieg und Fall der sieben Nizam von Hyderabad aus einem Buch abgelesen hatte, das sie am Flugplatz gekauft hatte. Eigentlich wegen der vielen Bilder, die Paläste, Juwelen und Prinzen in seidenen Gewändern zeigten.

Jetzt fuhr sie in einem Taxi auf die Stadt Hyderabad zu und hatte einen völlig ausgetrockneten Mund. Die Außenbezirke, durch die sie jetzt im Schritttempo kutschiert wurden, hatten nichts mit den märchenhaften Welten gemein, von denen sie eben noch gelesen hatte. Das gleiche Verkehrschaos inklusive Rindviecher, das gleiche Elend wie in Varanasi. Kinder, schmutzige, unzählige Kinder aller Altersgruppen, umgeben von Müll unterschiedlicher Konsistenz, streunenden Hunden, sicherlich flohbedeckt, Ratten und ungepflegten Gebäuden, an die ungeniert uriniert wurde. Hyderabad war nur viel größer als Varanasi, hatte zehnmal so viele Einwohner, die sicherlich zehnmal so viel Müll produzierten. Und es gab Wasser, viel Wasser, in Seen, Tümpeln, Bächen und Flüssen, von denen keiner sauberer aussah als der Ganges.

Strahlender Sonnenschein und ein makellos blauer Himmel ließen die Temperatur schnell auf 35° Celsius steigen.

Riley versuchte, sich mit dem Fahrer zu unterhalten, der aus irgendeinem Grund total begeistert wirkte und häufig das Steuer losließ, um seine Ausführungen mit großen Gesten zu unterstreichen. Inder eben, die fanden irgendwie alles begeisternd und würden wahrscheinlich noch lachen, wenn der Dreck um sie herum ihre Kinnspitze erreichte.

Wenig später wurde die Straße sechsspurig, sauberer und hier und da war ein Prachtbau aus der Kolonialzeit zu erkennen, umgeben von modernen Bauten. Ein paar Minuten ging es schneller voran, dann klebten sie am Ende eines gewaltigen Staus. Sophie stöhnte.

„Chowmahalla!" rief der Fahrer, jetzt völlig aus dem Häuschen, und brabbelte so aufgeregt wie unverständlich weiter.

Dent, der zum x-ten Mal die Notizen auf seinem Handy durchforstete, hob den Kopf. „Worum geht's?"

„Der Chowmahalla Palast liegt an dieser Straße", erklärte Riley. „Der Einzug der Hochzeitsgesellschaft blockiert alles. Alle Straßen zwischen Charminar-Moschee und Chowmahalla sind schon dicht. Also das gesamte Zentrum."

„Nelly Kumars Hochzeit legt eine ganze Stadt lahm?"

„Nizam! Hyderabad!" schrie der Fahrer und warf die Hände in die Luft.

Riley lachte. „Scheint so. Unser Fahrer meint, Hyderabad feiere die Ankunft des Nizam Prinzen. Sie hätten die Stadt seit Wochen geschmückt. Übermorgen soll das große Fest stattfinden."

Tatsächlich konnte Sophie jetzt unzählige Blumengirlanden und Massen jubelnder Menschen sehen, die Plakate mit dem Porträt eines jungen Mannes in die Luft reckten. Sein Turban war mit Juwelen geschmückt, die denen in dem Buch glichen. Das musste der Prinz sein. Nelly Kumar hatte Glück, fand Sophie. Ihr Bräutigam sah wirklich gut aus. Nobel und herrschaftlich, mit kühnem Blick.

Weiter entfernt konnte sie eine geschmückte Allee erkennen und … Elefanten? Tatsächlich. Berittene Elefanten, bemalt und mit festlichem Behang aus bunten Stoffen. 40 oder sogar 50 davon, begleitet von Trommeln und den scheppernden Instrumenten, die Inder so liebten. Die Reiter trugen wehende Fahnen und bildeten ein Spalier, das bis zu einem Tor mit weißen Türmchen darauf reichte. Frauen in schimmernden Saris sorgten für einen Regen aus Rosenblättern.

Es brauchte ein Heer von Polizisten, um eine weiße Stretch-Limousine abzuschirmen, die unter Blitzlichtgewitter in die Allee einbog. Das Jubelgeschrei schwoll an, unterstützt von den Menschen im Stau, die alle ausstiegen, Motorhauben und Autodächer erklommen und genauso jubelten. Den Taxifahrer hielt ebenfalls nichts mehr zurück. Er hüpfte um sein Gefährt mit seinen verwunderten Fahrgästen darin herum, schrie, weinte und küsste schließlich den Asphalt.

„Meine Güte!", stieß Sophie aus. „Was für eine Aufregung! Die Hochzeit ist doch erst übermorgen. Was wollen sie da erst veranstalten?"

„Die Polizei riegelt die Straße ab", bemerkte Dent.

Riley stöhnte. „Das kann ewig dauern. Wir steigen aus", entschied er dann und hatte die Wagentür schon aufgestoßen.

„Aussteigen? Wollen Sie mich etwa zwingen, mich mitsamt Gepäck durch diese Menschenmassen zu schubsen? Den ganzen Weg bis zu unserem Hotel?"

„Unser Hotel liegt im Charminar-Viertel, im Zentrum, Fräulein Sophie. Sie haben doch gerade gehört, dass es da kein Durchkommen gibt. Wir werden woanders absteigen."

Zu ihrem Entsetzen sah sie Dent nicken. „Wir sollten uns in Richtung Golkonda bewegen. Vielleicht finden wir da eine andere Unterkunft."

Sophie zögerte, sich zwischen die vielen schwitzenden Menschen zu drängen. Obwohl alle fröhlich waren, lachten und jubelten, war ihr allein die schiere Masse unheimlich, ebenso wie die aufgeregte Euphorie und die Lautstärke, mit der sie ihre Jubelrufe schrien.

Aber weder Riley noch sein Bruder ließen ihr eine Chance. Aus lauter Angst, abgedrängt zu werden, hielt sie sich an Dents Hand fest und folgte Riley durch das Gewühl.

An den Ufern des Musi wurde es endlich erträglicher. Ein angenehmer Wind kühlte Sophies glühende Wangen. Der breite Fluss wurde von einer gepflegten Promenade gesäumt und es gab ein Lokal unter schattenspendenden Palmen, in dem eisgekühlte Getränke serviert wurden. Mit inzwischen vollkommen ausgedörrter Kehle verfolgte Sophie die kleinen Wassertropfen, die an den Gläsern hinunterrannen.

„Bitte!", krächzte sie, streckte den Arm aus und deutete auf das Lokal.

Dent nickte und stieß seinen Bruder an. „Vielleicht haben sie auch Bier?"

Riley konnte nicht antworten. Sein Telefon klingelte. Mit gerunzelter Stirn bedeutete er ihnen, schon Platz zu nehmen und klemmte das Gerät an sein Ohr.

„Tut das gut!", rief Sophie, nachdem sie ihr Mineralwasser mit einem Zug geleert hatte. Die zwei Bier, die Dent bestellt hatte, kamen, als Riley gerade zu ihnen stieß. Wortlos griff er nach seinem Glas, sah sich aber aufmerksam um, bevor er ansetzte. Sophie folgte seinem Blick.

„Sogar an den Palmen hier hängen diese Plakate mit dem prinzlichen Konterfei. Was für ein Spektakel um diese Hochzeit!", redete sie weiter. „Ich hätte erwartet, dass der protzende Spross eines abgeschafften Adelsgeschlechts sich angesichts des Elends in diesem Land eher verstecken muss. Aber die tun ja so, als wollten sie ihn auf den Thron erheben!"

Riley drehte den Kopf und senkte seinen dunkelgrünen Blick in ihren. „Was haben Sie da gerade gesagt?"

„Diese jubelnde Menge, Elefantenspaliere, diese ganze Willkommenszeremonie, überall Plakate, das ist doch befremdlich, oder nicht? In Europa üben sich die Reichen in Understatement, damit sie dem Sozialneid entgehen. Und hier? Vielleicht ist es eine seltsame Sehnsucht? Ich meine, das moderne Indien bietet vielen einen nur allzu profanen, chaotischen Alltag. Sehnen sie sich nach etwas Glanz und Glamour? Oder nach der Erinnerung an einen gütigen Herrscher, der sich besser um seine Untertanen kümmert als ein Staat, der es 1,2 Milliarden Menschen recht machen soll?"

Sie erstarrte, als Donovan Riley mit beiden Händen ihr Gesicht umfasste und ihr einen schmatzenden Kuss aufdrückte. Sophie schmeckte Bierschaum auf ihren Lippen. Eine Erklärung dafür wollte Riley offenbar nicht abliefern, aber er sah ein bisschen verlegen aus, als Dent ihn verwundert ansah.

„Los, weiter", befahl er übergangslos und warf schon ein paar Rupien auf den Tisch. „Wir sollten vorsichtig sein", murmelte er noch und sah sich noch einmal um.

„Ist irgendwas passiert?"

„Ich weiß nicht. Prakash rief eben an, fragte, ob wir in Hyderabad wären und wo. Ich hab's ihm gesagt. Und jetzt weiß ich nicht, ob das ein Fehler war."

„Prakash? Du meinst, Prakash könnte so hinterhältig sein, wie ... Rinara?"

„Keine Ahnung, Dent. Eigentlich vertraue ich Prakash, aber er war plötzlich verschwunden, ohne was zu sagen. Und jetzt ruft er an, fragt, wo wir sind. Er war schwer zu verstehen."

„Natürlich!", warf Sophie ein. „Er blubbert und nuschelt, als hätte er eine Wolldecke im Mund."

„Das meine ich nicht. Er klang, als säße er in einem Truck, irgendwas mit lautem Dieselmotor. Um ihn herum hupte es. Außerdem redete er so merkwürdig. Er wisse jetzt, wer die Mächte sind, denen man sich besser nicht widersetzt. Und dass wir bleiben sollen, wo wir sind, bis er uns treffen kann."

„Hm."

„Egal, vielleicht tue ich ihm unrecht, aber ich kann hier nicht hocken bleiben. Also weiter."

Dent leerte noch schnell sein Glas. „Ist O.K. für mich. Ich will sowieso in Golkonda sein, bevor es dunkel ist." Sein Blick fiel auf das Telefon in Rileys Hand. „Gib mir das Ding. Ich nehme die SIM-Karte raus. Wer weiß, ob dich auch jemand ortet."

Riley nickte, ließ das Handy aber achtlos in einen Blumenkübel fallen.

„Ich besorg' mir lieber ein Neues."

„Besorgen! Ich kann mir vorstellen, wie das aussieht", schnappte Sophie. „Sie sind unmöglich, Mr. Riley!"

„Ich würde es vorsichtig nennen, Fräulein Sophie", grinste er frech. „Vorsichtig und praktisch veranlagt."

Sophie konnte nur den Kopf schütteln und folgte Dent, der das Café bereits verlassen hatte.

Es war Spätnachmittag, als sie endlich ein anderes Taxi gefunden hatten. Es überquerte den Musi und folgte dem Flusslauf gen Westen. Sophie war müde, mochte nicht länger über Prakash nachdenken, vergaß Rileys seltsames Benehmen und fürchtete sich mehr vor dem Alternativ-Hotel, das Dent ausgesucht hatte. Es lag ganz in der Nähe der Festung Golkonda.

„Namaste! Welcome! Leider ist das Fort für Besichtigungen nur bis 17 Uhr geöffnet! Aber gleich morgen früh um 9 Uhr können Sie es sehen." begrüßte sie ein kleiner Mann in Shorts und ausgetretenen Latschen. Er wackelte mit dem Kopf, so wie Prakash es immer tat, aber das irritierte Sophie nicht halb so viel, wie die Ziegen, denen sie ausweichen musste, um dem kleinen Mann in einen Flachbau zu folgen. Immerhin sprach er englisch, falls es sich nicht auf den einen Satz beschränkte, der für Touristen interessant war.

„Es ist etwas … ländlich. Bitte nicht meckern", ließ Dent hören, als sie einen winzigen, kahlen Raum zugewiesen bekam, in dem es außer einer fleckigen Matratze, einem Plastikfass voll Wasser und einem brütenden Huhn nichts gab.

„Gut", knirschte sie eisig. „Ich meckere nicht. Aber nur, wenn Sie das Federvieh erfolgreich umsiedeln!"

Es dauerte eine Weile, bis er die empörte Henne vertrieben hatte, aber er stieß ein so triumphierendes Lachen aus, als hätte er einen ausgewachsenen Tiger mit bloßen Händen besiegt.

„Bitte sehr, Fräulein Sophie, ein fleischloses Nachtlager."

Sie verzichtete auf die Frage nach einem Abendessen mit oder ohne Fleisch, ebenso wie darauf, nach einer Toilette mit oder ohne Papier zu forschen und riss mit letzter Beherrschung an dem Vorhang, der die Tür zu dem winzigen Raum ersetzen sollte. Wütend murmelte sie vor sich hin, als sie Kleidungsstücke aus ihrem Koffer über der Matratze ausbreitete, bis alle Flecken bedeckt waren. Erst dann traute sie sich, sich darauf auszustrecken.

Begleitet von den Geräuschen trippelnder Hühnerfüße und den meckernden Lauten der Ziegen auf dem Hof schloss sie die Augen. Rileys Kuss brannte noch auf ihren Lippen, trotz Bierschaum gar nicht unangenehm. Warum hatte er das getan? Schade, dass es nicht Dent gewesen war.

൚෮

„Ich weiß nicht, ob das eine gute Idee ist, Don." Dent keuchte. Er hatte Mühe, seinem Bruder über den schmalen Pfad zu folgen, der zur Festung Golkonda hinaufführte. „Da vorn ist der Einlass für Touristen. Das Tor ist verschlossen. Außerdem setzt schon die Dämmerung ein. Lass uns bei Tageslicht wiederkommen."

„Was ist los mit dir, Dent? Es war deine Idee. Du wolltest Golkonda so schnell wie möglich sehen", gab Don zurück. „Einen Überblick verschaffen, hast du gesagt. Ohne Touristen, irgendwelche aufdringlichen Führer und möglichst auch ohne Bogenschützen. Den Plan fand ich ganz korrekt."

Dent mochte nichts erwidern. Zum einen, weil ihm der steile Pfad schon auf den ersten Metern den Atem nahm und auch, weil es ihm bis eben gelungen war, nicht an Schützen und fliegende Pfeile zu denken. Er hatte darauf gebrannt, seine These in Golkonda bestätigt zu finden, hatte es kaum erwarten können, das Gelände um die Festung herum zu erforschen, aber jetzt verließ ihn der Mut. Die gewaltige Silhouette ragte einschüchternd über ihm in den grauen Himmel. Das letzte Tageslicht schwand schnell.

Die Bemühungen der Kulturbehörde, die Attraktion zu beleuchten, waren nur unzureichend gelungen. Das Licht der wenigen Strahler verlor sich an hohen Mauern, in Torbögen, langen Gängen und zwischen Kuppelbauten. Golkonda erinnerte Dent an das Skelett eines mehrköpfigen Drachen mit leeren schwarzen Augenhöhlen, die wachsam auf ihn heruntersstarrten. Es war einer der seltenen Momente, in denen er sich winzig fühlte.

Seufzend rollte er den Ausdruck der Malerei aus, den er angefertigt hatte, und zwang sich, an den massiven Mauern hinaufzusehen. „Wir müssen an der Westseite der Felsformation sein", stellte er fest, ohne zu überlegen, warum er die Stimme senkte. „Wenn meine Theorie stimmt, ungefähr auf der Höhe, die das Wasser bei Überflutungen erreicht."

Mit Hilfe der Taschenlampe in seinem Handy suchte er den steinigen Boden ab. „Siehst du? Hier kann man es sogar noch erkennen! Das Wasser hat Rillen im Gestein hinterlassen, an einigen Stellen sieht es wie ausgewaschene Schüsseln oder ausgetrocknete Bachläufe aus."

Don grunzte etwas Unverständliches, nickte aber und warf ebenfalls einen Blick auf den Ausdruck.

„Westseite, O.K.. Das Wasser fließt von Westen nach Osten gegen diese Felsen. Quasi gegen Rücken und Hinterkopf des Elefanten. Wenn die Blümchen da wirklich irgendwelche Fundstellen bezeichnen sollen, stehen wir nur ein paar Meter von einem Haufen Diamanten entfernt."

Sie verließen den Pfad und folgten den Spuren des Wassers, bis eine Pfostenreihe mit einer dicken Kette dazwischen ihnen den Weg versperrte.

„Eine Absperrung, im Dunkeln kaum zu erkennen. Was ist das da vorn? Ein Schild?"

„Auch kaum zu erkennen. Leuchte da mal hin, Bruderherz. Licht hilft bei Identifikation."

Dent drehte sein Handy. Mehrsprachige Warnungen schrien ihm in dicken roten Buchstaben entgegen.

„Achtung! Zutritt verboten! Gefahr!", las er vor und überflog den Text darunter. „Dieses Areal wird erst nächstes Jahr von der Kulturbehörde erschlossen und für Besucher freigegeben. Demnächst soll ein Archäologenteam mit der Arbeit beginnen."

„Und das runde Ding da hinter dem Schild?"

„Soll ein Brunnen sein, steht hier, vermutlich Teil der Wasserversorgung Golkondas. Alter und Erbauer unbekannt. Näheres folgt dann wohl nächstes Jahr, wenn die Archäologen mit der Arbeit fertig sind. Und dann noch eine Reihe von Warnhinweisen. Steinschlag, Erdspalten, Schlangen …"

„Wie einladend", fand Don und stieg schon über die Absperrung. „Komm, Bruderherz, du bist der mit dem Licht. Ich will mir diesen Brunnen näher ansehen."

Dents Lippen klebten aufeinander, als er seinem Bruder folgte und den niedrigen, gemauerten Ring im Boden beleuchtete. Der Durchmesser musste mehrere Meter betragen. Don hob einen Kiesel auf und warf ihn hinein. Es dauerte eine Weile, bis sie ein leises Platschen hören konnten.

„Was für ein Riesenloch. Und tief, verdammt tief. Pass auf, dass du nicht hinterherkippst", warnte Don.

Vorsichtig kletterten sie Meter um Meter voran. Der Boden war unwegsam, Geröll und größere Felsbrocken erschwerten ihnen den Weg. Dent, der jeden Meter Boden akribisch ausleuchtete, schwitzte bereits und auch Dons Atem wurde flacher. Trotzdem mochte keiner von ihnen umkehren. Bald fanden sie ein zweites Loch, dann ein drittes. In jedes ließ Don einen Kiesel fallen, dessen langer Fall wie zuvor mit einem Platschen endete.

„Die Dinger sind riesig und reichen bis tief in den Fels. Wüsste gern, wohin die führen. Und ob da unten außer Wasser noch was glitzert."

„Komische Brunnen", überlegte Dent. „Es gibt keine Zugvorrichtung. Selbst wenn die aus Holz waren und inzwischen verrottet sind, müsste man an den Steinen irgendwelche Löcher oder Kerben von der Befestigung sehen. Aber diese Ringe sind vollkommen glatt. Außerdem liegen sie in schwer erreichbarem Gelände. Falls die für Schäfer gedacht waren, müssten die mächtig kraxeln, um ihre Herden hier zu tränken. Es sieht eher so aus, als wären wir seit ewigen Zeiten die ersten Menschen, die hier rumkriechen."

„Wie viele mag's davon geben?"

„Auf dem Bild sind 12 Blumen. Wenn diese Löcher irgendwas damit zu tun haben, müssten es 12 sein."

„Na dann los, nicht schwächeln."

Dent stöhnte, aber er suchte weiter das Gelände ab. Stolpernd und keuchend, aber mit größter Vorsicht, kämpfte er sich neben Don um die gesamte Westseite der Festung und zählte Löcher.

„Loch 11 haben wir vor mindestens 500 Metern hinter uns gelassen", meldete Don schließlich. „Siehst du irgendwas von Nummer 12?"

Dent schüttelte den Kopf. Sie standen im schwarzen Schatten eines Wehrturms am Rande eines steilen Abhangs. Unter ihnen war der Musi Fluss zu erkennen, der sich in einer Schleife ins Stadtgebiet von Hyderabad wand. Aus der Finsternis, die ihn umgab, richtete Dent seinen Blick auf die Laternen, die den Fluss säumten, bis das Lichtermeer der Innenstadt sie aufsog. Für einen kurzen Moment gab er der Versuchung nach, den Stromverbrauch Hyderabads in Gigawatt auszurechnen, aber dann konzentrierte er sich wieder darauf, den Boden zu beleuchten.

„Ich sehe nur Geröll, Gestrüpp, den Sockel dieses Turms und wie steil es gleich dahinter abwärts geht. Ende Gelände."

„Hm."

„Es muss Loch 12 geben. Bei der Präzision, mit der das Bild gemalt wurde, hat sicher auch die 12. Blume eine Bedeutung. Alle Löcher, die wir bisher gefunden haben, liegen im gleichen Abstand voneinander. Also müsste es hier irgendwo sein."

„Leuchte noch mal, Dent."

„Also schön", seufzte er „Geröll, Gestrüpp … eine Schlange! Viele Schlangen! Bah! Sind die giftig?"

„Keine Ahnung." Don zuckte mit den Achseln. „Die sehen fett und träge aus. Meistens sind doch die kleinen Biester die Giftspritzen."

Zu Dents Erleichterung störten sich die Schlangen am Licht der Taschenlampe und ringelten sich eilig unter ein niedriges Gestrüpp, das den Boden am Sockel des Turms bedeckte.

„Weg!", freute er sich. „Die haben sich wohl auch gefragt, ob wir giftig sind."

„Weg ist richtig. Nur komisch, wie ein Haufen fetter Schlangen in einem so winzigen Gebüsch verschwinden kann", überlegte Don.

„Die rollen sich auf und stellen sich tot", nahm Dent an, noch immer froh, dass sie die Schlangen mit ein bisschen Licht in die Flucht geschlagen hatten. Beharrlich hielt er das leuchtende Display auf das dürre Blattwerk gerichtet.

„Nichts von den Viechern zu sehen. Gar nichts."

Don schüttelte den Kopf, hob einen faustgroßen Stein auf und ließ ihn wuchtig auf das Buschwerk fallen. Es gab kein Rascheln, keine Bewegung, dafür einen dumpfen Laut und ein Knacken.

„Holz. Brechendes Holz!"

Dent nickte unsicher. „Ich … also ich greife da nicht rein."

Don stöhnte. „Ich hab schon so oft in die Scheiße gegriffen. Auf einmal mehr oder weniger kommt es nicht an. Gib mir dein T-Shirt."

Wortlos zog Dent sein T-Shirt über den Kopf und sah zu, wie Don seine Rechte darin einwickelte, bevor er mit kräftigen Bewegungen das Gestrüpp aus dem Boden riss. Staub füllte die Luft und grobes, trockenes Holz kam zum Vorschein. Bretter, lose nebeneinander gelegt. Sand rieselte zwischen breiten Ritzen in eine Öffnung.

„Sieh an!", stieß Don aus und machte sich daran, die Bretter beiseitezuschieben. Was blieb, war ein quadratisches Loch vor dem Sockel des Turms, dessen Ränder mit Steinen eingefasst waren.

„Das soll Loch 12 sein?" zweifelte Dent, als er sein schmutziges T-Shirt zurückbekam.

„Immerhin ist es ein Loch", fand Don.

„Kaum so groß wie ein Fenster. Und dunkel. Und Wohnsitz eines Haufens fetter Schlangen."

Er schluckte, als Don auch in das quadratische Loch einen Kiesel warf. Die Pause blieb aus, ebenso wie das leise Platschen. Stattdessen war ein regelmäßiges Klacken zu hören, das von Mauerwänden wiederhallte, bis es leiser wurde.

„Treppen", stellte Don fest. „Komm, sehen wir nach, wohin die führen. Und leuchten, Dent, leuchten."

Einen Moment lang zögerte Dent. Bei Tageslicht wäre es sicher angenehmer, sich in dieses düstere Loch hinabzubewegen. Aber jetzt waren sie hier. Er verzichtete auf den Einwand, dass sie immer noch nicht wussten, ob die fetten Schlangen, die darin verschwunden waren, giftig waren, dass uralte Treppen wie diese baufällig sein könnten, dass sie keine Ahnung hatten, wohin die Stufen führten und was sie dort erwartete. Es war ihm auch egal, dass der kleine Lichtstrahl seines Handys das Zittern seiner Hand verriet, als er die Treppenflucht beleuchtete. Die ersten Stufen aus grobem Stein sahen intakt aus, ebenso wie das Mauerwerk an den Seiten.

Ohne zu reden, tasteten sie sich Stufe um Stufe in die Tiefe. Der schmale Treppengang war völlig kahl, die Stufen fest und sauber. Von den Schlangen war nichts mehr zu sehen.

„Himmel, hat das mal ein Ende? Oder führt diese Treppe direkt in die Hölle?"

„Lass dich überraschen, Bruderherz. Wir müssten es gleich hinter uns haben. Siehst du den Schimmer da unten? Irgendwo muss eine Lichtquelle sein."

Tatsächlich konnte auch Dent einen bläulich schimmernden Streifen erkennen.

„Wasser", ließ Don hören und stolperte die letzten Stufen hinab.

„Wow!" Dent staunte. Vor ihnen tat sich eine weite, kreisrunde Wasserfläche auf. Glatt und schimmernd wie ein Spiegel füllte sie ein von starken Säulen getragenes Gewölbe. Sternförmig angelegte, breite Kanäle gingen in alle Himmelsrichtungen davon ab. Aus einem davon drang Licht. Das Wasser war klar und sauber, aber Grund war nicht zu sehen.

„Kanalisation? Wasserversorgung der Festung?", versuchte Dent den Pool zu deuten. „Die Wassermenge reicht aus, um eine ganze Armee mitsamt Pferden und Elefanten wochenlang zu tränken. Inklusive 1000 Konkubinen."

„Kann sein", brummte Don leise.

„Und dieser Hebel? Wofür ist der?"

„Hebel?"

„Dieses Eisending. Sieht wie ein Hebel aus. Da in der Nische neben der Treppe", erklärte Dent und deutete auf eine eiserne Armatur mit Holzgriff.

„Keine Ahnung. Mich interessiert mehr, wer hier das Licht angeknipst hat. Mitten in der Nacht."

„Hm. Bevor du vorschlägst, dass wir dem Kanal folgen, aus dem der Lichtschein kommt, muss ich dir mitteilen, dass ich nicht schwimmen kann und keine Lust auf einen Schnellkurs habe."

Don hörte nicht zu, legte nur den Zeigefinger an die Lippen und glitt ins Wasser. „Ist nicht tief", flüsterte er.

„Aber nass", flüsterte Dent zurück und sah, wie das Wasser um Dons Brust spülte.

Er wollte keinesfalls allein hier zurückbleiben, war zu erschöpft, um mit Don zu streiten oder seine eigene Neugier zu besiegen. Seufzend reckte er einen Arm in die Höhe, um sein Handy zu schützen und ließ sich vorsichtig in den Pool gleiten.

„Eisig", zischte er, war aber erleichtert, als seine Füße Grund fanden.

„Bewegen hilft dagegen", grinste Don. „Sei leise, wir sind augenscheinlich nicht allein hier unten."

Dent fühlte sich wie ein Hering im Tiefkühlfach, als er Don hinterherwatete. Sie blieben dicht an das Mauerwerk gedrückt, beide bemüht, möglichst keine Geräusche zu verursachen. Er hatte keine Ahnung, was ihn am anderen Ende des Lichtscheins erwarten würde, aber selbst, wenn es der Bogenschütze mit sämtlichen Komplizen war, jetzt wollte er es wissen.

Als das Ende des Kanals sichtbar wurde, schien das Licht heller. Stimmen waren zu hören, laute Stimmen, die nach Befehlston klangen. Jetzt konnte Dent ein Schleusentor erkennen, das den Kanal verschloss. Über dem oberen Rand des Tores blieb eine halbkreisförmige Öffnung frei, durch die das Licht drang. Durchgefroren klappte er seinen Arm ein, hielt das Handy auf Kopfhöhe und spähte wie Don vorsichtig über das Schleusentor.

„Ach du Scheiße!", hörte er seinen Bruder zischen.

Dent hatte keine Worte für das, was er sah. Es mussten Hunderte sein, vielleicht sogar mehr. Muskulöse Krieger mit nackten Oberkörpern, deren Schweiß im Licht unzähliger Fackeln glänzte. Sie verteilten sich auf einer steinernen Fläche von der Größe einer Fußballarena, einige Meter unter ihm. Kraftvoll und völlig synchron folgten sie den Bewegungen eines alten Mannes, der ihnen Anweisungen entgegenbrüllte. Dent sah Pfeile auf Zielscheiben fliegen, das Schwabbelschwert Urumi durch die Luft schneiden und Strohpuppen, die von Dolchen durchbohrt wurden.

Der alte Mann, erstaunlich drahtig und gelenkig, schrie von einem Podest aus Stein auf seine Schüler herunter. Hohe Mauern und ein mit Ornamenten verziertes Kuppeldach gaben seiner Stimme einen furchteinflößenden Hall. Hinter ihm ragte die meterhohe Skulptur einer drohenden Kobra auf. Ihre grünen Augen blitzten im Schein der Fackeln.

Wieder hatte Dent das Gefühl, dass diese Augen ihn bemerkt hatten, dass die Blitze ihm galten. Zitternd drückte er sich enger an das Schleusentor, aber er konnte nicht aufhören hinzusehen.

Ein lautes Kommando beendete die kriegerische Vorführung. Mucksmäuschenstill standen die Männer jetzt da, pumpten Luft und lauschten den Worten des Alten, der sich über etwas zu freuen schien. Er legte die Handflächen aneinander, um zwei Männer zu begrüßen, die jetzt das Podest erklommen.

„Fuck!", entfuhr es Don. Glücklicherweise ging sein Fluch in Applaus und Jubelrufen unter. Dent schluckte.

„Der Dicke, der im Kampfanzug. Ist das nicht dein Freund Gopal?"

„In Fleisch und Blut", knurrte Don. „In Begleitung des ehrenwerten Mahendra Kumar. Und ich wette, der hinkende Zwerg neben ihm ist der mysteriöse Ashok Gupta."

Der Jubel schwoll noch an, als ein vierter Mann auf dem Podest erschien und die Arme ausbreitete. Die Krieger verneigten sich geschlossen und sanken auf die Knie.

„Der Schönling mit dem Glitzerturban? Haben wir den nicht vorhin auf diesen Plakaten gesehen? Ist das ..."

„Nellys Bräutigam. Der Spross des letzten Nizam von Hyderabad."

Unfähig sich zu rühren, sahen sie zu, wie weitere Krieger im Laufschritt auf das Areal strömten. Sie trugen Holzkisten und Bündel herbei, verneigten sich vor der Schlangenskulptur und warteten auf ein Kommando. Der Alte stieß eine Art Schlachtruf aus. Unter neuem Jubelgeschrei wurden Waffen und Munition verteilt. Gopal ließ sich ebenfalls ein Gewehr bringen, demonstrierte anschaulich, wie es geladen und abgefeuert wurde.

„Kneif mich, Dent. Siehst du, was ich da sehe? Oder ist das ein beschissener Albtraum?"

„Als du vorhin Sophie geküsst hast, dachte ich, du spinnst", murmelte Dent leise. „Aber jetzt kapiere ich es. Sie wusste nicht, was sie da gesagt hatte. Dabei hat sie den Nagel auf den Kopf getroffen."

Don nickte grimmig. Sein Blick klebte an Gopal, der die Nair Krieger emsig in Waffenkunde schulte.

„Ich hab selbst gehofft, dass ich spinne. Nelly hockt wahrscheinlich im Chowmahalla Palast und freut sich auf eine romantische Hochzeit. Die wird sie wohl auch bekommen, aber statt Flitterwochen ist Revolution angesagt."

„Kaum zu glauben. Revolution? Meinst du wirklich, der Nizam will seinen Thron zurück? Mit den Nair als Privatarmee? Wie soll das gehen? Das hier mögen ein paar Hundert Typen sein, vielleicht 1000, aber ..."

„Das hier sind nur die, die wir gerade sehen können. Wer weiß, wie viele noch hinter ihm stehen. Du hast gesehen, wie die Leute auf der Straße gejubelt haben."

„Wie stellen die sich das vor? Zackig ein paar Typen an modernen Waffen schulen und dann gegen die indische Armee antreten? Das ist doch absurd!"

„Ssshhh, bleib leise, Bruderherz. Ich weiß nicht, was die sich vorstellen, aber offenbar sind sie fest entschlossen. Oder fällt dir eine bessere Deutung dieser seltsamen Veranstaltung ein? Wie immer das ausgeht, es wird einen Haufen Tote geben."

„Verrückt", knurrte Dent, senkte aber schnell wieder seine Stimme. „Und was machen wir jetzt?"

„Fotos. Drück drauf, Dent, ohne Blitz. Und dann schnell weg von hier."

Dents Finger waren klamm, als er die Kamera seines Handys bediente. Aber er achtete nicht mehr auf die Kälte des Wassers, in dem er stand. Er hatte kaum ein paar Bilder geschossen, als die Stimme des Alten erneut zu hören war. Ein neuer Schlachtruf erklang aus den vielen Kehlen und dann war es plötzlich vorbei.

„Die hauen ab, Don."

In ordentlichen Viererreihen verließen die Krieger die Arena durch einen Torbogen. Der Alte folgte ihnen, eingerahmt von Nellys Bräutigam, dem Hinkenden und Gopal. Innerhalb weniger Augenblicke, lag die Arena verlassen und still unter ihnen.

„Wir müssen hinterher. Ich will wissen, wohin die sich verdrücken."

„Vergiss es." Dent schüttelte den Kopf. „Wir hocken im Wasser hinter einem Schleusentor, meterhoch über dieser Fläche. Es gibt keinen Weg nach unten. Und selbst wenn, willst du von einer ganzen Kompanie bewaffneter Krieger entdeckt werden?"

„Ungern, aber …"

„Don, sei vernünftig! Wir können hier nichts mehr tun. Lass uns verschwinden. Möglichst bevor wir in diesen Wassermengen an Unterkühlung sterben."

Der Schütze kniff die Lippen zusammen. Sein verletztes Bein machte ihm zu schaffen, sein ganzer Körper ächzte unter der Anspannung, aber es gab keine Gelegenheit, sich auszuruhen.

„Du musst dich nicht mehr fürchten, Ashok", hörte er die Stimme des Gurukal. Es gefiel ihm, dass der weise Mann seinen neuen Namen benutzte. „Das Notizbuch enthielt keine Informationen über dich. Du kannst dein neues Leben behalten. Niemand außer unserem engsten Kreis wird wissen, woher du kommst. Du musst deine Frau und deine Kinder nicht erschrecken."

Ashok nickte und lächelte dem Gurukal unsicher zu. Sie folgten dem jungen Prinzen in gebührendem Abstand. Eingerahmt von seinem Schwiegervater Mahendra Kumar und seinem massigen Waffenmeister Gopal demonstrierte der Spross des letzten Nizam Entschlossenheit. Er sprach über seinen zukünftigen Fürstenstaat und wie er diesen zu regieren gedachte. Ein guter Redner, fand Ashok. Mit jedem Wort und jeder Geste schaffte er es, die ohnehin fiebrige Erregung seiner Begleiter noch anzufachen.

Der weise Gurukal bemerkte jedoch, dass Ashok sich davon nur schwer anstecken ließ.

„Das Bild ist wieder in den Händen seines rechtmäßigen Erben. Niemand außer den Nizam wusste um seine Bedeutung."

„Bis auf Peter Nielsen."

„Peter Nielsen ist tot", erinnerte der Gurukal leise, aber eindringlich. „Seine Söhne werden dein Geheimnis ebenso wenig lüften, wie das Golkondas. Sie warten auf das Geld, das Kumar ihnen versprochen hat."

„Ich weiß nicht …", murmelte Ashok. „Die blonde Frau war in meiner Fabrik, sprach mit meiner ahnungslosen Devi. Sie nannte sich Sabine Müller. Warum diese Scharade, wenn sie nur auf das Geld warten? Sie folgen den Spuren ihres Vaters. Sie …"

„Selbst wenn es ihnen gelingt, ist es zu spät", unterbrach der Gurukal. „Bald wird es keine Schande, sondern eine Ehre sein, als Nair geboren zu werden. Du hast Großes für dein Volk geleistet. Ohne deinen Einsatz und ohne dein Wissen wäre der Siegeszug des Nizam nicht möglich. Mit dem Tag seiner Vermählung wird er sein

Königreich zurückbekommen, uns alle reich belohnen. Also freue dich, Ashok."

Ashok sagte nichts, sondern humpelte tapfer voran. Er wusste, dass er seine Kräfte einteilen musste. Der Geheimgang war lang, fast 10 Kilometer. Er begann kurz hinter dem gepflasterten Areal der verborgenen Kalari-Schule, auf dem eben die Waffen verteilt worden waren. Irgendwann, niemand wusste genau wann, war er verschüttet und vergessen worden.

Als kleiner Junge, immer auf der Suche nach guten Verstecken, hatte er den Eingang entdeckt. Zunächst nur einen Spalt im Geröll, in den er sich gezwängt hatte. Es war ihm nie gelungen, diesen Gang weiter als ein paar Meter zu erkunden. Erst jetzt, nachdem viele entschlossene Hände Schutt und Geröll fortgeräumt hatten, konnte er ihn abschreiten.

Ja, es war sein Verdienst, dass sie diesen Tunnel nun nutzen konnten. Der junge Prinz betrat die Festung seiner Ahnen zum ersten Mal, kannte sich in dem unübersichtlichen Gewirr aus Mauern nicht aus. Das Gemälde in seinen Händen half ihm nur bedingt. Die Form des Elefantenrüssels mochte exakt die Windungen des Gewölbes beschreiben, aber dessen Eingang hätte er ohne Ashoks Ortskenntnisse nicht so schnell aufgespürt.

Ein massiver Fluchtweg, bis auf den eingestürzten Eingang erstaunlich gut erhalten. So hoch und breit, dass zwei Reiter nebeneinander fliehen konnten, mit eisernen Halterungen für Fackeln an den Wänden und Nischen, in denen Vorräte und Waffen gelagert werden konnten. Er führte durch den groben Stein bis zum Fuße des Festungshügels, dann als gemauertes Gewölbe nahe am Musi Fluss entlang, bis ins Zentrum der Stadt Hyderabad. Sein Ausgang lag unter dem Wahrzeichen der Stadt, dem Charminar. Einer prachtvollen Moschee, die zur Gründung der Stadt errichtet worden war.

Jetzt endlich wusste Ashok, warum der grausame Mogul Aurangzeb nach der Eroberung Golkondas keinen einzigen Diamanten vorgefunden hatte. Nur leere Schatzkammern. Der letzte Befehl des besiegten Fürsten musste seinen Reichtümern gegolten haben, die er durch diesen geheimen Gang bis unter die Charminar Moschee schaffen ließ. Womöglich hatte er auch die Zerstörung des Eingangs angeordnet, damit Aurangzebs heranstürmende Armee ihm nicht folgen konnte. Es hatte ihm nichts genützt. Er war als Gefangener des grausamen Moguls gestorben, vielleicht mit der Genugtuung, das Wissen um den Verbleib seiner Schätze mit ins Grab zu nehmen.

Über 30 Jahre hatten die Reichtümer unentdeckt unter der Moschee geruht. Bis Asaf Jah I. sie wiedergefunden hatte. Er hatte seinen Fund genutzt, um die Macht an sich zu bringen und die sagenhafte Dynastie der Nizam von Hyderabad zu begründen. Ein kluger Mann, der viel Zeit aufgebracht haben musste, um das ewig von Wassermassen bedrohte Umland zu erkunden, ebenso wie die Festung selbst. Er hatte Golkondas besondere Lage erkannt und seine Freude darüber mit einem Gemälde verewigt.

Eine große Freude sicherlich, die ihn beflügelt hatte, zwölf tiefe Schächte in den Granitfelsen hauen zu lassen, obwohl es nicht mehr wichtig war, Golkonda mit ausreichend Wasser für eine lange Belagerung zu versorgen. Der zwölfte Schacht, ein schmaler Treppengang, war für den Wächter des großen Pools vorgesehen gewesen. Der Einzige, der die Schleusentore öffnen konnte, wenn eine Flut das Fassungsvermögen des Reservoirs zu sprengen drohte.

Der erste Nizam brauchte auch die vielen Tausend Arbeiter nicht mehr, die noch für die Herrscher vor ihm in den Minen geschuftet hatten. Er hatte sich nicht einmal grämen müssen, dass diese Minen noch während seiner Regentschaft ganz verschollen gingen. Jede Flut mochte Ernten vernichten, Vieh und Bauern elendig ersaufen lassen, aber den Nizam spülten die Wassermassen immer mehr Diamanten zu. Mühelos, quasi frei Haus, ob sie wollten oder nicht. Als hätte ihr Gott Allah es so vorgesehen.

Alle Thronfolger des klugen ersten Nizam waren eingeweiht gewesen. Vielleicht hatten sie über die plumpe Malerei gelacht, bis ihnen die Bedeutung bei Amtsantritt enthüllt wurde. Sie regierten in prunkvollen Palästen in Hyderabad, von denen sie einen nach dem anderen errichteten, aber sie hielten die Einspülschächte um die

Festungsruine herum instand, ebenso wie die Treppe und die Säulen, die das Dach des Pools trugen. So hatte die Ruine Golkonda unbewohnt und weitgehend unbeachtet ihr Geheimnis bewahrt. Niemand konnte sagen, wieviele Diamanten die Nizam in den 200 Jahren ihrer Regentschaft aus den Tiefen des kreisrunden Pools geborgen hatten. Unter anderem einen 400 Karat schweren Stein, den der letzte Nizam achtlos als Briefbeschwerer auf einem Papierstapel herumliegen ließ.

Das Gemälde seines Vorfahren hatte der damals reichste Mann der Welt sorgfältiger aufbewahrt. Aber während der Kämpfe 1948, die seiner Absetzung vorausgingen, war es verloren gegangen. Das maßlose Entsetzen über die Niederlage, die tiefe Trauer um den Verlust eines Königreichs hatte es in Vergessenheit geraten lassen. Die entmachtete Herrscherfamilie hatte sich in Rechtsstreitigkeiten aufgerieben, um Reparationszahlungen und Erbansprüche gekämpft und sich schließlich mit ihrem Schicksal arrangiert. Bis Peter Nielsen das Bild ersteigert, den 42-Kräter gefunden und damit eine Lawine von Begehrlichkeiten ausgelöst hatte, deren Ausmaß er sicher nicht erahnt hatte.

Ein Zittern durchlief Ashoks verkrampfte Muskeln. Er hatte geglaubt, alles über Golkonda zu wissen, ebenso wie der weise Gurukal, der sein ganzes Leben im verborgenen Kalari verbracht hatte. Ehrfürchtig hatten sie das Geschick der Baumeister der Vergangenheit bestaunt, beim Anblick des Tores mit dem akustischen Warnsystem oder der Brücke, die so viele Reiter tragen konnte. Sie hatten auch das große Wasserreservoir gekannt, das über dem Kalari im unerschlossenen Teil Golkondas lag. Aber das große Geheimnis der Festung war ihnen ebenso verborgen geblieben wie den Beamten der Kulturbehörde und den Touristen.

Als Elende hatten sie zwischen diesen Mauern vegetiert, verachtet, verstoßen, entehrt. Ashok war zum Dieb geworden, um Peter seinen ersten Fund abzujagen. Ein ganzes Jahr lang hatte er für ein paar Steinchen im Schlamm gegraben! Dabei hätte er nur in den viel bewunderten Pool tauchen müssen, um Werte zu bergen, mit denen sich ein großzügiger Staatshaushalt begründen ließ.

Er unterdrückte ein gequältes Stöhnen und betrachtete die schlanke Gestalt des jungen Prinzen. Bisher hatte er nicht viel Zeit in Indien verbracht. Europäische Metropolen und Universitäten hatten ihn geprägt. Ein sorgloses, privilegiertes Leben, allerdings weit entfernt von wirklichen Reichtümern. Erst Peter Nielsens späterer Erfolg hatte ihn alarmiert, den Wunsch ausgelöst, als Monarch in das Land seiner Väter zurückzukehren. Ein kluger Stratege offenbar, denn er hatte sich an den Gurukal gewandt, um das entmachtete Volk der Nair auf seine Seite zu bringen. Darauf gedrängt, dem geschwätzigen Tölpel Peter den Diamanten abzunehmen, um ausreichende Mittel für seinen Siegeszug zu bekommen. Schnell, bevor der deutsche Glücksritter, gierige Investoren oder korrupte Beamte ihm diese Chance nahmen, Golkonda an sich rissen und den darin schlummernden Reichtum auf ihren Konten verteilten.

Würde er ein guter Herrscher sein? Besser als die gewählten Volksvertreter, die ebenso charismatische Reden schwingen konnten und dann doch so viele ihrer Untertanen vergaßen? Ashok hoffte es. Ganz sicher aber würde der Nizam der Neuzeit seinen getreuen Nair die Ehre zurückgeben. Ein Volk aus Dreck und Elend befreien. Allein dafür lohnte sich alles, was er getan hatte. Großvater Pravind wäre stolz, sehr stolz.

Aber war es gut, dass der junge Mann Mahendra Kumars Tochter zur Frau wählte? Ein hübsches Ding, gewiss. Einfältig, wie er fand, aber recht sympathisch. Das Volk würde sie mögen können und wenn sie nicht zu viele Fehler machte und gesunde Söhne gebar, sogar lieben. Kumar genügte es nicht, ein wohlhabender Hotelier zu sein. Er hatte eine spektakuläre Mitgift gewollt, um seiner Familie den Weg in höchste Kreise zu ebnen, stolz, dass ein Kandidat aus so hochrangigem Adel Interesse zeigte. Der Gurukal selbst hatte Kumar den 42-Karäter verkauft, als getreuer Vasall nur an das Geld gedacht, das die Rückkehr des Nizam ermöglichen sollte. Bis dahin hatte der Hotelier nichts von dem großen Ziel gewusst.

War es eine kluge Entscheidung gewesen, ihn einzuweihen? Wahrscheinlich war es sogar unumgänglich gewesen. Kumar hatte Zugang zu einflussreichen Kreisen, die dem jungen Herrscher politische Unterstützung gewähren konnten. Sein Bruder war erst kürzlich nach Delhi berufen und zum Polizeipräsidenten ernannt worden. Nützlich. Den Ausschlag hatte jedoch der Tag gegeben, an dem Alexander Riese mit der blonden Frau und stapelweise Papier in Kumars Hotel aufgetaucht war, um das Verlobungsgeschenk zurückzufordern. Dummerweise hatte Kumar betroffen reagiert, Glasfabriken und die Replik erwähnt, die Peter Nielsen in Auftrag gegeben hatte. Und er hatte Fragen gestellt.

Ashok wusste nicht, ob dieser Umstand den jungen Prinzen bewogen hatte, sich hastig für Nelly Kumar zu entscheiden. Er wusste nur, dass er schuld daran war. Es war ihm nicht gelungen, Peters Söhne rechtzeitig auszuschalten. Beschämt nahm er den Blick von Kumars stattlicher Erscheinung, die jetzt stolz neben dem Prinzen einherschritt. Seit der Hotelier wusste, was sein junger Schwiegersohn plante, verbreitete er eine unerträgliche Arroganz. Vizekanzler wollte er werden, sich als Mitglied einer königlichen Familie durch das Land kutschieren lassen. Und sicherlich noch mehr protzen als bisher.

Gefangen in seinen Betrachtungen setzte Ashok seinen Weg fort. Sie mussten jetzt im letzten Drittel des Geheimgangs sein. Die Luft war feucht und stickig. Sein verletztes Bein pochte unerträglich und er konnte den alten Gurukal neben sich keuchen hören. Kumar schwitzte auffällig und sogar der junge Prinz zeigte erste Ermüdung.

Nur der massige Gopal legte noch einen Schritt zu, getrieben von seiner Gier, wie Ashok zu erkennen glaubte. Der dicke Mann ließ seine militärische Ausbildung erkennen, erläuterte knapp und präzise die Strategie, die zum Sieg führen sollte. Mit seiner Waffenlieferung hatte er eine wichtige Aufgabe erfüllt, zweifellos, aber würde er dem neuen Fürsten so loyal zur Seite stehen wie das Volk der Nair?

Die schwierigste Aufgabe lag noch vor ihnen. Der Kampf um das Land, das sie der indischen Union entreißen wollten. Um den Rückhalt der 35 Millionen Menschen, die darin lebten. Um die Stadt Hyderabad mit dem Schäferhügel Golkonda, der für das Königreich der Nizam so wichtig war.

Der Anblick der furchtbaren Waffen, die in diesem Tunnelabschnitt deponiert waren, lähmte Ashoks Schritte und ließ ihn zurückfallen.

Gleich, nach wenigen Metern, würden sie das Charminar erreichen. In den Kammern am Ende des Ganges warteten die muslimischen Verbündeten, die helfen sollten, den jungen Prinzen auf den Thron zu heben. Ashok kannte keinen von ihnen, aber diese Allianz löste noch mehr Unbehagen in ihm aus. War es gut, wenn ein Muslim Herrscher über 35 Millionen Untertanen war, von denen die Mehrheit die vielen Hindugötter anbetete? Würde die Schlangengöttin Ananta mit ihren Anhängern tatsächlich einen angemessenen Platz bekommen, den Respekt, den sie verdienten?

Ein Luftzug streifte sein Gesicht. Ashok blieb stehen, sah wie die kleine, verschworene Gemeinschaft dem jungen Prinzen durch das Tor folgte, das den Geheimgang vom Charminar trennte. Niemand achtete auf ihn, auch der Gurukal nicht. Sie fieberten dem Kampf entgegen, mit leuchtenden Augen. Wie die vielen Tausend erhitzten Nair-Krieger, die sich bereits überall in der Region verteilten.

War er der Einzige, der zweifelte, der sich fürchtete? Der überhaupt in Erwägung zog, dass es schiefgehen konnte? Der Einzige, für den Peters Söhne noch ein Risiko darstellten, der keine Ruhe fand, solange sie noch lebten?

Ashok wollte keinen wichtigen Posten, keine großen Reichtümer und keinen Protz. Er wollte nur sein komfortables Leben behalten dürfen, bei Devi und seinen Kindern. Umgeben von harmlosen, bunten Glasperlen und dankbaren Arbeitern in seiner Fabrik.

48 Stunden noch. Dann würde er wissen, ob das Volk der Nair seine Würde zurückbekam. Oder ob er die Flucht antreten musste. Als Kollaborateur einer gewaltsamen Revolte.

Stumm ließ er sich zu Boden sinken und vergrub das Gesicht in seinen Händen. Das alles war zu viel für ihn, zu groß, eine zu schwere Last.

Ein zarter Schimmer zeigte sich am Himmel, als Dent durch Loch Nummer 12 endlich wieder ins Freie kam. Er schlotterte und konnte nicht verhindern, dass seine Zähne aufeinanderschlugen. Auch sein Bruder war kreidebleich und versuchte vergeblich, sich zu wärmen, indem er die Arme um seinen Körper schlang.

„Wir müssen die nassen Klamotten loswerden."

„Erst mal hier wegkommen, ohne dass uns jemand erwischt."

Im Schatten der Festung mühten sie sich durch Felsen und Geröll. Alle paar Meter schickte Don einen misstrauischen Blick an den Mauern hinauf, aber es war niemand zu sehen. Erst als sie wieder den ausgetretenen Pfad erreichten und den Eingang für Touristen erkennen konnten, hielt Don seinen Bruder am Arm fest.

„Guck mal. Gopals Karawane", raunte er abfällig und deutete auf eine LKW-Kolonne, die vor dem Tor parkte. „Zwanzig Wagenladungen voller Kriegsgerät, alle Achtung. Hurtig von Varanasi nach Golkonda transportiert und rechtzeitig abgeladen, bevor die ersten Kulturliebhaber diesen Hügel erklimmen. Guru Gopal Say Baba hat geliefert und kassiert. Nach diesem Deal kann er sich zur Ruhe setzen."

Von Gopal selbst war nichts zu sehen. Ein magerer Mann mit Turban bewegte sich wendig zwischen den Fahrzeugen, befestigte Planen über leeren Ladeflächen und trieb die Fahrer mit hektischem Wedeln an einzusteigen.

Dent glotzte auf die Szenerie. „Don, achte auf den Antreiber mit dem Turban. Ist das nicht …"

„Prakash! Dieses Arschloch! Und wir bomben ihn noch aus dem Knast!"

Dent hatte Mühe, seinen Bruder zurückzuhalten. Er musste ihn mit beiden Armen umklammern und ihn mit seinem ganzen Gewicht in eine geduckte Haltung zurückzwingen.

„Still! Wir sind erledigt, wenn sie uns sehen!", zischte er und biss dabei fast in Dons Ohr. Froh, keine Gegenwehr mehr zu spüren, lockerte er seinen Griff.

Stumm sahen sie zu, wie sich die Fahrzeuge entfernten. Prakash blieb am Eingang zurück, spähte kurz über das Gelände, als hätte er etwas bemerkt. Dann schüttelte er den Kopf, postierte sich vor dem Eingangstor und sprach etwas in ein Funkgerät.

„Du hattest mal wieder einen guten Riecher, Don", flüsterte Dent. „Als Prakash dich anrief, hast du Motorengeräusche gehört. Er wird diese Kolonne begleiten oder sogar angeführt haben. Und sein Versuch, uns in Hyderabad zu treffen, war eine Falle. Gut, dass wir schnell wieder aus dem Café am Fluss abgehauen sind."

„Manchmal verfluche ich diesen Riecher. Beendet eine Freundschaft, von der ich dachte, sie wäre echt."

Dent sandte seinem Bruder einen verständnisvollen Blick, bevor er sich leise räusperte.

„Komm, wir sollten hier verschwinden, bevor es ganz hell wird."

Don blieb unbeweglich in der geduckten Haltung und behielt Prakash im Visier.

„Er steht da ganz allein rum. Sie fühlen sich sicher, da unten in der Festung. Sonst würden sie das Außengelände besser absichern. Oder er wartet auf Verstärkung. Die müsste eintreffen, bevor die ersten Besucher oder Mitarbeiter der Kulturbehörde hier raufkriechen. Das wäre in drei oder vier Stunden. Es ist verdammt öde, allein Wache zu schieben, besonders nachdem man stundenlang in einem LKW durch Indien gegurkt ist. Prakash muss müde sein. Es wird nicht mehr lange dauern, bis er unachtsam wird. Und dann ist er fällig."

„Don, hör auf, überhaupt in diese Richtung zu denken. Er hat ein Gewehr und ein Funkgerät."

„Ich werde ihm sämtliche Zähne aus dem verlogenen Maul hauen, bevor er das benutzen kann."

„Du bist irre."

„Ich bin vor allem wütend."

Entsetzt sah Dent, wie sich sein Bruder flach ins Geröll legte und lautlos wie eine Echse in Prakashs Richtung robbte. Jeder Versuch ihn zurückzuhalten, hätte sie verraten. Deshalb verzichtete er darauf und blieb, wo er war. Seine Glieder waren steif vor Kälte und

Angst, aber seine Augen brannten von dem angestrengten Starren auf Prakash vor dem Tor.

Tatsächlich gähnte Prakash jetzt, trat von einem Fuß auf den anderen und sah auf seine Uhr. Don lag nur noch wenige Meter von ihm entfernt zwischen Steinen und Gestrüpp am Hang. Keinen Kiesel hatte er losgetreten, kein Rascheln verursacht.

Wie es schien, hatte Prakash ihn wirklich nicht bemerkt, denn er ließ jetzt sein Gewehr von der Schulter baumeln, legte das Funkgerät ab, drehte sich um und öffnete den Reißverschluss seiner Hose. Sogar aus der Entfernung konnte Dent den nassen Strahl hören, mit dem er sich an dem ehrwürdigen Torpfosten erleichterte.

Don schoss aus seiner Deckung. Dent blinzelte verwirrt, überrascht, wie schnell sein Bruder das Gewehr an sich brachte, erschrak vor dem hässlichen Laut, mit dem er den Kolben zwischen Prakashs Zähne rammte. Noch während er taumelte, nahm Don ihn in den Würgegriff und erstickte jeden Schmerzlaut, indem er gnadenlos seine Hand auf den blutenden Mund presste. Brutal zerrte er den zappelnden Mann mit sich.

Beinahe hätte Dent Mitleid mit Prakash empfunden, als Don ihn ins Geröll stieß. Durch die gespaltene Oberlippe drang ein Schwall Blut, gefolgt von zwei Schneidezähnen und einer klumpenförmig angeschwollenen Zunge, die versuchte, das Ausmaß der Verletzung zu ertasten.

Prakashs Augen, schockiert geweitet, irrten zwischen Dons harten Zügen und Dents betroffenem Gesicht hin und her. Ein zittriges Wimmern drang aus seiner Kehle, bis Don den Gewehrlauf in den offenen Hosenschlitz bohrte.

„Schnauze! Oder du kannst Pindi Konkurrenz machen, klar?"

Sofort verstummte Prakash, nickte eifrig und nahm eine unterwürfige Haltung an.

„Und jetzt weg hier. Es wird hell."

☙❧

Schwarze Vögel mit langen Schnäbeln waren die einzigen Zeugen, als sie Prakash verhörten. Don hatte dafür eine Müllkippe ausgesucht, nicht weit entfernt vom Hügel Golkonda und auf dem Weg zu ihrem ländlichen Hotel.

Dent fühlte sich vollkommen ausgelaugt, aber er zwang sich, aufrecht stehenzubleiben. Er war dankbar für die Sonnenstrahlen, die seine nassen Kleider trockneten, wenngleich sie auch unbeschreiblich ekelhafte Gerüche freisetzten, die aus dem beachtlichen Haufen Unrat unter seinen Füßen aufstiegen. Außerdem war er nicht sicher, ob diese seltsam aussehenden Vögel nicht vielleicht Aasfresser waren und nur darauf warteten, dass er erschöpft zu Boden ging.

Don blieb ebenfalls aufrecht stehen. Er sah bedrohlich aus, pumpte seine breite Brust voll Luft und hielt Prakash mit dem Gewehr in Schach.

Prakash kauerte zu seinen Füßen. Er hielt den Kopf gesenkt, als erwarte er einen Scharfrichter, der ihm den Kopf abschlug. Bisher traf ihn nur Dons finsterer Blick, gefolgt von einem Fußtritt.

„Los, rede! Du wolltest uns eine Falle stellen. Deshalb hast du mich angerufen und wolltest uns in dem Café am Fluss treffen."

„Ischwrgarnbdrgst!"

Dent schüttelte den Kopf. „Du hättest woanders hinschlagen sollen. Er ist ja mit Schneidezähnen schon kaum zu verstehen, aber ohne…"

„Unser ehemaliger Freund Prakash wird sich anstrengen, deutlicher zu sprechen, eh Prakash?"

Prakash zuckte zusammen, bevor ihn der nächste Tritt traf. Sein Nicken beförderte die Schweißtropfen von seiner Stirn zusammen mit dem Blut aus seinem Mund in den Dreck.

„Warnen!", verstand Dent. „Ich wollte euch warnen. Mir war doch klar, dass ihr hier rumschnüffeln wollt."

„Warnen! Ja klar."

„Glaub mir, Freund Don!"

„Freund! Auf so beschissene Freunde kann ich verzichten!", zischte Don und trat Prakash so hart gegen die Schulter, dass er in den Dreck kippte.

Der gekrümmte Körper erinnerte Dent an eine Made. Dons brutales Vorgehen gefiel ihm nicht, aber er dachte an das große Loch in der Mauer des Distriktgefängnisses, an Schüsse und wildgewordene Elefanten und an den enormen Stresspegel, mit dem er sich in das Dickicht gestürzt hatte, um bei Prakashs Befreiung zu helfen. Er versuchte hart, oder wenigstens unbeteiligt auszusehen, wusste aber, dass sein Gesicht hauptsächlich die tiefe Enttäuschung spiegelte. Ausgerechnet Prakash hatte sie hintergangen?

„Wirklich!", blubberte er, spuckte noch mehr Blut. „Ihr müsst abhauen, ganz schnell! Der Nizam holt sich Golkonda und sein Königreich zurück. Mit 40.000 Mann!"

„40.000 Mann ...", wiederholte Dent und schauderte.

„Und deine Rolle in dem Spiel?"

„Ich wusste nichts, ich wollte euch helfen, den Schützen zu fangen! Aber dann war ich bei Gopal. Ich habe ihn zum Flugplatz gefahren. Wir haben geredet, alte Kameraden eben. Gopal suchte verlässliche Leute, hatte Job für mich. Lieferung nach Hyderabad. Gopal ist so schlau! Der hat schon in Chitral kapiert, dass es Nair waren, die Waffen wollten. Hat sich umgehört, Kontakte zu Nair-Leuten gesucht. Riesendeal, Don!"

„Haben wir gesehen. Weiter!"

„Ich ... erst wollte ich nicht. Aber es war nicht nur ein Job, nein! Posten im neuen Militär des Nizam. Guter Posten. Gutes Geld! Ich will kein armes Schwein mehr sein!"

„Deshalb hast du dich dünngemacht. Dabei hättest du uns schon warnen können, als wir noch bei Pindi waren. Du hast uns noch gesagt, dass Gopal nach Hyderabad fliegt. Weil da schon klar war, dass du uns hier eine Falle stellst. Im Auftrag von Gopal?"

„Nein! Gopal weiß nicht, dass ihr hier seid, ich hab nichts gesagt!" Prakash hob schützend die Arme. Wie erwartet, traf ihn ein weiterer Tritt.

„Keine Falle, Don, keine Falle!", wimmerte er. „Ich fuhr im LKW, bekam immer mehr Informationen, hatte Zeit zum Denken. Schlechtes Gewissen bekommen. Da habe ich beschlossen, euch zu warnen, damit ihr nicht in Golkonda rumschnüffelt. Aber ihr habt nicht in dem Café gewartet. Ihr habt gemacht, was ich befürchtet hab!"

Dent blieb ebenso stumm, wie sein Bruder. Gemeinsam glotzten sie auf Prakash, unsicher, ob sie ihm glauben konnten oder nicht.

„Ihr müsst weg!", lallte Prakash mit einem flehenden Blick. „Der Nizam hat Macht. Starke Verbündete stehen hinter ihm, nicht nur die Nair. Viele sind unzufrieden, sehr, sehr unzufrieden. Die Leute hier wollen ihn, 35 Millionen Menschen! Er wird herrschen und jeder, der dabei im Weg ist, muss sterben!"

„So ein Quatsch!", fuhr Dent auf. „Indien ist die weltgrößte Demokratie mit einer riesigen Armee! Da kann man nicht mal eben so ein Fürstentum abzwacken und die alten Ordnungen wieder einführen! Einen Alleinherrscher, einen Diktator! Ich kann mir nicht vorstellen, dass Millionen Menschen sowas wollen."

Prakash lachte ein röchelndes Lachen. „Und ob sie wollen! Der Nizam hat ihnen Wohlstand versprochen. Hohe Posten! Jedem, der nur ein bisschen Einfluss hat! Wenn Golkonda erst wieder ihm gehört!"

„Wenn! Wie kann er solche Versprechungen machen?"

„Politik lebt von Versprechungen und Leuten, die sie glauben wollen", knurrte Don finster. „Demokratie ist nur lustig, wenn die Kohle stimmt. Wenn ein Alleinherrscher die Bäuche füllt, sogar Reichtum ausspuckt, wird der auch gern genommen. Deine Rinara hatte Recht. Wir haben es mit Mächten zu tun, denen man sich besser nicht widersetzt."

„Das ist doch völlig irre, Don."

Ungläubig sah Dent, wie sein Bruder von Prakash abließ und den Kopf schüttelte.

„Irre oder nicht, es scheint ein Trend zu sein. Überall auf der Welt zerfallen etablierte Ordnungen, werden Regierungen gestürzt, ganze Staaten umgeformt. Von weitaus fragwürdigeren Gestalten und Gruppierungen. Wir sollten das ernst nehmen."

Vorsichtig richtete Prakash seinen Oberkörper auf und nickte.

„Lass mich, Freund Don. Lass mich gehen. Gleich muss die Verstärkung am Tor eintreffen. Gopal wird mich dann suchen."

„Er wird's schwer haben, dich unter ein paar Tausend Kubikmetern Müll zu finden", kam es ungerührt von Don. „Wo du landen wirst, wenn du nicht alles ausplauderst, was du weißt. Was ist mit Ashok Gupta?"

„Gupta ist der Schütze! Er ist ein Nair. Er war ein Nair aus Golkonda. Keiner kennt die Festung so wie er! Irgendwie hat er sich ein neues Leben gebaut. Wollte auch kein armes Schwein mehr sein! Aber euer Vater … Gupta musste ihn töten. Im eigenen Interesse und dem der Revolution. Euer Vater wusste Bescheid über ihn."

„Und über Golkonda", murmelte Dent tonlos. Jetzt war er sicher, dass sein Vater den rosa Diamanten im Wasserreservoir der Festung gefunden hatte. Der Boden unter seinen Füßen hatte sich steinig angefühlt, wie mit Kieseln übersät. Ob oder wieviele Diamanten darunter waren, hatten sie nicht feststellen können. Verdrossen senkte er den Kopf. Er würde keine Gelegenheit mehr bekommen, seine These zu beweisen. Der neue Nizam und seine Anhänger würden alles tun, um das Geheimnis der alten Festung zu bewahren.

Prakash schien seine Gedanken zu erraten.

„Tut mir leid, dass es euer Vater war, der den Diamanten gefunden hat. Der Stein hat alle verrückt gemacht. Hätte er nicht so laut damit angegeben, wäre nichts passiert. Eure Erbschaft war ein Todesurteil."

„Shit happens." Dons Stimme klang resigniert. Mit einer müden Bewegung richtete er das Gewehr wieder auf Prakash. Es sah lasch aus, wenig bedrohlich, aber Prakash spannte sich sofort und stieß ein neues Winseln aus.

„Lass mich gehen!", flehte er und faltete seine Hände. „Heute feiert der Prinz Hochzeit mit Nelly. Mit Fernsehen und allem! Ganz Indien wird nur darauf achten, während unsere Krieger Stellung beziehen. Morgen Abend ist alles vorbei! Betet, dass es klappt. Das ist eure Chance, am Leben zu bleiben!"

Dent und sein Bruder tauschten den gleichen verständnislosen Blick, bis Dent die Stirn runzelte.

„Ich glaube, ich verstehe, was er meint. Den Diamanten, das Bild und das Notizbuch haben sie uns schon abgenommen. Wenn der Coup gelingt, sind wir gänzlich unbedeutend. Der Nizam hat sein Königreich, die Nair ihre ehrenvolle Rehabilitation, Gopal legalisiert sich als Hoflieferant. Keiner muss sich noch fürchten, durch uns aufzufliegen. Nichtmal Ashok Gupta, der ehemalige Nair. Für den wäre es ein bisschen peinlich, weil er so lange gelogen hat. Gelogen und gemordet. Aber das bedeutet wohl nichts, für einen Helden der Revolution mit besten Kontakten zum Königshaus. Womöglich meißeln sie schon an einem Denkmal. Zu kurz geratener Bogenschütze mit Reisetasche. Der Einzige, der noch ein winziges Problem mit uns hat, ist Mahendra Kumar. Er schuldet uns 13,5 Millionen. Ich kann nicht beurteilen, wie sehr diese Summe den Schwiegervater eines Nizam quält."

„Kumar wird nicht zahlen", verriet Prakash noch. „Er hält euch bloß hin, bis alles vorbei ist."

„Moment! Seine Anwälte haben Sophie bestätigt …"

„Er wird Vizekanzler! Verklag mal den Vizekanzler und Schwiegervater eines Königs! In Indien!"

„Aussichtslos", stöhnte Don. „Das wird Fräulein Sophies Rechtsverständnis massiv erschüttern."

„Wird ja immer besser", grunzte Dent. Sein Hirn entwickelte Fluchtgedanken, zumal die schwarzen Vögel näher kamen. Ihre Köpfe ruckten, aber ihre Augen blieben wachsam auf die drei Männer gerichtet, während ihre langen Schnäbel wie Dolche in den Müll stachen. „Prakash hat recht. Wir sollten uns in Sicherheit bringen. Die Sache ist zu groß. Und wir zu klein."

„Hör auf deinen Bruder, Don", riet Prakash. Die Blutung aus der gespaltenen Lippe ließ nach. Mit zitternder Hand wischte er über sein Gesicht. „Lass mich gehen", wiederholte er und machte Anstalten sich zu erheben.

„Nein!" Dons Tritt beförderte ihn zurück zwischen schmutzige Plastikfetzen und rostige Konservendosen. Dent zuckte zusammen, aber zu seiner Erleichterung schienen die Schwarzschnäbel beeindruckt, denn sie verzogen sich hüpfend, mit erschrocken gespreizten Flügeln.

„Ich will wissen, wie der Aufstand ablaufen soll. Spuck den Text aus, bevor es deine restlichen Zähne werden!"

„Wir ... wir bringen zuerst Golkonda in unsere Hand. Der Nizam will die Festung als sein Eigentum zurückfordern. Den Hügel besetzen und sichern ... das ist mein Job."

„Du willst unschuldige Touristen da mit reinziehen? Jeden erschießen, der sich eine Ruine ansehen will?"

„Nein, nein! Golkonda wird für Besucher geschlossen. Überall Schilder, wir riegeln als harmlose Wachmannschaft nach außen ab. Niemand wird dem Hügel zu nahe kommen", versicherte Prakash eilig. „Wir müssen ungestört operieren. Die Einnahme Hyderabads erfolgt von hier aus. Die Festung ist ideal dafür, indische Baukunst, entstanden aus 1000jähriger Kampferfahrung!"

„Und mehr als 10 Kilometer vom Stadtzentrum entfernt", zweifelte Don.

„Es gibt einen Gang. Vom Hügel am Musi entlang bis zur Charminar Moschee."

„Der Rüssel!", rief Dent und erntete einen verständnislosen Blick von Prakash. Don nickte, wandte sich aber gleich wieder Prakash zu.

„Das Charminar? Die Moschee mitten in der Stadt? Was soll da laufen?"

„Weiß ich nicht! Was woanders läuft, weiß ich nicht! Nur, dass der Nizam seine Leute an vielen wichtigen Punkten verteilt. Auch am Parlamentsgebäude in Hyderabad, wo die Regierung dieser Provinz sitzt. Die soll zur Abdankung gezwungen werden und wenn sie das tun, fließt kein Blut, dann ..."

„Das glaubst du doch selbst nicht!", schnaubte Don verächtlich. „40.000 Mann, aus unterdrückten Volksgruppen, bis unter die Hirnschale voll mit aufgestauter Wut und Rachegelüsten. Alle mit Knarren und Knallzeug ausgestattet! Was die anrichten werden, ist unkontrollierbar! Nicht zu vergessen Dutzende von schwelenden

Konflikten unter 35 Millionen Typen, die ausbrechen werden wie ein Vulkan!"

„Ja", sagte Prakash schlicht. „Wenn die Regierung nicht klug ist und abdankt, passiert das."

Mühsam bekämpfte Dent das Zittern seiner Knie. Er spürte seine Hand, die wie in Zeitlupe die Schweißperlen wegwischte, die sich auf seiner Stirn bildeten. Don stand ebenso da, mit hängenden Schultern und diesem Gesichtsausdruck zwischen Hilflosigkeit und Entsetzen.

Keiner von ihnen reagierte, als Prakash sich langsam aus dem Dreck erhob, zuerst auf die Knie und dann auf die Füße kam. Mit beschwichtigend erhobenen Händen brachte er Distanz zwischen sich und Don.

„Ich werde niemandem sagen, dass ihr hier seid", schwor er. „Geht, ganz schnell und ganz weit weg. Mit Fräulein Sophie. Das ist nicht euer Kampf. Niemand kann sie noch stoppen."

෴

# Kapitel 16

Sophie Kröger kämpfte gegen das beklemmende Gefühl, das ihre Brust zusammenpresste. Noch hoffte sie, in einem neuen bösen Traum gefangen zu sein, aber diese Hoffnung schwand mit jedem Wort, das ihre Ohren erreichte.

Beinahe zärtlich betrachtete sie das Huhn, das mit den ersten Sonnenstrahlen zu ihr auf die Matratze gehüpft war, um dort ein Ei zu legen. Auch die Geräusche, die die meckernden Ziegen verursachten, störten sie nicht mehr. Harmlose, unschuldige Kreaturen. Im Gegensatz zu den Gestalten, von denen Alexander Riese ihr gerade berichtete.

Weder Riese noch sie selbst nahmen Notiz von ihrem schief sitzenden BH und dem knappen Slip, in denen sie die Nacht in der bäuerlichen Herberge verbracht hatte. Nur Donovan Riley ließ sein freches Grinsen sehen. Sophie machte trotzdem keine Anstalten, mehr von sich zu bedecken. Ihr gesamtes Hirnvolumen war damit beschäftigt, Rieses Bericht zu verarbeiten.

„Das ... das muss verhindert werden!", stammelte sie schließlich.

„Schöne Idee, Fräulein Sophie", hörte sie Riley. „Wenn Ihnen einfällt, wie wir das bewerkstelligen sollen, lassen Sie es hören."

„Sämtliche Vorschläge, die näheren Kontakt mit einem oder mehreren Bogenschützen beinhalten, sind abgelehnt", setzte Riese hinzu.

Ihr ausdrucksloser Blick folgte den Brüdern, die beide blass und erschöpft aussahen, aber eilig ihre Sachen zusammenpackten. Sie zuckte zusammen, als Riley Rock und Bluse in ihren Schoß warf und sie mit ungeduldigen Handbewegungen aufforderte, sich endlich anzuziehen.

„Aber ... wir können doch nicht einfach so gehen! Diese Leute sind willens, ein Blutbad anzurichten, um eine diktatorische Monarchie zu etablieren!"

„Laut Prakash soll das ohne Blutbad klappen", sagte Dent, während er umständlich seinen Koffer nach sauberer Kleidung durchwühlte.

„Es soll ungefähr so ablaufen:", übernahm sein Bruder. „Hochzeit mit großem Tamtam. Wird sogar im Fernsehen übertragen. Polizei und Armee werden mit den Menschenmassen auf den Straßen zu tun haben. Noch während der Prinz und seine Angetraute huldvoll vom Balkon des Chowmahalla Palastes winken, stellen seine Krieger der amtierenden Regierung des Bundesstaates Andhra Pradesh das Ultimatum. Von jener Regierung wird angesichts der schwer bewaffneten Bedrohung erwartet, dass sie ad hoc und kampflos abdankt und die Macht dem neuen Nizam überträgt. Der Prinz wird überrascht tun, eindringlich den Frieden beschwören und sich flugs auf den Thron setzen, auf dem das Volk, vertreten durch die Revolutionsgarde, ihn sehen will. Als erste Amtshandlung annektiert er Golkonda mitsamt den Diamanten und begründet damit den milliardenschweren Staatshaushalt seines Königreichs. Geblendet von seinem Glanze verlieren natürlich sämtliche Untertanen die Lust auf Mitbestimmung und bejubeln den neuen Nizam bis an Ende aller Tage."

„Ihr Zynismus ist ekelhaft, Mr. Riley." Sophie schüttelte den Kopf. „Sie glauben nicht eine Sekunde daran, dass dieses abstruse Vorhaben ohne Blutvergießen ablaufen kann. Wollen Sie denn nichts dagegen unternehmen? Gar nichts?"

Erst jetzt bemerkte sie, dass Riley ein Gewehr bei sich hatte. Er lehnte es an die Wand, griff sich ein frisches Hemd und deutete auf die Kleidungsstücke in ihrem Schoß. „Anziehen, Fräulein Sophie. Was immer wir als Nächstes unternehmen, findet nicht in diesem

Schlafzimmer statt und macht sich mit vollständiger Bekleidung besser."

Gefangen in einer beklemmenden Mischung aus Furcht, aufkeimender Wut und Ratlosigkeit, stieg sie in den Rock, zwängte ihren Kopf durch die Bluse und zerrte sie über ihren Oberkörper.

„Ich ... ich weigere mich, die Akte Nielsen auf diese Art abzuschließen!", stieß sie aus, vertrieb energisch das brütende Huhn und raffte die Kleidungsstücke zusammen, mit denen sie die fleckige Matratze bedeckt hatte. Gleich danach blieb sie mit hilflosem Blick stehen, weil ihr auffiel, wie unbedeutend ihre Weigerung war und weil sie nicht wusste, was sie dagegen unternehmen konnte.

„Mahendra Kumar kann doch nicht einfach so davonkommen! Er soll zahlen, wie anwaltlich bestätigt! Oder Ihnen wenigstens den Diamanten zurückgeben! Recht und Gesetz sind auf unserer Seite!"

Riley sah seinen Bruder an. „Siehst du? Sie wird wütend. Ich sagte doch, dass Fräulein Sophies Rechtsverständnis massiv erschüttert wird."

„Fräulein Sophie", hörte sie Dent stöhnen. „Unsere Ansprüche verpuffen mit dem Machtwechsel."

„Ein Grund mehr, diesen Aufstand zu verhindern!", schimpfte sie unbeirrt weiter, während sie gegen aufsteigende Tränen anblinzelte. „Und Ashok Gupta? Er ist ein Mörder, ein Attentäter und ein gefährlicher Kollaborateur! Jemand muss ihn für seine Taten zur Rechenschaft ziehen, er soll ..."

Riley unterbrach sie ungeduldig. „Sie dürfen ihn gern juristisch belangen, Frau Anwältin. Mein Bruder und ich haben nicht so viel Zeit. Wir haben keine Ahnung, ob Prakash nicht doch gequatscht hat, schon weil er seine blutige Fresse erklären musste. Vielleicht durchkämmt bereits ein Suchtrupp das Gelände nach uns. Im Moment hoffen wir nur, heil aus dieser Gegend herauszukommen. Und dass danach niemand mehr Lust hat, uns ins Jenseits zu schicken. Klar?"

Sophie wurde blass und starrte in sein Gesicht, das jetzt ganz ernst auf sie herunterblickte.

„Wir müssen die Behörden informieren, sofort!", fiel ihr dann ein. Hilfesuchend sah sie Dent an. „Sie haben Bilder gemacht, Herr Riese. Man wird uns glauben."

„Daran habe ich auch schon gedacht, aber ..."

„Aber?"

„Ich bin zu müde, um es zu Ende zu denken. Angeblich stehen 40.000 Krieger hinter dem Nizam. Nehmen Sie an, man glaubt uns tatsächlich, mobilisiert Streitkräfte, Einsatzkommandos. Wird das nicht ebenso ein Blutbad auslösen?"

„Vielleicht wird der neue Nizam ein besserer Regent. Es gibt einen Grund, weshalb die Leute auf der Straße seine Rückkehr bejubeln", hörte sie Riley hinzufügen.

„Wenn sie ihn haben wollen, dann sollen sie ihn wählen!", rief Sophie streng und bohrte ihren Zeigefinger in die Luft. Angestrengt bemühte sie sich, den Blicken der Brüder standzuhalten, die sie ansahen, als wäre sie ein Kleinkind, das sich den Besuch aller Feen und Zauberer wünscht. „Wir dürfen nicht tatenlos zusehen, wie eine Demokratie abgeschafft werden soll! Untätig hinnehmen, wie korrekt dokumentierte Erbansprüche meiner Mandanten durch korrupte Vetternwirtschaft für null und nichtig erklärt werden! Das ist doch alles falsch!"

„Ich mag's ja, wenn pure Leidenschaft die starre Hülle einer schönen Frau durchbricht. Aber wir sind nur zwei verarschte Erben, Fräulein Sophie. Mit fällt gerade nicht ein, wie aus uns heroische Verfechter der indischen Demokratie werden sollen."

„Heroisch gefällt mir allerdings besser, als verarscht", murmelte Dent. „Im Grunde hat Sophie doch recht. Mit dem Wissen, das wir jetzt haben ..."

„Und wem willst du dieses Wissen anvertrauen? Kumars Bruder, dem Polizeipräsidenten? Der hofft wahrscheinlich auch schon auf einen noch dickeren Posten. Diese Machtergreifung wurde monatelang vorbereitet. Wir haben keinen Schimmer, wer noch darin verstrickt ist. Jeder, an den wir uns wenden, könnte der Falsche sein."

„Hm, ja." Dents Stöhnen klang unendlich müde, aber er rieb sich die Schläfen und zwang sich, weiter nach einer Lösung zu suchen. „Man müsste Nizam & Co. zu Verhandlungen zwingen. Bevor es zu spät ist."

„Wir beide? Ein Dieb und ein Nerd in Kombination mit Fräulein Sophies empörtem Rechtsempfinden? Wir haben genau ein Gewehr. Starkes Argument gegen 40.000 Krieger und eine Revolutionszentrale, die sich in einer Festung verschanzt!"

„Der letzte amtierende Nizam ist an einem mageren Windelträger gescheitert", versuchte Dent mit einer hilflosen Armbewegung.

Riley hörte nicht mehr zu, sondern nahm seinen Koffer. Das Gewehr ließ er an der Wand zurück. Sophie blieb still und ließ sich von ihm zum Aufbruch drängen, ebenso wie Dent.

Im Freien stand sie mit hängenden Armen zwischen Ziegen und Federvieh herum, während Riley den Inhaber der ländlichen Herberge bezahlte. Die Festung Golkonda war zu sehen, lag nur einen kurzen Fußmarsch entfernt unter der blendenden Sonne. Die Vorstellung, was hinter diesen Mauern passierte, löste ein Schwindelgefühl aus. Schaudernd wandte sie den Blick ab. Gab es denn wirklich nichts, was sie unternehmen konnten?

## ⊂3☙

Kommissar Lindemann verfluchte seinen Beruf nicht zum ersten Mal. Allerdings gewann das wütende Gemurmel, mit dem er das tat, mit zunehmendem Alter an Vehemenz. Das mochte auch an der schmerzhaften Unbeweglichkeit seines Körpers liegen, mit der er sich jetzt aus dem Bett wälzte. Sein Diensthandy noch am Ohr, tastete er nach seiner Brille, grollte noch mehr, als diese ihn befähigte, von seinem Wecker abzulesen, dass es 2:24 Uhr war. Mitten in der Nacht. Seine Versuche, den gestreiften Schlafanzug gegen Straßenkleidung zu tauschen, erwiesen sich als schwierig, zumal seine Bewegungen umso steifer wurden, je länger er Cornelius Bach zuhörte.

„Ja, Sie haben richtig verstanden, Herr Kommissar. Es geht um Peter Nielsens Mörder! Ja, ich bin schon im Präsidium. Mit dem Bildmaterial. So beeilen Sie sich doch!"

Lindemann grunzte und legte auf. Kopfschüttelnd gewann er den Kampf mit Hemd, Hose und Mantel, zog seine Schuhe über die nackten Füße, weil er so schnell keine Socken fand, und ließ die Tür seiner Wohnung hinter sich zufallen.

Er hatte keine Ahnung, wie er Cornelius Bachs Anliegen wirksam begegnen konnte, aber der Eifer des Kriminalisten, der Aufklärung des Falles Nielsen näherzukommen, trieb ihn hinaus in die verregnete Nacht.

„Sie müssen diese Informationen an die höchsten Ebenen weiterleiten. Auswärtiges Amt, Kanzleramt, an die Deutsche Botschaft in Neu Delhi, was weiß denn ich!", forderte Cornelius Bach aufgeregt, noch bevor Lindemann auf seinem Bürostuhl Platz nehmen konnte.

Lindemann machte eine beschwichtigende Handbewegung.

„Lassen Sie mich erstmal ordnen, Herr Dr. Bach", begann er mit ruhiger Stimme und ignorierte Bachs hektisches Armwedeln. „Angeblich haben Ihre Nichte, Alexander Riese und Donovan Riley Peter Nielsens Mörder entlarvt. In einer indischen Stadt namens Hyderabad, genauer gesagt, einer alten Burg namens Golkonda. Der Verdächtige befindet sich vor Ort und soll an der Planung eines bewaffneten Aufstands beteiligt sein. Es gibt Bildmaterial zu diesen Vorgängen. Soweit korrekt?"

„Ja, ja, korrekt. Nun unternehmen Sie doch etwas! In weniger als 24 Stunden wollen sie losschlagen!"

„Ich bin Kriminalhauptkommissar in Hamburg. Was bitte soll ich von hier aus gegen einen Aufstand in Indien ausrichten? Ihre Nichte muss sich an die dortige Polizei wenden."

„Das geht nicht!" Cornelius Bach war dabei, die Fassung zu verlieren. „Der Polizeipräsident ist der Bruder eines der Drahtzieher! So begreifen Sie doch, Herr Kommissar! Meine Nichte hockt in Hyderabad, einer überfüllten Stadt, die gerade im Verkehrschaos versinkt. Sie hat nur ein Handy mit diesen Bildern darauf. Bis sie jemanden erreicht, der die Sachlage versteht, ihr glaubt, die nötigen Kompetenzen hat und zufällig nicht korrupt ist, ist es längst zu spät!"

„Hm", knurrte Lindemann und betrachtete das Bildmaterial, das Sophie Kröger an ihren Onkel weitergeleitet hatte. „Ich sehe junge

Männer, halbnackt, die mit Schwertern und Bögen vor einer Schlangenskulptur herumturnen. Dazu einen Greis auf einem Podest, einen Herrn mit Turban, eine Art schillernden Maharadscha und einen kleinen Mann."

„Der kleine Mann ist der Mörder, den Sie suchen. Peter Nielsens Mörder, der des Pfandleihers und der unglücklichen Antonia. Und der ‚Maharadscha', wie Sie es nennen, ein Revolutionär, dem 40.000 Mann zur Seite stehen. Achten Sie doch auf die Bilder mit dem Dicken im Kampfanzug, der Feuerwaffen verteilt!"

„Hm. Und das alles findet in diesem Golkonda statt? Einer Ruine? Sie sind sicher, dass es sich nicht um Dreharbeiten für einen dieser Bollywoodfilme handelt?"

„Bollywoodfilm! Nein, natürlich nicht! Also: Golkonda ist der Ausgangspunkt, weitere Angriffsziele sind eine Moschee, die Charminar heißt, und das Parlamentsgebäude der Provinz Andhra Pradesh, in der Hyderabad liegt."

„Aha", machte Lindemann. „Der Sitz der Provinzregierung, die abdanken soll, damit der Maharadscha übernehmen kann."

„Nizam, nicht Maharadscha, Nizam!"

„Also schön, Nizam. Der sein eigenes Königreich will. Mitten in der demokratischen Republik Indien."

Lindemann stand kurz vor einem Lachanfall. Nur das verzweifelte Augenrollen Cornelius Bachs ließ ihn Beherrschung bewahren.

„Ich weiß sehr wohl, dass es abenteuerlich klingt, aber meine Nichte würde niemals leichtsinnig solche Informationen verbreiten."

„Hm. Ihre Nichte vielleicht nicht, Herr Dr. Bach. Aber da Donovan Riley an der Informationsbeschaffung wesentlichen Anteil hat, bin ich skeptisch."

Cornelius Bach stutzte empört und bedachte ihn mit einem kühlen Blick.

„Donovan Riley und sein Bruder haben den Mordfall Nielsen aufgeklärt, Herr Kommissar. Und nebenbei ein verständliches Interesse, am Leben zu bleiben. Unsere Mandanten haben keinerlei Grund, Sie mit falschen Informationen zu foppen."

„Hm."

„Überlegen Sie gut." Cornelius Bach zischte nun drohend. „Was passiert, wenn der Nizam und seine Getreuen tatsächlich losschlagen? Wollen Sie es in den Nachrichten sehen? Verwüstung und Gemetzel? Derjenige sein, der viel wusste und nichts unternommen hat? Wollen Sie das?"

Lindemann merkte, wie er langsam den Kopf schüttelte. Er riss die Augen auf, als der distinguierte Dr. Cornelius Bach ihm mitten ins Gesicht schrie:

„Nun lassen Sie endlich ihr Hirn arbeiten! Wohin können wir uns mit derlei Ungeheuerlichkeiten wenden?"

ଓଷୋ

Rosenblätter wirbelten durch die Luft, als Donovan Riley die Promenade am Musi Fluss erreichte. Sie verfingen sich in seinem Haar, der intensive Duft reizte seine Nase. Er war dankbar dafür, denn das vorherrschende Duftgemisch auf Hyderabads Straßen bestand aus Schweiß und Abgasen.

Dent stand neben ihm, erschöpft an eine Palme gelehnt und ebenso von Rosenblättern berieselt. Er sagte etwas von Kaffee und wühlte in seinem Tabakbeutel. Sophie Kröger hatte ihr Telefon am Ohr und lauschte mit offenem Mund. Don wusste, dass sie ihren Onkel informiert hatte, inständig hoffte, er möge von Deutschland aus etwas bewegen können. Sophies Hoffnungen konnte er nicht teilen, aber er bewunderte sie für den festen Glauben an Recht und Ordnung, für ihren hartnäckigen Willen, diese durchzusetzen. Sie war knallrot im Gesicht, versuchte vergeblich, ihr verklebtes Haar zu ordnen und die Arme an ihren Körper zu drücken, damit niemand die Schweißflecken sah, die sich auf ihrer Bluse gebildet hatten. „Miss Makellos" zerfloss unter der indischen Sonne, aber sie kämpfte. Allerdings konnte er ihr jetzt ansehen, dass sie dabei war, den Kampf zu verlieren.

„Ist es zu fassen? Kommissar Lindemann glaubte, Ihre Aufnahmen aus der Festung wären von Dreharbeiten für einen Bollywoodfilm", hörte er sie empört mitteilen. „Er telefoniert wohl mit verschiedenen Vorgesetzten, aber Onkel Cornelius hat nicht das Gefühl, er würde sich ernsthaft bemühen."

Don sah auf das Pflaster unter seinen Füßen. Er wollte nicht zeigen, dass ihm die Enttäuschung in ihrem Gesicht wehtat. Er hatte nichts anzubieten, was Sophie aufheitern konnte.

Erfolglos hatten sie versucht, einen Bahnhof, den Flugplatz oder wenigstens ein Taxi zu erreichen, aber sie hatten nur eine Rikscha bekommen, deren Fahrer sie eben entnervt abgeladen hatte, nur wenige Kilometer von Golkonda entfernt. Sämtliche Straßen und Wege bestanden aus einer undurchdringlichen Masse erhitzter Leiber, die sich in einem zähen Strom zum Chowmahalla Palast oder vor eine der großen Leinwände schob, auf denen die Hochzeitsfeier übertragen wurde.

Don hatte gern Platz und Bewegungsfreiheit, hasste solche Menschenansammlungen und verstand nie, warum so viele Menschen solche Strapazen auf sich nahmen. Von der brennenden Sonne gegrillt, die Füße auf kochendem Asphalt, verklebten sie zu einem bunten Brei. Jubelnd und kreischend, trotz der Enge noch in der Lage, diese Rosenblätter herumzuwerfen. Völlig begeistert, weil jemand heiratete, den sie nie getroffen hatten.

Von seiner Position am Geländer der Uferpromenade konnte er eine der Leinwände sehen. Nelly posierte für die Kameras in einem blühenden Garten. Ihr Anblick ließ ihn lächeln. Sie sah wunderschön aus, in ihrem reich bestickten Sari. Der rosafarbene Diamant an ihrem Hals blitzte im Sonnenlicht. Einen kurzen Moment lang sah er zu, wie sie sich drehte, winkte und lachte. Er war sicher, dass sie keine Ahnung von den Plänen ihres Bräutigams hatte.

Dann schüttelte er den Kopf, bat Dent um sein Handy und entfernte sich ein paar Schritte. Die Nummer, die er anrief, war lang, aber er hatte sie nie vergessen.

„Richardson Security Group" meldete sich eine männliche Stimme.

„Tag Henk. Ich muss den Captain sprechen."

„Identifikation", kam es knapp aus der Leitung.

„Thunderbird."

Captain Martin Richardson lachte bellend, als er das Gespräch annahm.

„Erstaunt, von dir zu hören, Thunderbird. Wo steckst du?"

„Hyderabad."

„Interessant." Der Captain machte eine Pause. „Du benutzt ein unsicheres Kommunikationsmittel."

„Hab gerade nichts anderes. Und keine Zeit zu verlieren."

„Probleme?"

„Das Problem heißt Revolution. In weniger als 24 Stunden."

„Wo?" Richardson klang nicht überrascht.

„Operationszentrale ist die Festung Golkonda. Ich hab dir eben Bilder geschickt. Du wirst einen alten Bekannten darauf erkennen, dessen Figur etwas aus dem Leim gegangen ist."

Einen kurzen Moment blieb es still in der Leitung.

„Gesehen", knurrte der Captain. „Weitere Beteiligte? Mannstärke? Bewaffnung? Mögliche Angriffsziele? Logistik?"

Don musste grinsen. Richardson hatte seine Angewohnheit, nur im Telegrammstil zu reden, beibehalten. Aber er zweifelte nicht an der Echtheit der Informationen und ließ ihn alle wichtigen Details abspulen.

„Der Prinz feiert gerade Hochzeit. Im Chowmahalla Palast. Wie viele der Drahtzieher dabei anwesend sein werden, weiß ich nicht", schloss er.

„Verstanden."

„Mir ist nichts Besseres eingefallen als dich anzurufen", gab Don leise zu."Was immer du daraus machst, bezahlen kann ich dich nicht. Bin pleite."

Richardson ging nicht darauf ein. „Erbitte Koordinaten. Bleib wo du bist."

○₃∞

Captain Martin Richardson trug ein buntes Hemd, Shorts und Sandalen, als er nur eine halbe Stunde später einem Boot entstieg, das am Ufer des Musi festmachte. Mit Sonnenbrille und Kamera sah er wie ein Tourist aus, obwohl seine straffe Haltung und die muskulösen Waden, die aus den kurzen Hosenbeinen herausragten, den Soldaten verrieten. Don war überrascht, seinen ehemaligen Arbeitgeber so schnell zu sehen.

„Haben seit Monaten mehrere Hundertschaften in diesem Gebiet in Bereitschaft", informierte der Captain sofort. „Unruhen und gewaltsame Zusammenstöße in der ganzen Provinz Andhra Pradesh. Künstlich geformter Bundesstaat, seit Gründung ungeliebt. Gibt konkrete Abspaltungspläne. Neue Region, soll Telangana heißen, angelehnt an das Territorium des ehemaligen Nizam-Reiches. Hatten ein Wirrwarr von Parteien und Initiativen unter Beobachtung. Bewegungen aus allen Richtungen. Politisch, religiös, ethnisch, alle mit gewaltbereiten Anhängern. Dazu Massenkundgebungen, Hungerstreiks, Selbstverbrennungen. Aber einen ernsthaften Umsturzversuch aus solchen Kreisen … nein. Damit hat niemand gerechnet."

„Und? Kannst du eingreifen? Wirst du eingreifen?"

Richardson lächelte. „Stimmen mit unserem Auftraggeber ab, was getan werden soll."

„Auftraggeber", murmelte Don und überlegte, wer das sein konnte. „Sitzt in Delhi und hat viel zu sagen?"

„Geheimhaltung, oberstes Gebot."

„Schon O.K.." Don lächelte und strich über seinen Bart. „Da ist noch was, Captain. Falls ihr den Chowmahalla Palast einnehmen werdet … die Braut, Nelly hat nichts damit zu tun. Denke ich."

Richardson nickte und sandte einen geraden Blick in Dons Gesicht.

„Wir könnten dich gebrauchen, Thunderbird."

Don merkte, wie er den Kopf schüttelte, bevor der Captain den Satz beendet hatte. Ihm fehlte die nötige Distanz für einen solchen Einsatz. Dazu das Vertrauen in unbekannte Kameraden, mit denen er auf die Schnelle zusammenarbeiten müsste, ebenso wie der Wille, auf die bekannten ehemaligen Kameraden zu schießen. Vielleicht fehlte ihm auch der Mut. Er war nur noch müde. Unendlich müde.

Captain Richardson hatte verstanden, ohne dass er sich erklären musste. Sein Gesicht spiegelte eine Mischung aus Bedauern und

Verständnis. „Danke für die wertvollen Informationen", ließ er dann hören und schüttelte Dons Hand.

Don sah ihm nach, verfolgte, wie er wieder an Bord ging und sich noch einmal zu ihm umwandte. Der Impuls, den Captain zurückzuhalten, doch dabei zu sein, schoss fiebrig durch seinen Körper. Schnell wandte er den Blick ab, krampfte seine Hände um das Geländer und sah zu, wie das Boot ablegte und mit schäumender Gischt durch die Wasser des Musi davonjagte.

✳

„Wer war dieser Mann?", wollte Sophie wissen, als Don sich wieder zu ihr und Dent gesellte.

„Ein alter Bekannter", murmelte Don, ohne sie anzusehen, und mied auch Dents fragenden Blick.

„Wie aufschlussreich!", spottete Sophie. „Immerhin wirkte er weniger skurril als die anderen alten Bekannten, die wir bisher kennenlernen durften."

Don lächelte. Es gefiel ihm, dass Sophie Kröger ihre gewohnte Steifheit vergaß und einen gewissen Sarkasmus entwickelte, wenn auch vermischt mit dem Misstrauen, das sie ihm gegenüber nie verlor. Er hatte keine Lust, lange Erklärungen abzugeben, zumal er nicht wusste, ob der Captain überhaupt die Weisung erhalten würde, etwas zu unternehmen, und wenn, wie diese Unternehmung ausgehen würde.

Dent hatte sich offenbar entschlossen, nicht nachzubohren. Er reichte ihm eine Selbstgedrehte und einen Pappbecher mit Kaffee, den er aufgetrieben hatte.

„Was machen wir jetzt?"

„Keine Ahnung", murmelte Don müde und ließ den Blick wieder über die aufgeregte Menschenmenge vor der Leinwand schweifen. „Die ganze Stadt ist eine Menschentraube. Wie's aussieht, können wir nichts tun, als unsere Plätze am Geländer zu behaupten und tapfer weiter zu atmen. Wenigstens können wir davon ausgehen, dass unsere Widersacher zu beschäftigt sind, um sich noch mit uns zu befassen. Das genügt mir im Moment."

Er konnte sehen, dass weder sein Bruder noch Sophie mit dieser Aussicht zufrieden waren. Beide zierte hauptsächlich ein hilfloser Gesichtsausdruck, während sie schlapp neben ihm stehenblieben und auf die Leinwand starrten.

Nelly, deren prächtiges Haar inzwischen von einem hauchfeinen Schleier verhüllt war, raffte gerade den Saum ihres Saris und ließ sich an der Hand ihres Prinzen über kleine Stufen zu einem thronähnlichen Sesselpaar geleiten. Gleich musste die Hochzeitszeremonie beginnen.

Sophies Kehle entwich ein sehnsüchtiges Seufzen, das im anwachsenden Jubellärm der Massen auf der Straße unterging und von einem neuen Regen aus Rosenblättern begleitet wurde.

„Wunderschön, diese Nelly. Hast du sie eigentlich geliebt?" Dents Frage ließ Don überrascht den Kopf drehen.

„Nein", gab er zu. „Sie hat mir gutgetan. Mit ihrem Lachen, ihrem naiven Blick auf diese verrückte Welt. Und mit ihrem Körper."

Dent nickte, Sophie runzelte die Stirn.

„Eigentlich hab ich noch keine Frau geliebt. So richtig", setzte Don noch hinzu, ohne zu wissen, warum er diese Erklärung überhaupt abgab.

„Arme Nelly", fand Sophie, während sie weiter die Bilder auf der Leinwand aufsog. „Ihr Prinz liebt sie auch nicht. Er wird mehr an seine 40.000 Krieger denken, als an sein Eheversprechen. Oder an den Harem voller Konkubinen, den seine Vorfahren unterhielten. Da hilft es auch nichts, mit Diamanten behangen zu werden."

„Vorerst ist sie nur mit unserem Diamanten behangen", grunzte Don. „Bisher hat der Klunker keinem seiner Besitzer Glück gebracht."

ඟ෮ා

Der Schütze fror. Es war kühl zwischen den alten Mauern Golkondas und sein feiner Anzug wärmte ihn nicht mehr. Vielleicht fror er auch, weil er so erschöpft war. Die Einladung des Prinzen, den Hochzeitsfeierlichkeiten im Chowmahalla Palast beizuwohnen, hatte er nicht angenommen. Devi, die das Ereignis sicherlich im

Fernsehen verfolgen würde, sollte ihn nicht unter den Hochzeitsgästen entdecken. Niemand sollte ihn entdecken. Nicht, bis er sicher war, dass alles gut gegangen war.

Er war allein zurückgeblieben, nachdem die frisch geschulten Krieger aufgebrochen waren und die kleine Schar der Verschwörer durch den Geheimgang unter der Charminar Moschee verschwunden war. Viele Stunden waren seitdem vergangen. Zunächst hatte das untätige Warten in vollkommener Stille den Schmerz in seinem Bein gemildert und seine Nerven beruhigt. Jetzt machte es ihn verrückt.

Wiederholt prüfte er sein Handy. Kein Anruf, keine Nachricht. Einfach nichts. Es bestätigte ihm nur, dass tatsächlich viel Zeit vergangen war. Zu viel Zeit. Musste es nicht längst vorbei sein? Warum benachrichtigte ihn niemand? Weder der Gurukal noch der fette Gopal oder dieser Prakash, der mit seiner Mannschaft eingeteilt worden war, den Schäferhügel zu sichern. Dann bemerkte er, dass das kleine Gerät in seiner Hand zwischen den dicken schmucklosen Mauern des langen Ganges keinen Empfang hatte.

Es war unsinnig, noch länger hier auszuharren. Vielleicht ließ sich der neue Nizam längst im Kalari bejubeln. Grübelnd humpelte er Meter um Meter durch den Gang zurück, passierte die zahlreichen Holzkisten mit Gewehren und Munition. Nachschub, den bisher niemand gebraucht hatte. War das ein gutes Zeichen?

Niemand begegnete ihm. Als er das Kalari erreichte, erdrückte es ihn mit seiner Leere. Hoffnungsvoll suchte Ashok die smaragdgrünen Augen der Göttin Ananta, legte die Hände aneinander und betete. Aber Ananta gab ihm kein Zeichen. Nur die vollkommene Stille blieb.

Schweiß bildete sich auf seiner Haut, überzog seinen ganzen Körper mit einem feuchten Film und dem Geruch der Angst. Zitternd schloss er die Augen. Er ertrug den grünen Blick nicht mehr. Die nichtssagenden Augen der Göttin, die Leere um ihn herum, gaben ihm das Gefühl, nur ein Staubkorn zu sein. Grau und hässlich, sämtlichen Elementen schutzlos ausgeliefert.

Hastig floh er vor diesem Gefühl. Unmöglich konnte er länger hier unten bleiben. Sein unsicherer Blick glitt über die Fugen des Mauerwerks hinauf zu dem Schleusentor, das meterhoch über der Kampfarena einen der Kanäle verschloss, die von dem großen Wasserreservoir abgingen. Ob der Prinz dort war? Sich nahm, was ihm gehörte?

Ashok sog Luft ein. Wenn er den Pool erreichte, konnte er sich Gewissheit verschaffen. Er musste den Weg zu dem Schleusentor finden, das den Hauptkanal verschloss. Er führte durch das Innere der Festung, durch ein Netz halb verfallener Gewölbe und Tunnel, einem überdimensionalen Rohrsystem gleich, durch das die Wassermengen aus dem großen Becken abfließen konnten, wenn der Pegel bedrohlich anstieg. Nur dieses eine Schleusentor war leicht zu überwinden. Dahinter lagen Kähne an dicken Eisenringen vertäut auf dem Wasser. Damit konnte er sich über die weite Wasserfläche tragen lassen, zwischen den Säulen hindurch manövrieren bis zu dem steilen Treppengang, der am entgegengesetzten Ende des Beckens lag und ins Freie führte. Die zwölfte Blume. Der Zugang für den Wächter des Pools. Ein Fluchtweg, sein Fluchtweg. Falls sich seine düstersten Befürchtungen bewahrheiteten.

Ashok vergaß sein verletztes Bein, rang seinem ächzenden Körper die letzten Reserven ab. Er machte keine Pause, hielt nur sekundenlang inne, um auf Stimmen oder Geräusche zu lauschen, die den ersehnten Triumph ankündigten. Aber da war immer noch nichts. Absolut nichts.

൪൪൪

Dent presste die Knie aneinander. Er wusste, dass er wie ein Schuljunge mit Harndrang aussah, aber nur so konnte er seine müden Beine daran hindern, unter ihm einzuknicken. Sein Körper schrie nach Schlaf. Noch lauter schrie sein Hirn nach einer Pause, wenigstens einer kurzen Phase der Ruhe. Ohne Bilder, Analysen, Entscheidungen und Adrenalin. Aber das war ihm nicht vergönnt.

Unter seinen Füßen vibrierte der Motor des Bootes. Jetzt wendete es mit kühnem Schwung und warf ihn und Sophie auf eine schmale, ungepolsterte Sitzbank. Dent hasste Boote, besonders offene, schnelle Boote mit aggressiv röhrendem Motor und niedriger Reling wie dieses. Nur ein paar Zentimeter trennten ihn von den Wassern des Musi, in denen er kläglich ersaufen würde, falls er über Bord ging.

Ebenso unangenehm waren Sophies bohrende Finger, mit denen sie wieder schmerzhaft die Durchblutung seines rechten Unterarms unterbrach. Er vermied es, sie anzusehen, um sich nicht von ihrer Panik anstecken zu lassen. Allerdings konnte er nicht verhindern, dass ihre zitternde Stimme sein Ohr erreichte.

„Wer ist dieser Mann? Was geht hier vor?"

Dent hatte keine Antwort darauf. Er ahnte schon länger, dass etwas im Gange war. Zunächst hatte er das nur an dem enttäuschten Raunen der Menschenmenge auf Hyderabads Straßen bemerkt. Die Bilder aus dem Chowmahalla Palast waren mit einem Schlag von der Leinwand verschwunden. Der Regen aus Rosenblättern war versiegt und vielstimmiger Enttäuschung gewichen.

Ausgeschlossen von der Pracht hatte die Menge zunächst ausgeharrt, einen Stromausfall oder einen Übertragungsfehler vermutet. Aber die Leinwand war dunkel geblieben. Mit müden Augen hatte er zugesehen, wie sich die schwitzende Masse Mensch zerstreute. Erst langsam, als vereinzelte farbige Flecken, dann als bunte Ströme, die in alle Himmelsrichtungen davonflossen.

Ein lauer Wind war aufgekommen, der die bereits welkenden Blütenblätter vor sich hergetrieben hatte und endlich die feuchte Luft bewegte, noch klebrig vom Schweiß der vielen Menschen.

Für einen kurzen Moment hatte er zusehen dürfen, wie das aufgeregte Treiben auf den Straßen einer tröstlichen Normalität gewichen war. Cafés, in denen lachende Menschen Getränke schlürften, Pärchen und Familien, die am Fluss spazieren gingen, Kinder mit Eistüten und herrenlose, magere Hunde, die hofften, dass ihnen irgendein Leckerbissen zufiel. Er hatte knatternde Motorrikschas verfolgt, Autos, aus deren Fenstern indische Schlager drangen. Hohe Stimmchen und scheppernde Instrumente, die sich mit Hupgeräuschen und dem Geschrei der Straßenköche vermischten. Am

Himmel hatten zwei Flugzeuge träge Kreise gezogen. Keine Spur von Aufstand und Revolution.

Während er noch versucht hatte, dem Geschehen irgendeine Bedeutung zu entnehmen, hatte das Boot wieder am Ufer festgemacht. Dons alter Bekannter in Shorts hatte Zeichen gegeben, die Dent nicht verstand. Don war an Bord gegangen. Ohne Erklärung, unter Sophies verwunderten Blicken. Dent hatte nur dagestanden, bis sein Bruder ihm bedeutet hatte, dass sie ihm folgen sollten.

Jetzt bereute er, an Bord dieser schwimmenden Hornisse geklettert zu sein. Der Grauhaarige in kurzen Hosen stellte sich nicht vor. Er steuerte das Boot und zeigte auf eine klobige Metallkiste. Gleichzeitig redete er auf Don ein. Wegen des lauten Motors konnte Dent kein Wort verstehen. Nur zusehen, wie der Grauhaarige den Gashebel herunterdrückte, bis das flinke Gefährt über das Wasser flog.

Mit rasender Geschwindigkeit näherten sie sich der Festung Golkonda.

☙❧

Ashoks Weg ging sanft aber stetig bergan. Keuchend durchquerte er die Gewölbe, kroch auf allen Vieren durch enge Tunnel, ständig in Sorge, die Orientierung zu verlieren. Er war noch ein Kind gewesen, als er das letzte Mal hier herumgekrochen war. Endlich konnte er das eiserne Schleusentor in der Ferne erkennen, das den Hauptkanal verschloss. Es war besonders breit und ließ nur einen schmalen Spalt unter der Tunneldecke frei. Ashok stöhnte. Der Schmerz in seinem Bein war zurück und nahm seinen Bewegungen jede Geschmeidigkeit. Umständlich überwand er das Tor und kam auf einem Mauervorsprung zum Stehen. Erleichtert sah er auf die flachen, vom Teer geschwärzten Kähne und stieg in einen davon hinein. Seine zitternden Finger lösten das feuchte Seil aus einem Eisenring, hoben die lange Stange auf, stießen sie ins Wasser und stakten das wacklige Gefährt voran.

Er empfand es als tröstlich, dass das mächtige Wasserbecken nicht vollkommen im Dunkeln lag. Schwaches Licht, gedämpft durch die Tiefe der 12 Einspülschächte, fiel wie ein seichter Nebel auf die Wasseroberfläche und verriet ihm, dass draußen helllichter Tag sein musste. Erst nachdem er die ersten Säulen passierte, bemerkte er, dass er auch hier allein war. Das einzige Geräusch war ein Plätschern, verursacht durch die stakende Stange, gefolgt von einem leisen Knirschen, das vom Boden des Wasserreservoirs zu ihm heraufdrang.

Inzwischen war er sicher, dass es schiefgegangen war. Ganz bestimmt wäre der junge Nizam sonst hier, um sich feierlich als rechtmäßiger Herrscher über Golkonda auszurufen. Oder er hätte seine getreuen Nair geschickt, um seinen Reichtum zu bewachen.

Unschlüssig ließ Ashok den Kahn dahingleiten. Jetzt konnte er das andere Ende des Pools ausmachen, den gemauerten Rand, das Ende der Treppenflucht und die Nische mit dem eisernen Hebel. Daran konnte er das Boot festmachen.

Der Bug des schwarzen Kahns stieß an den Mauerrand. Ashok lehnte sich weit vor, warf das Seil um den Holzgriff des Hebels und knotete es fest. Nun konnte er auf den Beckenrand springen, aber er zögerte. Sollte er sich ins Wasser gleiten lassen, tauchen und sich die Taschen seines Anzugs vollstopfen? Hoffen, dass er möglichst viele, möglichst große Diamanten zusammenraffen konnte, bevor er Golkonda hinter sich lassen musste? Auf der Flucht, wie schon einmal vor 30 Jahren.

Sein Zögern währte nur kurz. Mit einem tiefen Atemzug ließ er sich ins Wasser fallen, tauchte auf den Grund hinab. Sehen konnte er fast nichts. Steine, Kiesel in jeder erdenklichen Form, die alle grau aussahen. Trotzdem füllte er seine Hosentaschen, erst rechts, dann links, dann die Taschen seines Jacketts, die Hemdtasche. Beide Hände zu Schaufeln geformt, wühlte er noch einmal durch den Kieselgrund, stieß sich kraftvoll ab und tauchte wieder auf.

Japsend, geblendet von einem grellen Licht, kniff er die Lider zusammen. Eine Hand packte ihn, riss ihn aus dem Wasser, warf ihn unsanft auf den Beckenrand. Mit prasselnden Geräuschen verteilte sich die Beute aus seinen Händen auf dem Boden. Der Anblick eines Pistolenlaufs, der auf seine Stirn zielte, erstickte seinen Aufschrei.

„Hocherfreut, Sie endlich kennenzulernen, Mr. Gupta."

„Riley!", röchelte Ashok heiser, begriff, dass er unbewaffnet und klatschnass auf dem Boden lag, hilflos wie eine Schildkröte auf dem Rücken. Verflucht! Er war an Kisten voller Kriegsgerät vorbeigelaufen, hatte auch im Kalari nicht daran gedacht, nach einem Bogen oder einem Urumi zu suchen. Wehrlos, er war so wehrlos, wie damals, als er noch ein kleiner Junge gewesen war.

Schockiert glotzte Ashok in das bärtige Gesicht mit den großen Augen darin. Donovan Riley stand breitbeinig über ihm. Sein Blick spiegelte keine Wut, keine Aufregung. Seine ganze Haltung verriet nur Überlegenheit. Und Härte. Dieser Mann würde nicht zögern abzudrücken. Das wusste er aus schmerzlicher Erfahrung.

Erschwerend hinzukam, dass Riley nicht allein war. Jetzt, nachdem seine Augen sich an die Helligkeit gewöhnt hatten, konnte Ashok eine weitere Gestalt erkennen, die hinter Riley stand. Ganz in schwarz gekleidet, mit einem Helm, dessen schimmerndes Visier keine menschlichen Züge erkennen ließ, glich sie einem Invasoren aus einer anderen Welt. Das Wesen blendete ihn mit einer großen Taschenlampe. In der anderen Hand hielt es eine Pistole, die ebenfalls auf ihn zielte.

„Es ist vorbei, Gupta."

Ashoks Schläfen pochten, jede Windung seines Hirns suchte nach einem Ausweg, aber er nickte devot und hob zitternd die Hände. Rileys großer Körper beugte sich zu ihm hinunter, seine Hand packte ihn erneut am Kragen und zerrte ihn in die Höhe.

Handschellen blitzen im Licht, würden im nächsten Moment seine Handgelenke fesseln. Sie würden ihn die Treppenflucht hinauf- und den Hügel hinuntertreiben, ihn ein Fahrzeug stoßen und danach in eine Zelle, voller Mörder und anderer Verbrecher. Zurück in den Dreck. Devi, seine Kinder und seine Arbeiter würden ein hässliches Foto von ihm in den Zeitungen sehen. Und er würde im Dreck dieser Zelle dahinvegetieren, bis ein Richter sein Urteil über ihn fällte. Die Todesstrafe.

„Nein! Nein!" Sein verzweifelter Schrei hallte von den Mauern zurück. Gleichzeitig schnellte sein Knie empor, traf Riley in die

Weichteile. Für den Bruchteil einer Sekunde genoss er, wie Riley aufstöhnte, sich vor Schmerz zusammenkrampfte. Die Pistole glitt aus seiner Rechten, aber Rileys Linke krallte sich weiterhin mit eisernem Griff in sein Revers. Ashok ließ sich fallen, wand sich aus den Ärmeln seines Jacketts, packte Rileys Waffe und feuerte sie ab, noch bevor er sich mit einem wilden, katzenhaften Sprung in die Mauernische neben der Treppe rettete.

Der Schuss löste ein ohrenbetäubendes Echo aus. Trotzdem konnte er hören, wie die Taschenlampe fiel, wie der Schwarzgekleidete zu Boden ging. Der Helm schrammte mit einem hässlichen Geräusch über den Stein. Ashoks Hand schmerzte vom Rückstoß der ungewohnten Waffe, sehen konnte er fast nichts, aber er zielte dorthin, wo er Riley vermutete und zog den Abzug wieder und wieder durch. Keuchend drückte er sich ins Dunkel und wartete, bis das Echo verhallte.

Stille. Bis vor wenigen Momenten hatte ihn diese Stille fast panisch werden lassen. Jetzt versprach sie ihm das süße Gefühl des Sieges. Trotzdem harrte er aus, erlaubte sich weder zu atmen, noch seine Deckung zu verlassen. Erst nach einem quälend langen Moment, holte er wieder Luft, spähte mit vorgehaltener Waffe um den Mauerrand. Still, alles totenstill.

In dem diffusen Licht konnte er den Körper des Helmträgers erkennen, dessen Brust den Schein der Taschenlampe begrub, was seinen Umrissen ein gespenstisches Aussehen verlieh. Und Rileys verkrümmte Gestalt, reglos auf der Seite liegend, mit beiden Händen im Schritt. Daneben lag das Jackett. Ein zerknüllter Haufen Stoff mit ausgebeulten Taschen. Nur wenige Meter von ihm entfernt.

Ashok steckte die Pistole in den Hosenbund und dehnte seine schmerzenden Finger. Ein spöttisches Grinsen spannte seine Lippen, wurde zu einem hysterischen Lachen, das laut durch das Gewölbe hallte. Es befreite die Anspannung, die schon fast ein Teil von ihm geworden war.

Sein Lachen starb, als der Lichtstrahl der Taschenlampe sein verzerrtes Gesicht traf. Ein Schuss fiel, warf ihn in die Nische zurück. Sofort irrte das Licht ihm nach. Der brennende Schmerz in seinen Eingeweiden sagte ihm, dass er getroffen war. Ungläubig starrte Ashok in den blendenden Schein. Eine zweite Kugel lähmte seine Hüfte.

Dunkles Blut quoll aus seinen Wunden. Mit letzter Kraft reckte er die Arme in die Höhe. Seine Hände fanden den Holzgriff des Hebels. Fest packte er zu, zog die eiserne Armatur mit seinem ganzen Gewicht herunter. Augenblicklich hörte er das Gurgeln des Wassers, das schnell zu einem mächtigen Rauschen anschwoll.

Er wusste, dass dieser Hebel alle Schleusentore der sternförmig angelegten Kanäle öffnete, wusste, welche Wege das Wasser nehmen würde. Wie es in wilden Wirbeln und Strudeln das Kalari fluten, über das ausgeklügelte Gefälle der engen Tunnel schießen würde, bis es sich als tosender Wasserfall auf breiter Front über den schroffen Fels in den Musi ergoss. Und alles mit sich riss.

„Verzeih mir, Devi, verzeih mir", flehten seine Lippen. Die Göttin Ananta hatte ihm die Rolle des Wächters zugewiesen. Er war ein Nair, ein Getreuer des Nizam. Niemand durfte bekommen, was dem rechtmäßigen Herrscher gehörte. Niemand.

Dann taumelte er aus der Nische über den Beckenrand und ließ sich in die Fluten stürzen. Das Wasser packte ihn mit ungeheurer Macht, quoll in Nase, Mund und Lungen und spülte seinen schlaffen Körper davon.

☙❦☙

Sophie war mit ihren Nerven am Ende. Sie war im Boot zurückgeblieben, nachdem es am Fuße eines steilen Abhangs direkt unterhalb der Festung vertäut worden war, um Donovan Riley abzusetzen.

Der Grauhaarige hatte endlich rudimentäre Höflichkeit bewiesen und sich als „Captain" vorstellgestellt. Für wortreiche Erklärungen war keine Zeit gewesen.

„Ashok Gupta ist flüchtig", hatte er in Rileys Gesicht gebellt, die klobige Kiste geöffnet und ihm einen schwarzen Rucksack in die Hand gedrückt. „Wird im Inneren der Festung vermutet. Hätte Zugang zu Waffen und Sprengstoff. Kann die ganze Operation gefährden. Oder entkommen. Du warst schon da unten, kennst den Einstieg. Bereitstellung eines Buddy-Teams nicht machbar. Brauchen jeden Mann, um mit dem Rest fertigzuwerden. Du bist allein. Verstanden?"

Sophie hatte Riley nicken sehen. Müde, schmal und blass, mit dunklen Rändern unter den Augen. Aber er hatte keine Zeit verloren und war aus dem Boot gesprungen.

„Don! Warte!" Sophie, der Captain und auch Riley hatten Dent überrascht angesehen. Sophie hatte seinen Arm loslassen müssen, zugesehen, wie er aufgesprungen war. Mit zusammengepressten Knien und hilflosen Armbewegungen hatte er versucht, in dem schaukelnden Boot die Balance zu halten und dabei unbeholfen und verletzlich gewirkt. Aber seine Stimme hatte keinen Widerspruch zugelassen. „Ich lasse dich nicht allein gehen. Der Schütze ist auch mein Problem."

Der Captain hatte nicht lange gefackelt, Riley den Rucksack wieder abgenommen und ihn Dent gereicht.

„Haben nur einen Kampfanzug mit Schutzweste und Helm. Erst klettern, dann anlegen. Pistole, Munition, Lampe ..."

Starr vor Angst hatte Sophie den mühsamen Aufstieg der Brüder verfolgt, bis sie im Schatten eines Wehrturms verschwunden waren.

Jetzt zogen dunkle Wolken auf und kündigten ein Gewitter an. Mit jeder Minute, die sie zu den groben Quadern hinaufstarrte, erschien ihr die Festung unheimlicher, versteifte sich ihr Nacken noch mehr. Aber sie schaffte es nicht, den Blick abzuwenden.

Das Boot entfernte sich bereits wieder vom Ufer. Der Captain redete in ein Funkgerät und sah keine Veranlassung, sie zu informieren, wohin die Reise nun ging oder nachzufragen, ob sie diese überhaupt mit ihm antreten wollte. Die Empörung darüber ließ sie kurz den Mund öffnen, aber dann siegte ihre aufkeimende Angst vor Gewitter über jeden Protest.

Sie hörte ein tiefes Grollen, dachte an Donner, aber es drang aus dem Inneren der Festung. Dann sah sie das Wasser. Sie schrie auf, der Captain fluchte. In breiten Kaskaden schossen die Fluten den Fels hinunter. Ein todbringender Wasserfall, der im nächsten Moment das kleine Boot zerschlagen konnte. Die ersten Schauer erreichten sie bereits, aber es gelang dem Captain, das flinke Gefährt mit einem geschickten Manöver aus der Gefahrenzone zu bringen.

In der Mitte des Flusses schwappten nur noch kleine Wellen an die Bordwand. Beide starrten auf Golkondas Mauern, die weiterhin ungeheure Wassermassen ausspuckten. Inzwischen war der Himmel blauschwarz. Der erste Blitz erhellte den Hügel, ließ das Spektakel noch bizarrer erscheinen.

„Wir müssen verschwinden!", bellte der Captain. „Bei Gewitter haben offene Boote nichts auf dem Wasser zu suchen!"

Sophie nickte noch, als sie einen stürzenden Körper zwischen den Fluten erkannte. Einen dunklen Fleck mit ausgebreiteten Armen und Beinen, der mehrmals hart auf Felsvorsprüngen aufschlug, bevor er in den Fluss klatschte. Entsetzt schlug sie die Hand vor den Mund. Den Captain durchfuhr ein Zucken. Dann senkte er den Kopf, gab Gas und nahm wortlos Kurs auf Hyderabad.

Verstört krallte Sophie ihre Finger um die Reling. Es war beruhigend, sich von diesem unheimlichen Ort zu entfernen, vernünftig, schnellstens einen geeigneten Landeplatz zu suchen. Gleichzeitig erschien ihr alles daran falsch zu sein.

„Konnten Sie ... ich meine, konnten Sie erkennen, wer ..."

„Nein." Seine Antwort kam schnell, zu schnell.

Umgeben vom gleichmäßigen Rauschen des einsetzenden Regens, blieb ihr Blick an Golkonda kleben. Von Donovan Riley und Alexander Riese war nichts zu sehen.

❦

Ein „Hauptquartier" hatte Sophie sich anders vorgestellt. Wie genau, konnte sie nicht sagen, zumal ihr nur langsam dämmerte, welcher Art Organisation der zackige Captain vorstand. Inzwischen wusste sie, dass er Martin Richardson hieß und mit der indischen Regierung in Delhi in Verbindung stand. Aus dieser Information wuchs ein verhaltenes Gefühl des Vertrauens.

Außerdem war sie ihm dankbar für das Hotelzimmer, das er ihr problemlos besorgt hatte, damit sie ihre völlig durchweichten Kleider tauschen und ihr tropfnasses Haar trocknen konnte. Sogar ein kurzer Schlaf war ihr vergönnt gewesen, bevor er sie wieder abgeholt hatte.

Dieses Hauptquartier, in das sie ihm jetzt mit zögernden Schritten folgte, bestand aus einem niedrigen, fensterlosen Raum von beachtlicher Größe und ebenso beachtlicher Kargheit. Vorherrschend waren die grelle Beleuchtung, schlichte Stuhlreihen und eine Wand voller Monitore.

Die Luft war stickig, längst verbraucht von mehreren Dutzend schmutziger, verschwitzter Kerle, die bereits auf den Stühlen lümmelten. Die Lässigkeit, mit der diese Männer Schusswaffen aller Art, Messer oder Granaten mit sich herumtrugen, irritierte sie noch mehr als die Pfiffe und die Menge anzüglicher Bemerkungen, die ihre Erscheinung auslöste. Sie war die einzige Frau in diesem Raum.

Hastig verschränkte sie die Arme vor der Brust und ließ sich auf einen freien Stuhl drücken. Stumm ignorierte sie die grinsenden Gesichter um sie herum und hielt den Blick auf den Captain gerichtet, der sich jetzt breitbeinig vor den Männern aufbaute.

„Gute Arbeit, Männer!"

Lautes Grölen und Klatschen verhinderte, dass Sophies Gedanken in Richtung Sexismus, Chauvinismus oder Notwendigkeit von Gleichstellungsbeauftragten abschweiften. Sie beschloss, einfach still sitzen zu bleiben und abzuwarten, was passierte.

Richardson griff nach einer Fernbedienung. Augenblicklich wurden alle ruhig. Bilder, offenbar mit Helmkameras aufgenommen, erhellten die Monitore an der Wand. Der Chowmahalla Palast war zu sehen, davor blühendes Buschwerk und der von Blütenblättern bedeckte Rasen, auf den Fallschirmjäger heruntergeregneten. Ihre Schirme warfen unheimliche Schatten, fielen auf dem Gras zusammen und gaben eine Horde schwarz gekleideter Männer frei, die ohne jedes Zögern auf den Palast zurannten. Die Kamera filmte Marmortreppen, dann einen Prunksaal, einen schockierten Prinzen, seine kreischende Braut Nelly, Mahendra Kumars entsetztes Gesicht und die erschrockene Schar der Hochzeitsgäste, die von den schwer bewaffneten Männern wie eine Viehherde zusammengetrieben wurden.

„Haben zunächst den Palast eingenommen", erklärte Richardson im gewohnt knappen Stil. „Aufgrund der miserablen Verkehrslage aus der Luft. Ziel war, den Nizam als Ikone dieses Aufstands festzusetzen und ihn zur Aufgabe zu zwingen. Er war störrisch! Sehen wir uns an, was ihn überzeugte!"

Jetzt waren die Außenmauern Golkondas zu sehen. Die vom Fluss abgewandte Seite, mit dem breiten Tor, der Zufahrtstraße und Hinweisschildern für Touristen. Weitere schwarz gekleidete Aliens mit Helm zwangen einen Haufen Inder, die Gewehre fallenzulassen und sich mit erhobenen Händen ins Geröll zu knien. Sophie erkannte Prakashs verunstaltetes Gesicht und die zitternden Bewegungen, mit denen er sich ergab.

„Kontrolle über Golkonda war der Schlüssel der Operation. Ohne die Festung, in der das Fundament seines Staatshaushalts lagerte, ist die Regentschaft als Nizam unmöglich. Diesen Umstand hat er schnell verstanden."

Mit einem zufriedenen Nicken wartete Captain Richardson den Applaus ab.

„Einheiten der indischen Regierungstruppen an der Charminar Moschee und am Parlamentsgebäude in Hyderabad haben dazu beigetragen, islamische Verbündete und Kämpfer aus dem Volk der Nair zur Aufgabe zu bewegen. Nicht zuletzt durch eindeutige Botschaften des einsichtigen Nizam. Nur durch seine Befehle ließ sich die große Zahl der Aufständischen aufhalten. Neben einer perfekt durchgeführten Operation haben wir auch Glück gehabt. Die Aussichtslosigkeit des Aufstands wurde von allen Beteiligten eingesehen, ohne dass es zur Eskalation kam."

Richardson legte die Fernbedienung ab und lächelte überraschend warmherzig.

„Mein Dank und der unseres Auftraggebers gilt euch, Männer. Umsturzpläne wurden unblutig verhindert. Ihr habt einen guten Job gemacht. Rest ist Sache der Politik und der Justiz."

Mit Dankbarkeit konnten die Männer um Sophie herum offenbar nicht viel anfangen. Ihre Reaktionen bestanden hauptsächlich aus Gemurmel, schlichtem Nicken und Blicken auf den Boden.

Richardson schien das erwartet zu haben und sprach mit ernstem Gesicht weiter.

„Minuspunkt: Waffenlieferant Gopal ist unauffindbar. Der flüchtige Ashok Gupta konnte jedoch gestellt werden. Seine Leiche wurde am Ufer des Musi angeschwemmt."

Sophies atmete hörbar auf. Es war also Guptas Körper gewesen, der so hässlich in den Fluss gestürzt war. Der unheimliche Bogenschütze, der die Akte Nielsen in einen Albtraum verwandelt hatte, war wirklich tot. Sie schämte sich, so viel Erleichterung über den Tod eines Menschen zu empfinden, aber Richardson ließ ihr nicht lange Zeit dafür.

„Die Festungsanlage wird derzeit von indischen Einheiten durchkämmt, um das umfangreiche Waffenarsenal zu sichern. Kamerad Thunderbird und sein Bruder wurden soeben geortet. Geschwächt, aber transportfähig. Sollten in wenigen Stunden hier eintreffen."

ಜ಼ಲ

Kaffee! Das heiße Getränk floss dampfend in einen großen Becher. Dent ignorierte den Schmerz, der jede Faser seines Körpers beherrschte und streckte die Hand danach aus. Mit einem lauten Klacken stieß die Keramik gegen das Visier seines Helms. Gelächter, laut und dröhnend, drang aus den Kehlen der Männer um ihn herum.

„Nimm verdammt noch mal endlich den Helm ab", hörte er seinen Bruder spotten.

„Kümmere du dich lieber um deine dicken Eier!"

Seine Stimme bellte dumpf durch das Visier. Um seinen Worten Nachdruck zu verleihen, deutete er noch auf den Eisbeutel, der aus Dons Hosenschlitz ragte und irgendwie pervers aussah. Es gefiel ihm, dass die Männer um sie herum jetzt Don auslachten und mitleidlos dreckige Witze über Form und Funktionstüchtigkeit seines

Gemächts rissen. Das gab Dent Gelegenheit, seinen Kopf umständlich von dem schwarzen Ungetüm zu befreien und den Kaffeebecher endlich an die Lippen zu bringen.

Vorsichtig schlürfte er am Rand des Kaffeebechers entlang. Er hoffte, dass seine Hände bald aufhören würden zu zittern, damit er sich eine Zigarette drehen konnte. Aber davon war er noch weit entfernt.

In seinem Kopf rotierten unsortierte Bilder. Von den bewundernswert flinken Bewegungen, mit denen Ashok Gupta sich aus Dons Griff befreite. Wie schnell der Boden näher kam, nachdem Gupta ihn getroffen hatte. Wie seine Augen hinter dem Visier vergeblich versuchten seine feucht werdende Brust anzusehen. Wie dunkel es plötzlich war, weil er wie ein Sack Zement über die Taschenlampe fiel. Zu erschrocken und verwirrt, um die Pistole in seiner anderen Hand zu benutzen. Wie Don neben ihn rollte, ihm die Waffe entwand und ihm bedeutete, sich tot zu stellen, bis er ihm ein Zeichen gab. Wie der Schweiß unter dem Helm über sein Gesicht lief, weil es so verdammt schwer war, sich tot zu stellen, wenn man nicht tot war. Besonders wenn man fürchtet, es gleich zu sein, weil der Gegner wild um sich ballert.

Er hatte nicht auf Dons Zeichen gewartet. Guptas widerliches, irres Lachen hatte ihn panisch die Taschenlampe hoch reißen lassen. Don hatte sofort reagiert. Die Erinnerung an den blutbefleckten Schützen, der in die rauschenden Wassermassen stürzte, ließ Dent laut aufstöhnen.

Er zuckte zusammen, als Don seinen Arm berührte und seinem flackernden Blick begegnete.

„Dent, ganz ruhig. Du bist in Sicherheit. Es ist vorbei. Verstehst du? Vorbei."

Dent hielt sich an dem Kaffeebecher fest und nickte. Seine Brust war blau und tat weh. Er musste immer wieder darauf herumtasten, um endlich zu begreifen, dass die Kugel in der Schutzweste steckengeblieben war, dass die Nässe, die er fühlte, nur Schweiß war, der seine Haut unangenehm mit dem schwarzen Kampfanzug verklebte.

„Zieh' das aus, Bruderherz. Sonst ertrinkst du noch im eigenen Saft."

Er ließ sich helfen, seinen Körper aus dem Anzug zu schälen und sackte sofort wieder auf den Stuhl zurück. Seine Beine trugen ihn schon lange nicht mehr. Nachdem Gupta davongespült worden war, hatte er sich vergewissert, dass Don bis auf die Schwellung im Schritt unverletzt geblieben war. Ohne zu reden, hatten sie nebeneinander gesessen und zugesehen, wie das Wasser unaufhaltsam durch das große Becken wusch, bis sich der nackte Boden vor ihnen ausgebreitet hatte. Eine Weile hatten sie mit stumpfem Blick auf die peinlich sauberen Quader und Fugen geglotzt.

„Besenrein." Dons Stimme war nur ein müdes Grunzen gewesen.

Am Rande der Erschöpfung hatten sie sich schließlich aufgerafft, um die steilen Treppen zu bewältigen, größtenteils auf allen Vieren, waren durch Loch Nummer 12 ins Freie gekrochen und einfach liegengeblieben. Dent konnte nicht mehr sagen, wie lange es gedauert hatte, bis sie gefunden worden waren.

Jetzt, im Hauptquartier der Richardson Security Group, konnte er zum ersten Mal glauben, dass es wirklich vorbei war. Die Männer um ihn herum machten immer noch derbe Scherze, aber sie klopften ihm auch auf die Schulter und füllten neuen Kaffee in seinen Becher. Für sie war ein Tag wie dieser Alltag. Gab es das? Einen Alltag, der aus Horror und Todesangst bestand?

Martin Richardsons Erscheinen mit Sophie an seiner Seite verhinderte weitere Grübelei. Sie roch frisch und sauber, als sie die Arme um ihn schlang und ihn festhielt. Dass er völlig verschwitzt war und sicherlich auch so roch, schien sie nicht zu stören. Beinahe hoffte er, sie würde an ihm festkleben, einfach weil es so guttat, umarmt zu werden.

Sophie klebte nicht an ihm fest, sondern löste sich mit einem verlegenen Gesichtsausdruck von ihm. Dent schaffte ein Lächeln und dann endlich eine Zigarette. Sie sah ein bisschen krumm aus, aber das war ihm egal. Sophie schien etwas sagen zu wollen, kam aber nicht dazu, weil Richardson in die Hände klatschte und um Ruhe bat.

„Es gibt Neuigkeiten, Männer!"

Was Captain Richardson mitzuteilen hatte, schien wichtig zu sein, sickerte aber nur stark verzögert in Dents Hirnwindungen.

„Heute, am 18. Februar 2014, beschloss die Lok Sabha, das Unterhaus des indischen Parlaments, den Bundesstaat Andhra Pradesh zu spalten und Telangana als 29. Bundesstaat zu konstituieren. Es wird davon ausgegangen, dass die Rajya Sabha, das indische Oberhaus, dem zustimmen wird. Ein entsprechendes Papier liegt dem Staatspräsidenten zur Unterzeichnung vor. Wahlen zur Bildung der neuen Regierung Telanganas müssen bis zum 2. Juni abgehalten werden", las Richardson von einem Papier ab.

„Aufgrund der ständig angespannten Lage und dem großen Rückhalt in der Bevölkerung hat sich die Politik entschlossen, Milde walten zu lassen. Der von uns festgesetzte Prinz ist auf freiem Fuß und darf sich zur Wahl stellen. Er hat es allerdings vorgezogen, das Land zu verlassen. Zusammen mit seiner Frau Nelly und seinem Schwiegervater Mahendra Kumar. Über den Zielort wurde uns nichts mitgeteilt."

„Wie bitte?" Sophies Stimme klang schrill.

Don lachte spöttisch auf. „Abgehauen? Komfortabel im Privatjet des Präsidenten, mit einem großen rosa Steinchen im Gepäck?"

Laute Flüche und unzufriedenes Gemurmel füllten den Raum. Richardson kämpfte um einen neutralen Gesichtsausdruck, faltete das Papier zusammen und musste sich anstrengen, seine Männer zu übertönen.

„Operation Golkonda erfolgreich abgeschlossen!", rief er im Tonfall eines Stadionsprechers, der die siegreiche Mannschaft präsentiert. „Vorgaben unseres Auftraggebers zu 100% erfüllt. Einsatz beendet!"

Niemand mochte jubeln, aber es blieb laut. Das Stimmengewirr hielt sich, Stuhlbeine schrammten über den Boden, Füße in groben Stiefeln schliffen den Boden.

„Ihr habt einen guten Job gemacht, Männer!", lobte Richardson fast brüllend. „Bonusauszahlung erfolgt beim Kassenwart!"

Erst danach klatschten die Männer verhalten und der Raum leerte sich.

Dent blieb einfach stumm sitzen, bis er merkte, wie sein Bruder ihn anstieß.

„Dent? Hast du zugehört? Was sagst du dazu?"

Dent hob langsam den Kopf und blickte unter schweren Lidern in Dons Gesicht.

„Ich will nach Hause."

CJWO

# KAPITEL 17

Niemand war unterwegs, als Dent aus seinem Küchenfenster auf die Talstraße hinausspähte. Leuchtreklamen und Straßenlaternen spiegelten sich in Pfützen und an den nassen Fassaden der Häuser. Nur langsam begriff er, dass er jetzt ganz entspannt hier stehen konnte, ohne darüber nachzudenken, ob Inder mit länglichen Reisetaschen herumliefen oder ob Bodkin-Pfeilspitzen Fenster durchschlagen konnten. Der Duft einer XXL-Pizza Nummer 42 hing noch im Raum. Bevor sie zu Bett gegangen war, hatte Anja noch Kaffee in eine Thermoskanne gefüllt. Als hätte sie gewusst, dass er mitten in der Nacht hier stehen würde.

Nach Tagen in größtenteils komatösem Zustand war er noch immer erschöpft und spürte seine schmerzenden Glieder. Er war froh, dass niemand in der Küche war, besorgt um ihn herumsprang oder ihn zwang, von den Vorfällen in Indien zu berichten. Inzwischen erschien ihm alles davon abstrakt. So als wäre er unfreiwillig in ein grellbuntes Onlinespiel hineingesogen und nach dem 100. Level abgehetzt wieder herauskatapultiert worden.

Mit müden Bewegungen füllte er sich einen Becher und setzte sich an den Küchentisch. Er freute sich an dem blechernen Geräusch der Lampe, als seine Stirn dagegen stieß und verfolgte lächelnd den pendelnden Lichtschein auf der Wachstuchdecke. Es dauerte lange, bis er eine Zigarette gedreht hatte, aber seine Hände waren ruhig und der Glimmstängel hatte eine präsentable Form.

Während sich der Rauch im Licht kringelte, versuchte er, nichts zu denken, was vollkommen misslang. Schuld daran war auch die

Zeitschrift, die seine Mutter auf dem Küchentisch zurückgelassen hatte. Ein kurzer, langweiliger Artikel berichtete über Telangana und die Parteien, die sich dort zur Wahl stellten. Er wusste nicht, ob der neu geformte Bundesstaat ein Garant für mehr Gerechtigkeit sein würde, ob die Dogmen des Kastendenkens darin schneller verblassten. Vielleicht gab es schon morgen einen anderen kleinen Mann, der übermenschliche Anstrengungen unternahm, sogar zum Mörder wurde, um sich ein menschenwürdiges Leben zu erkämpfen, wie Ashok Gupta. Eine andere junge Frau, die sich benutzen ließ, damit sie leben und lieben durfte, wie es ihr gefiel, wie Rinara. Einen anderen selbsternannten Herrscher, der wahllos Unzufriedene und Gierige um sich versammelte und den Aufstand probte. Vielleicht waren Bundesstaaten oder Staaten überhaupt völlig überbewertete Konstrukte, mitsamt der darin herrschenden Regeln und Gesetze, weil Menschen sowieso dazu neigten, sich gegenseitig zu unterdrücken, zu töten, um die eigene Vorstellung von richtig und falsch durchzusetzen. Mit Geld und Wohlstand sah ein so merkwürdiges Verhalten nur eleganter aus.

Dent hörte sich seufzen. Das anstrengende Spektakel um sein Erbe bestätigte ihm nur, was er schon lange dachte: Menschen waren komisch. Es war besser, sich von ihnen fernzuhalten.

Er drehte den Kopf, als Don im Türrahmen erschien.

„Ich hab den Gong gehört", grinste sein Bruder. „Dachte, ich seh mal nach dir."

Wortlos produzierte Dent eine weitere Kippe für Don und deutete auf den Kaffee in der Thermoskanne.

„Weißt du, was mich irgendwie ärgert?", fragte er übergangslos, als Don sich zu ihm setzte. „Dass ich keine Chance mehr hatte, meine Theorie zu beweisen. Ich hätte gern gewusst, ob der Pool voller Diamanten war, ob solche Riesenklunker dabei waren, wie unser Vater einen fand oder sogar ein 400-Karäter, wie ihn er letzte Nizam als Briefbeschwerer benutzt hat. Ich glaube schon, dass ich Recht hatte, aber beweisen lässt sich das eben nicht mehr. Das Wasser hat alles restlos weggespült. Und wir waren zu fertig, um in Ritzen und Spalten nach Überbleibseln zu suchen."

Don nickte nur und legte ein Stofftier auf den Tisch. Ein Teddybär mit treuen, braunen Glasaugen und einem dicken Bauch.

„Zu fertig, um in dem riesigen Becken zu suchen, stimmt", brummte er. „Aber meine Kraft reichte noch, um Guptas Jackett mitzunehmen. Und um die Steinchen aufzusammeln, die aus seinen Händen fielen, als ich ihn aus dem Wasser zog. Du erinnerst dich? Er war schwimmen, bevor wir ihn erwischt haben. Tauchen vielmehr."

„Hm."

„Während du dich ausgeschlafen hast, war ich bei Juwelier Wempe. Ganz entspannt, ohne mich vor Bogenschützen zu fürchten. Der gute Herr Rotermund hat die Lupe zücken dürfen."

„Oh ... du warst ... und?"

„80% des Zeugs waren Kiesel unterschiedlicher Beschaffenheit. Was übrig blieb, befindet sich im Bauch dieses Kuscheltiers, an dem ich sehr hänge. Sieht im Moment nach nichts Besonderem aus."

Dent starrte in Dons grinsendes Gesicht.

„Geschliffen werden daraus weiße und rosafarbene Diamanten feinster Golkonda-Qualität. Wert lässt sich im jetzigen Zustand nicht genau abschätzen. Aber deine Kaffeeversorgung dürfte bis ans Lebensende gesichert sein."

ඃ❦ඃ

Sophie Kröger genoss die Stille in der Kanzlei. Außer dem leisen Knistern, mit dem Onkel Cornelius die Post öffnete, war nichts zu hören. Draußen kündigte sich der Frühling an, schickte wärmende Sonnenstrahlen über ihren Schreibtisch und ließ sie lächeln.

Heute war ihr erster Arbeitstag. Onkel Cornelius hatte ihr Urlaub verordnet, entsetzt über die deutlich sichtbare Erschöpfung, mit der sie in Hamburg gelandet war. Die Akte Nielsen hatte sie einige Kilo Gewicht und reichlich Nerven gekostet. Obwohl sie gern schlank war, hatte Sophie ihrem Onkel zustimmen müssen, dass hohle Wangen und knochige Schulterblätter ihr nicht gut standen.

Noch geprägt von ihrem letzten Erholungsversuch mit Lorenz und getrockneten Kräutern an einem mecklenburgischen See und in Ermangelung anderer Begleitpersonen, hatte sie eine Kreuzfahrt gebucht. Vierzehn Tage „Perlen der Atlantikküste" auf einem Luxusdampfer, Balkonkabine. Mit Shoppingmall, Entertainment und Schlemmerbuffet. Mehrmals täglich hatte sie sich den Teller vollgeladen, ohne Gewissensbisse oder Gedanken an Lorenz, dessen Anleitung zum veganen Leben jetzt in den Buchhandlungen lag.

Damit hatte sie abgeschlossen. Wie die Akte Nielsen. Unmöglich, sich daneben noch um andere Grausamkeiten und Missstände zu kümmern. Wie Massentierhaltung, geschredderte Küken, Walsterben, Waldsterben, Bienensterben. Schlimm genug, dass Erbschaftsangelegenheiten auch nicht ohne Sterben auskamen. Genügte es, sich engagiert für ihre Mandanten einzusetzen, um ein guter Mensch zu sein? Was war überhaupt ein guter Mensch? Das musste sie noch herausfinden. Und auch, woran es lag, dass eine attraktive, alleinreisende Frau von 28 Jahren unter Hunderten von Männern, gefangen auf einem Dampfer, keine erwähnenswerten Bekanntschaften gemacht hatte.

Sophie fühlte sich gerade ein bisschen einsam, als Onkel Cornelius' Stimme an ihr Ohr drang.

„Das hier ist für dich abgegeben worden, Sophiechen."

Er reichte ihr eine kleine Schachtel, zusammen mit einem Schreiben von Alexander Riese und Donovan Riley. Mit zusammengezogenen Brauen überflog sie das Papier und blieb am letzten Absatz hängen.

„In Erwartung Ihrer Kostennote möchten wir mit der Anlage unsere besondere Anerkennung für die beispiellose Betreuung unserer Erbschaftsangelegenheit zum Ausdruck bringen. Wir hoffen, dass der Stein Ihnen Glück bringt."

Der weiße Diamant funkelte ihr aus seinem Bett aus dunklem Samt entgegen. Ein runder Stein im Brilliantschliff von einer Größe, die gerade noch dezent wirkte. Mit Gutachten des Juweliers Wempe.

Sophies Gesicht zeigte eine rosarote Farbe und ein neues Lächeln. Onkel Cornelius bemerkte nichts davon. Er war noch immer mit seinem Poststapel beschäftigt.

„Ach herrje, Sophiechen", hörte sie ihn stöhnen. „Penelope Koslowski ist gestorben. Wir haben einen neuen Fall."

ഗ൩൩

# Nachwort

Ich mag Geschichten, die sich um wahre Begebenheiten ranken. So ist es auch in diesem Buch.

Die Festung Golkonda thront in der Tat auf dem Schäferhügel bei Hyderabad. Die Beschreibung ihrer langen Geschichte mit mehr oder weniger erfolgreichen Eroberern entspricht den historischen Überlieferungen. Auch die legendären Diamantenminen mitsamt den dort gefundenen berühmten Steinen gab es, ebenso wie das Reich der Nizam von Hyderabad, die tatsächlich in Juwelen badeten, bis sie 1948 nach bitteren Kämpfen entmachtet wurden.

Erfunden dagegen sind meine Protagonisten, denen es gelingt, das Rätsel dieses Ortes zu lösen. Bis zum heutigen Tag durchstreifen Expeditionen das Gebiet, um nach den verschollenen Minen zu suchen, von denen man glaubt, dass sie durch mehrere Flutkatastrophen verloren gingen.

Die Abspaltung Telanganas vom Bundesstaat Andhra Pradesh wurde am 2. Juni 2014 Wirklichkeit, nachdem unterschiedlichste Fraktionen militant oder friedlich versuchten, sich dort als Machthaber zu etablieren. Die Familie des Nizam war daran jedoch vermutlich unbeteiligt.

ങ്കു

## Über den Autor

Colin T. Blackstone ist ein Pseudonym. Mit dem Erscheinen meiner Geschichten habe ich mich aus diversen ganz pragmatischen Gründen für die Anonymität entschieden. Meine Geschichten sind sowieso viel interessanter als meine Person.

Mein Verleger bemeckert, dass ich weder in den Sozialen Medien noch auf Lesungen oder in literarischen Clubs aktiv bin. Ich brauche aber meine Zeit, um die Welt anzusehen und aufzuschreiben, was mich berührt oder beeindruckt hat.

Ich schreibe immer und überall. Über bekannte und vergessene Orte, über Menschen und Tiere, manchmal auch über Pflanzen. Aus Stapeln von Notizbüchern entstehen die Schicksale meiner Figuren. Zum Beispiel das einer jungen Lehrerin, die in Jerusalem nach ihrem vermissten Vater sucht. Oder eine Geschichte über Pferde, die in der Wüste beginnt. Im Moment hetze ich drei ungleiche Ermittler in einer Krimiserie um den Globus.

Wie alle Schriftsteller bin ich glücklich über jeden Leser, den ich unterhalten oder sogar begeistern kann.

Wer mag, kann mir gern schreiben:
c.blackstone@digital-coffee.net

Weitere Titel von Colin T. Blackstone

**Ein neues Rätsel und neues Blutvergießen**
Die zweite Reise des ungleichen Ermittler-Trios führt an die Ostseeküste und tief in die Geschichte Ostpreußens.

### Cadinen

Als Heinrich von Karben als „Skelett von Cadinen" Schlagzeilen macht, ist er bereits 70 Jahre tot. Der Nachfahre eines ostpreußischen Kreuzrittergeschlechts wurde damals offenbar ermordet.

Hatte sein Tod mit dem Bernsteinzimmer zu tun, das er Berichten zufolge bei Kriegsende verladen ließ?

Dent, der Nerd vom Kiez, kämpft derweil mit einer Reihe von Problemen. Gestresste Clubbesitzer, aggressive Nachbarn, ein Hund und anderes Getier erschweren seinen Alltag. Außerdem muss er am Geisteszustand seines Bruders zweifeln, der angeblich von einem Gespenst mit einem Schwert verfolgt wurde. Das i-Tüpfelchen ist das Rätsel um den Nachlass einer verstorbenen Ostpreußin, die Pflastersteine und Walnüsse testamentarisch verwalten ließ.

Der Geist erscheint auf einmal sehr real, als eine Blutspur die beiden Fälle miteinander verbindet. Als Schüsse fallen ist klar, dass Dent keine Zeit verlieren darf.

Erhältlich als Taschenbuch ISBN 978-3-95417-055-5, sowie als eBook.

Weitere Titel von Colin T. Blackstone

**„Fi" Eine Geschichte aus dem Nahen Osten der Jahrhundertwende**

In seinem Brief, der Fiona Gordon zum Weihnachtsfest 1999 erreicht, blickt ihr Vater Richard hoffnungsvoll auf den Beginn eines neuen Jahrtausends. Der eiserne Vorhang ist Geschichte und sogar die Friedensverhandlungen zwischen Israel und Palästina erscheinen vielversprechend. Wichtig für einen Mann, der eine Hilfsorganisation im Nahen Osten leitet.

Doch dann zwingt ein verstörender Anruf die junge Fiona aus ihrem behüteten Leben in Hamburg nach Jerusalem. Richard Gordon ist spurlos verschwunden. Ebenso unerfahren wie verzweifelt, versucht sie, Licht in den mysteriösen Vorfall zu bringen. Wurde er entführt? Entsetzt muss sie feststellen, dass ihr geliebter Vater mehr als nur ein Geheimnis hatte.

Auf der Suche nach der Wahrheit gerät sie in Gefahr, in die tröstenden Arme zweier Männer und immer tiefer in die Wirren des Nah-Ost Konflikts. Trotzdem kann sie nicht aufgeben. Wird sie das Verbrechen aufklären und den Mann wieder sehen, dem ihr Herz gehört?

Erhältlich als eBook.

Weitere Titel von Colin T. Blackstone

**Eine Handvoll Wind**

Die ebenso ehrgeizige wie verwöhnte Elise will nur eins: Eine berühmte Springreiterin werden! Ein Plan, der ihre Familie überhaupt nicht begeistert. Deshalb soll sie Vater und Großvater auf eine Geschäftsreise in die Sahara begleiten.

Die Reise ins Land der Tuareg wird schicksalhaft für Elise und bestimmt ihr ganzes weiteres Leben. Nicht nur die Erfüllung ihres großen Traums ist buchstäblich voller Hindernisse, auch eine Bedrohung aus der Wüste verfolgt sie bis an die Ostseeküste. Was hat der attraktive aber undurchsichtige Viktor damit zu tun?

Elises Weg wird von Widersachern und Freunden begleitet. Eines haben alle gemeinsam: Ihre Leidenschaft gehört den Pferden und alle sind bereit, für diese Leidenschaft zu kämpfen..

*„Lucinda ist die Beste!"*

*„Am Ende habe ich geweint"*

*„Jeder, der Pferde liebt, muss dieses Buch lesen!"*

Erhältlich als Taschenbuch ISBN 978-3-95417-033-3, sowie als eBook.